ein Ullstein Buch

ein Ullstein Buch
Nr. 20340
im Verlag Ullstein GmbH,
Frankfurt/M – Berlin – Wien

Ungekürzte Ausgabe

Umschlagentwurf:
Hansbernd Lindemann
Umschlagfoto: Bildarchiv
Preußischer Kulturbesitz

Taschenbuchausgabe mit Genehmigung
des Carl Hanser Verlages München – Wien

Printed in Germany 1983
Druck und Verarbeitung: Mohndruck
Graphische Betriebe GmbH,
Gütersloh
ISBN 3 548 203 40 X

Juni 1983

CIP-Kurztitelaufnahme
der Deutschen Bibliothek

CIP-Kurztitelaufnahme
der Deutschen Bibliothek

Reisebilder von Heine bis Weerth:
Spaziergänge u. Weltfahrten/Gotthard
Erler (Hrsg.) – Ungekürzte Ausg. –
Frankfurt/M; Berlin; Wien: Ullstein, 1983.
(Ullstein-Buch; Nr. 20340)
ISBN 3-548-20340-X

NE: Erler, Gotthard [Hrsg.]; GT

Gotthard Erler
(Herausgeber)

Reisebilder von Heine bis Weerth

Spaziergänge und Weltfahrten

ein Ullstein Buch

Heinrich Heine

Briefe aus Berlin

1822

Seltsam! – Wenn ich der Dei von Tunis wäre,
Schlüg ich, bei so zweideut'gem Vorfall, Lärm.
Kleists »Prinz von Homburg«

Berlin, den 26. Januar 1822

Ihr sehr lieber Brief vom 5. d. M. hat mich mit der größten Freude erfüllt, da sich darin Ihr Wohlwollen gegen mich am unverkennbarsten aussprach. Es erquickt mir die Seele, wenn ich erfahre, daß so viele gute und wackere Menschen mit Interesse und Liebe meiner gedenken. Glauben Sie nur nicht, daß ich unseres Westfalens so bald vergessen hätte. Der September 1821 schwebt mir noch zu sehr im Gedächtnis. Die schönen Täler um Hagen, der freundliche Overweg in Unna, die angenehmen Tage in Hamm, der herrliche Fritz v. B., Sie, W., die Altertümer in Soest, selbst die Paderborner Heide, alles steht noch lebendig vor mir. Ich höre noch immer, wie die alten Eichenwälder mich umrauschen, wie jedes Blatt mir zuflüstert: »Hier wohnten die alten Sachsen, die am spätesten Glauben und Germanentum einbüßten.« Ich höre noch immer, wie ein uralter Stein mir zuruft: »Wandrer, steh, hier hat Armin den Varus geschlagen!« – Man muß zu Fuß, und zwar, wie ich, in östreichischen Landwehrtagemärschen Westfalen durchwandern, wenn man den kräftigen Ernst, die biedere Ehrlichkeit und anspruchslose Tüchtigkeit seiner Bewohner kennenlernen will. – Es wird mir gewiß recht viel Vergnügen machen, wenn ich, wie Sie mir schreiben, durch Mitteilungen aus der Residenz mir so viele liebe Menschen verpflichte. Ich habe mir gleich bei Empfang Ihres Briefes Papier und Feder zurechtgelegt und bin schon jetzt – am Schreiben.

An Notizen fehlt es nicht, und es ist nur die Aufgabe: Was soll ich *nicht* schreiben? d. h., was weiß das Publikum schon längst, was ist demselben ganz gleichgültig und was darf es nicht wissen? Und dann ist die Aufgabe: Vielerlei zu schreiben, sowenig als möglich vom Theater und solchen Gegenständen, die in der »Abendzeitung«, im »Morgenblatte«, im »Wiener Konservationsblatte« usw. die gewöhnlichen Hebel der Korrespondenz sind und dort ihre ausführliche und systematische Darstellung finden. Den einen interessiert's, wenn ich erzähle, daß Jagor die Zahl genialer Erfindungen kürzlich durch sein Trüffeleis vermehrt hat; den andern interessiert die Nachricht, daß Spontini beim letzten Ordensfest Rock und Hosen trug von grünem Sammet mit goldenen Sternchen. Nur verlangen Sie von mir keine Systematie; das ist der Würgengel aller Korrespondenz. Ich spreche heute von den Redouten und den Kirchen, morgen von Savigny und den Possenreißern, die in seltsamen Aufzügen durch die Stadt ziehen, übermorgen von der Giustinianischen Galerie und dann wieder von Savigny und den Possenreißern. Assoziation der Ideen soll immer vorwalten. Alle vier oder sechs Wochen soll ein Brief folgen. Die zwei ersten werden unverhältnismäßig lang werden, da ich doch vorher das äußere und das innere Leben Berlins andeuten muß. Nur andeuten, nicht ausmalen. Aber womit fange ich an bei dieser Masse von Materialien? Hier hilft eine französische Regel: Commencez par le commencement.

Ich fange also mit der Stadt an und denke mir, ich sei wieder soeben an der Post auf der Königstraße abgestiegen und lasse mir den leichten Koffer nach dem »Schwarzen Adler« auf der Poststraße tragen. Ich sehe Sie schon fragen: »Warum ist denn die Post nicht auf der Poststraße und der ‚Schwarze Adler' auf der Königstraße?« Ein andermal beantworte ich diese Frage; aber jetzt will ich durch die Stadt laufen, und ich bitte Sie, mir Gesellschaft zu leisten. Folgen Sie mir nur ein paar Schritte, und wir sind schon auf einem sehr interessanten Platze. Wir stehen auf der Langen Brücke. Sie wundern sich: »Die ist aber nicht sehr lang?« Es ist Ironie, mein Lieber. Laßt uns hier einen Augenblick stehenbleiben und die große Statue des Großen Kurfürsten betrachten. Er sitzt stolz zu Pferde, und gefesselte Sklaven umgeben das Fußgestell. Es ist ein herrlicher Metallguß und unstreitig das größte Kunstwerk Berlins. Und ist ganz umsonst zu sehen, weil es mitten auf der Brücke steht. Es hat die meiste Ähnlichkeit mit der Statue des Kurfürsten Johann Wilhelm auf dem Markte zu Düsseldorf, nur daß hier in Berlin der Schwanz des Pferdes nicht so bedeutend dick ist. Aber ich sehe, Sie werden von allen Seiten gestoßen. Auf dieser Brücke ist ein ewiges Menschengedränge. Sehen Sie sich mal um. Welche große, herrliche Straße! Das ist eben die Königstraße, wo ein Kaufmannsmagazin ans andre grenzt und die bunten, leuchtenden Warenausstellungen fast das Auge blenden. Laßt uns weitergehen, wir gelangen hier auf den Schloßplatz. Rechts das Schloß, ein hohes, großartiges Gebäude. Die Zeit hat es grau gefärbt und gab ihm ein düsteres, aber desto majestätischeres Ansehen. Links wieder zwei schöne Straßen, die Breite Straße und die Brüderstraße. Aber gerade vor uns ist die Stechbahn, eine Art Boulevard. Und hier wohnt Josty! – Ihr Götter des Olymps, wie würde ich euch euer Ambrosia verleiden, wenn ich die Süßigkeiten beschriebe, die dort aufgeschichtet stehen. Oh, kenntet ihr den Inhalt dieser Baisers! O Aphrodite, wärest du solchem Schaum entstiegen, du wärest noch viel süßer. Das Lokal ist zwar eng und dumpfig und wie eine Bierstube dekoriert, doch das Gute wird immer den Sieg über das Schöne behaupten; zusammengedrängt wie die Bücklinge sitzen hier die Enkel der Brennen und schlürfen Creme und schnalzen vor Wonne und lecken die Finger.

Fort, fort von hier!
Das Auge sieht die Türe offen,
Es schwelgt das Herz in Seligkeit.

Wir können durch das Schloß gehen und sind augenblicklich im Lustgarten. »Wo ist aber der Garten?« fragen Sie. Ach Gott! merken Sie denn nicht, das ist wieder die Ironie. Es ist ein viereckiger Platz, der von einer Doppelreihe Pappeln eingeschlossen ist. Wir stoßen hier auf eine Marmorstatue, wobei eine Schildwache steht. Das ist der Alte Dessauer. Er steht ganz in altpreußischer Uniform, durchaus nicht idealisiert, wie die Helden auf dem Wilhelmsplatze. Diese will ich Ihnen nächstens zeigen, es sind Keith, Zieten, Seidlitz, Schwerin und Winterfeldt, beide letztere in römischem Kostüm mit einer Allongeperücke.

Hier stehen wir just vor der Domkirche, die ganz kürzlich von außen neu verziert wurde und auf beiden Seiten des großen Turms zwei neue Türmchen erhielt. Der große, oben geründete Turm ist nicht übel. Aber die beiden jungen Türmchen machen eine höchst lächerliche Figur. Sehen aus wie Vogelkörbe. Man erzählt auch, der große Philolog W. sei vorigen Sommer mit dem hier durchreisenden Orientalisten H. spazierengegangen, und als letzterer, nach dem Dome zeigend, fragte: »Was bedeuten denn die beiden Vogelkörbe da oben?«, habe der gelehrte Witzbold geantwortet: »Hier werden Dompfaffen abgerichtet.« In zwei Nischen des Doms sollen die Statuen von Luther und Melanchthon aufgestellt werden. – Wollen wir in den Dom hineingehen, um dort das wunderschöne Bild von Begasse zu bewundern? Sie können sich dort auch erbauen an dem Prediger Theremin. Doch laßt uns drauß bleiben, es wird auf die Paulusianer gestichelt. Das macht mir keinen Spaß. Betrachten Sie lieber gleich rechts, neben dem Dom, die vielbewegte Menschenmasse, die sich in einem viereckigen, eisenumgitterten Platz herumtreibt. Das ist die Börse. Dort schachern die Bekenner des Alten und des Neuen Testaments. Wir wollen ihnen nicht zu nahe kommen. O Gott, welche Gesichter! Habsucht in jeder Muskel. Wenn sie die Mäuler öffnen, glaub ich mich angeschrien: »Gib mir all dein Geld!« Mögen schon viel zusammengescharrt haben. Die Reichsten sind gewiß die, auf deren fahlen Gesichtern die Unzufriedenheit und der Mißmut am tiefsten eingeprägt liegt. Wieviel glücklicher ist doch mancher arme Teufel, der nicht weiß, ob ein Louisdor rund oder eckig ist. Mit Recht ist hier der Kaufmann wenig geachtet. Desto mehr sind es die Herren dort mit den großen Federhüten und den rot ausgeschlagenen Röcken. Denn der Lustgarten ist auch der Platz, wo täglich die Parole ausgegeben und die Wachtparade gemustert wird. Ich bin zwar kein sonderlicher Freund vom Militärwesen, doch muß ich gestehen, es ist mir immer ein freudiger Anblick, wenn ich im Lustgarten die preußischen Offiziere zusammenstehen sehe. Schöne, kräftige, rüstige, lebenslustige Menschen. Zwar hier und da sieht man ein aufgeblasenes, dummstolzes Aristokratengesicht aus der Menge hervorglotzen. Doch findet man beim größern Teile der hiesigen Offiziere, besonders bei den jüngern, eine Bescheidenheit und Anspruchslosigkeit, die man um so mehr bewundern muß, da, wie gesagt, der Militärstand der angesehenste in Berlin ist. Freilich, der ehemalige schroffe Kastengeist desselben wurde schon dadurch sehr gemildert, daß jeder Preuße wenigstens ein Jahr Soldat sein muß und, vom Sohn des Königs bis zum Sohn des Schuhflickers, keiner davon verschont bleibt. Letzteres ist gewiß sehr lästig und drückend, doch in mancher Hinsicht auch sehr heilsam. Unsre Jugend ist dadurch geschützt vor der Gefahr der Verweichlichung. In manchen Staaten hört man weniger klagen über das Drückende des Militärdienstes, weil man dort alle Last desselben auf den armen Landmann wirft, während der Adlige, der Gelehrte, der Reiche und, wie z.B. in Holstein der Fall ist, sogar jeder Bewohner einer Stadt von allem Militärdienste befreit ist. Wie würden alle Klagen über letztern bei uns verstummen, wenn unsere lautmauligen Spießbürger, unsere politisierenden Ladenschwengel, unsere genialen Auskultatoren, Bureauschreiber, Poeten und Pflastertreter vom Dienste befreit wären. Sehen Sie dort, wie der Bauer exerziert? Er schultert, präsentiert und – schweigt.

Doch vorwärts! Wir müssen über die Brücke. Sie wundern sich über die vielen Baumaterialien, die hier herumliegen, und die vielen Arbeiter, die hier sich herumtreiben und schwatzen und Branntewein trinken und wenig tun. Hier nebenbei war sonst die Hundebrücke; der König ließ sie niederreißen und läßt an ihrer Stelle eine prächtige Eisenbrücke verfertigen. Schon diesen Sommer hat die Arbeit angefangen, wird sich noch lange herumziehn, aber endlich wird ein prachtvolles Werk dastehen. Schauen Sie jetzt mal auf. In der Ferne sehen Sie schon – die Linden!

Wirklich, ich kenne keinen imposantern Anblick, als, vor der Hundebrücke stehend, nach den Linden hinaufzusehen. Rechts das hohe, prächtige Zeughaus, das neue Wachthaus, die Universität und Akademie. Links das königliche Palais, das Opernhaus, die Bibliothek usw. Hier drängt sich Prachtgebäude an Prachtgebäude. Überall verzierende Statuen; doch von schlechtem Stein und schlecht gemeißelt. Außer die auf dem Zeughause. Hier stehn wir auf dem Schloßplatz, dem breitesten und größten Platze in Berlin. Das königliche Palais ist das schlichteste und unbedeutendste von allen diesen Gebäuden. Unser König wohnt hier. Einfach und bürgerlich. Hut ab! da fährt der König selbst vorbei. Es ist nicht der prächtige Sechsspänner; der gehört einem Gesandten. Nein, er sitzt in dem schlechten Wagen mit zwei ordinären Pferden. Das Haupt bedeckt eine gewöhnliche Offiziersmütze, und die Glieder umhüllt ein grauer Regenmantel. Aber das Auge des Eingeweiheten sieht den Purpur unter diesem Mantel und das Diadem unter dieser Mütze. Sehen Sie, wie der König jedem freundlich wiedergrüßt. Hören Sie! »Es ist ein schöner Mann«, flüstert dort die kleine Blondine. »Es war der beste Ehemann«, antwortet seufzend die ältere Freundin. »Ma foi!« brüllte der Husarenoffizier, »es ist der beste Reuter in unserer Armee.«

Wie gefällt Ihnen aber die Universität? Fürwahr, ein herrliches Gebäude! Nur schade, die wenigsten Hörsäle sind geräumig, die meisten düster und unfreundlich, und, was das schlimmste ist, bei vielen gehen die Fenster nach der Straße, und da kann man schrägüber das Opernhaus bemerken. Wie muß der arme Bursche auf glühenden Kohlen sitzen, wenn die ledernen, und zwar nicht saffian- oder maroquinledernen, sondern schweinsledernen Witze eines langweiligen Dozenten ihm in die Ohren dröhnen und seine Augen unterdessen auf der Straße schweifen und sich ergötzen an das pittoreske Schauspiel der leuchtenden Equipagen, der vorüberziehenden Soldaten, der dahinhüpfenden Nymphen und der bunten Menschenwoge, die sich nach dem Opernhause wälzt. Wie müssen dem armen Burschen die sechzehn Groschen in der Tasche brennen, wenn er denkt: ‚Diese glücklichen Menschen sehen gleich die Eunike als Seraphim oder die Milder als Iphegeneia.‘ »Apollini et Musis« steht auf dem Opernhause, und der Musensohn sollte drauß bleiben? – Aber sehen Sie, das Kollegium ist eben ausgegangen, und ein Schwarm Studenten schlendert nach den Linden. »Gehn denn so viele Philister ins Kollegium?« fragen Sie. Still, still, das sind keine Philister. Der hohe Hut à la Bolivar und der Überrock à l'Anglaise machen noch lange nicht den Philister. Ebensowenig wie die rote Mütze und der Flausch den Burschen macht. Ganz im Kostüm des letztern geht hier mancher sentimentale Barbiergesell, mancher ehrgeizige Laufjunge und mancher hochherzige Schneider. Es ist dem anständigen Burschen zu verzeihen, wenn er mit solchen Herrn nicht gern verwechselt sein möchte. Kurländer sind wenige hier. Desto mehr Polen, über siebzig, die sich meistens burschikose tragen. Diese haben obige Verwechselung nicht zu befürchten. Man sieht's diesen Gesichtern gleich an, daß keine Schneiderseele unterm Flausche sitzt. Viele dieser Sarmaten könnten den Söhnen Hermanns und Thusneldas als Muster von Liebenswürdigkeit und edelm Betragen dienen. Es ist wahr. Wenn man so viele Herrlichkeiten bei Fremden sieht, gehört wirklich eine ungeheure Dosis Patriotismus dazu, sich noch immer einzubilden, das Vortrefflichste und Köstlichste, was die Erde trägt, sei ein – Deutscher! Zusammenleben ist wenig unter den hiesigen Studierenden. Die Landsmannschaften sind aufgehoben. Die Verbindung, die unter dem Namen »Arminia« aus alten Anhängern der Burschenschaft bestand, soll ebenfalls aufgelöst sein. Wenige Duelle fallen jetzt vor. Ein Duell ist kürzlich sehr unglücklich abgelaufen. Zwei Mediziner, Liebschütz und Febus, gerieten im Kollegium der Semiotik in einen unbedeutenden Streit, da beide gleichen Anspruch machten an den Sitz Nr. 4. Sie wußten nicht, daß es in diesem Auditorium zwei mit Nr. 4 bezeichnete Sitze gab, und beide hatten diese Nummer vom Professor erhalten. »Dummer Junge!« rief der eine, und der leichte Wortwechsel war geendigt. Sie schlugen sich den andern Tag, und Liebschütz rannte sich den Schläger seines Gegners in den Leib. Er starb eine Viertelstunde drauf. Da er ein Jude war, wurde er von seinen akademischen Freunden nach dem jüdischen Gottesacker gebracht. Febus, ebenfalls ein Jude, hat die Flucht ergriffen, und –

Aber ich sehe, Sie hören schon nicht mehr, was ich erzähle, und staunen die Linden an. Ja, das sind die berühmten Linden, wovon Sie soviel gehört haben. Mich durchschauert's, wenn ich denke: Auf dieser Stelle hat vielleicht Lessing gestanden, unter diesen Bäumen war der Lieblingsspaziergang so vieler großer Männer, die in Berlin gelebt; hier ging der große Fritz, hier wandelte – Er! Aber ist die Gegenwart nicht auch herrlich? Es ist just zwölf und die Spaziergangszeit der schönen Welt. Die geputzte Menge treibt sich die Linden auf und ab. Sehen Sie dort den Elegant mit zwölf bunten Westen? Hören Sie die tiefsinnigen Bemerkungen, die er seiner Donna zulispelt? Riechen Sie die köstlichen Pomaden und Essenzen, womit er parfümiert ist? Er fixiert Sie mit der Lorgnette, lächelt und kräuselt sich die Haare. Aber schauen Sie die schönen Damen! Welche Gestalten! Ich werde poetisch!

Ja, Freund, hier unter den Linden
Kannst du dein Herz erbaun,
Hier kannst du beisammen finden
Die allerschönsten Fraun.

Sie blühn so hold und minnig
Im farbigen Seidengewand;
Ein Dichter hat sie sinnig
Wandelnde Blumen genannt.

Welch schöne Federhüte!
Welch schöne Türkenschals!
Welch schöne Wangenblüte!
Welch schöner Schwanenhals!

Nein, diese dort ist ein wandelndes Paradies, ein wandelnder Himmel, eine wandelnde Seligkeit. Und diesen Schöps mit dem Schnauzbarte sieht sie so zärtlich an! Der Kerl gehört nicht zu den Leuten, die das Pulver erfunden haben, sondern zu denen, die es gebrauchen, d.h. er ist Militär. – Sie wundern sich, daß alle Männer hier plötzlich stehenbleiben, mit der Hand in die Hosentasche greifen und in die Höhe schauen? Mein Lieber, wir stehen just vor der Akademieuhr, die am richtigsten geht von allen Uhren Berlins, und jeder Vorübergehende verfehlt nicht, die seinige darnach zu richten. Es ist ein possierlicher Anblick, wenn man nicht weiß, daß dort eine Uhr steht. In diesem Gebäude ist auch die Singakademie. Ein Billett kann ich Ihnen nicht verschaffen; der Vorsteher derselben, Professor Zelter, soll bei solchen Gelegenheiten nicht sonderlich zuvorkommend sein. Doch betrachten Sie die kleine Brünette, die Ihnen so vielverheißend zulächelt. Und einem solchen niedlichen Ding wollten Sie eine Art Hundezeichen umhängen lassen? Wie sie allerliebst das Lockenköpfchen schüttelt, mit den kleinen Füßchen trippelt und wieder lächelnd die weißen Zähnchen zeigt. Sie muß es Ihnen angemerkt haben, daß Sie ein Fremder sind. Welch eine Menge besternter Herren! Welch eine Unzahl Orden! Wo man hinsieht, nichts als Orden! Wenn man sich einen Rock anmessen läßt, frägt der Schneider: »Mit oder ohne Einschnitt (für den Orden)?« Aber halt! Sehen Sie das Gebäude an der Ecke der Charlottenstraße? Das ist das »Café Royal«! Bitte, laßt uns hier einkehren, ich kann nicht gut vorbeigehen, ohne einen Augenblick hineinzusehen. Sie wollen nicht? Doch beim Umkehren müssen Sie mit hinein. Hier schrägüber sehen Sie das »Hôtel de Rôme« und hier wieder links das »Hôtel de Pétersbourg«, die zwei angesehensten Gasthöfe. Nahebei ist die Konditorei von Teichmann. Die gefüllten Bonbons sind hier die besten Berlins; aber in den Kuchen ist zuviel Butter. Wenn Sie für acht Groschen schlecht zu Mittag essen wollen, so gehen Sie in die Restauration neben Teichmann auf die erste Etage. Jetzt sehen Sie mal rechts und links. Das ist die große Friedrichstraße. Wenn man diese betrachtet, kann man sich die Idee der Unendlichkeit veranschaulichen. Laßt uns hier nicht zu lange stehenbleiben. Hier bekömmt man den Schnupfen. Es wehet ein fataler Zugwind zwischen dem Hallischen und dem Oranienburger Tore. Hier links drängt sich wieder das Gute; hier wohnt Sala Tarone, hier ist das »Café de Commerce«, und hier wohnt – Jagor! Eine Sonne steht über diese Paradiesespforte. Treffendes Symbol! Welche Gefühle erregt diese Sonne in dem Magen eines Gourmands! Wiehert er nicht bei ihrem Anblick wie das Roß des Darius Hystaspis? Kniet nieder, ihr modernen Peruaner, hier wohnt – Jagor! Und dennoch, diese Sonne ist nicht ohne Flecken. Wie zahlreich auch die seltenen Delikatessen sind, die hier auf der täglich neu gedruckten Karte angezeigt stehen, so ist die Bedienung doch oft sehr langsam, nicht selten ist der Braten alt und zähe, und die meisten Gerichte finde ich im »Café Royal« weit schmackhafter zubereitet. Aber der Wein? Oh, wer doch den Säckel des Fortunatus hätte! – Wollen Sie die Augen ergötzen, so betrachten Sie die Bilder, die hier im Glaskasten des Jagorschen Parterre ausgestellt sind. Hier hängen nebeneinander die Schauspielerin Stich, der Theolog Neander und der Violinist Boucher! Wie die Holde lächelt! O sähen Sie sie als Julie, wenn sie dem Pilger Romeo den ersten Kuß erlaubt. Musik sind ihre Worte,

> Grace is in all her steps, heaven in her eye,
> In every gesture dignity and love.
>
> *Milton*

Wie sieht Neander wieder zerstreut aus! Er denkt gewiß an die Gnostiker, an Basilides, Valentinus, Bardesanes, Karpokrates und Markus. Boucher hat wirklich eine auffallende Ähnlichkeit mit dem Kaiser Napoleon. Er nennt sich Kosmopolite, Sokrates der Violinisten, scharrt ein rasendes Geld zusammen und nennt Berlin aus Dankbarkeit la capitale de la musique. – Doch laßt uns schnell vorbeigehn; hier ist wieder eine Konditorei, und hier wohnt Lebeufve, ein magnetischer Name. Betrachten Sie die schönen Gebäude, die auf beiden Seiten der Linden stehn. Hier wohnt die vornehmste Welt Berlins. Laßt uns eilen. Das große Haus links ist die Konditorei von Fuchs. Wunderschön ist dort alles dekoriert, überall Spiegel, Blumen, Marzipanfiguren, Vergoldungen, kurz, die ausgezeichnetste Eleganz. Aber alles, was man dort genießt, ist am schlechtesten und teuersten in Berlin. Unter den Konditorwaren ist wenig Auswahl, und das meiste ist alt. Ein paar alte verschimmelte

Zeitschriften liegen auf dem Tische. Und das lange, aufwartende Fräulein ist nicht mal hübsch. Laßt uns nicht zu Fuchs gehen. Ich esse keine Spiegel und seidene Gardinen, und wenn ich etwas für die *Augen* haben will, so gehe ich in Spontinis »Cortez« oder »Olympia«. – Hier rechts können Sie etwas Neues sehen. Hier werden Boulevards gebaut, wodurch die Wilhelmstraße mit der Letzten Straße in Verbindung gesetzt wird. Hier wollen wir stillestehn und das Brandenburger Tor und die darauf stehende Viktoria betrachten. Ersteres wurde von Langhans nach den Propyläen zu Athen gebaut und besteht aus einer Kolonnade von zwölf großen dorischen Säulen. Die Göttin da oben wird Ihnen aus der neuesten Geschichte genugsam bekannt sein. Die gute Frau hat auch ihre Schicksale gehabt; man sieht's ihr nicht an, der mutigen Wagenlenkerin. Laßt uns durchs Tor gehen. Was Sie jetzt vor sich sehen, ist der berühmte Tiergarten, in der Mitte die breite Chaussee nach Charlottenburg. Auf beiden Seiten zwei kolossale Statuen, wovon die eine einen Apoll vorstellen möchte. Erzniederträchtige, verstümmelte Klötze. Man sollte sie herunterwerfen. Denn es hat sich gewiß schon manche schwangere Berlinerin dran versehen. Daher die vielen scheußlichen Gesichter, denen wir Unter den Linden begegnet. Die Polizei sollte sich dreinmischen.

Jetzt laßt uns umkehren, ich habe Appetit und sehne mich nach dem »Café Royal«. Wollen Sie fahren? Hier gleich am Tore stehen Droschken. So heißen unsere hiesigen Fiaker. Man zahlt vier Groschen Kurant für eine Person und sechs Gr. K. für zwei Personen, und der Kutscher fährt, wohin man will. Die Wagen sind alle gleich, und die Kutscher tragen alle graue Mäntel mit gelben Aufschlägen. Wenn man just pressiert ist oder wenn es entsetzlich regnet, so ist keine einzige von allen Droschken aufzutreiben. Doch wenn es schönes Wetter ist, wie heute, oder wenn man sie nicht sonderlich nötig hat, sieht man die Droschken haufenweis beisammenstehen. Laßt uns einsteigen. Schnell, Kutscher! Wie das Unter den Linden wogt! Wie mancher läuft da herum, der noch nicht weiß, wo er heut zu

Mittag essen kann! Haben Sie die Idee eines Mittagessens begriffen, mein Lieber? Wer diese begriffen hat, der begreift auch das ganze Treiben der Menschen. Schnell, Kutscher. – Was halten Sie von der Unsterblichkeit der Seele? Wahrhaftig, es ist eine große Erfindung, eine weit größere als das Pulver. Was halten Sie von der Liebe? Schnell, Kutscher! Nicht wahr, es ist bloß das Gesetz der Attraktion. – Wie gefällt Ihnen Berlin? Finden Sie nicht, obschon die Stadt neu, schön und regelmäßig gebaut ist, so macht sie doch einen etwas nüchternen Eindruck. Die Frau von Staël bemerkt sehr scharfsinnig: »Berlin, cette ville toute moderne, quelque belle qu'elle soit, ne fait pas une impression assez sérieuse; on n'y aperçoit point l'empreinte de l'histoire du pays, ni du caractère des habitants, et ces magnifiques demeures nouvellement construites ne semblent destinées qu'aux rassemblements commodes des plaisirs et de l'industrie.« Herr von Pradt sagt noch etwas weit Pikanteres. – Aber Sie hören kein Wort wegen des Wagengerassels. Gut, wir sind am Ziel. Halt! Hier ist das »Café Royal«. Das freundliche Menschengesicht, das an der Türe steht, ist Beyerman. Das nenne ich einen Wirt! Kein kriechender Katzenbuckel, aber doch zuvorkommende Aufmerksamkeit; feines, gebildetes Betragen, aber doch unermüdlicher Diensteifer, kurz, eine Prachtausgabe von Wirt. Laßt uns hineingehn. Ein schönes Lokal; vorn das splendideste Kaffeehaus Berlins, hinten die schöne Restauration. Ein Versammlungsort eleganter, gebildeter Welt. Sie können hier oft die interessantesten Menschen sehen. Bemerken Sie dort den großen breitschultrigen Mann im schwarzen Oberrock? Das ist der berühmte Kosmeli, der heut in London ist und morgen in Ispahan. So stelle ich mir den Peter Schlemihl von Chamisso vor. Er hat eben ein Paradoxon auf der Zunge. Bemerken Sie den großen Mann mit der vornehmen Miene und der hohen Stirne? Das ist der Wolf, der den Homer zerrissen hat und der deutsche Hexameter machen kann. Aber dort am Tisch das kleine bewegliche Männchen mit den ewig vibrierenden Gesichtsmuskeln, mit den possierlichen und doch unheimlichen Gesten? Das ist der Kammergerichtsrat

Hoffmann, der den »Kater Murr« geschrieben, und die hohe feierliche Gestalt, die gegen ihn über sitzt, ist der Baron von Lüttwitz, der in der »Vossischen Zeitung« die klassische Rezension des »Katers« geliefert hat. Bemerken Sie den Elegant, der sich so leicht bewegt, kurländisch lispelt und sich jetzt wendet gegen den hohen, ernsthaften Mann im grünen Oberrock? Das ist der Baron von Schilling, der im »Mindener Sonntagsblatte« »die lieben Teutsenkel« so sehr touchiert hat. Der Ernsthafte ist der Dichter Baron von Maltitz. Aber raten Sie mal, wer diese determinierte Figur ist, die am Kamine steht? Das ist Ihr Antagonist Hartmann vom Rheine; hart und ein Mann, und zwar aus einem einzigen Eisengusse. Aber was kümmern mich alle diese Herren, ich habe Hunger. Garçon, la charte! Betrachten Sie mal diese Menge herrlicher Gerichte. Wie die Namen derselben melodisch und schmelzend klingen, as music on the waters! Es sind geheime Zauberformeln, die uns das Geisterreich aufschließen. Und Champagner dabei! Erlauben Sie, daß ich eine Träne der Rührung weine. Doch Sie, Gefühlloser, haben gar keinen Sinn für alle diese Herrlichkeit und wollen Neuigkeiten, armselige Stadtneuigkeiten. Sie sollen befriedigt werden. Mein lieber Herr Gans, was gibt es Neues? Er schüttelt das graue ehrwürdige Haupt und zuckt mit den Achseln. Wir wollen uns an das kleine rotbäckige Männchen wenden; der Kerl hat immer die Taschen voll Neuigkeiten, und wenn er mal anfängt zu erzählen, so geht's wie ein Mühlrad. Was gibt's Neues, mein lieber Herr Kammermusikus?

Gar nichts. Die neue Oper von Hellwig, »Die Bergknappen«, soll nicht sehr angesprochen haben. Spontini komponiert jetzt eine Oper, wozu ihm Koreff den Text geschrieben. Er soll aus der preußischen Geschichte sein. Auch erhalten wir bald Koreffs »Aucassin und Nicolette«, wozu Schneider die Musik setzt. Letztere wird erst noch etwas zusammengestrichen. Nach Karneval erwartet man auch Bernhard Kleins »Dido«, eine heroische Oper. Die Bohrer und Boucher haben wieder Konzerte angekündigt. Wenn der »Freischütz« gegeben wird, ist es noch immer schwer, Billette zu erhalten. Der Bassist Fischer ist hier, wird nicht auftreten, singt aber viel in Gesellschaften. Graf Brühl ist noch immer sehr krank; er hat sich das Schlüsselbein zerbrochen. Wir fürchteten schon, ihn zu verlieren, und noch so ein Theaterintendant, der Enthusiast ist für deutsche Kunst und Art, wäre nicht leicht zu finden gewesen. Der Tänzer Antonin war hier, verlangte 100 Louisdor für jeden Abend, welche ihm aber nicht bewilligt wurden. Adam Müller, der Politiker, war ebenfalls hier; auch der Tragödienverfertiger Houwald. Madame Woltmann ist wahrscheinlich noch hier; sie schreibt Memoiren. An den Reliefs zu Blüchers und Scharnhorsts Statuen wird bei Rauch immer noch gearbeitet. Die Opern, die Karneval gegeben werden, stehn in der Zeitung verzeichnet. Doktor Kuhns Tragödie »Die Damaszener« wird noch diesen Winter gegeben. Wach ist mit einem Altarblatt beschäftigt, das unser König der Siegeskirche in Moskau schenken wird. Die Stich ist längst aus den Wochen und wird morgen wieder in »Romeo und Julie« auftreten. Die Karoline Fouqué hat einen Roman in Briefen herausgegeben, wozu sie die Briefe des Helden und der Prinz Karl von Mecklenburg die der Dame schrieb. Der Staatskanzler erholt sich von seiner Krankheit. Rust behandelt ihn. Doktor Bopp ist hier angestellt als Professor der orientalischen Sprachen und hat vor einem großen Auditorium seine erste Vorlesung über das Sanskrit gehalten. Vom Brockhausischen »Konversationsblatte« werden hier noch dann und wann Blätter konfisziert. Von Görres' neuester Schrift »In Sachen der Rheinlande usw.« spricht man gar nichts; man hat fast keine Notiz davon genommen. Der Junge, der seine Mutter mit dem Hammer totgeschlagen hat, war wahnsinnig. Die mystischen Umtriebe in Hinterpommern machen großes Aufsehn. Hoffmann gibt jetzt bei Wilmanns in Frankfurt unter dem Titel »Der Floh« einen Roman heraus, der sehr viele politische Sticheleien enthalten soll. Professor Gubitz beschäftigt sich noch immer mit Übersetzungen aus dem Neugriechischen und schneidet jetzt Vignetten zu dem »Feldzug Suworows gegen die Türken«, ein Werk, welches der Kaiser Alexander als Volksbuch für die Russen drucken läßt. Bei Christiani hat C. L. Blum eben herausgegeben: »Klagelieder der Griechen«, die viel Poesie enthalten. Der Künstlerverein in der Akademie ist sehr glänzend ausgefallen und die Einnahme zu einem wohltätigen Zwecke verwendet worden. Der Hofschauspieler Walter aus Karlsruhe ist eben angekommen und wird in »Staberles Reiseabenteuer« auftreten. Die Neumann soll im März wieder herkommen und die Stich alsdann auf Reisen gehen. Julius von Voß hat wieder ein Stück geschrieben: »Der neue Markt«. Sein Lustspiel »Quintus Messis« wird nächste Woche gegeben. Heinrich von Kleists »Prinz von Homburg« wird nicht gegeben werden. An Grillparzer ist das Manuskript seiner Trilogie »Die Argonauten«, welches er unserer Intendanz geschickt hatte, wieder zurückgesandt worden. Markeur, ein Glas Wasser! Nicht wahr, der Kammermusikus, der weiß Neuigkeiten! An den wollen wir uns halten. Er soll Westfalen mit Neuigkeiten versorgen, und was er nicht weiß, das braucht auch Westfalen nicht zu wissen. Er gehört zu keiner Partei, zu keiner Schule, ist weder ein Liberale noch ein Romantiker, und wenn er etwas Medisantes sagt, so ist er so unschuldig dabei wie das unglückselige Rohr, dem der Wind die Worte entlockte: »König Midas hat Eselsohren!«

August Kopisch

Entdeckung der Blauen Grotte auf der Insel Capri

Es war im Sommer des Jahres 1826, als ich mit meinem Freunde Ernst Fries in der schönen Bucht an der nördlichen Marine von Capri landete. Die Sonne neigte sich dem fernen Ischia zu, als wir in den rasselnden Uferkies hinabsprangen. Capri war die erste Insel, die ich betrat, und nie werde ich den Eindruck vergessen. Einer meiner liebsten Wünsche erfüllte sich. Ich hörte nun das Meer um alle jene wunderbar gestalteten Felsen rauschen, die schon von Neapel aus meinen Sinn zauberisch gefangengenommen. Jede brandende Wellenreihe sang mir zu, ich sei vom Festlande geschieden, auf einer Klippe, wo ein einfaches Volk von Fischern und Gärtnern wohnt und der Hufschlag der Rosse und das Geroll der Wagen unbekannt ist. Mit ihren Felsen und Höhlen und hangenden Gärten und alten Trümmern und neuen Städten und Felsentreppen war mir die Insel schon von fern als eine besondere Welt erschienen, erfüllt von Wundern und umschwebt von grauenvollen und lieblichen Sagen, und nun, da meine Zeit nicht eng beschränkt war, durfte ich hoffen, diese Welt in allen ihren Grenzen genau durchforschen zu können. Dieser Gedanke machte mich unbeschreiblich glücklich. – Der Strand erfüllte sich bei unsrer Ankunft mit Leuten aus beiden Städten der Insel, Männern und Jünglingen, Weibern und Mädchen, die wohl imstande waren, an die alte schöne griechische Bevölkerung des Eilandes zu erinnern. Sie nahmen die Ladung des Marktschiffes, das auch uns gebracht, in Empfang und trugen sie mit besonderer Gewandtheit teils die hohe Felsentreppe zur Stadt Anacapri, teils die sanftere Lehne nach Capri hinauf. Ein munterer Bursche ergriff unser weniges Gepäck, und langsam folgten wir dem Zuge nach letztgenannter Stadt. Erst befanden wir uns wie auf der Scena eines riesigen Felsentheaters: im Vorgrunde eine Reihe weißer Häuser mit flachen Dächern, worüber sich in immer größeren Halbkreisen, Terrasse nach Terrasse, Weingärten erhoben, bis prächtig aufsteigende Felsenwände und die oben ragende Stadt den Aufblick umgrenzten. Unser Pfad schlängelte sich jene Terrassen hinan. Die steileren Hänge sahen wir bedeckt von immergrünen Myrten- und Lorbeergebüschen; auch Mastixbäume und einzelne Fächerpalmen wurden bemerkbar. Vögel flatterten über uns hin, und von den Ölbäumen herab sangen die Zikaden ihr eintöniges Lied. Der Weg war lang, der Abend lieblich. Alles, was ich je von jenem Eilande gelesen, tauchte vor meiner Erinnerung auf und mischte sich mit den anmutigen Szenen der Gegenwart. Blickten wir zurück, so schimmerte fern herüber der reizende Golf von Neapel, Ischia, Procida und alle Pontinischen Inseln.

Staunend und oft verweilend, gelangten wir endlich auf das Joch der Insel, durch ein Turmtor in die fast orientalisch gebaute kleine Stadt Capri. Der Knabe, der unsere Habseligkeiten trug, führte uns bei der Kirche vorüber in die schöne weiße Locanda des Don Giuseppe Pagano, wo wir, gegen mäßige Vergütung, die freundlichste Aufnahme fanden.

Unser Wirt, ein kleiner, behaglicher Fünfziger, führte uns treppauf, treppab in seinem wunderlich, doch sehr heiter gebauten Hause umher, und als ich bei einer kleinen Sammlung alter Bücher verweilend stehnblieb, erzählte er mir, er habe sie in Neapel gesammelt, als er dort studiert, und stellte sich mir zugleich als den Notar des Ortes vor. Ich war sehr erfreut, in ihm einen unterrichteten Mann und in seiner Bibliothek mehrere Bücher, lateinische und italienische, zu finden, die teilweise von Capri handelten. Als er sah, daß ich die Absicht hatte, die Insel recht gründlich kennenzulernen, trug er mir mit großer Freude sogleich alles zusammen, was mir dazu von seinen Büchern nützlich sein konnte, und versprach, den andern Tag noch mehreres von Freunden beizuschaffen. Er nahm an unsrer aus allerlei mir zum Teil noch unbekannten Seetieren bestehenden Abendmahlzeit teil, und wir wurden bald gute Freunde. Nachdem wir uns mit Speise und Trank erquickt, stieg die ganze Familie des Notars mit uns auf das Dach des Hauses, wo wir uns niederließen und behaglich plaudernd des schönen Blickes über Stadt und Insel bei Sternenlicht genossen. Don Pagano aber deutete im Halbdunkel der klaren Nacht auf alles hin, was ihm merkwürdig erschien, und erzählte davon, was er irgend wußte. Unsre Augen folgten ihm angestrengt in das mystische

Dunkel, und je weniger wir eigentlich zu erkennen vermochten, je mehr ward unsre Neugier gespannt. Wir besprachen uns mit ihm über die Ausflüge, die wir nach und nach machen wollten, und nahmen uns vor, in den heißen Mittagsstunden zu Hause zu bleiben und die Odyssee zu lesen; auch wollte ich diese Zeit benutzen, in den erwähnten Büchern zu studieren, um womöglich der gründlichste Kenner der Insel zu werden. Erzählen, wie treu wir den in jener ersten romantischen Nacht gefaßten Vorsätzen geblieben, wie wir bald nach dieser, bald nach jener zertrümmerten Villa Tibers, bald zum Sirenenfelsen hinab, bald die Felsentreppe nach Anacapri hinan, bis zum Gipfel des Monte Salaro emporgeschwärmt und welche glückliche Tage wir in der Familie des Notars verlebt, würde den geneigten Leser zu weit führen. Soviel Anmutiges sich darüber beibringen ließe, ziehe ich es vor, hier einen leichten Umriß der Gestalt und Geschichte der Insel zu entwerfen, um dann zur Schilderung eines Abenteuers überzugehn, welches unerwartet Veranlassung gab, daß die Insel und Don Paganos Haus nun häufiger von Fremden besucht werden als je vorher.

Will man sich von der Gestalt Capris eine klare Vorstellung machen, so denke man sich einen Teil des Meergrundes, hier aus Apenninenkalk bestehend, von Morgen her mit abendlicher Neigung erhoben zu einer dreiviertel Meilen langen und halb so breiten Scholle, diese jedoch querüber, von Süden nach Norden, so zerbrochen, daß die westliche Hälfte dicht am Abbruch die höchste blieb, etwa 2000 Fuß hoch, während die östliche (zu Anfang die höchste) zurücksank und in halb so hohen Trümmern stehnblieb. Die Kluft zwischen beiden ließ, obwohl hoch erfüllt vom nachstürzenden Geröll, nördlich eine größere Bucht, südlich eine kleinere. Südöstlich ist die Zertrümmerung so stark, daß mehrere turmähnliche Felsensplitter, die Faraglioni genannt, noch weit vom Ufer einzeln dem Meere entragen. Der eine bildet ein riesiges Tor, welches man durchsegeln kann. Ringsher aber ist der ganze steile, mehr oder minder zertrümmerte Felsrand der Insel reich an mannigfaltigen Grotten, gebildet durch Einstürzungen, geschmückt mit bunten

Tropfsteinzacken. In viele dieser Höhlen braust das salzige Element hinein mit all seinen Farbenspielen. In der ältesten Zeit war die Insel mehr zerklüftet als jetzt und allein mit Gestrüpp bewachsen, nur wilde Ziegen waren ihre Bewohner, wovon sie den Namen Capreae erhielt. Ein platter Stein in der südlichen Bucht heißt die Sirene, und die Sage geht, Odysseus habe den gefahrvollen Gesang hier vernommen. Wahrscheinlich erbauten die Teleboer in der nördlichen Bucht die erste Stadt. Die Insel blieb, wenigstens lange Zeit, der griechischen Kolonie in Neapel unterworfen. Sie blühte fröhlich auf, und nach griechischer Sitte waren ihre schönen Jünglinge wohlgeübt im Ringen, im Faustkampf, im Wettlauf, im Lanzenwerfen und in allen zierlichen Tänzen.

Als Kaiser Augustus hinkam, gefiel ihm das Eiland mit seinen lustigen Einwohnern so wohl, daß er den Neapolitanern die viel größere Insel Ischia dafür überließ. Eine alte dürre Steineiche soll sich bei seiner Ankunft neu begrünt und dieses Wunder ihn noch mehr zu jener Wahl bestimmt haben. Auf dem östlichsten Felsgipfel erbaute er sich einen prächtigen Palast, wo er oft die Lasten seiner kaiserlichen Arbeiten abwarf und sich an den Wettkämpfen der capreischen Jugend erfreute. Später ward Capri der Verbannungsort der schönen Julia. Die Trümmer ihres Palastes finden sich am westlichen Hange des Berges, welcher nun den Telegraphen trägt.

Als Tiberius zur Regierung kam, erinnerte er sich der frohen Tage, die er mit August auf Capri verlebt, warf die Plagen und Gefahren der Regierung auf Sejanus' Schultern und zog sich auf diesen sichern Felsen zurück, wo er sich den abscheuwürdigsten Freuden ergab, während seine schrecklichen Machtsprüche die Welt quälten. Viele Jahre lebte er hier, beständig mißtrauisch um sich spähend von der hohen Klippe, die er, sein Gewissen zu übertäuben, in einen sinnlichen Himmel verwandelte, worin zu schwelgen – er schon zu abgelebt war. Fahrwege wand der greise Tyrann um steile Zacken, auf alle Gipfel fuhr er mit Rossen. Er veränderte die Gestalt der Insel, schwang ungeheure Bogenreihen über tiefe Täler und schuf sich künstliche Ebenen, worauf er üppige Gärten erblühen ließ, in deren Grotten, Tempeln und Gebüschen die schändlichen Sklaven seiner Laster als Faunen und Nymphen umherschwärmten. Zwölf Paläste ließ er an verschiednen Stellen der Insel entstehn und weihte sie den zwölf großen Göttern. Der dem Jupiter geweihte erhob sich östlich auf dem äußersten überhangenden Felsgipfel (nun Santa Maria del Soccorso), von welchem der Tyrann die Sklaven, denen er übel wollte, über scharfe Zacken hinab in das Meer stürzen und unten mit Rudern zerstoßen ließ. Ein der Mater magna geweihter Palast war südlicher, in eine abhängige Kluft, um und in eine Höhle gebaut. Der dem Neptun geweihte lag gegen Norden, von der Mitte der Insel mit schönen Bädern in das Meer hinaus; an den sanften Hang darüber lehnte sich der Venuspalast, wenig entfernt davon ein Amphitheater; an demselben Hange, noch östlicher, erhob sich, irgendeiner andern Gottheit gewidmet, wieder ein Palast; der Gipfel neben der Stadt aber trug den, in welchem der Tyrann, über das Meer blickend, auf und ab ging, als er die Nachricht von der Hinrichtung des von ihm verurteilten Sejan erwartete. Die andern Paläste Tibers waren auf der Insel verteilt, bis an das südliche Ufer hinab, wo er, bei jenen phantastisch aus dem Meer emporragenden Felsentürmen, das Arsenal für die Flotte, die ihn beschützte, baute. Dort ließ er in einer mächtigen Strandhöhle seine Schiffe zimmern oder aufstellen. Aus seinen Palästen führten überall heimliche Gänge durch die Felsen bis in die See hinab, wobei er die vorgefundenen Höhlen vielfach benutzte. In jener Zeit muß die Insel einen wahrhaft einzigen Anblick gewährt haben, da die wildeste, zerrissenste Natur der Baukunst die mannigfaltigsten Motive bot und die Schätze der Welt verschwenderisch angewendet wurden, jeden phantastischen Einfall schnell zur Wirklichkeit zu gestalten. Aber alle diese Pracht verschwand, einer Sage nach, bald nach Tibers Tode, zerstört vom Haß und Abscheu des römischen Volkes, und überall, auf Höhen, in Klüften und bis ins Meer hinab, liegen die flüchebelasteten Trümmer.

Nach Tiber besuchte Caligula die Insel, verweilte jedoch nicht lange daselbst. Auch Vitellius war in seiner Jugend hier. Lucilla und Crispina wurden von ihrem Bruder, dem Kaiser Commodus, hierher verbannt. Mit diesen Nachrichten will man obige Sage widerlegen und schiebt alle Zerstörungen auf der Insel den Barbaren und Sarazenen zu, welche freilich in diesen Gegenden schrecklich gewütet haben.

Der furchtbare Seeräuber Barbarossa zerstörte die Stadt am Ufer und soll sich auf jäher Felszacke eine Burg erbaut haben. Ihre Trümmer zeigt man hoch über der Treppe, die mit 554 Stufen zum westlichen, höhern Teil der Insel hinanführt. Die späteren Einwohner stellten die neue Stadt auf das Joch der Insel, dem Berg Madonna della Libera nahe. Eine mehrere hundert Fuß hoch gewölbte Grotte desselben nahm damals die gesamten 2000 Einwohner auf, wenn eine Übermacht von Seeräubern die Insel überfiel. Jene Grotte befindet sich an der Südseite des Berges und hängt ganz uneinnehmbar über das Meer hin, so daß die Flüchtenden sie nur auf aneinandergehängten Leitern erreichen konnten. Die Jünglinge wehrten oft noch den Feind ab, während man die Kranken und Alten, in Körben an langen Seilen, an einigen Stellen erst hinabließ, um sie an andern weiter hinauf bis zur Grotte hinanziehen zu können, wohl über hundert Fuß hoch. Feuerstellen und Trümmer einer zur Abwehr erbauten Mauer sind in der überaus imposanten, oben mit Tropfsteinen geschmückten Höhle noch sichtbar.

In jenen unruhigen Zeiten mag auch die zweite Stadt, Anacapri, am Monte Salaro, entstanden sein, wohin die erwähnte Treppe führt, oben noch versehen mit einer Zugbrücke.

Als in neuern Zeiten die Franzosen Neapel schon eingenommen hatten, hielten die Engländer noch unter Church die Insel besetzt und erbauten überall Schanzen und Kastelle. Dennoch erstiegen die Franzosen zur Nachtzeit auf der westlichen Seite, wo sich die Insel ins Meer neigt, dieselbe mit aneinandergebundenen Leitern und trieben die Engländer über Anacapri die unendliche Treppe hinab, über die Höhen der andern Stadt nach dem zertrümmerten Arsenal des Tiber hinunter, wo sie sich bald einschifften und davonsegelten. Die Besatzung des Kastells auf dem höchsten Gipfel der Insel wußte von dem Hergange nichts und schickte nach einigen Tagen ein Kommando hinab, um Proviant zu holen. So erfuhren die Franzosen erst, daß dort oben noch Feinde seien, gingen hinan und nahmen, ohne großen Widerstand zu finden, auch jenen höchsten Punkt ein. Sie zerstörten die Befestigungen dort oben, weil sie sich als völlig unnütz erwiesen. Nichts aber gleicht der Aussicht, welche man von jenem höchsten Punkt aus genießt. Zweitausend Fuß erhoben, stürzt die höchste Zacke nach Süden so schroff ab, daß man mit einem Stein in das Meer werfen kann. Nach Westen senkt sie sich, immer noch steil, doch nicht so jäh, nach der Stadt Anacapri hin, bildet dahinter eine sanft abfallende, breite, schön bebaute Lehne, die mit unzähligen höhligen und rissigen Riffen ins Meer geht. Nach Norden schaut man über die Barbarossaburg, nach Osten aber übersieht man die schöne fruchtbare Kluft, welche die Insel teilt, mitten die Stadt Capri, rechts und links die südliche und die nördliche Bucht, den erwähnten Berg mit der mächtigen Höhle, gekrönt von einer Burg, dahinter die Felsentürme mit dem Felsentore im Meer, links darüber den Telegraphenberg und alle zackigen Weinberge bis zum östlichsten Ende, wo die dem Jupiter geheiligten Augusteischen und Tiberischen Palasttrümmer und das Kirchlein Santa Maria del Soccorso von der äußersten Zacke ragt. Alles dieses bildet den mannigfaltigsten Vorgrund für die Fernsicht auf das blaue Meer, die Pontinischen Inseln und Ischia, Procida, die Golfe von Gaeta, Bajä, Neapel, Sarno und Salerno, hinter allen die blauen Abruzzen, im Mittelgrund den dampfenden Vesuv, näher, die Meerenge von Capri bildend, das prächtige Vorgebirge der Minerva, weiter die Sirenusischen Inseln, tiefer hinein die Ebene von Pästum und südlicher das schön geschwungene Kap Licosa, welches träumerisch versinkt in die Ebne des Meeres. – Wenn ich jener schönen Aussicht gedenke, ist es mir heute noch, als umwebe mich jener himmlische Ätherstrom, den ich dort geatmet; damals aber war das Erklimmen jenes Gipfels der Schlußstein meiner Ausflüge, die ich bei meinem ersten Aufenthalt zur Kenntnis der Insel machte, und mir blieb nun zu meinem nächsten Zweck nichts mehr übrig als eine Umschiffung und Untersuchung aller ihrer Ufer.

Wir hatten, da das Meer um die Insel bisher täglich heftig bewegt war, den ersten stillen Morgen dazu bestimmt. Endlich schien ein lieblicher Abend uns diesen zu verkündigen. Wir teilten unsre Hoffnung unserm Wirt, dem Notar, mit. Er fand sie begründet und versprach uns zu der Fahrt einen erfahrnen Schiffer zu besorgen, der, wie er sich ausdrückte, die Toten aus der Unterwelt wieder zurückholen könne, so verstehe er zu rudern. »Er ist alt«, sagte er, »hat aber ein Auge wie ein Falke, ein Herz von Stein und einen Arm von Eisen.« – Der Mann gefiel mir im voraus und nachher noch besser; denn er rettete uns den andern Tag zweimal das Leben. – Es wurde nach ihm gesandt.

Die lange Zeit, ehe der Bote zurückkehrte, benutzte ich dazu, den Notar über die ganze Expedition genau zu befragen, um mir alles Interessante für morgen zu notieren. Er gab mir als alter Capreer sehr detaillierte Auskunft über alle schönen Stellen der Ufer und ihre Benennungen, die auf seinen schlechten Karten sehr unrichtig angegeben waren. Als ich mit Notieren fertig war, gab ich ihm das Blatt zum Durchlesen. Bei der einen Stelle kniff er den Mund zusammen, nickte mehrmals mit dem Kopfe und brummte wunderlich vor sich hin. Ich fragte ihn, ob ihm noch etwas beifalle. – »Ja«, sagte er nach einer langen Pause, »mir fällt freilich etwas bei, aber – es hat eine eigene Bewandtnis damit: Ich bin nun schon sechsundfunfzig Jahr alt und habe in meinem Leben noch niemanden dazu bereden können; es ist besser, ich lasse das Ding wieder fahren.« – Damit wollte er schweigen, da aber meine Neugier nur um so reger wurde und ich ihn wiederholt gefragt, was er damit meine, fuhr er endlich in seiner Rede so fort: »Ja, sechsundfunfzig Jahr bin ich alt und habe einen Wunsch mit mir herumgetragen fast ebenso lange. Der Wunsch ist folgender: An der nordwestlichen Seite unsrer Insel ragt eine Art Turm, Damecuta genannt. Dort umher sind eine Menge römischer Ruinen, und wahrscheinlich war dort ebenfalls ein Palast Tibers. Im Volk geht auch die Sage, der Ort habe sonst Dame chunsa geheißen, das heißt Frauenverschluß, weil Kaiser Tiber dort seine Mädchen verschlossen.« Ich warf ihm scherzend ein, es sei doch wohl nicht seine Absicht, dieselben zu erlösen.

»Nein«, antwortete er lachend, »aber ein Schloß Tibers hat da gestanden. Hört mich weiter«, fuhr er wieder sehr ernsthaft fort. »Unterhalb jener Trümmer ist am Ufer des Meeres ein Ort, Grottelle genannt, wo das Meer in viele kleine Höhlungen mehr oder minder tief eindringt. Eine derselben mit winzigem Eingange ist sehr verrufen, und die Schiffer halten sich auch am hellen Tage fern davon, meinend, der Teufel wohne darin mit vielen bösen Geistern. Ich aber« – hiebei sahe er sich um, ob ihn jemand der Seinigen höre, und fuhr, als er uns allein sah, leiser fort –, »ich aber glaube es nicht. Hier auf der Insel darf man so etwas nicht laut werden lassen, sonst wird man für wenig fromm gehalten. Indes Ihr seid ein studierter Fremder und werdet mir zugeben, die Frömmigkeit bestehe in etwas andrem als im Glauben an Teufelsgespenster. Genug, ich habe von Jugend auf eine Sehnsucht verspürt, gerade in diese Höhle zu schwimmen und sie zu erforschen. Dabei gestehe ich Euch aber ebenso offen, daß mich bei dem Gedanken doch ein Schauerchen anweht und daß ich es nie wagen wollte und jetzt als Familienvater noch weniger wagen werde, allein hineinzuschwimmen. Da sei Gott vor! Aber wohl hundertmal habe ich als Knabe, als Jüngling und als Mann Freunde und Bekannte, die rüstige Schwimmer waren, gebeten, mich dahinein zu begleiten; vergeblich! – Die Teufelsfurcht war zu gewaltig in ihnen, als daß meine Bitten irgend etwas vermocht hätten. Nun aber hört, was mich später noch mehr in meinem Wunsche bestärkt hat. Ich vernahm vor etwa dreißig Jahren von einem uralten Fischer, daß vor zweihundert Jahren ein paar Geistliche den Spuk haben bestehn wollen. Dieselben sind auch ein Stück in die Grotte hineingeschwommen, aber gar bald wieder umgekehrt, indem sie eine grauliche Furcht angekommen. Nach der Aussage dieser Priester soll die Grotte inwendig aussehen wie ein sehr großer Tempel mit einem Hochaltar, ringsherum aber alles voll von Götzenbildern sein und das Wasser innen so wunderlich beschaffen, daß die Angst, darin zu schwimmen, ganz unbeschreiblich sei.« In älteren Büchern stehe auch eine Nachricht davon, die ein Schriftsteller immer von dem andern abgeschrieben; seit vielen hundert Jahren aber sei niemand eigentlich darin gewesen.

»Zu alle diesem kommt noch eins«, sagte der treffliche Notar, indem er seine Hand fest auf die meinige legte; »ich für mein Teil halte die Ruinen darüber durchaus für ein Tiberschloß, und da Tiber keinen Palast ohne heimlichen Ausgang gehabt, behaupte ich und versichere Euch: der heimliche Ausgang jener Ruine geht durch diese Grotte! So könnte die Grotte, die inwendig weit gewölbt ist, gar wohl ein Tempel des Nereus und der Nymphen sein, um so mehr, da man aus den alten Klassikern weiß, daß Tiberius die Höhlen von Capri vielfach benutzt und in seinem Sinn ausgeziert hat. Noch muß ich Euch sagen, daß alle Fremden, denen ich bisher davon gesprochen, meine Gedanken als wunderliche Träume belächelt; in Euch aber setze ich das Vertrauen, daß Ihr mir recht gebet, wenn ich behaupte, die Sache sei genauerer Untersuchung wert.«

Ich erwiderte ihm: »Lieber Herr Notar, die Fremden, die über Eure Schlüsse lachten, kommen mir fast so einfältig vor als die Einheimischen mit ihrer Teufelsfurcht. Alles, was Ihr mir da erzählt, hat Hand und Fuß, und ich bin so vollkommen Eurer Meinung, daß ich vor Begierde brenne, mit Euch den verrufenen Teufelstempel zu untersuchen.«

»Aber man kann nur schwimmend hinein!« warf der Notar noch zweifelnd ein. »Inwendig ist die Grotte tief mit Wasser erfüllt.«

»Desto besser!« sagte ich. »So können wir untertauchen, wenn die bösen Geister uns mit Feuer peinigen wollen.«

»Ihr scherzet?« sprach der Notar.

»Nein, ich scherze nicht!« gab ich ihm zur Antwort. »Ihr habt in mir endlich, nach sechsundfunfzig Jahren, den Mann gefunden, der bereit ist, das Abenteuer mit Euch zu bestehn, und damit Ihr sehet, daß ich Ernst mache, lade ich Euch auf morgen ein, mit uns zu fahren. Wir können, da wir doch baden wollten, bei jener Grotte anhalten und unser Bad bei den Dämonen nehmen, in dem Wasser, das die guten Geistlichen vor zweihundert Jahren so geängstigt hat.«

Da erheiterte sich das Gesicht des Notars. »Topp!« sagte er. »Ich bin dabei! Wisset, so alt ich bin, ich schwimme noch mit jedem um die Wette. – Erlaubt, daß ich Euch küsse, lieber Don Augusto! Sprechen wir nur leise, daß niemand im Hause etwas davon merkt: sie lassen mich sonst nicht fort; denn die Angst ist groß, wie ich Euch sage.«

»Wir müssen uns nur jetzt darüber beraten«, fuhr ich fort, »wie wir das Unternehmen einrichten. Ist der Eingang so klein, wie Ihr sagt, so muß es in der Grotte finster sein: wir werden also Fackeln mitnehmen müssen oder ein Pechfeuer in einer Kufe.«

»Allerdings«, meinte der Notar; »die können wir schwimmend vor uns her stoßen und dabei trefflich sehen, wie die Grotte beschaffen ist. Angelo soll alles besorgen!«

Mein Reisegefährte, der bisher geschwiegen hatte, warf hier ein, die Sache werde so zu umständlich und zeitraubend, auch gäbe es viel solcher Höhlen, die Italiener glaubten überall Schätze zu finden; er stimme gegen das Unternehmen. – Da wurde das eben noch heitere Gesicht des Notars leichenblaß, ich aber sagte ihm, er solle getrost sein, die Sache werde jedenfalls durchgesetzt. Nun stellte ich meinem Freunde wiederholt vor, wie wir morgen doch hätten baden wollen und ein Bad in der Grotte nicht länger aufhalte als ein anderes, wir könnten daher alles recht gut mit der Umseglung der Insel vereinigen; habe er aber morgen nicht Lust, so wolle ich die Sache verschieben. Endlich gab er nach und versprach, mit hineinzuschwimmen. Niemand war froher als der Notar. Indem kam Angelo Ferraro, der alte Schiffer, ein Mann, dem Meerluft und Sonnenbrand die Farbe der Zimmetrinde gegeben. Mit schlichtem, festem Anstande trat er vor uns hin, die Schifferkappe in der Hand. Wir fragten ihn, ob er sich getraue, uns um die ganze

Insel zu fahren. – »Meine Herren, so gut wie ein andrer!« war seine Antwort. Hierauf gab ihm der Notar die nötigen Aufträge hinsichtlich der Grotte. – Der Mann machte große Augen.

»Diese Herren wollen in die Grotte schwimmen?«

»Ja! Und ich auch«, sagte der Notar. »Willst du mit hinein, Angelo?«

»Ihr auch?« sagte der Schiffer und trat verwundert einen Schritt zurück. »Und wenn es so ist«, schloß er, mit dem Fuße stampfend, »so gehe ich auch mit hinein! Ja, Angelo geht mit!«

»Bravo, Angelo!« rief der Notar.

»Ja«, sagte Angelo, »in dieses Teufelshaus habe ich schon lange einmal hineingucken wollen, aber allein? – Da sei Gott vor! Nun aber sind wir unser vier, und wo ihrer viere sind, weichen die Dämonen. Ich werde mich selbst in eine Kufe setzen und voran hineinrudern, die Kufe mit dem Pechfeuer aber angebunden vor mir her treiben; so können die Herren sich besser umsehen, als wenn sie sich selbst damit plagen und das Feuer so dicht vor der Nase haben.«

»Bravo, Angelo!« wiederholte der Notar.

»Bravo, Angelo!« scholl es auf einmal ganz leise und ironisch aus einer Ecke.

Wir blickten hin.

»O weh, mein Bruder, der Canonico!« seufzte der Notar für sich hin. – Wir waren mit Angelo zu laut geworden, und alles war verraten.

Der Canonico trat mit erzwungener Höflichkeit heran und begann mit verbissenem Zorn: »Verzeiht, meine Herren, daß ich so unartig hereingeschlichen. Es wäre nimmer geschehen, wenn mein Bruder da immer handeln wollte, wie es einem guten Christen geziemt. Ich habe schon eine ganze Zeit hier hinter der Glastür gestanden und mit Verwunderung zugehört, was der alte Mann, der doch endlich klug werden sollte, mit euch fremden Herren und Angelo verhandelt.«

»Ach! gerade *der* mußte dazukommen! Nun wird es gut!« seufzte der Notar und zuckte mit den Achseln. »Laß uns, lieber

Bruder!« bat er den Geistlichen. »Ich habe mit den Herren zu sprechen.«

»So, zu sprechen? – Nun, und was denn alles? Böses, lauter Böses! Seht her, meine Herren, hier ist mein Bruder, der sehr geachtete Notar des Ortes, Herr Giuseppe Pagano, ein studierter Mann, ein gelehrter Mann« (Don Giuseppe nahm bei jedem Lob, aus Zorn, sein Käppchen ab), »ein trefflicher Familienvater, ein braver Gatte, ein vernünftiger Erzieher seiner Kinder, geehrt und geliebt von jedermann, aber – ein Sack voll Narrheit und ein Topf voll Torheit, der oben überkocht, der oben überkocht!« wiederholte er im Eifer. – »Geh, Angelo!« sagte der Notar. »Geh, und tue, wie ich dich geheißen.« Angelo ging; der Canonico aber wendete sich zu uns und fuhr fort: »Ihr, meine Herren, verzeihet mir, Ihr lasset Euch, da Ihr fremd auf der Insel seid, von meines Bruders Schwatzhaftigkeit zu einem Unternehmen bereden, das gefährlicher ist, als es scheint. In eine Grotte schwimmen mag Euch leicht dünken, weil Ihr über Ströme geschwommen seid und im Meere nicht untersinkt. – Wisset Ihr denn aber, was Ihr in der Grotte für Wasser antreffen werdet, ob das Wasser Euch trägt, ob der Teufel nicht Trug macht und Ihr sinkt in die ewigen Flammen? Seht, meine Herren, das wisset Ihr nicht. Ihr habt vielleicht nicht gehört, wie es um die Insel von Haifischen wimmelt, die den Menschen fressen, weshalb man hier nur zwischen den Steinen zu baden waget. Gut, werdet Ihr sagen, sind wir in der Grotte, so sind wir zwischen den Steinen, und die Haifische werden uns nichts tun. Was denkt Ihr? Glaubt Ihr nicht, der Teufel könne sich ganz andere Fische darin halten, wogegen die Haifische nur fromme Lämmer sind? O lachet nicht, meine Herren! Was ich sage, ist nicht leere Einbildung. Tatsachen, reine Tatsachen sprechen dafür. Ihr werdet in alten Büchern von Sirenen und Tritonen gelesen haben. Nun, diese Sirenen und Tritonen sind Teufel, die solche Gestalt annehmen und noch andre, um dem Menschen zu schaden und ihn vom ewigen Heil abzuziehen!«

»Herr Canonico«, warf ich ihm ein, »die Sirenengeschichten sind alte griechische Märchen; daran glauben wir nicht!«

»Alte griechische Märchen?« rief der Canonico und hob beide Arme auf. »Wollte Gott, es wären bloß alte griechische Märchen, so würde man sie nicht noch heutzutage sehen müssen! Wie lange ist es denn her, daß ein Fischer auf der Insel starb. Wie hieß er doch?«

»Kein Mensch weiß es!« fiel der Notar voll Ärger ein.

»O ja! Viele wissen es noch!« fuhr der Geistliche fort. »Kurz, der Fischer starb an einer entsetzlichen, unheimlichen Krankheit, weil er einen Meermann gesehen hatte. Wie kam das aber? – Er fuhr in die Nähe jener Teufelsgrotte, da Fische zu harpunieren. Der Morgen war sehr schön, und er konnte die Muscheln auf dem Grunde des Meeres kriechen sehen, obwohl es da sechzig Ellen tief ist. Da sah er auf einmal alle Fische fliehen, aber ganz in der Tiefe einen einzigen bleiben; derselbe fing an herumzuschwimmen, immer höher und höher, im Kreise um seine Barke. Der Fisch hatte Mannslänge. Der Mann nahm also die stärkste seiner Harpunen in die rechte Hand, legte die Schnur zurecht und lauerte, die linke am Ruder. Der Fisch kam immer mehr herauf und sah bald rot, bald grün aus, ebenso waren die Augen bald rot, bald grün. Dem Fischer, der nie einen solchen Fisch gesehen hatte, ward etwas unheimlich zumut; aber statt wie ein guter Christ ein Vaterunser zu beten, damit der Fisch wieder abgezogen wäre, faßte sich der Mann, wie die Weltkinder sagen, ein Herz und warf, als der Fisch ihm nahe kam, die Harpune in Teufels Namen. Da sah er sie auch mitten in den Nacken des Fisches hineinfahren, das Meer aber färbte sich so rot vom Blute, daß er bald nichts mehr darin erkennen mochte. Von dem Fische glaubte er, daß er ihn auf der Stelle getötet, weil die Schnur gar nicht straff ward, und begann sie heraufzuziehen. Siehe da, die Harpune kam ohne Fisch und ohne Gabel herauf und war mitten entzwei, nicht abgebrochen, sondern wie abgeschmolzen. Da kam den Fischer eine Furcht an. Er ließ das Ende der Harpune ins Schiff fallen, ergriff beide Ruder und begann aus allen Kräften zu rudern, um hinwegzukommen; aber – die Barke ging nicht von jener Stelle, sondern immer geradeso im Kreise herum, wie zuvor der Fisch geschwommen war; endlich aber stand sie ganz still, und aus dem roten Wasser erhob sich ein blutiger Mann, der hatte die Gabel der Harpune in der Brust stecken und drohte ihm mit der Faust. Da sank der arme Fischer ohnmächtig hin, und die Barke trieb mit ihm auf den Wellen bis nach der Marine von Capri. Dort kamen ihm bald Freunde zu Hülfe. Drei Tage war er völlig stumm; endlich am vierten konnte er erzählen, was ihm geschehen war. Nun aber erging es ihm wunderbar. Die Hand, womit er die Harpune geworfen, fing an zu dorren und zu welken wie ein Blatt, desgleichen welkten nach und nach der Arm und alle seine Glieder, zuletzt schrumpften der Leib und der Kopf so zusammen, daß er sterben mußte. Die Leiche aber sah nicht aus wie eine Menschenleiche, sondern wie eine getrocknete Wurzel bei einem Apotheker.«

»Warum nicht gar wie der Zopf an einer Perücke!« sagte der Notar, stand ärgerlich auf und ging im Zimmer hin und her. Der Canonico ließ sich aber nicht stören, sondern sprach immer weiter und war ganz unerschöpflich in Märchen von dieser Grotte, die er für reine Tatsachen hielt. Zuweilen, sagte er, erblicke man Feuer darin, zuweilen sähen Tiere wie Krokodile daraus hervor. Der Eingang verändere sich täglich siebenmal und sei bald weiter, bald enger. Bei Nacht sängen die Sirenen darin, und inwendig sei alles voll von Totengebeinen. Dann und wann schreie es darin wie kleine Kinder. Stöhnen und Ächzen sei das Allergewöhnlichste, was man da vernähme, auch sei es gar nichts Seltenes, daß junge Fischer in jener Gegend verschwänden.

»Das ist alles nicht wahr und lauter Fabel!« rief endlich der Notar, dem die Geduld ausgerissen war. »Laß uns, lieber Bruder! Wir haben die Fahrt einmal fest beschlossen, und nichts in der Welt kann uns davon abbringen!«

Der Canonico versuchte nun den Sinn des Notars mit geistlichen Ermahnungen zu wenden. Dieselben fingen sehr sanft an; da der Notar aber immer entgegen sprach, wurden sie immer heftiger und beide Brüder endlich so laut, daß die Frau des Notars, die ganze Familie hinter sich, hereintrat und fragte, was sie so entzweie. – Der Canonico rief sie feierlich an: »Hört, liebe Frau Schwägerin, was Euer Mann, mein Bruder, tut! Hört, liebe Kinder, was euer Vater vorhat! In die Höhle will er schwimmen morgenden Tages mit diesen Herren!«

»In welche Höhle?«

»Ach! in die Teufelshöhle, wovon er immer spricht!«

»I, das wird ja mein Mann nicht tun!« sagte die Frau ganz erschreckt.

»Ja, Frau, jetzt tue ich es gerade!« sagte der Notar. »Willst du mitkommen, mein Sohn«?

»Ja!« sprach der muntre zwölfjährige Bursche, seine Hand fassend. »Wo der Vater hingeht, geh ich mit.«

»Bravo!« sagten wir.

Das war dem guten Geistlichen zuviel. Er faltete die Hände und ging, für seines Bruders Seele betend, nach seinem Zimmer.

»Nun haben wir Ruhe!« sagte der Notar. »Jetzt, Frau, laß das Abendbrot aufsetzen. Streiten macht hungrig. Ich will hinuntergehn und von dem besten Weine heraufholen, den ich irgend habe.« – Damit ging er hinaus, und die Frau, gewohnt, sich in seinen Willen zu fügen, seufzte vor sich hin und tat, wie er befohlen. Die Töchter aber fragten uns sehr teilnehmend, ob wir denn wirklich Leib und Seele aufs Spiel setzen wollten, und gingen nicht im mindesten darauf ein, als ich die Sache ins Scherzhafte zu ziehen suchte. Das Abendbrot war aufgetragen, der Notar schleppte eine riesige Phiole des köstlichsten Weines heran, und da ihm die Trauer in den Gesichtern seiner Töchter mißfiel, gebot er ihnen, zur Ruhe zu gehn. Alle drei sahen sich noch einmal nach uns um, so bange, als wenn sie uns für verlorne Menschen hielten. Dann zogen sie die Tür hinter sich zu.

Der Notar aber sprach aufatmend: »Nun sind wir unter uns, nun wollen wir fröhlich sein!«

Die Ermahnung ging uns zu Herzen. Wir setzten den trefflichen Meerspinnen und der riesigen Flasche tapfer zu und stießen mehr wie einmal auf gutes Gelingen unsers Abenteuers an. Der Notar ließ alle Vorstellungen los, die er sich von Jugend an von der Grotte gemacht hatte, ich erfand neue dazu und sprach immer von Statuen und großen Schätzen, die wir da finden würden und finden müßten! – Dem Notar schien in seiner Freude nichts zu abenteuerlich. Er sagte zu allem: »Man kann nicht wissen! Wer weiß! Warum denn nicht? Es ist alles möglich!«, und dergleichen mehr. Mein deutscher Freund, der für die Sache weniger begeistert war, schloß endlich: »Wißt ihr, wie ich mir die Grotte inwendig denke? Naß, feucht, dunkel und finster, und damit Punktum! Gehn wir schlafen!« – Damit standen wir auf. Der Notar umarmte uns, und da es spät geworden war, eilten wir, zur Ruhe zu kommen.

Ich brachte die Nacht halb schlummernd, halb wunderlich träumend hin. Natürlich führte mich der Traum in die Grotte. Wir waren dort ausgestiegen und kamen in lange Gänge. Hie und da waren Gerippe, in allerlei Stellungen, in Fesseln aufgehangen, wovon eines immer lateinisch fluchte. Auf einmal hörten wir Tritte und sahen den Kaiser Tiberius kommen. Ein römischer Soldat trat vor und fragte, was wir wollten. Über dem Besinnen auf Antwort erwachte ich – dann schlief ich wieder ein und träumte, wir seien wieder in der Grotte und fänden eine Tür von Erz. Wir hatten Brecheisen, und als wir die Tür aufbogen, sahen wir durch die Ritzen einen prächtigen Saal. Auf einmal sprang die Tür vor uns auf, und ein Sturm wehte uns entgegen. Das Meer war in den Saal gebrochen und zertrümmerte die Prachtsitze, die Bildsäulen und Dreifüße. Alles rollte durcheinander. Die Wellen ergriffen auch uns und schleuderten uns längs der gemalten Wände umher. Ich hielt mich, endlich gegen die Decke geworfen, an einem dort angebrachten Ring und blieb eine Weile schwebend, aber der Ring gab nach, die Decke bog ein, alles stürzte zusammen, und ich – erwachte. Nicht lange, so brach der Morgen an; ich weckte meinen Freund, wir kleideten uns an und gingen zu Don Pagano, den wir schon in vollem Zeug und Zuge fanden. Er hatte einen Korb mit Lebensmitteln für unsere Expedition gefüllt, auch eine Laterne dazugepackt, für den Fall, daß wir in der Grotte ausstiegen. Über dem kam das Frühstück, der kleine Sohn Paganos jubelnd dahinter. Nachdem wir uns erquickt hatten, zogen wir fröhlich aus. – Die Familie des Notars blickte traurig nach. In einer halben Stunde gelangte der kleine Zug zur nördlichen Marine hinab, wo Angelo, dem sich unser Eseltreiber Michele Furerico gesellt, bereits unser wartete. Die Kufen, Pechpfannen, Laternen und Stricke wurden auf ein kleineres Boot gepackt. Wir selbst bestiegen ein größeres und schleppten jenes nach. Der Eseltreiber und Angelo ruderten nun so schnell mit uns dahin, daß wir sie bitten mußten, langsamer zu fahren, um die Ufer betrachten zu können, indem sie allerlei Merkwürdigkeiten boten. Links gewandt, durchschnitten wir, einen langen Streif hinter uns lassend, das spiegelglatte Element dicht an der nördlichen Küste, vorüber der Neptunsvilla Tibers, und befanden uns bald unter der fast überhangenden Felswand. In dieser bemerkten wir, da wo sie sich niedriger und niedriger neigt, mancherlei Nischen und Tropfsteinhöhlen, in deren einige das Meer hineinwogt. Ich brannte vor Ungeduld, zu der besprochenen zu gelangen; mein Reisegefährte bezeigte jedoch, je näher wir kamen, je weniger Lust, mit hineinzuschwimmen. »Der Notar hat uns etwas vorgeschwatzt, wir werden nichts finden, und er wird uns dann obenein auslachen!« war seine Rede. – Ich sagte, das solle der Notar nicht, wir wollten ihn in die Mitte nehmen, so daß ich voran schwömme und er ihm folge, und wenn sich in der Grotte nichts finde, könnten wir ihn zur Strafe nach Belieben tauchen; dann sei das Lachen auf unsrer Seite. Dieses Vorschlages war mein Freund zufrieden. Wir begannen, uns zum Bade vorbereitend, die lästigen Kleider von uns zu werfen, und ermahnten den Notar, der etwas ernst geworden war, ein Gleiches zu tun.

»Mir ist noch zu warm!« meinte derselbe und blieb, wie er war. Die Rudernden, vorher ziemlich gesprächig, wurden nun auffallend feierlicher. Nicht lange darnach bogen wir um eine Felsenecke, die Ruder wurden eingezogen, die Barke stand still. Niemand sprach ein Wort.

»Warum wird denn hier angehalten?« fragte ich.

»Hier ist die Höhle!« antwortete Angelo mit etwas Befangenheit.

»Wo denn?« fragte ich wieder.

Da zeigte er mir, im Hintergrunde der kleinen Bucht, den finstern Eingang derselben, nicht viel größer als eine Kellerluke. Das hier tiefblaue Meer wallete ruhig hinein und heraus. Alles schwieg. Don Pagano war sehr nachdenklich geworden.

»Nun, Angelo, macht das Feuer an!« unterbrach ich die bange Stille. »Wir haben nicht viel Zeit und wollen flink hinein und heraus!« – Angelo stieg nun in die kleine Barke, setzte die Pfanne in die eine Kufe, schlug Stahl an Stein, wie Äneas' Gefährten, und bald loderte und brodelte ein Pechfeuer so lustig, als man jemals eins gesehen. Die Glut und der Qualm war so groß, daß Angelo, wie er die Kufe damit auf das Meer setzte, ein Gesicht machte wie eine Zitrone unter der Presse.

Wir Fremden lachten herzlich darüber, der Notar aber ward immer ernsthafter.

»Nun, Herr Notar«, sagte ich, »flink ausgekleidet! Wir wollen nun hinein!«

»Ich bin noch warm, geniert Euch nicht! Schwimmt immer voran, ich werde bald nachkommen!« war die Antwort.

»Nein, liebster Freund«, sagte ich darauf, »so ist die Sache nicht gemeint. Wir schwimmen alle zusammen!«

»Aber warum alle?«

»Weil es sonst aussieht, als ob Ihr Furcht hättet, lieber Herr Notar! Ich will Euch ein bißchen helfen auskleiden!«

»Nein, nein, laßt mich, ich bin wirklich noch zu warm!«

»Nun, so wollen wir ein wenig warten!«

Der Notar fing endlich an, die Oberkleider abzuwerfen. »Geht nur hinein, ich komme bestimmt bald nach!«

»Nein«, sagte ich, ihn bei den Schultern fassend. »Herr Notar, wenn Ihr Euch nicht sogleich zum Schwimmen bereitet, so werf ich Euch so ins Wasser.«

Dieses Wort, halb ernsthaft, halb scherzhaft gesprochen, verfehlte seine Wirkung nicht. Er war bald von jeder künstlichen Hülle befreit, aber hineinspringen wollte er noch immer nicht. Da gab ich ihm im günstigen Moment einen leichten Druck an die Schulter, und plump! lag er im Wasser, aus dem er augenblicklich wieder, einem Korkstöpsel gleich, in die Höhe schoß und prustend auf und nieder hüpfte. Er war eine von den leichten Naturen, die im Wasser nicht untergehn, sondern weit hervorragen. Wir Fremden plumpten nun ebenfalls hinein und schwammen lustig um ihn herum. Er hatte mir den Scherz nicht übelgenommen, teilte indes keinesweges meine Lustigkeit, denn – der verhängnisvolle Moment rückte heran. Angelo, in der einen Kufe nach türkischer Weise kauernd, ruderte, die andre mit dem Feuer vor sich hertreibend, dem Eingange zu. Ich glaube, keiner von uns war ohne eine gewisse Bangigkeit. Nicht als ob ich mich vor fabelhaften Dingen gefürchtet hätte, aber ich gedachte der vom Canonico erwähnten wirklichen Haifische und fragte den guten Angelo, ob man hier welche vermuten könne. – Seine Antwort: »Habt keine Furcht, sie gehen nicht zwischen Felsen!«, gab mir nicht genügende Beruhigung; denn, dachte ich, er hat gut reden, er hat seine Beine in der Kufe! – Nun war er unter dem Eingang, nun – tappte er sich an den Wänden hinein. Der gewaltige Rauch des Pechfeuers schlug ihm und mir entgegen, und wir mußten die Augen schließen, als wir unter das innere mächtige Gewölbe kamen. Als ich sie wieder auftat, sah ich alles finster um mich her. Feuer und Rauch blendete, wo Angelo sich an den nassen Wänden forttappte, und nur mit dem Gehör konnte ich, nach dem Hall der rings anschlagenden Brandung, einigermaßen die Größe des überwölbten Bassins ermessen. Ich schwamm in wunderlich banger Erwartung weiter, vergeblich spähend nach Altertümern. Da merkte ich, daß der Notar und mein deutscher Freund, die mir erst gefolgt waren, beide zugleich umkehrten, und wandte mich, sie zu schelten; aber – welch ein Schreck kam über mich, als ich nun das Wasser unter mir sah gleich blauen Flammen entzündeten Weingeistes. Unwillkürlich fuhr ich empor, denn vom Feuer immer noch geblendet, glaubte ich im ersten Augenblick eine vulkanische Erscheinung zu sehen. Als ich aber fühlte, daß das Wasser kühl war, blickte ich an die Decke der Wölbung, meinend, der blaue Schein müsse von da kommen. Aber die Decke war geschlossen, und ich erkannte endlich, vom Feuer abgewendet, halb und halb einiges von ihrer Gestalt. Das Wasser aber blieb mir wunderbar, und mir schwindelte darin, denn wenn die Wellen etwas ruhten, war es mir gerade, als schwömme ich im unabsehbaren blauen Himmel. Ein banges Entzücken durchzitterte mich, und ich rief meinen Gefährten zu: »Bei allem, was schön ist, kommt wieder herein; denn wenn nichts in der Grotte ist als das himmlische Wasser, bleibt sie dennoch ein Wunder der Welt! Kommt, fürchtet euch nicht, es sind weder Haifische noch Teufel hier zu sehen, allein eine Farbenpracht, die ihresgleichen sucht!« – Auf diesen jauchzenden Zuruf faßten sie von neuem Mut und schwammen wieder herein. Beide teilten nun mein Entzücken, aber wir alle begriffen das Wunder nicht, wir konnten es nur anstaunen. Zugleich kam es uns sehr begreiflich vor, daß jene Geistlichen vor zweihundert Jahren das Schwimmen auf diesem Himmel von Wasser ängstlich fanden. Angelo hatte nun mit seinem Feuer den Hintergrund erreicht, wo sich ein Landungsplatz darstellte. Ich schwamm dahin und erklomm das Ufer, wunderbar angeregt, denn die Höhle schien, so groß sie schon war, dort noch viel weiter fortzugehn.

»Hier wird der Gang des Tiberius sein!« rief der Notar aus dem Wasser. Ich fand es nicht unwahrscheinlich, ließ mir von Angelo eine Laterne reichen, worin ein kleines Lämpchen brannte, und ging bebend vorwärts, denn der Boden war ungleich und sehr schlüpfrig; von der Decke hingen Tropfsteinzacken herab, und bei jedem Schritt veränderten sich die Schatten, überall umherirrend an den abenteuerlich gebildeten Wänden. Bald hier, bald da schien sich etwas zu bewegen. Meine Phantasie, durch das unerklärte Wunder des Wassers und die mannigfaltigen Formen angeregt, sah jeden Augenblick Gestalten, und der Gedanke überflog mich, es könne die Höhle ein Aufenthalt von Seeräubern sein. Nun sah ich im Schein des schwachen Lämpchens plötzlich etwas Weißes schimmern und blieb stehen, es zu betrachten. – Meine Gefährten aber fragten aus dem Wasser herauf, warum ich so zurückträte. – »Weil ich ein Gerippe sehe!« wollte ich eben sagen; aber als ich genauer hinleuchtete, war es eine Tropfsteinbildung, die vor der gespannten Phantasie diese Gestalt angenommen, weil ich anfing, die Höhle für eine Mordhöhle zu halten. Ich schritt weiter vor, aber ein kalter Schauer überlief mich, als ich, vor mich hinleuchtend, plötzlich meinen Schatten nicht hinter mir, sondern neben mir erblickte. Was ist das? dachte ich bei mir; geht hier eine Tür auf, werden nun die Mörder gegen dich Waffenlosen kommen und deine Gefährten dich entsetzt verlassen? – Als ich mich aber trotzend zur Rechten wandte, sah ich, daß hier ein Fenster in den Gang gehauen war. Es mündete in die große Grotte, und das Licht des durchschwommenen Eingangs schimmerte herein. »Hier ist Spur von Menschenhand!« rief ich den Gefährten zu. »Kommt her und seht ein gehauenes Fenster!« – Der Notar kam eilig näher und krabbelte sich eifrig an dem Felsen herauf, ihm folgte der deutsche Freund. – »Wahrhaftig, ein gehauenes Fenster!« rief Don Pagano. »Hier ist der Gang Tibers, daraufhin will ich den Kopf verlieren!«

Von dem Fenster aus erschien die Grotte nun in voller Pracht, ein mächtig großes und tiefes Bassin, weit überwölbt von tropfsteingezierten, schön geschwungenen Felsen, das Wasser ein wallender Himmel, dessen blaues Licht die Decke darüber zauberisch erhellte. Am hochroten Saume, der, rings von Seetieren gebildet, alle Ränder der Grotte verziert, funkelten die Brandungen umher und spielten die Farben aller Edelgesteine. Zum Eingange herein aber schimmerte das helle Tageslicht und breitete gleich einem Monde seinen Schein über das Wasser.

Wir beschlossen, über ihrer Schönheit Gang, Tiber und alles vergessend, die Grotte zu zeichnen, um später zu versuchen, ob wir sie malen könnten. Ersteres zu tun, sprangen wir ins Wasser, schwammen hinaus, holten unsre Feldstühle und Mappen und setzten uns in das Fenster. Einer hielt dem andern abwechselnd die Laterne, damit er sehen könne, was er zeichnete. – So brachten wir zwei Ansichten der Grotte zustande. Unterdes hatten der kleine Pagano und der Eseltreiber die Barken draußen andern Schiffern übergeben und schwammen nun jubelnd herein und jauchzend im prächtigen Wasser der Grotte herum; sie nahmen sich aus wie schwarze Dämonen. Wo sie hinschlugen, sprühten blaue Funken. Don Pagano aber, dem unser Zeichnen zu lange währte, schwamm hinaus; er hatte Geschäfte in Capri und konnte nicht bleiben, so gern er gewollt hätte. Vor der Grotte traf er den Besitzer des Terrains derselben. Dieser war auf das vernommene Jauchzen und Jubeln gleich einer Ziege am Felsen herabgeklettert und sah eben mit offenem Mund und neugieriger Scheu nach dem Eingange, als – ein ihm bekanntes Gesicht, eben unser Notar, daraus hervorgeschwommen kam. – »Herr Notar, da heraus kommt Ihr? Was ist denn innen für ein Jauchzen und Jubeln?« – »Der Teufel ist drin!« sagte der nun ganz beherzte Notar mit behaglichem Humor und schwamm nach der Barke. »Guckt selbst hinein und seht, was er für ein Gesicht hat!« rief er von dort, als er das Hemd überwarf. Der erstaunte Eigentümer des Grundstücks faßte nun, auf mehreres Zureden, ebenfalls Mut, warf die Kleider ab und schwamm zu uns herein. Der Eseltreiber und der kleine Pagano begrüßten ihn jauchzend. Der Jubel, die Höhle, das Wasser, das Feuer, unsere sonderbare Zeichenanstalt, alles setzte ihn in immer neues Erstaunen. »Wie habt Ihr den Mut haben können, in diese Luke zu schwimmen? Ich bin hier aufgewachsen, alles das gehört mir, und ich habe nie gewagt zu betrachten, was ich habe! *Ihr Fremden* habt doch Herzen von Stein und Eisen!« rief er einmal über das andre aus.

Nun waren wir mit unsern Zeichnungen fertig. Wir beschlossen, die Höhle weiter zu untersuchen, ich nahm die Laterne und ging spähend voran, die andern folgten. Wir kamen zuerst links in ein labyrinthisches Gewölbe von Tropfsteinen und gingen über hohle Krusten hin, die uns, oft nur einen halben Zoll stark, dennoch sicher trugen.

Diese Abteilung der Grotte mündete wiederum mit einer Art Tor nach der größeren, eine der prächtigsten Ansichten gewährend. Wir kehrten wieder um und fanden, mehr rechts gewandt, einen längern Gang. Diesen verfolgend, trafen wir einige Steine an, die wie Mauerwerk aussahen.

»Hier ist ein Schatz, und der ist mein!« rief der Eigentümer und warf sich darüber hin. Wir mußten herzlich lachen. Es fand sich nichts. Der Schatzsüchtige ließ sich indes nicht irremachen, und die Szene wiederholte sich an andern Stellen zu unsrem Vergnügen noch mehrere Male, bis ein kleiner Vorfall ihn auf einmal aus aller Fassung brachte. Indem er nämlich immer eifrig vor mir her ging, stutzte er plötzlich und kam so eilig zurückgestürzt, daß er mir die Laterne beinah aus der Hand schlug.

»Was gibt es denn da?« fragte ich verwundert.

»Hört!« war seine Antwort; dabei drängte er sich leichenblaß an mich heran, und ich fühlte, wie er zitterte. Der Eseltreiber und der kleine Pagano legten die Hand auf die Lippen, schwiegen und zitterten ebenfalls; mein Reisegefährte sagte: »Nun?«, und Totenstille war um uns her. Nun vernahm man deutlich einen Schall, der wie »piong, pang, pang, pang, pang« aus der schwarzen Tiefe des Ganges ertönte. – »Das ist nur Tropfwasser auf hohlen Stein!« rief ich aus. »Vorwärts!« Damit schritt ich weiter voran; aber bald ging es sonderbar: hielt ich die Laterne niedrig, so brannte sie schlecht; hielt ich sie höher, brannte sie heller. – »Seht, wie wunderlich es hier bestellt ist! In der Höhle geht es nicht richtig zu, machen wir, daß wir hinauskommen!« flüsterte der Eigentümer den beiden andern Capreern zu, und alle drei bekreuzten sich.

»Hier ist nichts als schlechte Luft!« sagte ich zu den Erschreckten.

»Ja, ja, die allerschlimmste!« meinten sie. »Gehn wir im Namen Gottes wieder hinaus!« – Wir Fremden hielten es nun selbst für das beste, wieder umzukehren, aber bevor wir das in Ausführung brachten, leuchtete ich noch ein wenig voran mit hochgehaltener Laterne. Da sahen wir an einer Stelle des Bodens etwas gleich einem schweren weißen Rauch gelagert. Wir hielten dieses Etwas für ein sogenanntes böses Wetter und verweilten einen Augenblick, es zu betrachten; denn wir hatten nie dergleichen gesehen. Die Capreer aber beschworen uns umzukehren und tappten bereits ins Dunkel zurück. Keiner von ihnen wollte der hinterste bleiben. So lächerlich uns dieses eilige

Forttaumeln anfänglich vorkam, so ernsthaft wurden wir, als wir bemerkten, daß wir nicht mehr in dem Gange waren, in dem wir zuerst hereingekommen. Das wirre Tappen der Voranstürzenden ließ mich den Irrtum selbst im Schein der Laterne nicht eher erkennen, bis der Ort, den wir erreichten, von den früheren Stellen auffallend verschieden war. »Gott erlöse uns!« riefen die Capreer. Da der Gang, in welchem wir uns nun befanden, aber viel geräumiger und regelmäßiger als der erste war, legte ich einige Steine in gewisser Ordnung als ein Merkzeichen an die Stelle nieder, wo wir den Irrtum erkannt, und ermahnte alle, diesen Gang ebenfalls zu untersuchen. Wahrscheinlich sei dieser der rechte Hauptgang, indem der andere für ein Römerwerk zu kleinlich erscheine, den andern aber würden wir nach dem Merkzeichen schon wiederfinden. Die Capreer baten mich flehentlich, das neue Unternehmen aufzugeben, und mein Freund wollte mich eben auf den Mangel des Öls in unserer Lampe aufmerksam machen, als sie plötzlich wirklich erlosch. – Da standen wir auf einmal in undurchdringlicher Finsternis, verirrt und ratlos; denn selbst das Merkzeichen, das ich eben hingelegt, vermochten wir, da mehr Steine umherlagen, in der dichten Dunkelheit nicht mehr wiederzufinden. »Wir müssen hier verhungern«, war das erste Wort meines Freundes, »hier finden wir nun und nimmer hinaus!« – Die Capreer klapperten vor Angst, wie in großer Kälte, und murmelten Gebete zu allen Heiligen. Ich, der ich mir die Schuld an aller Unglück beimaß, mußte alle Kraft zusammennehmen, die Besinnung nicht zu verlieren.

»Hier bleibt nichts übrig«, rief ich aus, »als daß wir auf Gott vertraun! Einer muß hier in irgendeiner Richtung fest stehnbleiben, wir andern vier aber müssen rings umhertappen und nach Ausgängen suchen, so gut es sich tun läßt. Durch Zurufen halten wir uns wohl zusammen und finden uns nach dem Stillstehenden so lange zurecht, bis wir unsern Zweck erreicht haben.«

Mein deutscher Gefährte fand den Vorschlag nicht ohne Sinn und half mir eben die Capreer zur Ausführung ermahnen, als ein furchtbares Geschrei, wie das Geheul eines wilden Tieres, durch die Finsternis zu uns her drang. Unwillkürlich drängten wir uns alle aneinander. – Das Geschrei wiederholte sich. – »Gott sei Dank, es ist Angelos Stimme!« rief Michele, der Eseltreiber. »Die Höhle macht den Schall nur gräßlich. Es ist Angelo, er ruft ‚Michele'!« – »Wahrhaftig ist es ein Engel!« rief ich.* »Er ist nicht weit, nun finden wir uns wohl hinaus!« – Wir gingen vorsichtig, bald rufend, bald horchend, in langer Linie dem Schalle nach, und der vorderste war nicht funfzig Schritte vorgedrungen, als er rief: »Ich sehe einen Schimmer, wir haben gewonnen!« – »Wir haben gewonnen!« rief einer dem andern zu, und nicht lange, so erblickte auch der letzte das gehauene Fenster wieder. Nach der schrecklichen Dunkelheit erschien uns das Wunder des blauflammenden Wasserspiegels in doppelter Pracht, und alle begrüßten wir den guten Angelo mit einem jubelnden »Evviva!« Er schaukelte noch immer in seiner Kufe, das Feuer war jedoch ausgebrannt, und da wir so unendlich lange blieben, meinte er, es sei uns ein Unglück zugestoßen, und er hatte halb aus Angst für sich, halb aus Angst für uns so furchtbar geschrien. Wir stürzten uns nun alle zusammen aus Lust wieder in den unterirdischen Himmel. Er wallete nun stärker vom zunehmenden frischen Winde, und Angelo trieb uns, die Grotte zu verlassen. »Wollt Ihr die Insel noch umfahren, so haben wir zu eilen!« – Noch einmal erklommen wir das unterirdische Gestade, packten unsere Mappen und Feldstühle in die Kufe, die das Feuer getragen, warfen uns wieder in das schöne Element und schwammen entzückt hinaus, ohne das Wunder seiner Farbe nur irgend begriffen zu haben, ich aber mit dem festen Vorsatz, es ein andermal bis auf den Grund zu durchforschen. – Die Capreer dünkten sich nun Helden und blickten stolz auf den Eingang. »Wir sind doch wieder herausgekommen! Sant' Antonio hat uns behütet!« – »Die Leute in Capri werden stehn und den Mund aufsperren!« meinte der Eseltreiber, packte die Kufen in das kleinere Boot und bestieg

* Der Name Angelo bedeutet einen Engel.

es mit dem jungen Pagano; der alte war mit einem Fischer auf einem andern nach Capri gefahren. Wir bestiegen mit Angelo das große.

»Rudert uns niemand als Ihr?« fragte ich.

»Seid getrost«, antwortete Angelo, »ich bin Euch für zwei!« Damit ergriff er zween Ruder, hing sie an die Pflöcke und fuhr uns aus der kleinen Bucht, links gewandt, um den nordwestlichen Teil der Insel. Dort fanden wir noch viele kleine Höhlen und, da der Wind immer frischer wurde, an den unzähligen Riffen wunderschöne Brandungen. In einer keilförmigen Enge stiegen die Wogen immer zu einem Strahl empor und schmückten sich, zerstäubt herabregnend, mit Irisfarben. Als wir, die vielen Klippen umfahrend, südlich kamen, gingen die Wogen immer höher, während die Ufer immer unerklimmbarer und mächtiger emporstiegen. Wir hatten Gelegenheit, unsern Angelo zu bewundern. Ganz allein bezwang er mit seinen zwei Ruderflossen all den Schwall schäumenden Wassers. Unsere Barke, mit ihren gemalten Augen, schoß gleich einem Delphin auf und nieder. Mein Freund konnte das prächtige Schauspiel von Angelos Kühnheit auf den Wogen nicht genießen. Er hatte kurz zuvor das Fieber gehabt, und vom Schaukeln empfand er Kopfweh.

»Sant' Antonio!« scholl es auf einmal aus Angelos Munde. Ein Ruderpflock war in dem mächtigen Kampfe mit den Wellen gebrochen. Das Ruder aber trieb, Angelos Hand entschlüpft, auf dem donnernden Gewoge wider die Felswand. Ich erschrak, denn mit *einem* Ruder in solchem Aufruhr, was sollte da aus uns werden? Selbst schwimmend hätten wir nicht landen können, denn die zackigen Ufer hoben sich fast steilrecht über tausend Fuß hoch. Die Gefahr wurde durch unterseeische Klippen vermehrt, deren Anwesenheit der unregelmäßig emporspritzende Schaum verkündete. Ich bemerkte auf einer Zacke der Felswand einen Mann, der, an einem Seil herabgelassen, Gestrüpp fällte. Er lehnte das Beil hin und schlug die Hände zusammen, als er uns in solcher Gefahr sah. Er schien uns gern beistehn zu wollen, aber weiter herabzukommen war ihm unmöglich, an Hülfe von seiner Seite war daher nicht zu denken. – Doch Angelo hatte seine Fassung von Sant' Antonio bereits wiedererhalten und wußte mit dem einen Ruder das Boot nicht allein von der Felswand abzuhalten, sondern zugleich so zu lenken, daß ich, den günstigen Augenblick ersehend, das verlorne Ruder wieder erhaschen und ihm hinreichen konnte. Eh er sich, einen Pflock zurück, damit wieder einzurichten vermochte, nahm uns eine ungeheure Woge und trieb uns so wider die steile Wand, daß wir vor Entsetzen aufschrien; – aber Angelo hatte es bereits mit beiden Rudern der Woge abgewonnen, hielt ab, und weit zurückrollend, trieb sie uns fern von den umbrandeten Felsen. Der Holzfäller schrie von oben: »Bravo, Angelo! Bravo!«, und wir riefen es von Herzen mit. Es war in der Tat ein Meisterstück der Ruderkunst. Angelos ganze Gestalt hatte sich in dem verhängnisvollen Moment erhöht. Die Ruder wuchsen ihm plötzlich in die Hand, sein Auge blickte fest, seine Füße wurzelten am Boden, ein sicherer Druck, und – wir waren gerettet. – Unser Beifallruf veränderte sein Gesicht wenig, er arbeitete ruhig fort; nach einigen Minuten aber sah er die Felswand, dann mich an und sagte: »Gott sei Dank, daß Ihr mir das Ruder gabt, so sind wir entkommen!« – Dazu schlug er mit der Hand den neuen Pflock fester und warf sich aufs neue mit Kraft in die Ruder.

Nun gelangten wir, etwas entfernt, mehreren Höhlen vorüber, deren schönste die »dell' Orefice« (des Goldschmidts) ist. Sie durchbohrt ein vorspringendes Riff gerade unter der zweitausend Fuß hohen Spitze der Insel. Das Durchfahren war uns diesmal unmöglich. Später habe ich diese durch bunte Farbe der Wände sehr merkwürdige Grotte zuweilen besucht. An einer Stelle zusammengestürzt, bildet sie eine kleine stille Bucht. In diese flüchtete sich einst ein Capreer Fischer vor einem verfolgenden Barbareskenschiff. Die Seeräuber glaubten ihn gefangen zu haben, wenn sie sich ruhig vor den Eingang der Bucht legten. Zum Glück für den Schiffer aber wußten sie nicht, daß er durch den Felsen entkommen könne, und lauerten noch immer vergeblich auf sein Wiedererscheinen, während er schon längst fröhlich bei den Seinigen angekommen war.

Jenes Riff umfahrend, gelangten wir bald zum Sirenenfelsen. Auf diesem platt vorliegenden Steine sahen wir schon von fern einen Mann und einen Knaben stehn und uns mit beiden Armen winken. Als wir näher kamen, hörten wir ihr Rufen. Es waren Michele, der Eseltreiber, und der kleine Pagano. Wir landeten in der sandigen Bucht neben dem Steine. Da sagte uns Michele, Don Pagano sei, weil die See so hoch gehe, in Angst um unser Leben und habe ihn herabgeschickt, nach uns zu sehen und uns das Weiterfahren abzuraten. Mein Gefährte, den ein Rückfall seines Fiebers schüttelte, beschloß, mit dem kleinen Pagano nach Hause zu eilen, und stieg ans Land. Ich aber veranlaßte Michele, sich mit in das Boot zu setzen und Angelo rudern zu helfen. Mit einem Satz war er bei uns und ergriff das Ruder. Nicht lange, so waren wir unter dem Berge Madonna della Libera. Derselbe bildet mit seinem tausend Fuß hohen Zackengipfel nach dieser Seite fast nur eine Nische, so ungeheuer wölbt sich die schon erwähnte rettende Grotte, welche dem Berge den Namen della Liberazione, Berg der Befreiung, gegeben, woraus unstreitig Libera verstümmelt ward. An seinem Absturz befindet sich noch in ziemlicher Höhe eine zweite Höhle, wohinein ein Gang aus dem nun verlassenen Kartäuserkloster führt. Unten am Ufer aber ist, mehr östlich, die mächtige Grotte des Tiberischen Arsenals, mit vielen Trümmern römischen Mauerwerks. Nunmehr kamen wir den einzeln im Meer stehenden, bis dreihundert Fuß hohen Felsentürmen, den Faraglioni, immer näher und näher. Die Wogen umbrandeten sie mit furchtbarer Gewalt. Nun öffnete sich das prächtige Tor, welches der eine der Felsen bildete. So gewagt es bei der hoch gehenden See schien, so mutig steuerten die beiden Männer unsere Barke hindurch; ja, als sie merkten, daß ich die Wände und Decke des Tores betrachten wolle, hielten sie an und führten ihre Ruder so geschickt, daß ich, freilich gefährliche, Muße hatte, die schönen Tropfsteinbildungen zu betrachten, womit der ungeheure, gleichsam gotische Felsenbogen geschmückt ist. Der hohe Gipfel dieser Klippen wird beständig von Seevögeln umschwärmt und ist überall voll von deren Nestern; zuweilen wird er von mutigen Jünglingen erstiegen. Obenauf soll eine sehr mannigfaltige Vegetation sein.

Als uns die dunkelblauen Wogen zwischen den prächtigen, hie und da goldgelben Klippen hindurchgeschwungen hatten, entfaltete sich der überraschende Anblick des südöstlichen Ufers. Etwas Wilderes und Zerrisseneres von Felsküste habe ich nirgend angetroffen. Hier ist ein Überfluß an den mannigfaltigsten Formen von Zacken, Hängen, Abstürzen, Klüften, Toren, Rissen, Spalten und Land- und Meergrotten und nichts malerischer als die Ansicht der Insel von Südosten im Mittagslicht. Es ist bisher keine Darstellung derselben bekannt geworden, vermutlich weil die hier fast beständig hoch gehenden Wogen das Zeichnen nach der Natur verhindern. Wir wurden gewaltig geschüttelt und fanden das Meer erst ruhiger, als wir in die Nähe der Mönchsgrotte kamen. Ich bat meine Schiffer, da zu landen, und fand die Grotte voll der schönsten Tropfsteine. In ihrem Innern wölbt sich eine zweite Grotte, wohinein das Meer dringt, über ihr aber noch eine kleinere, wo die Tropfsteine Ähnlichkeit mit einer Prozession haben, wenigstens ist der eine vordere leicht für einen Mönch zu halten. Von diesem mag die Grotte den Namen del Monaco, des Mönches, haben. Wieder in die Barke gesprungen, schaukelten wir nun um das östliche Ende der Insel unter der Jupitervilla Tibers und ihrer Grotte hin. Dort waren wir von der tausend Fuß hohen Felswand vollkommen gegen den Wind gedeckt. Dies kam uns um so erwünschter, als das Meer am nördlichen Strande, an welchem wir nun hinfuhren, mit lauter kleinen Klippen besäet ist. Wer bei nur etwas Wind dazwischen gerät, ist verloren, denn sie sind von der Brandung so ausgewaschen, daß nur ihre härtesten Adern noch übrig sind, diese aber haben die Gestalt von Disteln mit unzähligen Stacheln. Einige ragen mit nur ganz dünnen Stielen über das Wasser. – Je mehr wir uns nun dem Ort unsrer Ausfahrt näherten, je schneller schwangen Michele und Angelo die Ruder; und wieder um eine Menge ins Meer hinabgerollter

Felstrümmer fahrend, gelangten wir endlich in die nun ersehnte Bucht von Capri. Die Barke rauschte auf den Strand, und wir sprangen auf den Uferkies hinab. Die Leute, welche wir am Ufer trafen, sahen uns mit einem heimlichen Grauen an, stießen sich mit den Armen und sagten: »Die kommen aus des Teufels Behausung« (casa del diavolo). Ich lachte und rief ihnen zu, wir brächten einen bösen Geist in einem Sacke mit; ob sie ihn sehen wollten. – »Sagt nicht so etwas!« fing Michele an. »Die Leute glauben es wirklich und halten uns am Ende für Schwarzkünstler, das wäre nicht gut!« – Nun trat ich zu den Leuten und sagte ihnen, daß ich gescherzt, und dazu, daß diese Grotte ebensowenig des Teufels Wohnung sei als irgendeine andere, in die sie täglich gingen. – Die Leute behielten aber, ich mochte sagen, was ich wollte, ihr Grauen vor dem Unternehmen.

Ich machte nun dem guten Angelo ein Geschenk für seine Tapferkeit und ging mit Michele den langen Weg nach Capri hinauf.

Als wir bei des Notars Wohnung anlangten, kam die ganze Familie des Notars mir entgegen. Jedes gab mir eine Blume und drückte seine Freude darüber aus, daß wir alle glücklich am Leben geblieben seien und mit heiler Haut davongekommen. »Wir haben aber auch für Euch gebetet«, sagten sie, und nun erfuhr ich, daß der gute Canonico, während wir in der verrufenen Grotte waren, eigens eine Messe zum Heil seines leichtsinnigen Bruders gelesen, wobei das ganze Haus desselben, inbrünstig betend, gegenwärtig war. Die Freude der liebenswürdigen Leute, daß ihr Gebet erhört worden, war unbeschreiblich. Sie nahmen an unserem Mittagsmahle teil und waren sehr empfänglich für alle unsere Scherze. Ich sagte ihnen, Angelo hätte eine Sirene gefangen von wunderbarer Schönheit; er halte sie in einem Netze im Meere, weil wir ihm gesagt, sie könne sterben, wenn er sie aus dem Wasser hier heraufbrächte. Die jungen Mädchen wollten schon nach der Marine hinab, sie anzusehen, als ich sie auslachte und sie den Scherz merkten. Bei dem Nachtisch fing der Notar an: »Don Augusto, jetzt laßt uns von etwas Ernsthaftem reden. Unsere Grotte da ist ein solches Weltwunder, daß sie wohl viele Fremden hier nach Capri locken könnte; macht davon eine Beschreibung in mein Fremdenbuch, wer weiß, ob das nicht mir und meinen Kindern zugute kommt.« – Ich war gern erbötig, seinem Wunsche zu willfahren, und schrieb ein – was nun schon viele gelesen und abgeschrieben haben. Als ich die Feder dazu ansetzte, hielt Don Pagano meine Hand zurück und sagte: »Aber, Don Augusto, noch eins! Wie nennen wir die Grotte? – Bis jetzt hat sie noch keinen Namen.« – Ich las in seinen Zügen den Wunsch, ich möge sie nach seinem Namen Grotta Pagano nennen; ich hätte ihr auch diese Benennung gegeben, aber da ich ihn gleichsam erst mit Gewalt hineingebracht, hielt ich ihn der Ehre nicht völlig würdig und antwortete ihm daher, ich wisse keinen bessern Namen für dieselbe vorzuschlagen als den: Grotta Azzurra, die *himmelblaue* Grotte.

»Azzurra?« fragte der gute Notar.

»Ja«, sagte ich, »azzurra.«

»Azzurra? – Was soll das azzurra heißen?« fragte er kopfschüttelnd.

Ich umschrieb ihm das Wort, so gut ich konnte.

Nachdem er eine Weile bedenklich geschwiegen, sagte er: »Mein lieber Don Augusto, azzurra ist kein gutes Wort.«

»Warum nicht?«

»Weil es niemand versteht, es klingt so besonders!«

»Nun«, sagte ich, »das schadet nicht, die Grotte ist auch etwas Besonderes.«

»Ja«, sagte er, »das wohl; aber«, fuhr er mit freundlicher Höflichkeit fort, »warum gebt Ihr der Grotte nicht lieber Euren Namen?« – Er erwartete nun, daß ich ihr aus Gegenhöflichkeit den seinigen geben würde; ich sagte ihm jedoch, meinen Namen könne in ganz Italien niemand aussprechen; überdies sei Angelo mit dem Feuer vorangeschwommen, und wolle man sie nach einem von uns nennen, müsse sie ganz allein nach dem ersten benannt werden. Ich zöge indes vor, sie mit dem Namen azzurra zu bezeichnen, dieser werde die Neugier der Fremden weit mehr locken als irgendein Menschenname.

»Nach Menschen heißen so viele Grotten!« schloß ich meine Rede.

»Ja, aber«, fing Don Pagano wieder an, »azzurra ist kein gutes Italienisch!«

»So?« meinte ich. »Soll ich Euch aus Büchern beweisen, daß es ein gutes Wort ist?«

»Was bedarf es der Bücher? Ich bin ein geborner Italiener und weiß, daß es weder gesagt noch geschrieben wird.«

»Herr Notar«, sagte ich, »laßt uns einmal in Eurer Bibliothek ein bißchen nachsehen, ich will das Wort schon finden!« – Ungern folgte er dahin, und noch ungerner sah er es, als ich ihm dasselbe Wort in sehr vielen Schriften nachwies. – Dennoch sträubte er sich dagegen und meinte: »Aber, lieber Don Augusto, hier auf Capri versteht es niemand.« – »Nun«, sagte ich, »die Fremden werden es schon verstehn, die lesen eure Poeten, bei denen kommt das Wort oft genug vor! – Warum seid Ihr nicht zuerst in die Grotte geschwommen? Dann hätte ich sie Grotta Pagano genannt.« – »Ja«, sagte der Notar, »ich war ein rechter***, daß ich zurückblieb; aber in dem Augenblick fielen mir meine Kinder ein und, ich leugne es nicht, auch die Geschichten von meinem Bruder, dem Canonico. Nun also gut, ich habe die Ehre nicht verdient; so heiße sie Grotta Azzurra!« – Damit ergab er sich in alles und ließ mich schreiben, was ich wollte.

Das angenehme Gefühl, von einem Phänomen so außerordentlicher Schönheit überrascht worden zu sein, wo ich nur alte Trümmer vermutet, ward dadurch bis zum Überreiz erhöht, daß das zauberisch flammende Blau des Wassers in der Grotte für mich damals ein unerklärbares Rätsel geblieben war. In Gedanken schwankte ich noch beständig auf dem unterirdischen Himmel umher, mit der schwindelnden Empfindung, als müsse ich in die unabsehbare Unendlichkeit fallen und fort fallen, wie man es wohl im Traum zu tun pflegt, und ich gab mir alle ersinnliche Mühe, irgendeinen Grund der wunderbaren Lichterscheinung aufzufinden, aber vergeblich. Diese fruchtlose Bemühung versetzte mich zuletzt in eine peinigende

Unruhe, die natürlich nicht eher enden konnte, bis ich die Grotte von neuem untersucht. Da das Wetter fortwährend stürmisch war, litt ich mehrere Tage an einer wahren Hypothesenqual. Endlich heiterte der Himmel sich auf, und eines Nachmittages trat völlige Windstille ein. Da eilte ich, wie ich konnte, allein nach der Marine hinab. Der Strand wimmelte von Fischern, und ich gedachte nun augenblicklich ein Boot zu mieten und hinzufahren, aber – Angelo war nicht da, und keiner von allen den Schiffern wollte mich auch nur in die Nähe der Grotte fahren. Ja, sie riefen sich mein Begehren von einem Ende zum andern zu, und so weit ich sehen konnte, sah ich nichts als die rechte Hand an den Hals halten – zum Zeichen der Verneinung. Die Leute traten auch wunderlich in Gruppen zusammen, murmelten untereinander und zeigten mit beiden Händen nach mir. Ein sehr alter Mann aber sprach zu mir: »Mein Herr, seid gesegnet, in der Höhle ist der Teufel.« – Was ich auch dagegen sagte und bot, niemand wollte Hand ans Ruder legen, »und wenn Ihr hundert Dukaten bötet!« schrien sie. Endlich, nachdem beinahe der Abend herangekommen war, schaukelte Angelo von der Tunnara her, in einem ganz kleinen Boot, ans Land. Ich lief ihm entgegen, und so müd er war, fand ich ihn doch bereit, meinen Wunsch zu erfüllen. Seine Freunde wollten ihm zwar von der Fahrt abreden, aber er sagte ihnen: »Gott hilft uns, was will uns da geschehn?« – »Was will uns da geschehn?« rief noch eine Stimme. Es war Michele, der mich von fern gesehen und sich sehr willig bezeigte, das Wagestück noch einmal mitzumachen. Ich stieg mit ihm ein, und pfeilschnell durchfuhr das Boot die spiegelglatte Fläche. So ruhig war das Meer an jenem schönen Abende, daß Angelo, als wir bei der Grotte ankamen, sagte: »Heute brauchen wir nicht zu schwimmen, die See hat gar keine Wogen: ich will sehen, ob ich nicht mit dem ganzen Boot durch den Eingang schlüpfe.« – Gesagt, getan; wir schaukelten, drückten und bogen den kleinen Nachen in jener Enge so hin und her, daß er endlich plötzlich, wie geschnellt, in das Innere der Grotte fuhr. »Sant' Antonio!« rief Angelo, nahm die braune Kappe vom Kopf, faltete die Hände und fing an zu beten.

»Was habt Ihr, Angelo, welche Furcht befällt Euch?« fragte ich.

»Ja«, meinte Angelo, »herein wären wir nun; aber – wie kommen wir wieder hinaus? Mein Schiffchen ist ganz zerschunden, so eng ist die Pforte; ich fürchte beinahe, wir müssen ewig hier bleiben!«

»Kommt Ihr auch auf solchen Aberglauben?« sagte ich. »Habt guten Mut! Bringen wir die Barke nicht hinaus, wenn wir darin sitzen, so schöpfen wir sie halb voll Wasser und stoßen sie schwimmend hinaus.«

»Ihr habt recht: so geht es!« meinte Angelo nun. »Aber unsre Kleider werden naß werden!«

»Immerhin!« sagte ich.

Indessen waren wir in den Hintergrund der Grotte gekommen, und das Schauspiel, welches sich nun unsern Augen bot, war ganz neu und von unbeschreiblicher Anmut. Die Grotte war nämlich, da die Abendsonne an den Eingang schien, weit mehr erhellt als an jenem Morgen, und ihre vielzackige Wölbung zeigte sich in voller Farbenpracht, wo sie heller war, leicht gespiegelt von dem himmelklaren Wasser. Ich ließ die Ruder einziehen; da ruhte das liebliche Element beinahe völlig, und man hätte es für den blauen Himmel selbst ansehn können, wären nicht bald hier, bald da silberne Tropfen von der Decke herabgefallen, die es, melodisch tönend und blaue Funken stiebend, mit einem anmutigen Spiel von wallenden Ringen schmückten. In dieses melodische Geträufel stöhnte dann und wann, wie eine atmende Menschenbrust, die leise Brandung, erst außerhalb, dann innerhalb der Grotte. Ich sah nun auch Scharen von einer Art kleiner Fischchen, die, obwohl sie sonst bunt wie Kolibris erscheinen, hier wie schwarze Schwalben in dem Himmel unter mir umherflogen. Wie man ein fernes Gebirge zu erkennen glaubt, wähnte mein in das Blau hinabspähendes Auge nun endlich den Boden des Meeres in der Grotte zu erkennen. Ich machte die Schiffer darauf aufmerksam, wie die fast gelbbraunen Pfeiler, welche das Gewölbe trugen, mit einem grünlichen Schimmer unter dem Wasser fortgingen und in tiefster Tiefe einen weiten Felsenkessel umgäben. Da sie aber immer behaupteten, es sei der Spiegel des Gewölbes über uns, ließ ich endlich einen Stein, der sich im Boote vorfand, leise hinabsinken. Nach langer Zeit sah ich denselben sich, wo ich vermutet hatte, von Luftbläschen umgeben, wie einen Klumpen Silber lagern, und mein Beweis war geführt. – Ich zeichnete die Grotte nunmehr noch von zwei andern Punkten. Dabei bemerkte ich, wie das Blau nicht vom nördlichen Eingange her, sondern an der westlichen Felswand am hellsten leuchtete; auch schienen mir die Pfeiler daselbst nicht weit hinunter fortzugehn, sondern nur gleichsam ins Wasser hineinzuhangen. Ich untersuchte den Fels mit dem Ruder und fand, daß er unter dem Wasser, nach dem äußern, tieferen Meer hin, eine ungeheure Öffnung hatte, so daß ein guter Taucher unter diesem Felsen hinweg in die Grotte hinein- und herausschwimmen könnte. Diesen Weg nehmen denn auch die Lichtstrahlen, und da das Wasser die Beleuchtung in die Grotte fortsetzt, während ihm selbst das tiefere Meer zum dunkeln Hintergrund dient, muß es als ein erleuchtetes Mittlere, gleich der Luft des Himmels am Tage, notwendig blau erscheinen und ebenso blaues Licht verbreiten. Da der Boden in der Grotte selbst erleuchtet ist, nimmt das Blau nach ihrem Innern hin allmählich ab und wird mehr und mehr ein stumpferes Grüngrau, bis wo die Brandung an den bunten Saum der Felsen anschlägt und das empfangene Licht brillantiert vielfarbig zurückwirft. Ich ließ nun ein Ruder still in das Wasser halten, und die Beleuchtung desselben an verschiedenen Stellen der Grotte bestätigte meine Meinung, bis ich endlich, recht aufmerksam hinschauend, das ganze unterseeische Tor und den nach außen schroff abschüssigen Meergrund vollkommen unterscheiden konnte. Ein Gewimmel von Fischen, das nun hereingezogen kam und ebenso wieder hinausschwamm, ließ endlich darüber gar keinen Zweifel mehr übrig; – das Wunder war erklärt, und doppelt entzückt, vermochte ich mich kaum vom Ort zu trennen. Endlich machte mich Angelo darauf aufmerksam, wie es schon dunkler und dunkler werde. Die Sonne war im Sinken. – Da eilten wir, hinauszukommen; aber Eile mit Weile: wir mußten noch große Geduld anwenden, ehe die Dämonen uns entließen! Das Boot war zu breit, auch begann nach Sonnenuntergang ein Lüftchen Wellen aufzuregen, wodurch unsere Arbeit noch mehr erschwert wurde. Endlich stemmten wir uns gegen die Decke des Einganges, drückten das Boot etwas ins Wasser, und sieh, es gelang. Wir entkamen diesmal trocknen Fußes. Angelo rief: »Gott sei Dank, daß meine Barke heraus ist! Hätte ich sie darin lassen müssen, so würde ganz Capri sagen, der Teufel habe sie behalten, und mich für nichts Gutes ansehn!« – »Ja«, meinte Michele, »schon wegen neulich betrachten die Meinigen mich als eine halb verlorne Seele!«

Hoch erfreut von dem glücklichen Ausgange meines zweiten Besuches der Grotte, kehrte ich zu Don Pagano und meinem deutschen Freunde zurück.

Wie oft ich später auch in die Grotte, unter vielerlei anmutigen Verhältnissen, geschwommen und gefahren bin, wovon sich manches erzählen ließe, stehe hier zum Schlusse nur noch die kurze Schilderung eines Besuchs, den ich ihr in Gesellschaft des jungen kühnen Fürsten von T. und des Grafen von L. bei ziemlich heftigem Sturm gemacht. – Wir hatten mehrere Tage auf Capri vergeblich auf ruhiges Meer gehofft, so daß Fürst T. ungeduldig ward und, als ein guter Schwimmer, dem Sturm zum Trotz das Eindringen in die Grotte zu erzwingen beschloß. Als er sich davon nicht abreden ließ, zeigten sich Graf L. und ich ebenfalls zu dem Abenteuer bereit. Nur mit Mühe wurden Angelo und Michele zur Fahrt beredet. Wir nahmen ein ziemlich großes Boot, und unsere Ruderer kämpften sich durch die weißschäumenden Wogen bis zur Bucht der Grotte hin.

»Hier ist die Grotte!« sagte ich.

»Wo?« fragte der Fürst. – Es war nichts von dem niedrigen Eingange zu sehen: die geschwollenen Wogen verbargen ihn gänzlich. Auf einmal, als die Woge hohl ging, erschien er in der Tiefe. – »Da unten ist der Eingang!« rief ich hastig.

»Nun gut«, meinte der Fürst, »so erscheint er doch dann und wann, und wir können am Ende doch hineinschlüpfen?« Mit diesen Worten war er schon auf einen vorspringenden Felsen hinausgesprungen und lud uns ein, ein Gleiches zu tun. – Angelo und Michele rangen nun wieder mit dem weißen Geschäum und brachten das zurückgeworfene Schiff, nicht ohne Gefahr, wieder so nahe, daß Graf L. und ich ebenfalls hinausspringen konnten. Fürst T. hatte sich bereits zum Schwimmen entkleidet. Vergeblich versuchten wir, ihm, indem wir uns auch entkleideten, von dem Wagstück abzureden. Ehe wir uns dessen versahen, war er von unsrer Seite verschwunden. – »Um Gottes willen, wo ist er hin?« rief Graf L.

»Gewiß ist er schon hinein!« antwortete ich. »Es ist entsetzlich genug! Er kann an den Felsen zerschellt sein!«

»Das ertrag ich nicht!« rief der Graf. »Ich muß ihm nach!«

Ich wollte ihn zurückhalten und an seiner Statt hineinschwimmen; aber mit mir zugleich warf er sich wie verzweifelt auf das Wasser, und mit hohler Woge hineingeschlüpft, sahen wir uns in einem Augenblick in der Mitte der Grotte. Den verwegenen Fürsten fanden wir unversehrt. Jubelnd und jauchzend schwamm er in dem himmelblauen Aufruhr hin und her, und wir beide stimmten ein in sein entzücktes Rufen, welches freilich von dem Donner der Brandungen weit überhallt wurde. Das Schauspiel, welches sich unsern Blicken darbot, war in Wahrheit einzig. Zuweilen kamen die Wogen so hohl an, daß sie das unterseeische Tor auftaten und das Tageslicht unter dem Felsen durchschimmern ließen. Dann war die Brandung im Innern der Grotte furchtbar schön; denn wenn sie anschlug, war Tor und Eingang schon wieder geschlossen, und sie schlug über als eine mächtige blaue Lohe, wozu der zerstiebende Schaum sich wie Rauch gehabte. Kam die Woge jedoch voll an, so schoß ein voller silberner Strahl bogenförmig zum Eingange herein und zerstob mit blauem Feuerregen auf dem innen tobenden Gewässer, das ein Geroll von Millionen Edelsteinen darstellte.

Wir konnten uns des Anblicks nicht ersättigen und wurden, immer hin und her schwimmend, endlich so kühn, daß wir zum Scherz hinaus- und hereinschwammen; zuletzt schwammen wir zu dem außen kämpfenden Boote, wo wir von Neapel mitgebrachte Wachsfackeln, Laterne, Feuerzeug, Meßstricke und ein gutes Frühstück, alles in eine Kufe gepackt, holten und glücklich im Innern der Grotte landeten. Wir ließen in der Kufe nur einen langen Strick, woran ein gewaltiger Stein hing, und schwammen damit nach der Mitte des Bassins, dessen Tiefe zu messen, die – bei dem gewaltigen Gewoge – natürlich jeden Augenblick eine andre war. Wir ließen den Stein hinabfahren, dessen Strick sogleich einen von uns auf einen Augenblick mit hinabriß. – Nachdem wir das mittlere Maß in den Schwankungen genommen, gab das Heraufziehen des Steines unendlich viel zu lachen; denn weil derselbe so schwer war, tauchte jeder Heraufziehende immer etwas ins Wasser nieder, während die Wogen uns alle samt der Kufe und dem Strick auf die lächerlichste Weise durcheinanderwirbelten. Endlich hatten wir den Stein wieder in der Kufe und maßen nun die Grotte nach andern Richtungen. Wir fanden sie etwas über hundert Fuß lang, nicht völlig so breit und das Wasser darin halb so tief. Die sehr ungleiche Höhe der Wölbung über dem Wasser schätzten wir an ihrem Gipfel etwas über dreißig Fuß. – Nach dieser eben nicht haarscharfen, aber doch nicht überschätzenden Messung stiegen wir am innern Landungsplatze aus, wenn man ein Emporgeschleudertwerden und hastiges Anklammern, wobei wir ziemlich zerschunden wurden, irgend so nennen darf. Wir saßen dennoch sehr bald herzlich vergnügt auf der umgestülpten Kufe und verzehrten, das prächtige Toben des Elementes betrachtend, gemütlich unser Frühstück. Aber als die Begierde des Tranks und der Speise gestillt war, entzündeten wir die Fakkeln und eilten, den Gang Tibers zu untersuchen. Wir drangen weiter vor als das erste Mal, zuletzt aber verengte sich der Gang durch zum Teil neue Tropfsteinbildungen so, daß zuerst ich, dann der Fürst zurückbleiben mußten. So weit der schlankere Graf L. vorgedrungen war, wurde er zuletzt doch ebenfalls geklemmt und mußte umkehren. Das Zurückgehn war nicht so leicht als das Hineingehn. Wir waren an einigen Stellen leicht hineingeschlüpft, aber beim Herausgehn hatten wir oft stachlichte Zacken gegen uns, so daß wir nicht mit heiler Haut durchkamen. – Den großen Gang, den ich bei meinem ersten Besuche der Grotte gesehen, konnten wir mit aller Anstrengung nicht wiederfinden. Hie und da sahen wir die Decke neu eingestürzt, und es ist zu vermuten, daß er so geschlossen worden. Die Fußtapfen, welche der erste Besuch der Grotte dem weichen Schlamm eingedrückt, fanden wir nun schon in harten Stein verwandelt. – Nach den herabgefallenen Tropfen der Wachsfackeln fanden wir uns sicher nach dem Landungsplatz hin und warfen uns wieder in das prächtige Element, zogen die Kufe mit den Geräten hinein und stießen sie jubelnd vor uns her durch den Eingang, erklommen den Felsen und sprangen, schnell angekleidet, wieder in unser Boot. Da der Wind von Norden wehte, beschlossen wir, trotz der Bewegung des Meeres die Insel zu umfahren, fanden auch die Wogen an der Südseite so mäßig, daß wir die Fahrt mit wahrem Behagen vollbrachten.

Seit jener Zeit wird die Grotte mehr und mehr von Einheimischen und Fremden besucht. Manchem erzählenden Dichter hat sie die Szenerie zu Episoden und Märchen geliehen; ich begnügte mich hier, einiges von dem zu schildern, was ich darin wirklich erlebt und erblickt habe.

Charles Sealsfield

Die Vereinigten Staaten von Nordamerika, nach ihrem politischen, religiösen und gesellschaftlichen Verhältnisse betrachtet

Nach einem Aufenthalte von fünf Tagen verließ ich Cincinnati und Ohio; meine Rechnung für mich und mein Pferd betrug fünf Dollars, alles mit eingerechnet. Man riet mir, Pferd und Wagen hier zu verkaufen, oder wenigstens ersteres, und im Dampfboote nach Louisville abzugehen. Ich wünschte jedoch, Kentucky, durch das ich früher gereist war, auch von der nordwestlichen Seite kennenzulernen. Somit bestieg ich denn die gewaltige, von vier Pferden in Bewegung gesetzte Fähre, die mich nach wenigen Minuten nach Newport und Kentucky brachte, wofür ich einen Dollar zu bezahlen hatte.

Newport ist die County-Stadt von Campbell in Kentucky, Cincinnati gegenüber, und zugleich Waffendepot für den Westen. Das Arsenal, ein großes backsteinernes Gebäude, kann mit dem zu Pittsburgh keinen Vergleich aushalten. Das Court-Haus hat nichts Ausgezeichnetes, und der ganze Ort ist zerstreut, obwohl er einige gute Gebäude hat. Von hier bis Bigbone Lick (Mammutstal) rechnet man 23 Meilen. Das Land ist weit bergiger als in Ohio, doch die Unterlage größtenteils Kalkstein und daher fruchtbar; der Baumschlag stark; gewöhnlich sind Buchen und Honeylocusts (Honig-Akazien); schwarze Walnußbäume sind seltener; Hickory und Eichen fand ich erst bei Bigbone und auf der Wegscheide zwischen Newcastle und Vevey – sonst nirgends Platanen (Sycamores) in den Tälern. Man sieht bald, daß man in einem Lande ist, wo Sklaverei eingeführt ist. Statt der herrlichen Farms und Fruchtgärten – Tabak- und Welschkornfelder mit halben oder äußerst nachlässig aufgerichteten Einfriedigungen. Die Wohnhäuser sind zweiteilig, ganz wie in Pennsylvanien die Scheuern oder die Wohnungen der ärmsten Farmers, wo in einer Hälfte die Familie wohnt, in der andern die Küche ist. Hinter diesem sind die Hütten der Neger, die da mit ihren Weibern und Kindern wohnen.

Nachmittags drei Uhr war ich in Bigbone Lick. Die letztern zehn Meilen führen durch ziemlich schlechtes und drei Meilen unmittelbar vor Bigbone durch das schlechteste Land, das mir in Kentucky vorgekommen ist. Der Baumwuchs hört hier ganz auf; bloß Gestrüppe ist zu sehen, und von diesem sind die

Gipfel durch Fröste getötet. Bigbone mag eine Quadratmeile Flächeninhalt haben. An den niedrigsten Stellen sind Sümpfe, die unergründlich sind; das Wasser hat einen säuerlichen, salpeter- und schwefelartigen Geschmack und stinkt nicht wie gewöhnliches Sumpfwasser. Auf der Oberfläche dieser Stellen wächst ein kurzes hellgrünes Gras, das ebenfalls säuerlich schmeckt, jedoch von keinem Vieh gefressen wird; auch dürfte sich niemand an diese gefährlichen Orte wagen, da er sicher versinken würde. Ohne Zweifel war dieses Tal der Schauplatz einer großen Revolution.

Ob die hier gefundenen Mammutsknochen durch eine Überschwemmung hieher gebracht oder die Tiere selbst hier versunken sind, ist die Frage. Für das erstere spricht der Umstand, daß die Knochen nicht als Gerippe, sondern zerstreut gefunden wurden, was beim Versinken nicht sein konnte. Die nämliche Revolution, die Elefanten und Palmbäume nach Sibirien und Lappland und die Löwen Afrikas an die Meerenge von Gibraltar brachte, mag auch die Mammutsknochen in dieses Tal geführt haben. So viel scheint ausgemacht, daß diese Tiergattung nicht mehr vorhanden ist und einer Vorwelt angehört. – Merkwürdig ist die Überlieferung der Indianer über diese Tiere. Eine große Herde dieser schrecklichen Tiere, erzählen sie, kam in der Urzeit in das Mammutstal und begann ein Schlachten der Hirsche, Büffel, Elende und anderer Tiere, die für die Indianer geschaffen waren. Der große Mann sah von oben herab auf die Verwüstung, die diese Tiere angerichtet hatten, und geriet darüber so in Wut, daß er einen seiner Blitze nahm, auf die Erde niederstieg, sich auf den Felsen eines nahen Berges setzte, wo seine Fußstapfen noch zu sehen sind, und seine Donnerkeule auf die Zerstörer schleuderte, bis die ganze Herde vernichtet war, den großen Stier ausgenommen, der, sein Vorderhaupt den Pfeilen darbietend, diese auffing, aber, durch einen derselben in die Seite verwundet, zuerst rundherum und dann mit einem ungeheuren Satze über den Ohio, Wabash, Illinois und die großen Seen sprang, wo er noch bis auf den heutigen Tag lebt.

In Trinity sprach ich einen Hunter (Jäger), der an die Quellen des Mississippi und Missouri gekommen zu sein vorgab. Nach seiner Versicherung hatte er einst auf einem seiner Jagdausflüge Fußstapfen von einem Tiere bemerkt, das zu keiner der ihm bekannten Gattungen gehörte und an Größe dem Elefanten gleichkommen mußte. Ein alter Indianer, den er hierüber sprach, schrieb diese einer ungeheuer großen, aber sehr selten gewordenen Tiergattung zu, die durch den großen Geist beinahe ganz ausgetilgt worden und von denen sich nur wenige jenseits der Seen befanden. Eines dieser Tiere wollte der Indianer selbst gesehen haben. – Ob die Erzählung des Indianers und des Pelzhändlers wahr sei oder nicht, will ich nicht entscheiden. Ich sah den Mann später in New Orleans und lud ihn ein, mit mir zu gehen. Meine Absicht war, ihn zu einem meiner Bekannten, einem respektablen Doktor der Medizin, zu führen und seine Aussage sowie die nähern Data öffentlich bekanntzumachen; er schützte jedoch Geschäfte vor und weigerte sich mitzugehen. – Die Nachgrabungen, die hier angestellt wurden, gewährten eine reichliche Ausbeute. Es befinden sich in London, Philadelphia und New York Sammlungen von Mammutsknochen, die hier ausgegraben wurden. – An der südöstlichen Seite des Tales ist ein Salzwerk, das aber nicht im Gange ist. Ich war gesonnen, hier zu übernachten; da jedoch dem Gastwirte seine Frau unlängst gestorben war und er seine Wirtschaft soeben aufgegeben hatte, so mußte ich weiterziehen, obwohl es mir lieb gewesen wäre, wenn ich dieses in Cincinnati und Newport gewußt hätte, um mich darnach richten zu können. Das Land ist noch durch vier bis fünf Meilen kalt und unfruchtbar und nimmt erst dann wieder seinen gewöhnlichen fruchtbaren Charakter an. – Zweiunddreißig Meilen von Cincinnati übernachtete ich auf der Pflanzung eines Mr. W. Der Eigentümer war mit seiner Frau verreist; sein Bruder, ein Pferdehändler, besorgte die Wirtschaft. Auf meine Anfrage bei einem der Sklaven, ob ich Nachtlager haben könnte, erhielt ich ein Ja zur Antwort. Ich war eben an meinem Supper, einem Bleche voll Milch, heißem Welschkornbrot, das eben aus der Pfanne gekommen war, und Speckschnitten, als der Bruder des Eigentümers mit einem Nachbarn ankam. Sie kehrten eben von einem in der Nachbarschaft gehaltenen Wettrennen zurück. Jeder hatte in seiner Brusttasche einen Dolch, der drei Zoll lang aus dem Rocke hervorblickte, und im Gürtel eine Pistole, die sie noch vor dem Hause abschossen. Wir begrüßten uns, besahen die mitgebrachten und die übrigen Pferde, unter denen einige prachtvolle Stücke waren, die in einigen Wochen nach New Orleans zu Wasser transportiert werden sollten, und kehrten in das Haus zurück. Ich ging wieder an mein Supper, mußte jedoch den Willkommenstrunk zuvor versuchen. In der einen Hand die Bouteille, mit der andern den Tabak aus dem Munde nehmend und die Brühe in den Kamin spuckend, trank der Kentuckier eine halbe Minute, nahm darauf einen Trunk Wassers und reichte mir die Flasche hin, um, wie er meinte, einen Dram (Schluck) zu nehmen. Sie war noch am Rande braun von den Tabaksbestandteilen, die eben seinen Mund verlassen hatten. Die Mündung zu reinigen wäre schon für den dummstolzen Kentuckier Beleidigung und Veranlassung zu Händeln gewesen. »Wie weit kommen Sie heute, mein Herr?« nahm er nun das Wort. »Von Cincinnati.« – »Wohnen Sie in Cincinnati?« – »Nein, mein Herr«. – »Wo wohnen Sie?« – »Oberhalb Pittsburgh in Pennsylvanien.« – »Das ist eine schöne Strecke Wegs. Sie sind ein Pennsylvanier? Ich habe die Bewohner dieses Staates lieb, viel lieber als die verdammten Yankees. Aber Kentuckier sind sie doch nicht.« Ich stimmte ihm hierin aus vollem Herzen bei. »Goddamn!« fuhr er nun weiter fort, »die Kentukkier sind die allervornehmsten Leute der Welt. Sind sie dies nicht?« – »Jawohl, mein Herr!« – »Es ist ein ungeheuer großes, mächtiges Volk.« – »Ja, mein Herr!« – »Die Kentuckier sind die erste, vorzüglichste Nation der Welt.« – »Ja, mein Herr!« – »Wie gefällt Ihnen Kentucky?« – »Sehr gut, ich habe es schon früher einmal durchreist.« – »Goddamn! ich will ewig verdammt sein, wenn Sie einen einzigen Fleck Landes in ganz Pennsylvanien haben, der sich mit dem schlechtesten in Kentucky messen könnte. – Bill«, fuhr er, sich links zu seinem Nachbar kehrend, fort, »ist schön gezeichnet! Goddamn! er blutete wie ein Schwein.« – »Ja«, erwiderte der andere, »Isaak hat scharf gestochen; ich glaube, Bill hat vier Wochen zu tun, ehe er auf die Beine kommt, wenn er ja davonkommt.« – »Goddamn!« nahm der andere wieder das Wort, »aber Isaak zu sagen, sein Gaul, auf den er soviel hält, wäre gegen den seinigen eine Schindmähre! – Ich würde ihn für ein solches Wort niedergestoßen haben, koste es, was es wolle.« – »Aber Dick und John!« – und nun brachen die beiden Gesellen in ein unmenschliches, heimtückisch gellendes Gelächter aus –, »wie dem seine Augen standen, er sah gerade aus wie Squire Tom, wenn er die ganze Nacht an der Whisky bottle gelegen. Ich glaube, er bringt seine Augen in seinem ganzen Leben nicht mehr in ihre Höhlen.« – »Er sieht nicht«, meinte der Nachbar, »und so mußte man ihn nach Hause führen.« – »Ja«, sprach der andere weiter, »die Sekundanten rissen Dick mit Vorsatz nicht von ihm. Sie trugen es John schon lange nach – oh, es war der größte Spaß, den ich seit Jahr und Tag erlebte. Goddamn! Dick ist ein mächtiger Gonger (Augenausdrücker), beim zweiten Gang hatte er den langen John unter sich und seine Daumen in den Augen. – Sie haben doch auch Wettrennen in Pennsylvanien?« wendete er sich nun zu mir. »Ja«, erwiderte ich. »Und Kämpfe und Gongings?« – »Nein, mein Herr.« Mit einem bedeutenden Blick auf seinen Freund und einem vielsagenden, geringschätzigen auf mich fuhr er fort: »Die Pennsylvanier sind ein ruhiges, gewissenhaftes Volk; sie vergießen höchstens das Blut ihrer Schweine und geben lieber das Geld ihren Pfarrern, als daß sie wetten.« – Unter diesen und ähnlichen Gesprächen, von denen diese Proben bloß Schattenbilder sind, verging der Abend, und es war eilf Uhr, ehe dieses interessante Paar sich trennte. Ich brach den folgenden Morgen zeitlich auf, bezahlte und fuhr weiter. Einige Meilen unterhalb teilt sich der Weg. Der eine führt über Newcastle an der Kentucky-Seite, der andere über Vevey, Madison, Jeffersonville in Indiana nach Louisville. Ich schlug den letztern ein und nahm den Weg an den Ohio. Bei einem Mr. F. fütterte und frühstückte ich. Er war eben auf sein Pferd gestiegen, um nach Newcastle zu gehen. Seine Frau saß, von acht bis zehn Negermädchen umringt, in der Küche, die dem Sprachzimmer gegenüber lag. Alle waren mit Spinnen und Nähen beschäftigt. Die Negerinnen, Mädchen von acht bis zwölf Jahren, schienen sich wohl zu befinden und waren gut gekleidet. Im Hause war ein bedeutender Grad von Wohlstand sichtbar, jedoch bei weitem nicht die Reinlichkeit und Eleganz eines Ohio-Landwirts, der nur das halbe Vermögen besitzt. Das Haus war von Backsteinen; die Bauart war jedoch sehr einfach und ohne alle Regel der Baukunst, Feld- und Wirtschaftsgeräte in schlechterem Zustande, als ich in Pennsylvanien oder Ohio je sah. Hinter dem Hause spielten nackte Negerkinder, und eine bejahrte Sklavin bereitete mir mein Frühstück. Die Familie hatte fünfunddreißig Sklaven, was, jung und alt mit eingerechnet, ein Kapital von wenigstens 10000 Dollars macht. »War ich nicht«, so fing die Wirtin an, die vor fünfundzwanzig Jahren schön gewesen sein mochte, »ein großer Narr, Mr. F. zu heiraten? Er hatte bloß zwölf Sklaven und diese Plantage, und ich habe vierzehn und auch eine Plantage und keine Kinder.« – »Ich weiß nicht«, erwiderte ich der offenherzigen Dame. »Ja«, meinte sie, »er hat sieben Kinder, die aber schon verheiratet sind.« Ich gab ihr nun recht; denn ich hasse nichts mehr als einen Wortwechsel mit alten egoistischen Weibern. Sie schien jedoch sonst gutmütig zu sein. Während sie mir bei meinem Frühstück die Vorteile, die ihrem Manne aus dieser Art von Mißheirat zugeflossen waren, auseinandersetzte, kam ein Trupp Menschen vor dem Hause vorbei. Zwei von ihnen hatten jeder einen Sklaven an Stricken, die mit Halseisen befestigt waren, vor sich; wenn diese nun dem Pferde zur Seite kamen, wurden sie durch eine armsdicke Reitpeitsche zu einem lebhaftern Gang aufgemuntert. Die blutigen Striemen auf den Hälsen und Rücken der zwei Unglücklichen zeigten dies augenscheinlich. Der dritte hatte den seinigen ebenfalls an einem Halseisen, aber hinter seinem Pferde. Der Strick war an den hintern Sattelriemen befestigt, und der Sklave mußte so entweder mit dem galoppierenden Pferde gleichen Schritt halten oder sich von diesem über Gräben und durch Gestrüpp und Dornen fortschleifen lassen. Seine blutigen Füße und Schenkel waren grauenvoll anzusehen, und er hatte unstreitig unter den dreien das härteste Los. Die drei Sklaven waren Flüchtlinge, die vor einigen Tagen entlaufen waren, um der Transportierung nach Louisiana, die sie sehr fürchten, zu entgehen. Sie wurden jedoch aufgefangen, und in einigen Tagen sollten sie am Ohio nach Mississippi oder Louisiana eingeschifft werden. »Seht ihr«, sprach nun die Mrs.F. zu ihren Sklavinnen, die sie sämtlich zu sich vor die Türe rief, »so geht es den bösen Negern, die ihren guten Herren davonlaufen.« Mit einer Gleichgültigkeit, die bewies, daß diese armen Kinder an solche Szenen gewohnt waren, sahen sie dem ekelhaften Schauspiele zu, das einen Fleischer mit Abscheu erfüllen müßte. Ich nahm sobald als möglich Abschied und fuhr gegen Vevey. Der Weg von Mr. Forth' Plantage läuft noch eine Strecke weit über Bergrücken fort und führt dann durch Niederungen, die längs dem Ohio fortlaufen. Der Baumwuchs auf dieser Seite von Kentucky übertrifft alles, was ich bisher sah. Die Platane erreicht hier eine Höhe, die ich selbst in Arkansas und Tennessee nicht sah. Ich maß mehrere von zwölf bis vierzehn Fuß im Durchmesser; ihre Höhe war ungeheuer. Das Erdreich ist dunkelbraun, und da, wo es aufgerissen ist, hat es eine schwärzliche Farbe. Kalk- und Sandstein sind die gewöhnlichen Unterlagen, wie man an den Bergrücken sieht. Längs dem Ohio führt der Weg über Adamsville, ein kleines Städtchen, nach dem acht Meilen unterhalb gelegenen Ghent, einem gleichfalls unbedeutenden Städtchen, Vevey gegenüber. Dahin ließ ich mich überführen, wofür ich 1 Dollar 25 Cents zu bezahlen hatte.

Wir fuhren den 7. November statt um sieben Uhr morgens um vier Uhr nachmittags ab, weil in der Anordnung der Bettstellen einige Abänderungen getroffen werden mußten. Es fand sich nämlich, daß unter den Kentuckiern zwei länger waren als ihre sechs Fuß langen Bettstellen. Diese mußten daher auf Unkosten des Speisezimmers verlängert und die Bretterwand dazwischen weggenommen und wieder neu eingeschoben werden. Als endlich alles in Ordnung war, fuhren wir, herzlich ungeduldig über eine so lange Verzögerung, ab. Wir hatten nebst unserem Schiffe oder Boote ein kleineres mit, um Landexkursionen machen zu können, für die wir uns Pulver, Blei und Schießgewehre mitgenommen hatten. Auf bedeutende Städte durften wir nicht mehr Rechnung machen; doch selbst die kleinen Ortschaften sind da interessant, wo man nichts als Wasser und kolossale Waldungen sieht. Die Landschaft an beiden Seiten des Ohio ist gebirgig, und die beiden Ufer wechseln mit drei bis vier Meilen langen Bottom (Uferländereien) ab, hinter denen sich Hügel erheben, die die Hochebenen der Staaten Kentucky und Ohio von dem Flußgebiete trennen. Nun erscheint allmählich der Cotton tree (Baumwollbaum), der weiter hinab vorherrschend zu werden anfängt. Er erreicht nicht ganz die Dicke und Höhe der Sycamore (Platane); man findet jedoch ausgewachsene Stämme selten unter 140 Fuß Länge. Die Wälder nehmen einen mehr südlichen Charakter an, die Schmarotzerpflanzen werden häufiger, Disteln und Dornen stärker, und die Weinreben erlangen eine ungeheure Dicke. An manchen Stellen vermochten wir nicht an das Ufer zu kommen, einen solchen undurchdringlichen Wald bildeten hier die Hecken und das Disteln- und Dornengestrüppe. Tauben fangen nun an, zu Tausenden und an vielen Orten zu Hunderttausenden sichtbar zu werden. Wo sich ein großer Schwarm niederläßt, brechen Äste und Zweige, und trifft man an solche Plätze, so kann man auch eine hinlängliche Mahlzeit von durch herabgebrochene Äste getöteten Tauben finden. Wir schossen den Morgen des zweiten Tages fünfundvierzig und den Nachmittag darauf siebenzig, ohne uns gerade viele Mühe zu geben.

Troy, die Hauptstadt von Crawford-County, an dem rechten Ufer des Ohio, war der erste Ort, den wir besuchten. Es hat an sechzig Häuser, worunter ein Court-Haus. Die Stadt scheint zuzunehmen, so faul und wenig betriebsam auch die Einwohner zu sein scheinen. Wir fragten, ob nicht ein Barrel (Faß) Äpfel zu haben wäre. »Nein«, hieß es, »es sind noch keine Boote angekommen.« Zuletzt brachten sie ein halbes Barrel, für das sie zehn Dollars forderten, statt daß man in Louisville das ganze für drei haben kann. Wir rieten ihnen, ihre Äpfel zu behalten und künftig selbst deren zu pflanzen, damit sie nicht von der Gnade der Boote abhingen und statt der papiernen Fensterscheiben, die wir häufig fanden, gläserne sich einsetzen könnten. Das Land ringsumher ist schön und fruchtbar. Die Farms werden seltener und gleichen denen der ersten Ansiedelungen. Eine hölzerne, stallähnliche Cabin (Hütte), von rohen Baumstämmen zusammengesetzt, selten verschmiert, da der Winter hier äußerst gelind ist, ein Fleck von einigen Ackern mit Welschkorn, ein anderer mit Baumwolle, süßen Potatoes (Kartoffeln) und Tabak sind die gewöhnlichen Bestandteile und Umgebungen dieser nur zu ländlichen Wohnungen. Wir kauften unter Troy einen halben jungen Bären, das Pfund für fünf Cents. Zwei andere, die soeben ausgeweidet wurden, zeigten, daß diese Tiere häufig und daß die Bewohner sich mehr mit der Jagd beschäftigen, als es dem Feldbau und der Kultur dieser Gegenden zuträglich ist. Für Geflügel, das diese Farmers gewöhnlich für die auf- und abgehenden Boote ziehen, forderte man uns einen so hohen Preis ab, daß wir nichts kauften. Das Äußere der Bewohner hat etwas Verwildertes; ihre Gesichtszüge sind streng, mit dem falschen, heimtückischen Blicke des Kentuckiers. Unter den jungen Männern findet man jedoch herrliche Gestalten. Unser Franzose hatte sich mit dem Sohne des Kentuckiers in einen Handel um ein Welschhuhn eingelassen. Obwohl der Frenchman das Englische schrecklich radbrechte – der Kentuckier lächelte nicht; er verzog bloß den Mund und blickte auf den Franzosen halb verächtlich herab, als dieser sich wegwendete und zu Mr. B. von unserer Gesellschaft sagte: »Ich glaube, der junge Mensch hält uns für verrückt.« – »Was sagst du, Fremdling?« rief der junge Kentuckier und klopfte ihm mit einem Schlage auf die Schulter, daß der arme Franzose wie Espenlaub zusammenbebte und nur mit Mühe wieder zur Besonnenheit gebracht werden konnte. Seitdem ließ er sich höchstens mit Weibern für einen Topf Milch in Unterhandlungen ein und war für zwei Stunden sichtbar versteinert. Ich sah dem guten Manne, nach seiner Rückkehr auf das Schiff, an, wie gerne er seiner Zunge freien Spielraum gelassen und über die Roheit der Kentuckier losgezogen hätte; aber er war klug genug, zu schweigen – und tat wohl daran.

Bei Lady Washington oder, wie es genannt wird, Hanging Rock, einer perpendikulären Felsenwand, die sich hundert Fuß über dem Wasserspiegel am rechten Ufer des Ohio erhebt, hatten wir das hier nicht seltene Vergnügen einer Flußjagd. Ein Hirsch schwamm eine halbe Meile unter uns über den hier sich zu tausend Fuß verengenden Ohio und wurde von drei Kentuckiern entdeckt, die gerade auch über den Fluß setzen wollten. Dies zu sehen und sogleich in unser Boot zu springen war für uns das Werk eines Augenblickes. Der Hirsch schwamm nach der Indiana-Seite, und wir suchten ihm den Vorsprung abzugewinnen. Das war leicht; sowie wir jedoch nahe genug kamen, um ihm mit dem Ruder eins zu versetzen (Gewehre hatten wir in der Hitze vergessen), so wandte sich das Tier nach oben zu. Wir ihm nach; auf der andern Seite die Kentuckier und von oben unser Schiff. Der Hirsch wandte sich neuerdings und ging dem Kentucky-Ufer zu. Es dauerte über eine halbe Stunde, ehe die Kentuckier, gewandter in der Führung des Bootes, ihm einen Schlag beibringen konnten. Nun wurden die Kräfte des Tieres sichtbar schwächer, seine Anstrengungen verdoppelten sich jedoch; es kam uns wieder näher, ohne daß wir es erreicht hätten. Ein zweiter Schlag, den ihm die Kentuckier in der Nähe ihres Ufers beibrachten, betäubte das edle Tier, das nun seine letzten Kräfte zusammennahm und, den Strom aufwärts, gegen das Ufer schwamm. Dieses erreichte es auch. Das stundenlange Schwimmen und die zwei Schläge von der gewaltigen Hand des Kentuckiers hatten es jedoch so geschwächt, daß es, da angekommen, zusammensank und die Bank nicht emporklimmen konnte. Sogleich stürzte der eine der Kentuckier darüber her und schnitt ihm die vordern Kniegelenke ab. Der Hirsch reißt sich nochmals auf und wirft sich schräg auf den Mann, dem er einen Teil seiner Beinkleider und seines Schenkels mitnahm. So schnell war das Ganze geschehen, daß der zweite Kentuckier, der um einige Sekunden später ankam und nur seinen Gefährten geholfen hatte, das Boot dem Lande näher zu bringen, kaum Zeit gewann, seinen Dolch zu ziehen und ihn dem Tiere in den Hals zu stoßen. Es hatte seine Geweihe bereits in den Kleidern des ersten verfangen und würde ihn wahrscheinlich mit ins Totenreich befördert haben. Wir waren nun angekommen und am Schauplatze des Gefechtes, der nicht ganz mehr Vergnügen war. »Was wünschen Sie, Gentlemen?« nahm der Verwundete, sich gegen uns richtend, das Wort, indem er den blutigen Dolch in seiner Hand hielt. »Sie wissen«, erwiderte Mr. B., »daß wir Ihnen in der Jagd geholfen. Wir hoffen, daß Sie uns etwas von der Jagd überlassen.« Eine Weile sahen sie uns an, eine andere auf das Schiff, das bereits in einer Entfernung von $1^1/_2$ Meilen unter uns war. Endlich fragte der Verwundete: »Was wollen Sie für einen Teil vom Hirsche?«, indem er diesen aufzuschneiden und auszuweiden begann. »Die Hälfte«, erwiderte ihm B., »mit den Eingeweiden und der Zunge für unsre Ladies.« – »Haben Sie Ladies auf dem Schiffe?« – »Ja.« – Ohne ein Wort weiter zu verlieren, zogen nun die drei Kentuckier die Haut ab und teilten den Hirsch. Wir waren alle vier seitwärts getreten und legten zwei Dollars zusammen, die wir dem Beschädigten anboten. Er nahm sie, dankte, und der Hirsch wurde in unser Boot gebracht. Wir erklärten uns wechselseitig, wer wir seien, und trennten uns mit Händedruck und in Frieden.

Wir hatten nun Wild im Überflusse, und Bären und Hirsche waren, mit wilden Truthühnern und Tauben abwechselnd, auf unserm Tische. Das Fleisch eines jungen Bären ist vortrefflich; es hat einen süßlichen Wildpretgeschmack und sehr viel Aroma. Sehr junge Bären sind wirklich eine Delikatesse. Allen war es ein Leckerbissen, den Franzosen ausgenommen, der uns wohl selbst für halbe Bären halten mochte. Doch selbst im despotischsten Staate sind noch die Gedanken keinem Zolle unterworfen, und das amerikanische Sprüchwort: We are in a free country (Wir sind in einem freien Lande), mochte er immerhin in volle Ausübung bringen.

Am dritten Tage verloren wir von unserer Gesellschaft zwei Damen mit einem jungen Manne, die an der Yellow Bank (Gelben Ufer) ausstiegen. Die Ufer des Ohio haben hier eine hellgelbe Farbe und daher der Name der hier angelegten County-Stadt, die ihn jedoch nun mit dem von Owenborough vertauscht hat. Es ist die zwölfjährige County-Stadt von Davies-County, mit 80 Häusern, 470 Einwohnern, mehreren für die Gegend ziemlich guten Kaufläden, einem Court-Hause und einer Zeitungsdruckerei. Sie liegt 170 Meilen unter Louisville und 34 ober der Mündung des Green, dessen Ufer ihrer Wiesenländereien wegen bekannt sind. Die wilde Weinrebe bildet längs den Ufern des Ohio und an der Mündung des Green undurchdringliche Hecken und Lauben. Die Trauben werden gekeltert und geben einen zwar etwas rauhen, aber sehr wohlschmeckenden Wein. Veredelt müssen sie ein herrliches Produkt geben. Wir sammelten eine hinreichende Menge in wenigen Minuten. – In der Nähe dieses Flusses gibt es mehrere Erdharzquellen, deren Öl als Lampenöl benützt wird, und Salzquellen, an denen schönes Salz erzeugt wird. Weiter aufwärts sind die Ufer des Flusses außerordentlich salpeterhaltig, und man erzeugt bedeutende Quantitäten von Salpeter.

Henderson, sechzig Meilen unter Owenborough, am linken Ufer des Ohio, an der zweiten Bank dieses Flusses, ist der Gerichtssitz für Henderson-County. Es hat 500 Einwohner mit 90 Häusern, unter denen einige recht gute Gebäude, mehrere aber verfallen sind und äußerst unreinlich aussehen. Der Ohio bildet hier einen ungeheuern Bogen, der die Entfernung von Owenborough nach Henderson (zwanzig Meilen zu Lande) gerade vervierfacht. Hier fängt eine sonderbare Pflanze an, die wir im Norden der Vereinigten Staaten nur äußerst selten zu Gesichte bekamen; es ist die Mistletoe (Mistel). Sie ist auf Tausenden von Bäumen bis an die Mündung des Tennessee-Flusses sichtbar, gehört in die Spezies der Tetrandria und wächst an den Zweigen und Ästen der Bäume. Die Blätter sind gelbgrün, die Beeren milchweiß und so klebrig, daß sie sich im Abfallen an die Rinde der Äste ansetzen und sogleich Wurzel schlagen. Diese Pflanze grünt winters und sommers und gibt den blätterlosen Bäumen, an denen sie in hundert und mehr Sträußen umher zerstreut ist, ein seltsames Aussehen.

Wir näherten uns nun der Grenze von Indiana und waren den fünften Tag auf unsrer Reise, als der prächtige Wabash, den jedoch leider eben jetzt eine große Sandbank entstellte, sich unserem Blicke darbot. Er ist bekanntlich die Grenze zwischen den Staaten Indiana und Illinois und der Hauptfluß des ersteren Staates. Seine Breite beträgt bei seinem Ausflusse in den Ohio 840 Fuß, und er ist 400 Meilen aufwärts schiffbar. An seinen Ufern liegt die älteste Stadt Indianas, Vincennes, die, durch von Kanada ausgewanderte Franzosen gegründet, längere Zeit Hauptstadt des Staates und früher des Gebietes war. Sie nimmt jedoch eher ab als zu, und die Bevölkerung steht nichts weniger als im Rufe besonderer Tätigkeit. Gegenwärtig hat sie 1600 Einwohner in 280 Häusern, mit dem Court-Hause und mehreren öffentlichen Gebäuden. Weiter oben liegt das Fort Harrison und, 160 Meilen gegen Nordost, das Fort Recovery mit mehreren andern gegen die Indianer und Engländer errichteten festen Punkten.

Die Indianer dieser Gegenden haben den Ruf besonderer Tapferkeit und stehen im Solde der Engländer, die ihnen zusammen noch jedes Jahr mehrere hunderttausend Pfund Sterling auszahlen lassen. Im Jahre 1811 lieferten sie den Amerikanern hier bei der Prophetenstadt eine Schlacht, die unter die blutigsten in der Geschichte der amerikanisch-indianischen Kriege gehört. Die Amerikaner sicher zu machen, sandte ihr Chef, Tecumseh, tags vorher einen Parlamentär mit dem Versprechen, den folgenden Tag zu unterhandeln. Die Amerikaner trauten und waren nicht auf ihrer Hut. Ein Teil schlief, ein anderer hatte seine Waffen auf die Seite gelegt, als die Indianer morgens um vier Uhr (den 11. November 1811) anfangs ganz stille herankrochen und, als sie den Amerikanern beinahe auf dem Halse waren, mit einem fürchterlichen Geheul auf sie losstürzten. Nur der Besonnenheit des Generals Harrison hatten die 800 Amerikaner ihre Rettung und den endlichen blutigen

Sieg zu verdanken, der sie 160 Mann und zwei Obersten kostete. Der Verlust der Indianer, die 700 Mann stark waren, betrug 150 Mann.

Der Wabash mündet in Posey-County, in welchem, 30 Meilen nordwärts, die ehemalige Rappisten-Niederlassung sich befand. Im Jahre 1824 verkaufte Rapp auch diese zweite Niederlassung für 150000 Dollars an Owen, der nun hier eine Gesellschaft, nur nach einem größeren Plane als sein früheres Etablissement zu Lanark in Schottland, zu bilden gesonnen ist. Über den Charakter des Mannes und den Erfolg seines Unternehmens wage ich nicht abzusprechen. Er hat sowohl die Mittel als die Fähigkeiten, etwas Großes zu leisten, und sein Institut zu Lanark beweist, daß er Talente und Tätigkeit in nicht geringem Grade besitzt. Nach seinem Plane soll seine Gesellschaft, von allen bisherigen Fesseln, die Vorurteile, Erziehung und Religion dem Menschengeschlechte anlegten, frei, der Welt das ganz neue Beispiel einer Gemeinde aufstellen, die ohne Religion, ohne Gottesverehrung und Glauben an das höchste Wesen, bloß von Selbstliebe geleitet, das höchste Urbild bürgerlicher Glückseligkeit darstellen soll. Diese Selbstliebe auf die möglich nationellste Weise auszubilden, hat sich Owen zum Thema gewählt und in diesem Sinne die Verfassung, die er der Gesellschaft gab, abgefaßt. Sie besteht, wenn ich nicht irre, aus drei Abteilungen mit siebenzig oder mehr Artikeln. Jeder, der irgendeine nützliche Beschäftigung versteht oder lernen will, kann in diese Gesellschaft aufgenommen werden. Wer 300 Dollars mitbringt, wird freigehalten. Die Zeit der Glieder ist zwischen Arbeit, Lesen und Unterhaltungen geteilt. Jeden Tag wird, statt des Gottesdienstes oder irgendeiner religiösen Handlung, ein Ball gegeben, wozu die Gesellschaft sich regelmäßig versammelt. Die Kinder werden durch Trommelschlag zum Unterrichte geführt. Eine Zeitung, die sich vorzüglich mit den Verhältnissen der Gesellschaft beschäftigt, wird ebenfalls gedruckt und derlei Dinge mehr. Die Gemeinde besteht bis jetzt aus 500 männlichen und weiblichen Abenteurern aller Art, die sich hier gute und fröhliche Tage versprechen. Wenn übrigens ein Schotte den Egoismus auf den Altar seines Tempels versetzt, so wundert uns dieses nicht; wir wissen, daß diese Nation diesem Gotte sehr huldigt. Wenn Owen jedoch in den Vereinigten Staaten den Egoismus noch auf eine höhere Stufe bringen will, dann fürchten wir, die Saite springt. Nach seiner Meinung waren bisher alle Gesetzgeber alter und neuer Zeit entweder Betrüger oder Dummköpfe, die auf unrechten Wegen suchten, was er auf dem rechten nun finden wird. Übrigens mag es eine der vielen fixen Ideen sein, denen der Schotte nicht selten unterworfen ist und wobei er sich immer für unfehlbar hält. So kenne ich einen ehrenwerten President Judge, der als echter Swedenborger in allem Ernste und fest überzeugt ist, er werde in der andern Welt wieder Judge und die deutschen Bauern würden auch da wieder so dumm sein, sich um ihre Farms betrügen zu lassen.

Die Uferländereien des Wabash, sowohl des größeren als des kleineren (im Illinois), gehören unter die schönsten und fettesten der Vereinigten Staaten und sind besonders reich an natürlichen Wiesen, die sich längs diesem Flusse in weiten Ebenen erstrekken. Die Viehzucht fängt nun an, bedeutend zu werden, obwohl sie noch nicht stark genug ist, um ein Ausfuhrartikel für Louisiana zu sein. Hat diese Gegend es einmal so weit gebracht, dann wird sich ihr Wohlstand auch schnell mehren. – Die Mündung des Wabash ist auch in anderer Hinsicht sehr wichtig. Das Land, obwohl Überschwemmungen ausgesetzt, eignet sich vorzüglich zur Anlegung einer Stadt, und mit der Zeit muß dieser Punkt Stapelplatz für einen großen Teil des südwestlichen Indiana werden.

Wir kamen den fünften Tag bis Shawaneetown, zehn Meilen unter der Mündung des Wabash an, einer Stadt von vielleicht 60 Häusern mit 300 Einwohnern, die weder Handel noch Feldbau, noch sonst etwas regelmäßig treiben und selbst an den Salzwerken, die am Saline-Fluß für Rechnung der Vereinigten Staaten angelegt wurden, nur unzuverlässige Arbeiter sind. Unsre Damen hatten uns bisher regelmäßig jeden Abend eine Teeparty gegeben, wozu sie mit allem reichlich versehen waren.

Wir aber hatten, außer einer hinlänglichen Quantität Zigarren und einigen Bouteillen Wein, nichts. Wir gingen daher nach Shawaneetown, um etwas aufzubringen, fanden jedoch nichts als einige Pfund Hirschfleisch. Nach unserer Rückkehr vermißte der kranke Doktor seine Negerin, die er zur Bedienung mitgenommen hatte und in Louisiana verkaufen wollte. Sie war entsprungen. Man stellte sogleich Nachfragen in dem Städtchen an; niemand wollte jedoch etwas von der Sklavin gesehen oder gehört haben. Wir wußten wohl, was vonnöten war, und nach einigem Überreden entschloß sich auch der Doktor, einen Preis von zwanzig Dollars auf ihr Wiederfinden zu setzen. In einer halben Stunde war die Negerin vorhanden, mit der ein honetter Einwohner, der kurz zuvor auf sein Ehrenwort und mit kräftigen Flüchen beteuert hatte, daß er nichts von ihr wisse, erschien. Sie wurde in der Küche versteckt gehalten, als die Nachfrage angestellt wurde. Der zweite Doktor, ein Tennesseer, von Nashville, hatte die menschenfreundliche Vorsicht, den kentuckischen kranken Doktor zu erinnern, sich ja beim Erscheinen des Mädchens zu mäßigen und seines eigenen Wohles wegen in keine Leidenschaft auszubrechen. Doch jede Erinnerung war vergebens. Der Kentuckier mußte schlagen; mit Mühe richtete er sich von seinem Bette auf, um dem Mädchen einige Hiebe zu geben, die ihm mehr als ihr Schmerzen verursachten. Die zwanzig Dollars, die er zu bezahlen hatte, steigerten seine Wut so, daß, hätte er Kraft gehabt, wir eine Szene erlebt hätten, nicht unähnlich der in Mr. Forth' Farm. Er bezahlte jedoch und begnügte sich, das Mädchen mit auf dem Rücken zusammengebundenen Händen an die Türpfosten anzubinden, von denen sie durch folgendes Ereignis befreit wurde. Zwischen Mr. C., einem Pflanzer aus dem oberen Louisiana, wohin er aus Kentucky ausgewandert war, und unserem Schiffs- oder Bootskapitän, einem jungen, unerfahrnen Menschen, dem die Ehre, ein Boot zu kommandieren, den Kopf verrückt hatte, war schon seit einigen Tagen eine Spannung sichtbar. Der Kentuckier hatte jeden Tag eine Landexkursion gemacht, von der er gewöhnlich Wild, Milch, Eier etc. für die Gesellschaft mitbrachte. Der Kapitän weigerte sich heute, das Boot für ihn abzusenden; man sandte es jedoch ab, ohne zu fragen. Der Kentuckier erfährt die Weigerung des Kapitäns und kommt sogleich über diesen, wirft ihm Nachlässigkeit etc. vor. Der Kapitän beschuldigt ihn der Unwahrheit, und kaum war dies Wort aus dem Munde, als der Kentuckier auf ihn losstürzt, um ihn niederzuschlagen. Wir traten noch zur rechten Zeit dazwischen. Er wendet sich um, läuft zur Cabin-Türe, um eine Axt zu holen, und erklärt mit einem »Goddamn!«, er wolle jeden niederschlagen, der ihn nur aufhalte. Ich stand vor der Türe, mit dem festen Vorsatze, ihn nicht durchzulassen. »Lassen Sie mich durch«, brüllte er mir zu. »Nein, Mr. C., Sie sind nicht auf guten Wege.« – »Was kümmert Sie dies?« – »Sehr viel, Mr. C., Sie dürfen nicht durch.« – Der baumstarke Kentuckier faßte mich um die Mitte des Leibes und war im Begriffe, durch die Tür zu gehen, als mehrere von der Gesellschaft mir zu Hülfe kamen und ihm den Weg versperrten. Wir waren eben in einem ziemlich heftigen Streit begriffen, als der in der Cabin befindliche Ofen das unter ihm liegende Holz und die nächste Schlafstelle in helle Flammen setzte. Nun waren alle Streit- und Mordgedanken über die Gefahr zu verbrennen glücklich vergessen. Wir ließen den Kentuckier fahren, ohne uns weiter um ihn zu kümmern, und er, der nun sah, daß sein Zorn ihn höchstens zum Gebratenwerden oder Ertrinken führe, half mit löschen. Das war jedoch bei der starken Bevölkerung des Bootes und der darauf herrschenden Verwirrung keine leichte Sache. Es gelang endlich. Den armen Doktor, der zunächst dem Ofen lag, hatten wir beinahe vergessen, und er wäre uns bei einem Haare verbrannt, wenn nicht sein zweiter Sklave éinen Kübel Wasser über ihn und sein Bette geschüttet hätte. Das Betragen dieses sonderbaren Mannes, der, ungeachtet seiner erloschenen Lebensgeister, noch eine ungeheure Leidenschaftlichkeit äußerte, war zugleich bemitleidenswert und komisch. »Hilf, lieber Himmel«, rief er aus, »der Bösewicht hat einen ganzen Kübel Wasser über mich geschüttet! Komm her zu mir, du Nichtswürdiger!« Nun mußte der Sklave vor ihn treten, sein Gesicht hinhalten und sich wohl die schwächste Ohrfeige geben lassen, die er je in seinem Leben erhielt. Zugleich nahm er ihn bei den Ohren und warf ihm seine Schändlichkeit vor, die ihm Rheumatismen und noch sonstige Krankheiten verursachen müsse. Daß er ohnedem jede Stunde sterben könne, schien der gute Mann ganz vergessen zu haben. Wir standen staunend über diesen Menschen, das lebendige Bild eines erloschenen Vulkans. »Aber um 's Himmels willen, Doktor!« nahm nun B. das Wort. »Sie wären verbrannt, und Sie haben das Feuer selbst durch die unausstehliche Glut, in die Sie den Ofen versetzen und uns alle braten, angerichtet. Sie dürfen uns dieses nicht mehr tun.« – »Er ist mein Sklave«, war die Antwort, »und hätte bei mir bleiben und nicht Ihren unschicklichen Streitereien zuhorchen sollen, dann wäre auch das Feuer nicht ausgebrochen.« Da gaben wir ihm wieder recht, und so hatten zuletzt alle Parteien recht, und der Friede war wieder hergestellt.

Willibald Alexis

Herbstreise durch Skandinavien

Wenn das große atlantische Meer nach Chateaubriand heute nichts mehr ist als ein kleiner Bach, über den der Amerikaner oder seine Ideen nach dem alten Europa hinüberspringen, was ist dann die Ostsee, und wie weit liegt Kopenhagen von Berlin? Das Dampfschiff fährt, schnell wie der Wind, dem Sunde entgegen, aber durch den Sand unserer Küstenländer dringt weder der Körper noch die Idee auf Flügeln oder mit Rädern des Windes. Allen Reisenden die Warnung: auf nichts zu bauen – nicht einmal auf gute Trinkgelder – als auf ihre Geduld! Die Fahrpost geht langsam; aber weil der Weg sandig ist, man von drei Pferden nicht verlangen kann, in der schönsten Zeit der Sieste sich in Trab zu setzen, auch der Postillon hie und da einkehren oder geweckt werden muß und die Kalesche des Herrn Posthalters etwas veraltet ist, daß wir fürchten, sie breche jeden Augenblick zusammen, so holte die ordinäre Post unsere Extrapost ein. Stieg jeder von uns nunmehr nur mit *einem* geschundenen Knie – nämlich von der Kalesche des Herrn Posthalters – in die Fahrpost, so konnte er wieder von Glück sagen. – In Mecklenburg wird es grüner, die Sandberge sind bekleidet, Fichtenwälder, grüne Wiesen, Seen und Flüsse wechseln, aber die Landstraße bleibt der alte Sand, wie man sagt, weil die Landstände, festhaltend an den ehrwürdigen Rechten des Altertums, kein Geld geben wollen zu den Chausseen. Neuerer, welche für die Idee *l*eben und für Kunststraßen sprachen, bilden nur eine geringe Minorität, denn die Chaussee würde ja auch nur durch die Güter von sehr wenigen führen. Doch sollen mehrere ihr Votum annoch reserviert haben für den Fall, daß eine Änderung in der Abstechung stattfände. Ebenso ist es gewiß, daß, wenn ein Nachbar etwa mit Chausseen ein Geschenk machte, man mit liberalem Sinne den alten Sand fahren ließe. Desgleichen sind die Mecklenburger Pferde berühmt; wenn man aber die guten aufspart zum Pferderennen in Doberan und überdies Ernte ist, so muß der Reisende seinem guten Glücke danken, wenn er überhaupt welche erhält. Stürzen aber diese alten Mähren unterwege und es bricht ein Rad und die kaum mit unsäglicher Mühe akquirierten Pferde sind so junge unbändige

Fohlen, daß man nicht wagen darf, aus langsamem Tritt zu kommen, weil die Mecklenburger Extra-extra-Postillone nur Stricke statt Zügel und Zaum führen und überdies der breitschultrige Bauernjunge weder durch Drohungen noch Versprechungen aus dem lächelnden Phlegma zu bringen ist, so ist es ein achtes Wunder, wenn der Reisende nach der Ostsee nur um einige Stunden zu spät anlangt. Sonst ist bei einer flüchtigen Tour durch Mecklenburg zu bemerken, daß die Meilen lang sind und das Völkchen auf dem Lande über alles derbe Offenherzigkeit bei sich liebt und das Geld bei dem Fremden.

Aber dennoch, Dank der einzigen Chaussee von Doberan nach dem Heiligen Damm, eben rauschte das Dampfboot »Prinzessin Wilhelmine« mit seiner langen Rauchwolke heran, als zwei mutigere Pferde uns auf den Uferkies brachten. Wir hatten noch grade Zeit, durch den dichten Kreis der schönsten und schönen Zuschauerinnen uns hindurchzudrängen, in den Kahn zu springen und nach dem wunderbaren Seeungetüm hinzurudern. Ein seltenes feenartiges Schauspiel. Mitten aus Hitze, Staub, Verdrossenheit einer Postreise durch Wüsteneien anzulangen vor dem klaren grünen Spiegel, umweht von den feuchten Meereslüften, umrauscht von den grünen Uferbuchen, und um uns eine ausgesuchte feine Gesellschaft. Federhüte, seidene Kleider, Ternaux- und Türkenshawls wehten neben Uniformen und Fracks, der Salon schien auf das Meer versetzt, denn die Hälfte der bunten Menge löste sich vom Ufer und schaukelte mit uns auf vielen Kähnen dem Dampfboot zu. Auch wir gaben dagegen nicht minder ein Schauspiel ab mit den Staubkitteln, Mänteln und Staub und Sonnenbrand und Bärten. Der schöne Badeort verschwand uns, ehe wir inne wurden, daß wir angekommen.

Bei ganz ruhigem Meer ist es nicht schwierig, an der festen Leiter den Bord zu ersteigen, wenn auch die eine Leiter mitten in den zischenden Rauchwolken und fast im Sprützbade der Wellen hängt. Das Feenland kehrte oben in erneuter Gestalt wieder. Ein Frauenflor von seltener Schönheit schwebte längs den Masten, Rädern und Kajüten. Es war der ganze Hof und wer sich ihm nach Badesitte anschließt. Die schönsten Augen blickten neugierig in die Ritzen und Speichen und schauderten zurück vor dem Getriebe der unterirdischen Räder, deren feuerrote Wärter dem Eisenhammer des Fridolin Ehre gebracht hätten; gewannen doch hier selbst die Gemeinplätze im Munde der Paladine der Damen an Bedeutung, etwas, das viel sagen will. Endlich donnerten die Böller der »Prinzessin Wilhelmine«, ein aufsteigendes Ungewitter zwang die Gäste, den Bord zu verlassen, und unter jubelndem Hurra, erneuetem Schießen von unserer Seite und der mecklenburgischen Badefregatte schaukelten die bunten Gäste dem Ufer zu. Die ungeheure Rauchwolke unsers Kessels folgte ihnen bis zum Ufer, ein wahrhaft ossianischer Anblick, wenn der neblige Riesenarm sich auf der weiten Wasserfläche spiegelte und endlich mit dem Schatten des Ufers verschmolz.

Dies war aber auch die einzige poetische Seite des Dampfbootes. Ein Blick auf die mechanischen Einrichtungen, auf den arithmetischen Kalkül, und die Dichtung verschwindet. Schien es mehr als eine große Restauration, die sich mit unglaublicher Schnelligkeit über das spiegelglatte Meer hinbewegt? Man ruft nach Kaffee, Tee, trefflichem Beefsteak, die Champagnerpfropfen knallen. Auf dem Verdeck oder unten in der Kajüte wird Schach oder Piquet gespielt, man liest aus der Bibliothek dänische, deutsche, englische, französische Werke, erst die Nacht mahnt uns zum Schlafengehen; doch der ruhige Abend ladet ein, lange der köstlichen Aussicht zu genießen. Das nordische lange Tageslicht beginnt, die Gesellschaft schließt sich enger, der nationelle Unterschied verschwindet. Das Meer wird immer glatter, ruhiger, Schiffe mit stolzen Masten segeln an uns vorüber; nur wir trotzen dem Winde, dessen wir nicht bedürfen. Bis auf die ewig geschäftigen Räder des Dampfbootes, welche in der stahlgrauen Fläche wühlen, herrscht Totenstille ringsum, keine Vögel zeigen sich auf dem weiten Spiegel, und selbst das Gemurmel der vielen Völkerschaften geht in eine allgemeine Sprache über.

Ehe wir uns niederlegen, weckt uns noch ein lauter Ruf. Man

will Feuer an den Ufern der Insel Falster gesehen haben, und kaum daß die Mannschaft aus den Kajüten heraufspringt, sausen und sprühen die Flammen senkrecht hinauf in den klaren Horizont. Man brennt Schwärmer ab, und die Funken zischen umher wie Meteore der Nacht. Doch diese bleibt ruhig, obgleich nicht ganz für den ungewohnten Seeschiffer. Wer es noch nicht wagt, die Luft der späten Julinacht auf dem offnen Verdeck zu ertragen, sucht sich die bequemste Stelle auf dem Boden der Kajüte. Matratzen und Decken sind zu heiß, und doch streift die Zugluft über die Gesichter empfindlich dahin, und die regelmäßig wiederholten Stöße der Dampfmaschine erschweren den Schlaf. Ich verfolgte die Schattenbilder des brennenden Nachtlichts, bis eine kalte Hand mich weckte, damit ich die Insel Möen im grauen Frühlicht erblicken könnte.

Das bleiche Kalkgesicht streckte sie links aus dem Wasser empor gleich dem äußersten Sitz abgestorbener Geister. Wie Jasmunds Felsenmauern auf Rügen, nur höher, zerrissener, weiter ausgedehnt. Hier müssen Sagen leben, wenn sie auch nicht zu uns dringen. Was Kruse neulich davon mitteilte, genügt lange noch nicht, wiewohl es reizt. Die eingestürzten Wände, jetzt mit üppigen Buchen bewachsen, lassen die Klippenwände, die bleiche Landwehr gegen Osten, nur noch greller, schroffer hervortreten. Jeden Augenblick änderte sich die Aussicht, aber selbst der Morgenschein vermochte der schnell verschwindenden Insel nicht den gespensterhaften Charakter zu nehmen.

Andere Inseln kamen und gingen. Seeland schimmerte schon in der Ferne, wiewohl seine flachen Ufer selten eine romantische Ansicht gewährten. Die Sonne stieg auf, die Schiffe am äußersten Horizont färbten ihre Segel am frühen Strahl. Mußte doch bei solchem Anblick die Klage meines Nebenmannes, daß ein Dampfboot nichts Poetisches sei, verschwinden! – Jetzt tauchten vor uns Kopenhagens Türme auf – Schweden schimmerte drüben zur äußersten Rechten, ohne bedeutend heraustretende Uferspitzen. Je enger sich die Länder schlossen, um so mehr Schiffe breiteten stolz ihre Segel aus. Hier konnte man die ungeheure Kraft des Dampfbootes beobachten, die großen Dreimaster schienen, indessen sie ruhig vor Anker lagen, an uns vorüberzufliegen. Lange indessen mochte man keinen gleich lustigen Anblick gehabt haben. Noch lagen an hundert Segler von allen Nationen umher, und den Tag vorher war die große russische Flotte den Sund passiert. Ein Moment, welchen Kopenhagen nicht vergessen will.

Die schöne Residenz liegt da in toter Größe. Der äußere Charakter der Seestadt mit ihren geräumigen Plätzen und reinlichen Straßen gleicht dem holländischen. Die Rückerinnerungen leben überall, sowohl an ehemalige Größe als an den bittern Verlust aus kaum vorübergegangenen Ereignissen. Das ungeheure Unglück, welches Kopenhagen 1807 betroffen, steht mit unvertilgbarer Schrift in jedes Dänen Gedächtnis. Jedes Zimmer enthält ein Bild vom Brande der Stadt. Eine englische Bombe schmettert wenigstens *einen* braven Mann nieder. Im Urteil über den völkerrechtlichen Charakter des englischen Angriffs auf die friedliche Stadt ist man in Europa jetzt wohl einig. In der entsetzlichen Tragödie ereignete sich – das Leben und die wahre Dichtung sind ja denselben Gesetzen unterworfen – ein burleskes Zwischenspiel. Die während der Verwirrung aus dem Irrenhause entwichenen Einwohner sammelten sich in einer Kirche, wo einer ihrer Geistesverwandten eine Rede an sie hielt, die würdig gewesen, in Tiecks Novelle aufgenommen zu werden. Gegen einen ähnlichen unerwarteten Überfall der Briten schützt die seitdem mitten im Meer kühn und mit außerordentlichen Kosten erbaute Batterie Dreikrona. Ob aber die Anstrengungen im Hafen und den Docks, die vernichtete Marine wieder aufleben zu lassen, den alten Glanz nochmals zurückzaubern werden? Dem Dänen fehlt Norwegen, das Land der Matrosen und des Schiffsholzes. Es fehlt ihm aber vielleicht noch mehr im Innern – der Adel! Das heißt keine Legion adliger Junker, die auf Vorrechte in der Gesellschaft Anspruch machen, sondern ein Adel von politischer Bedeutung. Die Frucht jener außerordentlichen, ewig denkwürdigen Revolution von 1666, welche den Adel seinem Wesen nach aufhob und dem Könige eine türkisch absolute Macht verlieh, ist eine völlige Standesgleichheit, worüber der Däne sich glücklich preist. Selbst die Reaktion, welche nach einem Jahrhundert Struensees Sturz und grausamen Mord bewirkte, veränderte nichts im System. Aber das politische Leben im Innern ging mehr und mehr aus, und damit scheint zugleich das Leben des Staates nach außen erstorben. In der Blüte der Wissenschaft findet jedoch das dänische Volk einen unvergänglichen Trost, wäre nicht wieder der geringe Raum zu bedenken, auf dem die dänische Literatur sich bewegen kann. Daher die geistige Auswanderung seiner Schriftsteller nach Deutschland.

Scheint es doch auch fast, als sei der sanfte, weiche Charakter der Dänen nicht mehr zur kriegerischen Herrschaft geeignet, unbeschadet aller Tapferkeit, welche das dänische Volk in jener traurigen Zeit bewährt. Wehmut und Milde ist der Charakter des schönen Seelands mit den schwellenden grünen Wiesen, mit den üppigen Buchenwäldern. Auch Jütland, wo Kornbau und Viehzucht blühen, nährt nicht mehr die Normannen, welche die Welt stürmen möchten. Die Regierung ist väterlich milde, der König und seine Familie sind wie selten geliebt. Man erzählt, während der demagogischen Unglückszeiten sei ein deutscher Gelehrter aus Kiel in einem fremden Staate wegen freier Reden angehalten worden. Sein angeborner Fürst bewirkte seine Freilassung und äußerte auf die gegen ihn erhobenen Klagen wegen schwerer Äußerungen: »Mein Gott, er hat gedacht, er wäre unter uns!« – Man betrachte nur die zarteren Gestalten, die feinen sanften Gesichter, die geistreich lebendigen Augen, zumal der Frauen. Es scheint der niedersächsische Schlag, welcher von Schlesiens äußerstem Ende längs den germanischen und slawischen Grenzen sich bis zum Norden hinaufzieht. Klein, gedrungener Körperbau, breite Backen, stumpfe Nasen, doch länger als in Sachsen, aber dafür bei den Damen der zarteste Teint, ein Rosenhauch auf diesen Wangen und ein sanftes Feuer der Augen, welches sie unbeschreiblich reizend macht. Selbst die Häßlichen kann die Reflexion schön finden.

Stimmt doch auch die neuere Literatur der Dänen in diesen

allgemeinen Charakter. Die Gemütswelt lebt darin weit mehr als die eisernen Riesen der Eddazeit. Man schwelgt gern in edeln, zarten Empfindungen. *Oehlenschläger* ist ihr Repräsentant. Ich fand in ihm einen edlen, hochgewachsenen schönen Mann; der weiche, sanfte Charakter zeigt sich aber nicht allein in seiner wohlklingenden harmonischen Sprache, auch das Gesicht drückt diese aus. Wenn er seine trefflichen lyrischen Gedichte vorträgt, lebt vieles darin auf, was der deutsche Leser in der Ferne mit derberem Sinne vielleicht überhört. Mehrere dieser Gedichte gewannen für mich wenigstens einen ungemeinen Reiz. Neben dem bekannten allgemein menschlichen Charakter des Dichters atmen sie edlen Patriotismus. Eine gewisse Wehmut läßt sich in seinem Wesen nicht verkennen. Wer gleich ihm in glücklicher Jugend die Blütezeit der deutschen Poesie mittätig erlebt, von Goethe und Schiller aufgemuntert, mag freilich jetzt mit Wehmut zuweilen auf die welkenden Blüten hinblicken und auf die neuen Erscheinungen und neuen Richtungen, die nicht allemal zu billigen sind. Muß denn nicht alles einmal, wenn es seinen Kreislauf vollendet hat, so weit welken, als das Unvergängliche (und was ist auf Erden unvergänglicher als die Poesie!) hier untergehen kann? Der Dichter des »Hakon Jarl«, des »Correggio«, »Aladin«, von »Aksel und Valborg« wird auch in Deutschland leben bleiben; als Däne hat er eine höhere unvergängliche Bedeutung erworben, er ist der Mittelpunkt einer neuen Literatur. In einem unvergeßlichen Abende, welchen ich mit dem liebenswürdigen Manne verbracht, teilte er mir Bruchstücke seines neuesten Trauerspiels, »Die Wäringer in Konstantinopel«, mit, welches nächstens auch deutsch erscheinen wird und sich würdig den älteren Werken des Dichters anschließt. Beschämend ist es, wenn wir erfahren, wie Oehlenschläger fortwährend an den Bewegungen unserer Literatur teilnimmt – er fragte mich viel nach H. Heine, Immermann, war doch auch der Schreiber dieses seiner sehr gütigen Aufmerksamkeit nicht entgangen –, indessen wir von mehreren seiner dänischen Werke fast keine Notiz genommen haben.

Es bleibt ein seltenes, ja einziges Verhältnis, welches die dänischen auch zu deutschen Literatoren macht; gewöhnlich stellt man sich vor, beide Sprachen wären den Dichtern gleich geläufig, sie wären mit beiden geboren oder doch auferzogen. Allein dies ist ebensowenig der Fall, als das Deutsche in der Stadt gegenwärtig anders als eine fremde Sprache, wenn auch häufig, gesprochen wird. Oehlenschläger hat das Deutsch erst auf Schulen erlernt, so die meisten Autoren. Es wird ihm schwer, nicht zu sprechen, aber wenn wir schnell sprechen, auch schnell zu folgen. Sein Dialekt gleicht, wie der aller Norweger und Dänen, dem unsers Steffens. Das »Sch« ist für die Dänen das »Ciceri« der Franzosen während der Sizilianischen Vesper. Am geläufigsten schreibt und spricht vielleicht der Veteran der älteren Literatur, der ehrwürdige Professor *Rahbek*, dessen Bildungsperiode freilich halb deutsch, halb dänisch war. Sein Name ist aus der ältern Zeit genügend bekannt, seine Kenntnisse sind in der neuern selten. Lebhaft nimmt der liebenswürdige Veteran an allem Deutschen noch jetzt teil. Die andern Gelehrten, *Rask*, *Müller* und so weiter, aufzusuchen, verhinderte teils ein zu kurzer Aufenthalt, teils ihre Abwesenheit während des Sommers. Die Universität merkt man weniger als eine deutsche, selbst nach den neuesten Reformationen. *Ingemann* lebt nicht in Kopenhagen.

Hier hat zuerst wieder das Studium des nordischen Altertums begonnen, Schweden steht darin noch zurück. Die Bibliothek, mit freundlicher Liberalität dem Fremden geöffnet, zeigt die reichen einzigen Schätze an Manuskripten in Runen- und gotischer Schrift, von denen noch manche auf die Publikation warten. Älter oder jünger als jene Edda und so manche andere heilige und profane Sage, die auf vermodertem Pergament uns mit ihren Lücken anschauen, stehen in Schränken die andern geretteten Schätze des germanischen Altertums, aus Gräbern oder in Torfmooren aufgefunden. Eine reiche, wenn nicht die reichste Sammlung, die sich der tätigen Verwaltung des Kanzleirat Thomson erfreut.

Das Theater war geschlossen; nur im Winter ist es unter

königlicher Verwaltung geöffnet und gibt jene Darstellungen, von denen man rühmt, daß sie an eine ältere Glorie des deutschen Theaters erinnerten. Holberg erscheint außer dem »Kannegießer« und »Eilften Junius« nur selten; mag doch auch hier die Kunst, ihn vorzustellen, verlorengegangen sein. Oehlenschläger hat sich für seine Tragödien die dänischen Mimen, wie man sagt, vortrefflich ausgebildet. Daß dies noch anging, mag man glauben, wenn man das keinesweges elegante Komödienhaus betrachtet. Man glaubt noch an etwas anderes als Marmorlogen, Prachtkleider und Dekorationen. Aus dem Deutschen wird viel für die Bühne übersetzt. Unter andern erfreuen sich Holteis Vaudevilles eines großen Beifalls. Unter den jüngern dänischen Dichtern in ähnlichem Felde erwähnt man vorteilhaft Herrn *Heiberg*. Sonst regt sich keine bedeutend produktive Kraft unter der jüngern Welt. Die Schauspieler werden übrigens im Lustspiel noch mehr gerühmt als im Trauerspiel; eine Vollkommenheit, die um so mehr wunder nimmt, als Kopenhagen eigentlich der dänische Staat ist und das Kopenhagener Theater zugleich die erste Trivialschule und das Kapitol, wo sie gekrönt werden. Die Häuser sind im Winter stets gefüllt; im Sommer spielen die Schauspieler nur zuweilen für eigene Rechnung. Wir hätten Contessas »Ich bin mein Bruder« (Jag er min broder) gesehen, wäre nicht Kopenhagen auch darin mit Deutschland verwandt, daß es eingetretene Hindernisse gibt. Auch mahnten uns bei dieser Gelegenheit die roten Zettel an der Ecke mit wehmütiger Rührung an die Heimat.

Ich mache es nicht wie jener Engländer, welcher gleich nach seiner Ankunft auf den ersten Turm hinaufspringt und dann wieder in den Wagen, weil er nun die ganze Stadt gesehen hat. Aber von einer Stadt wie Kopenhagen darf man nicht scheiden, ohne die köstliche Aussicht von einem der Türme genossen zu haben. Es war ein heller, klarer Tag, das Meer, die Insel Amak, die alte Stadt, Seeland bis zu Roskilds alten Türmen und den Grüften der Könige strahlte in wunderbarem Lichte. Einige Nachzügler folgten noch der russischen Flotte, die schon aus dem Gesichte verschwunden war. Dort ist die Stelle, wo die Engländer landeten, dort versenkte man drei Linienschiffe, sie aus ihren Händen zu retten, dort ... dort ... dort ... Des Küsters Adjunkt war Lust und Freude, indem er die Herrlichkeiten der Stadt aufwies. Merkwürdiger fast blieb uns die Art, wie man hier vermutlich von den gehaßten Engländern erlernt, mit den Schönheiten und Merkwürdigkeiten der Stadt Handel zu treiben. In Berlin wäre der Küster, der uns auf den Marienturm geführt, mit einem halben Gulden ganz zufrieden gewesen. Hier stand er in Schuhen und seidenen Strümpfen an der Türe, machte eine feierliche Verbeugung und sprach: »Meine Herren, dies ist der Turm.« Er hatte auch die Gewogenheit, eine halbe Stunde zu warten, bis wir hinabgestiegen, wofür er nicht mehr als einen dänischen Taler verlangte. Sein Adjunkt mußte natürlich für das Führen honoriert werden, und einige Turmwärter fanden es sehr sonderbar, daß wir ihre Forderungen nach Trinkgeld unverschämt fanden. Gewiß, das heißt sein Pfund nicht vergraben und sein Kirchenlehn nicht brachliegen lassen.

Gotisch ist nichts mehr in Kopenhagen, kaum hat die alte Börse davon einige Reste aufzuweisen. In ihren dunkeln Hallen wandelten die schweigenden, dumpfen Gestalten einer sehr regsamen Welt – die Kaufherren, alle den Hut fest auf dem Kopf. Auch dies scheint man hier von den Engländern ererbt zu haben. Ein Deutscher, der den Kopf nicht gern lange bedeckt behält, kann schon hier die englische Vorschule durchmachen, um nicht dereinst vor der großen Königin der Handelsstädte für demütig zu gelten, der größte Vorwurf, der einen Menschen vor jenen upright men treffen mag. Hier ist man wohl noch milder gestimmt. In den Docks liegen die ungeheuren Indienfahrer der Handelsgesellschaften.

Zweierlei ist in Kopenhagen für einen Fremden unmöglich: die Flotte zu besehen und ohne Schererei vom Postbureau fortzukommen. Der Großadmiral kann den Fremden, selbst wenn er mit Empfehlungen seines Gesandten ankommt, zurückweisen, und wenn er dies auch in allem Glanze einer gestickten Uniform tut, kann es doch mit aller Artigkeit geschehen, es hat seinen Grund. Bei der Polizei aber erwarte der Fremde weder

Artigkeit noch einen vernünftigen Grund. Doch ich will mein Kapitel über Kopenhagen, von dem ich nur Gutes zu sagen weiß, mit keinen Klagen schließen.

Das Dampfschiff »Prinz Carl«, welches wöchentlich einmal zwischen Kopenhagen und Christiania fährt, ist eines der schönsten, bequemsten und größten in Europa. Auf Kosten der norwegischen Regierung in London für einen den Einkünften dieses Landes nicht entsprechenden Preis erbaut, schien es anfangs kaum den geringsten Zinsfuß des Kapitals zu tragen. Die Leichtigkeit der Kommunikation auf dem gradesten, schnellsten Wege führt ihm jedoch mit jeder Fahrt eine größere Anzahl Passagiere zu, die in diesem Jahre bedeutend gestiegen ist. Der Handel hat durch diese Verbindung ungemein gewonnen, und die herrschende Reiselust unterstützt die wohltätigen Absichten der Regierung. Norwegen, welches bisher im grauen Nebel des Nordens gelegen, wird um hundert Meilen dem mittlern Europa näher gerückt, und die Reiselust nach dem Süden möchte bei dem Deutschen bald einen Ableiter finden, sobald des südlichen Norwegens reizende Küsten mehr bekannt geworden.

Das beliebte Lübecker Dampfboot scheint, gegen dieses norwegische gehalten, nur eine zierliche Lustjacht. Die Maschine des »Prinzen Carl« ist ein fürchterliches Werk, welches mit seiner immer gleichen, ruhigen Kraft Berge umwälzen könnte. Sieht man hinunter und sieht aus dem Qualm der glühenden Kohlen die vielen metallenen Riesenarme, die sich verschlingend und windend unaufhaltbar fortarbeiten, glaubt man einen Blick in die Werkstatt eines gigantischen Magiers zu werfen. Aber fürchterlicher, denn kein magischer Wille hemmt plötzlich diese willenlose Kraft.

Es ist ein Post- und Handelsschiff, kann daher nicht die Eleganz der Lübecker Lustjacht haben, doch schweben zwischen den Teertonnen und Kohlenbecken die Teetassen und rauchenden Beefsteaks umher; man hat sogar, um das bunte Gemisch der Nationen vollständig zu machen, einen Neger in Livree angestellt. Erfreulicher sind die treuherzigen norwegischen Gesichter, welche hier schon vorherrschen, mit den blauen Augen, gedrungenen Zügen, festen Körpern. Der Kapitän spricht nicht mehr deutsch, scheint aber in Umsicht und Sicherheit ganz der normannische Seemann. Dänen, Normannen, Schweden, Franzosen, Engländer, Deutsche, Elegants und derbe Seemänner, zarte Damen, Militärs und Israeliten in ihrer alten, alle in der buntesten Tracht, wimmeln auf dem Verdeck. Man mustert sich mit den Blicken, denn noch ist keine Bekanntschaft geschlossen. Ein feister, starker Mann stolziert im schottischen Mantel umher. Unten in den Kajüten ist weder Bette, Matratze noch Raum zu finden, ein heiterer Himmel und die Geselligkeit versprechen indessen eine frohe Nacht auf dem Verdeck.

Selten erfreute sich jemand auf einer großen Reise einer so munter angenehmen Gesellschaft. Freundschaftliches und literarisches Interesse verbindet vier Reisegefährten aus mindestens drei Völkern, ein zweiter Franzose, der die Welt, ihre Länder und Sprachen kennt und Kenntnisse mit großer praktischen Fertigkeit verbindet, gesellt sich zu den Gefährten. Zwischen den beteerten Tauen norwegischer Matrosen findet der Autor Freunde seiner deutschen Geisteskinder, und welcher Rausch ist angenehmer als der der Schriftsteller-Eitelkeit!

Das Schiff gleitet wie ein Pfeil dem Sunde zu. Die Insel When, Tycho Brahes Domizil, kommt und schwindet. Man lacht nur. Der Anblick von hundert Segeln in dem engen Passe, auf der stahlgrauen, von leichtem Windeshauch gewellten Fläche ist herzerquickend. Die Engländer, die Amerikaner, auch mancher Preuße gleiten an uns vorüber. Die Schnelligkeit des Dampfbootes überflügelt ein aufgezogenes Gewitter. Es wird wieder hell. Drüben Helsingborg an Schwedens Ufer. Diesseits Helsingör.

Lange erinnere ich mich keines erhebendern Anblicks. Das alte Schloß von Helsingör tritt in gotischer Majestät heraus aus dem schwarzen Wasserspiegel, mit seinen Türmen, Giebeln und Mauern die alte Herrschaft der Dänen über den Sund würdig vorstellend. Gewannen doch selbst die Beamten, die heranruderten, nach uraltem Herkommen ihr Recht über das vorübersegelnde Schiff auszuüben, einen andern Anschein als den moderner Polizeibeamten. Kähne schaukelten heran und brachten Briefe; kam es mir doch vor, wenn mancher den Arm über den Bord hinüberstreckte und hastig nach dem versiegelten Papiere griff, als wären es Zeichen der Liebe, dem Scheidenden nachgesandt.

Jetzt schwand das Kastell. Dahinter liegt *Hamlets* Garten. Dort sein Grab. So nennt es die Sage. Der geharnischte Geist des königlichen Dänen stieg hinter den Türmen auf und stierte uns nach. Man sollte, wo Dekorationsprunk herrscht, nur dies alte Schloß mit dem Meere auf die Hinterwand stellen; selbst ein französischer Klassiker würde dann nicht mehr an der Echtheit der zürnenden Erscheinung zweifeln.

Von uns forderte Hamlets Vater einen fürchterlichen Sundzoll. Im Nordwest ward es dunkler und dunkler. Ein Gewitter stieg auf. Die fröhliche Gesellschaft lachte; aber wer das Kattegat oft befahren, versicherte, es könne eine schlimme Nacht werden. Ich war unendlich froh, wir glaubten dem Himmel trotzen zu können. Das mochte gehen, aber nicht einer Welle, die plötzlich seitwärts über das Bogspriet herübersprützte und mich zurücktrieb. Der Wind ging sehr scharf und uns entgegen, das Schiff schaukelte. Die Positionen wurden schon sehr possierlich. Aber die Gesellschaft wurde fröhlicher und beschloß, *nicht seekrank zu werden*. Wir lagerten uns zusammen und sprachen über Goethe und Hegel und Völkerstämme und kaukasische Gesichtszüge. Aber die unsern wurden immer schiefer. Meine beiden französischen Nachbarn wollten haben, ich hätte das Gesicht eines Breton; als ob ich seit meinem Urgroßvater, den freilich Ludwig XIV. Dragoner aus der Bretagne verjagt, kein Deutscher geworden bin! Man müsse durch den Geist die Natur überwinden, war ein Thema, das wir gründlich abhandelten. Das Wetter war so tobend und ungestüm, daß der milde Ossian gar nicht dahin gepaßt hätte, aber eben deshalb sprachen wir von ihm. Mein französischer

Nachbar schlug indessen das Gespräch durch eine schlagende Vergleichung nieder: Ossian sei der Schatten eines Beefsteak. Wir führten alle dänische Heldenlieder bei uns, aber eben weil sie zu kräftig waren, also mit der Natur harmonierten, wählten wir Oehlenschlägers »Correggio«. Ich las mit und ohne Pathos, hatte aber nicht Glück wie Herr von Holtei in Berlin; denn keine Dame weinte, was freilich auch daher kam, weil keine Dame zuhörte. Doch versicherte man, mit Vergnügen weiter zu hören, und selbst ein bekannter Tonkünstler, Herr Schwarz, gegenwärtig in Göteborg, versicherte, obgleich ich gar nicht musikalisch bin, es klinge doch sehr musikalisch.

Aber es war alles nur Trug, Überwindung der innern Seelenangst. Schon eilte eine Gestalt nach der andern zum Bord, endlich unterbrach auch einer der unsern die Vorlesung. Man hielt die Stelle für zu gefährlich und suchte einzeln Unterkommen gegen Kälte und Sprützregen der Wellen. Ich taumelte mit einem jungen Dänen nach einem noch ziemlich trockenen Fleck, und wir quälten uns beide, in französischer Sprache die Nachteile und Vorteile der Einführung des römischen Rechts in Dänemark abzuwägen. Es war Todesqual, indem jeder sich und den andern wollte glauben machen, die Sache interessiere ihn. Mitten unter den Schrecken der Natur wandelte uns die Schlaflust an. Noch einmal suchte ich ein Fleckchen auf der alten Stelle und glaubte zu schlafen, vielleicht zu träumen, als eine fürchterliche Welle von der entgegengesetzten Seite über den hohen Bord hinüberschlug und uns nicht besprützte, sondern mit Meerwasser überdeckte.

Im Moment war alles aufgesprungen. Naß vom Schlage, geworfen vom Sturme, der entsetzlich pfeifend in die Dampfröhren fuhr, geschaukelt mit dem Schiffe, das jetzt mit dem Bogspriet die Wolken berührte, mit dem Steuer versinken wollte, glaubte man im Schlaftaumel, es sei im Untergehen. Dazu die dunkle Nacht – es mochte Mitternacht sein –, die von dem schwankenden Lichte der Schiffslaterne nur noch schauerlicher erleuchtet wurde.

Alle Gemeinschaft hört von diesem Augenblicke an auf. Man

taumelt umher, viele fallen. Einander suchen – wer noch daran denken kann – ist unmöglich. Rufen wird nicht gehört. Die Seekrankheit bricht in ihrer ganzen Stärke hervor.

Ich habe nie eine schrecklichere Nacht verlebt. Mit unsichern Tritten, matt, wird eine Bank dicht am Bord erreicht, oberhalb welcher ein Boot hängt. Es gibt wenigstens einen Punkt, an den sich der schwache Körper halten kann, um nicht den äußern und innern Stürmen zu erliegen. Neben mir eine Reihe Leidensgenossen, deren keiner den andern erkennt. Kaum Mitteilung durch Lallen. Fehlte doch den meisten die Kraft, bis zum Bord sich zu bewegen. Für einen Dritten, der kein Teilnehmer der Leiden wäre, müßte es ein lächerliches Schauspiel sein, wie in diesen Momenten alles, was Delikatesse heißt, aufhört. Man sieht sich in Situationen, an die sonst nur zu erinnern gegen den Anstand wäre, Damen und Herren, allenfalls Liebende. Sobald das lächerlich schreckliche Übel vorüber ist, scheint auch Vergessenheit eingetreten, und die Formen der guten Gesellschaft herrschen wieder vor, als wäre nichts vorgefallen, was sie im geringsten hätte stören können.

Nie habe ich sehnsüchtiger dem Tage entgegengeblickt. Durchnäßt von dem unaufhörlichen Wellenregen, fürchtete ich die Kraft zu verlieren, mich an dem Boote festzuhalten. Die sich unten in die Kajüte geflüchtet, hatten noch ärgere Szenen zu bestehen. Aber die Nacht dauerte ewig, und der Sturm heulte, und die See ging hoch. Eine Nacht für einen Byron, aber ich zweifle, daß auch diesem die Kraft geblieben wäre. Nur der Kapitän ging ruhig im Schifferkittel, den breiten Hut auf dem Kopfe, über die schwankenden Bretter und schaute hinaus nach den Feuertürmen auf Jütlands Inseln oder den noch fernen an Schwedens Küsten. Traurige Zeichen, denn das Schiff bewegte sich nicht von der Stelle. Aber war es nicht schon der Sieg des menschlichen Geistes über die empörte Natur, daß die ungeheure Maschine im Meere gegen den starren Willen des Elementes ungestört fortarbeitete?

In derselben Nacht wurde von demselben Sturme die russische Flotte, die gen Navarino segelte, nach Kopenhagen zurückgetrieben. Sie begegnete uns, ohne daß wir es wußten. Vielleicht, daß wir mitten durch ihre zerstreuten Fregatten fuhren.

Das erste, was ich fühlte, als das Morgengrauen die hohe silbern schimmernde See mir zeigte, war ein Glas Wasser, das ein gutmütig norwegisches Gesicht mir an die Lippen reichte. Bestand doch die entsetzliche Qual nicht in dem Reiz, sondern in der Unfähigkeit, ihm länger zu genügen. Weder Wasser noch bitterer Likör oder spätere Versuche mit salzigen Fischen konnten dem erschöpften Körper Kraft bringen. Dazu pfiff der kalte Morgenwind, und doch fehlte die Kraft, sich in die Kajüte zu schleichen.

Man verlange keine Schilderungen der Walstatt. Der diplomatischsten Feder würden die Wendungen versagen, um im Gebiete einer künstlerischen Darstellung zu bleiben. Noch während des ganzen Tages fielen Opfer. Erst lange nach Mittag schlich einer der Freunde zum andern, und man konnte sich von der Nacht erzählen. Erst gegen Abend legte sich der Wind, und die See ging minder hoch. Die Anstrengungen der einzelnen, ihre Kraft zu gewinnen, grenzen an das Lächerliche. Etwas Ingwer gab Gaumen und Magen das erste Gefühl wieder. Im Sturme der Nacht war mancherlei verlorengegangen; mir zum Beispiel ein Ranzen mit den kleinen Bedürfnissen der Reisetoilette. Aber meinen Reisegefährten war mehr verlorengegangen: der Mut, die Wasserfahrt fortzusetzen.

Vergeblich lockte der schöne Abend, das Bündnis, welches durch die überstandene Gefahr unter der ganzen Schiffsgesellschaft geschlossen schien, vergeblich die wunderbare Kette nackter Schären an Schwedens Küste. Im Abendrot schifften wir hindurch durch diese seltsamen Felseninseln, wo nur hier und da eine rote Fischer- und Schleichhändlerhütte die gespenstische Öde belebte. Der Lotse leitete uns bis vor Gotenburgs Hafen, und die ruhig stille Kahnfahrt durch den reizenden Hafen in die schöne Handelsstadt mit venezianischen Kanälen und italienischen Häusern in der heiter klaren Gegend am Gotaälv verscheuchte die letzte Übelkeit.

Erfahrnere Seefahrer versicherten uns, seit lange keine ähnliche Sturmnacht erlebt zu haben, wiewohl die Fahrt über das Kattegat selten ganz ruhig bleibt.

Von Felsen umgürtet, nie erobert seit Odins Tagen, steht Schweden in jungfräulicher Inselreinheit da, und sein Volk blickt stolz hinauf durch große Zeiten, über große Namen bis zu jenem göttlichen Heros. Alte Geschlechter zählen ihre Ahnen bis zu ihm zurück, eine Adelsaristokratie herrscht aus mythischer Vorwelt, kaum modifiziert durch das spätere Lehnwesen, alles Bestehende, das Königtum wie die Freiheit des Volkes, hat seine Wurzel in den ersten Anfängen der Geschichte; und doch zeigt kein Staat so ein Gegenstück dessen, was heut Legitimität heißt, als der uralt schwedische. Keine Herrscherdynastie scheint hier für die Ewigkeit zu bauen, mag ihr Grundstein die göttliche Abkunft aus dem Nebel der Vorwelt sein oder Großtaten der Ahnen, das blutige Beil des Tyrannen oder der einstimmige Jubel des Volkes. Wer seine Kräfte aufbot zur festerern Begründung, eilte nur dem Untergang entgegen. »L'État c'est moi!« sagte Ludwig XIV., und er hatte recht; nur wo die Interessen des Volks und seines Regentenhauses *eins* sind, existiert der Staat. Die Aufgabe für Schwedens Könige war die schwierigste. *Getrennte* Interessen mit dem ihrigen zu vereinigen gelang nur wenigen, wo es aber einem wahnsinnigen Stolze gelang, das Interesse *aller* Stände von dem seinigen zu lösen, konnte keine moralische Kraft, keine glorwürdige Erinnerung das gelöste Band wieder knüpfen. Es herrschen hier keine Theorien, die Geschichte spricht deutlich durch ein Jahrtausend. Durch alle Umwandlungen der Zeit – das eigentliche Mittelalter existierte nie in Schweden – hat sich das alte Verhältnis, nur mit veränderten Namen, bis auf die neusten Tage erhalten. Nur der allgemeine Sturz der Hierarchie im europäischen Norden brachte einige Veränderung hervor; doch selbst noch heute besitzt die schwedische Geistlichkeit mehr Rechte als die der meisten protestantischen Länder. Aber von eigentlichem Druck, von einem Zwange, der den Geist erlahmte, der Anstrengungen fruchtlos machte, ist nirgend die Rede. Der

Handelsstand, also der Bürger, lebt an den Grenzen in geringerm Verkehr mit dem Binnenlande als mit der Fremde, und neben dem Adel spricht der Bauer, einzig und allein in diesem Lande als solcher, mit in den größten Versammlungen, welche die Nation vertreten. Auch die Aristokratie kann nicht drükkend werden, wo dem Kastenwesen wie hier entgegengearbeitet ist und der Adel es in seinem Interesse von alters her fühlt, die Sprache des Liberalismus zu führen. Seine Schären sind eine unüberwindliche Festungsreihe für den Schweden. Sie schließen indessen seine Küsten nur vor fremden Flotten, nicht vor neuen Ideen. Wo diese aber am Stolze des Eingebornen abprallen, ist von daher keine Gefahr, daß die eigentümliche Entwickelung gehemmt werde. Weit öfter griff der Schwede ein in den großen Entwickelungsprozeß des europäischen Lebens, als dieses auf den Sohn des starren Nordens zurückwirkte.

So erscheint dem Fremden ein Land, dessen Volk bei allen Südländern den stehenden Beinamen eines »edlen« führt. Schon in Schweden las ich einigen dortigen Freunden diese einleitenden Worte vor. Sie schienen ihnen, die durch längern Aufenthalt mit den Mängeln vertrauter geworden, zu pomphaft. Sind sie doch nur das Portal zu einer Reisebeschreibung, und auch dem flüchtigen Reisenden begegnete manches, was nicht so glänzend und neu war, ohne daß ihn deshalb, was er als Eindruck einer Totalanschauung niedergeschrieben, unwahr dünkte.

Vom Uranfang bestanden die Rechte des Volks neben dem seiner Fürsten. Spätere Könige, müde des innern Haders, wandten ihre Kräfte nach außen. Bewußt oder unbewußt dabei die Absicht, durch Ruhm und Ansehn eines Krieges und Eroberers im ererbten Königreiche die geringe ererbte Macht zu stärken! Ihr Wille war gewaltig, ihre Anstrengung außerordentlich, aber die Mittel genügten nicht für das ungewöhnliche Ziel. Schwedens Name ward groß, Schweden nicht selbst. Es trat ehrenvoll ab von dem großen europäischen Schauplatz, auf dem es geglänzt. Erschöpfung hinderte es, in den letzten bedeutenden Zeiten auch bedeutend einzugreifen, aber eine energische Kraft verblieb im Volke. Was ein eisener Wille vermag, davon redet mit unvergänglichen, aller Welt verständlichen Schriftzügen der Trollhätta-Kanal.

Diesen und den berühmten Wasserfall zu sehn war der Nebenzweck unserer frühen Landung in Gotenburg. Die Stadt und ihre Lage möchte zu den schönsten in Europa gehören. Italienische Häuser längs trefflicher Kanäle, ein ruhiger Hafen, umschlossen von hohen Felsufern, welche mit den bewachenden Schären sich weit ins Meer erstrecken. Er bildet ein geräumiges Bassin für die Schärenflotte. Die Stille in den Straßen trägt noch bei zu ihrem Festcharakter. Zur Zeit der Kontinentalsperre war Gotenburg ein Handelsplatz erster Größe. Auch noch später blühte es durch seinen Heringsfang; seitdem aber diese Gäste aus den Gewässern dort verschwunden sind, hörte jene Bedeutung und das geräuschvollere Leben auf. Doch zählen schwedische Patrioten das Ausbleiben des Herings eigentlich als ein Glück für die Gegend, indem die Bewohner nun endlich zu einem rüstigern Betrieb des vernachlässigten Ackerbaues gezwungen würden.

In dem anmutigen Tal des Gotaälv führt eine gute Straße bis zum Trollhätta. Frisches Wiesengrün im späten Juli, fruchtbare Erdstriche, sanfte Abdachungen, Gärten, Büsche und Meierhöfe wechseln zwischen den nackten Felshügeln und ihren noch nackteren Kuppen, welche das breite Tal des ruhig dahinströmenden Flusses bilden. Im milden Licht eines schwedischen Sommerabends dünkte mich die Gegend, die weder malerisch noch romantisch zu nennen, von einem sanft wehmütigen Reiz durchdrungen. Mußte nicht der Name des Stromes, freilich fast allen schwedischen gemein, den Gedanken an die geheimnisvollen Wesen erwecken, die einst in diesem germanischen Norden die Vermittler zwischen der Natur und ihren noch rohen Kindern waren? Hier aber neckten die Elfen nicht wie in dem fröhlichen England oder bei den Iren und Schotten. Ihr Wesen war geheimnisvoller, ernster, sinniger. Verschmolzen sie ja auch häufig mit den Fluß- und Meergeistern! Gewiß lebten sie auch längs dem Schilf des Gotaälvs. Die Trümmer der einzigen Burg, die ich in dieser südlichen Region bemerkt, des alten königlichen Bohus, grüßten ernst von einer Felsenkuppe herab, das Schilf der Älv neigte langsam säuselnd seine Häupter, der breite Fluß dehnte sich oft zu stillen Seen aus. Der Abendnebel quoll hervor und deckte den grünen Grund und stieg auf zu den nackten Felsplatten; die Nacht, von Tagesschimmer durchdrungen, überkam die verspäteten Reisenden, aber das Bild des Tales der Gotaälv ist mir unverlöschbar vor Augen geblieben. Noch dünkt es mich die schönste Gegend in diesen Teilen Schwedens, vielleicht nur, weil es die erstgesehene war; aber der erste Eindruck behält ja sein Recht.

Trollhätta heißt Zauberhöhle. Wer malte sich nun nicht gern eine dunkle, tiefe Schlucht, überhangen mit uralten Eichen und schwarzen Tannen, durch die sich der Strom mit gigantischer Geisteskraft hinabstürzt? Alles Menschliche scheint aus diesen heiligen Kreisen verbannt, gespenstische Scheu ergreift den Beschauer, man wagt kaum zu atmen, der Geist schwebt um uns. Nichts von allem dem. Weder Zauber noch Poesie, noch Höhle, noch Nacht. Brettermühlen arbeiten unverdrossen an dem kochenden Strudel, und der Granit von der einen Seite schaut hinüber zu den ungeheuren Bergen von Sägespänen auf der andern. Die Sprache des zürnenden Bergstroms wird nicht verstanden. Barfüßige Buben und alte Weiber springen um die Fremden und schleudern Steine und Balken hinein, denn das ist die Bedeutung des Wasserfalls, daß er ein Stück Holz mit reißender Schnelle in den Abgrund hinabzieht. Dazu haben verzückte Engländer ein ganzes Buch vollgeschrieben voll gereimter und ungereimter Verse, die sie blank verses nennen, über Sonnenaufgang und -untergang und Abendrot und Morgenrot. Ich dachte dabei an Shakespeares Pyramus, als er die Nacht anredet:

O grimmerfüllte Nacht, o Nacht von schwarzer Farb,
O Nacht, die immer ist, sobald der Tag vorbei,
O Nacht, o Nacht, o Nacht, ach, ach, ach – ach –,

und meinte, die Engländer hätten dabei auf den Berg von Sägespänen gesehen, die sich allerdings im Abendrot sehr schön ausnehmen müssen.

Der Trollhätta ist ein Modeort geworden, und allerdings verdient dies sein poetischer Name. In alten Zeiten, als der hohe Forst noch zu beiden Seiten sich erhob, mag die feierliche Stille wunderbar gewirkt haben. Majestätisch an sich ist der vielfach gezackte und geteilte Fall nicht. Fast von keinem Punkte hat man einen imposanten Überblick des ganzen Sturzes. Dagegen bleibt das Wasser- und Farbenspiel des ersten Kataraktes eine merkwürdige Erscheinung. Es ist mehr ein kochender Strudel als ein Fall. Hier schießt eine mächtige grüne Welle senkrecht wie eine Felswand hinab, und kaum handbreit getrennt erhebt sich parallel mit ihr zischend eine weiße Schaumwelle, und dem Auge dünkt, es müsse die Reibung Feuer geben. So brausen und wechseln und umarmen sich Schneeschaum und Metallgüsse, bis alles ein großer überkochender Kessel wird und das verwirrte Auge Ruhe sucht vor dem tollen Schauspiel einer ewig dauernden Gärung.

Auch die komische Phantasie ist geschäftig. Der Lachs, der in übermütiger Laune diese Strudel aufsucht, bildet noch jetzt hier das tägliche Brot der Fremden. Dünkte mich doch in den rotgeschieferten Granitfelsen, die aus dem Sturz vorragen, das rötliche Scheibenfleisch des Lachses anzublicken.

Von dem Trollhätta-Kanal erwarte man aus meiner skizzierenden Feder keine Beschreibung. Geraten doch selbst dem Eingeweihten selten Schilderungen der Maschinen. Ein ungeheures Werk, dessen Idee mehr als die bildliche Anschauung Staunen erregt. Und doch stelle man sich unten an den Gotaälv und schaue den Granitberg hinauf, wie eine kleine Flotte in sieben Etagen durch acht Schleusen hinabgleitet von der mit dem Wenersee parallelen Höhe in das Älvtal und vom Älvtal in das Meer, so verwandelt sich der Gedanke in Poesie. Es ist kein Kanal, gestochen durch einen Granitberg, sondern das Werk einer ungeheuren Berechnung, durch welche der Berg selbst verschwindet und die Höhe mit der Meerebene gleich wird. Der Gedanke lebte jahrhundertelang, erst das unsere sah die Vollendung. Die einzelnen Kanäle und Schleusen gewähren ebensowenig als der Katarakt einen großartigen Anblick; sie scheinen klein und eng im Vergleich mit dem Umfange des ganzen Werkes.

Schweden in Bohuslän, nach Norwegens Grenze zu, ist nicht jenes hohe Nordland mit Tannenforsten und jähen Klippen, wie es sich die Phantasie gern vorstellt. Überraschend sind für den Fremden diese Felskuppen an Felskuppen, dieses matte Sonnenlicht, wie es die Wiesen dazwischen mit ewigem Abendschein erleuchtet, die hölzernen Balkenhäuser, alle rot angestrichen, dieser beständige Wechsel zwischen Tal und Hügel. Aber bald tritt der Charakter trauriger Einförmigkeit heraus. »Schweden ist eine häßliche Schweiz«, sagt ein geistreicher Kritiker, aber wohl zu scharf. »Eine Schweiz«, sagte ein anderer, »wo man die Gletscher fortgeschnitten und die tiefen Täler ausgefüllt hat.« Daran erinnern die runden Felskuppen, welche nie aus dem Auge verschwinden; sie könnten den höhern Gebirgsspitzen der Schweiz entnommen sein. Daran erinnern die grünen Matten, welche sich bald tiefer senken, bald an den Felsen hoch hinauf wagen, auch die einsamen Sennhütten, in einer hölzernen Bauart, wie sie wohl die Natur jedes Hochlandes, das nicht arm an Waldung ist, bedingt. Aber was auf den ersten Anblick gefiel, wird, wenn es tagelang wiederkehrt, ermüdend. Scheint es hier doch nicht anders, als Schweden sei ein großer Granitblock – was auch strengere Mineralogen dagegen einwenden mögen –, nur hier und da mit etwas Erdreich bedeckt; der kahle Stein blickt überall hervor. Seine Formen erheben sich nie zum Majestätischen oder Großen, nicht einmal zum Malerischen; abgerundet, nackt, verwittert blicken die Steine von der Größe des Feldsteins bis zur Höhe des Münsters aus dem Erdreich hervor. Nackend höhnt er hier in weiten Flächen auf den Feldern die Mühe des Pflügers, dort zeigt er dem Reisenden auf der Straße, in welches starre Land er den Fuß gesetzt. Auf der dürren, öden Heidefläche der Höhe, die, ewig vom Wind durchfegt, nur der Distel und dem Moose Nahrung gibt, scheint seine eigentliche Heimat, und alles sagt uns, hier herrsche nicht der »erstarrte Riesengeist des Nordens«, sondern sein erstarrter Zwerggeist. An dieses Geschlecht der Duergar erinnern überall die grauen kahlen Granitköpfe, die ebenso fest als jenes Geschlecht noch mit der Erde zusammenhalten. Ihnen fehlt die Riesenkraft, sich losreißend in zerrissener Klippenform, die nackten Riffe dem Himmel entgegenzustrecken. Die Tanne ist zusammengeschrumpft, die einsame niedrige Birke läßt den Wind mit ihren vereinzelten Zweigen spielen. Hier mußte man an die unheimliche Gegenwart verkümmerter Erdgeister glauben, da selbst jetzt die Kultur noch nicht den Sieg über die herbe Natur davongetragen hat. Fast kein Dorf ist zu sehen, nur vereinzelte Höfe, seltsam für den Fremden aber mit ihrer roten Farbe, oft hochgetürmt mit ihren Balken und Latten und den schönen Fenstern, wo doch sonst ringsum Dürftigkeit herrscht. Wohl gibt es schöne Büsche, Bäume und kleine Wälder, aber die Äste strecken nicht frei ihre Zweige in die Luft, sie haben ihre Kronen zusammengebeugt vor dem rauhen Hauch der Meeresluft. Längs der Täler strecken sich Felder hin, aber der Hafer herrscht vor den milderen Kornarten. Der Rauch des Swedgens* steigt über Täler und Berge, aber es scheint, als brenne man mehr nieder, als man wieder aufbaut.

Das lustigste in dieser kalten Gegend ist die Schnelligkeit, mit welcher man über sie dahinfliegt. Das schwedische Extrapostwesen ist bekanntlich vortrefflich eingerichtet. Sendet man einen Vorboten voraus, findet man auf jeder Station die verlangten Pferde bereitstehen und kann bei der Schnelligkeit, mit welcher sie gewohnt sind, über die festen Wege zu traben, ungeheure Strecken, besonders in den langen Tagen, zurücklegen. Selbst die Ungewißheit des Reisens verschwindet mit der Langsamkeit, wenn man bedenkt, daß es ganz gewöhnlich ist, sich Frühstück, Mittag, Nachtquartier, und was schwedische Bequemlichkeit gewährt, durch den Vorboten im voraus zu bestellen. Wenn wir so auf 20 bis 30 deutsche Meilen unsere Abendküche bis auf die Sauce zum Fisch vorauswissen, scheint

---

* Unter dem Swedgen versteht man das Abschwelen und -brennen von Gebirgsheiden; oft muß die Flamme auch hohes Gestripp und selbst Wälder verzehren.

doch wirklich selbst der Gedanke des Reisens verschwunden. Es ist kein Institut der Regierung, sondern steht nur unter ihrer strengen Aufsicht. Jeder Bauer ist nach der Reihefolge verpflichtet, zu einem bestimmten billigen Preise die Pferde zu stellen, und das schwedische Herkommen verpflichtet ihn außerdem, mit außerordentlicher Raschheit zu fahren. Es ist eine durch die Natur des ausgedehnten und wenig bevölkerten Landes von selbst bedingte Einrichtung. Jedoch gesorgt ist allein für Pferde. Wer keinen Wagen mitbringt, kann nur traurige Karren erwarten. Zwar erhält man in den Städten wohl Cabriolets mit bequemeren Polstersitzen, doch bald werden daraus bretterne Bänke; dann fallen die Lehnen weg, und es bleibt nichts als ein Brett, angenagelt auf dem Karren. Endlich in den norwegischen Gebirgen sieht man auch dieses schwinden und ist zuletzt auf den Karrenboden reduziert, auf dem es alle Kunst kostet, Felleisen und Koffer zu befestigen und demnächst sich selbst, wenn der einspännige Karren über Berg und Tal rollt.

Unseren Damen ist diese Lust untersagt; für einen jungen gesunden Mann gibt es indessen keine größere beim Reisen, und allen Hypochondristen wäre diese Kur anzuraten. Frei sitzen wir und fliegen hinauf, hinab, die ganze Schöpfung vor uns, zu unsern Seiten, der blaue Himmel über uns. Statt der drückenden Hitze in der trottierenden Diligence, welche überdies zum Reservoir alles Straßenstaubes bestimmt scheint, freier Luftzug, der den wenigen Staub fortweht. Der Straßenboden fast immer fest, da die leichten Karren ihm keinen Schaden tun. Es gilt kein ängstliches Gucken, Sich-Umbiegen, man dünkt sich lächelnd ein Herr der Erde, die vor uns sich entfaltet und verschwindet. Die Wege, obgleich keine Chausseen, sind fest. Man rollt über nackten Granit Abhänge hinunter, wo in Deutschland niemand im Wagen sitzen bliebe, und im Galopp eilen die Pferde ohne Peitschenschläge die steilsten Berge hinan. Überdies kein ordentliches Geschirr, nur feste Stricke, durch welche minder wohlgezogene Pferde sich schwerlich halten ließen. Hemmschuhe scheinen hier unbekannt. Und wie die Gewohnheit kommt! Wollte ich doch beim ersten Abhange absteigen, als mein kleiner Postillon, Skjuts-bonde hier genannt, ein achtjähriger Knabe, lächelnd seine Peitsche schwang und wir drüben auf der jenseitigen Höhe standen, ehe ich das Wort aussprechen konnte. Schon am zweiten Tage lenkte ich selbst mein Cabriolet, jetzt gehört es mit zur Freude der Reise, selbst zu fahren – der kleine Führer huckt hinten oder vorn auf, wo er Platz findet –, und die eigentliche Lust kommt erst, wenn der gebrechliche Karren die Berge hinunter- und wieder hinaufrollt.

Interessant ist es, auch Damen, freilich in feineren Cabriolets, sitzen und selbst lenken zu sehen. Es erregt keinen Anstoß oder Verdacht, wenn junge elegante Mädchen allein über die Landstraße fahren. Wir sahen Frauen jedes Standes die Zügel führen, häufig, daß selbst der Skjuts-bonde (Schußbonde ausgesprochen) fehlte. Eine junge Dame geht zu Fuß auf einer Landstraße nach dem nächsten Posthause, bestellt dort selbst die Post, besteigt den Karren und setzt so ihre Reise über sechs preußische Postmeilen mit männlicher Entschlossenheit fort. Doch muß ich bemerken, daß wir dies im südlichen Norwegen sahen, wo die Landstraßen befahrner und die Sitten natürlicher sind oder es doch sein wollen. Auf den schwedischen Landstraßen herrscht eine Totenstille, welche den oben beschriebenen Charakter dieser Gegenden noch mehr hervortreten läßt. Selten oder nie bemerkten wir Reisende. Wir selbst, in vier oder fünf Karren, vielleicht in etwas wunderlicher Tracht, einherrollend, galten für Engländer, was uns viele ehrerbietige Grüße und in den Wirtshäusern Rechnungen verschaffte, die wir gern mit jenen kompensiert hätten.

Dafür sind aber auch alle Fußreisende aus Schweden verbannt. Kaum daß ein Bauer von einem Dorfe zum andern *geht*. Selbst die Bettler scheinen zu fahren. Erst in Norwegen trafen wir auf einige wandernde Handwerksburschen, das Felleisen auf dem Rücken.

Friedrich in Dresden würde in den hohen Granitheiden reiche Nahrung für seine Phantasie finden. Doch ist nicht alles öde

Steinmasse. Zuweilen werden die Felsen schroffer, zuweilen senken sich die bewaldeten Bergplateaus nieder, und stille schwarze Seen blicken uns aus der Tiefe entgegen. Aber auch der schottische und Scottische Charakter macht die Gegenden nicht, was wir malerisch nennen. Selbst der *Wenersee*, wir besuchten ihn von dem niedlichen Städtchen Wenersborg aus, erfüllt nicht alle Erwartungen. Ein schöner, klarer, großer See, eine weite blaue Fläche mit Inseln, Schären und Felsenufern, aber ohne Formen, die durch Keckheit oder Lieblichkeit das Auge fesselten. Die kleine Wenerflotte in einem Landsee und der Gedanke der ungeheuren Ausdehnung dieses Binnenwassers möchten ihm den meisten Reiz leihen. Nur *Uddevalla*, eine anmutige Seestadt, zwischen den Schären und Uferbergen liegend, möchte als malerisch gelten. Der Hafen, vom Monde beschienen, zwischen den nackten Felsinseln gewährt von den Strandhöhen aus einen reizenden Anblick. Das Bad hier ist für Schweden nicht ohne Bedeutung. Auch ward von einer deutschen Schauspielertruppe der Tiroler Wastel gegeben, der für uns nur Bedeutung hatte, weil wir viele schöne Schwedinnen lachend herauskommen sahen. Ein edler hoher Wuchs, ein stolzes Wesen zeigt sich hier selbst bei den Frauen aus den niedrigsten Ständen. Eigentliche Schönheit soll ihre Heimat mehr in den nordöstlichen Provinzen finden. Eine Katze, die schönste, die ich gesehen, machte auf den Felsen Sprünge, anmutig und kühn wie ein Tiger und eine französische Tänzerin. Wild konnte sie nicht sein, da sie gern mit dem Fremden spielen wollte, aber ihr Fell war so weich, zart, weiß und voll, daß sie schon an die reiche Bekleidung der Pelztiere des Nordens erinnerte.

Hermann von Pückler-Muskau

Briefe eines Verstorbenen

Ein fragmentarisches Tagebuch aus England, Wales, Irland und Frankreich, geschrieben in den Jahren 1828 und 1829

Glengariff, den 26. September 1828

Beste Julie, Dir heute zu schreiben ist wirklich ein Effort, der einer Belohnung wert ist, denn ich bin übermäßig übermüdet und habe, wie mein Vater Napoleon, beständig Kaffee trinken müssen, um wach bleiben zu können.*

Um neun Uhr früh verließ ich Killarney in einem Cart (Karren) von der schlechtesten Beschaffenheit und folgte der neuen Chaussee, die längs des mittlern und obern Sees nach der Bay von Kenmare führt. Diese Straße entwickelt mehr Schönheiten, als man auf den Seen selbst findet, da diese den großen Nachteil haben, an den meisten Stellen nur auf der einen Seite eine malerische Aussicht zu gewähren, auf der andern aber bloß flaches Land darbieten. Hier auf der Straße hingegen, welche am Abhange der Berge durch den Wald führt, bilden sich bei jeder Wendung geschlossenere und eben deshalb schönere Gemälde. Ich finde überhaupt, daß Aussichten, vom freien Wasserspiegel aus gesehen, immer verlieren, weil ihnen eine Hauptsache, der Vorgrund, fehlt.

Neben einer hübschen Kaskade, und in der reizendsten Wildnis, hat sich, nahe der Straße, ein Kaufmann Garten und Park mit einer ländlichen Villa erbaut. Die Kosten dieser Anlage müssen wenigstens fünf- bis sechstausend Pfund Sterling betragen haben, vielleicht weit mehr, dennoch steht der Grund und Boden nur neunundneunzig Jahre der Familie des jetzigen Nutznießers zur Disposition; nach dieser Zeit fällt er, mit allem, was darauf erbaut ist und was im vollkommen baulichen Zustande übergeben werden muß, den Grundherren, den Lords von Kenmare, wieder zu. Kein Deutscher möchte Lust haben, unter solchen Bedingungen sein Vermögen auf Verschönerungsanlagen zu verwenden; in England aber, wo fast aller Grund und Boden entweder der Regierung, der Kirche oder

* Der Maître d'hôtel, welcher neulich auch über Napoleons Leben Memoiren herausgegeben, hat den Kaiser von dieser Beschuldigung mit Indignation losgesprochen. Diese Memoiren sind gewiß die schmeichelhaftesten für den großen Mann, denn sie beweisen, qu'il est resté héros même pour son valet de chambre!

der mächtigen Aristokratie gehört und daher sich nur selten Gelegenheit darbietet, solchen frei zu akquirieren, auf der andern Seite aber auch Industrie, durch ein weises Gouvernement, im richtigen Verhältnis *neben* dem Ackerbau befördert, den Handels- und Mittelstand ebenfalls reich gemacht hat – kommen dergleichen Kontrakte alltäglich vor und verhindern fast alle Nachteile des zu großen Landbesitzes, ohne seinen großen Nutzen für den Staat zu schmälern.

Wir stiegen nun immer steiler heran und befanden uns bald zwischen den kahlen Höhen, denn Pflanzungen werden hier fast immer nur bis zur Mitte der höheren Berge angetroffen; es ist nicht wie in der Schweiz, wo die üppige Vegetation sich überall fast bis an die Schneeregion erstreckt. Doch den Maßstab der Schweiz überhaupt hier anlegen zu wollen würde unpassend sein. Beide Länder bieten romantische Schönheiten von ganz verschiedener Art dar, aber beide erwecken Bewunderung und Staunen über die erhabnen Werke der Natur, wenngleich in der Schweiz vieles noch kolossaler erscheint. Der Weg war so gewunden gebaut, daß wir uns nach einer halben Stunde grade wieder, hoch oben, über der erwähnten Cottage befanden, die mit ihrem grauen glatten Strohdach in solcher Tiefe wie ein Mäuschen aussah, das sich im grünen Grase sonnt – denn die Sonne war endlich nach dem langen Kampf unumschränkte Herrin des Himmels geworden. Acht Meilen von Killarney erreicht man den höchsten Punkt der Straße, wo ein einzelnes Wirtshaus liegt. Hier steht man vor der weiten Bergschlucht, die den größten Teil der drei Seen in ihrem Schoße beherbergt, so daß man sie alle mit einem Blick übersieht.

Von nun an sinkt der Weg wieder, durch baumlose, aber kühn geformte Berge führend, dem Meere zu. Als ich in Kenmare ankam, konnte ich, denn es war Markt daselbst, kaum das Menschengewühl mit meinem Einspänner durchdringen, besonders der vielen Betrunkenen wegen, die weder ausweichen wollten noch vielleicht konnten. Der eine fiel, infolge dieser Weigerung, mit dem Kopf so heftig auf das Pflaster, daß er bewußtlos fortgetragen werden mußte, was jedoch, als etwas ganz Gewöhnliches, gar nicht beachtet wurde. Die Hirnschädel der Irländer scheinen überhaupt von einer festern Masse als bei andern Nationen, wahrscheinlich weil sie von Jugend auf an die Schläge der Shileila gewöhnt sind. Während ich im Gasthof zu Mittag aß, hatte ich auch wieder von neuem Gelegenheit, mehreren solchen Kämpfen zuzusehen. Erst ballt sich gewöhnlich ein Haufen, schreiend und lärmend, immer dichter zusammen – dann im Nu schwirren hundert Shileilas in der Luft, und nun hört man die Püffe, welche größtenteils auf den Kopf appliziert werden, wie entferntes Gewehrfeuer bollern und knacken, bis eine Partei den Sieg errungen hat. Da ich mich hier an der Quelle befand, kaufte ich mir, durch Vermittelung des Wirts, eines der schönsten Exemplare dieser Waffe, noch warm vom Gefecht. Sie ist so hart wie Eisen, und, um ja den Zweck nicht zu verfehlen, überdies am Ende noch mit Blei ausgegossen.

Der berühmte O'Connell residiert jetzt, ohngefähr dreißig Meilen von hier, auf seiner einsamen Feste, in der wüstesten Gegend Irlands. Da ich lange gewünscht habe, ihn kennenzulernen, schickte ich einen Boten, mit der nötigen Nachfrage, von hier an ihn ab und beschloß, bis die Antwort eintreffen könne, unterdes eine Exkursion nach Glengariff Bay zu machen, wohin ich mich auch nach dem Essen sogleich aufmachte.

Das Fahren hat nun gänzlich aufgehört, fortan ist nur auf Bergponys oder zu Fuß weiterzukommen. Ein solcher Pony trug mein Gepäck, der Führer und ich gingen danebenher, und war einer von uns müde, so mußte das gute Pferdchen ihn ebenfalls tragen. Die Sonne ging bald unter, aber der Mond schien hell. Die Gegend war nicht ohne Interesse, der Weg aber abscheulich und führte oft durch Sümpfe und reißende Bäche, ohne Brücke noch Steg. Über alle Vorstellung beschwerlich ward er aber nach sechs bis acht Meilen, wo wir einen hohen Berg fast perpendikulär hinaufklimmen mußten, nur auf loses und spitzes Gerölle tretend, auf welchem man jeden Augenblick halb so weit herabrutschte, als man vorher hinangeklettert war. Noch schlimmer beinah ging es auf der andern Seite hinab, besonders wenn ein vortretender Berg den Mond auslöschte. Ich konnte vor Müdigkeit nicht weiter gehen und setzte mich daher auf den Pony. Dieses Tier zeigte wahren Menschenverstand. Bergauf half er sich mit der Nase und den Zähnen selbst, glaube ich, wie mit einem fünften Beine, und bergunter spann er sich, mit unaufhörlichen Drehungen des Körpers, wie eine Spinne herab. Kam er an einen Sumpf, in dem, statt des Steges, nur von Schritt zu Schritt einige Steine hineingeworfen waren, so kroch er mit der Langsamkeit eines Faultiers hindurch, immer erst mit dem Fuße probierend, ob der Stein auch ihn und seine Last zu tragen imstande sei. Die ganze Szene war höchst seltsam. Man sah bei der großen Helle weit um sich her aber nichts, durchaus nichts als Felsen an Felsen gereiht, von jeder Art und Gestalt und durch den Mondschein in noch riesenhaftere, abenteuerlichere, scharf sich gegen den Himmel abschneidende Formen gegossen. Kein lebendiges Wesen und kein Busch war zu entdecken, nur unsre Schatten zogen langsam neben uns hin, kein Laut ertönte als unsere Stimmen und zuweilen das ferne Rauschen eines Bergbachs oder seltner das melancholisch tönende Horn eines Hirten, die in diesen ungemessenen Einöden, welche nur aus Felsen, Moos und Heidekraut bestehen, das frei umherirrende Vieh durch diese Musik zusammenhalten. Einmal nur sahen wir eine solche Kuh, welche, wie die Bergschafe in Wales, die Flüchtigkeit des Wildes angenommen haben, mitten im Wege liegen, aber bei unserer Annäherung, wie ein schwarzer Geist, brausend über die Felsen springen, wo sie bald im Dunkel verschwand.

Eine Stunde vor Glengariff Bay wird die Landschaft ebenso üppig und parkähnlich, als sie vorher kahl und wild ist. Hier ragen die Felsen in den allerwunderlichsten Formen aus hesperischen Gebüschen von Arbutus, portugiesischem Lorbeer und andern lieblichen, süß duftenden Sträuchern hervor. Manche dieser Felsen erheben sich, gleich Palästen glatt wie Marmor, ohne Fugen und Unebenheit, andere bilden spitze Pyramiden oder lange fortlaufende Mauern. In dem Talgrunde glänzten einzelne Lichter, und ein leiser Wind bewegte die Kronen hoher Eichen, Eschen und Birken, mit schönem Holly untermischt, dessen hochrote Beeren selbst im Mondlicht sichtbar wurden. Die prächtige Bay aber schimmerte, von den zitternden Mondesstrahlen durchwebt, schon in der Nähe, und ich glaubte mich wirklich im Paradiese, als ich kurz darauf ihre Ufer erreichte und mich an der Tür des freundlichsten Gasthauses glücklich angelangt fand. So heiter dieses aber auch aussah – in ihm war dennoch Trauer! Wirt und Wirtin, sehr anständige Leute, kamen mir, in tiefes Schwarz gekleidet, entgegen. Die Schwester der Frau, so erzählten sie mir auf meine Frage, das schönste Mädchen in Kerry, nur achtzehn Jahre alt und bisher das Bild der Gesundheit, war erst gestern an einem Gehirnfieber, oder vielmehr an der Unwissenheit des Dorfarztes, verschieden – in der achttägigen Krankheit aber, wie die arme Frau weinend hinzusetzte, zu vierzig Jahren gealtert, so daß niemand den Leichnam des blühenden Mädchens mehr erkennen wolle, diese holden Züge, welche noch vor so kurzer Zeit der Stolz ihrer Eltern und die Bewunderung aller jungen Männer der Umgegend waren.

Sie ruht neben meiner Schlafstube, gute Julie, nur durch eine Bretterwand von mir geschieden. Vier Schritte von ihr steht der Tisch, an dem ich Dir schreibe. Das ist die Welt! Leben und Tod, Freude und Kummer reichen sich überall die Hand.

Kenmare, den 27. September

Um sechs Uhr war ich munter und um sieben Uhr in dem herrlichen Park des C.W., Bruder des Lords B., welcher Familie die ganze Umgegend der Bayen von Bantry und Glengariff, vielleicht des schönsten Punktes in ganz Irland, gehört. Der Umfang dieser Besitzungen ist fürstlich, wiewohl in pekuniärer Hinsicht nicht so bedeutend, da der größte Teil des Terrains aus Felsen und unbebautem Gebürge besteht, das seine Renten nur in romantischen Schönheiten und prachtvollen Aussichten bezahlt. Mr. W.s Park ist gewiß eine der gelungensten Schöpfungen dieser Art und hat des Besitzers Ausdauer und gutem Geschmack allein sein Dasein zu verdanken. Freilich konnte er auch nirgends einen dankbareren Erdfleck für sein Wirken auffinden, aber selten geschieht es, daß Kunst und Natur sich so vollständig die Hand bieten. Es sei genug, zu sagen, daß die erste sich nur durch die vollständigste Harmonie bemerklich macht, übrigens in der Natur ganz aufgegangen zu sein scheint – daher kein Baum noch Busch mehr wie absichtlich hingepflanzt sich zeigt; die Aussichten nur nach und nach, mit weiser Ökonomie benutzt, sich wie notwendig darbieten; jeder Weg so geführt ist, daß er gar keine andre Richtung, ohne Zwang, nehmen zu können scheint; der herrlichste Effekt von Wald und Pflanzungen durch geschickte Behandlung, durch Kontrastieren der Massen, durch Abhauen einiger, Lichten anderer, Aufputzen oder Niedrighalten der Äste erlangt worden ist – so daß der Blick bald tief in das Walddunkel hinein, bald unter, bald über den Zweigen hingezogen und jede mögliche Varietät im Gebiet des Schönen hervorgebracht wird, ohne doch irgendwo diese Schönheit nackt vorzulegen, sondern immer verschleiert genug, um der Einbildungskraft ihren nötigen Spielraum zu lassen – denn ein vollkommener Park oder, mit andern Worten, eine durch Kunst idealisierte Gegend soll gleich einem guten Buche wenigstens ebensoviel neue Gedanken und Gefühle *erwecken*, als es ausspricht.

Das Wohnhaus, durch einzelne Bäume und Gruppen malerisch unterbrochen und nicht eher sichtbar, als bis man eine ihm gegenüberliegende Anhöhe erreicht, wo es auf einmal aus den Waldmassen, mit Efeu, wildem Wein und Rosen überrankt, hervorbricht, ist ebenfalls von dem Besitzer nach eignen Plänen erbaut. Es ist weniger im gotischen als in einem altertümlich pittoresken, eigentümlichen Stile aufgeführt, den ein feiner Takt sich ganz der Gegend gemäß ausdachte. Auch die Ausführung ist vortrefflich, denn es ahmt wahres Altertum täuschend nach. Die Zierarten sind so sparsam und passend angebracht, das Ganze so wohnlich und zweckmäßig gehalten und dem scheinbar ältesten Teile das Ansehn von Vernachlässigung und Unbewohntheit so gut gegeben, daß *ich* wenigstens vollkommen der Absicht des Erbauers entsprach, indem ich die Gebäude für jetzt erst wieder bewohnbar gemachte und, soweit als es unsere Gewohnheiten verlangen, modernisierte Überreste einer alten Abtei ansah. Die Rückseite des Wohnhauses nehmen Pflanzenhäuser und ein höchst nett gehaltner, umschlossener Blumengarten ein, die beide mit den Zimmern zusammenhängen, so daß man fortwährend unter Blumen, tropischen Gewächsen und reifenden Früchten lebt, ohne deshalb das Haus verlassen zu dürfen. Auch das Klima ist das günstigste, was man sich für Vegetation wünschen kann; feucht und so warm, daß nicht nur, wie in England, Azalien, Rhododendron und alle Sorten Immergrün, sondern selbst Kamelien, in einer vorteilhaften Lage, hier im Freien durchgewintert werden können. Daturen, Granaten, Magnolien, Lyriodendron etc. erreichen die größte Schönheit, und die letztern drei werden nie bedeckt. Die Gegend bietet große Ferne, außerordentliche Varietät und dennoch ein am Horizont von Bergkolossen wohlgeschlossenes Ganze dar. Die Bayen von Bantry und Glengariff zeigen ein Meer im Kleinen, dessen Küsten, sich durch- und übereinanderschiebend, die Leere des großen Ozeans nie erblicken lassen; landeinwärts aber scheint das wogende Gebürge fast ohne Ende. Die kleinere Bay von Glengariff, welche sich vor dem Wohnhause ausbreitet, hat neun Meilen, die andere fünfzig im Umfang. Unter den dem Park gerade gegenüberliegenden Bergen ragt wieder ein Zuckerhut hervor, und an seinem Fuß erstreckt sich ein schmales Vorgebürge bis mitten in die Bay, wo ein verlassenes Fort malerisch seine Spitze bezeichnet. Der Park selbst nimmt die ganze eine Seite der Bay ein und begrenzt an seinem schmalen Ende die von Bantry, wo das Schloß des Lord B. am jenseitigen Ufer den Hauptaussichtspunkt bildet. Nur zur Hälfte vollendet und bepflanzt, ist die ganze Anlage überhaupt erst seit vierzig Jahren aus dem Nichts hervorgerufen worden. Ein solches Wirken verdient auch seine Kronen, und der würdige Mann, der mit nur geringen Mitteln, aber großem Talent und gleich größerer

Ausdauer es schuf, sollte den irländischen Grundbesitzern, die ihre Schätze im Ausland vergeuden, als ein hoch zu ehrendes Muster aufgestellt werden! Auch hörte ich mit wahrer Genugtuung, daß, auf seinen und Lord B.s Domänen, Parteihaß unbekannt ist. Beide sind *Protestanten*, alle ihre Untertanen oder tenants Katholiken; demohngeachtet ist die freiwillig anerkannte Autorität der Herren über sie grenzenlos, ja Mr. W. lebt wie ein Patriarch unter ihnen, wie ich von den gemeinen Leuten selbst erfuhr, und schlichtet alle ihre Streitigkeiten, ohne daß Rechtsverdrehern ein Heller in diesen abgeschiedenen Bergen zugewendet zu werden braucht.

Daß ich wünschen mußte, einen so braven Mann kennenzulernen, magst Du voraussetzen. Es war daher eine wahre Gunst des Schicksals, daß ich ihm, seine Arbeiter inspizierend, im Parke begegnete. Unser Gespräch nahm bald eine interessante, für mich höchst lehrreiche Wendung. Eine Einladung, mit ihm und seiner Familie zu frühstücken, schlug ich nicht ab und fand in seiner Gemahlin eine flüchtige Bekannte aus dem Londner Trouble. Sie nahm das unerwartete Wiedersehen herzlich auf und präsentierte mir zwei Töchter von achtzehn und siebzehn Jahren, die noch nicht »brought out« waren, denn, wie ich Dir schon neulich schrieb, während man in England die Pferde (sans comparaison) zu früh ausbringt, nämlich im zweiten Jahr schon Wette laufen läßt, müssen die armen Mädchen fast alt werden, ehe man ihnen das Gängelband löst, um sie in die böse Welt zu lancieren.

Die Familie erschöpfte alle Artigkeit und Freundschaft an mir, und da mich die Damen so leidenschaftlich für schöne Natur eingenommen sahen, baten sie mich dringend, einige Tage hier zu bleiben, um so manche Merkwürdigkeit, namentlich den berühmten Wasserfall und Aussicht von Hungry Hill, mit ihnen zu besuchen. Es war mir unmöglich, jetzt mich länger aufzuhalten, da ich mich bei H. O'Connell angesagt, gewiß aber werde ich auf meiner Weiterreise nach Cork von einer so lieben Einladung Gebrauch machen, denn solche Gesellschaft gehört nicht zu denen, die ich scheue.

Ich begnügte mich also vorderhand, mit der ganzen Familie eine lange Spazierfahrt zu machen, erst der Bay entlang, um eine Generalansicht des Parks und Schlosses zu gewinnen, dann nach einem Waldrevier, in der Direktion meines Rückwegs gelegen, wo Lord B. eine shooting-lodge (Jagdhaus) besitzt. Dies ist eine Gegend, wie für einen Roman erfunden! Was die abgeschiedenste Einsamkeit, die schönste Vegetation, das frischeste Wiesengrün, von Bergen und Felsen umschlossen, Täler, an deren Seiten sich zuweilen tausend Fuß hohe, steile Wände erheben, dick bewaldete Schluchten, ein über Felsenblöcke rauschender Fluß mit malerischen Brücken von Ästen und Stämmen, sonndurchglänzte Haine, in denen die kühlen Wellen Tausende von Waldblumen mit ihrer stets klaren Flut erfrischen, zutraulich gewöhntes Wild, horstende Adler und buntgefiederte Singvögel – alles durch die süßeste Heimlichkeit dem Dichterherzen lieb gemacht –, was solche Elemente bieten mögen, ist hier in reichem Maße vereint, um mit einer gleichgestimmten Seele alle Glückseligkeit genießen zu können, der diese Erde fähig ist. Mit wehmütigem Schmerz verließ ich diese reizende Phantasie unsrer lieben Mutter Erde und riß mich nur mit Mühe los, als wir am ländlichen Tore ankamen, wo Führer und Pony schon meiner harrten. Sowie ich Abschied von den neuen Freunden genommen und dem lieblichen Tale den Rükken gekehrt, umzog sich auch der Himmel und nahm, bei dem Eintritte in das schauerliche Steinreich, das ich Dir gestern beschrieb, die Farbe an, die zu meiner Stimmung wie zur Umgebung am besten paßte. Ich wünschte, noch des langsamen Reitens vom vorigen Tage her überdrüssig, zu gehen, als ich aber, der Nässe wegen, meine hohen Überschuhe verlangte, fand es sich, daß der Führer einen derselben verloren, ein häusliches Unglück, das wichtig genug für mich war, um es hier zu erwähnen, denn wie man zu sagen pflegt: »Ohne Bacchus friert Venus«, so wird auch eine romantische Gegend weit besser mit trockenen Füßen als mit nassen genossen. Ich beschloß daher, den Mann zurückzuschicken, um, womöglich, wenigstens für die nächsten Tage, meiner trauernden Galosche ihre so lange treue Gefährtin wiederzuschaffen, für heute aber den ganzen Weg, durch dick und dünn, zu Fuß zurückzulegen.

Es fing sanft an zu regnen, ein Berg nach dem andern verschleierte sich, und ich wanderte melancholisch, sehnsüchtig nach dem *verlornen Paradies*, den Regionen zu, wo die Erde, gleich einem Gerippe, nur ihre Knochen erblicken läßt. Unterdessen ward der Regen immer stärker, und einzelne Windstöße verkündeten bald ein ernstliches Unwetter. Ich hatte den hohen Berg zu erklimmen, der inmitten der ersten Wegehälfte von hier aus liegt, und schon kamen mir Ströme Wassers entgegen, die gleich kleinen Kaskaden in allen Bergfurchen herabschossen. Da ich den Luxus so badeartiger Durchnässung im Freien selten genieße, so watete ich, mit wahrem Wohlbehagen, in dem flüssigen Element umher, mich gewissermaßen in das Seelenvergnügen einer Ente versetzend. Der Beweglichkeit meiner Phantasie ist, wie Du weißt, nichts der Art unmöglich; wie aber das Wetter immer finsterer und wilder ward, nahm auch meine Stimmung allmählich einen immer unheimlicheren, ja ich möchte fast sagen, höhnischen, *modern* diabolischen Charakter an. Der Aberglaube der Berge umfing mich, ich konnte ihm nicht länger widerstehen, dachte fortan nur an Rübezahl, den Böhmischen Jäger, die Fairies und den Bösen, an Beschwörungsformeln und Erscheinungen, so daß mir immer gespenstiger zumut ward und ich mich zuletzt laut denkend ausrufen hörte: »Warum sollte mir der Teufel nicht ebensogut als andern ehrlichen Leuten erscheinen können?« Mit diesen Worten war ich auf der höchsten Spitze des steilen Berges angekommen. Das Unwetter hatte jetzt seinen höchsten Grad erreicht, der Sturm heulte fürchterlich, Wasser goß in Fluten vom Himmel, und der tiefe Felsenkessel, unter mir, erschien wie hinter schwarzen Vorhängen nur augenblicklich auftauchend, dann wieder verschwindend in den rollenden Nebeln und der einbrechenden Dämmerung. Da fiel mir jene Beschwörungsformel ein, nach welcher, wenn man sich dreimal laut lachend in einer Kirche um Mitternacht selbst gerufen, eine Erscheinung verheißen wird, die niemand auszuhalten imstande sein soll. Was in einer Kirche um Mitternacht stattfindet, dachte ich, mag hier im Aufruhr der Elemente, in der schauerlichen Felsschlucht, bei eintretender Nacht auch geschehen können; – und so, mich fest gegen den Sturm stemmend, den Regenschirm, den ich bisher nur als Stock gebraucht, wie einen Mantel über den Kopf ziehend und starr in den tiefen Bergkessel hinabschauend, rief ich, von Gespensterschauern ergriffen, der Vorschrift gemäß, mit fremder, laut schrillender Stimme meinen vollen Namen*: ... Dann wie verwundert: »Wer ruft mich?« – Dumpfes, halbersticktes Gelächter. – *Lauter* meinen Namen von neuem: ... Erschüttert: »*Wer* ruft mich?« – Wildes Lachen. – Mit donnernder Stimme meinen Namen zum drittenmal: ... Voll Grausen: »Wer *ruft* mich?« – Augenblickliche Stille – dann ein leises, doch helles und triumphierendes Lachen, welches das Echo spottend wiederholt.

Soweit hatte ich die Komödie allein gespielt – aber jedesmal, wenn ich selbst »Wer ruft mich?« rief, schien es, als wenn von außen her schwache Blitze den Kessel unter mir durchzuckten, was ich mir nur durch die Windstöße erklären konnte, die der seidnen Decke des Regenschirms, welche ich des Sturms wegen nahe am Gesicht festhalten mußte, eine zitternde Bewegung gaben und so eine blitzähnliche Wirkung auf das Auge hervorbrachten. Als aber das letzte Lachen kaum verschollen war – schlug sich plötzlich das Dach des Regenschirms um, was mich selbst beinahe umwarf und ganz der Empfindung glich, als ergriffe mich von hinten eine übermächtige Riesenfaust – es war freilich, ohne Zweifel, nur ein jählinger Windstoß –, ich drehte mich indes nach dem ersten Schreck doch langsam um ... und sah ... nichts, in der Tat! – Aber wie? regt sich dort nicht etwas um die Ecke? beim Himmel, das ist ... mein Erstaunen war wahrlich nicht gering, als ich jetzt in der Entfernung von zwanzig Schritten, soweit als ich notdürftig in Dunkelheit und Regen noch unterscheiden konnte, eine vom Kopf bis zum Fuß

---

* Jeder braucht hier nur seinen eigenen Namen, wenn er den Versuch zu machen wünscht, einzuschalten.

schwarzverhüllte Gestalt, mit einer Scharlachmütze auf dem Kopfe, nachlässig und – ich täuschte mich nicht – hinkend, auf mich zukommen sah...

Nun, liebe Julie, est-ce le diable ou moi, qui écrira le reste? Oder glaubst Du wohl gar, ich amüsiere mich, Dir ein Märchen zu erzählen? Point du tout – Dichtung und Wahrheit ist meine Devise. Aber meinen Brief wenigstens hier zu schließen ist billig. Ich darf hoffen, daß der nächste nicht ganz ohne Ungeduld erwartet werden wird. Also bis dahin – adieu.

Ganz Dein L.

Kenmare, den 28. September

Geliebte Freundin!

»War es also der Teufel oder nicht?« fragst Du. Ma foi, je n'en sais rien. Jedenfalls hatte er in dem erwähnten Augenblick eine sehr recommandable, wenngleich gefährliche Gestalt erwählt, nämlich die eines hübschen Mädchens, die, in ihren dunkelblauen, vom Regen noch schwärzer gemachten langen Mantel eingehüllt und der roten Mütze von Kerry auf dem Kopfe, barfuß und vor Kälte schauernd, bei mir vorbeigehen wollte, als ich sie anhielt und frug, warum sie hinke und wie sie in diesem Wetter hier so allein umherirre. »Ach«, rief sie, in halbverständlichem Patois, auf ihren verbundenen Fuß zeigend, »ich gehe bloß nach dem nächsten Dorfe, habe mich verspätet, bin bei dem abscheulichen Wetter gefallen und habe mir recht wehe getan!« Hierbei sah sie ganz schalkhaft und lose aus (am Ende war doch etwas nicht ganz Geheures dabei) und zeigte so viel von dem schöngerundeten verwundeten Bein, daß meine Laune abermals wechselte, et je crois que le diable n'y perdit rien. – Wir teilten von nun an die Beschwerden des Wegs, halfen uns gegenseitig und fanden endlich im Tal zuerst besseres Wetter, dann ein erholendes Obdach und endlich einen labenden Trunk frischer Milch.

Neu gestärkt wanderte ich in der Nacht weiter, und als ich in Kenmare anlangte, hatte ich die vier deutschen Meilen in etwas über sechs Stunden zurückgelegt. Aber ich war auch herzlich müde, und sobald ich in mein Schlafzimmer trat, sprach ich mit Pathos und Wallenstein: »Ich denke einen langen Schlaf zu tun!«

Derrinane Abbey, den 29. September

Dies geschah denn auch, und ich hatte Zeit dazu, denn das Wetter war so abscheulich, daß ich bis drei Uhr nachmittags auf besseres wartete, aber leider vergebens. Ich hatte, den Abend vorher, den zu Herrn O'Connell abgeschickten und unbesonnenerweise vorausbezahlten Boten ohne Antwort und mit zerbrochenem Schlüsselbein im Gasthof wieder vorgefunden, denn da er Geld in seiner Tasche gefühlt, so hatte er auch dem Whisky nicht länger widerstehen können, infolgedessen er mit seinem Pferde in der Nacht einen Felsen herabgestürzt war! Er hatte indes doch den verständigen Einfall gehabt, einen guten Freund unterwegs weiter zu expedieren, und bei meinem Erwachen fand ich daher eine sehr artige Einladung des großen Agitators glücklich vor.

Ich habe bereits gesagt, daß ich mich erst um drei Uhr auf den Weg machte, und obgleich ich sieben Stunden lang im heftigsten Regen, mit dem Winde im Gesicht, reiten mußte und in dieser Wüste, wo nicht einmal das Obdach eines Baumes anzutreffen ist, nach der ersten halben Stunde schon kein Faden meiner Kleidung mehr trocken war, so möchte ich doch um vieles nicht den heutigen, so beschwerlichen Tag in meinem Lebensbuche missen.

Der Anfang war allerdings schwer. Zuerst konnte ich lange keine Pferde bekommen, denn das nach Glengariff gebrauchte hatte sich den Fuß verstaucht. Endlich erschien ein alter schwarzer Karrengaul, der für mich bestimmt war, und ein katzenartiges Tierchen, das der Führer bestieg. Auch mit meiner Toilette war ich brouilliert. Die entwichene Galosche war nicht wieder gefunden worden und der Regenschirm schon auf dem Hexenberge aus seinen Fugen gewichen. Ich ersetzte den ersten durch einen großen Pantoffel des Wirts, den zweiten band ich, so gut es gehen wollte, zusammen, und ihn dann gleich einem Schilde vorhaltend, die Tuchmütze, mit einem Stücke Wachsleinwand bedeckt, auf dem Kopfe, galoppierte [ich], Don Quichote nicht unähnlich und obendrein mit einem echten Sancho Pansa versehen, neuen Abenteuern zu.

Schon eine Viertelmeile von der Stadt machte ein zerstörender Windstoß dem Regenschirm, einst die Zierde New Bondstreets und der seitdem so manches Ungemach mit mir getragen, ein klägliches Ende! Alle seine Bande lösten sich und ließen nur ein zerrissenes Stück Taft und ein Bündel Fischbein in meiner Hand zurück. Ich gab dem Führer die Reste und *mich* fortan dem Wetter sorglos preis, mit der besten Laune tragend, was nicht zu ändern war.

Solange wir die Bay von Kenmare cotoyierten, ritten wir so schnell als möglich, da der Weg ganz leidlich war. Bald aber wurde er schwieriger. Den Eintritt in das rauhere Gebürge bezeichnete eine hundert Fuß hohe und pittoreske Brücke, »The Blackwater's Bridge« (Brücke der schwarzen Wasser) genannt. Hier war eine mit Eichen besetzte Schlucht, die letzten Bäume, die ich seitdem gesehen. Ich bemerkte, daß mein Mantelsack, den der Führer auf seinem Pferde vor sich aufgebunden hatte, ebenfalls gänzlich durchnäßt zu werden anfing, und befahl daher dem Manne, sich in einer nahgelegenen Hütte womöglich eine Decke oder Matte zu verschaffen, um sie darüber zu breiten. Diese Unvorsichtigkeit hatte ich nachher Ursache recht sehr zu bereuen, denn wahrscheinlich mochte auch ihn der Whisky dort gefesselt haben, wenigstens bekam ich ihn, obgleich öfters anhaltend, um ihn zu erwarten, erst kurz vor Ende der Reise wieder zu sehen, welches mich später einer großen Verlegenheit aussetzte. Der nun allmählich immer mehr sich verschlimmernde Weg führte größtenteils dem Meer, das der Sturm prachtvoll durchwühlte, entlang, bald über öde Moorflächen, bald an Schluchten und tiefen Abgründen hin oder durch weite chaotische Gefilde, wo die Felsen so phantastisch übereinandergeworfen sind, daß man glauben sollte, hier sei es, wo die Giganten den Himmel gestürmt. Zuweilen erscheinen Gebilde, die, gleich einem versteinten Spiel der Wolken, Menschen und Tieren ähnliche Figuren aufstellen. Als ganz besonders zierlich fiel mir, mitten in der allgemeinen Wildheit, eine Felsenwand auf, die durch ihre Fugen in vollkommen regelmäßige Quadrate, wie ein Schachbrett, abgeteilt war. Dreierlei Arten Erika, gelbe, hochrote und violette, waren in den Spalten gewachsen und markierten die scharfen Linien auf das überraschendste.

Nur selten begegnete ich von Zeit zu Zeit einem einsamen zerlumpten Wanderer und konnte manchmal nicht umhin, daran zu denken, wie leicht es sei, mich in dieser Gegend anzufallen und zu berauben, ohne daß ein Mensch davon Notiz nehmen würde – denn mein ganzes Reisevermögen ruht in der Brusttasche meines Rockes –, wie der griechische Weise führte ich omnia mea mit mir. Doch weit entfernt von räuberischen Gedanken, grüßte das gutmütige, arme Volk mich immer ehrerbietig, obgleich mein Aufzug nicht weniger als imponierend war und in England keinen Gentleman verraten haben würde. Mehrmals war ich in großer Ungewißheit, welchen der halb unsichtbaren Stege ich einschlagen sollte, wählte aber glücklicherweise, mich dem Meere stets so nahe als möglich haltend, keinen ganz unrechten, wenngleich wahrscheinlich nicht immer den nächsten. Indessen die Zeit verging – und wenn ich in langen Intervallen einem menschlichen Wesen wieder begegnete und frug: »Wie weit noch zu Mr. O'Connell?«, so segneten sie zwar immer den Vorsatz dieses Besuchs mit »God bless your Honour«, die Meilenzahl schien sich aber eher zu vermehren als zu vermindern. Dies ward mir erst nachher begreiflich, als ich erfuhr, daß ich dennoch einen mehrere Meilen abkürzenden Weg verfehlt und dadurch einen unnützen Zeitverlust erlitten hatte.

So fing es endlich an zu dunkeln, als ich einen Teil der Küste betrat, der gewiß wenig seinesgleichen hat. Fremde Reisende sind wahrscheinlich noch nie in diesen verlassenen Winkel der Erde verschlagen worden, welcher Eulen und Seemöwen mehr als den Menschen angehört, von dessen furchtbarer Wildnis es aber schwer ist, einen genügenden Begriff zu geben. Gewundene, zerrissene, kohlschwarze Felsen mit tiefen Höhlen, in welche das Meer unaufhörlich donnernd einbricht und seinen weißen Schaum turmhoch wieder daraus hervorsprüht, der nachher an vielen Stellen trocknet und dann vom Winde, wie wollene kompakte Flocken aussehend, bis auf die höchsten Punkte des Gebürges geschleudert wird; das klägliche, gellend den Sturm durchtönende Geschrei der ängstlich umherflatternden Seevögel; das unaufhörliche Geheul und Brausen der unterminierenden Wogen, die zuweilen bis an meines Pferdes Huf jähling heranklommen und dann zischend wieder hinabsanken; die trostlose Abgeschiedenheit endlich von aller menschlichen Hülfe; dazu der rastlos fallende Regen und die einbrechende Nacht auf ungewissem, gänzlich unbekanntem Wege – es fing mir wirklich an unheimlich zumute zu werden, ganz ernstlich, nicht im halben Scherz wie am Tage vorher. Die Sucht nach dem Romantischen wird dir diesmal wahrscheinlich ebenso schlecht bekommen als dem berühmten Ritter, dachte ich ganz bedenklich und trieb mein müdes Pferd zu möglichster Eile. Es stolperte jeden Augenblick über die losen Steine, und mit großer Mühe brachte ich es endlich in einen schwerfälligen Trab. Meine Besorgnis vermehrte sich durch die Erinnerung an O'Connells Brief, der mir geschrieben, daß der eigentliche Zugang zu seinem Besitztum von der Seite von Killarney her stattfinde, Wagen jedoch nur zu Wasser ganz herankommen könnten, der Weg von Kenmare aber der schwierigste sei und ich daher ja einen sichern Führer mitnehmen möchte, um keinen *Unfall* zu *erleben*. Auch fiel mir, wie es denn geht, wenn man einmal eine Gedankenrichtung angestrengt verfolgt, ein kürzlich gelesenes Volksmärchen von Croker ein, wo es heißt: »Kein Land besser als die Küste von Iveragh, um im Meere zu ersaufen oder, wenn man das vorziehen sollte, den Hals zu Lande zu brechen!« Noch dacht ich's..., da stutzte plötzlich mein Pferd und drehte, scheuend, mit einem Satze um, den ich der alten Mähre kaum zugetraut hätte. Ich befand mich in einer engen Schlucht, es war noch hell genug, mehrere Schritte ganz deutlich vor mir zu sehen, und ich konnte nicht begreifen, was die Ursache dieses panischen Schreckens meines Gaules war. Widerstrebend, und nur durch den gekauften Shileila bezwungen, ging er endlich wieder vorwärts; nach wenigen Schritten sah ich aber schon mit Staunen, daß der hier ziemlich gebahnte Weg mitten im Meer aufhörte, und beinahe glitt mir der Zügel aus der Hand, als eine schäumende Welle, vom Sturm gejagt, jetzt auf mich wie ein Ungeheuer zufuhr und weit hinein die enge Schlucht mit ihrem weißen Geifer bespritzte. Hier war guter Rat teuer! Schroffe ungangbare Klippen starrten mich auf allen Seiten an, vor mir brauste die See ... es blieb nur der Rückweg offen. Aber war ich verirrt, wie ich vermuten mußte, so konnte ich, selbst beim Zurückreiten, nicht darauf rechnen, meinen Führer wieder anzutreffen, und wo dann die Nacht zubringen? Außer O'Connells unfindbarem alten Felsenschloß war auf zwanzig Meilen keine Spur eines Obdaches zu erwarten, ich fieberte jetzt schon vor Nässe und Kälte, gewiß hielt meine Natur den Bivouac einer *solchen* Nacht nicht aus – ich hatte in der Tat Ursache, bestürzt zu sein. Was half jedoch alles Sinnen, ich mußte zurück, das war klar, und zwar so schnell als möglich. Mein Pferd schien dieselben Reflexionen gemacht zu haben, denn wie mit neuen Kräften begabt, trug es mich, fast galoppierend, davon. Aber, glaubst Du es wohl, eine schwarze Gestalt war abermals bestimmt, mir aus der Verlegenheit zu helfen. Vous direz que c'en est trop-mais ce n'est pas ma faute. Le vrai souvent n'est pas vraisemblable. Kurzum, ich sah eine schwarze Gestalt wie einen undeutlichen Schatten über den Weg gleiten und sich hinter den Felsen verlieren. Mein Rufen, meine Bitten, meine Versprechungen blieben vergeblich – war es ein Schmuggler, die an dieser Küste besonders ihr Wesen treiben sollen, oder ein abergläubischer Bauer, der mich ärmsten Revenant für einen Geist ansah? – jedenfalls schien er sich nicht herauswagen zu wollen, und ich verzweifelte fast schon an der gehofften Hülfe, als sein Kopf plötzlich dicht neben mir aus einer Steinspalte hervorlugte. Nun gelang es mir bald, ihn zu beruhigen; auch erklärte er mir das Rätsel des im Meere aufhörenden Weges. Dieser war nämlich nur für die Dauer der

Ebbe eingerichtet. »Um *diese* Zeit«, sagte er, »ist die halbe Flut schon heran, eine Viertelstunde später ist der Durchgang unmöglich, jetzt aber will ich Sie für ein gutes Trinkgeld noch hinüberzubringen versuchen, doch dürfen wir keinen Augenblick verlieren.« Mit diesen Worten war er mit einem Satze hinter mir auf dem Pferde, und was es vermochte, eilten wir der mit jedem Moment höher schwellenden Flut wieder zu. Es war mir doch ganz sonderbar zumute, als wir uns jetzt in die stürmische See förmlich zu *versenken* schienen und durch die weißen Wogen und Felsen, die bei dem matten Zwielicht sich gleich Gespenstern aufrichteten, uns mühsam Bahn brechen mußten. Auch hatten wir die größte Not mit dem Pferde; der schwarze Mann kannte aber das Terrain so genau, daß wir, obgleich bis fast unter die Arme in Salzwasser gebadet, unversehrt die gegenüberstehende Küste erreichten. Unglücklicherweise scheute sich hier noch einmal das geängstete Tier vor einer hervorstehende Klippe und brach beide morsche Sattelgurte mitten entzwei, so daß der Schade hier nicht mehr zu reparieren war. Ich hatte, nach allen ausgestandenen Nöten, nun noch die angenehme Perspektive vor mir, die letzten sechs Meilen, auf losem Sattel balancierend, weiterreiten zu müssen. Der Schwarze hatte mich zwar für die Fortsetzung der Reise bestens instruiert, aber es ward bald so dunkel, daß man kein Merkzeichen mehr erblicken konnte. Der Weg ging, wie mir schien, durch einen weiten Moor und war anfänglich recht eben. Nach einer halben Stunde holprigen Trabens, nach Möglichkeit die Knie zusammenschließend, um den Sattel nicht zwischen den Beinen zu verlieren, bemerkte ich, daß sich die Straße wieder rechts in das höhere Gebürge wandte, denn das Steigen ward immer steiler und anhaltender. Hier fand ich eine Frau, die bei ihren Schweinen oder Ziegen die Nacht zubrachte. Der Weg teilte sich in zwei Arme, und ich frug, welchen ich einschlagen müsse, um nach Derrinane zu kommen. »Oh! beide führen dahin«, sagte sie, »der linke ist aber zwei Meilen näher.« Natürlich schlug ich diesen ein, überzeugte mich aber bald zu meinem Schaden, daß er nur für Ziegen gangbar sei. Ich verwünschte die alte Hexe und ihre trügerische Auskunft, vergebens mattete sich das Pferd ab, durch die Steinblöcke zu klimmen, und halb stolpernd, halb fallend, warf es endlich Sattel und mich zugleich ab. Auch war es nicht möglich, den Sattel allein darauf zu erhalten, er rutschte immer von neuem herunter, und ich mußte mich zuletzt bequemen, ihn selbst auf die Schultern zu laden und das Pferd dazu zu führen. Bis hierher hatte ich mich noch ziemlich guter Dinge erhalten, der Geist war auch jetzt noch willig, aber das Fleisch fing an schwach zu werden – der Mann am Meere hatte gesagt: »Sechs Meilen noch, und Sie sind da«, und nachdem ich eine halbe Stunde scharf geritten, war die vorher befragte Frau dennoch wieder dabei geblieben, es sei noch sechs Meilen auf dem kürzesten Wege bis Derrinane. Ich fing an zu fürchten, daß dieses gespenstische Bergschloß gar nicht zu erreichen sein möchte und *ein* Kobold mich nur dem *andern* zuwerfe. Ganz mutlos setzte ich mich auf einen Stein, von Hitze und Frost gleich peinlich durchschauert, als, wie die tröstende Stimme des Engels in der Wüste, ein Ruf meines Führers erschallte und ich bald darauf den Hufschlag seines Pferdes vernahm. Er hatte einen ganz andern Weg durch das innere Gebürge eingeschlagen, bei dem die Seepassage vermieden ward, und glücklicherweise von der Frau erfahren, welche Direktion ich genommen. Im kostbaren Gefühl der nunmehrigen Sicherheit vergaß ich alles Schmälen, belud den Rettungsengel mit meinem Sattel und nassen Mantel, übergab ihm das nackte Pferd und setzte mich auf das seinige, zu möglichster Eile antreibend. Wir hatten wirklich noch fünf Meilen zu reiten, und zwar, wie mir der Führer sagte, durch einen mit Abgründen eingefaßten Bergpaß – ich kann jedoch nichts weiter über den zurückgelegten Weg berichten. Die Dunkelheit war so groß, daß ich nur mit der äußersten Anstrengung der Figur des Mannes vor mir wie einem undeutlichen Schatten folgen konnte. Ich merkte wohl an dem häufigen Stolpern der Pferde, daß wir uns auf unebnem Boden befanden, ich fühlte, daß es unaufhörlich steil bergauf oder hinunter ging, daß wir zwei Bergströme durch tiefe Furten passierten, aber das war auch alles – nur zuweilen ahnete ich mehr, als ich sah, daß eine schroffe Felswand mir zur Seite stand, oder das tiefere Schwarz unter mir verriet, daß ein jäher Abhang nahe war – das Ganze aber vergegenwärtigte mir so lebhaft Mistreß Anna Radcliffs Romane, daß ich mich beinah für einen ihrer Helden gehalten hätte, der eben im Begriff sei, Udolphos Geheimnisse zu entdecken. Endlich! endlich – brach heller Lichtschimmer durch das Dunkel – der Weg ward ebner, ein paar Spuren von Hecken wurden sichtbar, und in wenigen Minuten hielten wir vor einem alten Gebäude, das auf dem felsigen Seeufer stand und freundliche goldne Lichter durch die Nacht strahlte. Es schlug auf dem Turm grade elf Uhr, und, ich gestehe es, mir ward schon bange für mein Diner, als ich nichts Lebendes, außer am obern Fenster einen Mann im Schlafrocke, erblickte. Bald indes wurde es geräuschvoller im Haus, ein eleganter Bedienter erschien mit silbernen Leuchtern und öffnete mir seitwärts eine Türe, wo ich mit Verwunderung eine Gesellschaft von fünfzehn bis zwanzig Personen an einer langen Tafel beim Wein und Dessert sitzen sah. Ein schöner großer Mann, von freundlichem Ansehen, kam mir entgegen, entschuldigte sich, daß er so spät mich nicht mehr erwartet hätte, bedauerte meine Reise in so furchtbarem Wetter, präsentierte mich vorläufig seiner Familie, die mehr als die Hälfte der Gesellschaft ausmachte, und führte mich dann in mein Schlafzimmer. Dies war der große O'Connell. – Eine kurze Toilette restaurierte mich schnell, während man unten für meine allerdings nach solcher Tour nicht zu verschmähende Beköstigung sorgte.

Als ich wieder in den Saal trat, fand ich noch den größten Teil der Gesellschaft versammelt. Man bewirtete mich sehr gut, und es wäre undankbar, nicht Herrn O'Connells alten Wein zu loben, der in Wahrheit vortrefflich war. Nachdem die Damen uns verlassen hatten, setzte er sich zu mir, und es konnte nicht fehlen, daß Irland der Gegenstand des Gesprächs werden mußte. »Sahen Sie schon viele seiner Merkwürdigkeiten?« frug er. »Waren Sie schon im Norden, um den Giant's Causeway (der Riesensteg) zu bewundern?« – »O nein«, erwiderte ich lächelnd, »ehe ich Irlands Riesen*steg* besuche, wünschte ich zuerst Irlands *Riesen* zu sehen«, und damit trank ich ihm und seinem hohen Beginnen von Herzen ein Glas seines guten Clarets zu.

Daniel O'Connell ist wahrlich kein gemeiner Mann, wenngleich der Mann des Volks. Seine Gewalt in Irland ist so groß, daß es in diesem Augenblick unbedingt nur von ihm abhängen würde, von einem Ende der Insel zum andern die Fahne der Empörung aufzupflanzen, wenn er nicht viel zu scharfsichtig, viel zu sehr seiner Sache auf gefahrlosere Art sicher wäre, um einen solchen Ausgang herbeiführen zu wollen. Gewiß hat er auf eine merkwürdige Weise, im Angesicht der Regierung und auf gesetzlichem, offenkundigem Wege, geschickt den Moment und die Stimmung der Nation benutzend, sich diese Macht über dieselbe verschafft, welche ohne Armee und Waffen dennoch der eines Königs gleicht, ja sie gewiß in vielen Dingen noch übertrifft – denn wie wäre es zum Beispiel je Sr. M. Georg IV. möglich gewesen, vierzigtausend seiner treuen Irländer drei Tage vom Whisky-Trinken abzuhalten, wie es doch O'Connell, bei der denkwürdigen Wahl für Clare, zu bewerkstelligen gewußt hat. Der Enthusiasmus erreichte dort einen solchen Grad, daß das Volk selbst, unter sich, eine Strafe auf das Betrunkensein setzte. Diese bestand darin, daß der Delinquent in eine seichte Stelle des Flusses geworfen und dort zwei Stunden, mit mehrmaligem Untertauchen, festgehalten wurde.

Am andern Tage hatte ich noch mehr Gelegenheit, O'Connell zu beobachten. Im ganzen übertraf er meine Erwartung. Sein Äußeres ist einnehmend und der Ausdruck von geistvoller Güte in seinem Gesicht, mit Entschlossenheit und Klugheit gepaart, äußerst gewinnend. Er hat vielleicht noch mehr Suada als wahre großartige Beredsamkeit, und man bemerkt oft zuviel Absicht und Manier in seinen Worten, demohngeachtet muß man der Kraft seiner Argumente mit Interesse folgen, an seinem martialischen Anstand Gefallen finden und oft über seinen Witz lachen. Gewiß ist es, daß er weit eher einem General aus Napoleons Regime als einem Dubliner Advokaten ähnlich sieht. Diese Ähnlichkeit wird dadurch noch auffallender, daß er vortrefflich französisch spricht, denn er ist in den Jesuiter-Kollegien zu Douai und St. Omer erzogen. Seine Familie ist alt und wahrscheinlich früher sehr bedeutend im Lande gewesen. Seine Freunde behaupten sogar, er stamme von den ehemaligen Königen von Kerry ab, und beim Volke vermehrt dies ohne Zweifel sein Ansehen. Er selbst erzählte mir, nicht ganz ohne Prätension, daß einer seiner Vettern Comte O'Connell und Cordon rouge in Frankreich sei, der andere Baron in *Österreich*, General und kaiserlicher Kammerherr, er aber sei der Chef der Familie. Soviel ich sehen konnte, wurde er von den anwesenden Mitgliedern dieser fast mit religiösem Enthusiasmus verehrt. Er ist jetzt ohngefähr fünfzig Jahre alt und sehr wohl konserviert, obgleich er eine blonde Perücke trägt. Übrigens hat er eine ziemlich geräuschvolle Jugend durchlebt. Unter anderm machte ihn ein Duell, schon vor zehn Jahren, gewissermaßen berühmt. Die Protestanten hatten gegen ihn, dessen Talente ihnen bereits gefährlich wurden, einen gewissen Desterre, einen Schläger und Bretteur von Profession, aufgestellt, der durch alle Gassen Dublins mit einer Jagdpeitsche ritt, um, wie er sagte, diese einmal an des Königs von Kerry Schulter zu legen. Die natürliche Folge war eine Zusammenkunft am nächsten Morgen, wo O'Connell seine Kugel in Desterres Herz niederlegte, während dessen Schuß ihm nur den Hut durchlöcherte. *Dies* war sein erster Sieg über die Orangemen, denen so viele wichtigere gefolgt sind und noch hoffentlich folgen werden. Sein Ehrgeiz schien mir unbegrenzt, und sollte er die Emanzipation durchsetzen, woran ich nicht zweifle, so wird er damit seine Karriere keineswegs schließen, sondern sie wahrscheinlich dann erst recht *beginnen*. Übrigens liegt auch das Übel in Irland und überhaupt in der ganzen Verfassung Großbritanniens zu tief, um durch die große Emanzipation der Katholiken gründlich gehoben werden zu können. Doch dies würde mich zu weit führen. Auf O'Connell zurückzukommen, muß ich noch erwähnen, daß er auch von der Natur das für ein Parteihaupt wertvolle Geschenk eines herrlichen Organs verliehen erhalten hat, verbunden mit einer guten Lunge und einer starken Konstitution. Sein Verstand ist scharf und schnell und seine Kenntnisse, auch außer seinem Fach, nicht unbedeutend. Dabei sind, wie schon gesagt, seine Formen gewinnend und populär, obgleich etwas vom Schauspieler darin bemerkbar ist und bei einer sichtbaren großen Meinung von sich selbst zuweilen auch ein wenig, was die Engländer »vulgarity« nennen, mit unterläuft. Wo wäre ein Gemälde ganz ohne Schatten!

Noch ein andrer interessanter Mann, und ebenfalls ein (wiewohl mehr im stillen wirkendes) Haupt der Katholiken, war hier gegenwärtig, derselbe Mann, den ich bei meiner Ankunft im Schlafrocke gesehen – Vater Lestrange, ein katholischer Friar, der zugleich O'Connells Beichtvater ist. *Er* kann als der eigentliche Stifter jener Katholik-Assoziation angesehen werden, über die man in England soviel gespottet hat und die dennoch, sozusagen bloß mit *negativen* Kräften, durch gewandte Tätigkeit im verborgenen, durch allmähliche Organisierung und Bildung des Volkes zu einem bestimmten Zweck* eine unumschränkte Autorität über dasselbe erlangt hat, die fast der Hierarchie im Mittelalter gleicht, nur mit dem Unterschiede, daß diese dort für Sklaverei und Dunkel, jene hier für Freiheit und Licht benutzt wird. Es ist auch dies einer der Ausbrüche jener *zweiten* großen Revolution, welche bloß und allein durch intellektuelle Mittel, ohne irgendeine Beimischung von physischer Gewalt, bewerkstelligt zu werden anfängt und deren fast einzige, aber unwiderstehliche Waffen die Rednerbühne und die Druckerpresse sind. Lestrange ist ein Mann von philosophischem Geist und unerschütterlicher Ruhe. Seine Formen sind die eines vollendeten Weltmanns, der in mannigfachen Geschäften Europa durchreist hat, die Menschen gründlich kennt und bei aller Sanftmut doch einen scharfen Zug von großer

---

* Alle katholischen Kinder in Irland werden sorgfältig unterrichtet und können wenigstens lesen, während die protestantischen oft höchst unwissend sind. Überhaupt ist der moralische Ruf der katholischen Geistlichkeit in *Irland* überall exemplarisch, wie einst der verfolgten Reformierten in Frankreich. Die *unterdrückte* Kirche scheint überall die tugendhafteste zu werden, und die Gründe sind leicht aufzufinden.

Schlauheit nicht immer ganz verbergen kann. Ich möchte ihn das Ideal eines wohlmeinenden Jesuiten nennen.

Da O'Connell beschäftigt war, machte ich früh mit dem Friar eine Promenade nach einer wüsten Insel, trocknen Fußes über den von der Ebbe entblößten glatten Meersand schreitend. Hier stehen die eigentlichen Ruinen der alten Abtei Derrinane, wovon O'Connells Haus nur ein Appendix ist. Sie soll einst von der Familie wieder hergestellt werden, wahrscheinlich wenn gewisse Hoffnungen erst erfüllt sind.

Als wir zurückkamen, fanden wir O'Connell, wie einen Chieftain, auf der Schloßterrasse von seinen Vasallen und andern Volksgruppen umringt, die sich Verhaltensbefehle holten oder denen er Recht sprach. Da er Jurist und Advokat ist, wird ihm dies um so leichter – niemand würde es aber auch wagen, von seinen Entscheidungen zu appellieren. O'Connell und der Papst sind hier gleich infaillible. Prozesse existieren daher nie in seinem Bereich, und dies dehnt sich nicht bloß auf seine eignen tenants, sondern, wie ich glaube, auch auf die ganze Umgegend aus. Ich verwunderte mich nachher, sowohl O'Connell als Lestrange in religiöser Hinsicht ohne alle Bigotterie, ja mit sehr philosophischen und toleranten Ansichten zu finden, ohne deshalb aufhören zu *wollen*, gläubige Katholiken zu sein! Ich wünschte, ich hätte einige jener wütenden Imbezilles unter den englischen Protestanten, wie zum Beispiel Herrn L., hierherzaubern können, welche die Katholiken für so unvernünftig und bigott ausschreien, während sie selbst allein, im wahren Sinne des Worts, dem *fanatischen* Glauben ihrer politisch-religiösen Partei anhängen und im voraus fest entschlossen sind, vor Vernunft und Menschlichkeit stets ihre langen Ohren zu verschließen.

Im Lauf des Tages sollte eine Parforcejagd auf Hasen stattfinden (denn Herr O'Connell hält eine kleine Meute), die in den Bergen und an den weiten, kahlen Abhängen hin gewiß ein sehr malerisches Schauspiel abgegeben haben würde; die schlechte Witterung ließ es aber nicht dazu kommen. Mir behagte auch Ruhe und die höchst interessante Gesellschaft, der ich gar manche lehrreiche Berichtigung verdankte, weit besser.

Ludwig Börne

Briefe aus Paris

Karlsruhe, Sonntag, den 5. September 1830

Ich fange an, den guten Reisegeist zu spüren, und einige von der Legion Teufel, die ich im Leibe habe, sind schon ausgezogen.

Aber je näher ich der französischen Grenze komme, je toller werde ich. Weiß ich doch jetzt schon, was ich tun werde auf der Kehler Brücke, sobald ich der letzten badischen Schildwache den Rücken zukehre. Doch darf ich das keinem Frauenzimmer verraten.

Gestern abend war ich bei S. Die hatten einmal eine Freude, mich zu sehen! Sie wußten gar nicht, was sie mir alles Liebes erzeugen sollten, sie hätten mir gern die ganze Universität gebraten vorgesetzt. Mir Ärmsten mit meinem romantischen Magen! Nicht der Vogel Rock verdaute das. Die W. hat einen prächtigen Jungen. Ich sah eine schönere Zeit in rosenroter Knospe. Wenn die einmal aufbricht! Wie gern hätte ich ihn der Mutter gestohlen und ihn mit mir über den Rhein geführt, ihn dort zu erziehen mit Schlägen und Küssen, mit Hunger und Rosinen, daß er lerne frei sein und dann zurückkehre, frei zu machen.

In Heidelberg sah ich die ersten Franzosen mit dreifarbigen Bändern. Anfänglich sah ich es für Orden an, und mein *Ordensgelübde* legte mir die Pflicht auf, mich bei solchem Anblicke inbrünstig zu ärgern. Aber ein Knabe, der auch sein Band trug, brachte mich auf die rechte Spur.

Ich mußte lachen, als ich nach Darmstadt kam und mich erinnerte, daß da vor wenigen Tagen eine fürchterliche Revolution gewesen sein soll, wie man in Frankfurt erzählte. Es ist eine Stille auf den Straßen, gleich der bei uns in der Nacht, und die wenigen Menschen, die vorübergehen, treten nicht lauter auf als die Schnecken. Erzählte man sich sogar bei uns, das Schloß brenne, und einer meiner Freunde stieg den hohen Pfarrturm hinauf, den Brand zu sehen! Es war alles gelogen. Die Bürger sind unzufrieden, aber nicht mit der Regierung, sondern mit den Liberalen in der Kammer, die dem Großherzoge seine Schulden nicht bezahlen wollen. Das ist *deutsches* Volksmurren, das laß ich mir gefallen; darin ist Rossinische Melodie.

Wenn Sie mir es nicht glauben werden, daß ich gestern drei Stunden im Theater gesessen und mit himmlischer Geduld »Minna von Barnhelm« bis zu Ende gesehen – bin ich gar nicht böse darüber. Aber das Unwahrscheinlichste ist manchmal wahr. Auf der Reise kann ich alles vertragen.

Die Theaterwache in Darmstadt war gewiß funfzig Mann stark. Ich glaube, auf je zwei Zuschauer war ein Soldat gerechnet. Noch viel zuwenig in solcher tollen Zeit. Und diesen Morgen um sechs Uhr zogen einige Schwadronen Reiter an meinem Fenster vorüber und trompeteten mich und alle Kinder und alle Greise und alle Kranken und alle süßträumenden Mädchen aus dem Schlafe. Das geschieht wohl jeden Tag. Diese kleinen deutschen Fürsten in ihren Nußschal-Residenzen sind gerüstet und gestachelt wie die wilden Kastanien. Wie froh bin ich, daß ich aus dem Lande gehe.

Adieu, adieu. Und schreiben Sie mir es nur auf der Stelle, sooft bei uns eine schöne Dummheit vorfällt.

Straßburg, den 7. September

Die erste französische Kokarde sah ich an dem Hute eines Bauers, der, von Straßburg kommend, in Kehl an mir vorüberging. Mich entzückte der Anblick. Es erschien mir wie ein kleiner Regenbogen nach der Sündflut unserer Tage, als das Friedenszeichen des versöhnten Gottes. Ach! und als mir die dreifarbige Fahne entgegenfunkelte – ganz unbeschreiblich hat mich das aufgeregt. Das Herz pochte mir bis zum Übelbefinden, und nur Tränen konnten meine gepreßte Brust erleichtern. Es war ein unentschiedenes Gemisch von Liebe und Haß, von Freude und Trauer, von Hoffnung und Furcht. Der Mut konnte die Wehmut, die Wehmut in meiner Brust den Mut nicht besiegen. Es war ein Streit ohne Ende und ohne Friede. Die Fahne stand mitten auf der Brücke, mit der Stange in Frankreichs Erde wurzelnd, aber ein Teil des Tuches flatterte in deutscher Luft. Fragen Sie doch den ersten besten Legationssekretär, ob das nicht gegen das Völkerrecht sei. Es war nur der rote Farbenstreif der Fahne, der in unser Mutterland hineinflatterte. Das wird auch die einzige Farbe sein, die uns zuteil wird werden von Frankreichs Freiheit. Rot, Blut, Blut – ach! und nicht Blut auf dem Schlachtfelde.

Gott! könnte ich doch auch einmal unter dieser Fahne streiten, nur einen einzigen Tag mit roter Dinte schreiben, wie gern wollte ich meine gesammelten Schriften verbrennen und selbst den unschuldigen achten Teil von ihnen, der noch im Mutterschoße meiner Phantasie ruht! Schmach, Schmach über unser Andenken! Einst werden die siegesfrohen, siegesübermütigen Enkel spottend einen Gansflügel auf unseren Grabeshügel stekken, während glücklichere Tote unter dem Schatten der Lorbeeren ruhen. Ich begreife, wie man gegenwärtige Übel geduldig erträgt – es gibt kein gegenwärtiges Übel, es wird nach jeder Minute zur Vergangenheit –, aber wie erträgt man zukünftige Leiden? Das fasse ich nicht.

Diesen Mittag war ein junger Mensch bei Tische, der in Paris mitgefochten. Es war mir gerade, als brennten ihm die Haare, und unwillkürlich rückte ich von ihm weg, obzwar ich deutsches nasses Holz ihn eher ausgelöscht hätte, als er mich angezündet. Wir waren unserer neun, worunter drei alte Weiber, mich mitgerechnet, und ich habe in einer einzigen Stunde mehr sprechen hören als im »Englischen Hofe« während der zwei Monate, daß ich dort zu Tische ging.

Ich wollte hier einen Platz im Coupé nehmen, aber schon auf acht Tage voraus war das Cabriolet in Beschlag genommen, und so lange habe ich keine Geduld zu warten. Mich in den innern Wagen zu setzen, dazu kann ich mich nicht entschließen. Übrigens sind auch hier die Plätze schon auf mehrere Tage besetzt. Diese Frequenz kommt von den unzähligen Soliciteurs, die täglich nach Paris eilen, den jungen Freiheitsbaum zu schütteln.

Donnerstag, den 8. September

Um zehen Uhr reise ich weiter. Ich habe mir einen Mietwagen bis Châlons genommen. Das ist zwei Dritteile des Weges. Mit dem nämlichen Kutscher und dem nämlichen Wagen ist vor kurzem Potter nach Paris gefahren. Ich wohnte hier in dem nämlichen Zimmer, das er bewohnte. Was das Zimmer betrifft, ist mir nicht bange; eine Nacht, das kann mir nicht schaden. Aber acht Tage in Potters Wagen? Ich werde ihn durchräuchern lassen.

Eben zog die Nationalgarde vorüber. Ich erstaunte über ihr gesundes und frisches Aussehen, da sie doch einige Jahre scheintot im Grabe gelegen. Aber die Freiheit lebt auch im Grabe fort und wächst, bis sie den Sarg sprengt. Das sollten sich die Totengräber merken.

Lüneville, den 9. September

Guten Morgen oder guten Abend? Ich weiß nicht, um welche Tageszeit Sie meine Briefe erhalten. Hier übernachte ich, morgen mittag komme ich nach Nancy. Ich befinde mich sehr wohl und reise bequem. Es ist freilich eine Schneckenfahrt, doch hat das auch seine Vorteile. Während die Räder sich langsam drehen, hat man Zeit, manches zu bemerken und die Physiognomie des Landes zu beobachten. Aber nein, so ein leeres Gesicht ist mir noch gar nicht vorgekommen. Lebloseres, Langweiligeres, Verdrüßlicheres gibt es gar nicht als dieser ganze Weg von der deutschen Grenze bis nach Paris. Es ist jetzt das dritte Mal, daß ich ihn zurücklege. Mir kommt es vor wie ein langer, stiller Gang, nur gebaut, in das wohnliche Paris zu führen, und die mir begegnenden Menschen erscheinen mir als die Diener des Hauses, die hin und her eilen, die Befehle ihres Herrn zu vollziehen und ihm aufzuwarten. Die Bevölkerung in den Provinzen hat eine wahre Lakaienart, sie spricht von nichts als von ihrem gnädigen Herrn Paris. Die Städte, die Dörfer sind Misthaufen, bestimmt, Paris zu düngen. Wenn auch die andern Provinzen Frankreichs denen gleichen, die ich kenne, so möchte ich außerhalb Paris kein Franzose sein, weder König noch Bürger.

Vitry-sur-Marne, den 12. September

Das menschliche Leben ist voller Rechnungsfehler, und ich weiß wahrhaftig nicht, wozu uns das Einmaleins nützt. Der

Teufel ist Kontrolleur und hat seine Freude am Widerspruch, um jeden Abend den ehrlichen Buchhalter zu verwirren. Am zwölften September des vorigen Jahres war ich, wie ich aus meinem Tagebuche ersahe, in Soden, der letzte Gast im Bade, der einzige Städter im Dorfe, saß gefangen auf meinem Zimmer, von dem schlechtesten Wetter bewacht, ward gefoltert von den boshaftesten Nerven. Es war abends acht Uhr, ich lag auf dem Sofa, das ungeputzte Licht brannte düster, Wind und Regen klopften leise an das Fenster, es war mir, als wenn die Elemente riefen: komm zurück, wir erwarten dich! Es war mir unendlich wehe. Ich fühlte mich wie fortgeschleppt von den gewaltigen Armen der Natur, und kein Freund kam zu meiner Hülfe ... Wer mir damals gesagt hätte: heute über das Jahr bist du um diese Stunde in Vitry-sur-Marne, froh und gesund, und wirst dort schlafen und nicht unter der Erde – ich hätte ihn ausgelacht inmitten meiner Schmerzen. Und wer am nämlichen Tage dem Könige von Frankreich gesagt hätte: heute übers Jahr bist du nicht König mehr und schläfst in England? ... Es ist doch schön, kein König sein! Daran will ich künftig denken, sooft ich leide. Armer Kerl! Unglücklicher Greis! die Menschen – nein, unbarmherzig sind sie nicht, aber sie sind unwissende Toren. Sie begreifen gar nicht, was das heißt: König sein; sie begreifen nicht, was das heißt, auf schwachen menschlichen Schultern den Zorn und die Rache eines Gottes tragen; sie begreifen nicht, was es heißt, einem einzigen Herzen, einer einzigen Seele die Sünden eines ganzen Volkes aufladen! Denn warum haben die Menschen Könige, als weil sie Sünder sind? Ist das Fürstentum etwas anderes als ein künstliches Geschwür, welches die heilbedächtige Vorsehung den Völkern zuzieht, daß sie nicht verderben an ihren bösen Säften, daß ihre giftigen Leidenschaften alle nach außen fliehen und sich im Geschwür sammeln? Und wenn es aufspringt endlich – wer hat es strotzend gemacht? Nicht schonen soll man verbrecherische Könige, aber weinen soll man, daß man sie nicht schonen dürfe. Doch erzählen Sie das ja keinem wieder. Denn die Toren anderer Art möchten sagen: da ist nun ein freiheitsliebender Mann, der doch noch sagt, es sei dem Könige von Frankreich unrecht geschehen! Was? Recht! Unrecht! leere, tolle Worte! Verklagt den Sturm, verklagt den Blitz, verklagt das Erdbeben, verklagt das Fieber, verklagt die spitzbübische Nacht, die euch um den halben Tag geprellt – und wenn ihr den Prozeß gewonnen, dann kommt ihr geschickten Advokaten und verklagt ein Volk, es habe seinem Könige unrecht getan!

Ich habe schon viel in Frankreich geschlafen: in Straßburg, in Pfalzburg, Lüneville, Nancy, Toul, Bar-le-Duc, und heute schlafe ich hier. Es ist eine schöne Erfindung, wie Sancho Pansa sagt; und wo man schläft, man schläft immer zu Hause, und wo man träumt, man hat überall vaterländische Träume. Aber was geht das mich an? Ich bin auch wachend nirgends fremd.

In den Niederlanden scheint es arg herzugehen. Was aber die Leute dort wollen und nicht wollen, begreife ich nicht recht. Ihr hättet mich nicht abhalten sollen, über Brüssel zu reisen. Es ist freilich kein Vergnügen, totgeschossen zu werden und nicht zu wissen, wofür. Aber wenn man im Bette stirbt, wie die meisten, weiß man dann besser, wofür es geschieht? Die Unannehmlichkeit dauert einige Minuten; das Vergnügen aber, nicht totgeschossen worden, der Gefahr entgangen zu sein, reicht für das ganze Leben hin. Man muß rechnen, zählen, wiegen. Auf mehr oder weniger, schwerer oder leichter kommt alles an. Die Qualitäten sind nicht sehr verschieden.

Ach! ich spüre es schon, es ergeht mir dieses Mal in Frankreich wie die beiden vorigen Male. Die feuchte Philosophie schlägt an mir heraus, wie, wenn warme Witterung eintritt, die Steinwände naß werden. Es ist mir recht, diese Hautkrankheit der Seele ist meiner betrübten Konstitution sehr heilsam.

Soeben las ich in einem Pariser Blatte die aus einer englischen Zeitung entlehnte Nachricht: in Hamburg wären Unruhen gewesen, man hätte die Juden aus den Kaffeehäusern verjagt. Und in Hannover hätten sie geschrien: »A bas la noblesse!« Ich kann mir gar nicht denken, wie das im Deutschen gelautet haben mag; denn unsere guten Leute können keinen andern Zornruf als das lateinische »Pereat!«; was nun den Adel betrifft, so habe ich, bei aller Menschenfreundlichkeit, nichts dagegen. Mit guten Fallschirmen versehen, wird er herunterkommen, ohne sich sehr wehe zu tun. Aber die Juden! Die Franzosen hatten ihre Julitage, wollen die Deutschen ihre August-, ihre Hundstage haben? Fängt man so die Freiheit an? Oh, wie dumm! Oh, wie lächerlich! Oh, wie unästhetisch! Von der Niederträchtigkeit will ich gar nicht sprechen; die versteht sich von selbst. Ist es aber wahr?

Die Kellnerin kam herauf und sagte mir, sie hätte meinem Bedienten ein ganz gutes Zimmer angewiesen, er verlange aber ein Appartement. Ich ließ ihn rufen und fragte, was das sein sollte. Da fand sich denn, daß er die bescheidenste Forderung gemacht und eine unschuldige Neugierde zu befriedigen gesucht, der kein Mensch, von welchem Stande er auch sei, lange widerstehen kann. Als feiner Nordländer war er gewohnt, das unartige Ding Appartement zu nennen.

Dormans, den 15. September

Der Ort liegt 28 Stunden von Paris entfernt, hat 2300 Einwohner und 2 Seelen, die meinige mitgerechnet. Denn das weiß ich nun aus achttägiger Erfahrung, daß alle Franzosen eine gemeinschaftliche Seele haben und die in der Provinz gar nur eine Mondseele, ein Licht aus zweiter Hand; Paris ist die Sonne.

Napoleon, Rothschild, schlimme Nachrichten und andere berühmte Kuriere haben den Weg von Frankfurt bis Paris schon in 48 Stunden zurückgelegt. Aber wer vor mir könnte sich rühmen, diesen Weg in *dreizehn Tagen* gemacht zu haben, wenn es vielleicht eintrifft, daß ich morgen nach Paris komme, was noch gar nicht entschieden ist? Bin ich ein Narr? Ach wie gern wollte ich einer sein, fände sich wenigstens ein Echo, das es mir bejahte. Aber nicht einmal eine menschliche Seele, die mich auslacht! Allein zu sein mit seiner Weisheit, das ist man gewöhnt, das hat man ertragen gelernt; aber allein mit seiner Torheit, das ist unerhörter Jammer, dem unterliegt der Stärkste! Oh, teures Vaterland, wie einfältig verkannte ich deinen Wert! Dort fand ich in jedem Nachtquartier eine kleine Residenz oder den Sitz einer hohen Regierung oder eine Garnison oder eine Universität und in jedem Gasthofe eine Weinstube mit scharf geprägten Gästen, die mir gefielen oder nicht gefielen, die meinem Herzen oder meinem Geiste Stoff gaben, der ausreichte bis zum Einschlafen. Aber hier in diesem vermaledeiten Rat-losen Lande! Seit acht Tagen saß ich jeden Abend allein auf meinem Zimmer und verschmachtete. Glauben Sie mir, man stirbt nicht vor Langerweile; das ist nur eine dichterische Redensart. Aber wie gern hätte ich für jeden Lieutenant einen Schoppen Wein bezahlt, für jeden Hofrat eine Flasche, für jeden Professor zwei Flaschen, für einen Studenten drei; und hätte ich gar einen schönen Geist, einen Theaterkritiker an mein Herz drücken können, nicht der ganze Keller wäre mir zu kostspielig gewesen. Hofräte, Hofräte! wenn ich je wieder euerer spotte, dann schlagt mir auf den Mund und erinnert mich an Dormans.

Dormans – wie das lieblich lautet! Wie Wiegen-Eiapopeia. Und doch steckt der Teufel in jedem Buchstaben. Aber lesen Sie nur erst das Stück dormantische Poesie, das *Gebet an die Geduld*, das ich diesen Vormittag in der Verzweiflung meiner Ungeduld niedergeschrieben, und dann sollen Sie meine Leiden erfahren.

Geduld, sanfte Tochter des grausamsten Vaters; schmerzerzeugte, milchherzige, weichlispelnde Göttin; Beherrscherin der Deutschen und der Schildkröten; Pflegerin meines armen kranken Vaterlands, die du es wartest und lehrest warten.

Die du hörest mit hundert Ohren und siehest mit hundert Augen und blutest an hundert Wunden und nicht klagest.

Die du Felsen kochst und Wasser in Steine verwandelst.

Schmachbelastete, segenspendende Geduld; holdes, mondlächelndes Angesicht; heiligste Mutter aller Heiligen, erhöre mich!

Sieh! mich plagt die böse Ungeduld, deine Nebenbuhlerin; befreie mich von ihr, zeige, daß du mächtiger bist als sie. Sieh! mir zucken die Lippen; ich zapple mit den Füßen, wie ein

Windelkind, das gewaschen wird; ich renne toll wie ein Sekundenzeiger um die schleichende Stunde; ich peitsche und sporne vergebens die stätische Zeit: die hartmäulige Mähre geht zurück und spottet meiner. Ich verzweifele, ich verzweifele, o rette mich!

Lösche mein brennendes Auge mit dem Wasserstrahle deines Blickes; berühre mit kühlen Fingern meine heiße Brust! Hänge Blei an meine Hoffnungen, tauche meine Wünsche in den tiefsten Sumpf, daß sie aufzischen und dann ewig schweigen! Deutsche mich, gute Göttin, von der Ferse bis zur Spitze meiner Haare und lasse mich dann friedlich ruhen in einem Naturaliencabinet unter den seltensten Versteinerungen.

Ich will dir von jetzt an auch treuer dienen und gehorsamer sein in allem. Ich will dir tägliche Opfer bringen, welchen du am freundlichsten lächelst. Die Didaskalia will ich lesen und das »Dresdner Abendblatt« und alle Theaterkritiken und den Hegel, bis ich ihn verstehe. Ich will bei jedem Regenwetter ohne Schirm vor dem Palaste der deutschen Bundesversammlung stehen und da warten, bis sie herauskommen und die Preßfreiheit verkündigen. Ich will in den Ländern das Treiben des Adels beobachten und nicht des Teufels werden, und nicht eher komme Wein über meine Lippen, bis dich die guten Deutschen aus dem Tempel jagen und dein Reich endiget.

Vorgestern gegen Mittag kam ich nach Châlons. Ich wollte meinen Straßburger Wagen, den ich einstweilen nur bis dahin gedingt hatte, nun weiter bis Paris mieten. Aber der Kutscher hatte keine Lust dazu, die Wege wären zu schlecht, oder was ihn sonst abhielt. Ich schickte nach einem andern Mietkutscher. Jetzt denken Sie sich die greuliche Statistik: In Châlons, einer Stadt von 12000 Einwohnern, gibt es nur eine einzige Mietkutsche, und für diese wurde für die Reise nach Paris, das nur zwanzig Meilen entfernt ist, 200 Franken gefordert! Da dieses viel mehr als die Reise mit Postpferden beträgt, entschloß ich mich zu letzterem. Da hatte ich mich wieder verrechnet. In Deutschland findet der Reisende auf jeder Post Kutschen, die ihn von Station zu Station führen. Hier aber hat die Post zu diesem Gebrauche nur zweiräderige bedeckte Wagen, die nicht in Federn hängen, uns leicht die Seele aus dem Körper schleudern und nicht einmal Platz haben, einen Koffer aufzupacken. So blieb mir nichts anderes übrig, als mit der Diligence zu reisen, die eine halbe Stunde vor meiner Ankunft in Châlons abgegangen war und die erst den andern Mittag wiederkehrte. Vierundzwanzig Stunden sollte ich warten! Ich war an diesem Tage ganz gewiß der verdrießlichste Mensch in ganz Europa und war schwach genug, zu überlegen, was besser sei, Preßfreiheit ohne Retourwagen, wie in Frankreich, oder Retourwagen ohne Preßfreiheit, wie in Deutschland.

Ich machte einige Gänge durch die Stadt, aber in den Straßen war es so öde und stille, die Menschen erschienen mir so langweilig und gelangweilt, und selbst im Kaffeehause, sonst dem Pochwerke jeder französischen Stadt, hatte alles so ein schläfriges Ansehen, daß ich bald wieder nach Hause eilte. Dort zog ich Pantoffeln und Schlafrock an, um wenigstens mit Bequemlichkeit zu verzweifeln. Da erinnerte mich ein zufälliger Blick in den Kalender, daß es wieder Zeit sei, den guten Blutigeln, die zur Erhaltung meiner Liebenswürdigkeit so vieles beitragen, ihr kleines monatliches Fest zu geben. Es war mir eine willkommene Zerstreuung, und ich schickte nach einem Chirurgen. Statt dessen kam aber eine Frau von sechzig Jahren, die sich mir als Hebamme vorstellte und mich artig versicherte, der von mir verlangte Dienst sei eigentlich ihr Geschäft. Ich muß gestehen, daß die Französin die Operation mit einer Leichtigkeit, Sicherheit, Schnelligkeit und, ich möchte sagen, mit einer Grazie ausführte, die ich bei dem geschicktesten deutschen Chirurgus nie gefunden hatte. Sie zeigte so viel Anstand in ihrem Betragen, war so abgemessen in allen ihren Bewegungen, sprach so fein, so bedächtig und umsichtig, daß ich mich nicht enthalten konnte, sie mit der Oberhofmeisterin einer gewissen deutschen Prinzessin zu vergleichen, die ich vor vielen Jahren zu hören und zu beobachten Gelegenheit hatte. Vor meinem Bette sitzend, unterhielt sie mich auf das angenehmste und lehrreichste. Von der letzten Revolution sprach sie kein Wort, und dieses überzeugte mich, daß es keine Prahlerei von ihr war, wenn sie mich versicherte, daß sie nur die vornehmsten Krankenhäuser besuche. Sie erzählte mir viel von Unterpräfekten, von einem gewissen Colonel, von der Frau des Gerichtspräsidenten, und daß sie weit und breit als Hebamme gebraucht werde. Erst kürzlich wäre sie zu einer Entbindung nach St-Denis geholt worden. Sie war die treueste und verschwiegenste Hebamme, verriet nichts, hatte aber eine so geschickte Darstellung, daß auch die schläfrigste Phantasie alles erraten mußte: zuweilen unterbrach sie ihren Bericht von den auswärtigen Angelegenheiten, warf einen Blick auf mich und rief mit Künstlerbegeisterung aus: »Ils travaillent joliment, ils travaillent joliment!« So ging mir eine Stunde angenehm vorüber, aber dreiundzwanzig Leidensstunden bis zur Ankunft der Diligence blieben noch übrig, und als die Hebamme fort war, jammerte ich armer Kindbetter, daß es zum Erbarmen war.

Ich nahm Reichards Reisebuch zur Hand, und da las ich zu meinem Schrecken, das Châlons einen Spaziergang habe, *Jard* genannt, und das wäre die schönste Promenade Frankreichs. Ferner: in der Nähe Châlons wäre das Schlachtfeld, wo einst Attila von den Römern und Franken besiegt worden. Das hätte ich nun alles sehen mögen, war aber jetzt so schwach, daß ich nicht ausgehen konnte. Es war mir lieblich zumute! Aber alles geht vorüber; es kam der folgende Tag und mit ihm die Diligence, auf der ich Platz nahm. Man fährt von Châlons in 24 Stunden nach Paris, aber ich fühlte mich unbehaglich, scheute die Nachtfahrt und faßte den rasenden Entschluß, mich nur bis Dormans, wo man abends ankömmt, einschreiben zu lassen und da zu übernachten. So tat ich es auch.

Meine Gefährten im Coupé waren eine junge schöne Modehändlerin aus der Provinz, die ihre periodische Kunstreise nach Paris machte, und ein schon ältlicher Herr, der, nach seiner dunklen Kleidung und der Ängstlichkeit zu beurteilen, in welche ihn die kleinste schiefe Neigung des Wagens versetzte, wohl ein protestantischer Pfarrer oder Schulmann war. Diese beiden Personen von so ungleichem Alter und Gewerbe unterhielten sich, ohne die kleinsten Pausen, auf das lebhafteste miteinander; aber ich achtete nicht darauf und hörte das alles nur wie im Schlafe. In früheren Jahren war mir jede Reise ein Maskenballfest der Seele; alle meine Fähigkeiten walzten und jubelten auf das ausgelassenste, und es herrschte in meinem Kopfe ein Gedränge von Scherz und Ernst, von dummen und klugen Dingen, daß die Welt um mir her schwindelte. Was hörte, bemerkte, beobachtete, sprach ich da nicht alles! Es waren Wolkenbrüche von Einfällen, und ich hätte hundert Jahrgänge des »Morgenblatts« damit ausfüllen können, und hätte die Zensur nichts gestrichen, tausend Jahrgänge. Wie hat sich das aber geändert! ... Ich sitze ohne Teilnahme im Wagen, stumm wie ein Staatsgefangener in Östreich und taub wie das Gewissen eines Königs. In der Jugend bemerkt man mehr die Verschiedenheiten der Menschen und Länder, und das eine Licht gibt tausend Farben, im Alter mehr die Ähnlichkeiten, alles ist grau, und man schläft leicht dabei ein. Ich kann jetzt einen ganzen Tag reisen, ohne an etwas zu denken. Fand ich doch auf dem langen Weg von Straßburg hierher nichts weiter in mein Tagebuch zu schreiben als die Bemerkung, daß ich in Lothringen mit sechs Pferden habe pflügen sehen und daß mein Kutscher stundenlang mit Konrad von der Preßfreiheit und den Ordonnanzen mit einem Eifer gesprochen, als wäre von Hafer und Stroh die Rede. Und selbst dieses wenige schrieb ich nur kurz und trocken nieder, ohne alle satirische Bemerkungen gegen die Mietkutscher in der großen *Eschenheimer Gasse*, in der *kleinen Eschenheimer Gasse*, hinter der *Schlimmen Mauer* und den übrigen Frankfurter Gassen, die in der Nähe des Taxisschen Palastes liegen. Den kleinen guten Gedanken: was würde Herr von Münch-Bellinghausen tun, wenn sich einmal sein Kutscher erkühnte, von Preßfreiheit zu sprechen, und würde ihm das nicht Anlaß geben, eine vertrauliche Sitzung der hohen Bundesversammlung zu veranstalten und darin auf schärfere Zensur in den Bundesstaaten anzutragen? – diesen habe ich jetzt in diesem Augenblicke erst und ihn ganz allein der Verzweiflung der Langenweile zu verdanken; im Tagebuch steht nichts davon. Ist das nicht sehr traurig?

Man reist jetzt auf der Diligence unglaublich wohlfeil. Der Platz von Straßburg bis Paris kostet nicht mehr als 20 Franken, im Cabriolet 26. Diese Wohlfeilheit kömmt daher, weil es drei verschiedene Unternehmungen gibt, die sich wechselseitig zugrunde zu richten suchen. Bei solchen niedrigen Preisen haben die Aktionärs großen Verlust, den sie nicht lange ertragen können. Es kömmt jetzt darauf an, wer es am längsten aushält. Von Châlons bis Paris gehen täglich, die Malle-Poste ungerechnet, sechs Diligencen, drei von Metz, drei von Straßburg kommend. Unter diesen sieben Losen habe ich schon drei Nieten gezogen, denn in den drei Wagen, welche diesen Mittag durchkamen, waren keine Plätze mehr. Heute abend kommen die andern, und wenn ich Glück habe wie bisher, werden sie gleichfalls besetzt sein und ich vielleicht acht Tage in Dormans bleiben müssen. Das wäre mein Tod. Und welcher Tod! Der Tod eines Bettlers. Denn man wird hier auf eine so unerhörte Art geprellt, daß ein achttägiger Aufenthalt meine Kasse erschöpfen und mir nicht so viel übrigbleiben würde, meine Begräbniskosten zu bestreiten. Hören Sie weiter, wie es mir ging.

Um, wenn der Wagen ankäme, nicht aufgehalten zu sein, verlangte ich diesen Vormittag schon meine Wirtshausrechnung. Die Wirtin machte die unverschämte Forderung von etlichen und zwanzig Franken. Ich hatte gestern abend nichts als Braten und Dessert gehabt, ein elendes Schlafzimmer und diesen Morgen Kaffee. Der Bediente das nämliche und wahrscheinlich alles noch schlechter. Ich sagte der Wirtin, sie sollte mir die Rechnung spezifizieren. Sie schrieb mir auf: Nachtessen 9 Fr., Zimmer 8, Frühstück 3, Zuckerwasser 1 Fr. und für einige Lesebücher, die ich aus der Leihbibliothek hatte holen lassen, 30 Sous. Ich fragte sie kalt und giftig, ob sie bei dieser Forderung bestände, und als sie erwiderte, sie könne nicht anders, nahm ich die Rechnung und ging fort, die Wirtin zu verklagen. Ich wollte einmal sehen, wie in einer auf einer Monarchie gepfropften Republik die Justiz beschaffen sei. Ich trat in den

Laden eines Apothekers, um mich nach der Wohnung des Friedensrichters zu erkundigen. Die Apotheke sah derjenigen, welche Shakespeare in »Romeo und Julie« beschrieben, sehr ähnlich, und ich glaube, ich hätte da leicht Gift haben können. Der müßige Apotheker las die neue Charte Constitutionnelle. Statt aber auf meine Frage nach der Wohnung des Friedensrichters zu antworten, fragte er mich, was ich da suche. Ich erzählte ihm meinen teuren Fall. Er erkundigte sich nach dem Wirtshause, und als ich es ihm bezeichnet, erwiderte er mir, er wisse nicht, wo der Friedensrichter wohne. Wahrscheinlich war er mit der spitzbübischen Wirtin befreundet. Ich ging fort und ließ ihm einen verächtlichen Blick zurück. So sind die Liberalen! Ich ließ mir von einem andern das Haus des Friedensrichters bezeichnen. Ich trat hinein, ein Hund sprang mir entgegen, der mich bald zerrissen hätte, und auf dessen Gebell eilte ein Knecht herbei, der mir sagte, der Friedensrichter wäre verreist und ich sollte mich an den Greffier wenden. Mit Mühe fand ich die Wohnung des Greffiers. Der war über Land gegangen. Ich suchte den Maire auf; man sagte mir, der wäre zum Präfekten gerufen worden und ich sollte zum Maire-Adjunkten gehen. Diesen fand ich zu Hause. Es war ein kleines altes Männchen in blonder Perücke, der einen großen Pudel auf dem Schoß hatte und ihn schor. Ein junges Frauenzimmer, Tochter oder Haushälterin, war mit Bügeln beschäftigt. Als ich eintrat, ließ der Maire-Adjunkt den Hund laufen, hörte meine Klage an und sah mir über die Schulter in die Rechnung, die ich ihm vorlas. Das Mädchen trat auf meine linke Seite, sah mir gleichfalls über die Schulter in die Rechnung, verbrannte mir mit dem heißen Bügeleisen den kleinen Finger und rief in größtem Eifer aus: »Nein, das ist unerhört, aber diese Leute machen es immer so.« Der Maire-Adjunkt fiel seiner wahrscheinlichen Haushälterin nicht ohne Schüchternheit in das Wort, bemerkte, er könne sich nicht in die Sache mischen, das ginge den Friedensrichter an. »Übrigens, mein Herr«, schloß er seine Rede, »Sie werden schon öfter gereist sein.« Diese kurze und weise Bemerkung brachte mich zur Besonnenheit, ich strich meinen verbrannten Finger an der noch ungeschornen Seite des Pudels, welches mir sehr wohl tat, und ging fort.

Nach Hause zurückgekommen, erzählte ich der Wirtin, ich hätte sie verklagen wollen, aber die Behörden wären alle abwesend, und so blieb mir nichts übrig, als sie noch einmal zu fragen, ob sie sich denn gar nicht schäme, ich hätte ja ganz schlecht zu Nacht gegessen. Die Tochter der Wirtin erwiderte darauf, ich hätte sehr gut zu Nacht gegessen, ich hätte ein Suprême de volaille gehabt. Dieses Suprême de volaille war nichts als ein Dreieck von dem Leibe eines Huhns, in dessen einem Winkel eine kalte Krebsschere stak, welche irgendein Passagier vielleicht schon vor der Revolution ausgehöhlt hatte. Ich glaube, die Suprematie dieses Gerichts bestand bloß in dieser hohlen Krebsschere, denn das übrige war etwas ganz Gewöhnliches. Ich ward heftig und antwortete der Tochter: »Que me parlez-vous d'un suprême de volaille? Vous êtes un suprême de canaille!« Kaum hatte ich das Zornwort ausgesprochen, als ich es bereute. Erstens aus Höflichkeit und zweitens aus Furcht; denn der Koch war mit seinem langen Messer hinzugetreten, und ich dachte, er würde mich auf der Stelle schlachten. Aber zu meinem Erstaunen achteten Wirtin, Tochter und Koch gar nicht auf mein Schimpfen, sie verzogen keine Miene, und es war, als hätten sie es gar nicht gehört. Ich kann mir diese Unempfindlichkeit gar nicht anders erklären, als daß ich zu feines Französisch gesprochen, welches die Kleinstädter nicht verstanden.

Ich bezahlte meine Rechnung, um mich aber an den Leuten zu rächen und sie zu ärgern, ließ ich meine Sachen in das gerade gegenüber liegende Wirtshaus bringen. Hier aß ich zu Mittag und ließ mir dann ein Zimmer geben, wo ich Ihnen schreibe und auf die Ankunft der Diligence warte.

Morgen oder übermorgen schreibe ich von Paris. Sollten Sie aber morgen wieder einen Brief mit dem Postzeichen Dormans erhalten, dann öffnen Sie ihn nur gleich mit weinenden Augen, denn Sie können voraus wissen, daß ich Ihnen meinen Tod melde.

Paris, den 17. September

Seit gestern bin ich hier, und alles ist vergessen. Ob ich *gesund und froh*, wie Sie es wünschen, in Paris angekommen oder durch mein Ankommen erst geworden bin, wüßte ich kaum zu bestimmen; doch glaube ich eher das letztere. Ich habe wunderliche Nerven. Wenn sie kein Lüftchen berührt, sind sie am unruhigsten und zittern weheklagende Töne gleich Elvirens Harfe in der »Schuld«. Diese Kränkelei macht mich so wütend, daß ich meine eignen Nerven zerreißen möchte. Sooft sie aber ein grober Sturmwind schlägt, bleiben sie philosophisch gelassen, und verlieren sie ja die Geduld, brummen sie doch männlich wie die Saiten einer Baßgeige. Ich kann es Ihnen nicht genug sagen, wie mir so behaglich worden gleich von der ersten Stunde an. Das moralische Klima von Paris tat mir immer wohl, ich atme freier, und meine deutsche Engbrüstigkeit verließ mich schon in Bondy. Rasch zog ich alle meine Bedenklichkeiten aus und stürzte mich jubelnd in das frische Wellengewühl. Ich möchte wissen, ob es andern Deutschen auch so begegnet wie mir, ob ihnen, wenn sie nach Paris kommen, wie Knaben zumute ist, wenn an schönen Sommerabenden die Schule geendigt und sie springen und spielen dürfen! Mir ist es gerade, als müßte ich unserm alten Konrektor einen Esel bohren.

Ich wohne hinter dem Palais Royal. Die Zimmer sind gut, aber die enge Straße mit ihren hohen Häusern ist unfreundlich. Kein Sonnenblick den ganzen Tag. Und doch ist es mir manchmal noch zu hell; denn ich habe merkwürdige *Gegenüber*. Erstens sehe ich in die Küche eines Restaurateurs. Schon früh morgens fangen die ungewaschenen Köche zu tüchten und zu trachten an, und wenn man so mit ansieht, wie die Grazie, die allen französischen Schüsseln eigen ist, zustande kömmt, kann man die Eßlust auf eine ganze Woche verlieren. Dann sehe ich in das Zimmer einer Demoiselle, in eine Schneiderswohnung, in einen Roulettesaal und in eine lange Galerie von Cabinets inodores. Wie schön, freundlich und glänzend ist alles nach der Gartenseite des Palais Royal; nach hinten aber wie betrübt und schmutzig alles! Ich werde mich eilen, aus diesen Kulissen zu kommen, und mich nach einer andern Wohnung umsehen.

Sie können es sich denken, daß ich nicht lange zu Hause geblieben, sondern gleich forteilte, die alten Spielplätze meiner Phantasie aufzusuchen und die neuen Schlachtfelder, die ihr Wort gehalten. Aber ich fand es anders, als ich erwartete. Ich dachte, in Paris müsse es aussehen wie am Strande des Meeres nach einem Sturm, alles von Trümmern bedeckt sein, und das Volk müsse noch tosen und schäumen. Doch war die gewohnte Ordnung überall und von der Verheerung nichts mehr zu sehen. Auf einigen Strecken der Boulevards fehlen die Bäume, und in wenigen Straßen wird noch am Pflaster gearbeitet. Ich hätte die Stiefeln ausziehen mögen; wahrlich, nur barfuß sollte man dieses heilige Pflaster betreten. Die vielen dreifarbigen Fahnen, die man aufgesteckt sieht, erscheinen mir nicht als Zeichen des fortdauernden Krieges, sondern als Friedenspaniere. Die Fahne in der stolzen Hand Ludwigs XIV. auf dem Place des victoires machte mich laut auflachen. Wir haben die Reiterstatue vor acht Jahren zusammen aufrichten sehen. Wer hätte das damals gedacht? Träume von Eisen und Marmor – und doch nur Träume! – Noch schwebt jener Tag mir vor, noch höre ich den Polizeijubel, höre alle die Lieder mit ihren Melodien, welche bezahlte Bänkelsänger auf dem Platze sangen. Das eine Lied fing an: Vive le roi, le roi, le roi, que chante le monde à la ronde – jetzt müßte es heißen statt que *chante* – que *chasse* le monde à la ronde. Wenn er nur nicht so alt wäre! das verbittert mir sehr meine Freude. Gott segne dieses herrliche Volk und fülle ihm die goldnen Becher bis zum Rande mit dem süßesten Weine voll, bis es überströmt, bis es hinabfließt auf das Tischtuch, wo wir Fliegen herumkriechen und naschen. Summ, summ – wie dumm!

Alte deutsche Bekannte suchte ich gleich gestern auf. Ich dachte durch sie mehr zu erfahren, als was ich schon gedruckt gelesen, aber nicht einer von ihnen war auf dem Kampfplatze, nicht einer hat mitgefochten. Es sind eben Landsleute! Engländer, Niederländer, Spanier, Portugiesen, Italiener, Polen, Griechen, Amerikaner, ja Neger haben für die Freiheit der Franzosen, die ja die Freiheit aller Völker ist, gekämpft, und nur die Deutschen nicht. Und es sind deren viele Tausende in Paris, teils mit tüchtigen Fäusten, teils mit tüchtigen Köpfen. Ich verzeihe es den Handwerksburschen; denn diese haben es nicht schlimm in unserm Vaterlande. In ihrer Jugend dürfen sie auf der Landstraße betteln, und im Alter machen sie die Zunfttyrannen. Sie haben nichts zu gewinnen bei Freiheit und Gleichheit. Aber die Gelehrten! Diese armen Teufel, die in Scharen nach Paris wandern und von dort mit dem »Morgenblatte«, mit dem »Abendblatte«, mit dem »Gesellschafter«, mit der »Allgemeinen Zeitung« korrespondieren; die das ganze Jahr von dem reichen Stoffe leben, den ihnen nur ein *freies* Volk verschaffen kann; die im dürren Vaterlande verhungern würden – diese wenigstens, und wäre es auch nur aus Dankbarkeit gegen ihre Ernährer, hätten doch am Kampfe teilnehmen sollen. Aber hinter einem dicken Fensterpfosten, im Schlafrocke, die Feder in der Hand, das Schlachtfeld begucken, die Verwundeten, die Gefallnen zählen und gleich zu Papier bringen; zu bewundern statt zu bluten und die Leiden eines Volks sich von einem Buchhändler bogenweise bezahlen zu lassen – nein, das ist zu schmachvoll, zu schmachvoll!

Die Pracht und Herrlichkeit der neuen Galerie d'Orléans im Palais Royal kann ich Ihnen nicht beschreiben. Ich sah sie gestern abend zum ersten Male in sonnenheller Gasbeleuchtung und war überrascht wie selten von etwas. Sie ist breit und von einem Glashimmel bedeckt. Die Glasgassen, die wir in früheren Jahren gesehen, sosehr sie uns damals gefielen, sind düstere Keller oder schlechte Dachkammern dagegen. Es ist ein großer Zaubersaal, ganz dieses Volks von Zauberern würdig. Ich wollte, die Franzosen zögen alle Weiberröcke an, ich würde ihnen dann die schönsten Liebeserklärungen machen. Aber ist es nicht töricht, daß ich mich schäme, diesem und jenem die Hand zu küssen, wozu mich mein Herz treibt – die Hand, die unsere Ketten zerbrochen, die uns frei gemacht, die uns Knechte zu Rittern geschlagen?

Paris, den 18. September

Ich komme aus dem Lesekabinett. Aber nein, nein, der Kopf ist mir ganz verwirrt von allen den Sachen, die ich aus Deutschland gelesen! Unruhen in Hamburg; in Braunschweig das Schloß angezündet und den Fürsten verjagt; Empörung in Dresden! Seien Sie barmherzig, berichten Sie mir alles auf das genauste. Und wenn Sie nichts Besonderes erfahren, schreiben Sie mir wenigstens die deutschen Zeitungen ab, die ich hier noch nicht habe auffinden können. Den französischen Blättern kann ich in solchen Dingen nicht trauen; nicht der zehnte Teil von dem, was sie erzählen, mag wahr sein. Was aber deutsche Blätter über innere Angelegenheiten mitteilen dürfen, das ist immer nur der zehnte Teil der Wahrheit. Hätte ich mich also doch geirrt, wie mir schon manche vorgeworfen? Wäre Deutschland reifer, als ich gedacht? Hätte ich dem Volke unrecht getan? Hätten sie unter Schlafmützen und Schlafrock heimlich Helm und Harnisch getragen? Oh, wie gern, wie gern! Scheltet mich wie einen Schulbuben, gebet mir die Rute, stellt mich hinter den Ofen – gern will ich die schlimmste Züchtigung ertragen, wenn ich nur unrecht gehabt. Wenn sie sich nur erst die Augen gerieben, wenn sie nur erst recht zur Besinnung gekommen, werden sie sich erstaunt betasten, werden im Zimmer umherblicken, das Fenster öffnen und nach dem Himmel sehen und fragen: welcher Wochentag, welcher Monatstag ist denn heute, wie lange haben wir geschlafen? Unglückselige! nur der Mutige wacht. Wie hat man es nur so lange ertragen? Es ist eine Frage, die mir der Schwindel gibt. Einer erträgt es, noch einer, noch einer – aber wie ertragen es Millionen? Der Spott zu sein aller erwachsenen Völker! wie der kleine dumme Hans, der noch kein Jahr Hosen trägt, zu zittern vor dem Stöckchen jedes alten, schwachen, greulichen Schulmeisters! ... Aber wehe ihnen, daß wir erröten! Das Erröten der Völker ist nicht wie Rosenschein eines verschämten Mädchens; es ist Nordlicht voll Zorn und Gefahren.

Sonntag, den 19. September

Mitternacht ist vorüber; aber ein Glas Gefrorenes, das ich erst vor wenigen Minuten bei Tortoni gegessen, hat mich so aufgefrischt, daß ich gar keine Neigung zum Schlafe habe. Es war himmlisch! Das Glas, ganz hoch angefüllt, sah wie ein langes weißes Gespenst aus. Nun bitte ich Sie – haben Sie je gehört oder gelesen, daß jemand ein Glas Gefrorenes mit einem Gespenste verglichen hätte? Solche Einfälle kann man aber auch nur in der Geisterstunde haben. Den Abend brachte ich bei *** zu. Es sind sehr liebenswürdige Leute, und die es verstehen, wenn nur immer möglich, auch ihre Gäste liebenswürdig zu machen. Das ist das Seltenste und Schwerste. Es war da ein Gemisch von Deutschen und Franzosen, wie es mir behagt. Da wird doch ein gehöriger Salat daraus. Die Franzosen allein sind Öl, die Deutschen allein Essig und sind für sich gar nicht zu gebrauchen, außer in Krankheiten. Bei dieser Gelegenheit will ich Ihnen die höchst wichtige und einflußreiche Beobachtung mitteilen, daß man in Frankreich dreimal soviel Öl und nur ein Dritteil soviel Essig zum Salate verwendet wie in Deutschland. Diese Verschiedenheit geht durch die Geschichte, Politik, Religion, Geselligkeit, Kunst, Wissenschaft, den Handel und das Fabrikwesen beider Völker, welches vor mir die berühmtesten deutschen Historiker, die sich doch immerfort rühmen, aus der Quelle zu schöpfen, leichtsinnig übersehen haben. Sie sollen sich aber den Kopf darüber nicht zerbrechen. Es ist gerade nicht nötig, daß Sie alles verstehen, was ich sage, ich selbst verstehe es nicht immer. Wie herrlich wäre es, wenn beide Länder in allem so verschmolzen wären, als es beide Völker heute abend bei*** waren. In wenigen Jahren wird es ein Jahrtausend, daß Frankreich und Deutschland, die früher nur *ein* Reich bildeten, getrennt wurden. Dieser dumme Streich wurde, gleich allen dummen Streichen in der Politik, auf einem Kongresse beschlossen, zu Verdun im Jahr 843. Aus jener Zeit stammen auch die köstlichen eingemachten Früchte und Dragées, wegen welcher Verdun noch heute berühmt ist. Einer der Kongreßgesandten hatte sie erfunden und war dafür von seinem genädigen Herrn in den Grafenstand erhoben worden. Ich hoffe, im Jahre 1843 endiget das tausendjährige Reich des Antichrists, nach dessen Vollendung die Herrschaft Gottes und der Vernunft wieder eintreten wird. Wir haben nämlich den Plan gemacht, Frankreich und Deutschland wieder zu einem großen fränkischen Reiche zu vereinigen. Zwar soll jedes Land seinen eignen König behalten, aber beide Länder eine gemeinschaftliche Nationalversammlung haben. Der französische König soll wie früher in Paris thronen, der deutsche in unserem Frankfurt und die Nationalversammlung jedes Jahr abwechselnd in Paris oder in Frankfurt gehalten werden. Wenn Sie Ihre Nichte O*** besuchen, benutzen Sie doch die Gelegenheit, mit dem Koche des Präsidenten der Bundesversammlung von unserem Plane zu sprechen. Der muß ja die Gesinnungen und Ansichten seines Herrn am besten kennen.

Die lieben Tuilerien habe ich heute wiedergesehen. Sie hießen mich willkommen, sie lächelten mir zu, und alles dort war wie zu meinem Empfange glänzend und festlich eingerichtet. Ich fühlte mich ein Fürst in der Mitte des fürstlichen Volkes, das unter dem blauen Baldachin des Himmels von seiner Krönung zurückkehrte. Es ist etwas Königliches in diesen breiten, vom Goldstaube der Sonne bedeckten Wegen, die, an Palästen vorüber, von Palast zu Palast führen. Mich erfreute die unzählbare Menschenmenge. Da fühlte ich mich nicht mehr einsam; ich war klug unter tausend Klugen, ein Narr unter tausend Narren, der Betrogene unter tausend Betrogenen. Da sieht man nicht bloß Kinder, Mädchen, Jünglinge, Greise, Frauen; man sieht die Kindheit, die Jugend, das Alter, das weibliche Geschlecht. Nichts ist allein, geschieden. Selbst die mannigfachen Farben der Kleider erscheinen, aus der Ferne betrachtet, nicht mehr bunt; die Farbengeschlechter treten zusammen; man sieht weiß, blau, grün, rot, gelb, in langen breiten Streifen. Wegen dieser Fülle und Vollständigkeit liebe ich die großen Städte so sehr. Seine angeborne Neigung und Richtung kann keiner ändern, und um zufrieden zu leben, muß darum jeder, was ihm lieb ist, auf *seinem* Wege suchen. Aber das kann man nicht überall. Zwar findet man auch in der kleinsten Stadt jedes Landes Menschen von jeder Art, unter welchen man wählen kann; aber was nützt uns das? Es sind doch nur Muster, die zu keinem Kleide hinreichen. Nur in London und Paris ist ein Warenlager von Menschen, wo man sich versehen kann, nach Neigung und Vermögen.

Still, heiter, freundlich und bescheiden wie ein verliebtes glückliches Mädchen lustwandelte das Pariser Volk umher. Als ich dieses sah und bedachte: noch sind zwei Monate nicht vorüber, daß es einen tausendjährigen König niedergeworfen und in ihm Millionen seiner Feinde besiegt – wollte ich meinen Augen oder meiner Erinnerung nicht trauen. Es ist der Traum von einem Wunder! Schnell haben sie gesiegt, schneller haben sie verziehen. Wie mild hat das Volk die erlittenen Kränkungen erwidert, wie bald ganz vergessen! Nur im offenen Kampfe, auf dem Schlachtfelde hat es seine Gegner verwundet. Wehrlose Gefangene wurden nicht ermordet, Geflüchtete nicht verfolgt, Versteckte nicht aufgesucht, Verdächtige nicht beunruhigt. So handelt ein Volk! Fürsten aber sind unversöhnlich, und unauslöschlich ist der Durst ihrer Rache. Hätte Karl gesiegt, wie er besiegt worden, wäre das fröhliche Paris heute eine Stätte des Jammers und der Tränen. Jeder Tag brächte neue Schrekken, jede Nacht neues Verderben. Wir sehen ja, was in Spanien, Portugal, Neapel, Piemont und in andern Ländern geschieht, wo die Gewalt über die Freiheit siegte. Seit Jahren ist der Sieg entschieden, und das Werk der Rache und der Verfolgung geht fort wie am Tage der Schlacht. Und es war ein Sieg, den man nur dem Meineide verdankte! Tausende schmachten noch im Kerker, Tausende leben noch in trauriger Verbannung, das Schwert des Henkers ist immer gezückt, und wo es schont, wo es zaudert, geschieht es nur, um länger zu drohen, um länger zu ängstigen. So entartet, so herabgewürdigt hat sich die Macht gezeigt, daß sie oft mit Grausamkeiten prahlte, die sie gar nicht begangen; sich der Gerechtigkeit schämend, manche ihrer Gefangenen nur heimlich schonte und es als Verleumdung bestrafte, wenn man sie mild gepriesen! Mich empört die niederträchtige Unverschämtheit der Fürstenschmeichler, welche die Völker als Tiger, die Fürsten als Lämmer darstellen. Wenn jeder Machthaber, sobald er zum Besitze der Macht gelangt, gleich seine Leidenschaft zur Regel erhebt, grausame Strafen für jeden Widerspruch vorausbestimmt und diese Regel, diese Anwendung sich herabrollt durch Jahrhunderte – nennen sie das *Gesetzlichkeit.* Das Volk hat seine Leidenschaft nie zum Gesetz erhoben, die Gegenwart erbte nie die Missetaten der Vergangenheit, sie vermehrt der Zukunft zu überlassen. Wenn dumme, feige oder bestochene Richter aus altem Herkommen und verblichenen Gesetzen nachweisen können, daß sie in gleichen Fällen immer gleich ungerecht gewesen – nennen sie das *Gerechtigkeit.* Wenn der schuldlos Verurteilte, durch Reihen schön geputzter Soldaten, durch die Mitte des angstzitternden Volkes, das nicht zu weinen, nicht zu atmen wagt, ohne Laut und Störung zum Blutgerüste geführt wird – nennen sie das *Ordnung*; und schnellen Tod in langsame Qual des Kerkers verwandeln – das nennen sie *Milde.*

Ich eilte die Terrasse hinauf, von wo man in die Elysäischen Felder herabsieht. Dort setzte ich mich auf einen Traumstuhl, und meine Gedankenmühle, die wegen Frost oder Dürre so lange stillgestanden, fing gleich lustig zu klappern an. Welch ein Platz ist das! Es ist eine Landstraße der Zeit, ein Markt der Geschichte, wo die Wege der Vergangenheit, Gegenwart und Zukunft sich durchkreuzen. Da unten steht jetzt ein Marmorpiedestal, auf welches man die Bildsäule, ich glaube Ludwigs XVI., hat stellen wollen. Die dreifarbige Fahne weht darüber. Es ist noch nicht lange, daß Karl X. mit großer Feierlichkeit den Grundstein dazu gelegt. Die Könige sollten sich doch nicht lächerlich machen und noch ferner den Grundstein zu einem Gebäude legen. Sie täten besser, den letzten Ziegel auf dem Dache anzunageln; die Vergangenheit raubt ihnen keiner. Wahrlich, die Zeit wird kommen, wo die fürstlichen Köche, wenn sie morgens vor ihren Töpfen stehen, einander fragen werden: Wem decken wir das wohl mittags? und in ihrer philosophischen Zerstreuung manche Schüssel verfehlen werden... Was kam mir da oben nicht alles in den Sinn. Sogar fiel mir ein, woran ich seit zwanzig Jahren nicht gedacht: daß ich vor zwanzig Jahren in Wien gewesen. Es war ein schöner Tag wie heute, nur ein schönerer, denn es war am ersten Mai. Ich war im Augarten, welcher schöner ist als die Tuilerien. Die Volksmenge dort war groß und festlich ausgebreitet wie die hier. Doch heute bin ich alt, und damals war ich jung. Meine Phantasie lief umher wie ein junger Pudel, und sie war noch gar nicht dressiert; sie hatte noch nie etwas dem »Morgenblatte« oder sonst einem Zeitblatte apportiert. Sie diente nur sich selbst, und was sie holte, holte sie nur, es als Spielzeug zu gebrauchen, und ließ es wieder fallen. Und da fragte ich mich heute in den Tuilerien: Damals, im Frühlinge des Lebens und der Natur, was dachtest du mit deinem frischen Geiste, was fühltest du mit deinem jungen Herzen? Ich besann mich ... *auf nichts.* Mir fiel nur ein, daß der Erzherzog Karl und noch andere kaiserliche Prinzen öffentlich im Gartensaale gefrühstückt und daß sie unter anderm Schokolade getrunken und gleich darauf Spargel mit Buttersoße gegessen, worüber ich mich zu seiner Zeit sehr gewundert. Ferner: daß ich selbst gefrühstückt, und zwar ganz köstliche Bratwürstchen, nicht länger und dicker als ein Finger, die ich seitdem in keinem Lande mehr gefunden... Schokolade, Spargel, Bratwürste – das waren alle meine Jugenderinnerungen aus Wien! Es ist ein Wunder! Und erst heute in den Tuilerien lernte ich verstehen, daß man auch die Freiheit der Gedanken fesseln könne, wovon ich oft gehört, es aber nie habe fassen können.

Als nun die Frau kam und für ihren Stuhl zwei Sous einforderte, sah ich sie verwundert an und gab ihr zehen. Für diesen Stuhl, diese Stunde, diese Aussicht, diese Erinnerung hätte ich ein Goldstück bezahlt. Das macht Paris so herrlich, daß zwar vieles teuer ist, das Schönste und Beste aber wenig oder gar nichts kostet. Für zwei Sous habe ich meinem Zorn einen Schmaus gegeben, habe hundert Könige und ein großes Reich verspottet und Taschen voll der schönsten Hoffnungen mit nach Hause gebracht.

Es ist drei Uhr, und die Rasenden im Roulettezimmer gegenüber stehen noch in dicken Kreisen um den Tisch. Das Fenster nach der Straße ist durch ein Drahtgitter verwahrt. Die Unglücklichen dahinter sehen wie wilde Tiere aus. Ich hoffe, es ist keiner darunter, der im Juli mitgefochten. Gute Nacht.

Ludolf Wienbarg

Holland in den Jahren 1831 und 1832

Bentheim

Ich rufe mir gern den Abend ins Gedächtnis zurück, als ich nach einer lästigen und langweiligen Reise über die westfälische Heide hinter Osnabrück mich im Städtchen Bentheim, an der Grenze von Deutschland und Holland, eine halbe Nacht ausruhte. Es war ein lieblicher, elfenartiger Mondschein im Frühjahre 1831; der Postillon fuhr mich halb im Schlafe die dunkle Schlucht nach Bentheim hinunter, zu gleicher Zeit blies er einige schlaftrunkene Stoßseufzer auf seinem Horn – es klang mir wie:

Schlaf wohl, mein liebes Deutschland,
Liebes Deutschland, schlaf wohl.

Die Bentheimer hatten schon ihre Lichter ausgetan und sich aufs Ohr gelegt. Aber im Posthause gab es noch muntere Leute. Soeben war ein russischer Feldjäger nach dem Haag durchgegangen, und der Postmeister dampfte noch von den neuesten Nachrichten, die er vermutlich aus dem Felleisen herausgerochen. Er nötigte mich sehr artig in sein Haus. Im Hintergrunde der hohen westfälischen Scheundiele brannte lustiges Feuer, ringsherum saßen am Spinnrade der Frau Postmeisterin Mägde mit feldbraunen Gesichtern und westfälischen Schinkenhüften, dicht an der Flamme kauerte ein altes Weib, die einen Faden spann, der immer zerriß, und eine Gespenstergeschichte erzählte, die ihr böser Husten alle Augenblicke unterbrach.

Müde und zerstoßen, wie ich war, ließ ich mir ein Zimmer geben, um einige Stunden zu schlafen. Allein ich konnte kein Auge zutun. Ich stand daher wieder auf und machte einen Spaziergang im Freien, der mich ans Bentheimer Schloß führte. Die Natur hat bei Bentheim einen Fels hingeworfen, die alten Grafen von Bentheim haben sich darauf feudaliter eingerichtet, und ihre Untertanen, die treuen Bentheimer, haben sich unten im Tal angesiedelt und machen seit uralters Pergament. Gute Deutsche, die Bentheimer, obgleich sie an der Grenze wohnen. Sie machen Pergament – Schuhleder für die Pfauenfüße des deutschen Hochmutteufels.

Das alte Schloß von Bentheim ist massiv und fest gebaut. Ich erinnerte mich aus der Zeit, als ich Heinrichs »Deutsche Reichsgeschichte« las, daß *die von Bentheim* sich oft hinter diesen Mauern und Türmen verteidigt. Sonst kenne ich die Geschichte *derer von Bentheim* nicht ganz genau; ich glaube, sie sind aus Grafen zu Fürsten promoviert. Aber das Wappen über ihrem Schlosse vergesse ich in meinem Leben nicht. Es war ein hochgewölbter, blaustählerner Schild, im Mittelfelde ein silberner Halbmond, rings zerstreut funkelnde Sterne, alles in natürlicher Größe und fast übernatürlichem Glanze. Eine schöne Nacht. Der Mond spiegelte sich in den Bogenfenstern des Schlosses, und vor dem Tor stand eine Bentheimer Schildwache. Ein Bentheimer Soldat ist an sich schon keine geringe Merkwürdigkeit, wenn man bedenkt, daß die Flora Soldatesca Benthemiana eine der seltensten Gewächse in Europa ist und kaum ein Dutzend Exemplare davon auf diesem Felsen krüppeln.

Aber der oben schildernde Bentheimer hatte in meinen Augen noch einen besondern und fast rührenden Reiz. Es war ein alter Mann, er sah so alt, so grau, so märchenhaft aus im Mondschein, daß ich ihn anfangs für das Gespenst der deutschen Reichsarmee hielt, die der Alte Fritz im Siebenjährigen Kriege in die Pfanne hieb. Dann dachte ich wieder, er lebt noch und erwartet nur, als ein treuer Soldat, den Tod auf seinem Posten. Er kreuzte seine Arme über seinem Schießgewehr, dessen rotverrosteter Lauf keinen Strahl des Mondes mehr auffing, ebensowenig wie seine Augen, die unter langen grauen Wimpern klein und blind in den Nachthimmel hinausstarrten. Er suchte dort oben etwas, oder er sah etwas, vielleicht sah er den Himmel offen, den lieben Gott, mit Caroli Magni Bart und Zepter, sitzen auf kaiserlichem Thron, an seiner Seite die Paladine des Reichs, die Erzengel, den Erzmundschenken, die apostolischen Nuntien St. Peter, St. Paul und so weiter, auf der Himmelswiese die Reichsarmee der Seligen, die seligen Reichsbürger und den ganzen seligen Pöbel, hier und da einhauende Cherubime, welche im Himmel als Polizeibeamte angestellt sind.

Denn Lavater in seinen »Aussichten in die Ewigkeit« mag

sich die Sache vorstellen, wie er will, ich behaupte, daß die Polizei im Himmel ebenso nötig wie auf Erden und vielleicht noch nötiger ist. Der Bauer, ich will nur von Bauern sprechen, ist weder gewöhnt an den himmlischen Müßiggang seines Pfaffen noch an den weltlichen seines gnädigen Herrn, und man weiß, wie er's treibt, wenn er hier unter dem Mond an Sonn- und Festtagen nur ein bißchen selig ist.

Dort oben aber, wo er einen ewigen Sonntag feiert, wo er nicht mehr pflügt und drischt, nicht mehr schwitzt und keucht, nicht mehr geplackt und geschunden wird, dort oben, meine ich, wird er vor Seligkeit sich kaum zu lassen wissen. Gnade Gott, wenn sein gnädiger Junker ihm in den Wurf kommt, er macht ihn selbst im Himmel tot; daher auch jener mecklenburgische Edelmann vom lieben Gott sich einen gesperrten Sitz im Himmel ausbat.

Oldenzaal

Als es anfing zu tagen, fuhr ich bereits über die Heide von Overyssel, eingehüllt in meinen Mantel und einen dicken Nebel. Ich versank in nebelhafte Gedanken. Nebel zeugt Nebel, nebelhafte Bilder, ossiansche Geister, nordische Götter. Nebel befeuchtet die Pflanzen, Bäume, die Poeten des Nordens, Nebelzug wittert durch die Sagas, die »Nibelungen«, den »Erlkönig«, und vielleicht ist auch die ganze Welt, wie die nordische Poesie, aus Nebel entsprungen und wird sich einmal wieder in Nebel verflüchtigen, wie ein Gespenst auf der Heide von Kaledonien. Nur in Holland, scheint es, hat der Nebel keine poetischen Zeugungskräfte, die Holländer haben den schönen Nebel, aber, wie man sagt, keine Poesie. Ich werde den »lustigen Geneverstocker von Schiedam« lesen.

»Ein Schluck vor dem bösen Nebel«, sagte der Postillon und setzte seine grüne Knobbrigte an den Mund. Ein närrischer Kauz, der Postillon, eine Art Till Eulenspiegel, verkappt in den roten Rock eines königlich hannöverschen Postbeamten. Wie die Sonne aufging, knallte er mit der Peitsche und schrie aus vollem Hals: »Oranje boven, Oranje boven! Hoho!« lachte er spöttisch, »hoho! nun wird es ernst mit der Sache, nun erklärt sich der Himmel selbst für die Nassauer, er hat seine große Oranjekokarde an seinem grauen Hut aufgesteckt. Du lieber Himmel, wer heutzutage nicht drei Ellen Pomeranzenband auf dem Deckel trägt, wird als Meutling und Brabanter in Holland plattgeschlagen. Mir könnte das eben recht sein«, fügte er mit einem satirischen Seitenhieb auf seinen Höcker hinzu; »aber mir tun sie nichts, ich bin eine geheiligte Person und schere mich den Teufel um ihre *naßsauren* Gesichter. Allein mein Vetter ist übel mit ihnen daran. Mein Vetter, Herr, ist ein armer Leineweber in Oldenzaal. Der hat sich da mit den Oldenzaalern in eine erzdumme Geschichte verzettelt. Das macht, daß die Oldenzaaler erzkatholisch sind, wie hier der ganze Strich nach dem Münsterschen zu. Deswegen wollten sie nicht ausziehen gegen die blauen Kittel und stellten sich auf die Hinterbeine, als die Aushebung vor sich gehen sollte. Ein langer Uhrmacher predigte sogar offenbaren Aufruhr. Er sagte ihnen, es sei an der Zeit, das Joch des ketzerischen Königs ganz und gar abzuschütteln. Ich kenne ihn, seine Uhren gehen immer falsch. ‚Vetter', sagte ich zu meinem Vetter, ‚seid keine Esel, gebt eure Lümmel heraus, sonst schickt euch euer König Willem einige Eskadronen schockschwerenötige Dragoner auf den Hals, und die binden den Jan und den Jantje an die Schwänze ihrer Pferde, und euch fressen sie auf in Zeit von zweimal vierundzwanzig Stunden.' Aber mein Vetter ballte die Faust und dünkte sich klüger als ein königlich hannöverscher Postillon. Was geschah? Tripp, trapp kamen die Dragoner ins Tor geritten und kehrten das Unterste zuoberst. Der Uhrmacher hatte sich aus dem Staube gemacht. Das war sein Glück, sie hätten ihn mit seinen langen Beinen aufgeknüpft an den Weiser der Turmuhr, die er aufzuziehen pflegte. Die holländischen Dragoner, mein Herr, sind böse Gäste, Heuschrecken in Stiefel und Sporn. Wenn unsereiner sich zu Tisch setzt, so ißt er so lange, bis er satt ist, diese Leute aber fressen so lange, bis sie wieder hungrig werden. Sehen Sie nur, da trabt einer von ihnen aus dem Dorf. Jes' Marie, was hat der Kerl für einen gotteslästerlichen Bauch, was schneidet er für leibgrimmige Gesichter! Vermutlich hat er sich schon im Dorf verfressen.« – »Dag, Kameraad, hoe laat is het?« (Wieviel ist die Uhr?) – »Bemerken Sie seine Butterdose, Horolootschie nennen sie das Ding.« – »Een kwart over zeven«, sagte der gutmütige Dragoner. »Ik dank u wel. Freßsack, der du bist, ein Viertel über sieben, und schon stickend voll. Großer Fritz! und wie stank er nach Genever!«

So plaudernd, gab er seiner trägen Liese etliche Peitschenhiebe, die aber eher nichts fruchteten, als bis sie das Wirtshausschild im Dorfe wahrnahm. Wie der Wagen hielt, ward er sogleich von kleinen pausbackichten Holländern umringt, im steifen sonntäglichen Putz, nicht mutwillig und tobend, wie unsere Dorfjugend, sondern kleine vernünftige Abdrücke ihrer Väter und Mütter, welche Pferde, Wagen, Postillon und mich neugierig erst betrachteten. Der Kastellan stand in der Tür, Hut auf dem Kopf, Pfeife in der Hand und sagte: »As u belieft, mijn Heer, in mijn huis aftestappen.« Als ich in die Stube trat, kredenzte seine Tochter mir eine kleine weiße Tonpfeife sehr zierlich mit ihrer kleinen weißen Hand. »As u belieft, mijn Heer, en pijpje te smooken«, sagte sie. As u belieft, mijn Heer, wie putzig, wie närrisch niedlich das klingt in einer hübschen Holländerin Munde. Und Antje, so hieß sie, war ein mooi meisje. Ich streichelte ihr neugierig die weiße Hand und die Wange, so kühl, fest und fein wie das feine chinesische Porzellan, das auf dem Tische stand. »Antje«, sagte ich, »merk auf, ich will dir ein holländisches Lied vorsingen.« Ich kannte wirklich ein solches Lied von meinen Kinderjahren her:

Als Antje vor der Türe stand
Und Jan ging da vorbei, und so weiter.

Sie ward sehr vergnügt. Als ich meine Zeche bezahlt und Anstalt machte, aufzubrechen, sah ich, daß sie einen großmütterlichen Schrank aufmachte, dessen Türflügel mit goldenen Blumen und Schnörkeln verziert waren. Sie zog eine Schieblade auf und griff den schönsten roten Apfel heraus, der noch am Stengel saß, trippelte damit zu mir, sah mich mit ihren hellbraunen Augen freundlich an und bot mir den Apfel mit den Worten: »As u belieft, mijn Heer, en appelje van mij aanteneemen.« Ich dachte an Eva, an den alten Adam, ich entschuldigte letzteren sogar ein wenig für seinen gottvergessenen Apfelbiß, angenommen und vorausgesetzt, daß Eva ebenso hübsch war wie Antje und daß die Redensart »As u belieft, mijn Heer, en appelje« in der Sprache des Paradieses ebenso lustig verführerisch klang wie in Antjes Sprache.

»Till«, sagte ich zu Till, als wir wieder auf dem Wagen saßen, »Till, laß es gut sein, es gibt in Overyssel hübschere Mädchen als in Westfalen.« – »Ja«, sagte er, »weiße Pfeifen und weiße Mädchen, auf deren Fabrikation verstehen sich die Mijnheers; beide sind nur klein, aber fett, glatt, wohltätig für die Lippen, brechen nicht leicht, nehmen nicht leicht was übel, sind dabei schlank und wohl gebacken und sehr vorsichtig ausgebrannt, über langsamem Feuer, der Holländer läßt alles sacht angehen.«

In Oldenzaal lauteten die Glocken zur Messe, aber die Sabbatruhe der Einwohner von Oldenzaal war durch kriegerische Gäste gestört. Pferde trampelten, Pallasche rasselten übers Pflaster, Reiter in aufgestreiften Hemdsärmeln striegelten ihre Tiere, trugen mit Heu und Stroh, und nur hier und da schlich eine andächtige Seele bedrückt und seufzend nach der Kirche.

»As u belieft, mijn Heer, en pijpje«, sagte der Wirt zu mir, vor dessen Haustür Till ankerte. Es fehlte viel, daß es so angenehm klang wie aus Antjes Munde. Der Wirt war eine lange, bleifarbige, tiefbrummende Orgelpfeife, behängt mit schwarzsamtnem Kamisol und desgleichen Pluderhosen, Hut auf dem Kopf, weiße Pfeife vor dem Mund, wie gewöhnlich. Im Vorgrunde der saubern Hausflur war ein aufgetrepptes Zimmer, vollgepropft mit zechenden und lärmenden Reitern, im Hintergrunde saßen schwarze Männer und Frauen, Gebetbücher unterm Arm, finster und schweigend um ein Kaminfeuer. Ich setzte mich zu ihnen, keine Seele achtete auf mich, außer einer blanknasigen Kaffeeschwester, welche trotz der allgemeinen Landeskalamität das Kokettieren nicht lassen konnte, ich meine die spiegelhelle riesige Kaffeekanne, die in der Mitte des Tisches prunkte, umringelt von vierzig kleinen Täßchen mit bunt japanischen Jäckchen und Liliputerärmchen, welche sie trotzig in die Seite stemmten. Aus dem aufgetreppten Zimmer wurde von Zeit zu Zeit zur Tür herausgeschrien: En glas Genever, en speel kaarten, en glasje klaare met suiker, en glasje bittere usw. Die Wirtin zeigte sich als freundlich kluge Frau, lief ab und zu und bediente die unwillkommenen Gäste ohne Murren. Dagegen orgelte ihr langer Herr Gemahl sehr viele schwarze Flüche durch die schwarzen Zähne, lief in seinen vier Pfählen wütend auf und ab und hätte gern, wie es schien, sich seines Hausrechtes bedient, wären ihrer nicht zu viele gewesen. Endlich wurzelte er vor seiner Frau still, blies ihr den Dampf seiner Pfeife ins Gesicht und fragte sie: »Wo ist Grietje?« – »In der Messe«, sagte die Frau. »In der Messe? Und Willem?« – »Im Stall, glaube ich.« – »Bliksem!« fuhr er auf und warf seine Pfeife an die Wand. »Bliksem! Weiß sie nicht, daß sie nicht in die Messe gehen soll ohne Willem? Keinen Fuß soll sie aus dem Hause setzen ohne mich oder Willem. Wenn nun die verdammten Kerle sie aufgreifen und anpacken, das Volk kennt nichts als Fluchen, Spielen, Fressen, Saufen –.« Seine Frau hielt ihm die Hand vor den Mund und rief mit ihrer schmeichelnd fetten Stimme mehrmals beschwichtigend: »Papatje, Papatje!« Darüber kam die Tochter aus der Messe zurück, und der Sturm ging glücklich vorüber. Ein blaß katholisches Kind mit silbernem Kreuz auf der Brust. Der Brummbär streichelte ihr zärtlich die schwarzen Haare, küßte sie auf die Stirn und verbot ihr mit einer Stimme, die väterlich liebend durch den rohen Groll seiner Seele hindurchbrach, künftig nicht ohne Begleitung ihres Bruders die Messe zu besuchen.

Dann kam Till und nahm Abschied.

Ankunft im Haag

Ein Traum, ein so himmlischer Traum mitten in Böotien! Träume, was sind Träume? haben sie Flügel, sind sie Engel, fliegen sie mitunter vom Himmel auf die platte Erde? – Ach nein!

Träume sind keine Engel, Träume kommen nicht aus den Wolken, sie kommen aus dem Magen. Den schönsten Traum meiner Nächte verdankte ich dem fetten Stolker, den du gestern abend verzehrtest. – Aber die Gestalt, die mich so himmlisch anlächelte, die mich, die ich – die Gestalt, die dich so himmlisch anlächelte, die dich, die du – genug, diese Gestalt war eine seraphinische Blähung.

»Blasphemie!« rief ich aus und sprang aus dem Bett, sehr aufgebracht über den platten Einfall, welchen ich im Zorn eine Einblasung des Eidamer Apoll nannte. »So wandelt denn«, murmelte ich, »kein Mensch ungestraft weder unter Palmen noch unter Butterfässern.«

Übrigens war es hohe Zeit, aufzustehen. Die Uhr der St.-Jakobs-Kirche stand auf zehn, mein Nachbar zur Rechten, meine Nachbarin zur Linken klapperten bereits seit einer Stunde mit den Teetassen, und meine Nachbarin zur Linken war gewiß schon bei der zwanzigsten.

Die St.-Jakobs-Kirche hat einen langen vierschrötigen Turm, darüber einen geschnörkelten Aufsatz, worin eine Versammlung großer und kleiner Glocken, die gerade im Augenblicke, als ich aus dem Fenster sah, den alten »Wilhelmus van Nassouwen« herabspielten, und, was der Zufall bedeutend genug fügte, auf den Kopf eines Nassauers, der vor meinem Fenster vorüberritt. Es war der Prinz Wilhelm von Oranien, ich hatte ihn schon gesehen bei Quatre-Bras, kampfschwitzend und in bloßen Hemdärmeln an der Spitze seiner Reiter, nämlich im Kupferstich an der Wand einer Dorfschenke. Er saß leicht und schlank zu Pferde, blickte heiter und sorgenlos in die Welt, wie Goethes Egmont auf dem Markt zu Brüssel, vielleicht war der Engländer, den er ritt, dasselbe edle Tier, das mit ihm über die Barrikaden der wütenden Brüsseler glücklich hinweggesprengt war. Nun ritt der Prinz wieder über einen Markt, aber die Sache war nicht so gefährlich, Schildwachen präsentierten, ehrsame Bürgersleute nahmen ihren Hut ab und ließen ihn mit Ehren ruhig durch, es war der Markt im Haag, denn der Prinz, der Engländer, die St.-Jakobs-Kirche und ich, wir befanden uns sämtlich in der Residenz des Königs von Holland, im grünen Haag. Ich sage: im grünen, denn Haag oder 's Gravenshage ist eine Stadt wie andere holländische Städte, und wie London schwarz aussieht, Paris weiß, Berlin rot, so hat der Haag wegen seiner Kanäle, Bäume und Häuser einen grünlichen Anstrich, und als ich bei meiner Ankunft über eine Brücke fuhr, begegneten mir Arm in Arm zwei Damen mit grünen Brillen, grünen Kleidern und grünen Regenschirmen, welche sie gegen den Nebel aufgespannt hatten.

Auf dem Sofa ausgestreckt, dachte ich an meinen Traum und legte in Gedanken meine schnelle Reise noch einmal wieder zurück. Wie glänzt man, wie leuchtet man, wie dichtet man, wenn man dahinläuft, sagt irgendwo Jean Paul. Goethe würde gesagt haben: wenn man dahinfährt in bequemer Berline, mit vier Rappen bespannt; Byron: wenn man dahintrottiert auf einem langen Engländer. Jeder nach seiner Art. Goethe ist die Poesie in der Hofkutsche, Byron die Poesie zu Roß, Jean Paul die himmlische Fußboten-Poesie, die Poesie per pedes Apostolorum.

Die holländischen Dichter mögen die Poesie in der *Treckschuite* vorstellen. – In Holland sieht man selten einen Reiter, nicht einmal einen Probenreiter, noch seltener einen Fußgänger. Alles fährt und schifft. Die holländischen Landstraßen sind aber auch vortrefflich. Selbst über die Heiden von Overyssel und Geldern läuft ein bequemer, gemütsruhiger Weg; nirgends eine hohe obrigkeitliche Erlaubnis, sich den Hals zu brechen, wie auf der Heide von Westfalen. Hinter Amersfoort wird der Weg dielenplatt. Man denke sich, die holländischen Landstraßen sind belegt mit jenen allerliebsten gelben Klinkern, womit man bei uns zulande hübsche Häuser aufführt und Keller und Höfe aussetzt. Darüber rollt der Wagen so leicht und stoßsicher hinweg wie nur über die Basaltstraßen am Rhein oder die Lavastraßen von Italien. Diese zierlichen, unter den Rädern des Wagens klingenden Wege sind freilich nicht so stark und dauerhaft wie die steingroben Chausseen in Norddeutschland. So einer von den himmelhohen Frachtwagen, die karawanenartig die Lüneburger Heide durchziehen, würde in Holland seine Spur durch eine lange Verwüstung kenntlich machen. Allein solche Unbill haben die holländischen Wege nicht zu befahren. Alles, was Fracht und Last heißt, wird in Holland zu Schiff gepackt und auf Kanälen weiterbefördert. Die Kanäle sind die eigentlichen Landstraßen in Holland. Man hört weder das Knallen der Fuhrmannspeitsche noch das »Hoho« der Kärrner; nur leichtbeladene Fuhrwerke rollen hin und her, und selbst die Heu- und Mistwagen der Landleute sind leicht, schmal und zierlich gebaut. Diligencen gibt es in diesem kleinen Lande nach allen Richtungen; außer ihnen Treckschuiten für Personen, welche als regelmäßige Wasserposten täglich stündlich ab- und zugehen. Geht es mit den Treckschuiten auch nicht auf Flügeln des Windes, so kommt der reisende Holländer doch immer um den stolpernden Schritt eines büschelbeinigen Gauls weiter in der Welt; dabei kann er sein Pfeifchen rauchen und mit seinem Nachbarn im *Ruf* ein kleines Gepraatje über Wind und Wetter, Krieg und Frieden anbinden. Vielleicht ist China das einzige Land auf der Welt, das einen ähnlichen Anblick von Brücken, Kanälen, Junken, Schiffern und Reisenden gewährt.

Mir machte die Reise nach dem Haag ein kindisches Ergötzen. »O Butterland! o Käseland!« rief ich, »Gelobtes Land meiner Kinderjahre, sei mir gegrüßt. Und auch du, o Jan Koxin, alter Feldwebel, mit dem ich so oft an der Elbe spazierenging, als die Franzosen bei uns waren und ich noch die ersten Hosen trug, sei mir gegrüßt, alter Jan Koxin, der mir so oft erzählt – was mich in die tiefste Rührung versetzte –, daß die artigen Kinder in Holland zum Frühstück fingerdicke Butter und ein daumdickes Stück Käse auf ihre Bemme bekämen. ‚Ach, Koxin', schrie ich damals, ‚wie wollte ich artig sein, wäre ich ein kleiner Holländer; ist Holland weit von hier?' – ‚Holland ist sehr weit von hier', sagtest du langsam; ‚ma-a-r die Welt ist rund, und du kannst einmal dahinkommen.'«

Jetzt war ich da und glaubte den Geist des alten Feldwebels neben mir in der Kutsche sitzen zu sehen, wie er sein spanisches Rohr ausstreckte und mich auf alle Gegenstände aufmerksam machte, von denen er mir früher erzählt. Es war alles ebenso, wie ich mir gedacht. Diese Städte mit ihren stumpfen Türmen und Glockenspielen, ihren Grachten – man sieht in eine Gracht hinein wie in einen Guckkasten, in der Mitte einen dunkelgrünen Kanal mit Torf- und Kartoffelschiffen, eine perspektivische Reihe von Brücken, Bäumen, Kranen, Häusern, schlafenden, verschlossenen Häusern mit hohen verhängten Fenstern, Winkelspiegeln, Klingelzügen, hohen Schornsteinen, den einen noch wunderlicher gebaut wie den andern, so daß man sagen kann, die Phantasie der Holländer hat sich an ihren Schornsteinen erschöpft.

Diese Dörfer mit ihren schmalen Gassen, ihren kleinen bunten Häusern, diese Bauer- und Milchwirtschaften mit ihren blanken Kesseln und Heuschobern, diese Landschaften, verhaßt der Diana, der Göttin des Wildes und Waldes, weil sie weder Wild noch Wald enthalten, verhaßt dem Apoll, weil sie sein poetisches Gefühl durch Schnupftabaksmühlen beleidigen, verhaßt selbst dem Pan und den Feldgöttern, sonst Liebhabern von Vieh, weil ihnen keine Hirtenflöte oder auch nur ein Kuhhorn entgegenschallt, aus gänzlichem Mangel an Hirten; diese Landschaften, die immer und ewig dasselbe Gesicht behalten und unveränderlich mit Gras, Kühen, Kanälen und Windmühlen abwechseln, vielleicht von allen Göttern und Göttinnen nur geliebt von der Himmelskönigin Juno, welche die Welt aus einem ökonomischen Gesichtspunkt betrachten muß, da sie nach Homer Kuhaugen hat.

Alles fand ich, wie ich's mir gedacht. Nur die Menschen nicht. Der Krieg mit Belgien hatte sie völlig aus den Angeln ihrer Gemütsart gehoben, das bedächtige Volk war durch ein neues Gefühl, Rittertum, Ehre, in ein fremdes Element hineingeplumpt, die Jungen erhitzten die Alten, die Zeitungsschreiber alle. Sie machten aus einer Angelegenheit der Familie Nassau eine Volkssache, gebärdeten sich so isegrimmig, als ob sie allen Belgiern nur einen Hals wünschten, um ihn mit einem Streich abzuschlagen. Einem ward unwohl in ihrer Gesellschaft. So traf ich im Wirtshaus zu Amersfoort einen Kreis junger Offiziere von der Schütterei oder holländischen Landwehr, die häßlich renommierten und ihren Wein unter Kraftflüchen hinabtranken. Zuletzt brachte der Jüngste von ihnen eine Gesundheit aus: auf Kaiser Nikolaus und daß er bald mit den Polen fertig wird. Alle Gläser klangen – unter ihren Oranjeschärpen schlug kein Herz für die edelste Sache, für welche je Blut geflossen, sie hatten Schwerter angeschnallt, aber sie waren darum keine Ritter geworden, sie fühlten keine Bewunderung, nicht einmal Mitleid für die ritterlichen Polen, welche ihrem Opfertod entgegenjauchzten. Und doch war die Sache der Polen einst die Sache ihrer Väter.

Die Szene machte mich beklommen. »Gottlob«, rief ich, als ich wieder Gottes freie Luft schöpfte, »gottlob, daß ich nicht im Butter- und Käselande geboren bin, gottlob, daß ich ein Deutscher bin. Nein, diese Holländer sind keine Deutsche mehr, sie haben aufgehört, es zu sein, seit sie, aus unsern Urwäldern vertrieben, in diesem nassen Jammertal sich niederließen. Feuer, Wasser, Luft und Erde haben sie zu Holländern verarbeitet, ihre Sprache ist versumpft und in Gurgellaute ausgeartet, ihr Geist ist nur der feuchte Niederschlag des deutschen mehr, beraubt des himmlischen Funkens der Begeisterung, bar und ledig der Phantasie und des Gemüts. Begeisterung – wer wollte das trübe und neidische Feuer, was ihnen jetzt aus den Augen sieht, Begeisterung nennen.«

Mit diesen Worten machte ich mir Luft; aber ich muß gestehen, daß die Schütter von Amersfoort mich eine geraume Zeit unterwegs verstimmten, bis ich im nächsten Wirtshause mit einem alten vernünftigen Holländer bekannt wurde, an dessen gepudertem Kopf der Wirbelwind der Zeit vorbeigefahren war, ohne ihn über die wahren Interessen seines Landes zu verdrehen. – In Utrecht schlief ich die Nacht, in Leiden verweilte ich so lange, als man braucht, um über den blauen Stein am Rathaus vorüber von einem Tor zum andern zu fahren, und jetzt war ich im Haag.

Schevelingen

Schevelingen ist ein Fischerdorf, eine halbe Stunde vom Haag entfernt. Der Weg dahin führt durch die Dünen, ist aber mit Klinkern gepflastert und von mächtigen Buchen beschattet, eine Anlage von Vater Cats, einem berühmten Staatsmanne und Dichter des siebzehnten Jahrhunderts.

Auf einer alten Karte von Schevelingen, die auf dem Haager Stadthause hängt, sieht man die Kirche, welche gegenwärtig am Ende des Dorfs liegt, ungefähr in der Mitte desselben: diese fehlende Hälfte des Dorfes ist, wie die Chronik berichtet, durch eine mächtige Flut am Ende des sechzehnten Jahrhunderts plötzlich abgerissen und Beute des Meeres geworden, sie lag aber auch außer den Dünen und daher unbeschirmt vor der Wut des Meeres. Im Grunde hatte das Meer Recht auf einige Repressalien; was die Schevelinger sind und haben, sowenig es sein mag, verdanken sie dem Meer, sie werfen ihre Netze seit mehr als tausend Jahren in die See und trotzen der starken Brandung, welche sie von ihrem Gewerbe abzuschrecken sucht. Der Fischfang muß sehr bedeutend sein, ich zählte an einem Sonntag über siebzig *Pinken* und außerdem funfzehn bis zwanzig kleinere Schiffe, welche der Reihe nach am Strande lagen und statt der Segel mit Fischernetzen zum Trocknen behängt waren. Die Männer sind schlank und kräftig gebaut, man glaubt mitunter neapolitanische Schiffer zu sehen. Wenn sie nicht fischen, sieht man sie unter einem hölzernen Dach am Strande sitzen, das sie vor Regen und Sonne in Schutz nimmt, sie sitzen, liegen, sprechen, gähnen, schlafen, rauchen, sehen nach dem Wind, singen die Barkarole aus der »Stummen« oder fassen sich zur Abwechselung beim Kragen. Vom Gewinn des Fangs erhalten sie nur ein Viertel, der Reeder streicht die Hälfte für sich ein, und das letzte Viertel geht auf für Ausbesserung ihrer Schiffe. Denn die Schevelinger sind ein armes Volk, die wenigsten Fischer sind Eigentümer der Fahrzeuge, mit welchen sie auf den Fang gehen. Diese gehören etlichen reichen Leuten in Schevelingen und dem Haag, welche den Hauptgewinn ziehen und ruhig hinter dem Ofen hocken, während die armen Teufel in Regen, Wind und Wellen hinaus müssen. Dabei sind ihre Familien sehr zahlreich, ihre Weiber ungewöhnlich fruchtbar, alles ist schwanger oder säugt, und wenn sie des Morgens in der Frühe hochaufgeschürzt in der See stehen und ihre Lappen, Lumpen und Windeln waschen, so liegt ein Kinder-Bethlehem hinter ihnen im Sande, gräbt, spielt, krauelt und krabbelt, steckt die Beinchen in die Luft und saugt an dürren Fischen. Sieht man von den Dünen herab in das kleine rote Nest hinein, das an der See im Dünenkessel liegt, so begreift man nicht, wie so viele tausend Menschen darin wohnen und unter Dach und Fach kommen mögen; will man aber wissen, *wie*, so streiche man des Nachts, wenn der Mond scheint, durch die fischduftigen Gäßlein an den elenden Hütten dieser Leute vorüber. Da ist es nichts Seltenes, einen nackten Fuß aus der Tür stecken zu sehen, der einem großen Jungen oder Mädchen angehört, wo dann sicher vier bis fünf Familien zwischen die Lehmwände einer armseligen Fischerhütte zusammengepreßt sind. Diese Not hat die Schevelinger vor etlichen Jahren beinahe zum Aufruhr gebracht; sie wollten nicht mehr fahren, verwünschten ihr armseliges Gewerbe, die Habsucht der Reeder, welche sie noch außerdem zwingen, Speck, Butter, Käse und andere Lebensmittel aus ihrem Lager oder, wie sie's nennen, aus ihrem Winkel zu kaufen, die Sturmglocke ging, die Reeder kamen in Angst, und der *Domine*, das ist der Geistliche von Schevelingen, mußte alle Federn seiner geistlichen Beredsamkeit springen lassen, um ihre aufgehobenen braunen Fäuste in den Schranken des christlichen Gehorsams zurückzuhalten. Mir hat die lächerliche und traurige Geschichte ein alter Seehund von Fischer erzählt, der am Ufer neben seiner Pinke lag und Netze flickte. Während er sprach und über die plötzliche Angst und Geschmeidigkeit der harten Reeder grimmlachte, lief ihm der Tabakssaft in die silbergrauen Haarzinken, die auf Kinn und Lippe emporstarrten. – Betelkauen, Fuseldampf, Branntwein machen ihnen das Leben erträglich, wie der Kartoffelbau auf den Dünen ihnen dasselbe möglich macht.

Ihre Weiber sind häßlich, *umgekehrte Sirenen*, mit bogenförmigen Fischmäulern. Sie tragen die Fische in geflochtenen Körben auf dem Kopf, halten diesen mit gebogenen Armen weniger anmutig wie die atheniensischen Kanephoren und setzen sich, wenn sie zur Stadt gehen, in kleinen Trab, wobei sie mit ihren unverschämten Hinterbacken glockenspielartig hin und her wackeln. Doch sind mir auch mehrere junge Mädchen und Weiber begegnet, die weiß und hübsch waren und aussahen wie die Puppen, welche sie selbst von sich an Fremde und Badegäste verkaufen. Diese närrischen Dinge sind belegt mit Muscheln, welche durch ihre verschiedene Farbe Schuh, Strümpfe, Rock, Hosen, Mieder, Hüte vorstellen, ein Überzug, worin diese Kinder der See höchst lustig naturgemäß erscheinen.

Alte und Junge sind schmutzig wie die Kamtschadalen. Die Knaben fahren auch, wie diese, mit Hunden. So ein Schevelinger Hunde-Diomedes, der mit rotwollener oder buntgestreifter Mütze auf dem Kopf, nackter Brust und hängenden Hosen auf seinem kleinen zweirädrigen Wagen steht und durch Schnalzen, Schreien, Singen, Flöten, Peitschen seine vier oder sechs räudigen Köter zum Laufen ansporntn, wäre allemal ein Anblick zum Lachen, dauerte es einen nicht oft um die armen Köter, welche schwitzend und heulend ihre rote Zunge aus dem Hals hangen lassen.

Alles in Schevelingen riecht nach der See und nach getrockneten und faulen Fischen.

Der Strand mit den Dünenhügeln, dem Kirchturm des Dorfes, der hinter ihnen hervorragt, dem Leuchtturm oder Feuerbecken, der oben auf den Dünen steht, hat nicht selten den Pinsel der großen holländischen Seemaler, wie Backhuysen, van de Velde und anderer, beschäftigt, besonders wenn die Ankunft oder Abreise eines Prinzen von Oranien von oder nach England dargestellt werden sollte. Gegenwärtig ist die Ansicht des Strandes noch mit zwei Gebäuden vermehrt: mit dem Lusthause der Königin und dem Badehause, beide in den Dünen, unmittelbar über dem Strand. Das Badehaus ist ein großer geschmackvoller Palast, es nimmt sich, wie es da einsam auf den kahlen Sandhügeln der brandenden See gegenübersteht, seltsam und feenartig genug aus. Badegäste gab es den Sommer wenig oder gar nicht. Die Prinzessin von Oranien bewohnte einige Säle. Spiel, Bälle, Redouten gibt es nicht; nur Seewasser, Sand, Sonnenstiche und Badekarren.

Karl Immermann

Reisejournal

Seit acht Tagen bin ich in der Heimat. Wenn irgend etwas imstande ist, uns über uns selbst aufzuklären, so ist es der Aufenthalt an dem Orte, der uns das Dasein gab, nach langer Abwesenheit. Man sieht sich in dem Spiegel der stationären Verhältnisse, aus denen man hervorgegangen ist, und dieser wirft uns unser Bild doppelt zu, ich mag nicht sagen, wie das eine und wie das andre aussieht. Es bleibt doch ewig wahr: das Leben hat nur so lange vernünftigen Zusammenhang, als wir in der Klasse auf der Schulbank sitzen und der Lehrer den, der die Sache weiß, über den setzt, der sie nicht weiß. Späterhin wird zertiert, und niemand kann sagen, nach welchem Grundsatze.

Sehr erfreute mich's, Bauten und öffentliche Anlagen im Wachsen zu sehn. Vor allem muß ich den Dom nennen. Seit vier Jahren ist man mit der Restauration desselben beschäftigt, die der talentvolle Baumeister Rosenthal eifrig und geschickt leitet. Nicht nur wird jede Steinlücke ausgefüllt, sondern auch alle fehlende Zieraten werden von dem Knopfe des Turms bis zu den Pflanzengestalten an den Abseiten des Schiffs hergestellt. Die Ornamente sind mit großer Akkuratesse nach den alten Mustern gebildet. Der König, welcher diese Kirche sehr liebt, hat mit seiner gewohnten Freigebigkeit die Reparatur wirksam gefördert. Schon jetzt geben die vielen aufgesetzten Spitzchen, Türmchen, Blätter und Tierbilder dem Gebäude ein fröhlicheres Ansehn, als es sonst hatte. Indessen kann es auch dadurch nicht ganz den Charakter des Toten und Schweren verlieren, der mir die Lust an ihm immer etwas verkümmert hat. In den gotischen Gebäuden höchster Art ist das Ornament nur das letzte Ende des verschlungnen oder durchbrochnen Bogen- und Pfeilerwerks, welches seinerseits die notwendige Konstruktion des Werks ausmacht. Bedürfnis und Schmuck gehn ineinander über. Der Magdeburger Dom ward dagegen in einem massenhaften Mauerwesen auferbaut, und jene zierlichen Dinge erscheinen als mehr oder minder überflüssige Zutat.

Im Innern hat man die Galerien, welche sonst die Architektur störten, hinweggeräumt. Die Plätze sind zu ebner Erde, wie in den katholischen Kirchen. Die große Halle macht sich jetzt sehr ernst und gut.

Ehemals hatte sich hier im Bereich der Sehenswürdigkeiten, vielleicht durch den Humor eines närrischen Kauzes von Küster entstanden, der wunderbarste Unsinn abgelagert. Man zeigte in der Seitenkapelle neben dem Hochaltar ein Stück von dem Pantoffel der Jungfrau Maria, womit sie über das Gebirge endelich gegangen, eine Sprosse von der Leiter, die Jakob im Traume gesehen, und zwölf Kasten voll ägyptischer Finsternis. Wenn wir Kinder hineingucken wollten, so wurden wir mit dem Bedeuten abgewiesen, daß, sobald man die Deckel aufmache, die Finsternis entweiche. Alles dieses wurde, wie ich mich bestimmt erinnre, mit dem größten Ernste vorgetragen. Am Chor war ein großer messingner Hahn angebracht, der zu Michaelis, mittags zwölf Uhr, vor Tausenden von Landleuten und Städtern, die jedesmal in die Kirche strömten, dreimal krähte und mit den Flügeln schlug. Es wurden immer Jungen gehalten, die sich auf dieses Wunder einüben mußten.

Der Hahn ist im Wirrsal der französischen Periode entschwunden, und als ich mich nach den andern Herrlichkeiten erkundigte, wurde mir in einem etwas bestimmten Tone geantwortet, daß dergleichen Sachen, die noch aus den Zeiten »des krassesten Katholizismus« herrührten, jetzt nicht mehr zur Schau ständen.

Haben sich jene Fabeln verloren, so ist dagegen aus mündlicher Tradition und Andeutungen in einem alten Pergamente, welches man bei Gelegenheit dieses Baus durchsah, eine Sage neuerdings aufgelebt, die wenigstens im weitern Kreise verklungen war. Sie betrifft die Gründung des Doms, und Rosenthal hat sie gleich in den Stein erhaltend übergehn lassen.

Ein Schäfer weidete mit seinem Sohne auf dem Platze, wo jetzt der neue Markt ist. Der Hund verfolgte eine Maus, die in einen hohlen Baum schlüpfte. Er blieb vor der Öffnung bellend stehn, der Schäfer sah nach und fand in dem Baume einen Schatz, den er zur Erbauung des ältesten Teils der Kirche hergab. Die Gruppe des Schäfers, seines Sohns und des Hundes ist außerhalb, an der Nordseite des Chors, angebracht worden und hängt, lithographiert, in allen Kunstläden aus.

In einer so flachen Gegend sind Gartenanlagen eine große Wohltat, und dahin gehören sie auch eigentlich nur. Der Friedrich-Wilhelms- oder Volksgarten an dem Hochrande der Elbe zwischen Magdeburg und dem Dorfe Buckau, den Sie in seinem Entstehn gesehn haben, ist jetzt fertig. Die Spitze des Terrains bildet der aus dem Schutte der alten Prämonstratenser-Abtei entstandne Berg. Sonst sagt kein Mauerstück noch die Stätte an, wo Kloster Bergen stand und Klopstock Gastrecht genoß. Auf dieser Höhe will es mit dem Baum- und Strauchwuchse nicht recht fort, an den Abhängen und in der Tiefe des Elbgrundes aber grünt es munter auf. Der Blick vom Balkon des Gesellschaftshauses über die Laubgruppen des Gartens, auf die sachte Krümmung des Stroms und nach der großen türmegeschmückten Stadt, die den Prospekt schließt, ist außerordentlich reich und schön. Alle Vorteile des wellichten und sich abdachenden Bodens sind mit großem Verstande benutzt worden.

Wenn man die Ruhe unter den Seinigen nur behaglich genießen könnte! Aber alles Gute der Heimat wird mir desultorisch zwischen Furcht und Not zuteil. Ich habe von dem leidigen Gegenstande Ihnen nichts sagen wollen, aber er bestimmt meine ganze Lage mit einer so pathologischen Kraft, daß er aus diesen Briefen nicht wegbleiben darf.

Die Cholera ist in Berlin ausgebrochen, man erwartet sie auch hier jeden Tag, weil niemand glaubt, daß der Elbkordon sie abhalten werde. Die Leute haben sich nun auf gut niedersächsisch, das heißt sehr häuslich-fürsorglich benommen. Ja, wäre es etwas wie Schlachten oder Sauerkohl-Einmachen! Indessen, wer wollte bei solcher Gelegenheit spötteln? Nur einem armen Reisenden wird durch die Annoncen, die alle Spalten der Zeitung füllen, durch die Antworten der Ärzte auf die Fragen der Bedenklichen, durch das Heer von Vorrichtungen gänzlich der Spaß verdorben. Die Wohnungen sind erfüllt von den widerwärtigsten Apparaten, die Stadt ist in sieben Gesundheitsbezirke abgeteilt, und in jedem steht eine Bude auf der Straße, welche das Nötige für schleunige Fälle enthält. Man kommt zusammen, will nicht von dem Unglück des Tages reden, das Gespräch spinnt sich in Hast und Pein eine Zeitlang fort, stockt, man sieht einander stumm an, und unversehens befindet sich die ganze Gesellschaft wieder in der Pestregion.

Indessen drängt sich in der Wirklichkeit das Unangenehme nicht so, wie die Zeilen eines Briefs es darstellen müssen. Es gibt noch so manche heitre Stunde, denn schon hat sich auch das Gegengift aller physischen und moralischen Influenzas gemeldet, das Komische. Es werden die ergötzlichsten Geschichten von Übersorge und ausschweifender Furcht erzählt. X. läßt bereits jeden, der ihn sprechen will, durch ein Räuchercabinet gehn, und Y. liegt, mit Ausnahme der Geschäftsstunden, fortwährend im Bette, um nicht aus der Transpiration zu kommen. Im ganzen sind die Männer ängstlicher als die Frauen.

Das gemeine Volk, welches denn doch in Wahrheit am meisten zu fürchten hat, verhält sich ganz gleichgültig, zecht, lärmt, wie sonst, und genießt das wohlfeile Obst im Übermaße. Sie hegen, wie überall, nur Scheu vor den Heilanstalten, weil sich die abenteuerlichsten Vorstellungen über die Behandlung der Kranken in denselben bei ihnen festgesetzt haben. Ich hielt einem armen Menschen, der ein Appendix unsres Hauses ist, eine lange Rede gegen den Branntwein, Salzfleisch, Fische und Gurken, worauf er trocken versetzte: »Wenn ich nur immer viel davon hätte!«

Im Herrenkruge ist die Kontumaz-Anstalt eingerichtet. Man fährt hinaus, besieht die Posten, die rings um das Gehöfte gestellt sind, und den Bretterverschlag, hinter welchem sich die Abgesperrten in freier Luft ergehen dürfen. Ich war gestern nachmittag draußen und ging in das Rastell, welches mit dem Verschlage durch einen Gang zusammenhängt. Darin ist ein

Sprachzimmer mit einem Gitter angebracht, hinter welchem die armen Eingefangenen mit denen von der übrigen Welt sich unterhalten können. Ich setzte mich seitwärts auf eine Bank und betrachtete das Treiben um mich her. Es war ein närrischer Anblick, wenn einer zu dem Gitter trat, wie dann von innen gleich ein halbes Dutzend Köpfe herzuschoß, um zu sehn, was es gebe. Ungefähr als wenn man zu einem Teiche kommt, worin sich gezähmte Karpfen befinden, die auch so in Herden heranschwimmen, um nach dem Futter zu schnappen. Da wurden Bestellungen gegeben, eilige Geschäfte gemacht, Kinder unterwiesen, auch wohl lässige Untergebne gescholten; kurz, ich sah in einem gedrängten Auszuge, wie viele Verhältnisse so ein Kordon abschnürt.

Am meisten beschäftigte mich ein armes junges Brautpaar, welches dicht vor dem Hochzeitstage durch die allergrausamste Fügung getrennt worden war und wovon der Bräutigam unter den Kontumazierten steckte. Die Verlobte kam und grüßte ihren Freund, der schon lange an den Drahtstäben geharrt hatte. Die heiße Sehnsucht, welche in den Blicken der beiden jungen Personen brannte, die sich jetzt nicht einmal durch einen Händedruck helfen konnten und daher wohl genötigt waren, alles ins Auge zu verlegen, hatte wirklich etwas Ergreifendes und bestätigte mir die Erfahrung, daß das unbedeutendste Gesicht durch den Ausdruck einer wahren Empfindung schön werden kann. Man mußte aber trotzdem doch über die Szene lächeln. Es ist nämlich in der Entfernung von mehreren Schritten vor dem Sprachgitter eine Schranke gezogen, an der die Freien zu stehn haben, um auch nicht einmal in den Atemkreis der Verpesteten zu kommen. Meine Verliebten waren also gezwungen, einander die süßesten Dinge, die sonst nur geflistert zu werden pflegen, laut und vernehmlich zuzusprechen, was sie mit der ganzen Naivetät taten, die sich alsobald in einem gepreßten Zustande einstellt. Ich erfuhr von dem Krämer des Rastells, daß das Mädchen täglich zu diesem unzweideutigen Liebesgespräche komme.

Unsre industriösen Modenovellenschreiber, die immer so

verlegen um neue Motive sind, werden sich hoffentlich die Gelegenheit, welche ihnen diese Absperrungsörter darbieten, nicht entgehn lassen. Bäder und Postwagen sind obsolet geworden, über den Dampfschiffen schwebt der Bequemlichkeit und der vielen Engländer halber ein eigner Dunst der Langenweile. In den Kontumazen sind aber die seltsamsten Zusammenstellungen, die unerwartetsten Begegnungen und Erkennungsszenen nicht allein möglich, sondern sogar wahrscheinlich. Es machte mir einer, der sich trotz aller Maßregeln doch durchgeschlichen hatte, eine tolle Beschreibung von der Komposition hinter dem bretternen Verschlage. Vor einigen Tagen passierten im nämlichen Augenblicke folgende Gäste ein: eine russische Fürstin mit ihren leibeignen Dienern, ein Bärenführer mit Kamel und Affen und ein Rudel von sechs Breslauer Studenten, welche die bunten Abzeichen ihrer Landsmannschaften trugen.

Leipzig, den 23. September 1831

Ich habe mich noch beizeiten, ehe ich dort eingesperrt wurde, fortgemacht, um Dresden nicht zu verlieren. F. entschloß sich, mitzureisen, was mir eine große Freude verursachte. Wir fuhren vorgestern aus, über Halle, die Nacht durch, und kamen gegen ein Uhr morgens hier an, wo uns ein Quidproquo empfing, welches der Zufall ordentlich calderonisch-witzig zugerichtet hatte.

Reilsberg, Halle, die Umgegend sah ich in tagesklarer Mondhelle. Vom zwölfstündigen Fahren, von der Nacht, von dem Anblick der Gegenstände, die tausend Bilder aus der zweifelhaftesten Zeit meines Lebens in mir weckten, aufgeregt, geriet ich in den Zustand, wo vor den offnen Augen phantasmatische Gestalten erscheinen. Zugleich überfiel mich eine Reimwut und tobte unaufhaltsam aus. Ich begann, in Knittelversen zu sprechen, die viel Ähnlichkeit mit den Makamen des Hariri hatten und F. beinahe zur Verzweiflung brachten. Sie können hieraus beiläufig abnehmen, daß man jenes Genre, wie so manches Orientalische, auch schlaftrunken anzubauen vermag.

Leipzig lag ganz geisterbleich da, die Straßen totenstille, weiß beschienen. Frachtwagen in Reihen auf den Plätzen, die herannahende Messe vorbedeutend. »Hier wird es ein schlechtes Nachtlager geben«, sagte F., »hast du noch ein Stück Brot zum Imbiß vorm Schlafengehn?« Ich versetzte makamisierend: »Einen Schluck Wein und ein Stück Brot – führt Hariri beständig zur Not – weil es die Sitte des Magens ist – daß er im Hunger die Speise vermißt – darum hoffe deine Jugend – auf den Lohn der Tugend – denn in der Tausendundeinen Nacht – hat der Zaubrer Brot aus den Steinen gemacht...«. – »Stille, stille!« rief er. »Wir sind vor dem Hotel.«

Der Postillon blies, und wir brauchten nicht so lange zu warten, als wir gedacht hatten. Im Flur dämmerte ein Lichtschimmer, der Riegel wurde geschoben, und ein unglücklicher, frierender Markeur, den Warschauer Schlafpelz über die Jacke, kam an den Wagen. Er blinzelte hinein und fragte: »Sind Sie die Herrschaft?« – » Sage ja!« sagte F. – »Ja«, sagte ich. – »Die von Halle kommt?« – »Jawohl«, antwortete ich. – »So haben Sie die Güte, einzutreten, es ist alles bereit.«

Er leuchtete voran, schlorrte in seinen Socken über den Gang, wir folgten stumm unsrem Schicksale, er öffnete eine Tür, und uns wurde die angenehmste Überraschung. Das Zimmer war gelinde erwärmt, süßes Rauchwerk hatte darin geduftet, und auf dem Tische stand in silbernen Kasserollen und Komforts über Spiritusflammen die feinste Kollation. Der Markeur sagte, unsrer Bedienung sei die Stube gegenüber bestimmt, worauf F. erwiderte, er möge Bedienung Bedienung sein lassen, sie sei uns unterwegs abhanden gekommen. Wir baten ihn, sich in Gottes Namen zur Ruhe zu legen, wir würden uns schon selbst in dieser Nacht besorgen. Er zündete die Kerzen an und ließ uns allein.

Kaum war er fort, als wir irrenden Ritter uns mit ungemeiner Geschwindigkeit zu dem Mahle niedersetzten, welches der Herr dieses Kastells so gütig für uns hatte anrichten lassen. Es bestand aber, denn bei solcher Gelegenheit ziemt sich wohl die epische Weitläufigkeit, aus Bouillon, kalten Forellen, Gänseleberpastete, Salmi von Rebhühnern, Schnepfenbraten, eingemachten französischen Früchten und Ananas. Von Weinen war ein sehr preiswürdiger Haut-Sauterne und Chambertin aufgesetzt worden.

Man sagt, daß die Schatzgräber bei ihrem nächtlichen Werke kein Wort sprechen dürfen, weil die Beute sonst versinkt. Ob wir ein Ähnliches befürchteten, weiß ich nicht; genug, wir verzehrten durchaus schweigend die leckern Bissen. Erst als wir bis zur Ananas vorgedrungen waren, brachen wir gleichzeitig in ein helles Gelächter aus, füllten noch einmal die Gläser und ließen den Wirt leben. »Wissen möchte ich aber doch...«, hob F. an. – »Still«, sagte ich, »das Wissen bläst auf, es gibt mehr Dinge zwischen Himmel und Erde, wovon eure Schulweisheit sich nichts träumen läßt, das Grübeln scheint mir hierorts gefährlich zu sein, laß uns zu Bett.« – Schlaf und Rast war gleich lockend bedacht worden. Spitzenumsäumte Kissen und purpurseidne Steppdecken winkten uns.

Ich träumte von dem Namen eines indischen Heldengedichts, der so lang war, daß er dreimal über den Ganges hin und zurück ging, als ein kürzerer Ton rauh in mein Ohr schlug. Ich öffnete die Augen und sah den Markeur, der, ein Licht in der Hand, vor meinem Bette stand. »Es ist ein Irrtum!« rief er, »stehn Sie auf. Sie sind ja nicht die Herrschaft, die Herrschaft ist angekommen!«

Nun erfahren Sie die Wirkung eines getrübten Bewußtseins, denn so nennt man jetzt ein schlechtes Gewissen. Keine Macht in der Welt hätte uns vom Lager gebracht, wenn wir reinen Herzens gewesen wären. Wir waren vor dem irdischen Richter ohne Makel, aber die innre Stimme, die innre! Wir sprangen mit einem Satze aus den Federn. F. sagte beim Ankleiden: »Das kommt nun davon, wenn man sich nicht erst erkundigt, ob man auch die rechte Herrschaft sei. Indessen«, fuhr er mit einem Blicke auf die Reste der Kollation fort, »ist dieses auch nicht so übel.«

Unten war Hin- und Hergehn, lautes Sprechen, allerhand Getöse. Wir begaben uns, wie Hadschi Baba sagen würde, aus der Höhle der Scheu auf den Weg der Dreistigkeit, das heißt, wir stiegen getrost die Treppe hinunter, um die Verwicklungen des Geschicks näher in Augenschein zu nehmen. Im Gastzimmer befanden sich die eben angekommnen Fremden und der emporgestörte Wirt. Leider sahn wir, daß es Frauenzimmer waren, die wir beeinträchtigt hatten. Die Herrin saß im Reisepelz, verstimmt, abseitig, und nahm an der Verhandlung keinen Anteil, die der Wirt lebhaft mit den andern führte. Zwei, die man für Gesellschafterin und Kammerjungfer halten mußte, rückten ihm vor, daß, wenn eine Herrschaft ihre Ankunft ausdrücklich im Gasthofe voraus melden lasse, Zimmer und Souper bestelle, sie wohl erwarten dürfe, alles nach ihren Wünschen in Bereitschaft zu finden. Der Wirt brachte dagegen auf, daß er zwar allerdings durch die Zeilen der Frau Baronesse beehrt worden sei, daß es aber weder ihm noch seinen Freunden möglich gewesen, die einigermaßen eigensinnige Handschrift vollständig zu entziffern, daß ihm namentlich die Unterschrift, aller angewandten Mühe ungeachtet, dunkel geblieben sei, daß er nur soviel aus dem geschätzten Schreiben entnommen, es werde über Nacht eine Herrschaft aus Halle kommen, welche zwei Zimmer und eine Kollation fertig zu finden hoffe, daß er also nur insoweit den Markeur mit Anweisung habe versehen können, welcher denn in jugendlicher Unerfahrenheit ein ihn, nämlich den Wirt, gewiß am tiefsten betrübendes Mißverständnis veranlaßt habe.

Ton und Stellung des jungen Mädchens, welches mit untergeschlagnen Armen dem Wirt sein Unrecht vorhielt, war mir aufgefallen. Ich sah die Gesichter näher an und hatte bald keinen Zweifel über ein neckisches Wiederfinden. Ich habe Ihnen ja wohl von der Dame geschrieben, der ich in Köln Postpferde bestellte. Ich erkannte sie, sie war es. Dort hatte *ich* für ihre Beförderung gesorgt, hier hatte *sie* für mich Quartier gemacht. Calderonisch-witzig nannte ich diese Verknüpfung? Da habe ich mich geirrt. Der höfliche Spanier hätte es umgekehrt gemacht. Der Kavalier hätte die Dame logiert, und *sie* hätte ihn fortschicken helfen. Ich ärgerte mich über den Zufall, der, sonst ein so zierlicher Gracioso, hier zum schwerfälligen Brot- und Speisemeister geworden war.

Um gutzumachen, was sich gutmachen ließ, wendete ich mich in den besten Redensarten, die aufzutreiben waren, an die Baronesse und drückte mein unendliches Bedauern darüber aus, daß der Wirt – Züge von schöner Hand nicht besser zu lesen verstehe. Die Zeit zwischen drei und vier Uhr morgens ist die unpassendste, um eine galante Unterhaltung einzuleiten, besonders im Herbste und wenn die Dame die Nacht durch im Wagen gesessen hat. Es war meiner Reisenden nichts abzugewinnen, sie versetzte frostig, daß man unterwegs auf manche Unannehmlichkeiten gefaßt sein müsse, und ihr Blick deutete an, daß sie mich nicht zu den Vergnügungen Leipzigs zählte. Indessen läßt sich denn doch der Wahrheit gemäß behaupten, daß sie nach meinen Worten den Handschuh abstreifte und einen Reiz enthüllte, der wenigstens für mein Gefühl ein sehr wichtiger ist.

Der Zufall schien sein Ungeschick zu bereun. Das junge Mädchen kam mit einem Briefe, welchen der Wirt unter den in seinem Hause auf die Adresse wartenden gefunden hatte. Die Dame nahm ihn, öffnete hastig, las, ihr Gesicht verklärte sich, sie rief freudeglänzend auf italienisch, welches ich unglücklicherweise verstand: »Er ist da! Ich werde ihn sehn!«, woraus ich schloß, daß *dieses* Schreiben leserlich abgefaßt sein müsse.

Die Gasthofsleute hatten indessen die Spuren unsrer Usurpation vertilgt, und der Wirt zeigte ihr an, daß das Logis nun zu Befehl stehe. Sie erwiderte aber, die Nacht sei doch verscherzt, sie wolle lieber gleich weiterreisen. – Unter diesen Umständen faßte ich den Mut, sie noch einmal anzureden, und bat sie, den Fluch von meinem Haupte zu nehmen. Der Zorn einer Dame würde alle meine Wanderplane stören, sagte ich. Sie war versöhnt. Den Brief zwischen den Fingern schmeichelnd, erwiderte sie im besten Tone etwas Heitres, ich bekam die Erlaubnis, ihr in Dresden meine Aufwartung machen zu dürfen, begleitete sie ehrerbietig an den Wagen und wurde mit einem freundlichen »Also auf Wiedersehn!« entlassen.

Nach dieser unruhigen Nacht war der Tag etwas farblos. Leipzig bietet sonst in seinen altgegründeten Sammlungen, in Gärten und Promenaden manches Sehenswürdige dar. Wenn nur nicht über allem Guten jetzt ein trüber Duft der Verzagtheit schwebte! Wen ich hier sprach, der war übel gestimmt über die Störung in jeder rein menschlichen Tätigkeit, welche bis jetzt die einzige greifliche Folge der »großen Woche« geblieben ist.

Vor dem Theater und sonst sah ich sächsische Kommunalgardisten. Sie trugen ein feines Tuch, elegantes Gewehr, glänzende Koppeln und was sonst noch einen jungen Kaufmannssohn herausstaffieren kann. Mir wollte das nicht gefallen. Dem Bürgermilitär muß durchaus dieses oder jenes unentbehrliche Kleidungsstück fehlen, wenn es mir imponieren soll. Ein regulärer Kriegsknecht tut trotz der guten Montierung seine Pflicht, weil letztre ihn nichts kostet und die Klinge des Offiziers hinter ihm ist, ein Nationalsoldat aber, den nur die Ideen der Zeit treiben, wird sich wohl hüten, seinen heilen Rock in nachteilige Berührungen, welche bei einem Kampfe nie ganz zu vermeiden sind, zu bringen.

Dresden, den 28. September 1831

Da wären wir denn, und häuslich im »Hôtel de Berlin« eingerichtet! Denn ich sehe schon, wie die Sachen sich hier stellen, wird es ohne ein paar Wochen nicht abgehn. Das ist *meine* Sphäre! Nur im Angesicht des Vollkommnen, Wahren, Ewigen lebe ich, das andre ist alles Schatten und Traum.

Vor drei Tagen rückten wir gegen Abend bei einem starken Regenschauer in das Elbflorenz ein, das sie nur schlechtweg Dresden nennen sollten, denn es braucht sich nicht mit andern Städten zu vergleichen. Was gehn mich die kleinlichen Verhältnisse der Zeit an? Ich vergesse sie, dem Geiste Raffaels gegenüber. Und dann ist doch nicht alles hier Verklärtes und Geschichte; auch eine menschliche Gegenwart scheint sich mir zu nahen, wie ich sie nicht gehofft habe.

Wir waren kaum aus dem Wagen, als wir auch schon wieder

im Wagen saßen und nach dem Linkeschen Bade rollten. In dem hübschen kleinen Hause wurden drei Stückchen gegeben: »Clementine«, »Nehmt ein Exempel daran«, »Glück und Unglück«. In dem zweiten spielte eine Demoiselle Berg die junge Frau sehr artig. Ich mag die Kleinigkeit gern; das alte Thema vom Sündenfall ist allerliebst darin abgehandelt. *Julius*, auf den ich gespannt war, gefiel mir nicht. Ein stumpfes Organ, welches den Ton zwischen den Zähnen nicht hervorließ, und ein hastiges, outriertes Spiel, wie ich es von jemandem, der mir immer als ein denkender Künstler gerühmt worden war, nicht hatte erwarten können. Das dritte Stück ruht auf der Rolle eines tollen Kauzes, der, unter einem Unstern geboren, beständig Verdruß und Schaden hat, weil ihn ein andrer, ein leichtfertiger Patron, zufälligerweise bei aller Gelegenheit kreuzt. Meaubert gab den Unglücksvogel mit guter Laune, drängte sich nur, wie es seine Art ist, gar zu sehr hervor. Karl Devrient behagte mir dagegen durch sein leises, mäßiges Auftreten und durch eine feine Schattierung seiner wenig ausgezeichneten Partie. – Das Publikum war aufmerksam, trotzdem daß die Gaben dieses Abends wohl nur als Lückenbüßer gelten sollten, und gab seinen Beifall am rechten Orte lebendig zu erkennen. Diese Zeichen von Sinn und Teilnahme berührten mich wohltuend, und ich kam ohne die Öde, die uns aus einem wenig gefüllten Schauspielhause zu begleiten pflegt, heim.

Mit welchem Herzklopfen ich am folgenden Morgen die Stufen zur Galerie hinaufstieg, können Sie denken. Sie sind noch ebenso grau und noch ein wenig mehr ausgetreten als vor zehn Jahren, wo meine Füße diese Steine zum ersten Male berührten. Ich mag es gern, wenn sich das Vorzügliche in einer unscheinbaren Schale aufhält. Findet man doch auch Schätze nur in alten Truhen und Töpfen!

Ich erneuerte nur erst in leidenschaftlicher Hast das alte Liebesbündnis mit den verehrtesten Gestalten. Wie man nach einem großen Unglück heftig die Seinigen sucht, so suchte mein Auge, ob sie noch alle da wären, die Sixtinische, die

Correggios, der da Vinci, die Tizians, die Garofalos, Palma, die Bellinis, die Francias. Und ist es nicht ein großes Unglück, ein harmonisches Dasein entbehren zu müssen? Ach, wessen Leben sich aus gleichem goldnem Faden spinnt, der kann die Höllenqual des Zustandes nicht empfinden, der zwischen Zwang, Trivialität, Unfertigem, Verschobnem langsam dem Grabe entgegenschwankt, ohne Hoffnung und ohne Aussicht!

Paul Veronese, der Verführer, wollte mich auch schon in seine große Eß- und Gesellschaftswelt locken, ich habe ihm aber gesagt, er müsse sich noch gedulden, an ihn werde ebenfalls die Reihe kommen. Der Burgemeister von Basel mußte freilich neben den Italienern am ersten Morgen bereits mit gierigen Blicken verschlungen werden.

Mittags ging ich zu Tieck. Er empfing mich in seinem Studierzimmer, und wir waren bald über allgemeine Phrasen hinweg in einem Gespräche. Ich unterscheide nämlich, wie Sie wissen, ein Gespräch von einer Unterhaltung. In dem ersten spricht man, bei der zweiten hält man nur Worte unter, um nicht ins Schweigen zu verfallen. Das schöne Organ, das wunderbare Auge und die Grazie des Benehmens ist unverändert geblieben. An körperlichem Umfang hat er zugenommen.

Als ich mich beurlaubte, wollte er meinen Titel wissen, da ihm nur bekannt sei, daß ich ein Rat geworden. Ich erwiderte ihm, daß, weil ich mir selber fast nie Rat gewußt, diese schätzbare Sache sich wenigstens im Namen eingefunden habe; ich wünsche, daß es mir bei ihm gehe wie seinem Simon, der auf dem Wege zum Kriminalrat ein Tribunalsrat geworden sei. Und wirklich hat er mich unter dieser Kategorie abends seiner Gesellschaft vorgestellt. Ich darf mich also auf meinen zukünftigen gelehrten Sachen mit vollem Rechte als Hofrätlich Tieckscher Tribunalsrat abdrucken lassen.

In der Galerie hat man bessere Ordnung stiften wollen und die Bilder nach Schulen zusammenzustellen versucht. Dies ist aber nicht vollständig zu erreichen gewesen, und vieles mußte daher noch untereinander hangenbleiben. Neue Nummern sind bis jetzt nicht gefertigt, die alten wichen aus der Reihenfolge, der Katalog gibt also keine Direktion mehr. Für meine Individualität entspringt daraus kein Nachteil. Ich trage zwei Führer unter der Stirn mit mir umher; was die mir nicht zeigen, das entbehre ich gern, wäre es auch weltberühmt. In *einem* Saale ist die vornehmste Gesellschaft versammelt, da hängt der Raffael mit den Correggios, dem Sforza, dem Giulio Romano, den Andreas del Sarto. Die Correggios sind nur gar zu tief gerückt, sie verwunden in dem mäßigen Raume durch ihre Nähe das Auge. Aus einem kleinen Bilde, was erst kürzlich zum Ehrenplatze an diesem Orte gekommen ist, machen die Kenner jetzt viel. Es ist das Porträt eines jungen Mannes in einem roten Leibgewande, sehr schlicht und voll Einfalt in der Farbe. Einige wollen darin sogar eine Jugendarbeit Raffaels erkennen.

Erwarten Sie nur von mir keine Beschreibungen! Ich werde vielleicht nicht einmal mehr viel der Galerie erwähnen. Die Taufscheine, das Historische und was man sonst über die bildende Kunst in Worte fassen kann, finden Sie besser in den klugen und gelehrten Werken, die Sie – auch nicht lesen, und zwar von Rechts wegen. Ich habe das wenige, was ich in dieser Beziehung gewußt, im Angesicht von Farbe und Gestalt vergessen. Mag es Zeiten geben, wo es Bedürfnis wird, aus dem rohen Umhertappen sich an der Hand der Wissenschaft zu retten, heutzutage, nach funfzigjährigem Forschen und Deuten, muß dem Naturalisten, der auf *einen* Blick weiß, was schön ist, sein bescheidner Winkel auch ungeschmälert verbleiben. Ich wenigstens werde von meinem Axiom, daß mit der Kennerschaft auch gleich die archäologisch-historische Verstimmung beginnt, so lange nicht abweichen, als ich erfahre, daß die berühmten Herrn sich in das Unbedeutende vergucken und auf die schmählichste Weise angeführt werden können. – Aber Ihre Gedanken dürfen mich alle Vormittage, von zehn Uhr an, im Tempel suchen, wenn Sie dieselben nach einem Freunde aussenden wollen. Dem Antonio Allegri habe ich bereits die schönsten Sachen von Ihnen gesagt. Ich muß mich leider auf angenehme Bestellungen bei ihm beschränken, denn ..., doch davon später.

Tieck las gestern eine neue Novelle vor: »Der Jahrmarkt«. Es ist die Reise einer ländlichen eingerosteten Familie nach der Stadt, mit den tausend Fatalitäten, die sich bei einem solchen Wagstück einstellen müssen. Was mir sehr gefiel: es ist keine didaktische Tendenz darin, die Laune spielt unbeengt um freilich etwas lockre Motive. Indessen, es ist ein Jahrmarkt, wo eben in der Zufälligkeit der Zusammenhang liegt. Daß er die Behandlung eines oft gebrauchten Stoffs nicht verschmäht hat, darin zeigt sich auch der wahre Dichtersinn. Denn während die Halbmeister immer auf das Nie-Erhörte ausgehn, weiß das große Talent von solcher Absichtlichkeit nichts. Das Leben springt eben am üppigsten in *den* Szenen und Konjunkturen hervor, die sich immer wiederholen und deshalb von vielen schon betrachtet worden sind. Da sucht es der große Poet. Wie das tiefste Denken nie etwas ersinnen kann, was nicht schon in irgendeinem Gemeinplatze verständlich ausgesprochen wäre.

Mit F. ist verabredet worden, daß wir einander auf keine Weise hindern wollen. Jeder geht, unbekümmert um den andern, seiner Wege, und wenn wir uns treffen, so haben wir uns immer etwas zu erzählen. Diese Freiheit ist durchaus nötig, wenn Männer gemeinschaftlich reisen. Sonst wird der Wagen leicht zur Klippe der Freundschaft und des guten Vernehmens.

Sie erhalten heute einen etwas durcheinanderlaufenden Bericht. Sehen Sie darin meine Stimmung. Es tut mir herzlich wohl, endlich einmal wieder in Regionen zu sein, wo mich der Gehalt des Lebens überwältigt.

Auf der Brühlschen Terrasse ist Kunstausstellung. Sie haben es freilich schlimm, die armen Neuen, neben den Leuten im Schlosse, und man kann, die Augen voll von diesen, leicht unbillig auch gegen wirkliches Verdienst werden. Aber eine große Galerie ist und bleibt ein Fluch für junge Kräfte. Nicht deshalb, weil an solchen Orten meistenteils kopiert zu werden pflegt.

Würde nur gut kopiert! Die ewige Erfrischung findet das Auge des Malers nur in der Natur; erst wenn es an ihr sich gekräftigt hat, wird es in die innre Eigentümlichkeit eines Meisters einzudringen und dieselbe wahrhaft nachzubilden vermögen. Die Natur schreibt in einer Art von Fraktur, die man ja den Kindern auch erst zum Buchstabieren vorlegt.

Der Katalog enthält gegen siebenhundert Nummern; darunter befinden sich freilich mehrere hundert Schülerarbeiten, Baurisse, Akte und Zeichnungen nach der Antike. Wenn man solche Sachen zu Hülfe nimmt, ist es leicht, große Säle anzufüllen.

Die Sache sieht hier wirklich übel aus, und ich habe einen Schreck gehabt. Wer noch Phantasie besitzt, rettet sich den großen Mustern gegenüber in ein ganz sonderbares Wesen.

So der gewiß nicht unbegabte Friedrich, der seine blauen Gründe, mit violett hineingezeichneten Linien oder den schwarzen und grauen Strich nebeneinander, Hafenprospekte oder Mondscheinlandschaft nennt. Auch in Dahls Sachen ist keine Energie der Wahrheit. Und doch bietet das landschaftliche Fach immer noch das Erträglichere dar.

Eine Zeichnung von Rietschel erhebt sich über das Gewöhnliche. Es ist der Einzug Christi in Jerusalem. Man sieht, daß der Künstler nicht diese oder jene Reminiszenz, sondern die Handlung vor sich gehabt hat. Trefflich ist der Judas, der, die Hand im Beutel, hinterherschleicht und als Bankier zu überschlagen scheint, ob die Papiere seines Meisters in dieser Krisis steigen oder fallen werden.

Joseph Petzl hat Tiroler Stücke und ein paar kleine Szenen andrer Art eingesendet. Seine naive Weise ist noch darin sichtbar, doch muß auch er sich hüten, sonst wird ihm das leicht hinwerfende Talent zum Schaden. Sonst ist von Auswärtigen ebenfalls wenig Bemerkenswertes da.

Denken Sie sich zu dem Unbehagen, welches mich bei der Wandrung durch diese Wände anfliegen mußte, noch den Verdruß, einen Schwätzer nicht loswerden zu können, so haben Sie einen Begriff von meinem Zustande. Er war an meine

Fersen gebannt und ergoß sein Herz in den modernenWortstrom. Was er gesagt, ist mir entfallen, nur eine Bemerkung blieb ihrer Sublimität wegen, und weil ich mich erinnerte, sie schon irgendwo in einem öffentlichen Blatte gelesen zu haben, haften. Er führte nämlich aus, daß der Künstler unsrer Tage nicht mehr für das Gefühl arbeiten dürfe, sondern daß er erst in der Kritik zu existieren anfange, daß daher ein Talent sich durch Beurteilung bis zum Unglaublichen steigern lasse. – Ich führte ihn vor eine der allerschlechtesten Sudeleien in Sepia und sagte zu ihm, hier sei bereits verwirklicht, was er meine. Dieser Künstler arbeite durchaus nicht mehr für das Gefühl, ja nicht einmal für die Anschauung, er erflehe seine Existenz von der Kritik, der es wohl gelingen könne, ihn ins Unglaubliche zu steigern. Er merkte die Parodie, empfahl sich, und – ich habe einen anonymen Feind mehr.

Sehr erquicklich war mir die Gewerbeausstellung hinter dem Saale der Kunst. Diese Werkmeister und Fabrikherrn haben doch gewußt, was sie machen wollten. Ringsherum an den Wänden, an den Pfeilern, auf Tischen und Tabourets steckt, liegt, hängt es gedrängt voll. Vom Radnagel des Grobschmidts bis zur feinsten Stahlarbeit, vom Prachtkleide bis zum gewirkten Rock, vom Steingutservice bis zur großen, 74 Zoll hohen Vase, vom Hausgebild bis zum reichsten Damast, kurz, in allen Zweigen, vom einfachsten Produkte des Handwerks bis zum Gegenstande des raffiniertesten Luxus, erblickt man, was das tätige Sachsenland durch seine Hände und Maschinen tausendfältig hervorbringt. Ein Friseur hat sogar Locken und Touren ausgestellt.

In der Italienischen Oper, welche das Publikum vor ihrer herannahenden Auflösung noch mit leidenschaftlicher Begierde genießt, wurde »Wilhelm Tell« von Rossini gegeben. Dieses Werk des lockern Zeisigs war vor mehreren Jahren, als es in Paris erschien, von verschiednen Stimmen als etwas gepriesen worden, womit er die bisherige Bahn verlassen und sich zum großen, einfachen Stil erhoben habe. Ich machte mich daher schon auf etwas Langweiliges gefaßt. Kaum aber waren die ersten Takte vorüber, als wir einander (F. und ich) freudig die Hand drückten und wie aus *einem* Munde riefen: »Gottlob, er ist noch der alte Wicht!«

Märsche, süße, einschmeichelnde Weisen, Charivari, ungeheurer Spektakel, alles ohne Reim und Grund, wie sonst, aber auch wie sonst von dem Genre, »wobei man nicht einschläft«.

Also wieder einmal eine Lüge! Wenn ich nur wüßte, was die Menschen davon haben, die Sachen willkürlich zu entstellen! – Die Italiener, besonders Zezi und die Palazzesi, *spielten* vortrefflich und haben mir erst einen Begriff davon gegeben, daß das auch in der Oper möglich sei. Freilich hilft es ihnen, daß alles musikalisch durchkomponiert wird, wodurch sie immer in *einem* Elemente bleiben, während unsre zwischen Gesang und Sprechen schwankende Art nichts Harmonisches aufkommen läßt. Und dann die Kürze der Sprache! Sie begünstigt das einfache Spiel in großen, allgemeinen Zügen, welches in der Oper wohl nur möglich ist.

Heraustretend wurde ich versucht, in dem göttlichen Mondlicht noch einen Gang über die Terrasse zu machen. Alles ruhte so friedlich und würdig miteinander, die schöne Stadt, der Strom, die Brücke und gegenüber die leichten Höhen. Ich empfand die unendliche Seligkeit des Daseins, die durch kein besondres Glück gefärbt wurde, welches immer schon ein verhülltes Leid ist.

Hier haben mich wieder die Grübeleien über die Baukunst angefallen, womit ich Sie einst so sehr peinigte, da Sie nicht begriffen, wie man über Stein und Mörtel nachdenken könne. – Nämlich die katholische Kirche ist bekanntlich im schlechtesten Stil erbaut und sieht ungefähr aus wie eine Komplikation von Zopf und Haarbeutel aus den Zeiten des Ministers Brühl. Ich müßte sie also abscheulich finden, ginge es mit den Werken der Architektur so wie mit denen der andern Künste. Das ist aber nicht der Fall, vielmehr macht sie, mit den Umgebungen, den Gebäuden der Stadt zusammen gesehn, auf mich einen ganz guten Eindruck; sie gehört in den Prospekt, und ich möchte ihr Kräuselwerk darin ungern missen. Es ist dieselbe Erfahrung, die ich schon mehrmals gemacht habe, zuletzt am Heidelberger Schlosse, welches auch im einzelnen von trostloser Bauart ist und doch seinen Effekt hervorbringt. Umgekehrt: stellen Sie einen gotischen Dom in eine sizilianische Landschaft oder einen griechischen Tempel in nordländisches Geklipp, und sehen Sie zu, ob beide noch schön bleiben, wenigstens so schön, als sie waren, da sie am rechten Orte standen.

Was für eine Kunst ist das nun, die scheinbar durch das allerstrengste Gesetz, das mathematische, sich von der Wirklichkeit absondert und in sich hinein flieht und denn doch wieder mit der umgebenden Wirklichkeit zusammenfließt, sich an ihr erhebt oder durch dieselbe zerstört wird. Ferner: sie ist eine Kunst des Raums, und dennoch liegen in ihr zwei streng gesonderte Momente, die nur in der Zeit aufgefaßt werden können. Jedes ihrer Werke hat ein Innres und ein Äußres.

In jenen Tagen, wo einst eine recht reiche Quelle der Unterredung sprang, kam dieser Gegenstand oft mit einem Freunde zur Sprache. Wir gingen davon aus, daß, wenn einmal angenommen werde, das Schöne komme in der durch die Phantasie vermittelten Einigung der Idee mit der Erscheinung zu seiner Offenbarung, auch folge, daß, wie es in den andern Künsten die organische Natur darstelle, ebenso die unorganische dazu gelangen könne.

Die unorganische, sagten wir, ruht im stummen, ursprünglichen, noch nicht durch Individualisation gespaltnen Bewußtsein, die Äußrungen dieses Bewußtseins sind die mathematischen Verhältnisse. Sie, für sich betrachtet, zerfällen aber jenes Bewußtsein, es erscheint dann etwas Mechanisches, Atomistisches. Die Baukunst ist nun grade die Kunst, welche die Schönheit der unorganischen Natur zur Erscheinung bringt. Sie versenkt sich in die mathematischen Verhältnisse, die durch sie zur Verkörperung jenes Urbewußtseins werden. Ihr Äußres beruht ganz auf dem direkten Gegensatze. Während die andern Künste diesen verhüllen, legt sie es darauf an, ihn rein zutage zu bringen.

Das ist recht gut, aber es sind denn doch nur Abstraktionen, die meine Sehnsucht nach der Lösung des Rätsels nicht befriedigen. Zuvörderst berührt der Gegensatz von organischer und unorganischer Natur das Wesen der Dinge nicht, er ist vielmehr nur ein Begriffsschema. Dann aber lassen jene Sätze meine Frage unbeantwortet. Denn käme die Schönheit in der Baukunst wirklich irgendwie rein zutage, so müßten ihre Erzeugnisse gleich andern künstlerischen so für sich dasein, wie sie es in der Tat nicht sind.

Ich habe mich auf eine Weise beschwichtigt, die freilich eine ganz empirische ist. Ich kann die Schönheit nämlich nicht für für etwas Objektives halten; eben weil sie Erscheinung ist, bricht sie nur subjektiv und historisch hervor. Sie teilt daher auch das Gesetz aller Erscheinung, sie entsteht, blüht auf, erreicht den Gipfel, verfällt. Es ist mithin kein Unsinn, zu sagen, daß es eine unvollkommne Schönheit gebe. Wie es doch ein Widerspruch wäre, etwa zu sagen, ein unvollkommner Gott sei gedenkbar. Die Baukunst ist mir nun die erste Regung des Triebes, sie bringt nur eine werdende Schönheit, eine unvollkommne, zum Vorschein. Daher ihre Neigung zum Zerfließen in die stoffartige Wirklichkeit und als Gegengewicht die strengen, starren Verhältnisse, wodurch sie sich einigermaßen zu halten bestrebt. Sie tritt meistens zuerst auf, die Künstler sondern sich noch nicht, die ganze Zeit baut an den Werken, vieles ist handwerksmäßig darin und so weiter. Erregen denn auch wohl Bauwerke jenes Gefühl in ganzer Stärke, welches sonst im Gebiete der Kunst uns ergreift? Ist es nicht immer mehr eine Empfindung des Erhabnen, Gewaltigen oder die Befriedigung an einer verständigen Konsequenz?

Ich kann mir nicht helfen. Auf meinem Standpunkte dünkt es mich ein Totschlag an der Schönheit, wenn man sie als metaphysische Idee betrachtet, und ich komme auf das Wort zurück, welches sie mir einmal zuriefen: »Lassen Sie es gut sein; mit den tauben Steinen kann man es eben nicht weiter bringen!«

Wir Laien in der Kunst (und ich rechne dazu manchen, der sich durch meine Freimütigkeit sehr beleidigt fühlen würde) sollen unsren Vorteil verstehen. Wir können ein unsägliches Glück genießen, wenn wir dem Gespenste der Vielseitigkeit nicht nachjagen, sondern uns mit liebendem Eigensinn an das klammern, was unsrem Naturell zusagt. Da sind Freuden und Innigkeiten möglich, wozu der Kenner längst das Vermögen eingebüßt hat. Ich will seine kältere Miene nicht tadeln, aber es schließt nun eben das eine das andre aus. Ich habe auf der Galerie meine Freunde gefunden, und die suche ich immer und immer durch das Gewühl auf.

Paul Veronese hat meine ganze Seele eingenommen. Der hat doch die Sache der Reichen, die das Evangelium so schlecht behandelt, zu führen gewußt. Auf seinen großen, frischen, lebensvollen Gemälden sieht man, daß das Christentum nicht bloß aus Blut, Wunden und Nägelmalen besteht.

Welch ein Gefühl für die Gruppe! Das baut sich immer so zusammen, als hätte es gar nicht anders sein können. Und diese Farben, die breit, sicher, treuherzig dastehn und rufen: so sehn wir aus! Wenn je ein Mensch mit der Gewißheit des Genies arbeitete, so war es dieser Paul. In der Familie Concini ist alles enthalten, was nur in Familien seit Erschaffung der Welt vorgekommen. Wo der Heiland erscheint, hat er allerdings etwas vom Herrn Konsistorialrat auf der Kirchenvisitation, aber wenn er mitessen soll, so darf er doch auch nicht anders aussehn.

Und Correggio? Wie kommt es, daß ich diesmal gegen ihn ein solcher Barbar bin? Da ist ja auch Fülle der Sinnlichkeit und des fröhlichen Lebens, wie sie sagen. Nein, dem ist nicht so. Diese Farben sind mit gärendem Moste abgerieben, ich erschrecke vor einem Geiste, dem eine Wolke anstatt der himmlischen Seligkeit in solchem Buhlwesen nahte. Ich habe die höchste Achtung vor dem Üppigen. Palmas »Schwestern« entzücken mich, Tizian ist meine ganze Lust, ich verstehe die Kraft der Zeiten, wo ein glühender Mensch wagen durfte, die Geliebte hüllenlos und sich zu ihren Füßen, die Laute spielend, zu malen. Nur die Häßlichkeit soll sich ins Gewand verstecken, die Schönheit gehört dem edelsten Sinne, dem Auge, an. Aber es sei dann auch diese Schwelgerei die Blüte der Gesundheit! Jene Gemälde, die mich zurückstoßen, haben schon etwas Schmachtendes, Lechzendes, was nur aus dem Nervenreize der Krankheit kommt.

Guido Reni hat auch zu malen gewußt trotz seiner modernen Widersacher. Übrigens bemerkte ich an ihm, an Guercino, an den Carraccis und andern Spätern, daß der Sinn für die richtige Farbe noch schneller vorübergeht als der für Erfindung, Zeichnung und Gruppierung, wenn die eigentlich große Kunstepoche verstrichen ist.

Über den Sforza streitet man sich jetzt. Es hat einer die Behauptung aufgestellt, er sei nicht von Leonardo, sondern von Holbein. Eine sonderbare Behauptung! Wer Holbein kennt, wird auch gesehen haben, daß er nie so gründlich zu modellieren wußte, als es in diesem Bilde geschehen ist.

Da wir in das Archäologische geraten sind ... Sie kennen den Zwist über die Restauration des Raffael. Die beiden Führer unter der Stirn haben mir leider bald ihre Meinung gesagt, die Sie nicht erfahren sollen, denn in gewisse Kämpfe sich zu mischen, wenn auch nur brieflich, ist eine gefahrvolle Sache.

Ich bin in Pillnitz gewesen. Vogel, der den Speisesaal und die Kapelle al fresco gemalt hat, ist nach meinem Gefühl der einzige unter den Hiesigen, der etwas hervorbringen kann. Die Ideen sind fein, schwungvoll, die Behandlung ist frei und kühn. Raffaelische Motive sind zwar in den Fresken des Saals nicht zu verkennen; welchen Späteren hat aber bei solchen Darstellungen seine Erinnerung nicht durch den Vatikan geführt? Ein glücklicher Gedanke ist es, daß er die Poesie nicht unter die Künste brachte, sondern sie zu den Zwischenfiguren: Grazien, Liebe, Philosophie, verlegte. Man sollte sie nie als Kunst betrachten. Sie ist das höchste, geistigste Leben überhaupt, in jedem Dichter verschieden, ohne Tradition, ohne Regel als die, welche ihm seine Eigenart gibt.

Der König betete in der Kapelle, und ich war deshalb in der Anschauung der dortigen Vogelschen Sachen gehemmt. Pillnitz berührte mich noch durch andre Dinge als durch Gemälde. Diese zwerghaften japanischen Pavillons mit den unbedeutenden Kommunikationsgalerien, die steifen Taxuswände und die Totenstille des Orts machten mir den halb mumienhaften Zustand der Königsfamilie recht klar, deren Dasein sich in der ödesten Regelmäßigkeit, wie der Schlag des Perpendikels, von hier nach Dresden und von dort zurück bewegt. Aus dieser Abgestorbenheit mag manch ein unglückseliger Entschluß, welcher dem Lande zum beständigen Schaden ausschlagen mußte, sich psychologisch herleiten lassen. Es dürfte in solcher Isolierung auch der Grund zu finden sein, weshalb in den letzten Zeiten keine Kraft des Widerstandes aufzutreiben war, als die ersten Volksbewegungen sich zeigten.

In Dresden geht es übrigens so still und zivilisiert her, daß, wenn man es nicht aus den Zeitungen wüßte, man kaum glauben würde, daß hier vor fünfzehn Monaten eine große religiöse Aufregung bestanden habe, vor zwölf Monden aber die höchste Gewalt und die Verfassung im stürmischen Drang geändert worden sei. Die wohlbekannten gelben Träger, gewissermaßen die letzten Überbleibsel der Zeiten Rabeners, Gellerts und Weißes, laufen mit den Portechaisen ihren zuversichtlichen Trab, die rote Garde zieht gemeßnen Schrittes auf, eine ruhige Bevölkerung wallt still und höflich durch die Straßen.

[illegible]

[illegible] wenn man [illegible] nicht auf den Zuhörer wirkt [illegible] [illegible] Ideen und Werke [illegible]

Ludwig Rellstab

Empfindsame Reisen

Kissingen heiße mein Klagelied. Heil denen, welche fern von einem Badeorte bleiben können, denn sie sind fern von der Langenweile, fern von dem kahlen, schalen Treiben der vornehmen Welt und vielleicht, was ich aber als das Geringste nenne, fern von Krankheit. Ein Badeort wie Kissingen gleicht der Boa, die sich den Leib so vollschlingt, daß sie sich nicht regen kann und dann einen Monat verdaut und hungert. Drei Monate im Jahre geht es den Kissingern so. Russen, Polen, Franzosen, Engländer, die meisten von nobler Race, stopfen das Nest so voll, daß Dachkammern auf den Wert der Prachtsäle kommen und die Kissinger selber nicht viel besser wohnen als die Negersklaven im Schiffsraume, denen er nach Kubikzollen zugemessen wird. Dann verläuft sich die Flut, das Flußbett des Bades wird ganz leer, und die sieben (oder etliche mehr) Kissinger Spießbürger zappeln im trocknen, leeren Raume, der so öd weitläufig wird, daß man sich darin verliert und mir in Gedanken ungefähr so zumute dabei wird, als sollte ich mein Arbeitscabinet im Straßburger Münster oder Kölner Dom haben. Das Winterelend kenne ich zwar nicht und weiß nicht, wie es im eingeschneiten Nest aussieht, kann mir's aber lebhaft denken. Es verhält sich zum Sommerelend wie die unterirdischen, unter dem Meere liegenden eiskalten Sumpfgefängnisse Venedigs zu den glühenden Bleikammern; bis heut hat aber noch niemand entschieden, welche Marter die größere gewesen ist. Gewesen, denn die Französische Revolution, die viele Bastillen und Marterkammern des menschlichen Geschlechts zerstört hat, zerstörte auch diese.

Vom Kissinger Sommerelende singe ich mein Lied. Schon eine Stunde zuvor war die Landstraße abscheulich, denn sie liegt im dichten Staub der rasselnden Wagen, in denen die Hautevolee spazierenfährt, ein Genuß, der ihr fade vorkommen würde, wäre nicht undurchdringlicher Staub und betäubendes Rasseln dabei. Ein Grauen ergreift mich, sehe ich die geschminkten Alten und die geschnürten Jungen, deren Gebet-, Gesang- und Gesetzbuch das Modejournal ist. Es zuckt mir in der Faust, den affektierten Dandys, die vorbeireiten und den Begriff des Mannes durch ihre Existenz verhöhnen, die Reitpeitsche zu applizieren, die sie narrenhaft am Daumen hängen haben. Es zuckt mir abermals doppelt und dreifach, wenn ich bedenke, daß diese Menschenkarikaturen eigentlich annehmen, die Welt sei für sie, wenigstens sie nur zum Genuß dessen, was sie Erfreuliches bietet, da; der Bauer arbeite, damit sie Weißbrot zerkrümeln, der Winzer, damit sie in Champagner oder Rheinwein der Völlerei frönen können. Nicht zufrieden damit, daß das stumpfe, dumme Glück diesem mehr Affen- als Menschengeschlechte seine Gaben zugeworfen hat, wollen sie auch noch das Privilegium darauf geltend machen und Staat, Kirche und Religion so zurichten, daß dieses dreisitzige Tribunal ihnen auch unbedingte Vorrechte in allem für die Ewigkeit zuspreche. Der Hauptärger ist freilich nicht der im Badeort Kissingen, wie in andern, daß diese *Gesellschaft* (auch diesen Titel maßt sie sich vorzugsweise an, als wenn das übrige Menschengeschlecht nur eine Bande oder Horde von Wilden sei, zu denen solche Leute wie Schiller, Jean Paul, Lessing usw. allenfalls gehören dürfen) – daß diese *Gesellschaft* an ihre Vorrechte glaubt oder nicht glaubt, aber eisenfest daran hält, sondern daß es wirklich noch soviel hündisch-törichte Demut (Niederträchtigkeit nenn ich's besser) in der Welt gibt, die jenen die Vorrechte einräumt und sie für unantastbar heilig hält. Indessen ist der Begriff ziemlich einfach und gewiß, daß Gott den Bauer und Bürger nicht schuf und zur Lasttierarbeit bestimmte, damit Affen und Laffen von sogenanntem Stande, Lords, Barone, Grafen und etliche drüber oder drunter, in Kissingen und andern Badeorten schwelgen, Hunderttausende für schale Narrheiten vergeuden können. Hoffentlich werden nicht zehn Jahre vergehen, und der deutsche Bauer begreift das so gut wie der französische und nimmt Spaten und Karst und schlägt – – –

Sind das aber Jeremiaden? Freilich, aber andere als solche, die ich schreiben wollte, andere als Kissinger Reise-Jeremiaden. Aber so gut wie ich mich durch das flachköpfige und leerherzige giftige Narrenvolk schlagen mußte, um in die

Gassen von Kissingen einzufahren, ebenso muß sich auch der Leser durcharbeiten, um zu dem andern Ende zu gelangen. – Ich fuhr vor den ersten Gasthof – alles gedrängt voll; vor den zweiten – es war vor Fuhrleuten und Wagen nicht einmal bis an die Tür zu kommen, geschweige hinein; vor den dritten –.

»Kann ich hier ein Unterkommen finden?«

»O ja, mein Herr! Es ist noch ein Zimmer offen.«

Der Kellner springt voran; um den Wagen und das Gepäck kümmert sich niemand. Wir schleppen es mit Hülfe des Kutschers selbst ins Haus. – »Wo ist das Zimmer für uns?« – »Sogleich! Wilhelm, wo ist der Zimmerkellner?« – Wilhelm ruft nach Louis, Louis nach Friedrich, Friedrich nach August, August weiß von nichts. – Er hat keinen Schlüssel! Er schreit nach dem Stubenmädchen. Sie ruft »Gleich«, bleibt aber oben! Ich stampfe mit dem Fuße, ich murmle einen Fluch zwischen den Zähnen. »Sie sollen sogleich bedient werden, mein Herr!« sagt der Wirt und springt hinweg, um einen neuen Gast zu empfangen. Weg sind Wirt, Kellner, Stubenmädchen, der Teufel und seine Großmutter. Ich entschließe mich endlich kurz, gehe die Treppe hinauf, suche nach dem leeren Zimmer und bin endlich so glücklich, den zu treffen, der mir die elende Kammer nach dem Hofe öffnet, in der ich hausen soll. Die Betten liegen da, wie sie am Morgen verlassen sind, die Waschschüsseln unausgegossen, die – still, dergleichen lese man selbst in einer Jeremiade nicht.

Ich fordere frisches Wasser, Reinigung des Waschbeckens. »Die übrige Anordnung hat Zeit, bis ich ausgegangen bin, weil ich gleich auf die Promenade will!« – »Ich werde das Stubenmädchen gleich heraufschicken.«

Ob er sie *schickte*, weiß ich nicht, sondern nur, daß sie nicht kam. – Ich sehe einen Brunnen im Hofe, im anstoßenden Zimmer gegenüber entdecke ich noch eine Waschschüssel und Karaffe und mache also aus der Not eine Tugend und hole mir das Wasser selbst. – Wir behelfen uns, so gut wir können; bürsten unsere Kleider eigenhändig und sind endlich fertig, um noch die Nachmittagspromenade zu besuchen. Denn außer dem

»Gleich, mein Herr!« war von dem Wirt und den Leuten im Hause nichts zu erlangen.

Kissingen ist noch kein Ort, es will erst einer werden. Man baut an allen Ecken und Enden. O herrlicher Sommeraufenthalt! Hinter Maurergerüsten zu wohnen! Die Fenster anmutig voller Kalk gespritzt! Statt der Vögel vor dem Fenster die weißbestäubten Stiefeln der Maurer! Uns überm Kopf wird eine neue Etage aufgesetzt! Die angenehme Musik der Hämmer- und Beilschläge, des Steinschüttens und ähnlicher Charivaritöne weckt uns aus dem Morgenschlafe. Es ist auch Zeit, denn man muß auf die Promenade, muß an den Brunnen. Von 1100 Gästen sind 100 wirklich körperlich krank, 100 eingebildet, der Rest nur geisteskrank, weil er hier Vergnügungen sucht und findet. Das Kissinger Wasser schmeckt (und darin liegt seine beste Eigenschaft) wie meine Dinte, doch kaum so milde. Welch ein Glück, einen solchen Dintenbecher täglich mehrmals leeren zu dürfen! Die Promenade ist – dies sei der einzige Sonnenblick in der Jeremiade – eine schöne Lindenallee, eine Art Wäldchen. Übrigens ist die Gegend so dürr wie die Seele eines Badegastes par plaisir. Links eine mühsame Ruine auf kahlem Gipfel, rechts ein noch mühsameres Lusthaus. Nach beiden wird der Spaziergang gerichtet; aber welch ein Spaziergang! Kein einsamer oder zweisamer an lieber Seite, sondern ein zwanzig-, funfzig-, hundertsamer. Vorher schluckt jeder etwas Gift, welches die Médisance besser in Fluß bringt, ohne die kein gewürzter Spaziergang zu denken ist. Zwar die Apotheker haben kein Recht, das Gift zu verkaufen, doch die Badegäste präparieren sich's untereinander. Denn die Gräfin *Emma* hat einen neuen Shawl um, der zwanzig Damen hinlänglich einen ganzen Morgen und Vormittag vergiftet; sie ihrerseits wird durch ein neues Kollier der Fürstin P. vergiftet. Doch die Fürstin schließt sich von dem patriotisch geselligen Giftnehmen nicht aus, sondern saugt es ihrerseits aus den rosigen Wangen und Lippen des jungen Fräulein Henriette von S., die am Morgen auf der Promenade so ungemein von dem Grafen C. ausgezeichnet worden ist, der doch pflichtmäßig seine Huldigungen der Fürstin zu widmen hat – so ungemein, daß man keine Kissinger Brunnenkranke zu sein braucht, um vollends elend darnach zu werden, das heißt in dem Grade aufgeregt und gereizt, daß man das munterste Ansehen hat und das Gift der Médisance ordentlich lustig aufschäumt und spritzt beim Nachmittagsspaziergange. Kurz, wie ich sage, Kissingen vergiftet sich ohne Apotheker, und die Kunst der andern Badeörter, der Salons, der Hofgesellschaft, der Hautevolee, des Faubourg St-Germain, der City wird hier in den Sommerferien nicht vernachlässigt, sosehr man sie im Winter geübt hat.

Aber ich glaube, mein zweistündiger Aufenthalt vergiftet mich selber schon so, daß mir alles schwarz vor den Augen wird und mithin auch alle Gegenstände schwarz erscheinen. Diable! Das Kurhaus zum Beispiel mißfällt mir höchlichst – diese Unform! – Und das neue, welches schöner werden soll als das Brückenauer, steht noch nicht. Der Basar – das neue Tivoli – soll mich solche Misere entzücken? Unmöglich. Drum kehrt! Fort von der Promenade zurück ins Wirtshaus! Aber hier beginnt des Reiseelends zweiter Aufzug. Die vertrackte Marterkammer ist noch so unaufgeräumt wie vor zwei Stunden, ich kann also nicht aufgeräumt sein. Jetzt erst sehe ich's, daß ein Schornstein dicht unterm Fenster ausmündet und Rauch und Fettdampf daraus empor- und bei mir einsteigt. Ich habe aber nur eine menschliche, keine Jupitersnatur, und dergleichen Brand- und Bratfettopfer dünsten mir unausstehlich entgegen. Ein anderer Geruch, den ich nicht näher bezeichnen will, kommt aus einem andern Kanal! Im Zimmer Stickluft, draußen Schwefelwasserstoffgas! Verfluchte Anstalt zum Atmen! Und hier soll ich bleiben? Hier die Nacht zubringen, nur um zu sagen, ich schlief auch einmal in Kissingen? Zehn Esel zusammengenommen könnten ja nicht so dumm sein! Kutscher! Kellner! Wirt! Holla! He! He da! Anspannen! Was bin ich schuldig? Eine Flasche Wein! Kalter Braten! Meine Sachen in den Wagen! Waschwasser! Drei Gulden funfzehn Kreuzer! Jede Minute meines Jeremiasleides ein Kreuzer! Verfluchter Preis! Prellerei! Hier! Glück auf! Der Wagen fährt vor! Hurra! Wir rollen davon!

Wer hätte es glauben sollen, daß die Jeremiade am Ende mit einem Jubelchor, mit einem Te Deum laudamus schließe? Ich wußte es von Anfang an; denn stimmte ich's nicht an, so tat's der Leser, daß sie zu Ende war.

Heinrich Laube

Reisenovellen

Als Mann von Bildung schickte ich auf die Post und ließ mir auf dem nächsten Wagen nach Italien einen Platz bestellen, das Zepter, womit ich die unruhige teutsche Literatur regieren helfe, legte ich nach einer salbungsvollen Rede in eines Freundes Hände, steckte mir für den Notfall einige Bücher in die Tasche, kaufte mir eine Mütze und ging nach der Post, fest entschlossen, mich glücklich zu reisen.

Als gutes Omen, daß ich wenigstens viel Schönes hören würde, begegnete mir auf dem Thomasgäßchen der Komponist *Marschner*, der aus Hannover gekommen war, um seinen »*Hans Heiling*« aufzuführen. Wir sagten uns in aller Eile, daß wir sehr berühmte, vortreffliche Menschen seien, wir näherten uns einander mit beispielloser Schnelligkeit, denn es fing an zu regnen, und wir hatten beide nur einen Regenschirm. Auf diese Weise schied ich noch mit einer historischen Arbeit von Leipzig und sah Marschner, dem Vampyr, dem Templer, tief ins Gesicht. Man hatte mir gesagt, er wisse sehr, was er wisse, er wisse sich zu schätzen. Das hab ich auf dem Thomasgäßchen unter dem Regenschirm gar nicht so arg gefunden. Er wußte es, daß er beliebte Opern geschrieben, er wußte es, daß wir keinen Überfluß an Komponisten haben, er wußte es, daß es eine Hauptsache sei, dramatisch zu komponieren, er wußte es endlich, daß er mit Eifer, Fleiß und großem Interesse bei seiner Kunst verweile. Ich würd es ihm übelnehmen, wenn er das nicht wüßte – warum soll einer barhäuptig gehn, der sich einen Hut kaufen kann?

»Nur die Lumpe sind bescheiden.« Ich hatte mir Marschner größer und ernsthafter gedacht, er ist ein kleiner, feister, fixer Mann mit einem behaglichen, schlauen Gesicht, spricht wie ein Buch und trägt weiße Halstücher, weil er beinahe blond ist.

Wenn ich ihn in großer Toilette des Abends auf dem musikalischen Gerüst bei Lampenschimmer gesehen hätte, so wäre er mir wahrscheinlich äußerlich wie der teutsche Rossini vorgekommen. Auf dem Thomasgäßchen ist aber die Illusion sehr schwierig. Er hat wie jener etwas vornehm Wohlgenährtes im

Gesicht, ein gewiß behagliches Adagio. Seine Opern sind aber teutsch bis auf den letzten Strich. Die klugen Leute sagen, er sei ein Nachahmer von Weber. Die Ähnlichkeiten in allen Kunstproduktionen sind in Teutschland das Studium der mittelmäßigen Richter. Sie jagen viel mehr nach Ähnlichkeiten als nach Genuß, und »Reminiszenzen« ist das Zauberwort, womit sie sich und andere täuschen. Diese Art wird noch lang nicht aussterben, weil es das bequemste Mittel ist, sich selbst mit all seiner enormen historischen Kenntnis zu bespiegeln.

Ich sehe diese Helden, mit der Opernguckerbatterie bewaffnet, das Haupt hin und her wiegen und bei jeder neuen Nummer der schönen Nachbarin so gewiß »O mein Gott« zuflüstern, »Euryanthe – Freischütz – Oberon«.

Es singt eine Nachtigall wie die andere, und sie ahmen einander nicht nach.

Der gelbe Schwager blies, ich fragte eiligst Marschner, wie, bei welcher Gelegenheit, in welcher Situation, um welche Zeit er seine Opern komponiere, ob vor oder nach Tisch, im Negligé oder im Frack, im Bett oder im Freien, sitzend, stehend oder gehend. Das ist mir sehr interessant, seit ich weiß, daß der berühmte Philolog Reisig zum Beispiel seine besten und tiefsten Studien an der platten Erde auf dem Bauche liegend, machte. Mein Stubenkamerad auf der Universität, mit dem zugleich ich jene wichtige Notiz hörte, fing von da an, auch Philologie zu studieren und sich auf den Bauch zu legen; ich erwarte alle Tage, daß er berühmt werden wird. Beethoven komponierte im Schlafrocke, und zwar in einem sehr schlechten Schlafrocke, den er mit einem Stricke zusammenband; Marschner gestand mir, daß er seine besten Gedanken auf dem Spaziergange in einer Pappelallee habe. Der Schwager blies zum zweiten Male. Für die Pappeln kann ich nicht stehn, es kann auch eine Lindenallee sein, mein Gemüt ward bewegt durch die Fanfare des Schwagers und durch das Scheiden, aber für die Allee bürg ich. Der Schwager blies zum dritten Male, ich mußte den Regenschirm und Marschner verlassen. Die Freunde gaben mir ihren Segen, denn ich zog hin ins Land Gosen, und wenn ich eine schöne Ägyptierin fand, die mich lieben wollte, so kam ich nicht bald wieder. Das wußten sie. Der Sorglichste von ihnen fragte, ob das auch die Post nach Italien sei.

»Ne«, sagte man ihm, »die geht nach Borne.«

Er rief erschreckt, der Wagen flog fort. Es regnete fleißig und unverdrossen, wie sittsame Mädchen des Nachmittags unaufhaltsam spinnen: die Räder schnurren, der Regen klatscht an die Fenster, es ist aschgrau teutsches Wetter. In solchem grauen Reitermantel lag das Leipziger Schlachtfeld da, so verließ ich Teutschland, machte die Augen zu und rekapitulierte mein ganzes Leben, wie ich beim Antritt jeder großen Reise zu tun pflege, und erschöpft von meinem Leben und von Teutschland, schlief ich ein.

Als ich erwachte, sah ich die kleinen Landvierecke an beiden Seiten des Wagens, von kleinen Gräben eingeschlossen, mit kleinen muntern Bäumen bepflanzt. Hie und da nickten harmlos die einzelnen Wäldchen, die nicht breiter und nicht länger sind als ein bescheiden Bauernhäuschen. Ich erkannte das Land an seinem Kleide, es war Altenburg. Bald kamen auch die uniformierten Landleute hie und da zum Vorschein. Die Frauenzimmer müssen einmal im Altenburgischen großes Unglück angerichtet haben: seit der Zeit hat man ihnen eine Zwangstracht angelegt, die sie garstig macht. Vor der Brust tragen sie ein Brett, damit Herz und Busen verkümmere, die Röcke reichen nur bis ans Knie, um plumpe Gebirgswaden zu zeigen. Das Erzgebirge streckt einen seiner letzten Zweige in das Ländchen, und es ist merkwürdig, wie sich dieser kleine Distrikt absondert von seinen Nachbarn. Es ist Charakter im Altenburger, sollt er auch nur in der kurzen Jacke liegen, deren Taille unter den Armen steckt. Die Hauptfarbe ist noch schwärzer als die bei den Braunschweigern, aber sie ist trauriger, geschmackloser, nicht so mutig als bei jenen, sie sieht mehr leidend, gottesfürchtig aus. Auf dem Kopfe trägt der Altenburger ein kleines unreifes Filznäpfchen, um die Beine weite schwarze Lederhosen, die aber nur bis ans Knie reichen; es muß viel lederne Hantierung in Altenburg geben: auch das Berühmteste in der

Stadt sind schöne, solide und wohlfeile Handschuhe. Die Tracht der Landleute, von welchen hier nur die Rede ist, sieht steif, gemacht und geschraubt aus, es ist keine Leichtigkeit und Bequemlichkeit darin, die Leute sehen auch trübselig ernsthaft daraus hervor, obwohl es ihnen gut geht und sie meist wohlhabend sind. Es ist kein Feuer, keine Genialität in ihnen. Aber treuherzig sind sie und gut und lieben ihre niedrigen Berge und ihre Kröpfe.

In die Stadt selbst, Altenburg, rollt man bergab schnell hinein und kommt langsam wieder hinaus. Das ist ein gutes Zeichen, es ist nicht übel Wohnen da; man findet viel Liberalismus, viel Essen und Trinken, viel Gesundheit und viel schlechtes Wetter. Wenigstens regnete es immer, wenn *ich* nach Altenburg kam, darum liegt die Stadt naß in meinem Gedächtnisse.

Aber immer guckten hübsche Mädchenköpfe aus den Fenstern, und heute war das Glück und Unglück gar zu groß. In einer engen Straße, durch welche der Postwagen donnerte, kam ein dunkelgelocktes Mädchenhaupt aus einem Fenster, und zwar so nahe an meinem Kutschenschlage, daß ich mutwillig hinausfahren und ihr wenigstens eine Locke küssen wollte. Sie fuhr zurück, aber das frische Gazellenauge lachte, ich streckte die Hand aus, das schalkhafte Kind tat's auch – wie ein Blitz schlug die Hand in mein Gedächtnis. Ich kannte diese volle, weiße Hand, ich kannte jene Gazellenaugen und jene fliegenden Locken, ich kannte sie aus Anhalt und Magdeburg.

Vorüber flog der Wagen, der Eilwagen ist das moderne Fatum, nichts hemmt seine Speichen. Vergeblich sprang ich auf und nieder, bergauf, bergab ging's weiter durch das romantische Altenburg. Die Stadt ist wirklich in sich romantisch. Höhe und Tiefe, Begeisterung und Kot wechseln schnell wie ein Windstoß. Prächtig verlassen steht jenseits eines kleinen Wassers das Herrenschloß. Ein Professor neben mir, der bereits die Homöopathie, das öffentliche Gerichtsverfahren, die Dampfwagen, die neuesten geographischen Entdeckungen und die preußische und sächsische Politik erschöpft hatte, detaillierte der Gesellschaft mit jener todesverachtenden Redseligkeit teutscher Professoren den Prinzenraub, welcher da drüben im Schlosse vollendet worden war. Er kannte jedes Fenster und jeden Absatz, dessen sich Kunz von Kaufungen bedient hatte, und er beschrieb so lebendig und so genau, daß wir zehnmal fragen mußten und, als der Wagen rechts einbog und das Schloß verschwand, nicht klüger waren als vorher.

Ich teilte ihm die Notiz mit, daß Kunz von Kaufungen zur damaligen Zeit stark an Hämorrhoidalbeschwerden gelitten habe und daß es nur deshalb mit seiner Flucht so mangelhaft gegangen und er später erwischt worden sei.

Der Professor war sehr dankbar für diese Notiz und fragte hastig nach der Quelle. Ich zitierte ihm den Codex Clermontanus, den er zu Leipzig auf der Schweizer Bibliothek zu jeder Stunde einsehen könne. Er war noch einmal sehr dankbar.

Nach funfzig Jahren werden es die Leute, welche keine Historiker sind, gar nicht glauben können, daß einst der Raub von zwei kleinen Buben ganz Teutschland in Alarm gesetzt und Krieg und Not und jahrhundertelange Verwirrnis habe erzeugen können; sie werden das Wort »Prinzenraub« nicht mehr verstehn. So geht die Kultur verloren.

Ich fragte den Professor, ob er in Freiberg den blauen Stein gesehn, auf welchem der Kaufungen hingerichtet worden und der eben von Kunzens hämorrhoidalischem Blute blau geworden sei – der Professor war außer sich vor Neugierde, der Wagen hielt, »Zehn Minuten, meine Herren«, schrie der Kondukteur, ich mußte wissen, ob es Jerta gewesen, ich fühlte die warme, weiße Hand an meinem Munde, ich rannte davon. Der Professor schrie, ich rief im Laufen, daß ich wiederkäme, er schrie jammernd, daß er nicht weiter mit uns fahre – ich hörte nichts mehr.

Schicksal, Schicksal, ich verirrte mich und konnte die Straße nicht finden, sieben Minuten waren um, ich wußte auch nicht mehr, wo die Post war. Kunz von Kaufungen, doch warst du glücklicher, ich *fand* nicht einmal meine Prinzessin. Ich mußte mir für einen altenburgischen Sechser einen Buben gewinnen, der mich im Trabe zur Post zurückbrachte. Es war der Moment des Abfahrens. Wie ein Paket ward ich hineingeworfen, händeringend stand der Professor am Schlage, eine antiquarische Träne stand auf seinem wissenschaftlichen Auge, »der blaue Stein«, wimmerte er. Ich konnte ihm nicht helfen, die Pferde zogen an, ich schrie, als ob ein Menschenleben auf dem Spiel stünde: »Reisen Sie nach Freiberg«, ob er's aber gehört hatte, wußte ich nicht.

O Jerta, deine Gesichtszüge sind mein Malheur! Als ich noch jung, sehr jung war und den ersten gründlichen Unterricht im Christentume erhielt zu Sprottau in der kleinen gewölbten Sakristei, wo es immer schmählich kalt war, da saß mir gegenüber ein schlankes Mädchen im grauwollenen Überrocke, die war größer als ich, und ich liebte sie schon damals mehr als das Christentum. Aus ihren großen blauen Augen, die so tief waren wie der See Genezareth, las ich alle die Antworten christlicher Liebe, welche ich dem Herrn Pastor Primarius zu seiner größten Zufriedenheit gab, und um ihre Lippen hatte sie einen schalkhaften, liebenswürdigen Zug, der mein Herz zerschnitt mit der Seligkeit des Himmels. Ach, ich hätte immer weinen und sterben können, wenn sie mich ansah mit diesen lieben, lieben Augen und jenem Zuge und Ausdruck, der mich so namenlos glücklich machte. In jenem Zuge mußte wohl das ganze Geheimnis aller irdischen Freude liegen, die mir zuteil werden könnte, ich wüßte sonst nicht, woher diese überwältigende Himmelsseligkeit über mich gekommen. Oh, es ist ein groß Mysterium, die erste Liebe, und alle späteren Leidenschaften borgen ihren Reiz von ihr.

Wie wußt ich nichts von Kälte, obwohl mir die Hände erstarrten, wenn *sie* da war, und wie langweilig war das Christentum, wenn es ihr einmal zu kalt war und sie nicht kam. Sie trat immer erst später mit dem Herrn Primarius in die Sakristei, und ich glaubte lange, den Herrn Primarius allein zu lieben, und irrte mich doch so sehr. Ach, mit welcher Angst bemerkte ich's, wie wir immer mehr lernten und die dümmsten Bauerjungen schon wußten, daß der Apostel Paulus früher Saulus geheißen und daß er das Heuraten verteidigt habe, wenn's einmal sein müßte, denn je höher unsre Gelehrsamkeit stieg, desto näher kam das Ende meines Glücks, das Ende des Unterrichts.

Und das Ende kam wirklich, es war gar zu traurig, und ich sah sie nur noch von weitem hinter dem Fenster und begegnete ihr manchmal, wenn sie in die Stunde ging zum Herrn Primarius, als ich schon ein kleiner Christ und sie noch eine liebe halbe Heidin war. Daher mag's wohl kommen, daß mir mein ganzes lebelang das Heidentum so viel schöner erschienen ist. Ich lebte acht Tage und acht Nächte von einem einzigen Blicke, und wenn es Abend ward, da schlich ich um ihr Haus und wartete so lang, bis in dem untern Geschoß Licht ward, dann aß die Familie zu Abend und sie auch. Das Fenster war hoch und mit Eisengittern versehen, aber ich kam hinauf und hing so lang an den Eisengittern, als es meine kleinen Kräfte erlaubten, und sah ihr zu, wie sie zu Abend aß, und sah ihr in das himmlische Gesicht, und die Tränen liefen mir über die Backen. – So kam denn auch der letzte Abend, den andern Tag sollte ich weit fortgebracht werden auf eine größere Schule, damit ich auch Griechisch und Hebräisch erlerne, was in Sprottau niemand konnte. Oh, ich war so böse auf das Griechische und Hebräische und habe in beiden aus Haß niemals was Ordentliches gelernt. Ich sollte den letzten Abend fein artig zu Hause bleiben, die Mutter wollte noch viel mit mir sprechen, und ich sollte packen helfen, aber ich stahl mich immer einmal fort und sah, ob bei ihr im Erdgeschoß kein Licht sei. Umsonst, der erste Stock war erleuchtet, und unten blieb es finster. Ich war so traurig, als sollt ich sterben. Da kam ein kleines Licht; – husch hinauf ans Fenster, wahrhaftig, sie war's, war allein und suchte etwas im Zimmer. In der finstersten Nacht am besten und auch am hellsten Tage weiß ich noch, wie das Licht ihr mildes Antlitz beschien, alle Herrlichkeit der Erde lag auf diesem kleinen lieben, süßen Angesichte. Ich hätte nicht gewagt, ein Zeichen meines Daseins zu geben, meine Liebe war eine schweigsame Religion, sie hat nie eine Silbe davon erfahren, und es fiel meinen kühnsten Träumen nicht ein, daß sie in das untere Zimmer gekommen sein könne, um meinen Augen einen Abschied zu gönnen. Ich wollte nichts von ihr, sie hatte nichts zu tun für mich, als zu existieren.

Den andern Tag reiste ich in einem verhangenen Korbwagen an ihrem Hause vorbei auf die ferne Schule, es regnete wie heute, und ich habe sie nie wiedergesehen. Aber ihr süßes Angesicht ist für immer die Romantik meiner Liebe geworden, und jener Zug um den lieben Mund, der mein Herz mit Seligkeit durchschnitt, ist noch heut der Typus jenes Zaubers, den man Liebeszauber nennt, und er hat mich oft unglücklich glücklich gemacht.

Sein gedacht ich jetzt im Postwagen, denn jenes Mädchen in Altenburg glich ebenfalls jener lieben kleinen Heidin aus Sprottau und glich doch auch der Jerta und warf mein Herz Fangball und quälte mich auf das süßeste.

Es war glücklicherweise finster geworden, da geht das Liebesträumen so vortrefflich; ich drückte mich in die Ecke und schwelgte wie ein türkischer Opiumesser, und selbst die Erinnerung störte mich nicht, wie man mir einst erzählt, die kleine Heidin sei sehr groß geworden und habe einen dicken Justizrat geheuratet.

Adolf Glaßbrenner

Bilder und Träume aus Wien

Folge mir, lieber Leser; ich will versuchen, dich so schnell wie möglich in den Schauplatz hineinzuführen, aus dem ich meine Bilder entnehme. Du siehst riesige Häuser, aus denen alte, wunderbare Geschichten sprechen und die mit ihrer hohen Stirn fast spottend auf das junge, spekulative Leben herunterschauen, das an ihnen vorüberzieht; du siehst große Plätze, in deren Mitte entweder eine Kirche steht oder ein sprudelnder Brunnen, verziert mit schön gearbeiteten Figuren.

»Fahrn mer, Euer Gnaden?«

Die meisten Straßen sind zwar eng und krumm, aber ihr Pflaster ist regelmäßig und glatt; du darfst ruhig deine Augen umherschweifen lassen nach den schönen Frauen und den brillanten Kaufläden, denn du riskierst nicht wie in andern Städten, über einen hervorragenden Stein zu stolpern und durch komische Purzelbäume Gelächter zu erregen. Für das Wohl der Füße ist überall gesorgt; ja, diese Sorgfalt erstreckt sich weiter bis zum Magen. Gegen die Brust haben sich die Elemente verschworen; sie wird häufig durch einen schneidend kalten Gebirgswind und durch schnellen Wechsel der Witterung inkommodiert; und was endlich den Kopf betrifft – so findest du überall wasserdichte Hüte in der modernsten Fasson.

Aber schauen wir das öffentliche Treiben näher an; zum Reflektieren wird sich Stoff genug finden. Schöne Frauen, sagte ich, und du schüttelst noch bedenklich den Kopf, während hier die lebenslustigen, kokettierenden Wienerinnen vorüberhüpfen? Ja, mein lieber Kritikus, du mußt deinen Reisepelz ausziehen, du mußt deine Empfindungen mit der Landkarte ändern, du mußt dich auch geistig akklimatisieren, wenn du alle Dinge richtig anschauen und überall den Nagel auf den Kopf treffen willst. Man muß weder mit einer Weißbierseele Italien bereisen noch den Nordpol im leichten Ballkleide; man muß weder mit Stubenmädchen über griechische Klassiker sprechen, noch das Rindfleisch mit dem Löffel essen: man muß überhaupt nicht dumm sein, das ist die erste Lebensregel.

Also, mein lieber Gefährte, du mußt keine kunstgemäßen

Schönheiten fordern, wenn du hier empfinden willst; du mußt nicht dein Maß aus der Tasche nehmen und an die Nase legen, ob sie nicht etwa um eine Linie zu lang oder zu kurz oder zu stark ist! Wir sind hier nicht im kritischen Norden, wo man schon anfängt – wie Hegel –, die Natur herunterzureißen, wenn sie in ihren Erscheinungen nicht dem alles überstrahlenden Menschenverstande huldigt oder diese sich nicht in ein System hineinpressen lassen: hier ist die Natur genial. Sie wirft Schönheiten hin und lacht einen aus, wenn man die Bildung eines Fußes nicht ganz vollkommen findet oder mit der Wölbung des Auges nicht einverstanden ist; sie bewegt die lieben, lieben Füßchen und läßt aus den Augen die innere Glut, das lebendige Leben aufatmen, und alle ernsten Kunstrichter sind entzückt und werden rot bis zum Scheitel.

»Fahrn mer, Euer Gnaden?«

Du findest auch wenig schmachtende Schönheiten hier; es sind fast lauter naive und muntere Schönheiten; sie springen so glühend in das Leben hinein, als ob sie ihren Tod kaum erwarten könnten; es sind Rosenknospen, denen es ängstlich unter den grünen Blättern wird, weil sie den Schmetterling mit Duft und Liebe umfangen wollen. Du wirst sie später näher kennenlernen, sobald ich mit ihnen plaudere und kose; jetzt sind wir nur in der Außenwelt, und ich darf, aus Furcht vor den strengen nordischen Kritikern, dich nicht unter das leichte flatternde Busentuch schauen lassen. Aber wie gefällt dir dieser Kontrast: Hier hüpft eben ein reizendes Mädchen, wundernett gekleidet, an uns vorüber und läßt alle ihre schönen Formen hervortreten, während das Auge fragt, ob du sie auch bemerkst – und neben ihr watschelt ein brauner, langbärtiger Barfüßler-Mönch. Überhöre das indifferent ausgesprochene »Fahrn mer, Euer Gnaden?« des Fiakers, der hier auf einem Steine sein Pfeifchen raucht und heiter in die Welt hinausschaut; höre lieber auf das Klagegeschrei der fahrenden Fiaker und weiche ihnen aus. Geschwind beiseite! Sie schreien nämlich als Warnung so, wie ein Übergefahrner schreien würde, und jagen dabei mit einer Schnelligkeit und Sicherheit durch die belebten Straßen, daß man glauben sollte, einige aus dieser tobenden Menge müßten gerädert werden. Glänzende Equipagen folgen ihnen, und die tausend und abermal tausend Fußgänger winden sich wie die Schlangen neben den uns einladenden Kaffeehäusern vorbei, an dessen Fenstern die Journal-Leser sitzen und aus ihren langen Pfeifen Wolken blasen. Wer mehr Dampf macht, sie oder die Zeitungsschreiber, wollen wir jetzt nicht untersuchen. Schau hieher! Zwei ungrische Bauern mit ihren dicken Pelzen im heißen Sommer; starke, gesunde Menschen mit ihren braunen, determinierten Gesichtern. Mögen die Wiener spotten und spotten; ich habe sie doch lieb, diese Eisenmänner. Drüben gehen griechische und türkische Juden; sie gefallen dir in ihrer bunten Tracht, ihren kostbaren Shawls, nicht wahr? Was mich betrifft, mir gefallen die *Jüdinnen* noch besser, die ihnen mit ihrem Kranz blanker Goldstücke um das zarte Köpfchen folgen. Das sind die besten Lorbeeren. O wie weiß ist ihr Teint, wie weich diese Züge, wie mild ihre Augen: ich möchte sie, bei Gott! gleich küssen und so lange küssen, bis ihnen die rosenroten Lippen wund geworden, aber da geht gerade ein kleiner, draller Schusterbube vorüber, und den muß ich dir wieder zeigen, neugieriger Leser, denn dieser »Schusterbua« ist der Gott der Wiener Volkspoesie, und um sein Haupt glänzt ein Heiligenschein von spaßigem Witz und witzigem Spaß. Wäre dieser Schusterbube nicht – »Fahrn mer, Euer Gnaden?« –, die Fiaker, Ochse und Esel, dumme Jünglinge und putzsüchtige Mädchen, so müßte der Wiener Witz Herrn von Zedlitzky um gescheitere Gegenstände bitten, wenn er nicht sterben wollte.

Einen eigenen Reiz haben diese schönen Gemälde, mit welchen Kaufleute, Fabrikanten, Bierwirte etc. ihre Gewölbe schmücken und bezeichnen. Hier siehst du den »römischen Kaiser« in seinem Ornate, dort den »guten Hirten«; hier prangt eine »Hofdame«, dort watschelt eine »weiße Gans«; bald stehst du vor dem Bilde des »Königs von Bayern«, bald vor einem »Mönche«, und nicht weit von ihnen erblickst du einen »roten Stier«. Dort geht ein junger Ehemann zur »schönen Tänzerin«;

er hätte lieber die »Stumme von Portici« wählen sollen, denn die erstere könnte plaudern. Wenn du nicht in das kleine Gewölbe zum »Polen« willst, so erfrischen wir uns in dem trefflichen Bierhause »Zu den drei Raben«. Schau dir dort die »schöne Französin« an, aber versäume auch nicht den »Merkur«! Vor jener Apotheke werden dem »Tobias« die Augen ausgewischt; ein Advokat betrachtet das Bild mit vieler Teilnahme. Dem »Paganini« an jenem Laden fehlt das Gespenstige, Geisterhafte; viel besser ist der »Filzhut« hier gemalt. Hier ist ein »Ligurianer«, dort ein »Scheusal«. Dort heißt es »Zum schönen Schauspieler«, hier »Zum Hanswurst«, und zum »Heiligen Geiste« geht soeben ein Freudenmädchen und kauft sich ein Gürtelbändchen, das sie bald zu lösen wünscht. So berühren sich überall Heiligkeit und Spott. Porträts von Fürsten und Pfaffen sind in großer Menge vorhanden, aber Dichter, Gelehrte und Staatsmänner sucht man vergebens; die Zensur wird sie wahrscheinlich streichen.

»Fahrn mer, Euer Gnaden?«

Aber was ist das? Dort vor dem Kriminalgebäude versammeln sich eine Menge Menschen. Wir sind hier auf dem »Hohen Markte«. Die grün-gräulichen Polizeimänner schließen einen Kreis und stellen eine Verbrecherin zur Schau; wir wollen näher gehen und hören, was sie berechtigt hat, in die Öffentlichkeit zu treten. Die Buben und Mädchen schreien: »A Kupplerin, a Kupplerin! Mutter, Mutter, a Kupplerin! Schau her!« – Du mußt wissen, mein lieber Gefährte, daß dergleichen gerichtliche Ausstellungen hier nichts Seltenes sind; in Wien dürfen keine Bordelle existieren, und als man dem Kaisar Joseph die Notwendigkeit solcher Institute einleuchtend machte, indem man behauptete, ohne sie würde die Demoralisation befördert, soll er geantwortet haben, er wolle kein Dach über Wien machen lassen. Die Regierung drückt daher bei vielen solcher Körper-Verkäuferinnen ein Auge zu – weil sie wohl weiß, daß es sogar Seelen-Verkäuferinnen und gegen diese kein Gesetz gibt, und weil sie überhaupt an das Augezudrücken gewöhnt ist –, bestraft aber gerechterweise solche Weiber, die in eine feierliche, unentweihte Familie dringen und ihr stilles Glück vernichten. Diese Scheusale schleichen sich in das Herz junger unschuldiger Mädchen und legen dort ihr Gift nieder; sie führen sie ohne Wissen der Eltern mit lockeren Roués zusammen, bis sie, von Schmeicheleien und Geschenken bestochen, das Opfer der niedrigsten Gewinnsucht geworden und einen Weg betreten haben, der direkt in die Kloaken der menschlichen Gesellschaft führt. Da siehst du solch eine Bestie. Sie hat sich zusammengekauert und blickt zur Erde, als ob noch Scham in ihrem Busen wohnen könne, in diesem Lexikon aller Nichtswürdigkeit! Es ist nicht soviel Unterschied zwischen Mann und Mann wie zwischen Weib und Weib. – Da steht neben uns eine blühende Jungfrau, über welche vielleicht funfzehn Frühlinge ihren Zauber geschüttet haben; sie schaut unverwandt nach jenem Weibe, und aus ihrem reinen, himmelschönen Auge leuchtet die fromme Seele heraus. Sie weiß noch nicht, was eine Kupplerin ist, und ein Engel flüstert ihr zu, sich nicht zu erkundigen.

»Fahrn mer, Euer Gnaden?«

Fort von hier und drüben hinüber, wo ich ein Glöckchen klingen höre! Ein Priester geht unter dem »Himmel«, der von vier Kirchendienern getragen wird, und bringt die Monstranz oder, wie der Wiener sagt: »Da kommen s' mit unserm Herrn!« Rings siehst du fast alle Leute auf die Knie fallen oder sich beugen und Kreuz schlagen, je nachdem sie befangen sind oder sich erhaben über diese Zeremonie dünken. Immer weiter, immer weiter, mein Freund, wir werden später noch mehr Religion sehen; du findest an jeder Ecke ein Stückchen! Wir treten hier auf den Stephansplatz. Das ist der riesenhafte Turm, der seinen alten, ehrwürdigen Kopf hoch hinausstreckt über ganz Wien und den Fremden von allen Bergen her freundlich entgegenblickt; die ewige Poesie Wiens. Jahrhunderte sind an ihm vorübergerauscht und haben Lieder in seine Hallen eingeschrieben, tief ergreifende, humoristische Lieder. Jeder kann sie lesen, der die Sprache Gottes versteht; Gott schreibt mit Sternen, Blumen und Steinen. Der heilige Stephan hat Fürsten gekrönt und sie zu

Staub gemacht, während er des Bettlers Gebet freundlich aufnahm und Trost in seine wunde Seele goß; Millionen geschichtlicher Tränen haben seinen Schoß gefeuchtet, denn die Unglücklichen flüchteten an sein großes Herz, wann der Krieg seine zündende Fackel schwang und das donnernde Gebrüll wütender Belagerer sie zusammenschreckte; wann das scheußliche Gerippe des Hungers über ihre Fluren zog und das furchtbarste aller Elemente Hab und Gut verschlang; wann die gierige Pest ihren schwarzen Rachen öffnete und die Luft vergiftete oder Tyrannei die Herzen zerriß; – oh, St. Stephan hat vieles gesehen und gehört, mein lieber Gefährte, viele große Geschichten, und jetzt hört er Strauß und Lanner spielen und sieht die Statue des heiligen Kaiser Joseph ein ernstes Gesicht machen.

Du willst wissen, wo heute die beiden politischen Figuren (ich werde dir später sagen, warum ich sie so nenne) ihre Geigen streichen. Dort an jener Ecke, wo Fiaker an Fiaker gereiht ist, findest du eine Unzahl von Affichen, unter denen auch sie gewiß die lebenslustigen Wiener einladen. Werfe hier noch einen Blick in die große berühmte Geroldsche Buchhandlung, und laß uns nun hinübergehen. Strauß bei Donmayer in Hitzing, Lanner im Paradiesgarten, Morelli, der Dritte in ihrem feindlichen Bunde, seinem Talente nach wohl zuwenig beachtet, spielt draußen in Heiligenstadt.

Heiligenstadt ist ein hübsches Badeörtchen am Fuße des Kahlenberges; Grillparzer und Bauernfeld essen gewöhnlich dort zu Abend, solange die Schwalbe durch die Blätter streicht, und du hast Gelegenheit, diese beiden berühmten Männer kennenzulernen. In Wien frägt man nämlich selten nach der Wohnung, sondern nach seinem Erholungsorte, wenn man Bekanntschaft mit jemand machen will. Überhöre also künftig nichts, lieber Gefährte, wenn ich auch en passant spreche!

Da ist schon wieder Religion! Ein Kirchendiener trägt die Muttergottes-Fahne, und singend und blökend folgen ihm Männer, Weiber und Kinder; es ist eine Wallfahrt nach Mariazell. Dort, zwei Tagereisen von Wien, befindet sich nämlich ein Marienbild, das unendlich viel Wunder tut und bei dem lieben

Gott in großem Ansehn steht. Es macht Blinde sehend, Schwache stehend, Lahme gehend und Frauen schwanger; es sorgt, daß die Felder blühen und reichen Segen tragen, damit die Bauern ihre Abgaben entrichten können und von den Exekutoren nicht geprügelt werden, wie es denen geschieht, die es nicht liebt; es wischt Sünden aus dem Schuldbuche, das Jesus Christus im Himmel führt; es tut alles mögliche Unmögliche, aber man muß glauben; man muß einen sehr starken Glauben haben. Ohne diesen kann man alle seine Wunder nicht sehen, ausgenommen die Heilung der Jungfrauen; von diesem Übel werden die jungen Mädchen gewöhnlich schon im ersten Nachtlager der Prozession befreit.

»Fahrn mer, Euer Gnaden?«

Folgen wir derselben jetzt die Kärntnerstraße hinauf bis zum Hofopernthеater. Eine enge Straße und die lebhafteste Passage! Dränge dich nur recht dicht an die Kaufläden, damit sie dich nicht überfahren, diese rasselnden Equipagen, diese wilden Fiaker. Solltest du ja eine Scheibe eindrücken, so bezahle ich sie nicht; nur immer vorwärts! Links und rechts siehst du die berühmtesten Gasthäuser Wiens, den »Wilden Mann«, den »Erzherzog Carl« und den »Schwan«; in allen dreien ist es enorm teuer, aber man *speist* in ihnen vortrefflich. Merke dir, was ich von *Speisen* spreche, damit man nicht sogleich in jeder Gesellschaft weiß, daß du ein Fremder bist.

»Na, i dank! – Schaun s' doch auf!«

»Ja, lieber Mann, ich konnte nicht dafür; man stieß mich auch!«

Holla! aus dem Wege, Gefährte, damit du dich nicht beschmutzest. Zwei treten uns hier mit ihren langen schwarzen Kutten entgegen; wenn du sie näher anschauest, wird es dir klar werden, daß der Teufel Familienvater ist. Die Heuchelei grinzt aus ihren blöden Augen heraus und lacht sich ins Fäustchen, wenn ein Mensch der untersten Volksklasse noch so einfältig ist, den Hut vor ihrem Neste zu ziehen. Die Gebildeten speien aus, sobald sie diese heiligen Schurken, das schwarze Ungeziefer des Himmels auf der Erde herumkriechen sehen, einen Leichnam suchend, an dem sie sich satt fressen können. Sie erschleichen Erbschaften und sind die Priester der Dummheit und der Finsternis; scheu, wie alle Verbrecher, gehen sie selten allein auf die Straße hinaus, wann sie ihre Raubhöhle verlassen müssen, sondern schleichen sich paarweise durch die Menschen, von deren Feinden sie protegiert werden.

Und jetzt hinauf auf die Bastei, welche das eigentliche Wien umschließt und die reizendste Aussicht auf die Vorstädte darbietet. Zwischen beiden sind schöne Anlagen: schattige Alleen und Wiesenplätze, und der Spaziergang hier oben ist ein immer wechselndes Panorama. Jeder Schritt eröffnet dem Auge eine neue Perspektive, ein anderes Gemälde, eines überraschender als das andere! Dicht vor uns hohe Pappeln, über deren Gipfel wir hinabschauen, dunkle Kastanien-, duftige Nußbäume und ein buntes Gewirr von Fußgängern und Equipagen; weiter hinten die prächtigen Gebäude und Kirchen der Vorstädte und ganz hinten, die Rotunde beschließend, die grünen Gebirge mit ihren Dörfern und Lustschlössern! Man möchte gleich hinüberspringen aus dem tollen Geräusch der Städter in die stille, wonnige Natur.

Die Wiener

Die Wiener haben einen großen Vorzug vor den Norddeutschen, sie sind keine Philister. Mit Lust und Liebe sehen sie dem neuen Geiste zu, der überall, in allen Köpfen und Herzen, seine Knospen treibt. Keiner neuen Anschauung sind sie abhold, sondern prägen dieselbe in ihr Innerstes, sobald sie sich bewährt; sie rümpfen auch nicht die Nase über das geistige Streben der deutschen Jugend, sondern freuen sich darüber wie über den Frühling.

Da die Zensur kein Buch erlaubt, dessen Funken dem Obskurantismus schädlich sind, so greifen die Wiener nur nach verbotenen Schriften, und der Heilige Geist hat hier bei weitem mehr Seelen entflammt als in dem gelehrten***. Ich habe während meines Aufenthaltes in Wien nicht einen einzigen gebildeten Mann kennengelernt, der nicht für die Freiheit glühte und traurig den Kopf schüttelte, wenn seines Vaterlands in mancher Beziehung erwähnt wurde; in Norddeutschland dagegen stemmen sich noch viele Tausende von Philistern und gelehrten Pedanten dem Liberalismus entgegen und verspotten die Apostel der Freiheit mit hochtrabenden und verblüffenden Worten, hinter denen freilich das Auge des bessern Menschen nur Heuchelei oder Leerheit sieht.

Es ist ganz richtig, daß *Börne* in keinem Lande so stark als in Östreich gelesen wird, und die Wiener lesen ihn nicht nur, um ihn gelesen zu haben; er ist ihnen zum Bedürfnis geworden, weil er mit geistreicher und eisenfester Sprache ihre geheimsten Empfindungen offenbart, weil sie ihn für einen Gottgesandten halten, dessen mächtiger Einfluß auf unsere Zeit unverkennbar ist. *Heine* ist weniger geliebt und verehrt; man nennt ihn den spielenden Knaben neben dem ernsten Manne, und Wolfgang *Menzel* steht viel höher bei ihnen. *Zschokke* ist ein Lieblingsschriftsteller der Wiener, auch für alle neuere Helden interessiert man sich, und als die singende Nachtigall aus den Gebirgen herüberflatterte, als ihnen *Auersperg* seine »Spaziergänge« mitteilte, war eine allgemeine Bewegung in Wien, und die Buchhändler konnten nicht soviel Exemplare des herrlichen Buches herbeischaffen, als ihre enthusiastischen Mitbürger verlangten.

Ich spreche hier natürlich weder vom hohen Adel noch von der untersten Volksklasse. Der Wiener Adel ist höchst unschädlich; er genießt die Vorteile, welche ihm der Thron gibt, zählt zu Hause seine Ahnen – mancher kann oft nicht bis fünf zählen –, fährt in seiner Equipage durchs Leben, bezahlt seine Loge in den Hoftheatern, läßt fünf gerade sein und bekümmert sich weniger um Politik, Kunst und Wissenschaft als um seine Mätresse. Sein Nimbus ist längst erloschen, denn in Wien ist jeder »gnädig« und »Herr von«; wer viel Geld hat, ist Kavalier, und wer weniger hat, amüsiert sich auch. In die unterste Volksklasse dagegen ist schon ein Sarkasmus gegen die bestehende Regierung gedrungen, der sich in unzähligen Scherzen ausspricht, die einen immerwährenden Stoff zur Unterhaltung bieten.

Gemütlichkeit ist ein Grundzug des Wieners, doch muß sich der Norddeutsche erst an diese Gemütlichkeit gewöhnen, denn sie hat zuweilen einen etwas unzarten Anstrich und will verstanden sein. Kurz nach einer Umarmung oder nach einem herzlichen Handschlage wirft sie dir eine Grobheit an den Kopf, die dich entweder verlegen macht oder zum Gelächter reizt, sobald du näher mit dieser Gemütlichkeit vertraut bist. Der Wiener zirkelt nicht lange mit seinen Ausdrücken; er läßt Herz und Kopf gehen und ist überhaupt mehr Mensch als wir Norddeutsche, die wir entweder Justizrat oder Strumpfwirker oder Graf sind und immer genau berechnen und messen, ob wir unserer Ehre auch nichts vergeben oder der andern zuwenig getan.

Wohin wir uns auch wenden, wir finden keinen Menschen: immer nur zwei Füße, die einen Titel umhertragen. Hochmut und Dünkel des vornehmen Pöbels und die Roheit des Hinternehmen drücken unser soziales Wesen nieder; in Wien dagegen findet man weder eine Spur solches Kasten- noch des Schnapsgeistes. In demselben Wirtshause, wo Lakaien, Holzträgerinnen, Fiaker und Packknechte ihr Seidel Bier oder Wein trinken, siehst du berühmte Künstler, Kaufleute, Beamte und reiche Kavaliere mit ihren geputzten Frauen, Töchtern und Geliebten, die es gleichfalls nicht geniert, wenn neben ihnen eine Hetäre ihre lockenden Blicke schießt.

Vergnügen sucht der Wiener, und er kümmert sich wenig darum, ob alle Nachbarn sein lebhaftes Gespräch und seinen lauten Jubel hören, denn er weiß, daß man nicht die Nase darüber rümpft. Wird es ihm zu heiß, so zieht er den Rock aus; zwickt es ihn in den Beinen, so tanzt er; gefällt ihm ein Mädchen, so macht er ihr den Hof; will er spielen, so spielt er; will er trinken, so trinkt er; kurz: er ist immer Mensch, immer ungeniert!

Oh, dieses verfluchte Genieren der Deutschen!

Auch der Pietismus, diese geistige Seuche, welche im Norden unzählige Opfer hinrafft und den Gang der Aufklärung hemmt, findet in Wien keine Anhänger. Man sollte freilich wunder glauben, wie dunkel es noch in allen Köpfen sei, wenn man an einer Kirchtür mit großen Buchstaben die Worte liest: »*Hier ist vollkommener Ablaß zu haben!*«, oder wenn man unter den Affichen an einer Straßenecke eine Menge Gebetbücher anpreisen, auf jedem freien Platze Betende knien, die Stellwagen nach dem Gnadenorte Mariazell oder die pomphafte Prozession am Fronleichnamstage sieht; allein das alles sind Dinge, die dem gemeinen Haufen angehören, Dinge, durch welche man den Schein aufrechthalten will. Den gebildeten Wiener erbauen diese frommen Witze nicht; er frägt wenig nach Zeremonien und findet überall seinen Gott, wo er Genuß und Schönheit findet. »Die Welt schmeckt mir noch«, ruft er, »warum soll ich verhungern?«

In einem solchen pantheistischen Lande steht natürlicherweise die christliche Religion mit ihren Entbehrungen und ihrem Vertrösten auf eine jenseitige Belohnung nicht auf starken Füßen, und setzt der Himmel wieder einen so aufgeklärten Fürsten wie Joseph II. auf den Thron Österreichs, so wird es sich zeigen, welch ein großer Fonds zur geistigen Freiheit in diesem Volke vorhanden, wie unendlich gerade dieses Volk von der Natur begünstigt ist.

Am liebenswürdigsten ist der Wiener als Gastfreund. Er will deine Bekanntschaft machen, ladet dich ein, mit ihm über Land zu fahren, oder bittet dich, ihn auf seinem eigenen Gütchen zu besuchen. Mit offenen Armen kommt dir ein fremder Mann entgegen, öffnet sein ganzes Herz und sein ganzes Haus, führt dich zu seinem freundlichen Weibe, ruft die blühenden Kinder herbei, und ehe eine halbe Stunde vergeht, bist du Mitglied einer glücklichen Familie. Alles steife zeremonielle Wesen ist verbannt; je ungenierter du bist, je fröhlicher, je mehr gefällst du. Man hat dich weder eingeladen, der Konvenienz ein Opfer zu bringen, noch silbernes Tee- und Kaffeegeschirr, prächtige Möbeln und so weiter glänzen zu lassen; man will nur ein paar Stunden fröhlich mit dir sein, um öfter fröhlich mit dir sein zu können, und dennoch wird es dir an nichts fehlen, selbst an Glanz nicht.

Die Tafel ist serviert, und die Regsamkeit deines Gastgebers wird reger. Er ist bereits dreimal in der Küche gewesen, hat selbst im Keller den Wein ausgesucht, damit der Bediente keinen schlechteren Jahrgang greife; er hat selbst den Draht vom Champagner gelöst und diesen in ein Kühlfäßchen mit Eis gestellt; hat überall nachgesehen, ob alles in Ordnung; er hat seine Frau, die älteste Tochter und die Domestiken zweimal erinnert, ja recht genau auf das Wohl des Gastes achtzugeben; nun endlich ergreift er deinen Arm, führt dich zwischen zwei hübsche Weiber und setzt sich selbst dir gegenüber, um die Mahlzeit zu regulieren und sich an deinem Wohlgefallen über die verschiedenen, fein zubereiteten Speisen und trefflichen Getränke zu ergötzen. Ich rate dir, hin und wieder mit Delikatesse etwas delikat zu nennen; es ist eine kleine Schwachheit des Wieners, nicht vergebens für dich gesorgt zu haben: mit deiner Zufriedenheit und einem kleinen Enthusiasmus über seine Küche machst du ihn auf zwei Stunden zum Gotte. Und du darfst dreist loben, ohne gegen deine Überzeugung zu sprechen; man behandelt hier die Küche niemals als eine Nebensache; die Kochkunst ist hier eine wirkliche, heilige Kunst, unter jedem Rauchfange findest du ihre Muse. Man treibt keinen Dilettantismus mit dem Kochen, wie es leider noch im Norden geschieht. Ich habe hier Braten und Mehlspeisen gefunden, die meine ganze Aufmerksamkeit in Anspruch nahmen; ich kann nicht leugnen, daß ich manchmal sehr stark in Wien gegessen habe, und doch ist es mein Grundsatz, mich niemals ganz satt zu essen, weil jeder Mensch uninteressant wird, sobald sein Magen keinen Wunsch mehr hat.

Ist nun einmal die Laune des Wieners rosenrot geworden, so wälzt er sich aus einem Spaß in den andern, und gehst du ohne alle Rücksichten darauf ein, so wird er fast überlustig und überherzlich, drückt dir zehnmal die Hand, umarmt dich, küßt dich und wird so durch und durch der natürliche Mensch, daß eine hannöverische Edelfrau den Schwindel in seiner Gesellschaft bekäme.

Nun geht es zum Spiele, zu einer der wichtigsten Beschäftigungen des Wieners. Seine Augen, die bisher lebhaft glühten und wie ein Diamant alle Farben strahlten, bekommen jetzt einen ernsten Charakter. Er nimmt die Karten zur Hand wie der Professor das Kompendium; er setzt sich auf seinen Katheder und geht an seine größte Wissenschaft. Schon im nächsten Augenblicke gilt es theoretische Kenntnisse und Erfahrungen in Anwendung zu bringen; seine Ehre scheint im buchstäblichen Sinne des Wortes auf dem *Spiele* zu stehen, und es ist jetzt wahrlich nicht so wichtig, ob O'Connell das Oberhaus stürzt oder daß der Wiener seinen Robber gewinnt.

Sollte dir, lieber Nordländer, das Unglück passieren, daß du einen Fehler machst, so nimm es dem lieben Wiener nicht übel, wenn er dich, den er noch vor dreißig Minuten herzte und küßte, mit aller Strenge anfährt und dich mit zornglühenden Augen auf deinen Fehler aufmerksam macht. Die Sache ist für den Moment viel bedenklicher, als du glaubst; in zwei Minuten lacht und scherzt dein Gastfreund wieder.

Denselben Eifer zeigt der Wiener auch im Theater. Der Liebling in der Burg, bei dessen Erscheinen schon Kinder und Greise enthusiastischen Beifall spenden, wird ausgezischt, wenn er sich verspricht; der Sänger im Kärntnertor-Theater, bei dessen Tönen man den Kopf hin und her bewegt und sich in seinen Melodien zu baden scheint, erhält unzweideutige Beweise des Mißfallens, sobald seine Kehle einen Bock schießt, und der angebetete Komiker an der Wien oder in der Leopoldstadt fällt in momentane Ungnade, überschreitet er mit seinem Spaße die Grenzen, die freilich weit genug ausgedehnt sind.

Des Wieners Eifer, Lebendigkeit und Genußsucht wachsen von Tag zu Tag. Nur bei jungen Leuten findet man zuweilen eine gewisse Trägheit und Gleichgültigkeit, wo aber der Lebenswinter schon äußerlich seine Flocken zeigt, ist innerlich noch immer treibender Frühling, und ich bin fest überzeugt, daß der Norddeutsche viel früher als der Österreicher in den Himmel kommt, denn jener schläft drei Vierteile seines Lebens, dieser aber bedarf gewiß einer langen Ruhe, bevor er wieder zu neuem Leben, zu neuen Genüssen erwacht.

Vieles ist schon über diese beiden Männer geschrieben worden, und ich darf sie trotzdem nicht übergehen. Bilder aus Wien, und in diesen nicht Strauß und Lanner – das hieße ihre Walzer und Galoppaden hören, ohne an den Tanz zu denken, ohne den Kopf nach ihren wollüstigen Melodien zu wiegen.

Ich will keine Floskeln machen, um ihre Kompositionen zu bezeichnen. Fast ganz Europa tanzt nach ihren Noten; sie sind die musikalischen Rothschildes. Sie erhalten viele Staaten im Schwindel, und ehe diese Schwindeleien aufhören, werden Jahre vergehen.

Ich leugne nicht, daß sie die größten Komponisten für Tanzmusik sind; ich leugne nicht, daß ihre hüpfenden Noten alle Sinne aufregen, daß sie bald keck und lustig das Ohr kitzeln, bald elegisch an das Herz schlagen, aber jeder Ton in der Musik ist Dur und Moll zugleich, und jedes Ding in dieser Welt hat seine heitere und seine ernste Seite.

Nach welcher Reunion man in Wien geht, in welchem öffentlichen Garten man sich niedersetzt, Strauß und Lanner sind immer da! Führen sie nicht selbst das Zepter, so spielen wenigstens andere Musikanten ihre Walzer und Galoppaden.

Lebhafte Gespräche stärken das Herz und bilden den Geist, aber zu einem solchen bringt man es selten in Wien; eben wenn die Meinungen sich kreuzen wollen, klopft Meister Strauß mit dem Bogen auf und gebietet Ruhe. Nun geht das Geklingel und Gezappel los! Die Wienerin dreht sich unruhig auf dem Stuhle herum, der Wiener wiegt den Kopf, die Füße arbeiten unter dem Tische, und die Gedanken über dem Tische gehen schlafen. Gute Nacht, Gespräch! Lalala, lalala! Ladidum, dumdum, dumda! Das ist der ganze Geist, der sich über die Gesellschaft verbreitet, die wichtigsten Dinge bleiben mitten in der Unterhandlung liegen; jetzt muß man sich drehen, wiegen, jetzt muß man Takt treten und vor Wonne zerschmelzen! Ob nach dem Tode noch ein Leben zu erwarten, das ist sehr gleichgültig, denn wir haben ja lalalala! Ob Österreich so glücklich bleiben oder später eine repräsentative Verfassung bekommen wird, was geht das uns an? Haben wir doch dumdumdumdum! Ob Eisenbahnen und Dampfwagen die Völker inniger vereinen werden? Was kümmert das einen Fuß, in welchem lustige Noten kribbeln und krabbeln! Ob zehn Minuten von der Stunde ungenützt vorüberfliehen, in welcher ich meine Geliebte alle Monate sprechen kann? Das ist gleichgültig, ungeheuer gleichgültig! Meine Geliebte hört jetzt nach dem Ladidum-dumdum-dumda und frägt den Teufel nach dem Sir klug-klug-klug-klug hier!

O wäre ich ein Despot! Tonnen Goldes spendete ich den Straußen und Lannern, daß sie mir die Köpfe meiner Untertanen wiegten und alle öffentlichen Gespräche stocken machten!

Und wie viele Schwindsuchten bringen diese Generalfeldmarschälle der Terpsichore zustande, wie viele Prozente mögen ihnen die Doktoren und Totengräber Wiens jährlich geben müssen? Jünglinge und Jungfrauen, Weiber und Männer straußen und lannern Winter und Sommer, das heißt: sie drehen sich wie ein Kreisel, reißen sich herum und keuchen sich die Brust hohl und schnappen nach Luft wie ein Fisch auf dem Lande!

»Wieviel bekommen die Leute dafür?« fragte jener Wilde, den man sehen ließ, wie zivilisierte Menschen tanzen, und ich möchte ebenso fragen.

Ich lasse mir die Tänze gefallen, wo es auf Grazie ankommt: diese zarte, harmonische Ecossaise, dieser liebliche, kokettierende Contretanz und so weiter, aber immer ist es mir unerklärlich gewesen, wie so viele kluge Leute an diesem wilden, wahnsinnigen Herumschleifen, an diesem galoppierenden Totentanz Geschmack finden konnten, wo der herabtröpfelnde Schweiß jede Poesie vernichtet.

Wie bejammernswert ist ein deutscher Liebhaber, der wenig oder gar nicht tanzt! Er möchte gern seiner Geliebten in die Augen sehen und sie mit den seinigen küssen – da kommt das Schicksal, roh und kalt faßt es des Mädchens zärtliche Gestalt und wirft sie unter den Hufschlag wilder Pferde! Seine Geliebte wird bald von diesem, bald von jenem Manne bei dem Arme gepackt, wütend herumgerissen, und erst dann, wann sie kaum mehr Atem holen kann, folglich sich im kranken Zustande befindet, darf sich der Verlassene wieder nähern. Nun tritt er schüchtern heran, will sich wenigstens einen freundlichen Blick holen, vielleicht mit ihr sprechen. Törichter Wunsch! Eitles Hoffen! Seine Angebetete liegt auf dem Stuhle und fächelt sich, glüht und schwitzt wie ein Braten am Spieße, und statt zu antworten, keucht und pustet sie wie ein Blasebalg!

In Wien aber ist diese Wut ausgeartet. Da sieht man wenig Tänzerinnen mehr, sondern lauter Bacchantinnen. Sie zucken schon fieberhaft, sobald der Arm des Mannes sie berührt, dann pressen sie ihre Brust dicht an die seinige, den Kopf an seine Schulter, und nun lassen sie sich herumschleifen, saugen in dieser wollüstigen Lage jede Bewegung des Mannes, jene lüsterne Musik ein; die Unschuld flieht erschreckt aus dem Saale, die Weiblichkeit zerrt sich flehend zu ihren Füßen, und der Tod steht in der Ecke und lacht sich ins Fäustchen.

Und Strauß, der kleine gedrungene Mann, mit keck blitzenden Augen, arbeitet fort und immer fort. Er streicht die Geige so gewaltig mit seinem Bogen, daß die Töne seufzen und zittern, als sollten sie noch einmal gestrichen werden. Kann er nicht mit dem Bogen dirigieren, so dirigiert er mit Kopf und Fuß; aus dem Takt kommt er niemals, niemals, und deshalb protegiert ihn der Fürst Metternich.

Und *Lanner* tanzt selbst, während er zum Tanze aufspielt, und seine Töne zittern dir in das Herz hinein.

Und beide spielen bald con vivezza, bald con duclo, bald con gracia, bald con tenerezza, bald con fuoco. Aber! Aber!

Theodor Mundt

Völkerschau auf Reisen

Auf dem Schloßberg in Krakau

An einem heitern Morgen standen wir auf dem Schloßberge von Krakau und schauten hinaus in die weite polnische Ebene, durch welche sich die Weichsel in ihren malerischen Windungen schlingt. Den Horizont begrenzen die erhabenen Gebirgszüge der Karpaten, Bilder eines freien Naturlebens, stolz herabschauend auf ein bezwungenes Land und Volk. Wenn wir in Gedanken die Freiheit der fernen Berge atmeten, so erleichterten wir dadurch unser Herz von dem schweren Druck, mit dem es sich beim Anblick all des Lebens, das uns hier in der Nähe umgab, belastet fühlte. Betrachteten wir nur zu unsern Füßen die Weichsel und ihr jenseitiges Ufer, an dem, gerade gegenüber von unsrem Standort auf dem Schloßberge, das Haus der österreichischen Maut sich zeigte, ließen wir unsern Blick dann weiter umherschweifen zur preußischen und russisch-polnischen Grenze und wendeten wir nun das Auge wehmütig hinter uns, wo uns zu Häupten das alte Königsschloß der Polen emporragte, in seiner wunderlich chaotischen Bauart, die so bezeichnend ist für den polnischen Charakter, zeugend von ehemaliger Herrlichkeit noch in jetzigem Verfall und jetziger Erniedrigung, jetzt verwandelt in eine österreichische Kaserne: so fanden wir uns auf diesem Standpunkt von allen den verhängnisvollen Momenten umgeben, welche das Schicksal dieses schönen Landes bilden.

Man kann kaum eine blühendere und prächtigere Landschaft sehen, als die sich um das alte Krakau her ausbreitet. Die Gegend hat einen durchaus südlichen Charakter, und eine Fülle frischen Lebens liegt in bunter Mannigfaltigkeit vor uns ausgegossen. Da fallen unsere Blicke wieder auf das jenseitige Ufer der Weichsel und werden von den grünen Uniformen getroffen, welche sich dort von Zeit zu Zeit herumtummeln. Es sind die österreichischen Grenzjäger, welche auf der Lauer umherschweifen. Die Weichsel bildet die Grenze zwischen Österreich und dem Gebiet des sogenannten Freistaats Krakau. Eigentlich liegt die Grenze zwischen diesen beiden Gebieten mitten im Flusse, und der silbergraue Faden des Stromes ist es, welcher sie bezeichnet. Ein Schiff, das auf dem Krakauer Teil der Weichsel schwimmt, ist steuerfrei von den Gesetzen der Freien Stadt; sollte es sich durch eine auch nur zufällige Bewegung auf die österreichische Seite hinüberwenden, so würde es sofort abgabepflichtig werden. Ein Schwimmer, der sich beim Baden vom Krakauer Ufer aus nur etwas nach dem österreichischen hinüber verlöre, kann gewärtigen, mitten im Wasser von einem österreichischen Grenzjäger nach dem Paß gefragt zu werden, und es soll gefährlich sein, sich anders in der Weichsel zu baden als mit einem von dem österreichischen Residenten gezeichneten Paß im Munde. Die Natur aber in ihrer freien Lebendigkeit spottet dieser Grenzwut der modernen Völker, und der Fluß rauscht hüben wie drüben, hier, wo er die alte Burg der polnischen Könige, und dort, wo er das österreichische Zollgebäude widerspiegelt, auf beiden Seiten mit derselben Lust seiner Gewässer.

Der Freistaat Krakau ist das arme angenommene Kind, das die europäischen Großmächte durch die Wiener Traktate vom Jahre 1815 zu ihrem besondern Schützling sich auserkoren haben. Man gab ihm aber bei seiner Geburt einen unglücklichen Namen, indem man den neugebildeten Staat einen Freistaat nannte, und wie mancher Mensch sein Leben lang dafür büßen muß, daß er Gottschalk, Stoffel oder Habakuk getauft worden, so hat auch Krakau seine Benennung als Freistaat schwer genug entgelten müssen und entgilt es bis auf den heutigen Augenblick. In der Wiener Kongreßakte heißt es »*Die freie, unabhängige und streng neutrale Stadt Krakau*«, und die gesetzliche Ausstattung, welche man damals dem jungen Freistaat mit auf den Weg gab, war liberal und großmütig genug. Das Jahr 1815 war ein großmütiges Jahr in der Weltgeschichte, es hatte alle Taschen voll von Völkerglück und Staatenfreiheit. Man schuf damals Begriffe und Worte, die nachher sehr unangenehm in die Ohren fielen und ungefähr so nachsummten wie auf einem Fastnachtsball der letzte Baßgeigenstrich, der mit seinem sonderbar durch die Nerven schrillenden Ton daran erinnert, daß man zuviel getanzt und des Guten mehr getan hat, als die eigene Natur ertragen will.

Krakau bietet ein lehrreiches Beispiel von der Moralität der heutigen europäischen Politik dar. Man kann an den Krakauer Zuständen die Anatomie der Tagespolitik studieren, und diese Bereicherung der Erkenntnis verdient schon einen verlängerten Aufenthalt in der merkwürdigen und einst so stolzthronenden Stadt, die jetzt vor Trauer und Scham sich in sich selbst zusammenkauert und gern ihrem eigenen Bewußtsein entfliehen möchte. Alle europäischen Großmächte haben verantwortlichen Anteil genommen an dem Schicksal Krakaus. Österreich, Rußland und Preußen heißen seine drei Schutzmächte, welche die dem Freistaate gegebene Verfassung verbürgt haben. England und Frankreich haben den Wiener Traktat, welcher dem Freistaat das Dasein gegeben, mit unterzeichnet. Aber die österreichische Politik ist es allein, welche hier die Zügel in die Hand genommen, in diesem verstecktesten Winkel ihres Einflusses einen tiefen Blick in ihre eigenen Staatsprinzipien eröffnend. Österreich ist aus der ersten Schutzmacht die erste und alleinige Zwangsmacht Krakaus geworden. Von den beiden andern ausdrücklich sich dazu bestimmenden Schutzmächten ist vielleicht nur noch Rußland mit verdecktem Spiel beteiligt, indem es auch hier die Klugheit beobachtet, die Gehässigkeit bei der öffentlichen Meinung auf die Schultern der andern Macht zu wälzen, für sich selbst aber im stillen den ihm ersprießlichen Nutzen davon nicht zu verfehlen. Was Preußen anbetrifft, so wird es in Krakau selbst von den Männern der radikalen Partei bedauert, daß diese Macht nicht den entschiedenen Einfluß auf den Freistaat auszuüben unternommen oder nicht wenigstens eine bleibendere Spur seiner Einwirkung dort hinterlassen hat. In der kurzen Zeit, welche ein preußisches Ulanenregiment auf dem Krakauer Gebiet zubrachte, sind unter der Bevölkerung manche Sympathien für Preußen entstanden, und man würde hier eine preußische Besatzung ohne Zweifel der österreichischen vorziehen, welche letztere jetzt unumschränkt alle Lebensregungen von Krakau überwältigt hat. Auch sind die geringen Erleichterungen, welche der Freistaat in seiner bedrängten Lage doch nach manchen Seiten hin erfährt, nur dem Anteil

Preußens als Schutzmacht zuzuschreiben, obwohl diese Erleichterungen keineswegs politischer Natur sind, sondern sich mehr auf einige humane Einflüsse der Intelligenz beschränken. Dies will aber nicht viel mehr sagen, als einem an das Kreuz Genagelten den Schwamm mit Essig reichen, welcher den Durst nur heftiger reizt und das Lechzen nach dem Tode steigert. Aber Preußen hat hier so viel getan, als es die diplomatischen Verhältnisse zulassen. Mehr hätten England und Frankreich, die doch ebenfalls anerkannte Taufzeugen bei der Geburt dieses Freistaats gewesen, für eine Bevölkerung tun können, die unter einem in der Geschichte beispiellosen Zustand sich befindet und welche als Bewahrerin des Kerns der polnischen Nationalität die höchste Teilnahme verdient. Die Debatte in Frankreich – und was ist die französische Politik noch anders als Debatte? – ist zwar auch für Krakau einigemal in guten Raketen losgeprasselt, und in Zeiten wie den unsrigen muß man so oft den Lärm statt der Tat nehmen, daß man selbst den Phrasen, welche beim Beginn jeder französischen Kammersitzung regelmäßig für Polen erschallen, einigen Wert, vielleicht auch einige Wirkung beilegen möchte! Einen kräftigeren Willen hat die andere Frau Gevatterin Großmacht, das freie England, für den armen Täufling an den Tag gelegt. Schon im Jahre 1836 wurde es von Lord Palmerston für eine moralische Notwendigkeit erachtet, einen englischen Konsul nach Krakau zu senden, um vermittelnd in die dortigen Zustände einzugreifen. Es war dies ein Gedanke der Barmherzigkeit, und wer kann sich der Barmherzigkeit erwehren bei den Leiden eines tödlich Verwundeten, der sich herumwindet in den äußersten Qualen des Daseins, ohne leben noch sterben zu dürfen. Wem kämen nicht Tränen in die Augen beim Anblick einer Stadt, der unglücklichsten Stadt unter den Städten, deren Vergangenheit so reich an historischer Größe war und deren Gegenwart ein zum Tod gehetzter Bettler ist, der hungrig vor den Türen seiner ehemaligen Größe liegen und von den Fremdlingen, die sein Besitz bewohnen, sich mit Füßen treten lassen muß! Aber dieser menschliche Entschluß Englands ist bis jetzt noch nicht zur Ausführung gekommen, doch hat man ihn in neuester Zeit, wo die Not Krakaus immer bitterer geworden, wiederholt aufgenommen, wenn auch fürerst nur in den englischen Zeitungen. Sollte aber ein englischer Resident nach Krakau abgehen, so würde die österreichische Politik dadurch in nicht geringe Verlegenheit gesetzt werden, und es könnte sich Österreich bei dieser Gelegenheit heilsam daran erinnert sehen, daß es eine *deutsche Macht* ist und daß seine Hingebung an den Einfluß Rußlands nie dazu führen sollte, die sonst soviel zur Schau getragene Biederkeit und Ehrenhaftigkeit des deutschen Charakters aufs Spiel zu setzen.

Hier auf dem Schloßberge von Krakau, wo ich jetzt traurig stehe, begannen die ersten historischen Anfänge des nachher so groß gewordenen und weitmächtigen Polenreiches. Dies ist der alte Berg Wawel, in welchem der Drache wohnte, den die tapfere Hand des alten Krakus erschlug, und an dieser mit Drachenblut gedüngten Stätte erhob sich der erste Anbau Krakaus, das der Mittelpunkt des polnischen Reiches und der erste Sitz seiner Könige wurde. Ein von der Natur reich gesegnetes Gebiet begünstigte diese Ansiedelung. So weit man schaut, erblickt man hier ein schönes grünes Hügelland, das auf seinen Wellenlinien in einer Fülle von Fruchtbarkeit wogt und thront. Alle Erzeugnisse des Bodens gedeihen im Überfluß, hoch und dicht steht das Getreide, und der Bauer erntet oft drei- bis viermal des Jahres seine Gemüse. Dabei regt sich auf zusammengedrängtem Raum die zahlreichste Bevölkerung. Der heutige Freistaat Krakau umfaßt auf einem Flächeninhalt von 20 Quadratmeilen 131460 Bewohner, also auf einer Quadratmeile 6573 Seelen, ein so seltenes Verhältnis der Bevölkerung, daß es nur durch die außerordentliche Gunst des Bodens zu erklären ist. Dennoch hat alles hier ein menschenleeres und verlassenes Ansehen. Das Unglück des Menschen ist mächtiger als alle Pracht und aller Segen der Natur, sein Leid überzieht mit schwarzen Schatten die blühendste Landschaft, seine stille Träne ist durchdringender als das Rauschen der Seen und Flüsse, die dort weit und breit im Sonnengefunkel das Land bewässern!

Lebenszustände von Krakau

Die südliche Physiognomie der Stadt bringt beim ersten Eintritt in Krakau eine angenehme und behagliche Wirkung hervor. Bald aber wird man aufmerksam auf die Leere, die in allen Straßen herrscht, auf die brütende Stille in den Häusern, auf die dumpfe Schwüle der ganzen Stadt, die jeden Augenblick das Losbrechen irgendeines verhängnisschweren Ereignisses erwarten läßt. Krakau sieht beständig aus wie ein geladenes Pistol, das plötzlich losschießen wird, man weiß nicht, aus welcher Ecke und auf welches Ziel. Daher die ängstliche Spannung auf allen Gesichtern, das Lauern und Harren, das verstohlene Zischeln und Flüstern, das flüchtige Schleichen, die schattenartigen Bewegungen, das Atemanhalten der ganzen Stadt.

Die kopfhängerische Miene Krakaus macht den Eindruck eines durch Unglück zerrütteten Genies, das an sich selbst verzagt geworden und nicht mehr den Mut hat, an seine eigene Größe zu glauben, noch etwas Hohes, ins Leben Greifendes ferner damit zu wollen. Dies große verunglückte Genie sind die Polen, erlahmt in Überfülle von Kraft, ein Held, der matt geworden aus gebrochenem Herzen.

Das heutige Krakau ist dem äußern Anschein nach nur eine Bettlerstadt. Zerlumptes Gesindel, schmutzige Juden, Gestalten des Elends und der Armut bevölkern fast einzig und allein die Straßen und gleichen den Käsemilben, die sich auf der Fäulnis des großen polnischen Körpers angesetzt haben, während der edlere Teil der Nation sich vor Scham und Schmerz verkrochen hat. Von den höheren Bedürfnissen des Daseins ist hier fast nirgend mehr eine Spur zurückgeblieben, wenigstens gewahrt man öffentlich nichts davon, denn alles, was sich noch Kraft und Leben bewahrte, hat sich damit irgendwohin in die Stille geflüchtet und gerettet und existiert als Geheimnis, nicht zum Vorteil derer, vor denen es sich zu scheuen hat. Denn die in das Geheime zurückgedrängte Kraft hört auf, bloß eine Tugend zu sein, sie wird zur Verschwörung.

Bis zur Revolution von 1830 stand das gesellschaftliche Leben von Krakau auf einer sehr hohen Stufe und vereinigte die mannigfaltigsten Genüsse des Luxus und der Bildung. Auch noch unmittelbar nach der Revolution hatte sich hier eine große Anzahl vornehmer und reicher Refugiés zusammengefunden, die Mittel genug aufwandten, glänzende Häuser zu machen und die hiesigen Privatverhältnisse in einem großen Schwung zu erhalten. Dies dauerte bis zum Jahre 1833, wo die Mächte sich bemühten, alle in Krakau sich aufhaltenden Flüchtlinge und Ausgewanderten fortzutreiben. Alle nur irgend Verdächtigen, oder wenn sie einen verdächtigen Namen führten, wurden mit der größten Rücksichtslosigkeit aus der Stadt gewiesen, eine Menge der angesehensten Familien mußten ihren schon eingewohnten Haushalt abbrechen und mit Frauen und Kindern wie Abenteurer zum Tor hinaus wandern. Damals fiel es als ein merkwürdiger Umstand auf und wird noch heutzutage als solcher betrachtet, daß, während alle andern Krakau verlassen mußten, der bekannte *Chlopicki* allein die Erlaubnis erhielt, in der Stadt zu bleiben, wo er sich auch noch diesen Augenblick unangefochten befindet. Es ist dies eine Art von politischem Rätsel, ebenso zweideutig als dunkel. Chlopickis ungehinderter Aufenthalt in Krakau, wo er sich noch dazu einer besondern Gunst der Schutzmächte zu erfreuen scheint, hat die alten Zweifel, welche die polnischen Patrioten gegen diesen einst so hochgefeierten Naczelnik der Revolution gehegt, nur bestärkt und bestätigt. Jedenfalls möchte aber Krakau gegenwärtig der einzig sichere Aufenthalt für Chlopicki sein, da er in Paris oder London, oder wo sonst polnische Flüchtlinge in großer Anzahl beisammen sind, von diesen schwerlich unangefochten bleiben würde. Vielleicht möchte er dann dasselbe Schicksal erleiden wie der bei den Polen noch viel verhaßtere und als Hochverräter von ihnen verwünschte Skrzynecki, der ebenfalls durch sein Zauder- und Mäßigkeitssystem diesen Verdacht auf sich geladen und nachher in der Fremde den größten Schmähungen von seiten seiner eigenen Unglücksgenossen nicht entgehen konnte, bis er jetzt, wenn ich nicht irre, in den Vereinigten Staaten sich ein fernes Asyl gesucht hat. Was Chlopicki anbetrifft, so würden allerdings einige starke Schatten auf seinen Charakter fallen, wenn die Nachsicht, welche die Mächte jetzt gegen ihn ausüben, nichts anderes als ein Ausdruck der Dankbarkeit für sein Benehmen in der Revolution wäre. Es fragt sich aber, ob Chlopicki durch die vielbesprochene Niederlegung der ihm anvertrauten Diktatur in der Revolution von 1830 diesen Argwohn mit Recht verdient hat. Daß Chlopicki als Naczelnik des Revolutionsstaates mehr vermittelnd als gewaltsam wirken und lieber mit Klugheit organisieren als in Leidenschaft alles immer von neuem wieder über den Haufen werfen wollte, kann ihm zunächst nicht als Hochverrat an der Nationalsache, da er die wesentlichsten Dienste geleistet, ausgelegt werden. Die Haupttriebfeder seiner Handlungen als Diktator scheint die Ansicht gewesen zu sein, daß das neue Organisationswerk Polens den größten Nutzen von einer Vermittelung mit Rußland, den größten Schaden durch eine von den Exaltierten drohende Contrerevolution empfangen würde. An den Klippen, die er in diesem Sinne zu umschiffen hatte, konnte er leicht zerschellen, und sobald er einsah, daß das Friedensprinzip seiner Diktatur nicht anerkannt wurde, gab er dieselbe zurück, indem er in demselben Augenblick als gemeiner Soldat in das Revolutionsheer eintrat. Jetzt lebt er hier in Krakau sehr eingezogen und beschränkt, umgeben von einigen Freunden, die seinen Charakter und seine ganze Stellung in der polnischen Revolution lebhaft verteidigen. Er ist in Krakau ein sehr viel gesehener Spaziergänger, dem man unter den schönen Baumgängen, welche sich um die Stadt herum erstrecken, und in der Stadt selbst, auf dem Ring, häufig begegnet. Wenn man dort einen Mann trifft von hoher imposanter Gestalt, bedeutend ergraut, aber noch kräftig und markig in seinem Aussehen, mit seinen etwas diplomatischen Bewegungen, gewöhnlich in einem langen grünen Überrock und mit der eigentümlich geformten polnischen Mütze bekleidet, so hat man den Helden Chlopicki gesehen, den Sieger in so vielen blutigen Schlachten, den Mann des Volkes, dem der Schmerz um seine Nation und der undankbare Argwohn, der auf ihm lastet, die Seele umdüstern. In seinen Wunden, die er als Soldat für sein Vaterland empfangen, trägt er noch heut in allen brennenden und fiebernden Erinnerungen die ganze Geschichte Polens seit 1792 mit sich herum, denn Chlopicki kämpfte schon mit hoher Tapferkeit in der Schlacht bei Raclawice neben Kościuszko, der ihn hier im Angesicht des ganzen Heeres als ebenbürtigen Helden umarmte. Seine letzte Schlacht focht er bei Grochow im Jahre 1831, wo die Granatenkugeln der Russen ihm Hände und Füße verwundeten. Jetzt ist die ganze große Bewegung jener Zeiten verrauscht, die Helden derselben sind Begrabene, Unglückliche, Ausgestoßene, Verschmachtende. Ein Mann wie Chlopicki, nach solcher Vergangenheit ohne Zukunft, an ein verkümmertes und verdächtiges Fortleben gefesselt, welche Kraft muß er nicht aufzuwenden haben, um diesen abgestandenen Rest des Daseins noch zu ertragen? Das hohe Meer der Geschichte hat ihn ausgeworfen wie einen Schiffbrüchigen auf eine einsame trostlose Insel. Alles ist still und tot um ihn her, die ferne Brandung des Lebens klingt in seine Öde nur wie Hohn herüber, denn für ihn hat sie keinen Hoffnungsklang, keine Verheißung der Rettung. Tapfer, edel, groß und vor allen Dingen ehrlich ist er gewesen, als noch sein Wirken es war, das seiner Nation Schicksal bewegte. Was hat er nun, was ist sein Dank, sein Lohn, sein Trost, seine Befriedigung beim Sterben? Chlopicki geht alle Tage spazieren, und mittags hält er ein gutes Mahl im Gasthof zur Rose, wo er sich die italienische Küche behagen läßt. Spazierengehen, Essen und Trinken sind also noch übriggeblieben von der ganzen welthistorischen Herrlichkeit. Nachdem die Ideale der Geschichte verflogen, hält noch die zähe Notdurft des täglichen Lebens Stich und erweist sich als das Dauerhafteste.

Von öffentlichen Vergnügungsorten erblickt man fast gar nichts in Krakau. Die Stadt scheint jetzt in jeder Hinsicht darauf angewiesen, ohne Vergnügen zu leben, und kann sich in ihrem Unglück nicht einmal Zerstreuung verschaffen. In den wenigen Cafés geht es still und freudlos her. Nur an Zuckerbäckereien sieht man einen großen Überfluß, und in den Hauptstraßen ist fast ein Haus um das andere eine solche Cukiernia, ohne welche die Polen einmal nicht bestehen können. Selbst in den kleinsten polnischen Städten findet man immer mehrere Konditoreien, die stets zahlreich besucht sind. Es ist die größte Nationalliebhaberei der Polen, Kuchen zu essen, was ein berühmter Humorist bekanntlich als ein Kennzeichen unglücklicher Genies angegeben hat. Die niedrigeren Kaffeeschenken, deren es eine zahllose Menge gibt, sind meistenteils Aufenthaltsörter des Schmutzes und des Lasters. Unter den Kaufläden fallen die vielen Modehandlungen in die Augen und zeigen den eigentümlichen Sinn der Polen für schöne fashionable Toiletten an.

Gestern verbrachten wir den Nachmittag im Schützengarten. Dies ist der einzige öffentliche Ort, wo sich zu den Konzerten, die hier in der Regel am Sonntag stattfinden, einiges Publikum auch aus den höheren Ständen versammelt. Es war ein solches Sonntagskonzert, das uns in den anmutigen und ziemlich geräumigen Garten lud. Für den Eintritt wird nichts bezahlt, es ist ein militärisches Musikchor, das hier auf Anordnung der Polizei alle Sonntage einige Stunden lang musizieren muß, damit man der Verwaltung nicht nachsagen könne, daß sie gar nichts für die Erheiterung der Stadt tue. Nichts Befremdlicheres aber kann es geben als den Anblick der Versammlung, die sich hier eingefunden. Wir erblickten zuerst um die Tribüne der Spieler herum einige Reihen von Bänken, auf denen, wie zur Erwartung irgendeines besondern Ereignisses aufgepflanzt, in lautloser Stille Herren und Damen saßen. Andere Gruppen bewegten sich in den schönen Baumgängen des Gartens auf und nieder, aber selten hört man ein Wort von den oft bedeutungsvollen, durch stolze Haltung ausgezeichneten, aber immer scheu in sich gekehrten Gestalten. Nun erschallt die Musik, aber statt der polnischen Nationalmelodien werden Walzer von Strauß gespielt. Aber auch der Walzer verbreitet keine Heiterkeit, sondern klingt nur wie Hohn. Indes hat sich die Gesellschaft, die stark von österreichischen Uniformen durchschimmert ist, hier und da vor einigen Tischen niedergelassen, um Erfrischungen einzunehmen, aber alles ohne Behagen, ohne Ruhe, mit einer Hast, die jeden Augenblick eine unwillkommene Störung zu befürchten scheint. Es dauert auch nicht lange, so ist die Musik verstummt und dann im Nu die ganze Gesellschaft zerstoben. Man drängt sich in der größten Eil wieder zum Garten hinaus, der nach wenigen Sekunden so leer und einsam ist, als hätte ihn nie ein menschlicher Fuß betreten. Manche Gesichter, die man hier schaut, besonders unter den Frauen, lassen einen unverlöschlichen Eindruck in dem Beobachter zurück. Verstecktes Rachegefühl lodert in schönen, glühenden Augen, die jeden, welchen sie durchdringend ansehen, zur Tat begeistern möchten. Welche Fülle von Mut, Lebenstrotz und Nationalstolz thront nicht auf den Stirnen dieser Frauen! Welche Kraft der Verachtung umspielt diese Lippen! Man glaubt auf diesen Gesichtern den trauernden und zürnenden Genius der Nation zu sehen, und welche Zukunft möchte man ihm noch erhoffen, wenn man ihn in dieser Offenbarung erblickt!

Die Frauen und die Bauern hat man von jeher für den Kern der polnischen Nation angesehen und muß ihn noch heut, im Zustande der Knechtschaft, bei ihnen suchen. Eine junge Gräfin in Krakau starb in der letzten Revolution, weil sie aus patriotischer Entzückung die Wunden der Krieger geküßt hatte, sich daraus eine tödliche Krankheit in ihre Adern saugend. Solchen Rausch der Vaterlandsliebe nenne man bei einem unglücklichen Volke nicht Schwärmerei, sondern es ist vielmehr ein hoher menschlicher Zug, die reinste Betätigung des Menschlichen, das mit dem Nationalen auf einem Brennpunkt zusammengetroffen. Und die heilige Glut dieses zusammengeschürten menschlichen und nationalen Bewußtseins gehört vorzugsweise den Frauenherzen an, in denen es sich als die reinste Vollendung des Volkscharakters darstellt. Der Pole zollt daher auch den Frauen seiner Nation eine wahrhaft bewundernswürdige Verehrung, die sich in allen Beziehungen des Lebens durch eine Aufmerksamkeit, hinter der selbst alle Galanterie der Franzosen zurückbleibt, zu äußern pflegt.

Von den polnischen Bauern kann man insofern sagen, daß

in ihnen ein gesunder und tüchtiger Kern der Nationalität sich erhalten hat, als sich durch ihre Lebenssitten und ihren Charakter noch ein biederes religiöses Element hindurchzieht, das in dem so sehr verderbten vornehmen und aristokratischen Teil dieses Volkes sich immer mehr abgeschwächt hat. Wenn man das eigentümliche Leben des polnischen Landmannes betrachtet, so fühlt man, welch ein großer Fehler es gewesen, dies Element des Bauernstandes gänzlich von allen Nationalbewegungen auszuschließen und Revolutionen zu machen, die einen bloß aristokratischen Charakter hatten. Im Krakauischen sind zwar die Bauern emanzipiert, das heißt, sie sind von der Leibeigenschaft frei geworden, aber diese Befreiung hat auch hier ihre Zustände um nichts gehoben und ihnen weder zu einer menschlichen Veredelung ihres rohen Kerns noch zu einer Anerkennung als eines organischen Bestandteils der Nation verholfen. Der Bauer ist in Polen einem durchaus tierischen Zustand überliefert, dessen Schmutz ihm aber seine natürliche gute Laune gar nicht verdorben hat. Vielmehr hat er sich in diesem Schmutz mit so vielem Behagen, frohem Humor und einer gewissen Gemütlichkeit eingerichtet, daß man es als einen Beweis von seiner ursprünglichen edeln Naturkraft an ihm anerkennen muß, wenn man sieht, was er in einem solchen Leben, wie er es führt, geblieben ist, nämlich ein kräftiger, moralisch unverdorbener, frohsinniger und selbst geistig aufgeweckter Sohn der Natur. Die Emanzipation des krakauischen Bauern hat auch in gewisser Beziehung ihre Früchte getragen und ihn hier und da zu einer größeren industriellen Betriebsamkeit angestachelt, die vielleicht den Übergang zu einer allgemeineren Ausbildung und Entwickelung bei ihm legt. Im ganzen hat er jedoch bei einer solchen Emanzipation, die nur negativ wirkt und nichts Positives schafft durch Erziehung und Gewährung politischer Rechte, an Lebensbehagen eher verloren als gewonnen. Deshalb haben auch bereits in mehreren Herrschaften von Krakau die Bauern darum nachgesucht, wieder in die früheren Verhältnisse zurücktreten zu dürfen, wo sie noch nicht emanzipiert waren, da die neuen bei weitem vorteilhafter für die Grundbesitzer als für die Bauern selbst sind. Die Grundbesitzer nehmen sich jetzt gedungene Arbeiter, die für den geringen Taglohn viel mehr arbeiten als früher die Bauern, die sonst ihre Pflichtigkeiten mit fauler Leistung abarbeiteten, jetzt aber, wo sie ihre Lasten abkaufen können, oft in Not sind, wo sie das Geld dazu auftreiben sollen. Auch genossen sie früher größere Vergünstigungen von seiten der Herrschaften. Wenn Sturm und Unwetter ihre Hütten zerstört hatten, mußte ihnen die Gutsherrschaft dieselben wieder erbauen. Jetzt muß der Arme den Schaden, welchen ihm die Elemente zugefügt, selbst vertreten und häufig ihm unterliegen.

Die Hütten der polnischen Bauern sind sprüchwörtlich geworden durch ihre armselige und schmutzige Einrichtung, die dem Aufenthalt von Menschen und Vieh dieselben Rechte erteilt. Früher bestimmten sich die Abgaben, welche die Gutsherrschaften zu zahlen hatten, nach der Anzahl der Schornsteine auf ihren Gütern. Daher auf den polnischen Dörfern der Mangel an Schornsteinen bei den Bauernhäusern. Der Rauch zieht entweder durch die beim Dach befindlichen Ritzen oder durch Tür und Fenster hinaus, was dem Bauer vollkommen gleichgültig ist. Jene Abgabenbestimmung hat indes jetzt aufgehört, und man sieht nun wieder häufiger Schornsteine auf den Hütten der Landleute entstehen, woraus sich aber diese, die ihre ganze Emanzipation bereuen, schwerlich etwas Sonderliches machen werden. Die unermeßlich reiche Gräfin Potocka hat auf ihren Gütern, deren sie auch im Königreich Polen eine bedeutende Anzahl besitzt, vielfach versucht, für ihre Bauern etwas zu tun, sie hat ihnen Geld gegeben, um sich bessere und menschlich eingerichtete Hütten zu bauen, neben denen das Vieh seine abgesonderten Ställe haben sollte. Aber zu dem letzteren waren die Bauern schlechterdings nicht zu bewegen, und das Zusammenwohnen mit ihrem Vieh aufzugeben wäre ihnen ein härterer Verlust gewesen, als der Verlust ihrer menschlichen Würde ist, über den sie sich mit einer so bewundernswürdigen Kraft des Naturells hinwegzusetzen wissen. In der Tat besitzt der polnische Bauer einen Charakter, der ihm etwas seinem eigenen elenden Zustand durchaus Überlegenes und, wenn man will, darüber Erhabenes verleiht. Dieser Charakter ist aus zwei scheinbar sich widersprechenden Elementen, aus einem gewissen Stoizismus und aus einer echt humoristischen Lebenslust, welche letztere einen sehr kindlichen Zug hat, gleichmäßig gemischt. Die stoische Ausdauer namentlich der krakauischen Bauern bei den größten Mühseligkeiten und Widerwärtigkeiten ist bekannt. Ihre wohlgeformten starken Körper, deren Bau man für unerschütterlich erkennen muß, bewähren sich bei den gewaltigsten Arbeiten wie beim fröhlichen Tanz und Spiel mit derselben Leichtigkeit. Sonntags in ihren Schenken, wenn sie den Krakowiak tanzen, muß man die hiesigen Bauern sehen, um ihre eigentümliche Begabung, die tiefinnerliche Naivetät ihres Naturlebens und ihre wahrhaft geniale Einfalt zu bewundern. In diesem nationalen Tanz verstehen sie nicht nur die zierlichsten Gruppen zu bilden, sondern es offenbart sich hier auch ihr witziger und erfindungsreicher Sinn in den Versen, welche jedesmal der Reigenführer bei jeder Figur des Tanzes zu singen hat, indem er sich dazu mit einer schelmischen Keckheit vor den Musikanten hinstellt, der ihm eine Weise vorspielt, zu welcher der Tänzer mit Anpassung der Tonart jene bekannten zweizeiligen Reime absingt. In diesen Krakowiaks entfaltet der Bauer die ganze Tiefe seines humoristischen Naturells, bald in zärtlichen Liebesscherzen, die auf seine Schöne anspielen, bald in Ironie, die allen seinen Genossen, dem ganzen Dorf oder wohl gar allgemeinen Verhältnissen des Lebens gilt. Denn der Witz des Kontrastes ist es vorzugsweise, der in den beiden Zeilen des Krakowiaks gesucht wird, indem die erste in der Regel einen ganz gleichgültigen oder fernliegenden Gegenstand anschlägt, die zweite aber, die sich im Reim anpassen muß, den naheliegenden Gegenstand und die Anspielung, auf welche es ankommt, hinzufügt, so daß es dabei selten ohne ein komisches Widerspiel abgeht.

Nicht minder eigentümlich sind die Lebenssitten des krakauischen Bauern im Innern seiner Hütte und seiner Familie. Wenn wir aufs Land hinausgingen, verfehlten wir selten, uns in einem Bauernhause durch ein Glas Milch zu erquicken, wo wir jedesmal an dem offenherzigen und frohgearteten Wesen seiner Bewohner unsere Freude hatten. Mehrere Häuser auf diesen polnischen Dörfern fielen uns auf durch die großen weißen Flecke und Kreuze, die, mit Kalk gemalt, das ganze Haustor oder auch die Wände bedeckten. Wir erfuhren, daß in einem so bemalten Hause jedesmal ein heiratsfähiges Mädchen sich befindet, die durch diese Zeichen den Freiern gewissermaßen ausgeboten wird. Eines Tages erschallt auch ein Lied vor der Tür der Auserwählten, der junge Freier hat es beziehungsreich gesungen, und unmittelbar darauf tritt er selbst ins Zimmer, von einem Brautwerber begleitet. Dieser letztere führt eine wohlgefüllte Flasche Branntwein mit sich, und nachdem er sie herausgezogen, begehrt er dazu von der Frau des Hauses ein Glas, das vollgeschüttet und dem Hauswirt zugetrunken wird. Dieser gibt es alsdann seiner Frau, die es nun wieder mit einer gewissen Förmlichkeit dem Freier überreicht, der es, nachdem es abermals gefüllt worden, dem Mädchen darbietet, auf dessen Jawort er hofft. Wenn sie das Glas mit verschämtem Lächeln an die Lippe setzt, daraus trinkt und das Daringebliebene dem Liebhaber überreicht, so ist die Sache richtig, und es erfolgt auf der Stelle das feierliche Verlöbnis. Gibt sie aber den Trank unberührt zurück, so hat der arme Schelm einen Korb bekommen. Auch hier ist der Branntwein der Vermittler, wie bei allen Lebensbeziehungen des polnischen Bauern, im Guten wie im Schlimmen. So einfach auch sonst die Nahrung dieser Leute ist, die sich fast nur auf Vegetabilien und einige aus Mehl bereitete Speisen beschränkt und nur bei außerordentlichen Gelegenheiten im Jahr es bis zur Fleischkost bringt, so wird doch mit dem Branntwein überall die größte Verschwendung und Ausartung getrieben. In diesem elenden Getränk ersäuft der polnische Bauer die Sorgen, die ihn über den elenden Zustand der Unterdrückung, an den er gebannt ist, beschleichen wollen, und so möchte ihm dies Gift, das er als Gegengift gebraucht, selbst in humaner Absicht nicht zu entreißen sein, bevor man nicht eine durchgreifende Verbesserung und Vermenschlichung seiner Lage mit ihm vorgenommen. Aber die großen Naturanlagen, welche dem polnischen Landmann jeder zuerkennen muß, der nur einigermaßen Gelegenheit gehabt, mit ihm zu verkehren, haben sich in diesen seinen schmutzigen Verhältnissen so fest und kernhaft erhalten wie der Edelstein im Kot der Erde. So schlummern hier im Naturkinde die Keime zu einer bedeutenden Bildung, mit Füßen getreten von der Grausamkeit der Gesetzgeber und, bei der Unmöglichkeit, sich zu einer Blüte zu entfalten, doch von unverwüstlicher Kernhaftigkeit. Zwar fehlt es dem Bauern bei aller seiner Aufgewecktheit des Geistes auch nicht am dumpfesten Aberglauben, denn mit derselben mysteriösen Innigkeit, mit der er an Gott glaubt und zur Heiligen Jungfrau betet, gibt er sich auch an den Gedanken vom Werwolf hin und trägt überhaupt eine geheimnisvolle Welt von Vorstellungen in seinem Kopf, an deren Spukgestalten er mit einer heiligen Scheu hängt. Aber dies beweist nur seine poetische Eindrucksfähigkeit, mit der er sich die Nachtseite der Natur und des Lebens, der ihn sein ganzes Schicksal gern preisgeben möchte, zu einer bevölkerten Region, zu Gestalten umschafft, die einen ganz persönlichen Verkehr mit ihm führen. Wird jemals eine günstige Schwankung in der Waagschale der Weltgeschichte auch für diese bisher so unbenutzten und unterdrückten Elemente der Menschheit eintreten können? Und wird das, was die Natur zu allem Anteil an den höchsten menschlichen Rechten berufen, die Kraft der Geschichte gewinnen, um sich ein historisches Leben in der Wirklichkeit zu schaffen?

Wenn man hier von einem Höhepunkt aus die Umgegend überschaut, so gewahrt man um Krakau herumliegend in diesem kleinen Rundgemälde allein *achtunddreißig* adlige Herrschaften. Dies ist das Bild des Zerfalls von Polen. Nirgends erscheint die Aristokratie als ein so klumpenartig abgesonderter Bestandteil der Nation wie unter diesem Volke. Solche Zusammenklumpungen in einem Organismus hindern aber die selbständigen Lebenseinrichtungen aller andern Teile, die daran erlahmen müssen, und von der polnischen Aristokratie kann man in Wahrheit sagen, daß sie alle andern Glieder der Nation gelähmt und am Leben gehindert hat. Sie hat den Fall der Könige, die Unterjochung der Bürger und das Elend der Bauern auf ihrem Gewissen.

Die Schwarze Madonna in Krakau und Polen

Die Ablaßwoche begann in Krakau. Unter dem armen Volk entsteht dann eine eigentümliche Bewegung, und alles rüstet sich, mit so großem Aufwand, als es die Armut nur immer vermag, den Dienst der heiligen Muttergottes zu begehen. Auch der Ärmste hat sich dann von seiner Bettelhabe einige Groschen erübrigt, für die er Wachslichter kauft. Denn nur von den Armen und Elenden, von der niedrigsten Volksklasse der polnischen Nation, ist hier, wo es sich um den inbrünstigsten Kultus der katholischen Kirche handelt, die Rede. Dieser Kultus ist die Anbetung der Maria in der Ablaßwoche, und man findet ihn in seinem feierlichsten Aufschwung, wo er, wie ich es in Krakau einigemal mit ansah, auf offener Straße vor sich geht. Dies ist hier namentlich der Dienst der Schwarzen Maria, die in Polen so sehr verbreitet ist und bis in Schlesien hinein die Zahl ihrer Verehrer ausgedehnt hat. Bilder dieser Schwarzen Maria befinden sich hier in Krakau an zwei oder drei Häusern in Nischen angebracht. Abends in der Dämmerungsstunde versammelt sich die Nachbarschaft, und jeder bringt so viel Wachslichter mit, als er nur hat erschwingen können. Das Bild der Maria wird ringsum mit Lichtern besetzt. Nun brennen alle die Kerzen, welche oft die kläglichste Armut angezündet, und die Muttergottes strahlt festlich in dem Glanz, mit welchem das Elend dieser Welt sie umgeben hat. Denn unten um sie her, im andächtigen Kreise geschart, stehen die zerlumptesten und hülfsbedürftigsten Gestalten der Bevölkerung. Zunächst unter ihrem Bilde an der Erde erblickt man ein Tischchen, ebenfalls mit einem Wachslicht besetzt. Um dieses tritt das zum Gnadendienst versammelte Volk in einen engen Kreis zusammen und stimmt aus bangem Herzen seine Gesänge an, welche zur Jungfrau um Ablaß flehen. Es strömt immer mehr armes Volk aus den nächstliegenden Straßen herzu. Die Straße ist auf diesem Punkt fast überfüllt und der Durchgang erschwert. Einige haben sich in einen festlichern und reinlicheren Anzug gekleidet. Andere sind noch in ihren gewöhnlichen Alltagslumpen gekommen und stehen abgerissen und in Hemdsärmeln umher, so wie sie von der Last der Tagesarbeit sich hinweggestohlen haben. Wenn sie auch kein hochzeitlich Kleid anhaben, die Schwarzbraune Maria wird in ihre Herzen blicken und den frommen Hauch ihrer Gesänge verstehn. Aus den kleinen Gebetbüchern, welche einige in der Hand haben, singen sie diese Lieder ab, während einer der Ältesten für die, welche kein Buch mitgebracht, in der Pause zwischen jeder Strophe die nächstfolgenden Worte vorliest, welche dann alle mit feierlicher Andacht nachsingen. Die unverkennbarste Hingebung, eine in sich selbst vertiefte Inbrunst ist auf allen ihren Gesichtern zu lesen. Rührend und herzergreifend erschallen durch die Nacht die Wechselgesänge dieses armen zerlumpten Gesindels, das für ein unterdrücktes und übervorteiltes Dasein seinen Trost in dieser Zeremonie findet, welche von allen mit dem größten Anstand beobachtet wird. Weiber, Kinder und Männer lösen sich wechselseitig in diesen Gesängen ab, deren Melodien alle einen wunderbaren Eindruck hervorrufen. Klagend und herzinnig, halten sie sich, wie alle Volksmelodien, in der Molltonart und bewegen sich nur in einem Umfange von sechs bis sieben Tönen.

Wohlgekleidete Menschen und solche, die nur einigermaßen den besseren Klassen der Gesellschaft angehörten, erblickt man niemals unter diesem Haufen. Höchstens bleibt einer aus Neugierde einen Augenblick lang stehen. Die meisten gehen vorüber, nachdem sie grüßend vor dem Marienbild den Hut abgezogen haben. Der arme Teil der Bevölkerung aber nimmt den allereifrigsten Anteil daran. Wer nicht mehr zu dem Kreise hinzutreten kann, sitzt in der Ferne auf irgendeinem Stein an der Straßenecke, seinen Hut zwischen den Händen haltend, und bewegt, im stillen Hinsummen seines Gebets, die Lippen nach dem Gesang der übrigen. Diese Menschen drängen und scharen sich hier mit aller Gewalt ihrer bedrückten Seele, die selbst ein

Bild von Stein rühren könnte, und die steinerne Maria in ihrer Nische, zu der sie alle so verlangend aufschauen, erglänzt sie nicht wie im Gnadenlächeln sich herunterneigend zu all diesen Kindern des Unglücks und der Sünde? Und dies ihr überirdisches Lächeln, das so manche beseligt und tröstet, ist es auch nur das Funkeln des Strahlenkranzes, den die Armen selbst mit ihren Wachslichtern ihr entzündet haben, so beglückt es doch, wie jede süße Täuschung, welche sich die menschliche Seele aus ihrem geheimsten Verlangen selbst bereitet.

Und so geht es die ganze Ablaßwoche hindurch Abend um Abend. Niemand in der Nachbarschaft beeinträchtigt diese heilige Handlung, die sich ungestört der Öffentlichkeit der Straße überlassen kann. So erfüllt sich hier auf das offenbarste der Beruf des Christentums als die Religion der Armen, die vorzugsweise kommen, um durch Buße und Gebet wenigstens in einem zukünftigen Leben sich ein besseres Los zu bereiten. Diese Andächtigen singen aber so lange, bis die Wachslichter von dem Marienbilde heruntergebrannt sind, dann stimmen sie noch zu guter Letzt ein Lied an, worin sie der Heiligen Mutter eine gute Nacht singen. Viele hundert Male wiederholen sie das aus wenigen Tönen bestehende Abschiedslied, dessen Melodie, so einfach und kindlich sie ist, doch nicht der Harmonie entbehrt. Nun ist alles finster geworden, und nur oben am Firmament der Nacht flammen die Sterne auf, milden Glanz herniedertauend, als wollten sie die langsam auseinandergehende Schar nicht ganz ohne alle Hoffnung auf den Segen des Himmels entlassen. Und du, Schwarze Maria, wirst du ein gutes Wort einlegen für diese Verstoßenen und Zerlumpten, aus denen die Not der Zeiten zu dir schreit und fleht? Haben sie denn so große Sünde begangen, daß ihnen gar nicht vergeben werden kann? Vergib ihnen, Schwarze Maria, wenn du irgend kannst, ihre Sünde, ihre Sünde, arm und übervorteilt zu sein in der Gesellschaft, aus welcher alle ihre andern Sünden entsprungen sind. Heile doch, Schwarze Maria, wundertätige Frau von Czenstochow, heile, wenn du irgend kannst, dies Grundübel unserer Gesellschaft, daß es Arme und Übervorteilte gibt, welche durch die Privilegien der Glücklichen zu Sündern verurteilt sind! Aber wenn die Welt dahin gekommen ist, daß die Glücklichen teilen werden mit den Unglücklichen zu gleichen Teilen, wirst du dann noch ein Publikum haben in der Ablaßwoche, Maria von Czenstochow? Wenn die große allgemeine Weltharmonie über die Menschheit hereingebrochen sein wird, werden sie dir dann noch die Wachskerzen anzünden, für welche jetzt die Hungernden sich den letzten Groschen abdarben, damit du hübsch im Lichte thronen und gut sehen kannst bei deiner Verteilung der Gnaden? Überhaupt, werden die Satten tun, was die Hungernden getan haben?

Auf den Straßen begegnet man jetzt häufig ganzen Scharen polnischer und schlesischer Landleute, die bloß des Ablasses wegen herbeiströmen und oft weite Wanderungen gemacht haben. Diese guten Naturkinder schleppen die wenigen Sünden, die sie in ihren kleinen und armseligen Verhältnissen begangen haben können, so viele Meilen weit zu Fuß herbei, mit Weib und Kind, unter den größten Mühseligkeiten und Entbehrungen, um der Gnade Mariens teilhaftig zu werden. Ihre Bigotterie ist merkwürdig anzusehen, und wenn man sie betrachtet, wie sie hier auf den Knien durch die Kirchen rutschen oder mit plattem Leib über das Pflaster derselben hingeworfen liegen, so wird man nicht leicht ohne Rührung bleiben. Dazu die oft so ausdrucksvoll und schön geformten Gesichter dieser Landleute, Gesichter, auf denen der Beruf eines bessern Schicksals liegt, als das ist, welches sie zu tragen haben und welches sie im Drang ihres gequälten Daseins so weit hertreibt, um in den besonders gnadenreichen Kirchen ihr Labsal zu finden.

Dieser Dienst der schwarzen Muttergottes, der unter dem armen Volk in Polen so beliebt ist, schreibt sich aus sehr alter Zeit her und ist in seiner Entstehung nicht eben klar nachzuweisen. Der byzantinische Ursprung dieser schwarzfarbigen Darstellung der Jungfrau Maria leuchtet zunächst als das Wahrscheinlichste ein, und übereinstimmend damit sind die Sagen, welche über das Originalbild dieser Maria in Czenstochow und über dessen wunderbare Geschichte sich ergehen. Es wird nämlich behauptet, daß dies Bild ursprünglich in Konstantinopel sich befunden und im Besitz der heiligen Helena, der Mutter des Kaisers Konstantin, gewesen sei. Man ist sogar in der Kühnheit der Behauptungen so weit gegangen, anzugeben, daß Lukas selbst, kurz vor der Himmelfahrt Mariens, dies ihr Bild auf eine kleine Tafel, die er im Hause des heiligen Johannes fand, gemalt habe. Der heiligen Helena diese Tafel in die Hände zu liefern kann dann der Sage nicht schwerfallen. Genug, daß man von dieser schwarzbraunen Abbildung der Muttergottes zuerst in Byzanz vernommen, wo allerhand ägyptische und äthiopische Elemente dazu mitgewirkt haben mögen, der Jungfrau Maria dies Kolorit zu geben. Es stimmt überhaupt diese farbige Darstellung mit dem byzantinischen Kunstgeschmack überein, der dem Gesicht des Heilands selbst häufig ein Mohrenkolorit verliehen hat, wie auf dem Bilde der heiligen Veronika in der Boisseréeschen Sammlung. Die Schwarzbraune Maria verrichtete aber in Konstantinopel schon früh Wunder aller Art und galt schon damals für die kostbarste Reliquie. Die Sage erzählt, daß sie darauf von Konstantinopel nach Aachen gebracht worden. Dort habe ein slawischer Herzog, der unter Karl dem Großen gedient, das Mirakelbild gesehen und es auf sein inständiges Bitten zum Geschenk erhalten, worauf er es in der Kirche von Belz, das jetzt zu Galizien gehört, habe aufstellen lassen. Von dort soll es im Jahre 1382 durch Wladislaw, den Herzog von Oppeln, nach Schlesien geführt worden sein, um es vor den das Land überschwemmenden Tartaren zu schützen. Als die Pferde, welche das Bild fortführten, vor dem Berge bei Czenstochow angelangt waren, hielten sie plötzlich still und ließen sich aller Antreibungen ungeachtet nicht weiter von der Stelle bringen. Da besann sich Herr Wladislaw noch dazu auf einen Traum, der ihm in der letztvergangenen Nacht die ganze Geschichte geweissagt hatte, und so beschloß er, an dieser Stelle eine Kirche zu bauen, die dies wunderbare Bild in sich aufbewahren und nur dem Dienst der Schwarzbraunen Jungfrau geweiht sein sollte. Für das Bild ließ darauf Wladislaw Jagiello, der Gemahl der schönen Hedwig, eine besondere

Kapelle errichten. Und dort thront sie noch heut, die gnadenreiche Mutter mit dem schwarzen Antlitz, und vergibt die Sünden weit und breit, indem sie die liebste Ablaßerteilerin der Polen geworden. Czenstochow, mit seinem gleich einer Festung eingerichteten Kloster, das die Grenze zwischen Schlesien und Polen bildet, ist noch heute ein fleißig besuchter Wallfahrtsort, zu dem jährlich viele Tausende fromme Büßer pilgern.

Gustav Ferdinand Kühne

Sospiri

Blätter aus Venedig

Wie ich heut auf meinem Lager erwachte, schien es mir, als sei ich von meinem eignen Schrei aufgejagt. Ich war halb vom Bett gesprungen, meine Pulse flogen, mit zitternder Hand rieb ich mir die Wimpern, wollte die Funken erdrücken, die mir aus den Augen schossen. – Jesus! sagt ich auf gut christlich deutsch und fand mich nun zurecht. Nur nach durchschwärmter Nacht fährt man in Deutschland so jach von quälenden Träumen auf. Freilich waren hier auf dem Markusplatze, im schleichenden Gewühl der Mercerie, im mittelalterlichen Volkstumult auf dem Rialto halbe Nächte, ganze Tage durchschwärmt. Die ersten Besuche in Galerien und Kirchen sind wie Hetze jagden; der ganze Vorrat von Jahrhunderten überstürzt di- gequälte Seele, und es ist erklärlich, wenn sie wenigstens im Schlafe sich wehrt.

Wir waren von Triest gekommen. Der Unterschied zwischen Triest und Venedig ist ebenfalls ein gewaltsamer. Dort lauter Gegenwart, hier die morsche Pracht vergangener Größe. Dort die lebendigste Kraftentwicklung des Augenblicks, leidenschaftlich, lebensgierig, ohne Gewissensbisse, ohne Rückblicke, ohne Reminiszenzen. Hier eine Welt voll ungeheurer Qual, jeder Stein Erinnerung, jeder Schritt über Gräber zitternd, ein eingesargtes Leben, eine prachtvoll beigesetzte Königsleiche, die der Fluch getroffen: selbst dein Sterben, selbst dein Schlafen, selbst den Pomp deiner Bestattung, die Tränen und den Gram der Deinigen, alles das sollst du noch totenähnlich erleben. Das Maß deiner Sünden, lautete der Fluch des Schicksals, war übervoll, der Geruch deiner Verwesung bei lebendigem Leibe stieg gen Himmel; darum sollst du wach bleiben, obwohl du schon tot bist, sollst, eine starre Mumie mit blinzelndem Auge, zusehen, wie dein Tod sich ausnimmt, dein Glanz verfällt und alle deine Herrlichkeit versinkt! Die Fahrt mit dem Dampfschiff über die Adria war mit dem ganzen Zauber beglückt, den eine südliche Mondnacht auf dem Meere bietet, ein sanftes Hinübergleiten in ein Jenseits, es sei Paradies oder Verbannung. Einem Übergange über den Styx glich die Nachtfahrt, und hier ist lauter Traumwelt Gestorbener. Daß man als wacher

Geist hier unter Schattenmenschen wandelt, dies Bewußtsein wird auch bald zur Fabel oder löst sich in dem Schmerz eines unendlichen Mitgefühls. Die Seele ist so lange beängstigt, bis sie den Ausweg findet, sich dieser ganzen Welt gleichzusetzen und einzustimmen in den allgemeinen Chorgesang, der um Verlornes klagt. Er wird nicht laut, dieser Schmerz, aber in tausend bleichen Gesichtern hat er seine stille Pantomime, in der zerlumpten Herrlichkeit sein Kostüm, in den langen Flügeln morscher Paläste seine Dekoration, in dem Moderduft, der gen Himmel steigt, hat er den Atemzug seiner verborgenen Seele. Ja, wer das alles wie eine Merkwürdigkeit nimmt, wie ein Wandbild, ein buntes Stück zusammengeworfener Steine im Kaleidoskop! – Hier erst begreif ich, wie ich nur Sinn habe für Gegenwärtiges, wirklich Lebendiges, das der Augenblick beseelt. Nennt dies Venedig Vergangenheit oder Zukunft, nennt es Traum oder erfundene Möglichkeit, es bleibt mir gleich unverständlich; ich kann nur fassen, was ein Erlebnis meiner selbst ist. Eh mir diese Welt nicht zur Gegenwart geworden, kann ich wohl umkommen im Moder der Erinnerungen, in der Qual des Kombinierens, aber nichts verstehen von all den Rätseln dieser Seltsamkeit. Hier ist kein Orient und kein Okzident, kein Mittelalter, wie du es nach germanischen Überresten kennst, auch Italien findest du hier nicht, hier ist ein Gewebe von Außerordentlichkeiten, das jenseits bekannter Größen liegt. Alles starrt und stiert dich an, Hieroglyphen können nicht quälender sein. So irrst du, gejagt von tausend Fragen, umher, ohne deren Beantwortung das ganze Dasein Venedigs keine Möglichkeit, keine Wahrheit wird; warum? warum? schreit dein denkender Mensch, bis du müde zusammensinkst. Und wenn du aufwachst, staunend um dich blickst, den Traum wieder als Wirklichkeit vor dir siehst, dann wirst du irre an dir selber. Und in der Tat weiß man nicht mehr, wer hier eigentlich Recht hat zu fragen, das Recht hat zu existieren, die bleiche Majestät der versunkenen Herrlichkeiten oder der Mensch von heute, der wie ein Fragezeichen sich vor ihnen krümmt und müht. Die Ruinen sind still wie der ewige Gram, den ich mir selbst auf Gottes Antlitz denke. Sie fragen nicht, sie antworten nicht, sie reichen stumm gen Himmel. Man muß ihnen ihr Geheimnis ablauschen; ausrechnen läßt es sich nicht.

Es hält schwer, sich hier zur Besinnung zu bringen, mit seinen Gedanken sich zurechtzufinden. Man sucht in Venedig vergeblich nach Italien. Alles weist gleich in eine weit fernere Welt, greift übers Meer hinüber in fabelhafte Zonen; in Venedig ist weit mehr Morgenland als Welschland. Ich will mich mit den Palästen beschäftigen, und mein Cicerone spricht von weißem Marmor aus Paros, von rotem aus Cattaro. Der Dogenpalast kann füglich ein Alhambra sein, das Schloß eines Araberfürsten, wie sie auf spanischem Boden aus den Zeiten der maurischen Herrschaft stehen. Ich habe eine Scheu vor allem, was mich fremdartig befällt; wer kann auch gleich mit Haut und Haaren in den Orient springen! Sinnlos wohl, aber so, daß der innere Mensch das Verständnis findet und die Hieroglyphen sich deutet! – Auch die Markuskirche erfüllt mich mit Schrekken, der grillenhafte Koloß stiert mich unsicher an, und ich begreife seine Existenz hier nicht. Noch kann ich nicht mit seinem Innern mich befassen, noch beleidigt mich sein Äußeres, und mein Fuß zuckt an der Schwelle. Wenn man mir sagte, ich sei in Byzanz, so hätt ich hier die Sophienkirche, aber spähte vergeblich nach den Turbanköpfen, suchte umsonst nach dem Halbmond auf den Zinnen, und das Verworrene des ganzen Baues bleibt mir ungelöst. Der tollste Spuk an diesem Tempel Christi sind mir die vier erzenen Pferde, die außen vor dem Hauptportale prangen. Welchen Komödienträdel verführten die Herren der Welt mit diesen Siegestrophäen! Diese Pferde des Lysippus sind Zeitgenossen des makedonischen Alexander. Nero und Trajan schleppten sie nach Rom, Konstantin führte sie im Triumph nach Byzanz. Der Doge Dandolo, der Konstantinopel eroberte, nahm sie mit nach Venedig, Napoleon brachte sie nach Paris, und im Friedenstraktat hat sie das gute Östreich wieder hertransportiert. Die Pferde haben ihre Erfahrungen gehabt, aber sind nicht klüger geworden, sie sehen sehr dumm aus und wundern sich über ihre seltsame Position über dem Eingang zum heiligen Markus. Ihrer Natur nach gehörten sie in den Hippodrom zu Athen. Das Seltsame häuft sich hier auf allen Seiten. Ich wende mich zu neueren Bauten, zu den Kirchen aus einem spätern Jahrhundert, von Palladio, von Sansovino erbaut. Sie sind im klassischen Stil, aber dicht hinter ihnen, zu ihrem Bauwerk gehörig, ragen spitze Minaretts in die Höhe. Auch der Kampanile auf dem Markusplatz erscheint wie ein Sohn des Morgenlandes, und dicht daneben stehen zu beiden Flanken die klassischen Prokurazien, aus der Zeit der Wiederherstellung des griechischen Stils. Vor dem Arsenal halten marmorne Löwen Wache, die man uns als Kinder Athens anpreist. Auch die beiden Granitsäulen auf der Piazzetta sind aus Griechenland erbeutet. Die Schätze des geplünderten Tyrus liegen ringsherum aufgestapelt. Und um alle diese Herrlichkeiten der Welt windet sich der große Kanal wie ein S, wie eine Schlange, die ihre Beute still umlauert. Das kommt mir nicht wie echtes Heldentum vor, was sich hier zu einem »Rom des Meeres« gestaltete, das will mir wie erschlichene Größe erscheinen. Die ganze ungeheure Stadt, auf 136 Inseln, 450 mal überbrückt, das ist ein Triumph der Klugheit, ein Sieg der List, aber nicht Heroentum, wie es der Römer aufweist. Hinter den Felsenquadern der Murazzi liegt dies Venedig so feig und schlau gegen den Sturm der Elemente geschützt, und eben auf diesen Kalksteinblöcken, die sie zwei volle geographische Meilen weit als Bastion gegen das Meer aufführten, da steht naiverweise geschrieben, wes Geistes Kind sie sind: Aere Veneto, animo Romano, mit venezianischem Geld, mit römischem Mut! – Seltsames Wesen, Venezia du! Ist das Symbol deiner Macht nicht ein widersinnig Ding, eine Unwahrheit? Ein Löwe, geflügelt! die List und die Schnelligkeit des Vogels mit der Stärke und der Majestät des Königs der Tiere vermählt: ist dir das gelungen in der Weltgeschichte, dann will ich hier ewig anbeten und mir die Geheimnisse deines Seelenlebens erlauschen, will den Glanz deines Daseins mir aus dem Schoß der Zeiten heraufbeschwören, mich betäuben im Anblick deiner alten Schönheit.

So wandre ich, all dieser Rätsel voll, auf dem Markusplatz herum und suche Lösung dieser Fragen. Die Quadern glühen, und mein Gehirn wird zur Réverbère der Glut. Hättest du dir, Dame Venezia, eine Sphinx in dein Wappen gesetzt, so könnt ich denken, du seist dir selbst ein Rätsel geblieben.

Es ist sprichwörtlich geworden, was man von Venedigs drei Freuden und drei Leiden sagt. Es gibt hier keinen Staub, keinen Kot, kein Wagengerassel, dagegen schlechtes Brot, schlechten Wein, schlechten Kaffee. Was den fehlenden Staub und Kot betrifft, so ist die Dienerschaft in den Hotels auch ganz darauf eingerichtet; selbst in der »Europa«, wo wir hausen, wird nichts gesäubert; zum Glück bleibt Wäsche und Kleidung merkwürdigerweise sehr lange in Ordnung. Das Wagengerassel vermißt man anfänglich nicht ohne Unbehagen; die bange Stille befällt uns unheimlich, man glaubt sich in eine entlegene Welt versetzt, wo der Lärm des körperhaften Lebens schwindet. Mit dem schlechten Brot und Wein hat es seine Richtigkeit. An den harten Micheli, wie das geschnörkelte Gebäck gescholten wird, kann man sich den heftigsten Unmut, wenigstens die Zähne ausbeißen. Der gewöhnliche Tischwein ist ein heftiger Bursch, der sich gegen den Stöpsel empört, immer in Gärung bleibt, das Blut in Fieber setzt; in ganz Italien versteht man sich nicht auf die Behandlung des Traubensaftes. Über den venezianischen Kaffee klagt vielleicht nur ein verwöhnter Italiener aus dem Süden des Landes. Wir tranken ihn vortrefflich in den Arkaden der Prokurazien, wo sich in etwas ein Palais Royal gestaltet. Dort findet der deutsche Magen auch die »Augsburger Allgemeine Zeitung« und lernt als Patriot sich mit Anstand begnügen. Was das Hotel nicht leistet, ersetzt überhaupt das Kaffeehaus. Hier kauft man ein, macht Bekanntschaften, erquickt sich und erholt sich von den Strapazen im Gasthause. Auch Stiefelputzer finden sich hier ein, wie in Paris, mit Hutsche und Kratzbürste. Es gibt keinen Staub in Venedig, aber doch genug Abstäuber. Verschmähst du den Dienst des behenden Burschen, der schon von fern dir auflauert, so wirft er dir einen Blick der Verachtung zu, der wirklich schmerzt. Die kohlschwarzen Augen des gemeinen Mannes in dem vergilbten und doch noblen Angesicht sind so beredt, so überzeugend, so dringend. Sein Auge bohrt auf deine Stiefeln, seine Lippen lächeln, er mißt deine ganze Gestalt, du hast die Wahl zwischen liebenswürdiger Freundlichkeit und kaltem Stolz. Man nennt den venezianischen Pöbel witzig. Man kommt als Fremder zu wenig mit gemeinen Leuten in Verkehr; aber man begreift in der leisesten Begegnung mit Leuten aus dem Volk, daß sie die Nordländer, wo nicht die Berliner unter den Italienern sind. Der Begriff Pöbel ist jedoch ein unstatthaftes Wort. Was sich hier in Lumpen herumschleift, der Müßiggang, der nicht arbeiten mag, weil er nicht braucht, alles, was sich hier im Sonnenschein des Behagens ohne Mühe bläht, das ist alles ein König gegen den Auswurf norddeutscher Race, die sich für germanisch hält, aber weit mehr slawisch ist. Was man in Italien gemeinen Mann nennt, das ist nach deutschem Maßstab noch Mittelschlag der Bildung. Welche Eloquenz, welche oratorische Begeisterung strömt über die Lippen des Küsters und Kirchendieners, der dir die Schätze seines Vaterlandes lobpreist. Es ist Prahlerei, der Patriotismus tritt hier in der Figur des Scharlatanismus auf. Aber man nehme nur unsern deutschen Spießbürger, bringe ihn vor ein Standbild Schillers und lasse ihn ruhmredig sein zu Deutschlands Ehre! Man müßte diesem Erdklumpen erst noch die prometheische Flamme dazu einhauchen oder ihm heimlich eine Sprungfeder ins Gehäuse setzen, damit seine feiste Natur elastisch wird. Der gemeine Mann in Italien ist elektrisiert, wenn er vom Glanz seines Vaterlandes eifert. In etwas marktschreierische Harlekinade gerät dabei der Mangel an Bildung stets; aber das hält man dem feurigen Redner zugut. Mischt sich doch auch in sein Wesen genug trauerndes Bewußtsein; denn der Glanz, von dem er spricht, ist ein längst verloschener, man steht auf Gräbern, wo auch die Denksteine, die die Nachwelt setzte, schon in Trümmer brechen und neue Inschriften die Inschriften deuten müßten. Ich meine nicht die Lohndiener, die in den Hotels ihre

Dienste anbieten, betrügerisch ihr Geschäft ausdehnen und den Fremden ermüden. Ich meine die Kustoden in den Kirchen. Diese bewachen die Schätze ihres Gebietes, sind wachsam wie getreue Haushähne, sind vertraut mit der Geschichte ihrer Altertümer. Selbst in ganz entlegenen kleinen Kirchen fanden wir intelligente Köpfe unter den Kustoden, deren Beredsamkeit im Strahl der Vaterlandsliebe glänzte. Nur schnupfen sie alle fürchterlich. Dieser Gehirnkitzel ist dem Italiener überhaupt eine Leidenschaft. Die Kirchenhüter zwingt die Atmosphäre ihres Gebietes zum Extrem in diesem Genusse. Alles ist Leiche, Moder, Graus um uns her. Wenn man den Dunstkreis, der sich wie eine Kuppel von unten auf um die Kirche wölbt, mit den Augen wahrnehmen könnte, das ganze morsche Gehäuse müßte phosphorartig leuchten, lichterloh in hellgrünem Brand stehen. Aber ganz Venedig steht wie unter einer Glasglocke, so gedrückt ist der Luftkreis, so stark dünsten die trägen Lagunen, so versumpft ist die ganze Existenz dieser weiland Königin des Meeres. Scheu und mit verhängten Nasenflügeln bin ich um Sankt Markus herumgeschlichen. Ich wittere hier den ältesten Moder, und es wird mir Überwindung kosten, ins Innere der Kirche zu treten; ich fürchte, der Heilige steht in einem entsetzlichen Geruch. Man hat seine Gebeine aus Alexandrien übers Meer herübergeschleppt. Das ist schon sehr lange her, seitdem liegt er hier still im verschlossenen Raum und hat nie wieder frische Luft geschöpft. In der Historie Venedigs steht zu lesen: Als man in Alexandrien das Gewölbe öffnete, um die Gebeine des Heiligen herauszuholen, siehe! kaum schob sich der Deckel des Grabes zurück, da stieg ein Wohlgeruch wie Ambra und Myrrhen hervor, und alle Welt atmete in Verzückung. Das gehört so zu den Mythen von alters her. Seitdem hat die Frömmigkeit weniger Parfüm aufzubieten, die Welt ist ärmer an blindem Glauben, reicher und feiner an Nasenfühlfäden geworden.

Das sind nun die Miseren des Venedigs von heute. Man muß sich mit starken Lebensgeistern hindurcharbeiten, will man unter Moder und Schutt das blühende Venedig von ehedem finden. Der Schoß der Zeiten ist zäh geworden, die Wünschelrute fehlt, um Mumien in frische Gestalten zu verwandeln. Und doch ist Venedig im Glanz seines bewegten Lebens all mein Ziel, meine Sehnsucht, ich will wissen, wie Venedig lebendig war; Altertümer und Kunstsachen sind mir nur Leitern, die ich fortstoße, wenn ich den Punkt erreicht habe, wo mich der Luftstrom des bewegten Lebens erfaßt.

Es hat sich auch in den letzten Jahrzehenten vieles verändert, wie man mir erzählt. In Kleidung, Sitten, Lebensart ist vieles modernisiert. Auch die gefeierten Gondoliere erscheinen nur wie gedämpfte Schatten, wenn man weiß, wie sie Reisende vor der Französischen Revolution schilderten. Auf Bildern kann man sie in ihrer Glorie finden, etwa in Giorgiones »Ruderern« in der Scuola di San Marco. Der Heilige bespricht das tobende Meer; ruhig wie Zuschauer, kalt, fest, gottvoll, sicher und keck stehen drei nackte Ruderer da und warten, bis der Alte das Seinige getan. Man muß diese Gestalten in den kühnen blutroten Tinten Giorgiones sehen, um zu wissen, wie dieser Menschenschlag ehedem war. In den Sitten hat sich das Cicisbeat verloren, in der Kleidung ist der rote Mantel der Männer, sind unter den Frauen die Sandalen verschwunden. Schwarze Schleier sieht man häufig; auf vergilbten Wangen steht wie auf Pergament, vom schwarzen Flor halb verhüllt, das träge, scheue Elend der ehedem herrschenden Venezia.

Nur die Gondeln sind noch dieselben, sie sind schon seit lange so totenschwarz wie heute. Man hatte in der Zeit des üppigen Lebens und Glücks auch mit der Farbenpracht und der Dekorierung der Gondeln einen Luxus getrieben, den der Senat beschränken mußte, weil sich manches edle Haus daran zu ruinieren schien. Man weiß bei uns von alten Kleiderordnungen, wo alte Kurfürsten von Brandenburg die Pumphosen beschränkten. Zu Giorgiones Zeiten gab es gewiß noch bunte regellose Gondeln, die Lust des üppigen Lebens fühlte sich noch zügellos. Ich konnte nicht erfahren, in welche Zeit das Gebot der schwarzen Gondeln gehört. Der Senat ging schon in gleicher Farbe, er hatte von ältester Zeit ernste Mienen und dunkle Tracht; die schreiende Heiterkeit war auch widersinnig gegen den schweigsam finstern Dienst der Republik. Vielleicht hielt man auch nach einer allgemeinen Landestrauer für die Gondeln das Kostüm des Todes fest. Als ein solches erscheint der schwarzwollene Überzug der Kajüte. Aber der ganze Nachen ist schwarz, mit zierlich ausgelegter Holzarbeit, mit Schubfenstern und allem Komfort versehen, um sich gemächlich einzusargen, ein lebendig Grab, ein Totenhaus des alten Ruhms, der lebensmüde rückwärts auf die schwellenden Polster sinkt und doch nicht schlafen kann, mit den Augen blinzelt und ein träumerisches Halbleben führt. Vorn glänzt in hellem Metall der Speer, womit sich der Tod gegen den Angriff des Lebens waffnet. Hinten am Krummstab führt der Schiffer in spiralförmiger Bewegung das Ruder, sein eintöniger Ruf ist der heisere Schrei des unheimlichen Totenvogels, und wenn du dich rückwärts niedersenkst in das schwarze Gehäuse, meinst du wirklich teilzuhaben an der leichenhaften Existenz Venedigs. Das Bild der Grablegung erneuert sich nur zu oft, um noch schreckbar zu sein, und keine Schaukel ist so sanft, keine Wiege so schmeichelnd süß wie die Gondel Venedigs, die still und leise die Seele einlullt und die Geheimnisse des verschwiegensten Lebens weiterträgt. So fuhr auf diesen Gewässern jahrhundertlang der lauernde Verrat, der hämische Neid, der tückische Groll und die schüchterne Liebe. Alle Schauer und alle Süßigkeiten des Lebens barg das kleine schwarze Haus. – »Ich möchte in eine Nußschale kriechen!« Hätte Hamlet eine venezianische Gondel gekannt, er hätte, um sich vor der Welt zu verstecken, nicht von der Nußschale gesprochen.

Wer es unternähme, uns von diesem Venedig ein Bild zu entwerfen, es sei in Worten oder in Farben, der müßte auch die Kunst verstehen, vergilbtes Pergament in rosenrote Wangen oder das träge Alter in feurige Jugend zu verwandeln, er müßte Gräber sprengen, die Toten aufrufen, sie mit Nektar speisen, mit süßem Öle salben, damit, was uns hier als Trümmer und seltsamer Trödel schreckt und ängstigt, noch einmal im Glanz und in der Unschuld des frischen Lebens erschiene. Es hilft uns nicht, daß der getreueste und beredteste Cicerone in der Rumpelkammer die Merkwürdigkeiten deutet; man müßte die Jugend Venedigs erleben, als wäre es unsere eigene! Hätte Casanova in den besten Zeiten der Republik gelebt und, statt im achtzehnten, im sechzehnten Jahrhundert eine Flucht aus den Bleikammern geschrieben, er hätte uns erklärt, was jetzt die stummen Zeugen der Architektur und Malerei nur ahnen lassen. Der Mensch Casanova war als Kavalier und als Gauner gleich vollendet, gleich liebenswürdig, als Autor ist er ein unbewußter Künstler. Er saß fünfzehn Monate lang in den Piombi. Es war um die Mitte des vorigen Jahrhunderts.* Der Staat Venedig glich längst dem stillstehenden Sumpfe, den nur noch einige verborgene Quellen nähren und über dessen Fläche sich der Schleim der Fäulnis breitet.

Wir waren gestern in den Gefängnissen von Sankt Markus. Was man »unter den Bleidächern« nannte, waren doch meist Gemächer über denselben, Baracken von Holz. Auch die Zelle, in welcher Graf Silvio Pellico in unsern Tagen saß, der Dogenkapelle gegenüber, gehört zu diesen und hat einen Plafond von Brettern. Er ist ziemlich menschlich behandelt; er wurde im Kerker bloß fromm, nicht wahnsinnig, und man kann zugeben, daß die Barbarei der Menschen im Laufe der Zeiten human wurde, obschon die Humanität der Menschen noch immer barbarisch genug ist. Von Casanova wußte ich ungefähr, daß er unter dem Saale der Staatsinquisitoren saß, doch wechselte er sein Zimmer bekanntlich, als der Wärter den verräterischen Plan zur Flucht entdeckte. In den sogenannten Quattri saß er nicht. Dort barg man allerhand Menschen, deren Urteil schon niedergeschrieben war, obgleich sie selbst es noch nicht kannten. In den Bleikammern saßen Leute von Auszeichnung, welche Verbrechen begangen hatten, die niemand erraten durfte, auch sie selbst oft nicht. Casanova gehörte zu diesen Bevorzugten.

---

* In den Jahren 1755 und 1756.

Wir sahen in dem Gewirre von Gängen, Stiegen, Schluchten Verliese genug, enge Spelunken, die dereinst so hermetisch verschlossen waren, daß man meinen sollte, die Seele des Eingekerkerten habe nicht Raum genug gehabt, gen Himmel zu fahren, so eng umhalsten ihn die Mauern, die Spielraum genug gaben, den beklommenen Atem aus- und einzuseufzen, aber nicht Platz genug, um mit kräftigem Nachdruck die Stirn zu zerschmettern. Sechs Kubikfuß starke Gemächer, gleich steinernen Särgen, mit Holz gefüttert. Wir krochen treppauf und -ab, wanden uns durch die feuchten Katakomben, der Führer voran mit kleiner Leuchte. Die Löcher, durch die man den Unglücklichen Trank und Speise zuschob, standen offen, schwarz, rauchig; sie starrten uns an wie ausgebrannte Augenhöhlen. Die Republik Frankreich, welche die Republik Venedig vernichtete, lichtete die Kerker, und die Wut des neuen Zeitalters warf Feuerbrände in das alte Haus des lebendigen Todes. Alles, was Holz war, brannte heraus, und der schwarze Qualm umrahmt noch immer die Höhlen oder Löcher, oder will man sie Augen, Zyklopenaugen nennen, denn jedes Gemach hatte nur eins. Wenn sich dies eine für immer schloß, dann öffnete sich für den Unglücklichen erst im Lande Jenseits vielleicht ein Auge des Erbarmens.

In diesen steinernen Gräbern saß Casanova nicht. Man weiß, daß er eine bretterne Diele hatte, deren Gebälk er mit der Geduld eines überirdischen Menschen, mit der Heiterkeit eines Unbegreiflichen durchschabte. Auch hatte er ein Bett, ein Fensterloch mit falbem Licht, einen Tisch mit Lektüre; er durfte fromme Bücher lesen und brauchte nicht aus heiler Haut toll zu werden, war nicht dazu verdammt, den Wahnsinn aus den eigenen Fingerspitzen zu saugen. Oft hatte er gar Raum genug, um ihn mit einem Gefährten zu teilen. Das war freilich für ihn, der hinter der Bettstelle allnächtlich rattenhaft mühsam den Balken benagte, mehr als Todespein. Ob die graue Öde des ewigen Alleinseins schneller tödlich wirke oder das Gefühl des Ekels, jahrelang in jeder Minute an die Nähe einer zweiten Person und an alle ihre kleine bedürftige Gemeinheit gefesselt zu sein:

diese Frage, für deutsche Seelenkunde eine würdige Aufgabe, ist noch von allen, die ein Los dieser Art genossen, für eine unauflösbare erklärt. Wer will auch gern dies doppelte X an sich selber prüfen!

Auch Casanova dachte diesen Gedanken nicht zu Ende; er war überhaupt noch weit davon entfernt, das Äußerste dieser Zustände kennenzulernen. Die Hitze auf den Bleidächern war freilich drückend, das Gehirn eines deutschen Denkers wäre dort leicht genug bis an den Rand der Möglichkeit gedrängt. Der lustige Kavalier saß die meiste Zeit über nackt am Boden, der Nasenquetscher war nicht hoch genug, um das Aufrechtstehen einzuräumen. Das war nicht zufällig, das hing mit der Weisheit der Obern zusammen. Gott stellte den Menschen aufrecht ins Paradies. Allein die Weisheit der Obern, die Gottes Anordnung vielfach bestritt, hat aus dem Paradiese eine Strafanstalt gemacht und es für Hochmut erklärt, wenn der Mensch aus der Hefe des Volks sich aufrecht benimmt. Diesen Hochmut suchte die hohe Justiz wenigstens bei denen zu unterdrücken, deren sie habhaft wurde. Darauf nahm sie Rücksicht, als sie diese Kerker baute. Einige waren im Dreieck konstruiert, mit schrägen Seitenwänden, die oben spitzwinklig schlossen, so daß der Gefangene nur in der Mitte das Gemach entlang aufrecht wandeln konnte; einen Zoll breit zur Seite rechts und links stieß er sich und mußte kriechen.

Bei alledem waren dies noch nicht die eigentlichen Schauerstätten menschlicher Verworfenheit. Es gab noch neunzehn unterirdische Gefängnisse, die man idyllischerweise die Brunnen hieß, jedoch lediglich aus dem triftigen Grunde, weil sie zwei Fuß tief unter Wasser standen. Eiserne Stäbe schieden sie vom Meere, doch ward dir keine Aussicht damit gewährt, nur zur Einsicht zwang man dich, zur Einsicht in die heroische Jämmerlichkeit des menschlichen Witzes. Dasselbe Gitter, durch welches die salzige Flut hineindrang, gewährte dir eine kümmerliche Helle. Es fehlte dort nicht an Abwechslung, du konntest ein mannigfaltiges, ein amphibienartiges Leben führen. Es ward dir nicht zugemutet, den ganzen Tag, die ganze Nacht im Meerwasser zu stehn, vielmehr war ein hölzernes Gestell mitten in diesem nassen Jammer errichtet. Dies Gestell war dein Stuhl, dein Tisch, dein Bett; dort breitete man dir den Strohsack aus, mit Tagesanbruch erhieltst du Suppe und Brot, wonach du freilich schnell greifen mußtest, sollte es nicht ein Raub der großen Seeratten werden, die es selbst deinen Händen vielleicht noch entrissen.

Von diesen Gemächern sind jetzt die allertiefsten vermauert, einige ließ das milde Zeitalter übrig als historische Merkwürdigkeit, um die Grausamkeit früherer Jahrhunderte nicht ganz aus dem Gedächtnis der Menschen zu tilgen. In einem dieser Gewölbe ließ sich Lord Byron, wie man sagt, einen halben Tag einsperren, um die Schauer eines solchen Zustandes durchzufühlen. Dergleichen Vorwitz ist kindisch; es tut nicht gut, mit dem Teufel zu kokettieren. Freilich hilft der bloße Anblick dieser Kerker nicht, man begreift es nicht, es fehlen die Menschen dazu, die es glaublich machen. Ich weiß nicht, lag in der raffinierten Grausamkeit, die dies erfand, oder in der Duldsamkeit, die dies ertrug, mehr Entartung menschlicher Gottähnlichkeit! Und in diesen Behältern hat mancher ein hohes Alter erreicht. Casanova erzählt von einem Kollegen, der dort – soll man sagen: saß oder schwamm oder hing? Dieser war in seinen besten Jahren, ein Vierziger, als man ihn in diese Brunnen der Weisheit steckte, und er lebte dort volle siebenunddreißig Jahre. Unter dem Grafen Schulenburg, dem Feldmarschall der Republik, hatte er 1716 im letzten Türkenkriege als Spion gedient, aber zugleich im geheimen Solde des Großwesirs gestanden. Dieser doppelten Diplomatie, einer erlaubten diesseitigen und einer unerlaubten jenseitigen, überwiesen, ward er von der Signoria zum Tode verurteilt, aber begnadigt. Die Gefangenschaft in dem Brunnen war nämlich Gnade. Und dieser Zeitgenosse Casanovas, dieser sein Kollege, der in den Kellern schwamm, während er oben unter dem heißen Bleidache die Gedanken der Freiheit ausbrütete, war ein lustiger Franzose. Wer darf nun noch an der Unsterblichkeit der menschlichen Seele zweifeln, da schon hienieden die Kreatur imstande ist, diese sterbliche Ewigkeit von siebenunddreißig Jahren zu überdauern! Wie dem Franzosen die lange Zeit über zumute war, darüber schweigt die Geschichte. Casanova war auf dem Bleidache fünfzehn Monate lang heiter. Der Anflug von Frömmigkeit war bald verschwunden, sein Leichtsinn nahm einen genialen Schwung, er ward erfinderisch, seine Nervenspitzen wurden dünner, feiner, seine Menschenkenntnis wurde Weisheit, alle seine Geisteskräfte wetzten sich an den engen Kerkermauern gleich dem Esponton, den er sich heimlich auf dem Stück Marmor schliff und der ihm den Durchbruch möglich machte. Seltsam, daß die Freiheitslust sich doch immer blanke Waffen verschafft. – Silvio Pellico fand nur die rostige Wehr alter Gebete. Wie entstellt, geknickt und bleichsüchtigen Geistes Graf Pellico seinen Kerkern entstieg, das wissen wir; fromme Leute aber sind langweilige Patienten. Von dem Franzosen, der siebenunddreißig Jahre im Brunnen saß, wissen wir nichts, was die Seelenkunde erweitern könnte. Schwerlich ging er mit bereicherter Menschenkenntnis ins Land Jenseits hinüber. Ich wünschte, an seiner Stelle hätte irgendein deutscher Gelehrter gesessen. Er hätte gewiß wichtige Beiträge zur Naturgeschichte der Ratten hinterlassen und das noch unenträtselte Geheimnis des Rattenkönigs ergründet! – Man hat noch viel zuwenig daran gedacht, die Gefängnisse zum Besten der freien Wissenschaften zu benutzen.

Casanova hätte entweder früher oder später leben müssen, um uns mehr vom Zustande Venedigs zu berichten. Sowenig er den Grund seiner Einziehung erfuhr, sowenig wußte er, als er in dem sichern Zufluchtsort in Böhmen, im Kloster Ossek, seine Lebensgeschichte schrieb, von den staatlichen Verhältnissen der Republik zu melden. Er war bei allem Leichtsinne doch ein strenggläubiger Venezianer. Mit dem Glauben an Sankt Markus, den himmlischen Bräutigam der Republik, erging es dem spätern Zeitalter, wie es der Christenheit mit dem orthodoxen katholischen Ritus ergeht. Eine große feurige Eruption hat den Strom der Lava über die Völker ergossen, aber die kalt und starr gewordene Decke hält nun jahrhundertelang das Leben unter ihr gefangen. Der Voltairesche Geist hatte zu Casanovas Zeit alle moralischen Bande der Gesellschaft zernagt, und doch wagte niemand, an dem Begriffe Staat in Venedig zu rütteln. Hätte er vierzig Jahre später in den Bleikammern gesessen, er hätte nicht nötig gehabt, sich selbst zu befreien. Vor dem Ruf der Freiheit erzitterte Sankt Markus, die Mauern der Tyrannei borsten, die Ketten sprangen, und ein großes Freudenfeuer, das die Franzosen anzündeten, reinigte die Piombi. Es war am 25. Mai 1797, da standen über dem Eingang die Worte: »Gefängnisse der aristokratischen Barbarei, zerstört im ersten Jahre der italienischen Freiheit!« Und der geflügelte Löwe, der auf der Säule Wache steht und der Welt jahrhundertelang in seiner Tatze das aufgeschlagene Evangelium Gottes hinhält, hatte endlich einmal ein Blatt des Buches weiter umgeschlagen, und statt des alten Spruches: Pax tibi, Marce, Evangelista meus! stand ein anderes Wort der Bibel zu lesen. Das andere Wort hieß: Menschenrechte! Der Löwe blieb, die Säule blieb, die Bibel blieb; alles bleibt in der Weltgeschichte, man liest nur im Buche des Lebens ein paar Blätter mühsam weiter. Oft saugt ein Jahrtausend an einer einzigen Hieroglyphe dieses Buches, und während des mühsamen Studiums sinken ganze Geschlechter stumm in ihr Nichts.

Als wir aus der Tiefe der Spelunken wieder hinaufstiegen ans Tageslicht, waren wir fast geblendet. Auf den Quadern des Markusplatzes, die Piazzetta entlang, an den Quais hinunter lag der goldene Sonnenbrand. Die ehernen Riesen auf dem Glokkenturme rührten zwölfmal den schweren Hammer, die Menschen saßen unter den Arkaden und den blauweißen Zelten vor den Cafés zusammengekauert. Die Mittagsstunde ist so totenstill wie bei uns die Mitternacht, die Mitternacht hier so laut belebt wie bei uns der helle Tag. Wir liefen quer hinüber nach der Markussäule. Der Löwe steht noch Wache, seine Tatze hält noch das Buch der Bücher. Aber welches Kapitel hat er jetzt aufgeschlagen? Die Kunde von den Menschenrechten steht wohl nicht mehr zu lesen? Ist der Leu, trotzdem er Leu ist und sogar Flügel hat, krebsartig zurückgekrochen? Hat er einige Blätter seitdem zurückgewendet? – Am Piedestal hingen einige Lumpen, schlaffe Glieder, matte, fahle Gesichter. Vielleicht hat der Löwe jetzt die Stelle aufgeschlagen, wo geschrieben steht: »Selig sind die Nichtwissenden, denn ihrer ist das Himmelreich!«

Wir krochen recht todesmatt in unsere Gondel.

Karl Gutzkow

Briefe aus Paris

Aachen, den 9. März 1842

Der Kölner Karneval, die »Floressei«, war vorüber. Die Fasten beginnen, und nur am letzten Sonntage ist noch das Lätare-Essen erlaubt gewesen, wo der maskierte kölnische »Drickes« ohne Kappen noch einmal die letzten Kräfte seines Magens und seines Witzes zusammennimmt, um das diesjährige Fastnachtsspiel würdig zu beschließen. Seit einigen Jahren bin ich Ehrenmitglied des Kölner und Düsseldorfer Karnevalvereins. Ich muß mir für später einmal meinen Anteil an diesen Freuden vorbehalten. Einstweilen, seh ich, hat auch hier der leidige Parteigeist die schöne Einheit gestört. Der Kölner Karneval ist in zwei Parteien zerfallen, die nun jede für sich ausgelassen ist. Wenn dieser Zwiespalt nicht ausgeglichen wird, ist es möglich, daß der »Gürzenich« in künftigen Jahren öde steht und auch diese gesellige Freiheit, dieser gaukelnde Rest des Mittelalters, in sich selbst zerfällt.

Das exklusive Wesen greift in unserer Gesellschaft immer mehr wieder um sich. Nehmen wir mit der englischen Sprache auch die englischen Unsitten an, oder kommen sie wieder, diese von der Bühne aus schon auf immer verbannt geschienenen Standesvorurteile? Es tritt wieder ein Wählen ein, ein Sichten, ein Ballotieren, das uns mit Besorgnissen für die Zukunft erfüllen muß. Am kühnsten sind die Wagnisse der westfälisch-rheinischen Ritterschaft, die man hier die *Autonomen* nennt. Bekanntlich sind dreißig dieser Standesherrn ihren König angegangen, daß er ihnen gestatte, einen Bund zu schließen, in welchen jeder Ritter von sechzehn Ahnen und von jährlichen fünftausend Talern Einkünften aufgenommen werden könne. Das Privilegium dieser Herren sollte die Autonomie der Erbfolge sein, das heißt die Freiheit, nach Belieben, abweichend von den gesetzlichen Bestimmungen, über ihre Erblassenschaft zu verfügen, Söhne zu enterben, Töchter auf Pflichtteile zu setzen, Majorate zu stiften und so weiter. Der König hat diese Autonomie in der Tat bewilligt, ohne jedoch den Bund der Autonomen als Bund anzuerkennen. Die Begegnung des Fürsten mit den Rittern soll deshalb in Düsseldorf peinlich gewesen sein. Die Autonomen üben eine förmliche, für sich abgeschlossene Gerichtsbarkeit aus. Sie haben eine Art Feme, eine Art Bann, den sie über die Mitglieder ihrer nun stillschweigend geschlossenen Korporation aussprechen dürfen. Sie haben Strafen, Läuterungen, Verzeihungen und Wiederaufnahmen gebesserter Mitglieder. Die Fehler, für die sich diese Herren strafen, sind nicht etwa Tier- und Menschenquälerei, nicht etwa Spiel und andere »noble Passionen«, sondern die abweichenden Ansichten über die schwebenden Kirchenfragen, über die allzu großen Annäherungen an das herrschende Regierungssystem, an akatholische Prinzipien und so weiter. Der Chef dieses Bundes ist ein Herr von Mirbach, dessen Visitenkarte also lautet:

Freiherr *von Mirbach*
Standeshauptmann der rheinischen
ritterbürtigen Ritterschaft.

Der plötzliche Übergang des zweiten Justizministeriums von Herrn von Kamptz auf Herrn von Savigny hat in dieser Gegend Freude und Bestürzung erregt. Freude, weil Kamptz ein Gegner des Code war, Bestürzung, weil Savigny unsrer Zeit den Beruf zur Gesetzgebung abgesprochen hat. Einstweilen erwartet man die Zurücknahme der Verfügungen, die Kamptz zur Ergänzung der hierorts üblichen gerichtlichen Prozeduren angeordnet hat, besonders die Zurücknahme jenes Gesetzes, nach welchem Beamte hier nur nach dem unbeliebten und fremden *Landrechte* gerichtet werden sollen. Die moralische Kraft Savignys auf Tausende von Beamten, die bei ihm die Rechte studierten, wird übrigens außerordentlich sein.

Das politische Bewußtsein der Rheinlande ist immer mehr im Zunehmen. Die Regierung muß es befördern, ohne daß es ihr vielleicht wünschenswert ist. Die Beamten sind angewiesen, in ihren Funktionen mit der strengsten Selbstbeherrschung zu verfahren. Ein Regierungspräsident ist zu Köln in dem humanen Herrn von Gerlach zweckmäßig gewählt. Auch die Zensur ist hier milder als irgendwo in Deutschland und gestattet deshalb dem Zeitungswesen einen Aufschwung, der überrascht. Die »Kölnische Zeitung«, in vielen Tausenden von Exemplaren verbreitet, gilt für eine der besten in Deutschland. Unter ihren zahllosen Ankündigungen fiel mir gestern folgende auf:

Roter Kleesamen bei
Görres und *Compagnie*
Hahnenstraße.

Man glaubt aus den Zeiten der Revolution eine Anzeige des »roten Buchs« mit der gallischen Hahnendevise zu lesen.

Seit einiger Zeit hat sich in Köln um die neue »Rheinische Zeitung« ein Kreis von Talenten zusammengefunden, die der größten Beachtung würdig sind. Mehr oder minder genannt, haben sich diese jungen Gelehrten, denen sich Kaufleute, Beamte, Offiziere anschließen, die schwierige Aufgabe gestellt, die praktischen Resultate der Rugeschen Polemik auf die Beurteilung der laufenden Zeitgeschichte anzuwenden. Die jungen Doktrinäre der »Rheinischen Zeitung« haben die Sackgasse der Hegelschen Geschichtsphilosophie durchbrochen und befinden sich in politischer Hinsicht auf demselben Standpunkte, den in theologischer im nahen Bonn Bruno Bauer vertritt. Talent der Darstellung, dialektische Kombination, Witz und Enthusiasmus stehen diesen Schriftstellern reichlich zu Gebote, sie haben mit den fähigsten jungen Talenten in Königsberg, Hannover, am Rhein, der Schweiz und Paris Verbindungen eingeleitet, die ihnen erlauben, ihrer Zeitung auch gutgewählte Tatsachen und aus Beobachtungen geschöpfte Sachberichte einzuverleiben. Um ganz verständlich zu werden, dürfte hier die Theorie wohl etwas von ihren Formeln opfern müssen. Das Kölner »Henneschen« ist eben nicht gemacht, Hegelianer zu werden.

Mit der Eisenbahn fährt man in drei Stunden nach Aachen, der alten Kaiserstadt. Victor Hugo hat den ganzen Rhein aufgeregt. Alle Städte, alle Kathedralen fühlen sich verletzt. Er hat die Sehenswürdigkeiten nicht gläubig anerkennen wollen, er hat die Küster und die Fremdenführer für ihre Trinkgelder zittern gemacht. Victor Hugo klagt über die Theorien unsrer Politik und über die Saucen unsrer Küche. Dort suchen ihn die Publizisten, hier die Gastwirte zu widerlegen. Man schlägt in den Fremdenbüchern nach. »War jemals ein Victor Hugo hier logiert?« – »Vor sechs Jahren ein Vicomte Hugo!« – »Hat er Hammelfleisch gegessen, wie er behauptet?« – »Nein, es war Bœuf à la mode.« Ich lernte deutsche Wirte kennen, die ihm wirklich diese Ungenauigkeiten im »Journal des Débats« vorhalten wollten.

Ich war im Aachner Dom. Ein erhabener Bau, dessen tausendjähriger Ursprung aus allen Zutaten der Zeit, und selbst den geschmacklosesten, den Rokoko-Stukkaturen der innern Kuppel, unverkennbar hervorleuchtet! Von Karl dem Großen begründet, zweimal durch Feuersbrunst beinahe völlig zerstört, ausgebaut, überbaut, hier schöpferisch, dort geflickt, hat das erhabene Gebäude seinen ursprünglichen byzantinischen Charakter nicht ganz verloren, sondern macht einen Eindruck, mehr maurisch als gotisch. Wären die Springquellen und die Oleander da, man würde sich an die Alhambra erinnert fühlen. Mondschein dazu und Nachtigallen hätten wir in Deutschland schon.

Sonderbar, daß der Teufel mit allen deutschen Domen sein Spiel getrieben hat. Alle unsre großen Münster, vom Magdeburger bis zum Aachner, sind der Hölle zum Trotz erbaut. An alle diese ehrwürdigen Gebäude knüpft sich die Sage von den Drohungendes Teufels, von Wetten, die er mit den Baumeistern eingegangen wäre, von seinen Anerbietungen, an den großen Werken mitzuarbeiten. Sonderbar aber auch, daß ich jedesmal, wenn ich einen deutschen Dom sehe, mit dem Teufel Mitleiden habe. Die Priester und Bauleute haben den Armen überall mitarbeiten lassen, haben ihm die erste in den Dom gehende Seele versprochen und ihn dann, wenn das Werk fertig war, schmählich getäuscht. Steine half er tragen, Berge half er versetzen, er fügte Quadern auf Quadern, der arme Teufel, und wenn ihm beim Bau unserer Gotteshäuser heißer wurde als in der Hölle, dann betrogen sie den Schelm und schenkten ihm für seine treuen Dienste statt der ersten Menschenseele die Seele eines Hundes, die Unsterblichkeit eines Wolfes. Wer wollte dem Teufel verdenken, daß er sich seitdem an den frommen Betrügern zu rächen sucht, daß er Steine vom Brocken auf den Magdeburger Dom wirft, daß er sich an die Eisenringe der Tür am Aachner Dom klammert und sie ausreißen will; wer wollte ihm verdenken, daß er noch heute um die Dome schleicht, daß durch ihn es nirgends heftiger stürmt und windiger pfeift als um die Kirchen und daß er sich freut, wenn die Philosophen beweisen, wie die Idee des Christentums, so rein, so göttlichen Ursprungs sie war, doch nicht ohne Lug und Trug in die Wirklichkeit getreten ist.

Übrigens hätten die Aachner Baumeister dem Teufel auch immerhin die erste in die Kirche gehende Menschenseele schenken können, wenn nämlich der links an der Pforte befindliche Tannenzapfen die geschenkte Seele gewesen ist. Der Tannenzapfen, von Eisen geformt, soll die Seele des rechts stehenden, kläglich blickenden Wolfes gewesen sein. Gibt es doch Menschen genug, deren Seele eher einem hölzernen, ungenießbaren Tannenapfel als dem Odem Gottes ähnelt. Einer der Herren Vorsteher des Kaatzerschen Leseinstituts, dem ich für seine freundliche und zuvorkommende Begleitung dankbar verpflichtet bin, äußerte indessen mit vielem Grund, daß Tannenzapfen und Wölfin wahrscheinlich zu römischen Wasserkünsten gedient hätten. Die Wölfin ist die Amme des Romulus und der Pinienapfel ein Attribut des Bacchusdienstes, dem die Römer am Rheine überall die Symbole ihrer Götterlehre widmeten.

Im Dome selbst, der durch seine unregelmäßige Bauart, seine spanischen, ungarischen, wallonischen Nebenkapellen ein zwar winkliges Ansehen bekommt, sich aber dadurch förmlich in einen Komplex von Begebenheiten, in ein Stück Geschichte verwandelt, sah ich den berühmten Evangelienstuhl in seiner unförmlichen, überladenen Kostbarkeit und dachte beim Grabmale Ottos III. an J. Mosens Trauerspiel. Wenn die Fakta, auf welche dieser Dichter sein Werk begründete, wahr sind, welch ein erschütternder Abstand zwischen jenen Szenen südlicher Leidenschaft und diesem stillen nordischen, kalten marmornen Grabmale, das des vergifteten Kaisers Reste birgt! Der Schweizer des Doms ist nur Suisse par profession, wie V. Hugo von ihm sagte, aber ich seh's, er könnte es auch par naissance sein. »Ich schicke mich in alles«, war sein kosmopolitisches Geständnis. Am wenigsten aber scheint er, wie V. Hugo behauptet, den Franzosen geneigt, denn indem wir jenen bronzenen Adler betrachteten, der, ein Geschenk eines alten deutschen Kaisers, den Chorknaben zum Notenpult beim Messesingen dient, und wir den französischen Donnerkeil in seinen Klauen etwas wacklig fanden, hört ich von ihm die Äußerung: »Die Franzosen haben aus diesem Adler ihren gewöhnlichen Kuckuck gemacht. Überall Kuckucks, sehen Sie da, meine Herrn, auch da oben am Chor drei französische Kuckucks!« – Es waren drei vergoldete Napoleonsadler am Chor der Kapelle. Ein Gallomane hätte sie nicht Kuckucks genannt.

Wie kann man auch hier französisch gesinnt sein, in Aachen, wo alles an deutsche Größe erinnert, im Aachner Dome, wo man überall die Spuren jenes Vandalismus erblickt, der die Siege der Franzosen begleitete! Frankreichs Avantgarde sind Ideen, die die Brust jedes freien Mannes heben; das gros d'armée sind soldatischer Übermut, die Nachzügler sind Beutesucht und Vandalismus. Im Konventgange liegen zerstückt die Granitsäulen, welche die Franzosen im Revolutionskriege aus dem Dome fortnahmen und mit *hölzernen* ersetzten. 1815 wurden sie wieder zurückgebracht. Der marmorne römische Sarkophag, der dem Kaiser Augustus gehört haben *soll*, kehrte mit Verstümmlungen gemeinster Art wieder. An dem Hauptrelief, das den Raub der Proserpina darstellt, waren dem Pluto und der schönen Tochter Demeters, allen Dienern der Unterwelt und der Erde die Nasen abgeschlagen, nur ein einziger kleiner Amor hatte seine Nase vor den Franzosen gerettet. Daß sie Kaiser Karls marmornen Königsstuhl nicht zertrümmerten, geschah wohl nur, weil sie gewohnt sind, Charlemagne ihrer Nationalität zu vindizieren und aus der Geschichte der Franken die Geschichte der Franzosen zu machen.

Zweifelnd und andächtig stand ich vor diesem einfachen Sessel, auf dem Karl der Große im Grabe ruhte und der der

Sorgenstuhl aller deutschen Kaiser war, die nicht später in Frankfurt gekrönt wurden. Seit man anfing, unsre wichtigsten politischen Festhandlungen mehr in das Innere Deutschlands zu verlegen, von Aachen nach Frankfurt, von Frankfurt nach Regensburg, von Regensburg nach Wien, ist auch Deutschland äußerlich kleiner, innerlich schwächer geworden. Um den Franzosen alle ihre Rheinträume zu benehmen, sollten die Könige von Preußen ihre Residenz von Berlin nach Köln verlegen. Der Stuhl Karls des Großen! Wie oft habe ich ihn nennen hören. Da ist er! Die größten deutschen Kaiser, Otto, Friedrich, Heinrich, haben auf ihm gesessen, gewählt von den Fürsten des Reichs, zum erstenmal betraut mit dem Apfel und dem Schwerte des Reiches. Diese Stufen, wie glatt, dieser Stuhl, wie marmorn, diese Lehne, wie kalt! Napoleon wagte es nicht, sich auf den Stuhl Karls niederzusetzen, und schalt Josephinen, die so eitel war, es zu tun. Man hatte der Kreolin ein rotsamtnes Kissen untergelegt. Man blickt hinüber nach Süden, nach Italien, nach Rom. O wäre der erste Gedanke dieser neu gekrönten Herrscher, wenn sie auf diesem Stuhle saßen, nicht stets dies unglückselige Rom gewesen! Hatten sie doch das Schwert, den Apfel, den Adler; mußten sie alle dem Duft des römischen Salböls erliegen und hin, hin nach Rom, wo die deutsche Kraft und nicht selten das eigne Leben ihr Grab fanden? Otto III. saß auch auf diesem Stuhl, blickte nach Rom, und so, wie er drüben liegt in der Kapelle, kehrte er zurück. Der bronzene Adler drüben, vor dem die Schüler jetzt die Messe singen, hat seine Füße kümmerlich zusammengeklemmt. Er steht so unsicher, daß sie wohl auf den Gedanken kommen konnten, ihm zwischen die Krallen den französischen Donnerkeil zu stecken. Aber groß und gewaltig hat er seine Flügel ausgebreitet. Fliegen, fliegen hin nach Rom, der äußeren, leeren, phantastischen Würde wegen! Das Reich verfällt daheim, der Kern des besten Volkes, das den Kaiser begleitet, entnervt, der Römerzug die einzige Kaisertat. Ironischer Künstler, der du auf den Rücken des Adlers drüben eine Fledermaus befestigtest! Es war vielleicht nichts als der Künstlerhumor des Mittelalters, der auf die weitgebreiteten Adlerfittiche eine teuflisch grinsende Fledermaus von gleichem Metall ausspannte: aber deuten dürfen wir das Symbol. Ja, die Hierarchie liegt spöttisch grinsend auf dem deutschen Adler, der dunkle häßliche Vogel der Nacht auf dem Rücken des sonnanstrebenden Königs. Armes Vaterland, deine Adler flogen und nicht du, nur die Fledermäuse stiegen empor auf ihnen.

Durchschauert von den erhabenen Erinnerungen dieser heiligen Stätten, floh ich aus dem Dom auf die Höhe, die die Stadt beschirmt, den reizend gelegenen Lousberg. Was sollt ich mit den »kleinen« und den »großen« Reliquien? Den Betenden dort am Fußboden laß ich dieses Haar Mariens, diese Gebeine der Apostel, diese Nägel vom Kreuze Christi. Glücklicher frommer Wahn! Glücklich durch das, was du glaubst! Eine zweifelnde Seele sieht diese Knochen nur mit Wehmut an, mit Wehmut, daß der Himmel ihr den Gedanken gab und daß es keine andern Reliquien der Ideenwelt, keine Heiligtümer der Gedanken gibt als die Gedanken selbst! Ihr küßt diese Knochen, ihr frommen Kranken, und ihr seid genesen! Ihr weint in diese heiligen Tücher, ihr Leidtragenden, und ihr seid getröstet! Wir, die wir nichts glauben als den Zweifel, wir Armen, die wir unsichtbar den Gott suchen, den ihr sichtbar an eure Lippen drückt, wir Schmerzzerrissenen und Ungetrösteten, wir haben keine Linnen, keine Gebeine, keine Kreuze. Unsre Reliquie ist Gott, unsre Religion der Schmerz, unser Gottesdienst die Träne.

Auch den Schädel Karls des Großen laß ich dem Sakristan. Ich mag nicht sehen, daß ein Lohnbedienter mit dem Finger auf den Schädel Karls des Großen klopft, um zu zeigen, daß er jetzt so hell klingt wie der Schädel eines gewöhnlichen Fürsten unsrer Tage. Ich besteige den Lousberg. Überall Teufelssagen, überall der Teufel drohend, überall geprellt von den Priestern. Aachen steckt voller Teufel, wie es 1817 voller Diplomaten steckte. Diese brauten und kochten laulichte Protokolle, jene brauen und sieden die heißen Quellen, durch welche Aachen Spa verdrängt hat. Das ganze Land, das sich vom Lousberg in die Ebene vor uns ausbreitet, ist vulkanisch. Nachts muß es leuchten von blauen Flämmchen. Im alten Turme am Fuße hausen die Wichtelmännchen, das kleine Volk der Zwerge, das auf seinen kleinen ledernen Höschen überall den Minen und Metalladern nachrutscht. Dort Holland, drüben Belgien. Riesenschornsteine dampfen über die schon grünende Ebene. Tief im Tale das sonnenbeschienene Aachen, etwas zerflossen in seiner Lage, nicht begrenzt genug für uns und eingefriedigt, um sich ganz darin heimisch zu fühlen. Eine Stadt, gleichsam ohne Mauern und Tore, geschaffen nur als Übergang in neue Regionen, in Länder fremder Zunge, die ich morgen begrüßen werde.

Schon treibt es Frühling in der Brust. Draußen die Holundersträuche blicken schon mit ihren grünen Erstlingsgrüßen, drinnen wallt und wogt das Herz. Liebe und Freiheit! Ein langentbehrter, hier wiedergefundener Freund liest mir in schönen lyrischen Klängen Frühlingslieder vor, die er in der Zeit der Trennung dichtete. Grüner Wald, Gesang der Vögel, Glück der Seele. Belaube sich dir, mein guter Wihl, auch dein Lebensbaum blütenvoll und sangesreich!

Ich sprach L. Lax, den schweigsam gewordenen Erzähler, der es verdient, daß man ihn zum Reden auffordert, W. von Lüdemann, der für das Berliner Polizeiministerium die belgische Grenze und für die »Blätter der literarischen Unterhaltung« noch immer die Literatur überwacht, Oberst von Schepeler, den Kenner Spaniens, Drinhaus, der in seinen »Zeitfragen« sehr fragliche Antworten gegeben hat, Dr. Müller, der sich Verdienste um die Aachner Mundart erwirbt, Buchhändler Mayer, der sich freute, daß Bulwer einen neuen Roman geschrieben hat, und dessen Haus durch eine geistreiche Gattin und talentvolle Kinder zu den gesuchtesten Rendezvous der fremden Künstler und Gelehrten gehört. In einer von den Kenntnissen des Redakteurs der »Aachner Zeitung«, von der Gemütlichkeit Lüdemanns und dem kaustischen Witze des Obersten Schepeler erheiterten Gesellschaft trug Dr. Müller Gedichte in Aachner Mundart vor. Diese Sprache ist wohl die auffallendste aller unserer Dialekte. Sie hat beinahe aufgehört, deutsch zu sein. Sie hat wallonische, flämische, französische, spanische, englische, ja, man behauptet, infolge der Bäder und Kongresse, selbst türkische Elemente in sich aufgenommen. Sie steht so isoliert, daß sie nur in Aachen gesprochen wird. Selbst die Bauern der Umgegend, die Bewohner des nahen Burtscheid, die Tuchmacher in Eupen sprechen einen abweichenden Dialekt. Dies Aachner Deutsch klingt voll und melodisch. Wie Dr. Müllers Gedichte beweisen, eignet es sich besonders zum Launigen. Es liegt im Ton eine Naivetät, die unwillkürlich komisch wirkt.

Lebe nun wohl, Deutschland! Kein Abschied, nur ein stiller Händedruck. Der Freund weiß, was dieser feste Blick ins Auge bedeutet.

Brüssel, den 12. März

Ein furchtbares Unwetter tobte uns aus dem Lande der Wallonen entgegen. Bäume wurden entwurzelt, Dächer abgedeckt, wie man aus Brügge schreibt, Schiffe entmastet; ein Orkan wütete mit Regen und Schloßen. Die Bergströme rasten in wilden Sprüngen über das Gestein, Brücken wurden fortgerissen, die Wege waren in Gefahr, von mächtig anschwellenden Bächen überschwemmt zu werden. Die Gewalt des Windes drückte die Scheiben des Coupés ein, so daß ich, bis auf die Haut durchnäßt, in Lüttich ankam.

Was ist aber alles dies Körperliche, wenn die Neuheit der Eindrücke unsern Geist beschäftigt! Ich verließ Deutschland, hörte den letzten Mann, der noch in deutscher Zunge redete, und sah, daß dieser plötzliche Übergang in ein fremdes Idiom kein Märchen war. Kein Übergang, keine Vermittelung, plötzlich ein anderes Volk in diesen Bergen, eine andere Sprache in diesen Tälern. Die Landessprache ist wallonisch, ein entartetes oder noch eher ein anomal entwickeltes Französisch. Die Sprache der Douanen, der Gasthöfe, der Postbureaus ist französisch. Alles bekommt einen andern Anstrich. Die Menschen blicken nicht mehr wie bei uns nach Osten, sondern alles neigt sich nach Westen. Paris ist die Sonne, die das geistige Wachstum dieser Gegenden zeitigt. In den Wirtsstuben Erinnerungen an Napoleon, französische Landkarten, Pläne von Brüssel und Paris. Keine Beschwerdenbücher mehr in den Passagierzimmern, keine Kalender mehr mit den Bildnissen der königlichen Familie aus Berlin, keine Lithographien mehr, die die Magna Charta des preußischen Staats – »Meine Zeit in Unruhe« und »Auf dich, meinen lieben Fritz« – in saubrer Schönschrift verewigen. Ich muß alle Schleusen meiner Sprachkenntnisse öffnen, um mich oben zu erhalten, und doch werd ich die Besinnung verlieren. Meidinger, Mozin, Thibaut, ihr Geister des Dictionnaires und der Grammatik, verlaßt mich nicht! Mir ist zumute wie damals, als ich schwimmen lernte. Der Hallore warf mich ohne weiteres in die Spree. Nun hilf dir selbst, le ciel t'aidera.

Und der Himmel hilft, aber Geld ist Gottes Sache nicht. Diese Franken, diese Sous, diese Centimen! Noch eben hatt ich meine schönen Preußentaler, meine lieben vaterländischen Silbergroschen – und nun eine Faust voll Kupfer! Dreißig, fünfzig, fünfundsiebenzig Centimen – die kleinste Zahlung zwingt mich zum Rechnen. Ich werde alle meine Hegelsche Philosophie vergessen und wieder mit Meyer Hirsch und der Algebra anfangen müssen. Nur um das Kupfer loszuwerden, zahl ich Trinkgelder wie ein Grandseigneur. Ein Franc hat zwanzig Sous, ein Sou hat fünf Centimes, hundert Centimes sind ein Franc. Ich werde sehen, ob ich es behalte.

Ich fange auch an, immer bescheidener zu werden, und muß mich um so mehr für einen Zwerg halten, als ich mit einem Riesen gefahren bin. Links der Bruder des Eremiten von Gauting, der Oberst von Hallberg-Broich, rechts nicht etwa ein großer Mann, sondern in der Tat ein Riese. Über zwölf Personen, die sich in Verviers einschreiben ließen, streckte dieses Ungetüm seine zyklopischen Hände. Beim Einsteigen reichte er mit der Mütze bis an die Imperiale und bog den eisernen Fußtritt krumm, indem er in das Coupé stieg. Im Wagen mußte er den Hut abnehmen und geriet dadurch fortwährend in Gefahr, sich in den Maschen des an der Decke hängenden Netzes, wie Absalom in der Eiche, zu verstricken. Ich hatte die schwierige Aufgabe, neben diesem Phänomen, das nur für einen Platz bezahlt hatte, mir den meinigen zu behaupten. Wenn man mich plötzlich vermißt hätte, würde man mich unter der Achselhöhle dieses Patagoniers gefunden haben. Einige Augenblicke entschlummernd, griff ich im Erwachen nach etwas, das mir wie ein Bein vorkam: es war der Arm des Riesen. Er hatte einen Mantel von so großem Umfange, daß er nicht nur ihn, sondern mich, den dritten Passagier und zuletzt noch die von dem Sturm zerbrochene Fensterscheibe bedeckte. Es war dies Mr. Bihin, jener bekannte, sieben Fuß hohe Riese, der sich vor mehreren Jahren in allen Hauptstädten der Welt für Geld sehen ließ und sich jetzt, da er (besonders in Amerika) sehr reich geworden ist, seinen Landsleuten, den Belgiern, umsonst zeigt. Ich empfehle allen kleinen Leuten, die gern wachsen möchten, die Bäder von Spa. Mr. Bihin, aus Spa gebürtig, ist ein bescheidener Mann. Ich bewunderte die Sanftmut seines Wesens, die Zuvorkommenheit seiner Manieren, die Grundsätze, nach denen ein Riese seine Frau regiert. Mr. Bihin hat eine kleine Frau gefunden, die sich nicht nur nicht vor ihm erschrickt, sondern die ihn sogar liebt. »Sie ist Französin«, sagte er, »und ein wenig launisch. Ich setze ihr aber nie Gewalt entgegen, sondern zähme sie durch Sanftmut.« – Aus dem Munde eines Riesen ein merkwürdiges Geständnis. Mr. Bihin zeigte mir ein Brevet, worin ihm als Propriétaire rentier erlaubt wurde, im ganzen Bereiche Belgiens zu schießen. Seine Jagdflinte hing quer über unsern Häuptern. Ich beklage jene unglücklichen Geschöpfe, die diesem furchtbaren Jäger plötzlich einsam im Walde begegnen und nicht wissen, daß es Riesen geben kann, die die Launen ihrer Frauen durch Sanftmut zähmen.

Von Verviers bis Lüttich ist der Weg von malerischer Schönheit. Zu beiden Seiten Felsen, Steinbrüche, abwechselnd mit anmutigen Wiesen, und auf den Abhängen und Bergvorsprüngen dichtgescharte Fruchtbäume. Das furchtbare Unwetter hüllte alles in Grau, verwusch alle Farben des Bodens und der Ströme in Gelb. Bald wird einer der kühnsten Schienenwege durch diese Straßen, durch diese Berge gehen. Keine

Schwierigkeit umgangen, jede durchbrochen. Wo man hinblickt, ein kühn in die längsten Berge gehauener Weg, eine dunkle Pforte, durch welche bald die glühende Lokomotive donnern wird. *Lüttich*, das malerisch zu beiden Seiten der Meuse gelegene Liége, versetzt uns in die Poesie des Mittelalters, in die Industrie der Gegenwart. Hier werden die berühmten Lütticher Waffen geschmiedet. Die ganze Stadt hat etwas Massives, etwas Stählernes. Von der Brücke aus in der Abenddämmerung sieht man die Öfen dampfen, die Essen glühen; Feuersäulen steigen über die Dächer auf, ganze Straßen sind erhellt vom roten Flammenschein. Alles hämmert, alles schmiedet. Ein tapferer Anblick, alle diese Waffenschmiede und Schwertfeger, klopfend, das Feuer schürend, am Amboß den Hammer schwingend, dort Messer, hier Degenklingen, Schuß-, Stoß- und Hiebwaffen, Pistolen, Bajonette, Gewehrläufe, ein werdendes Arsenal, die Initiative eines Schlachtfeldes. Sprecht, ihr wackern Schmiede, einen guten Zaubersegen in eure Metalle! Wenn ihr die heiligen Bannformeln über das gehämmerte Erz murmelt, weihet diese Schwerter einer guten Sache! Betet, daß diese eure Klingen nie gezogen werden für Tyrannei und Völkerdruck, daß sie zerspringen in der Hand der Meineidigen, daß sie siegen in der Hand der Gerechten.

Welch ein reiches, üppiges Land, dieses Belgien! Die Ebenen fruchtbar, die Ströme durchfurcht von belasteten Nachen, die Städte blühend vom Verkehr, da und dort die stolzesten Erinnerungen des Mittelalters. Noch immer berühmt durch den Flor des Handels, den Fleiß des Gewerbes. Die Kirchen überall Gewähr des behaglichen Bürgersinnes, der seine Städte mit seinem Reichtum schmücken wollte, die Rathäuser stolz wie Asyle der Bürgerfreiheit. Belgien ist auf der Stufe, die Frankreich nie, Deutschland sehr spät erreichen wird. Belgien hat die abstrakte Freiheit und die Freiheit der deutschen mittelalterlichen Städtebildung. Es ist frei im allgemeinen und frei im besondern.

An Tirlemont, Löwen, Mecheln führt uns die Eisenbahn vorüber nach Brüssel. Es ist Nacht. Der Sturm hat sich gelegt.

Brausend jagt das Wilde Heer eines uns begegnenden Konvois vorüber. In den Bahnhöfen dampfen und schnauben die geheizten Eisenmaschinen. Funken knistern hoch in die Luft. Bei der Ankunft in Brüssel fühlt man sich betäubt in diesem Gewühl von glühenden Maschinen, von Fackeln, die unserm tastenden Fuß über hundert sich durchkreuzende Schienenwege fortleuchten. Das dampft, das schnaubt, das zischt, das hustet aus den Lokomotiven um uns her; wir wissen kaum, wie wir uns in einem Omnibus, der uns in die Stadt führt, zurechtfinden. Endlich Ruhe im Hôtel de Flandres.

Ich kann Brüssel nicht in allen seinen Merkwürdigkeiten studieren. Für Brüssels größte Merkwürdigkeit gilt Antwerpen. In meinen Wanderungen durch die hügelige Hauptstadt des jungen Königreichs suchte ich mir das alte Brüssel. Man muß sich nicht blenden lassen von den Pariser Affektationen Brüssels, von den glitzernden Schaufenstern, den Manieren und Redeweisen; der Kern dieser polierten Schale ist ein echt germanischer, ein flamändischer, der in Antwerpen und Gent noch unverkennbar deutsch ist. Unter Karl V. war Gent größer als Paris. »Je mettrai Paris dans mon gant«, war der Calembour des großen Kaisers, der hier auf diesem majestätischen Stadthause seiner unermeßlichen Herrschaft entsagte, um in Spanien zu beten und Uhren zu bauen. Auf diesem Marktplatze vor dem Stadthause sind Egmont und Hoorn enthauptet worden. Drüben in dem Brothause, wo jetzt die hellen Fenster eines Kasinos leuchten, stand Alba und blickte kalt dem blutigen Schauspiele zu. Man muß auf diesem Platze an Egmont und Goethe denken. In jenem Estaminet, wo man das etwas herbe Faro-Bier trinkt, mitten unter jenen Blusen könnten Soest, Jetter und Buyk sitzen, könnten streiten über ihre Privilegien, streiten, bis sich Vansen in den Hader mischt, Vansen, das Prototyp der de Potters, der Cats, der Bartels. Ein junger Literat aus Antwerpen hatte den »Faust« ins Flamändische übersetzt. Ich riet ihm, es mit »Egmont« zu versuchen.

In Brüssel hat das wallonisch-französische Element äußerlich das deutsch-flamändische besiegt. Mehr als zwei Drittel des Landes sind aber Flamänder. Ihre Sprache ist holländisch; doch gestehen sie es nicht gern. Die Pariser Kultur, die Abhängigkeit von der französischen Politik und den französischen leitenden Ideen hat über ganz Belgien eine Haut gezogen, die keine natürliche ist. Es ist eine Kruste, keine Haut. Sie hat keine organischen Funktionen, sie ist nur der klägliche Nachdruck der Pariser Erfindungen, das Echo der französischen Tonangabe. Man beobachte diese armseligen Zeitungen Belgiens! So groß ihre Anzahl, so gering ihr Inhalt. Hätte nicht jedes Journal eine gewisse Anknüpfung an irgendeine Parteimeinung des Landes, an die katholische oder orangistische oder freimauerische Partei, an die Partei der Bank oder die Partei der industriellen Gesellschaft, man würde nicht wissen, wozu diese Unmasse Papiers bedruckt wird. Alle geben sie nur Frankreich wieder: Frankreichs Wahrheiten, Halbwahrheiten und Lügen, die Premiers Paris', die Entremets, die Faits und Accidents sinistres und die Feuilletons. Brüssel erscheint ärmlich, wenn man es besucht, um sich hier auf Paris vorzubereiten.

Gegen diese Richtung ist aber eine Reaktion eingetreten. Vorläufig muß man freilich noch die flamändischen Bestrebungen eine Literatur nennen, die gleichsam erst noch einen Verleger sucht. Aber von allen Seiten regt sich doch der Drang, frei und selbständig zu werden. Man wird die Literatur dieses Landes von dem Place de la Bourse in den Platz des Hôtel de Ville versetzen, aus den Cafés in die Estaminets, aus dem Frack in die Bluse. Man wird das Siegel wieder von diesen hohen Domen lösen, die Sprache dieser wunderbaren Bauten enträtseln. Man wird die klassischen Gemälde der flamändischen Schule nicht vom Pinsel allein in Antwerpen fortsetzen lassen, sondern auch die Feder wieder in die alte germanische Erinnerung tauchen. Erwägt man, welche Blüten die *dänische* Literatur auf einem Stamm von so wenigen Millionen, die diese Sprache reden, treibt, erwägt man Schweden, Ungarn, Böhmen, warum sollten die Flamänder sich nicht zu einer eignen Literatur emanzipieren können, ein Volk von mehr als drei Millionen in Belgien selbst – ohne das, wenn auch feindselige, doch stammverwandte Holland? Die holländische Literatur, ohnedem veraltet, zurückgeblieben, in Vorurteilen verrostet, kann von diesem regen Treiben in Belgien nur erfrischt und Holland zuletzt sogar noch eine geistige Eroberung des feindlichen Schwesterstaates werden.

Jede Literatur, die sich nicht im mythischen Zeitalter durch sich selbst begründet hat oder durch eine bedeutende naive Kraft, ein Talent erster Größe, ein Genie getragen wird, muß sich an die Entwickelungen verwandter Völker anschließen. Die flamändische junge Bewegung wird, von Frankreich zurückgewiesen, nur wählen können zwischen England und Deutschland. Zu befördern, daß sie Deutschland wählt, ist der Zweck einer hier vor wenigen Monaten von einem geistreichen und federkundigen deutschen Literaten, Dr. Kuranda, begründeten Wochenschrift, »*Grenzboten*«. Diese Revue erscheint in wöchentlichen Heften und verdient ihrer rein nationalen, Deutschland zur Ehre gereichenden Tendenz wegen die allgemeinste Beachtung. Wie betrübend, daß eine so wichtige Zeitschrift in Deutschland äußere Hemmungen finden konnte! Sie erobert den deutschen Interessen ein neues Terrain und wird aus diesem Gesichtspunkt sogar von der hiesigen Bank, die in materieller Hinsicht einen Anschluß Belgiens an Deutschland wünscht, unterstützt. Kuranda besitzt zugleich gesellige Formen genug, um hier in jeder Weise die deutsche Literatur würdig zu vertreten.

Dem großen orangistischen Procès monstre beizuwohnen, hab ich keine Lust. In Paris selbst werd ich noch genug solcher Farcen erleben. Die richterliche Gewalt hat der Unmasse der Angeklagten, dem Wirrwarr der Zeugen und der Gleichgültigkeit des Publikums gegenüber kaum Kraft genug, sich in ihrer ersten Rolle zu behaupten. Fast scheint es, als führten eher die Angeklagten als die Richter die Verhandlung. Ich sitze, von Wanderungen ermüdet, auf meinem Zimmer und sehe mir in nächster Umgebung diese allmählichen Änderungen der Sitte an. Das Feuer lodert schon im marmornen Kamine. Das große Himmelbett mit seinen breiten Dimensionen, die

Tassen ohne Henkel, Henkel dagegen an den Nachttischen für die nassen Tücher, schon eine andere Methode der Bedienung, schon eine andere Verteilung der dienenden Ämter. Endlich klärt sich auch draußen der Himmel wieder auf. Ein schöner Tag. Im Park sehnen sich die gegen Winterfrost eingehüllten Statuen aus ihren Strohmänteln heraus. Auch die Bäume, stolze hohe Rüster und Platanen, möchten die häßlichen Hüllen, in die man sie kleidete, abwerfen; jene blechernen Schilde, mit denen man ihre Wunden verbunden hat, die Wunden der Septembertage. In diesem Park wurde Belgiens Unabhängigkeit erkämpft. Hier in diesem tiefen Grunde unter den Büschen modern die Gebeine von Hunderten der gefallenen Holländer. Die Bäume sind zerfetzt von Kugeln, und wo die Rinde von ihnen zu sehr gelitten hat, wo das Wachstum von den grausamen Wunden zu sehr bedroht schien, hat man die Narben verdeckt, damit sie langsam heilen. Ein furchtbarer Anblick muß dieser Kampf gewesen sein. Die Holländer, zusammengeschart, von allen Seiten den Kugeln des Volks preisgegeben, hier in diesem Park. Drüben und draußen von Dächern, aus Fenstern herab das Feuer der Insurgenten. Waffen, schnell zusammengerafft, alte Helme, alte Panzer aus spanischen Zeiten her, hoch zu Roß die Führer des Aufstandes, Knaben, die Trommeln rührend, die Frauen dazwischen, anfeuernd, Kugeln bringend, die Verwundeten verbindend, die Sterbenden beweinend. Im Eingang der Deputiertenkammer zeigt ein großes Gemälde von Wappers, wie diese Freiheit, eine Treppe höher in diesem Hause frei zu reden und frei abzustimmen für die Interessen des Volkes, draußen unter den Herbstbäumen, drüben im Park, erkauft wurde. Das Gemälde ist etwas verworren gruppiert und die Einheit zu sehr in einer Sterbeszene konzentriert, die uns die *siegende* Revolution nicht vergegenwärtigen kann. Das Riesengemälde *de Keysers*, das links die Schlacht bei Worringen darstellt, steht künstlerisch wohl auf einem höheren Standpunkt. Es ist das Trübe der Freiheit, daß sie Künstler wohl begeistern, aber nicht schaffen kann. Man kann sehr wahr sein, ohne daß man schön ist.

Ste-Gudule ist von innen erhabener als von außen. Die Kanzel dieses Münsters, ganz aus Holz geschnitzt, ist ein Meisterstück der Erfindung und Ausführung; sie ist ein Gedicht. Das herrliche Werk stellt die Geschichte des Sündenfalls und der Erlösung vor. Unten Adam und Eva, vom Engel aus dem Paradiese getrieben, die Schlange, riesenhaft sich um den Baum der Erkenntnis ringelnd, oben das Evangelium, in katholischer Auffassung, durch die Sternenkönigin Maria dargestellt. Wie lieblich der Humor des Mittelalters! Das Paradies, ausgeschmückt mit allen seinen Bewohnern, selbst den Affen nicht zu vergessen. Wenn der Geistliche die Kanzel besteigt, droht ihm ein lustiger Maki auf die Schulter zu springen. Jetzt sollte ein Künstler Kanzeln bauen, an denen er Affen anbrächte! Man würde es für ebenso geschmacklos als irreligiös erklären, und doch haben wir das Mittelalter nicht erreicht, weder in seiner Schnitzkunst noch in seiner Andacht. Am Arme Evas hing an einem dünnen Zwirnsfaden ein Hirtenbrief des Erzbischofs von Mecheln, ein Ablaßbrief; unwillkürlich sinniger Trost für alle liebenden Töchter Evas, für alle, die unten vor der Welt das Paradies verlieren und oben bei Gott die Gnade finden.

Am Place de la Bourse arbeitete ein Privattelegraph. Daß sich Privatleute Telegraphen halten können, ist einer der Horreurs, vor denen die deutsche Politik erschrecken würde. Dies ist indessen wahrscheinlich jener lügenhafte Berichterstatter, der die Antwerpener Börsengerüchte so unsicher macht und dem wir in Hamburg so viele verkehrte Nachrichten über Spanien und Frankreich verdanken.

Nichts von einer kläglichen Theatervorstellung im Park, nichts von den trois Suisses und den mille colonnes, nichts von dem neuen Journal »Die Nasenstüber« und dem alten Journal »Mephistopheles«, in dem ich mehr Roheit als Witz gefunden habe, nichts von der Gewissenlosigkeit des schändlichsten Nachdruckssystems gegen ein Land, dem Belgien seine Freiheit verdankt, nichts von Herrn Haumann, der sich durch seinen Nachdruck Häuser baut; ich rüste mich auf Frankreich, nach dem ich morgen abreise. Schon führt eine Eisenbahn nach

Mons ins Hennegau oder in den Ainaut, wie es hier heißt, in Gegenden, die historisch berühmt sind aus den Zeiten der Grafen von der Mark, der wilden Ardennen-Eber. Bald wird diese Eisenbahn Brüssel unmittelbar mit Paris verbinden. So hat Belgien zwei ausgestreckte Eisenarme, einen nach Frankreich, einen nach Deutschland. Die Eisenbahn nach Paris, die Eisenbahn nach Köln. Belgien wählt, welche Hand es mit diesen Armen drücken soll. Eine wird es wählen, aber es muß die Hand eines Mannes sein.

Franz Grillparzer

Tagebuch auf der Reise nach Konstantinopel und Griechenland

12. September 1843

Was man von der Schönheit des Bosporus gesagt hat, ist, mit Einschluß der Übertreibung, buchstäblich wahr, denn die Übertreibung ist der Erhebung natürlich. Anfangs trat mein Übelbefinden störend entgegen, bald aber wurde der Eindruck so mächtig, und ich gab mich völlig hin. Man hat die Lage von Konstantinopel der von Neapel vorgezogen, vielleicht mit Unrecht, was die Schönheit betrifft; sie ist aber ausgedehnter, kolossaler und dadurch mächtiger. Beinahe durch vier Stunden Weges folgen sich, anfangs bloß auf der europäischen, dann aber auch an der asiatischen Küste, Befestigungen, Schlösser, Dörfer, Paläste in ununterbrochener reizender Fortsetzung. Die Welt hat vielleicht nichts, was sich damit als Ganzes vergleichen läßt. Einzeln betrachtet dürften bloß die Festungen die Probe aushalten. Die Paläste der Türken sind nur aneinandergeschobene Lusthäuser. Ihre Lebensart zeigt auch im Luxus, daß sie aus der Genügsamkeit hervorgegangen ist. Dazu noch alle diese Gebäude – von Holz. Ich gestehe, daß die Aufklärung über diesen letzten Punkt mir die Hälfte des Genusses genommen hat. In der Ferne jedoch, und ehe man derlei weiß, nimmt sich alles herrlich aus. So geht es denn fort. Ununterbrochene Festungen und Batterien zu beiden Seiten. Das reizende Bujukdere, Therapia, das europäische und asiatische Schloß. Leanders Turm, jetzt, denk ich, ein Spital. Darüber hinaus die Spitze des Serails mit seinen Mauern, die spanischen Wänden gleichen. Von hinten hervorblickend die Kuppel der Sankta Sophia. Rechts Galata mit der Einfahrt in den Hafen. Links Skutari an der Küste von Asien. Das Schiff hält und ist bald von Kaiken und Lohnbedienten umgeben. Wir wählen einen der letztern und vertrauen uns einem der erstern und stoßen vom Schiffe ab, sehen uns aber bald von einer Barke des Zollamts angehalten, mit Beamten, die durchaus auf Visitation dringen. Marinowitsch, der mit uns ist, wirft aber den Beamten ein kleines türkisches Goldstück und ein paar desto größere Grobheiten zu, und man läßt uns passieren. Wir steigen an der Stiege von Pera aus, wo Lastträger, die sich durch eine Art Sättel zu Kamelen umgeformt haben, unser Gepäck, jeder eine Last mehrerer Männer, aufnehmen, und jetzt geht die Wanderung durch die Hotels an, die sich alle besetzt finden. Endlich im Hotel de Bellevue notdürftiger Platz. Gewaschen, gebiegelt, rasiert. Collatione, an der zwei widerliche Franzosen teilnehmen. Beschließen darauf, unsere englischen und holländischen Reisegefährten aufzusuchen, von denen wir etwas abrupt abgekommen waren. Finden sie in drei Hotels zerstreut. Machen mit ihnen einen Gang durch die Stadt. Zuerst, als in der Nähe liegend, die tanzenden Derwische. Jedermann weiß, was da geschieht. Wie ein übelklingender Gesang mit allerlei Gurgeleien von einer Art Tribüne herab von einer einzelnen Stimme den Anfang macht, dann der Umzug der Mönche, wobei sie ihren sitzenden Vorsteher kadenzmäßig durch Verbeugungen grüßen. Hierauf Instrumentalmusik, wenn eine Rohrflöte, ein Dudelsack und eine Trommel für Instrumente und die ärgsten Mißtöne für Musik gelten können. Endlich erschallt von derselben Tribüne herab ein heftiges Geschrei, wohl als Gesang gemeint, und nun beginnt, dreimal unterbrochen, anfangs langsam, dann aber immer schneller, ohne je wild zu werden, der Drehtanz der Derwische. Sie werfen dazu ihre verschiedenfärbigen Mäntel von sich und sind darunter weiß, in Jacken und Unterröcken gekleidet. Die Füße nackt, das Haupt mit weißen kegelförmigen Filzmützen bedeckt. Der Tanz bewegt sich in zwei oder drei Kreisen, zwischen welchen ein blaugekleideter, nicht tanzender Derwisch gemessen auf und nieder geht. Auch der Vorsteher tanzt nicht, sondern sitzt außer den Kreisen. Man hat die Bewegungen als heftig und wild beschrieben, ich habe sie eigentlich graziös gefunden. Ein paar hübsche junge Burschen von höchstens achtzehn Jahren, der eine in den Farben der Gesundheit, der andere bleich und hager, die Augen geschlossen, das Haupt gegen den emporgestreckten rechten Arm und diesen dem Haupte entgegengeneigt, wobei sie den linken mit herabhängender Hand gerade vor sich strekken, die Verzückung einer süßen Begeisterung auf den Lippen – sahen so reizend aus, als ein Mann nur immer einen Mann finden kann. Die Ältern nahmen die Sache etwas berufsmäßiger. Auch die Begrüßung des Vorstehers im Vorüberwandeln hätte manchem Ballettkorps zum Muster dienen können.

Hierauf in den Basar. Unabsehbare Hallen mit Kaufmannsbuden oder vielmehr Kramläden, denn die meisten scheinen mit fünfzig Dukaten auszukaufen zu sein. In einer Bude eingetreten. Werden mit Kaffee bewirtet. Pfeifen. Kaufen einige Kleinigkeiten. Ein Damaszener Säbel um dreitausend Piaster geboten. Zu Tische nach Hause. Wenigstens nicht die schmierige orientalische Fettküche. Französischer Wein. Abends die Reisegefährten besucht, um Baron Boineburg einen Besuch zurückzugeben, der in demselben Hause wohnt. Früh zu Bette. Lange vor Tag aufgewacht, vielleicht durch die Kälte, die unter einfacher Bettdecke grimmig war. Im September in Konstantinopel!

13. September

Frühmorgens zum Bankier, um Geld zu holen. Später zum Gesandten. Scheint kein unebener Mann. Lädt uns für denselben Tag zu Tisch. Diem perdidi.

Das Mittagsmahl und der damit zusammenhängende Abend war angenehmer, als ich mir vorgestellt hatte. Die Gräfin, obwohl geborene Französin, spricht sehr gut deutsch und hatte den richtigen Takt, in dieser Sprache zu reden, um die andern ungehindert sprechen zu machen. Sie ist ein gescheites, wie es scheint, völlig gebildetes Weib. Das Gesandtschaftspersonal besteht aus angenehmen, größtenteils jungen Leuten. Darunter der junge Schwarzhuber mit dem redlichen Gesichte seines Vaters. Kam mir beinahe sonderbar vor, von Poesie, von meinen Arbeiten zu reden, was ich seit Jahren nicht getan. So ward aus Morgen und Abend der zweite Tag unsers hiesigen Aufenthaltes.

14. September

Mayerhofer hatte Geschäfte in Therapia, und ich beschloß, ihn zu begleiten, teils weil ich den Bosporus bei der Durchfahrt doch nicht genau genug besehen zu haben glaubte, teils weil unser Lohnbedienter notwendig mit ihm fahren mußte. Fuhren um sieben Uhr morgens auf einer vierrudrigen Barke ab. Stiegen in Jeniköi aus, weil M. den Fürsten der Walachei zu besuchen hatte, der aber eben im Begriff war, nach Konstantinopel zu fahren. Weiter fort an den herrlichen Ufern und an den leider hölzernen und nur im ganzen imposanten, im einzelnen kleinlichen Häusern. In Therapia Herrn Autrant besucht, an den ich Briefe hatte. Die Maschinenwerkstätte der Donauschiffahrtskompagnie besehen. Langweilig. Endlich nach Bujukdere, wo wir Essen bestellten und indes spazierengingen. Aus den Fenstern des Landhauses des spanischen Gesandten tönte Musik. Es waren altitalienische Duette, beinah schien es Solfeggen für Sopran und Alt mit Begleitung des Fortepiano. Die Stimmen waren nicht gerade schön, sie sangen aber die ungemein schwierige Musik sehr richtig, und es machte mir unendliches Vergnügen, da ich strenge Singsachen liebe und jetzt so lange keine Musik gehört habe. Darauf besahen wir den Spaziergang hinter dem Orte, wo die Gegend jener von Weidling gleicht und den Vorzug vor ihr nur durch eine Baumgruppe von sieben Bäumen, i setti fratelli, behauptet, dergleichen man bei uns wirklich nicht sieht. Im Rückfahren nahmen wir zu Therapia Herrn Autrant ins Schiff und ließen uns ans asiatische Ufer überfahren, wo wir in dem famös gewordenen Chunkiar Skelessi ans Land stiegen. Zum erstenmal Asien betreten. Wenn ich die Gegend von Bujukdere mit der von Weidling verglichen habe, so brauche ich mich nicht im Verdacht der Exaltation zu haben, ich kann daher sagen, daß ich etwas diesen asiatischen Baumgruppen Ähnliches nie gesehen habe. Es ist etwas Weiches, Partien- und Gruppenartiges in ihnen, das den unsern fehlt. Besonders zeichnen sich die Eschen aus, dunkler als bei uns, massenhafter und doch unendlich zarter. Ich war eigentlich hingerissen. Der Abend nahte, und wir mußten nach

Hause. Die Wasser des Bosporus himmlisch in der untergehenden Sonne. Durch die bereits dunkeln Straßen von Topchana und Pera nach Hause. Ein wunderschöner Knabe zu Pferde. Wahrscheinlich –. Ein Glas Wein getrunken und zu Bette.

15. September

Unsere englischen und holländischen Freunde holten uns verabredetermaßen ab, um den Zug des Sultans in die Moschee zu sehen. Unglücklicherweise hatte er, da er eben den Palast Beglerbeg auf der asiatischen Seite bewohnt, für die heutige Freitagsandacht eine kleine Moschee bei Skutari gewählt, wo er denn zu Schiffe ankommen und der größte Teil des militärischen Pompes wegfallen mußte. Wir fuhren in einer vierrudrigen Barke hinüber und postierten uns, wahrscheinlich allen Verordnungen entgegen, auf der Terrassentreppe eines leerstehenden Hauses, wo der Sultan vorüberfahren mußte und niemand stand als wir. Lumpige Truppen machten Spalier. Offiziere von allen Sorten und Graden. Bald verkündigten Kanonenschüsse die Ankunft des Herrschers. Ein paar Barken mit Adjutanten als Avantcoureurs. Endlich die von Gold strahlenden Staatsbarken, mit prächtig gekleideten Ruderern besetzt, es waren drei; in der mittlern, wenn ich mich recht erinnere, saß der Sultan unter einer Art Thronhimmel. Er sieht nicht übel aus, und hart an uns vorüberfahrend, blickte er uns scharf an. Die See ging hoch, und ein halb Schiffbruch leidendes großes Kaik mit einem General an Bord vertrieb unsere Schiffleute von ihrem Standplatz, so daß wir halb mit Lebensgefahr über Hals und Kopf in unser Schiff springen und sogleich abstoßen mußten. Wir beschlossen, nach den süßen Wassern Asiens zu fahren. Der starke Wind und die gewaltige Strömung machten die Fahrt schwierig. Schon früher war ein kurzer, aber heftiger Regen eingetreten, der uns zwang, in einem Kaffeehause von Skutari Zuflucht zu nehmen, wo man uns mit Kaffee und Pfeifen bediente. Während der Regen noch dauerte, fuhr der Sultan zurück. Diesmal ohne Thronhimmel, einen roten seidenen Regenschirm (Parapluie) über den Kopf gehalten.

Die süßen Wasser entsprechen als Gegend ihrem Rufe nicht, einige schöne Bäume, unbedeutende Hügel, nicht mit Chunkiar Skelessi zu vergleichen. Das Gras fand sich naß, die Wege kotig, weshalb auch wenig Gesellschaft, größtenteils aus Weibern und Kindern bestehend, da war. Sämtlich in bunten, vergoldeten, kugelförmigen Wagen, teils von Pferden, teils von Ochsen gezogen, wovon mir die letzten, mit hohen, quastengezierten Halbbogen an dem Kopfzeuge geziert und nebstdem wunderschöne weiße Tiere, am besten gefielen.

Ein Gaukler mit einer Baskentrommel und ein sich überschlagender und umkollernder Knabe unterhielten die Weibergesellschaft, von denen die Vornehmern, wahrscheinlich des durchnäßten Grases wegen, ihre Wagen nicht verließen. Sogar komödienartige Reden schienen manchmal eingemischt. Näher konnten wir die Sache nicht untersuchen, denn die Polizeisoldaten wiesen uns, obgleich höflich, von dem Weiberkreise zurück. Nach Hause gekehrt. Gegen Abend Mister Kathlik besucht und Herrn Craigher, der mir ein paar Besuche gemacht, ohne mich zu treffen. In demselben Hause die Gräfin Hahn-Hahn. Deren Bekanntschaft gemacht. Sie scheint natürlich, wenigstens spricht sie so. Gefiel mir weit besser, als ich erwartete.

16. September

Gestern schon hatte uns Herr Surmont angekündigt, daß er durch den holländischen Gesandten einen Ferman zur Besichtigung der Moscheen für heute erhalten habe. Wir gingen daher um neun Uhr morgens zu ihm, oder vielmehr, er kam uns auf dem Wege entgegen. Es hatte sich eine zahlreiche Gesellschaft eingefunden, und wir machten uns alle auf den Weg über die Hafenbrücke nach Konstantinopel. Die erste Moschee, die wir besuchten, war die Sultan Solimans, nach St. Sophia die größte und am meisten bewunderte. Diese kolossalen Porphyrsäulen, aus denen man nichts zu machen gewußt hat als Strebepfeiler für darauf gestützte Bogen, diese Bogen selbst, die, von weiß und schwarzem Marmor gestreift, die Idee der Festigkeit und Tragekraft aufheben, welche die Idee des Bogens ist; die kahlen Wände, durch nichts unterbrochen, machten einen ungünstigen Eindruck auf mich. Dazu diese Menge von Lämpchen und Lampen, die auf Reifen und spinnenähnlichen Kronleuchtern über dem Kopf des Beschauers schweben. Das Gemisch edler Säulen und abgeschmackter Barbarei. Das Ganze macht einen wüsten und müßigen Eindruck. Mir gefiel es nicht. Prächtig und würdig zugleich ist das danebenstehende Grab Suleimans, wo er mit zwei Söhnen und drei Weibern bestattet liegt. Die Wände mit einer Art buntem Porzellan überzogen, die Geländer mit Schildpatt und Perlmutter eingelegt. Auf dem Sarge der kaiserliche Turban mit zwei Reiherbüschen.

Es fing jetzt an zu regnen, und wir mußten uns mit Parapluies bis Nur Osmani, einer kleinern, aber sehr hübschen Moschee, durcharbeiten. Sie ist ohne Prätension, ohne mißbrauchte Säulen ganz in orientalischem Stile gebaut, freundlich und hell, und gefiel mir deswegen.

Dasselbe ist mit der ungleich größeren Moschee Sultan Achmeds der Fall auf dem Atmeidan mit dem Obelisk und der Säule Konstantins, die wir heute des Regens wegen nicht näher besehen konnten. Auch sie ganz maurisch mit ungeheuern gemauerten Tragesäulen, auf denen die Gewölbe ruhen, im Innern.

Von da nach St. Sophia. Da unterdessen die Gebetstunde gekommen war, wurden wir nicht eingelassen und setzten uns, um abzuwarten, vor einem nahebei liegenden Kaffeehause nieder, wo Pfeifen und Kaffee, wie natürlich, gereicht wurden. Mittlerweile hatte sich noch ein Anstand erhoben. Der geistliche Vorsteher weigerte sich, mehr Personen einzulassen, als in dem Ferman angegeben waren, nämlich zwei, indes unsere Gesellschaft beinahe aus dreißig bestand. Die Verdopplung des gewöhnlichen Geschenkes hob auch diese Schwierigkeit. Wir wurden eingelassen, vorderhand aber nur in die Emporkirche. Es ist schwer, eine Beschreibung von dem Eindruck zu geben, den dieses Gebäude macht. Ich habe nichts Kirchliches gesehen, was sich damit vergleichen ließe. In rötlichgrauen Marmor gekleidet, der an mehreren Stellen höchst glücklich von Tafeln dunklerer Farbe unterbrochen wird, hat das Ganze ein ernstes, aber keineswegs finsteres Ansehen wie die gotischen Kirchen. Die herrlichen Säulen müssen zwar hier auch Bogen tragen und sind noch dazu doppelt übereinandergestellt, aber die der Kuppel zur Stütze dienenden Pfeilerwände geben einen so massigen Gegensatz, daß eines durch das andere gehoben und getragen wird. Die Mosaiken der Kuppel und Decke sind von den Türken überweißt worden. Man beklagt dies mit Recht, vielleicht aber auch ist das Ganze durch sie schwer geworden wie in St. Markus zu Venedig. Den Fußboden haben die Türken durch Legen der Teppiche ganz ins Schiefe gezogen, um die Richtung nach Mekka zu erhalten. Man führte uns endlich auch ins Erdgeschoß hinab, obschon das Gebet noch nicht vorüber war. Die Versammlung belief sich nicht auf viele Personen. Darunter mehrere Pilger aus Mekka, dunkle, sonnverbrannte Araber und ein wunderlicher Kerl, ein Verrückter, wie uns der Lohnbediente sagte. Mit einem ungeheuern, wenn ich nicht irre, grünen Turban, scharlachrotes Kleid bis an die nackten Knie reichend, den Gürtel besteckt mit Dolchen und Pistolen, eine Art Hellbarde auf der Schulter. Er ging wie der Hahn auf dem Miste umher und maß uns mit zornigen Blicken. Auch unter den arabischen Pilgern schien sich eine erregte Stimmung zu verbreiten, und endlich riet uns der Kawatsch, der uns begleitete, fortzugehen, da es sonst zu einem Ausbruche kommen könne. Wir folgten seinem Rate, und am Ausgange verabschiedete uns der verrückte rote Kerl oder ein ihm ähnlicher, da ich nicht begreifen kann, wie der andere vor uns aus der Türe kommen konnte. Auch trug er diesmal statt dem Spieß eine Fahne. Er sah uns furchtbar an und stieß einen Schrei aus, der zwischen dem Wiehern des Pferdes und dem Krähen des Hahnes die richtige Mitte hielt. Es mochte wohl eine Drohung oder Beschimpfung sein. Das Serail, obwohl unser Ferman auch darauf lautete, konnten wir nicht besehen, da der Sultan eben am nämlichen Tage es bezogen hatte. Wir begnügten uns daher mit dem inner des ersten Tores in der ehemaligen Irenenkirche liegenden Zeughause, das höchst unbedeutend ist.

Nun war aber noch das Wichtigste zu tun, nämlich nach Hause zu kehren, während es in Strömen goß. Wagen gibt es bekanntlich in Konstantinopel nicht, und unsere Wohnung war leicht eine volle Wegstunde entfernt. Es blieb keine Wahl. Wir stürzten uns in den Platzregen, ließen uns in einem bereits tüchtig durchweichten Kaik übersetzen und kamen endlich, durchnäßt wie nie in meinem Leben, in unserer Wohnung an. Das bald darauf folgende Mittagmahl verbannte die eisige Kälte aus den Gliedern, und wir konnten abends dem Gesandten einen Besuch machen und so liebenswürdig sein, als es die Umstände erlaubten.

17. September

In der Nacht ein fürchterlicher Sturm. Zwei Schiffe gingen im Hafen zu Grunde. Das wichtige Geschäft des Frühstücks abgetan, das freilich von einer andern Konsistenz ist als unseres zu Hause. Die Franzosen entgöttlichen sich etwas. Der Major hat Geschäfte. Ich will allein mit dem Dragoman ausgehen. Es regnet. Sind heute beim Gesandten zu Tisch. Prokesch' asiatische Reiseerinnerungen sollen mir die Zeit verkürzen helfen.

Doch mit dem Lohnbedienten allein ausgegangen. Ein paar noch nicht gesehene Straßen durchlaufen, die nichts Interessantes darbieten. Die große Zisterne besehen, die ihren Gehalt von den süßen Wassern Europas empfängt. Ein stupendes Werk aus den Zeiten der Konstantine mit ungeheuern Granitsäulen, so weit das Auge reicht. Der Obelisk auf dem Atmeidan; die Spitzsäule ägyptisch, die Basis schlechte Arbeit aus der Zeit des Theodosius. Die halb zerstörte Schlangensäule, die einst dreifach gewunden gewesen sein soll, jetzt aber nur einfach ist, und von der man viel fabelt. Die aller Zierden beraubte und nur noch aus den übereinandergeschichteten Quadern bestehende Säule des Konstantin. Diese drei Bildwerke sollen die Richtung der Spina des ehemaligen Hippodroms bezeichnen.

Beginnt zweimal zu regnen. Da ich nicht Lust hatte, noch einmal durchweicht zu werden, nach Hause.

Mittags beim Gesandten. Das Wetter hatte mich verstimmt und die Verkühlung von gestern. Das Gespräch wollte sich nicht geben. Verfiel in jene beliebten Abwesenheiten, die so angenehm machen. Später kamen mehrere Leute, und das Gespräch wurde französisch geführt. Wäre gern nach Hause gegangen, aber der Major spielte, und ich wußte den Weg nicht. Schlechter Tag.

18. September

Die ganze Nacht gegossen. Die Straßen schwimmen in Kot. Suchte Herrn Surmont auf, da der Major Geschäfte hatte. Surmont war auf den Sklavenmarkt gegangen, ließ mich ebendahin führen, traf ihn aber nicht mehr. Besah mir den schändlichen Handel. Die Ware bestand aber bloß aus Negern. Ein hübscher Knabe wurde eben herumgeführt und um tausendzweihundert Piaster feilgeboten. Der Bube schien gar nicht betrübt und folgte ungezwungen dem Ausrufer. Der größte Teil Weiber, d.h. Mädchen. Wenige hübsche. Eine sah nicht übel aus und blickte mich an, als wollte sie mich zu einem Gebot auffordern. Das Abscheuliche war in seiner Einförmigkeit bloß widerlich. Ging noch ein wenig in der Stadt herum, bis mir die Füße vom Pflaster schmerzten, und dann nach Hause, da der durchweichte Boden keinen Ausflug gestattet. Es stürmt wieder und droht mit Regen. Nichts gut an der Sache, als daß damit wahrscheinlich die Äquinoktialstürme abgetan sind und unsere weitere Seereise hoffentlich gesichert ist. Setze mich hin, um die Iliade zu vollenden und mit Prokesch' »Erinnerungen« in der Hand die Karte von Troas zu studieren.

19. September

Mit Monsieur Surmont und den beiden jungen Leuten einen Ritt durch die Stadt gemacht, da der Schmutz das Gehen verbot. Auf dem Pferdemarkt, wo wir aber nichts Schönes, wohl aber viel Hübsches und Wohlfeiles sahen. In der neuen Münze, die erst im Entstehen ist und eins der hübschesten Etablissements in Europa zu werden verspricht. Ein Engländer der Direktor, die Arbeiter aber sämtlich Türken, die also schon zu brauchen wären, wenn sie angeleitet würden. Dann ins Arsenal. Eine Reihe der schönsten Kriegsschiffe am Ufer. Im Bagno der Galeerensklaven. Finsternis herrscht da in der Mitte des Tages. Griechische Kirche im Gefängnisse. Die Leute haben außer der Kette an einem Fuße kaum sonst etwas von Gefangenen und scheinen freier gehalten zu sein als irgend anderswo. Wenn man damit unsere schweren Kerker vergleicht! Ein darunter befindlicher Deutscher, er mochte ein Preuße oder Braunschweiger sein, mit Bart und Haaren wie der wilde Mann im Harz, redete mich an. Ehe ich ihn aber weiter befragen konnte, war er schon weggedrängt und im Dunkel verschwunden. Schiffdocks, Werfte, Seilerwerkstätte, aber nirgends Arbeiter. Mittags beim Minister. Abends ins Theater, wo ein italienisches Sängerehepaar seine Künste zeigte. Hätten leicht viel schlechter sein können, als sie waren. Gingen nach dem ersten Akte.

20. September

Allein mit dem Platzbedienten ausgegangen. Pferde genommen und den Ritt um die äußern Mauern von Konstantinopel gemacht, womit wir in zwei Stunden zu Ende waren. Genaugenommen, war mir diese Tour das Liebste, was ich in Konstantinopel bis jetzt mitgemacht habe. Die Türme und dreifachen Mauern, verfallen und mit Efeu umwachsen, militärisch vielleicht lächerlich, aber malerisch einer der schönsten Gegenstände. Auch das rechts der Straße liegende Land sehr hübsch. Ungeheuer die Zahl der Feigenbäume, die in den Gräben wachsen. Den Schluß macht das Schloß der sieben Türme. In der Nähe betrachtet, scheint es unbedeutend, von der Ferne aber tritt erst das Innere auch heraus, und dann ist der Eindruck schön, aber keineswegs grauenhaft, wie man vorauszusetzen geneigt ist. In die Stadt zurück. Auf den Turm vor dem Hause des Seraskiers gestiegen. Eine schönere Aussicht läßt sich nicht denken. Unter sich die ungeheure Stadt, an die sich, durch Meerarme getrennt, Skutari und Pera als Vorstädte anschließen. Zwischen den bunten Häusern, die sich in der Entfernung gut ausnehmen, die stattlichen Moscheen, von ganz anderer Wirkung als unsere kleinlichen oder gotisch angeschmauchten Kirchen. Von der einen Seite der schön umgebene Bosporus, von der andern das Meer von Marmara, über die Prinzeninseln hinaus sich in der Ferne verlierend und ganz im Weiten noch einmal über die Hügel herausleuchtend. Ich habe heute meinen schönsten Tag in Konstantinopel gehabt. Schon weil ich –.

O Pera, Pera, türkisches Krähwinkel!
Mit Bürgermeister Staar und seiner Frauen Dünkel.

21. September

Heute den scheußlichsten Eindruck auf der ganzen Reise gehabt. War in Skutari bei den heulenden Derwischen. Hatte mich schon frühmorgens nicht ganz wohl gefühlt, etwa als Folge der Anstrengung auf dem gestrigen Ritte, mußte noch dazu beim Frühstück den Kaffee versäumen, der mir des Morgens einmal notwendig geworden ist, und ging daher schon etwas unwohl von Hause weg. Besahen noch im Vorbeigehen die Pferde des Sultans, die mir höchst unbedeutend scheinen. Kamen dadurch, durch den Münzingenieur Mister Taylor geführt, in die äußeren Höfe des Serails. Das Innere kann man leider nicht besehen, da der Sultan es bezogen hat. Hierauf nach Skutari zu diesen Teufeln von Mönchen. Schon Lokal und Kleidung war so bettelhaft und schmutzig als möglich. Ungefähr dreißig Lümmel und drei Kinder zwischen sieben und neun Jahren. Nach Gebeten, deren Anfang wir glücklicherweise versäumten, fingen sie endlich an zu singen oder vielmehr zu stöhnen, zu grunzen, zu bellen, wobei sie den Leib nach ein- und auswärts und den Kopf nach rechts und links bewegten, etwa den Bewegungen eines Schiffes im Sturm ähnlich. Der Vorsteher in der Mitte gab das Tempo an. Von langsam immer schneller und schneller. Nun hoben sie auch stampfend die Füße. Das Geheul wurde immer stärker. Tief im Baß stießen sie immer die Silbe »Hom! hom!« aus, während eine schneidende Tenorstimme, falsch, in einer ganz verschiedenen oder vielmehr gar keiner Tonart schrillend dazwischen sang. Bald schienen sie nur noch das Mittel zu halten zwischen brandenden Wogen und galoppierenden Pferden. Einer von ihnen, ein wilder Kerl mit struppigen schwarzen Haaren, bekam einen Anfall von fallender Sucht. Er brüllte, bäumte sich, schlug um sich. Drei oder vier warfen sich über ihn, die andern galoppierten wie vorher. Einer von ihnen hatte offenbar durch das Schaukeln eine Art Seekrankheit bekommen. Er grölte nur noch, sah aus wie eine Leiche, und ich erwartete jeden Augenblick, daß er sein Frühstück von sich geben werde. Da fiel mich der Ekel und das Grauen über die Entwürdigung der menschlichen Natur übergewaltig an. Ich mußte hinausgehen, und im Freien meine Begleiter erwartend, bezahlte ich mit einem heftigen Kopfweh das widerliche Schauspiel.

Und in dieser Verfassung mittags zum Minister. Es ging aber besser, als ich gedacht. Ich saß an der Seite des russischen Gesandten, Grafen Titoff, der ein gebildeter, vielleicht etwas mystisch angeregter, aber völlig interessanter Mann ist. Die Gräfin Hahn war auch da, ich konnte aber mit ihr nicht zum Gespräche kommen. Bei Tische trank ich zwei Gläser gutes Wasser, ein Genuß, den ich in Konstantinopel zum ersten Male hatte. In Pera wenigstens gibt's bloß Zisternenwasser. Lächerlich kam mir General Jochmus vor, der, ein Europäer, sein Fes vor den Damen auf dem Kopfe behielt. Mein Kopfschmerz kam wieder, wir machten uns daher gegen neun Uhr ganz still aus dem Staube.

22. September

Schlechte Nacht. Lange vor Tagesanbruch, etwa um drei Uhr, aufgewacht. Höchst aufgeregter Puls, starker Schweiß, war nicht ohne Besorgnis. Doch nach dem Aufstehen besser und jetzt gut. Will mich heute schonen. Das verfluchte Steinpflaster von Konstantinopel richtet mich zugrunde. Ging doch nach St. Sophia, um den Sultan, den ich neulich in der Barke gesehen, heute zu Pferde zu betrachten. Da war aber nichts von Garden und sonstiger Pracht, wie ich erwartet. Einige Reiter, dann der Sultan in seinem doch nicht unkleidsamen Mantel mit der diamantnen Agraffe und dem prächtigen Fes aus dem Serailtore heraus und zwanzig Schritte weit ins Tor der Moschee hinein. Er ließ sein Pferd gar nicht ungeschickt karakolieren, solange er über den Platz ritt, am Tore aber meinte er vermutlich, es sei genug, und ritt ruhig im Schritt hinein. Das gab dem Ganzen etwas Gemachtes, das mir mißfiel. Dann zum Agenten der Lloydschen Dampfschiffgesellschaft Marinich. Scheint ein unterrichteter Mann. Schenkt mir ein mumisiertes Krokodil, das ich ihm gern zurückgeschenkt hätte. Nehme Plätze für Sonntag nach den Dardanellen. War froh, wieder fortzukommen. Warum? Weil ich mich nicht freute, herzukommen.

Georg Weerth

Skizzen aus dem sozialen und politischen Leben der Briten

Wenn ich mich auf den ersten Eindruck besinne, den London auf mich machte, da weiß ich nur noch, daß es mir nicht anders zumute war, als geriete ich plötzlich in eine Stadt, welche an allen vier Ecken am Brennen ist, in eine Festung, welche vom Strome her beschossen, von den nächsten Höhen mit Bomben begrüßt wird, durch deren Tore die Artillerie, die Reiterei, das Fußvolk des Feindes einrückt, wo die Einwohner alles drangeben, wo jeder rennt und flüchtet, wo der Haufen, der sich gegen Westen drängt, von dem, der aus Osten heranflutet, fast zurückgeworfen wird, wo das Gewühl des südlichen Teiles vor dem des nördlichen zurückprallt, wo sich alles überrollt und überpurzelt, wo keiner mehr von dem andern Notiz nimmt, wo jeder nur an sein eigenes Heil denkt, wo das Rasseln der Wagen, das Traben der Reiter, das Rufen und Schreien der Fußgänger sich bald zu einem solchen Getöse steigert, daß zuletzt niemand mehr seinen eignen Spektakel von dem aller anderen unterscheiden kann, daß zuletzt jeder nur wie besessen weiterrast und erst dann zum Stillstand kommt, wenn an einer Krümmung der Straße das ganze Treiben wie in ein Knäuel zusammengerät und Mann und Weib und Greis und Kind und Pferde und Hunde und Wagen und Karren im Aneinanderprallen sich gegenseitig zu zerschmettern drohen.

Der erste Anblick dieses Londoner Straßenverkehrs hat etwas Erschreckendes, Betäubendes; man machte sich die größesten Vorstellungen, aber man findet sie übertroffen, man steht wie versteinert, man reißt den Mund auf, man meint, man wäre närrisch geworden, man glaubt nicht anders, als daß jeden Augenblick alle Häuser und Kirchen und Paläste und Säulen und Parks, daß alles und jedes seinen bisherigen Platz verlassen müsse, um sich, von der allgemeinen Flucht fortgerissen, mit hinein in diesen Strudel zu stürzen, mit zu rennen, zu stoßen, zu treten, zu schreien, zu stöhnen, zu zerschmettern, zu zermalmen.

Ist der erste Eindruck vorüber, da bemerkt man indes, wie

wiederum in dieser scheinbaren Verwirrung nur die herrlichste Ordnung waltet; wie die Wagen, welche die Straße hinabfahren, sich streng an die eine Seite halten, wie die, welche hinaufeilen, sich fortwährend der andern bemächtigen, wie nie ein Rad über das Trottoir rasselt, wo die Fußgänger ebenfalls in zwei Strömen aneinander vorübersausen, um einem jeden Raum zu lassen, seinem Vordermanne zu folgen, und wo nur der über den Haufen gerannt wird, der sich dem Normalschritt widersetzt, der ein anderes Tempo in seinen Beinen entwickelt und sich dagegen sträubt, daß die Bewegung der ganzen Masse über einen Kamm geschoren wird.

Gegen 9 oder 1/2 10 Uhr morgens und um 5 oder 6 Uhr nachmittags, wo das Geschäft in der City beginnt und geschlossen wird, erreicht das Treiben in jenem Stadtteil gewöhnlich seinen Gipfel. Ich habe mir erzählen lassen, daß man in den meisten Handlungshäusern den jungen Arbeitern eine Extravergütung gibt, wenn sie sich morgens zu einer festgesetzten Zeit pünktlich einfinden. Diese Leute wohnen nun meistens ziemlich weit von ihren Comptoiren und Magazinen, und es ist wohl nur diese bevorstehende Gratifikation, welche einem oft vor Beginn des Geschäftes eine Schar spindeldürrer Gesellen so schnell über das Trottoir huschen läßt, daß man nicht anders meint, als daß sie sich die Beine eines Derbyrenners am Leibe befestigt hätten – denn wie Gespenster kommen und verschwinden sie; man sieht nicht ihre Hände, ihre Gesichter, man sieht nur, wie ihnen die Hüte auf den Köpfen wackeln, wie ihnen die Haare hinter die Ohren fliegen, wie ihnen die Zipfel des schwarzen Frackrocks, gleich zwei zackigen Schwalbenflügeln, um die winddünnen Lenden flattern.

Der ernste Handelsherr, den Paletot auf dem Arm, den Regenschirm in der Faust, der aus seiner Villa hinüber nach der Stadt eilt und unterwegs alles an seiner Seele vorübergehen läßt, was ihn den Tag über beschäftigen soll – der rotwangige Pächter, dem das Herz vor Freude springen will, daß er nach langer Zeit einmal wieder das Pflaster seiner gefeierten Metropole mit den großen Nägelschuhen schlagen darf – der Soldat, der nach dem Hafen stürzt, um sich in alle Welt zu begeben – der Matrose, der aus dem Schiffe kriecht, um auf bloßen Füßen den Ort aller Wunder zu durchwandern – der Omnibustreiber, der dich durch tausendmaliges Winken mit der Peitsche zum Besteigen seines Wagens einladet – der zerlumpte Kerl, der mit einem Annoncenschild vor der Brust und mit einem auf dem Hintern an dir vorübertanzt, um dich wissen zu lassen, wo du die besten Austern und die billigsten Würste kaufen kannst – der Beamte, der wie besessen aus dem Hause rennt, um zur rechten Zeit auf seinem Bureau erscheinen zu können – der Mohrenjunge, der dir ein gedrucktes Gebet verkaufen will und aufs täuschendste nachzuahmen sucht, wie man vor Kälte zittern kann – der Polizeidiener, der einen armen Sünder mit Stößen und Püffen durch die Gassen schleift – der Totengräber, der seine Leichen im gestreckten Galopp nach dem Kirchhof kutschiert – der Fleischerjunge, der hoch zu Roß mit seinem gefüllten Korbe einhersprengt – der Hausknecht, der eine Schildkröte spazierenführt, auf deren Rücken geschrieben steht, wann und in welchem Gasthause sie nächstens geschlachtet wird – Weiber und Kinder, die vor Hunger sterben wollen und dich um ein Almosen bitten – ein Mensch, der dir Brillen und Bleistifte anbietet und dir bei der Gelegenheit das Sacktuch aus der Tasche zieht – Straßenjungen, die deinen Hund fangen und ihn schnell wie der Blitz in die nächste Seitenstraße transportieren – der Lord, der in geschlossener Karosse an dir vorüberdonnert – der Postkutscher, der hoch vom Bock seine vier Rosse so zierlich und sicher lenkt und sie so gewandt durch das Labyrinth seiner Umgebung treibt, als führe er allein auf breitem Wege: alles stürzt und rennt und lacht und weint und brummt und flucht und betet und boxt sich in ein und derselben Minute an dir vorüber und reißt dich fort und stößt dich vorwärts, daß du endlich ganz mit im Zuge bist und mitläufst, als hättest du auch die wichtigsten Sachen zu besorgen, als hinge das Heil der Welt von deinem Laufen ab, und nicht früher merkst du, daß du halb verrückt geworden bist, als wenn dir die Beine den Dienst versagen, als wenn du erschöpft an die Wand eines

Hauses sinkst, um dir den Angstschweiß von der Stirne zu trocknen.

Noch unheimlicher, noch wunderbarer erscheint indes dieser ganze Spektakel, wenn man ihn auf der Höhe einer Brücke, wenn man ihn namentlich auf der London Bridge erlebt, wo man nicht nur rechts und links und vor und hinter sich von allem jenem Lärm umtost wird, sondern wo auch noch unter den Füßen, unter den Bögen der Brücke, auf den Wellen der Themse ein Schauspiel vor sich geht, was allein schon hinreichend ist, um deine Aufmerksamkeit für ganze Tage zu fesseln. Denn in ganzen Scharen brausen Segel- und Dampfboote dort durcheinander; in dem Augenblick, wo ein Dampfer die Brücke durchfährt, da neigt sich der schwarze Schlot, als würde er am Fuße plötzlich abgehauen, und rasch fährt er wieder empor, sobald das Vorderteil des Bootes an der entgegengesetzten Seite zum Vorschein kommt. Das Musizieren und Schreien der Passagiere dort unten klingt zusammen mit dem Geräusche, was um dich vorgeht, und fast vergißt du, daß du nur die Augen über deine nächste Umgebung hinwegzuheben hast, um dich des großartigsten Anblicks zu erfreuen, den du in ganz London finden kannst, um die riesige Stadt zu sehen, wie sie herauf und hinunter mit ihren Palästen bis in die Fluten des Stromes reicht, wie amphitheatralisch Dächer, Säulen und Kuppeln sich übereinandertürmen, wie die Segel der Schiffe, die Flaggen unzähliger Maste dazwischen durchschimmern und wie sich endlich das ganze grandiose Gemälde im blauen Dufte der Ferne, gleich einer untergehenden Märchenwelt, vor deinen Blicken verliert.

Aber wie einsam fühlte sich meine Seele in diesem Gewirr!

Als ich am ersten Tage meine Wanderung durch London antrat, als ich mich aufs Geratewohl in das dichteste Gedränge stürzte, als ich, den ersten Heißhunger der Neugierde zu stillen, in einem Stück von der City vorüber an St. Paul durch Temple Bar bis nach der Westminsterabtei rannte, als ich endlich erschöpft, ermüdet an der Bildsäule Cannings niedersank und mich auf den Marmorfuß der Statue setzte, um die Stirn zu reiben, um mich zu fragen, was ich denn eigentlich gesehen und was denn eigentlich dieser ganze Lärm bedeute – und als ich vergebens nach einer Antwort suchte und nur fühlte, daß ich traurig war wie ein alter Jude an den Wassern zu Babylon, da wünschte ich mir Flügel, um rasch wie der Blitz in die entfernteste, stillste Wüste zu fliegen, wo etwa nur eine Palme im Abendwinde wehte und ein großer, schöner Vogel mit prächtigen, ausgebreiteten Schwingen langsam über die Fläche schwebte.

Denn entweder mußt du einer jener ernsten Handelsherren sein, der sich in einer glücklichen Operation nicht irremachen ließe, und wenn auch ein Weltteil vor seinen Augen zusammenbräche, oder einer jener Börsenhelden, der dir das schwierigste Exempel im Kopfe ausrechnen würde, wenn man ihm selbst hundert Kanonen vor der Nase losschösse, wenn du als Neuling, als Fremdling in der ersten halben Stunde in dem Lärm einer Londoner Gasse deine fünf Sinne beieinanderbehalten willst, wenn du nicht für die erste Zeit durchaus darauf verzichten sollst, dir auch nur über das Gewöhnlichste deiner neuen Umgebung Rechenschaft abzulegen.

Ich weiß nicht, ob es andern auch so ging – genug, ich war verdrießlich, ich war traurig, ich war total niedergeschlagen, als ich meinen ersten Ausflug vollendet hatte, und gern warf ich mich in den ersten Omnibus, der mich nach einer halbstündigen Fahrt zurück in mein Hotel brachte.

Es war Abend geworden; der Nebel wogte über die Themse, und unsicher flimmerten die Lichter am andern Ufer des Stromes; noch eine kleine Weile, und es war Nacht.

Ich wohnte in einem Hotel in Norfolk Street, einer Seitenstraße am Strand. Das ganze Haus war so still, daß man eine Nadel hätte fallen hören können. Die großen, schweren Vorhänge bedeckten die Fenster des düstern Gemachs. Nur das lustige Feuer im Kamin und die Kerzen eines gewaltigen silbernen Armleuchters warfen ihr zitterndes Licht auf die Blumen des Teppichs, auf die Ölgemälde der Wände und auf die riesigen Sessel, welche im Kreise um den Kamin standen. Ein englisches Gemach, mit seinem Kamin, mit seinem Teppich, mit seinen soliden, bequemen Möbeln, mit seiner düster einfachen, aber geschmackvollen Einrichtung, hat einen eigentümlichen Reiz.

Ein uralter Kellner, mit schneeweißem Haar, in sauberer Wäsche, in schwarzem Frack, mit seidenen Beinkleidern, trat so leise herein, daß ich ihn kaum bemerkte, und setzte, ohne ein Wort zu sprechen, das Teegeschirr so vorsichtig auf den runden Tisch, als hätte er gefürchtet, auch nur durch das Zusammenstoßen zweier Tassen oder Teller die tiefe Stille des weiten Zimmers zu stören.

Ich sah mich unwillkürlich nach ihm um; aber der alte Mann schien gar nicht daran zu denken, daß ich im Zimmer war; er trippelte lautlos hin und her über den Teppich; Stückchen für Stückchen brachte er seine Geschichten herbei und stellte die Teekanne, die Zuckerdose, die Tasse, die Teller mit Brot und Eiern und Fleisch und Käse, kurz, alles in so symmetrischer Weise auf den Tisch, daß ich fast laut darüber gelacht hätte. Ich hatte mir aber vorgenommen, kein Glied zu rühren, ich ließ den Alten ruhig gewähren und dachte schon, er würde mich ebenso still verlassen, wie er schweigend hereintrat: als er plötzlich mit der feierlichsten Bewegung sein silberhaariges Haupt erhob und, jetzt mit der einen Hand die geöffnete Kanne, dann mit der andern die grüne Teebüchse ergreifend, einen Schritt näher trat und mich mit einer höchst ausdrucksvollen Miene zu fragen schien, ob ich *selbst* den Tee machen wolle oder nicht.

Die unendliche Ruhe, die vollkommene Würde und die hohe Grazie, welche der alte Knabe bei diesem kleinen Actus zum besten gab, entzückte mich mehr als sein vortrefflicher Tee.

Wir hatten schon am Morgen versucht, einige Worte miteinander zu sprechen. Das gelang aber sehr schlecht. Mein alter Kellner schien daher hintereinander anzunehmen, daß wir uns am besten durch stumme Zeichen verständigen könnten.

Kein Wort kam mehr über seine Lippen, und er behandelte

mich hinfort in so komisch väterlicher Manier, als wenn ich ein kleines hilfloses Kind gewesen wäre, und er machte auch wirklich bald durch seine unermüdliche Sorge jedes Fragen und Befehlen überflüssig.

Ich habe später die englischen Dienstboten recht häufig beobachtet und mußte mich immer darüber freuen, wie auch bei diesen Leuten, die das Schicksal zu einer der traurigsten Stellungen in der Gesellschaft verurteilt, die am allermeisten der Gefahr ausgesetzt sind, jedes Selbständige zu verlieren, wie auch bei diesen Leuten noch jener Zug großbritannischer Würde vorherrscht, der das ganze Volk bis in die untersten Klassen durchweht und es unwillkürlich freier, bewußter und zu jeder weitern Entwicklung fähiger macht, als man dem ersten Anschein nach denken sollte.

An jenem Abende amüsierte mich einstweilen nur die vollkommene Harmonie meiner ganzen Umgebung: die Totenstille des Hauses, das halberleuchtete feierliche Gemach und der uralte Kellner – es paßte alles so prächtig zueinander; es war ein wohltuender Kontrast nach dem stürmischen Tage, den ich auf der Gasse verlebt hatte; und als das Feuer im Kamin immer lustiger aufflammte und die Ruhe den letzten Schwindel überwunden hatte, da fing die Vernunft auch wieder an zu sprechen und Hoffnung wieder an zu blühn, und gern ließ ich jetzt das Erlebte noch einmal an meiner Seele vorübergehen.

Es bedarf wirklich nicht vielen Nachdenkens, um aus dem Betäubenden des Londoner Lebens etwas Belehrendes zu machen.

Eine Welt umschließt diese zweiunddreißig Meilen im Umfange große Stadt, und du hast nur die Augen zu öffnen, um das Leben unseres Jahrhunderts in seiner ganzen Breite, in seiner vollen Entwicklung, in seinen schrecklichsten Kontrasten vor dir zu sehen.

Der Handel, der seine Unternehmungen ausdehnt bis in die fernsten Zonen, bis in das Herz der kolossalsten Kontinente, bis zu den letzten Inseln des Ozeans – hier hat er seine Schätze aufgetürmt! Die Industrie, die mit ihren Riesenarmen in kurzer

Zeit tausend neue Verhältnisse geschaffen hat und die in Zukunft noch die ganze Gestalt der Erdoberfläche zu ändern droht – hier hat sie all ihre Wunder zusammengetragen! Die Schifffahrt, die ihre Fregatten aussendet, um China zu erobern, die ihre Flaggen drohend an den Küsten der argentinischen Republiken flattern läßt und die ihren »Erebus« und ihren »Terror« in das Eis des Poles schickt, um immer aufs neue eine nordwestliche Durchfahrt zu versuchen – hier läßt sie ihre schönsten Flotten rasten! Hier läßt die Politik, sei es in den Räumen des Parlamentgebäudes oder in jener Taverne am Strand, wo der Arbeiter seine Meetings hält, hier läßt das Vaterland seine kühnsten Leute die klügsten Reden halten und die größesten Taten tun.

Hier ist der Ort, wo das Talent eines erfinderischen Geistes Raum und Unterstützung findet, um seine Systeme zu verwirklichen, wo ein einfacher Handelsmann so großartig sein kann, daß er ein ganzes Kauffahrteischiff im vollsten Schmuck der Segel und jeder Einrichtung dazu hergibt, damit ein Kapitän Warner der Welt zeigen könne, wie er in Zeit von einer Minute allein imstande ist, das zu zerstören, das in Fetzen und Splitter auseinanderzuschießen, woran Hunderte, ja Tausende von Menschen monatelang arbeiteten. Hier ist es, wo die Liebe zur Wissenschaft in unermeßlichen Bibliotheken alle Schätze des menschlichen Geistes zusammentrug, wo die Liebe zur Kunst in brechend vollen Museen hier die Meisterwerke eines Raffael und Rubens und dort die Porphyrgräber orientalischer Fürsten und die Marmorbilder der Hellenen nebeneinanderstellte, ja, wo man nicht die Angel vergaß eines Fischers im hohen Norden und nicht den Tomahawk des roten Indianers. Hier ist es, wo du vielleicht an demselben Abend den Lablache und die Persiani singen hörst und wo du dich an einem Konzert der feierlichen Bewohner der Inseln des stillen Meeres erfreust, wo du nur zwei Schritte zu gehen hast, um von den Königen afrikanischer Wüsten, von dem stattlichen Leu und dem gelenkigen Panther, zu der Giraffenherde zu gelangen, die in offenem Garten lustwandelt, oder zu dem zottigen Eisbär, der in der Kühle einer Grotte von seiner sibirischen Heimat träumt – und hier ist es endlich, wo dich die grellsten Kontraste unsrer gesellschaftlichen Zustände angrinsen, wo du zur Mittagszeit im Hydepark alle zehn Schritt auf einen Krösus stößt, während sich vielleicht zu derselben Zeit ein Proletarier in das grüne Gras am Fuße der Statue des Achilles niederlegt, um, vom Hunger tagelang gefoltert, endlich still zu verrecken.

Und ist es nicht natürlich, daß man an einem solchen Orte, daß man in einem solchen Zentrum alles zivilisierten Lebens und auch in einem Zentrum aller Scheußlichkeiten unsrer Zivilisation – den Kopf verliert, wenn man herüber aus dem stillen, melancholischen Deutschland kommt, wenn man plötzlich in der Mitte dieses Treibens steht und eben in dem Lärm der belebtesten Gassen, in jenem Rennen, Flüchten, Beten, Betteln, Fluchen und Verdammen das treuste Bild von dem Kampf und dem Ringen aller Liebe, alles Hasses, alles Eigennutzes, aller Habsucht, aller Größe und aller Verworfenheit, ja, alles dessen hat, was von Norden nach Süden, von Osten nach Westen durch die Herzen der Nationen zittert?

Aber eine Freude ist es, wenn man in der Stille der Nacht, wenn man, wie ich damals in dem ruhigen Hause in Norfolk Street, nur in Gesellschaft des knisternden Feuers und des silberhaarigen, schweigsamen Kellners, einen Augenblick findet, wo das Gewaltige jenes riesigen Schauspiels noch in frischen Farben vor der Seele steht, wo man mit Leichtigkeit jede Erscheinung noch einmal an der Seele vorübergehen lassen kann, wo man Zeit und Fassung hat, den düstern Hintergrund dieser Weltbühne zu entrollen, wo man in raschem Fluge durch die Geschichte der Vergangenheit dieser rastlosen Nation stürmt, bis man, in der Gegenwart angekommen, alles das zusammennimmt, was man von Englands Handel, von seiner Industrie, seiner Schiffahrt, seiner Politik, seiner Kunst, seiner Literatur weiß, und dann plötzlich versteht, was dieser Lärm der Gassen, der Plätze, der Häfen, der Parks, der Brücken zu bedeuten hat, wenn man plötzlich allen den Tausenden, die einem tags im Freien begegneten, bis in ihre Häuser, bis in ihre Herzen folgen zu können glaubt und im Genuß dieses kolossalen Gesamteindrucks zum ersten Male fühlt, daß man etwas erlebt hat, weil man sich wiegen konnte in des Jahrhunderts brausenden Wogen. Ähnlich war es mir zumute, als ich drei Jahre nach meiner ersten Londoner Tour mit dem ersten Eisenbahnzug, der von der belgischen Grenze nach der Seine fuhr, zuerst meinen Einzug in Paris hielt, als ich in aller Frühe mit meinem Plan in der Hand allein von der Rue de Richelieu ausging, über die Boulevards des Italiens und Capucines, durch die Rue de la Paix, an der Vendôme-Säule vorbei in den Jardin des Tuileries wanderte, um mich vor der Statue des Spartacus zu verneigen, als ich dann über den Carrousel-Platz, durch den Louvre, am Hôtel de Ville vorüber und über den Pont d'Arcole nach der Notre-Dame und weiter nach dem Panthéon schritt, um durch den Jardin du Luxembourg und durch den Dom der Invaliden, über das Champ de Mars zuletzt, nach der schönsten Wanderung, die ich in meinem Leben machte, gegen Abend unverhofft in die Elysäischen Felder zu geraten!

Wie nach meiner ersten Wanderung durch die City und durch Westminster war ich auch damals in Paris todmüde und konnte kaum mehr den Fuß in die Höhe heben; als ich aber auf der Place de la Concorde stand, als die Springbrunnen rings um mich plätscherten, als aus den Vertiefungen der Seiten der Duft von tausend Orangenblüten aufstieg, als die Hieroglyphen des Obelisks von Luxor im Abendgolde brannten und sich der Blick rechts in dem Lindengrün des Tuilerien-Gartens, links in der Weite der Elysäischen Felder und in dem Duft verlor, der geisterhaft über die Höhe des Arc de Triomphe wogte, und als sich dann der Abendwind aufmachte und das Tönen der Musik in entfernten Gärten mit leis verhallenden Klängen zu mir herübertrug, als ich jene reizenden Franzosen und Französinnen in ihrer ganzen Grazie, mit ihrer ganzen Lebendigkeit in buntem Strome an mir vorüberziehen sah und die sinkende Sonne ihren herrlichsten Purpur, ihre flammendsten Rosenlichter auf die Wipfel der Bäume, auf die Perlen des Springbrunnens, auf das Blau der Wolken und auf die Wangen der lieblichsten Frauen der Welt warf, als die ganze Natur wie im Bewußtsein ihrer Schönheit noch einmal im Rausche der Liebe und der Wollust emporzujauchzen schien – nun, da war die Müdigkeit vorbei, mein Herz klopfte, ich hätte jedem Mädchen, das an mir vorüberging, um den Hals fallen mögen, ich hätte Barrikaden aufwerfen können, ich hätte auch schießen und schlagen mögen, ich hätte mit Freuden mein Blut für eine Revolution hingegeben, ich hätte alles reden und alles tun können – es tat mir leid, daß ich kein Franzose war.

An zwei Orten mußt du in deinem Leben gewesen sein; du mußt an Cheapside in London und du mußt auf der Place de la Concorde in Paris gestanden haben, sonst hast du noch wenig gesehen, und wärst du auch von den Türken bis zu den Samojeden gereist. Wie dich auf den Gassen in London jener fürchterliche Ernst des Lebens umtost, der den Briten zu jener kolossalen Größe führte, in der er eisenarmig die ganze Erde umfaßt, ebenso weht dich im Herzen der Seine-Stadt jenes Feuer, jene Begeisterung an, die den Franzosen vielleicht noch größer als den Briten macht, die ihn in jenen Tagen leitete, als er siegend die Welt durchzog, und die ihn noch immer dahin bringt, eine große Idee auszusprechen und zu verwirklichen, wenn die Völker der Erde ihrer bedürfen.

Am nächsten Morgen sollte mein erster Gang in die Westminsterabtei sein; ich wollte an die Gräber meiner alten Bekannten, meiner Shakespeareschen Könige treten, lasterhafte und grausame Kerle mitunter und wahrhaftig nicht wert, daß man heute noch an sie denkt. Aber das erste englische Buch, was ich las, das war der Shakespeare, und das erste, was ich von englischer Geschichte erfuhr, das war aus dem Shakespeare, und der King John und King Richard the Second und King Henry the Fourth und the Fifth, sie sind mir lieb geworden, und ich weiß nicht, es wäre mir fast angenehmer gewesen, wenn ich dem lustigen Prinz Heinz auf der Straße begegnet wäre als meinem erlauchten Landsmanne, dem Prinzen Albertus.

Leider stieg ich aber an jenem Morgen in den verkehrten Wagen und befand mich nach einer Stunde in einem ganz anderen Stadtteile. – Etwas ängstlich, mich gleich von vornherein zu verlaufen, blickte ich an den Häusern herum und suchte den Namen der Straße.

»Eastcheap« las ich an der nächsten Ecke und wäre fast vor Freude in die Höhe gesprungen. Du bist auf romantischem Boden! Du stehst an einem Orte, der nicht weniger berühmt ist als das Marmorpflaster der alten Abtei; und die zehn Akte des vierten Heinrich gingen mir plötzlich so klar an der Seele vorüber, daß nicht viel fehlte und ich hätte den ersten, besten Gentleman gefragt, wo die Frau Hurtig wohne. Jeden Augenblick meinte ich auch, gleich müßte mir Bardolph mit seiner flammenden Nase begegnen oder er, der unvergleichliche Sir Johann Falstaff, an der nächsten Haustür stehn, ein Becher Sekt in der Hand und – alles Täuschung, nichts als Täuschung! Wo das lustige Alt-England seine Späße getrieben hatte, herrschte jetzt der feierlichste Ernst; mit finstern Gesichtern drängten sich die Kaufherren durch die Straßen, im schwarzen Frack, mit weißen Handschuhen und mit sehr prosaischen Hüten auf den Köpfen; drüben stand ein prächtiges Haus, das Dach von Säulen getragen, dort mußte ein reicher Lord wohnen, der Künstler und Dichter in seinem Palast um sich sammelte! Neugierig schlich ich an die Türe und blickte hinein: »Auktionen von Kaffee und Lumpenzucker« war angeschlagen und »Hier sind die Comptoire von – – –«, und dann folgten ein Vierzig Namen von gewiß sehr achtungswerten Handlungshäusern. – So ändert sich alles in der Welt; wo Sodom und Gomorrha stand, da steht jetzt das Tote Meer, und wo sich Dortchen Lakenreißer ihres Lebens freute, da sitzt der Herr Fridolin Bach und spekuliert in Baumwolle und Indigo!

Die Sündflut geschäftiger Kommis und Makler, die gar kein Mitleid mit meinen stillen Betrachtungen zu haben schienen, riß mich endlich fort und schleuderte mich einige Straßen weiter, bis ich endlich an einem tiefen Graben stillhielt, an dessen anderer Seite ein Wust von kleinen, arm aussehenden Häusern lag, in deren Mitte sich ein schloßähnliches Gebäude erhob.

Es war der Tower. Der Brand im Jahre 1841 hat mehr im

Innern gewütet, und was von äußern Gebäuden einstürzte, wurde so gut wieder hergestellt, daß wenig Unterschied zwischen der frühern und der jetzigen Gestalt sein soll. Trotzdem, daß das alte Gemäuer keineswegs jenen ehrwürdigen Anstrich hat, der z. B. unsre rheinischen Altertümer so anziehend macht, und auch die in ihren feuerroten Röcken und hohen Bärenmützen auf den Wällen stehenden Soldaten Ihrer Majestät nur zu deutlich an die jetzige Zeit erinnerten, so ergriff mich doch bei dem Gedanken an die Masse von Begebenheiten, welche ihre blutigen Spuren auf Hof und Zinne zurückließen, eine tiefe Wehmut, ein Gefühl, wie es das Herz beschleicht, wenn man am Grabe eines Unglücklichen steht.

Wie manche Träne, wie mancher Seufzer, welche Leiden umschlossen diese verwitterten Steine! Zu einem riesigen Schafott türmten sie sich übereinander, und wenn der dichte Nebel von der nahen Themse herüberweht und sich wie ein dunkler Flor an die Spitzen der kahlen Türme hängt, wem möchte nicht der Gedanke kommen, die gefühllosen Steine trauerten sogar um den Fall so manches Edlen, so vieler Helden!

Ein gutes Frühstück mit Beefsteak und Eiern, mit altem Porter und schottischem Ale ist das beste Mittel, wenn man aller nichtsnutzigen Trauer um das Vergangene los sein will. Ich sah dies schon in meinen jüngsten Jahren ein und wandte mich den heiteren Schenken der Gegenwart zu.

Wir Deutschen sind aber einmal von Haus aus etwas sentimental; da wir selbst nichts Großes mehr tun, so suchen wir nur die Orte auf, wo früher etwas Großes oder Schreckliches passiert ist; wir sind Kinder; wir lieben Ritter- und Gespenstergeschichten und nisten nur gar zu lange mit unsrer jugendlichen Phantasie in dem Staube unsrer vaterländischen Märchen und Legenden. Der Herr Fridolin Bach war viel gescheiter; er spekulierte schon in seinem zwanzigsten Jahre in Baumwolle und Indigo, und deshalb wohnt er auch jetzt in Eastcheap, und seine Unterschrift ist bekannt in der ganzen City. Glücklicher Fridolin Bach! Wir hatten uns für jenen Morgen in einer nahen Taverne ein Rendezvous gegeben. Der gute Mann pries mich glücklich, als ich ihm meine Brieftasche und die darin enthaltenen Empfehlungsschreiben zeigte. Meine deutschen Freunde hatten mich gewiß mit einem ganzen Dutzend versehen. Fridolin versicherte mir, daß ich nur an gute Häuser empfohlen sei und fest darauf rechnen könne, an jedem Ort eine Einladung zum Mittagessen zu erhalten. Ich sah ihn verwundert an, aber er meinte dies in vollem Ernst: »Der Herr X ist einer der Ersten in Mark Lane und hat den ältesten Sherry im Keller; der Herr Y wohnt in Westminster – Sie bekommen ein feines Diner! Herr Z sieht freilich viele Deutsche bei sich, aber er fühlt sich immer geschmeichelt.« Fridolin kannte jeden; er schien sich der Reihe nach bei allen durchgefressen zu haben – es wurde mir traurig zumute.

Ich glaube, diese Empfehlungsbriefe »gut für ein Diner« liegen noch heute unter meinen Papieren, und wenn ich dem Herrn von R. einen Gefallen damit erzeigen kann, so stehen sie ihm gern zu Diensten – das Datum der einzelnen Briefe ist ja leicht zu verändern.

Außer den zwölf Empfehlungsbriefen meiner deutschen Freunde führte ich indes auch noch ein ganzes Schock der zierlichsten Episteln mit mir, die ich für eine Schar jugendlicher Töchter Albions aus dem Rheinlande mit herüberschleifte. Die guten Kinder hatten von ihren Lehrern und Vorgesetzten den Auftrag erhalten, sämtliche Briefe offen zu lassen, damit ich an der Grenze nicht in allerlei Verwicklungen geriete; und da man mich als einen höchst verschwiegenen und diskreten Menschen geschildert hatte, so waren die kleinen Frauenzimmer auch alle miteinander in die Falle gegangen.

Es wird mir noch immer schwül zumute, wenn ich an all die zierlichen Adressen denke; da waren Briefe an Vater und Mutter natürlich und an zahlreiche Freundinnen und an Mr. Charles und Mr. Henry, und die letztern hatten einen so verzweifelten Duft in den Falten des schneeweißen Papiers, als röche man auf eine blasse Teerose. »Herr, führe mich nicht in Versuchung!« – Ich übergab meine Schätze der Post und behielt nur einen einzigen zurück, um ihn persönlich zu überbringen.

Er war an einen Direktor der Bank adressiert. Ich hatte mich danach gesehnt, einen alten Londoner Geldfuchs einmal mitten in seinem Tun und Treiben zu überraschen, und verfügte mich daher gerade zur rechten Geschäftszeit in ein prächtiges säulengeschmücktes Lokal, in welchem sich der alte Herr aufhalten sollte. Ich geriet in die Börse, auf die Stock Exchange oder in einen Auktionssaal – ich weiß selbst nicht mehr, was es war, die neue Royal Exchange war damals noch nicht vollendet –, genug, ich traf meinen Direktor, als er gerade von wenigstens zweihundert schreienden und kreischenden Menschen umringt war, diesem etwas ins Ohr raunend, jenem einen bedeutsamen Wink zuwerfend, dem dritten wie eine Katze ins Gesicht sprudelnd usw., je nachdem sich das Geschäft drehte und wendete.

Da drängte sich der Portier, dem ich den Brief der freundlichen blondlockigen Tochter zum Überbringen eingehändigt hatte, in die Mitte des Kreises. Er hatte viele Mühe, so weit vorwärts zu dringen, denn einige Beefsteakkolosse waren dergestalt mit Armen und Lenden ineinandergekeilt, daß es nur den Riesenfäusten meines Boten gelingen konnte, sich Platz zu machen. Endlich gelang es ihm, den Brief über drei Köpfe hinweg bis an Ort und Stelle zu befördern.

Ich hatte mich auf die Stufen einer Treppe gestellt, um sehen zu können, ob sich der alte Herr in seinem Treiben irremachen lassen würde. Ich muß noch darüber lachen, wenn ich an jenen Augenblick denke. Der kleine eifrige Mann mit grauem Haar und hellen Falkenaugen, der noch eben Blitz und Feuer sprühte, als es sich darum handelte, ein Geschäft zu machen, der noch in diesem Augenblick von einem ganzen Haufen seiner Handelskollegen umringt war, die sich im eigentlichsten Sinne des Wortes um einige Papierfetzen des alten Direktors zu balgen schienen – er wurde plötzlich still wie ein Kind, er lächelte wie ein Engel, als er den Brief seiner Tochter sah; und jetzt wie ein Herkules die Leute rechts und links beiseite werfend, durchdrang er den Kreis, stürzte dem Portier nach und erkundigte sich, wer den Brief überbracht habe.

Ich entschuldigte mich, so gut es ging, wegen der unpassenden Zeit, die ich für meine Mission gewählt hatte – aber der Brite verzieh alles; der Eifer des Geschäftes und die Freude an dem Brief seiner Tochter machten ihn gleich zittern; er schien alle seine Aktien und Banknoten vergessen zu haben und nur an sein schönes Kind zu denken, an sein schönes Kind, das ich selbst nie gesprochen hatte, das ich ihm aber als das Muster aller Tugend und Anmut zu schildern wagte. Der Herr Direktor war außer sich vor Wonne; die Papierstreifen waren ihm rechts und links in die Seitentaschen des Rockes geschlüpft, und seine Hände machten bald so herzlich kräftige Bekanntschaft mit den meinigen, daß ich ihm seines besseren Selbst wegen auch bald alle Geschäftsraserei, die sich bei einem alten Manne gar erst traurig genug ausnimmt, vergeben mußte. Seine Einladung zum Mittagessen schlug ich aus; am Abend brachte er mich aber in eine Versammlung der Freetraders in Covent Garden.

Ich habe später oft auf das verschiedene Geräusch geachtet, welches auf den einzelnen Börsen der Welt vorgeht. In Antwerpen, wenn die Börse sehr besetzt ist, vernimmt man ein Getöse wie das Summen eines recht geschäftigen Bienenschwarms. In Amsterdam glaubt man eine mürrische Bärenhorde brüllen und brummen zu hören. In London kommt es einem vor, als führe der Orkan in einen Eichenwald, als sausten die Wipfel und als stürzten Riesenstämme in wildem Gepolter übereinander. In Paris ist es manchmal nicht anders, als hörte man sechzigtausend Katzen, Hunde, Panther und Hyänen ihr Konzert anstimmen, man weiß nicht, ist es Schnattern, Brüllen, Heulen, Stöhnen, was da zu den Galerien herauftönt? Erst wenn man hinunterblickt auf die Köpfe jener lärmenden Masse und mit eigenen Augen sieht, daß hier Menschen versammelt sind, die sich wie die wilden Tiere bei ihrem Schacher gebärden, da gibt man den Gedanken auf, daß man wirklich in einer Menagerie ist.

Vor der Londoner Börse steht jetzt die Reiterstatue des Herzogs von Wellington, ein schönes Pferd und ein häßlicher Mann. Wenn man letzterem eine Nachtmütze auf den Kopf setzt, so wird jeder gestehen müssen, daß man einen Porterbrauer vor sich hat, der im Begriff ist, sein Pferd in den Mühlenteich zu reiten. Aber die armen Künstler, sie können ja auch nichts Gutes mehr schaffen, wenn ihr an jedes Fenster ein paar Hosenträger oder einen neuen baumwollenen Strumpf hängt. –

Die Schiffahrt ist die Poesie des Handels. Wenn du in dem Staub und in dem Gedränge der City unterzugehen glaubst, in der City, diesem lebendigen Herzen des Welthandels, dann eile nach den Docks, setze dich auf den Bugspriet eines Ostindienfahrers, laß die Flaggen über deinem Haupte wehn, die Matrosen um dich singen und aus den Kajüten »fremder Vögel Frühlied schallen«, und ein Hauch wird durch deine Seele gehn, frisch wie das Atmen der See.

Ich will gar nicht sagen, daß das Leben und Treiben in den Auktionssälen, auf den Comptoiren und Börsen der City durchaus prosaisch sei – nein, es mag höchst poetisch sein, wenn dir ein Chinese schreibt, daß er geneigt sei, auf die Offerte einer halben Schiffsladung Kalikos einzugehen, oder wenn dir ein unanständiger Bankier in aller Kürze mitteilt: »Da Sie auf mein Letztes nicht geantwortet haben, so sehe ich mich genötigt, den Betrag meiner Forderung mit soundso viel auf Sie zu entnehmen, was Sie sich gehörig notieren wollen, widrigenfalls ich sehr unangenehme Maßregeln gegen Sie ergreifen werde«, oder wenn du ein Geschäft in Aktien gemacht hast, ohne einen Pfennig disponibel zu besitzen, oder wenn es dir gelingt, einen groben Russen übers Ohr zu hauen oder einen Ungläubigen schlimmer zu prellen, als weiland der edle Sancho von den vier Tuchscherern von Segovia, den drei Nadlern vom Potro zu Cordova und von den zwei Nachbarn vom Markte zu Sevilla auf dem Bettuch der Schenke traktiert wurde.

Die feinen Nuancen des Luges und des Truges müssen der Phantasie die angenehmste Beschäftigung geben, und ich begreife nicht, daß man in unsern Schulen den armen Kindern das Lügen noch immer als eine so schwarze, böse Sünde schildert; das ist eine ganz falsche Erziehung!

Wie sollen die armen Kleinen heute in der Welt fortkommen,

wenn man sie nicht von vornherein zu Virtuosen in diesem Laster macht, damit sie sich in reiferen Jahren nicht allein wie tapfere Seeräuber mit ihren Konkurrenten herumhauen können, sondern auch, gleich dem ränkevollen, erfindungsreichen Odysseus, siegreich alle Stürme des Lebens zu überstehen wissen?

So hält man noch immer an patriarchalischen Sitten und Gebräuchen fest, an veralteten Lehren und Regeln, welche in dieser Zeit der freien Konkurrenz jeder zeitigen Emanzipation im Wege stehen.

Aber ein alter Schulmeister begreift gar nicht, daß man als ehrlicher Mann vielleicht eines schönen Morgens gezwungen ist, sich an sein großes Schreibpult zu setzen, einen großen Bogen Papier zu nehmen und, die hellen Tränen in den Augen, seinen geehrten und geschätzten Geschäftsfreunden folgende Mitteilung zu machen:

»Mit dem Gefühl des tiefsten Schmerzes, aber mit dem Bewußtsein, daß Sie, geehrte Freunde, meine traurige Lage aufrichtig bedauern werden, mache ich Ihnen hierdurch die Anzeige, daß es mir nicht länger möglich ist, ein Geschäft fortzusetzen, was ich mir schmeicheln darf seit 25 Jahren mit seltener Umsicht und Ausdauer betrieben zu haben. Unglücksfälle aller Art haben mich erschüttert, und ich lade Sie daher auf Donnerstag, den 24. dieses, zu einer Versammlung in meinem Geschäftslokale ein, wo ich Ihnen beweisen werde, daß mir zwar die Ehre verbietet, länger in bisheriger Weise tätig zu sein, daß indes die Sachen keineswegs schlecht stehn und daß ich hoffen darf, Sie auf den vollen Betrag Ihrer respektiven Forderungen zu bringen. Genehmigen Sie, meine Herren, die hochachtungsvolle Empfehlung Ihres sehr betrübten, aber in Gott den Allmächtigen höflichst ergebenen Gottfried, Friedrich Jammer sel. Erben Sohn.«

Ein alter Schulmeister begreift nicht, daß der gute Gottfried, Friedrich Jammer sel. Erben Sohn, der in seiner Jugend so oft für eine kleine Lüge geprügelt wurde und unwillkürlich zu einem ehrlichen Manne heranwuchs, jetzt endlich in der Fülle des Mannesalters die schlimmen Früchte seiner allen Fortschritt negierenden Erziehung ernten muß, indem er seine werten Geschäftsfreunde nach jener trüben Versammlung mit dem durchbohrenden Gefühle von 40 Prozent in der Masse wieder nach Hause schickt.

Gebt euern Kindern den Münchhausen zu lesen statt Zerrenners »Kinderfreund«, und Bosco, den Taschenspieler, statt Rinters filtrierter Bibel, laßt sie addieren und multiplizieren, statt beten lernen, da wird euer Kapital einst Zinsen tun, da werden eure Pfunde reichliche Groschen bringen, und aus euern Kindern wird selten ein Gottfried, Friedrich Jammer sel. Erben Sohn.

In den London Docks, umringt von Ballen und Fässern und Masten und Matrosen und himmlisch hohen Warenhäusern mit Korn und Holz und Rum und funkelndem Portwein, wird es einem ganz ausländisch, spanisch, portugiesisch, amerikanisch zumute. Fünfhundert der gewaltigsten Schiffe kann dieses zwanzig Morgen große Bassin fassen. Ein Handlungshaus, versicherte mir mein Führer, habe in den vorigen Wochen vier Schiffe verloren, expediere aber gerade wieder zehn andere nach China und Brasilien.

Bei so märchenhaftem Reichtum glaubt man zuletzt nicht anders, als daß man ebenfalls ein Krösus sei, und läßt sich die Pfund Sperlinge aus der Tasche schlüpfen, als wären es wirklich nur so viele Zeisige und Spatzen.

Es ist aber komisch, wie hier in den Docks alles volliegt von dem, was das Herz erfreuen, den Magen stärken, die Füße wärmen und die Seele erbauen kann, und wie zehn Minuten weiter die Geschöpfe Gottes auf dem Straßenpflaster verhungern und den Wandrer wie Wölfe und Katzen anfallen, um sich durch das Geschenk eines Pennys wieder für einige Stunden das Leben fristen zu lassen. – Das kommt aber, weil Gott alles weise und gut geordnet hat und die Erde voll seiner Güte ist.

Mein Weg führte mich dann durch den Tunnel unter der Themse her an das andere Ufer des Stromes. Es sah recht freundlich in dem sonderbaren Gange aus, da alles mit Gas erleuchtet war und Harfenmädchen und Geigen eine helltönende Musik machten, auch alte Frauen eine Menge Honigkuchen feilboten und nicht leicht einen Fremden vorübergehen ließen, ohne daß er ein Bild des Baumeister Brunel erstanden hätte. Man ahnte nicht, daß zwölf Fuß über dem Gewölbe des Tunnels die größesten Seeschiffe fahren.

Seit Freiligrath kennt man alle wilden Tiere so genau, daß es eigentlich sehr überflüssig ist, noch einen zoologischen Garten zu besuchen.

Aus dem »Löwenritt« wissen wir, wie sich der gnädige Herr König der Tierwelt auf seiner Giraffe lustig macht; aus dem »Mohrenfürst«, wie die Elefanten das Laub durchrauschen; aus dem »Wecker in der Wüste«, wie sich die Mumien in den Pyramiden emporrichten, wenn der Leu seine Bravourarien singt; aus dem Liede »Unter den Palmen«, wie sich Tiger und Leoparden um einen »Blanken« balgen usw., es ist nichts vergessen. – Ach, als Freiligrath noch der Hofpoet des Königs Löwe war, da ging alles gut; aber jetzt ist er liberal geworden, und wie Heine versichert hat, ist unser Poet sogar nach London ausgewandert, weil der Mohrenfürst keine Konstitution geben wollte – traurig, traurig! Aber ich glaube nicht, daß es wahr ist.

In dem Londoner Zoologischen Garten erblickt man aber die Bestien des Jahrhunderts in wohlverschlossenen Käfigen. Unruhig laufen die Tiger und Leoparden auf und ab, und in ihren Blicken kann man deutlich lesen, daß sie mit sich selbst zerfallen und mit Gott und aller Welt unzufrieden sind. Den größten Teil des Tages verbringen sie in dumpfem Trauern; es ist so einem eingeschlossenen Tiger zumute wie einem alten Student, der auf dem Karzer sitzen muß, während schon alle Genossen hinaus in die Ferien gezogen sind. Trübsinnig lehnt er oft an dem Gitter, was ihn von der schönen Außenwelt trennt, und blickt über die Stadtmauer hinweg auf die sonnige Landstraße, wo die guten Bürger so einträchtiglich mit ihren lieben Familien spazierengehen. Mit gleichgültigen Augen folgt er ihren Schritten; wenn sie aber ganz in seine Nähe kommen und das helle Gelächter der guten Leute zu ihm hinaufdringt, da knirscht er doch bisweilen unwillig mit den Zähnen, und »Ihr verdammten Philister!« raunt er in den Bart; er zieht sich von der Öffnung seines Cachots zurück und wandelt in dem Bewußtsein, daß er doch ein ganz anderer Kerl ist als alle die gewöhnlichen Alltagsmenschen dort unten, stolz und vornehm in seinem Gemache auf und ab.

Neben dem Tiger sitzt in einem zweiten Käfige der hochgeborene Leu. Er ist wie der schöne König Enzio in seinem Kerker zu Bologna – träumerisch griff der edle Hohenstaufe bisweilen in die Saiten der Harfe, und hinab auf die Schultern floß das lange goldene Haar. »O Leid, daß ich ein König war!« seufzte er, wenn die Betteljungen singend vorüberzogen – und träumerisch faßt auch der Löwe des Zoologischen Gartens zuweilen in die Eisenstäbe seines Käfigs und schüttelt die gelben Mähnen und gedenkt der Tage der Jugend.

Ganz in der Nähe hat man einer wilden Katze vier Fuß Raum zur Erheiterung angewiesen. Das arme Tier war früher eine wilde, ausgelassene Schönheit, vor der manch zärtlicher Kater anbetend niederfiel. Auf nächtlichen Bällen erlebte sie viel des Abenteuerlichen, sie lebte mit den Männern des Jahrhunderts, sie warf mit Bonmots um sich und wandelte lange Zeit, ein sehr heiteres, aber fleckenloses Geschöpf. Mit den Katern des Jahrhunderts ist indes nicht zu spaßen; unser Kätzchen ging zuletzt dennoch in die Falle, und aus war es mit aller Reputation. – Die Welt ist hart und unerbittlich. In dem einsamen Boudoir sitzt nun unsre alternde Schöne und ärgert sich darüber, wenn manch junge, unschuldige Miss errötend an ihren Gardinen vorübereilt.

Nicht weit von den Zwingern der Katzen erhebt das Kamel sein Haupt, geradeso dumm, wie es einst über Eliesers Schultern sah. Armes Tier, weshalb schloß man dich ein? Ist es demagogischer Umtriebe wegen – oh, so hätte man dich ruhig in deine Heimat entlassen sollen, du würdest ja doch stets ein Kamel geblieben sein.

Am traurigsten nehmen sich in den Menagerien stets die Adler aus, die armen Tiere, welche geboren wurden, um auf rauschenden Flügeln der Sonne entgegenzufliegen, und die jetzt an den Boden gefesselt sind, um in Gesellschaft von dummen Straußen, wilden Gänsen und langweiligen Störchen ihre Tage hinzubringen.

Oh, schrecklich wird es sein, wenn die Tiere einst aus ihrem Schlummer erwachen, wenn sie ihres Elendes einst bewußt werden und in einer finsteren, stürmischen Nacht plötzlich ihre Gitter durchbrechen, um gemeinsame Sache gegen die Menschen zu machen. Da wird der Zoologische Garten mit einem Male von wildem Geheul und Geschrei widertönen, da werden sich die Gassen und Plätze der Metropole mit Wölfen und Tigern füllen, da werden die Ecken und Winkel der Stadt von einem Getöse widerklingen, als nahte der Jüngste Tag.

Da wird der Leu mit seiner Tatze vor die Türe der Paläste schlagen; da wird die Türe aus ihren Angeln fliegen, und der zornige Leu wird eine goldne Krone nehmen und wird sie auf sein zottiges Haupt setzen und wird brüllen: »Jetzt will ich regieren!«

Und die Tiger werden herfallen über die stolzen, unbarmherzigen Lords und werden sie aus ihren Betten zerren und mit scharfen Krallen zerreißen, und Haut und Fetzen werden sie durch die Gassen schleifen, und sie werden brüllen: »Jetzt wollen wir regieren!«

Und die Wölfe werden in die Häuser der Bankiers dringen und werden ihnen die eigenen Geldsäcke an die Köpfe werfen, bis sie ersticken in ihrem eigenen Golde, und die Wölfe werden heulen: »Jetzt wollen wir regieren!«

Und die Hyänen werden in die Kirchen und Kapellen dringen und werden die betenden Pfaffen mit ihren Zähnen ergreifen und werden sie vor den Altären schlachten wie feiste Opfer, daß sie eines elendigen Todes sterben, und die Hyänen werden jauchzen: »Jetzt regieren wir!«

Und die geschändeten und geschmähten Katzen werden über die fashionablen Kater herfallen und werden ihnen eine Katzenmusik bringen, daß ihnen alle Katerlust vergehen soll, und die Katzen werden miauen: »Jetzt regieren wir!«

Und die dummen Kamele und die friedlichen Giraffen und die langen Störche und die wilden Gänse: sie werden in starker Gemeinschaft über die heilige Hermandad des Landes herfallen, und wie Streu vor dem Sturm wird die heilige Hermandad zerstieben, und die Kamele und die Giraffen und die Störche und Gänse, sie werden singen: »Ein freies Leben führen wir!«

Zu derselben Stunde emanzipieren sich aber auch alle zahmen Haustiere des Landes. Da werden die englischen Renner ihre Stränge zerschlagen; da werden die Ochsen aus ihren Ställen brechen; da werden die Ratten und Mäuse aus den Kellern hervorkriechen; da werden Flöhe und Wanzen sich nicht scheuen, einer schönen Sache ihre schwache, aber nicht zu verachtende Kraft zu leihen.

Und alles wird drunter und drüber gehen; und hat man das Land in Beschlag genommen, da wird man sich der Schiffe und aller Flotten bemächtigen und die Freiheit in alle Welt tragen, und der Adler, der arme, lang geknechtete Adler, er wird dem Zuge voranschweben, er wird die Flügel schlagen und hinauf in die Sonne fliegen und den Himmeln erzählen die fröhliche Botschaft der befreiten Erde.

Fanny Lewald

Erinnerungen aus dem Jahre 1848

Berlin, 6. Juni 1848

Meine Furcht vor den fremden, neuen Worten, vor den Errungenschaften und Vereinbarungen scheint nicht grundlos gewesen zu sein, denn jetzt schon ist das Wort »Revolution« offenbar »mißliebig« geworden, wie man das in der vormärzlichen Zeit zu bezeichnen pflegte. Nennt doch selbst der Ministerpräsident Camphausen in der konstituierenden Versammlung den Freiheitskampf des 18. März bereits eine »Begebenheit«, um das Wort »Revolution« zu vermeiden, obschon gerade Herr Camphausen und seine Kollegen diese Revolution als ihre Mutter zu achten und vorzugsweise an das Gebot zu denken hätten: »Du sollst Vater und Mutter ehren, auf daß dir's wohlgehe und du lange lebest auf Erden.«

Um nun dem Ministerium zu beweisen, wie das Gedächtnis des Volkes treuer sei, wie man die Revolution als ein ruhmwürdiges Ereignis betrachte und die Freiheitsopfer ehre, welche ihr gefallen sind, hatten die Studenten eine Wallfahrt nach dem Grabe der Gebliebenen im Friedrichshaine vorgeschlagen.

Man sprach in manchen Kreisen nichtachtend davon; man nannte es eine neue, innerlich haltlose Aufregung, eine leere Demonstration des müßigen Pöbels und fürchtete dennoch diese leere Demonstration so sehr, daß man der Bürgerwehr verbot, sich als Corps dabei zu beteiligen, um sie gegen die Wallfahrer zusammentrommeln zu können, wie man es in unnötiger Besorgnis bei den geringsten Anlässen zu tun pflegte.

Auch die konstituierende Versammlung, welche gleich der Bürgerwehr von den Studenten zum Anschluß an die Wallfahrt aufgefordert worden war, hatte die Weisung erhalten, es sei den einzelnen Mitgliedern unbenommen, sich als Bürger dem Zuge anzuschließen, als Korporation aber sei es ihnen versagt.

Unselige Halbheit! Hätte das Ministerium das Verständnis der Ereignisse, welche unter seinen Augen vorgehen, bedächte es, daß es sich hier nicht um eine bloße politische Revolution handelt, sondern daß diese nur der Anfang einer sozialen Umgestaltung ist, so mußte es, den einzigen Weg des Heils einschlagend, sich an die Spitze dieser Bewegung stellen. Wer einen Kahn retten will, der, vom Strome erfaßt, dem gefährlichsten Strudel entgegenschießt, der muß beherzt hineinspringen und mit entschlossener Hand das Steuer ergreifen, nicht fern stehend über die Strömung tadelnde Bemerkungen machen.

Der Conseilpräsident, die Minister, alle Mitglieder der konstituierenden Versammlung, die ganze Bürgerwehr, ja selbst die Prinzen hätten sich dem Zuge anschließen sollen, um symbolisch das Zugeständnis zu machen, das man in dem Symbol dieser Wallfahrt forderte, das Zugeständnis der Souveränität, welche das Volk sich in den Märztagen erkämpft hat. Aber es geht dem souveränen Volke, wie es den souveränen Fürsten ging: es erfährt Undank, und seine Günstlinge werden am leichtesten seine Tyrannen; es erntet Geringschätzung für hingebendes Vertrauen.

Man hatte die Wallfahrt auf den Nachmittag des 4. Juni festgesetzt. Es war ein Sonntag, hell und sonnig, ohne so heiß zu sein, daß es belästigen konnte.

Auf dem Gensdarmenmarkte, wo vor zwei Monaten die Särge der Gebliebenen gestanden hatten, versammelte man sich, um von da aus den Weg durch die Charlottenstraße, die Linden entlang, am Schlosse vorüber, durch die ganze Königsstadt nach dem außerhalb Berlins gelegenen Friedrichshaine zu ziehen.

Die Straßen waren voll von Menschen, keine Polizeibeaufsichtigung, keine Gensdarmerie machte sich geltend. Ein Polizeiinspektor, den wir in Zivilkleidern auf dem Wege trafen, versicherte mit resignierter Bestimmtheit, es werde alles in Ruhe abgehen und ein sehr schöner Zug werden – auch ohne Polizei, setzte ich in meinem Innern hinzu. Die Physiognomie des Mannes war umschleiert von dem Gedanken an seine gebrochene Macht, und man sah es, daß sein Selbstbewußtsein vergraben lag unter den Trümmern des gestürzten Polizeistaates.

Von weitem erklangen bereits die ersten Töne des Festmarsches, als wir ein Fenster in einem Hause Unter den Linden erreicht hatten. Bei dem Herannahen des Zuges machten die Leute auf der Straße Platz; eine feierliche Stille herrschte.

Und nun begann ein Aufzug, von dem ich wollte, es hätten ihn die Verächter der Volksbewegung gesehen, welche von den Provinzen aus die demokratische Partei als einen Pöbelhaufen bezeichnen, der, von unreifen Schwärmern und brotlosen Schriftstellern geleitet, die Anarchie herbeiführen wolle, weil diese und jener nichts zu verlieren und alles zu gewinnen hätten.

In fester, sicherer Haltung, gehoben durch das Bewußtsein der errungenen Freiheit, traten sie auf, die Bürger Berlins, die Begründer des neuen Preußens. Ein Trupp berittener Bürgerwehr eröffnete den Zug. Dann kamen Frauen und Töchter der Mitglieder des demokratischen Klubs. Sie wurden vom Volke nicht ohne Befremden betrachtet.

Mag man die geistige Berechtigung der Frauen noch so sehr anerkennen, ihr persönliches Auftreten in der Volksmasse liegt außerhalb des deutschen Charakters. Es sollte deshalb nicht absichtlich hervorgerufen werden, weil damit weder für die wirkliche Erhebung der Frauen noch für die des Volkes ein Wesentliches gewonnen, wohl aber verloren werden kann.

Den Frauen folgten die verschiedenen Klubs; jedem zog klingendes Spiel voraus, jedem ward seine Fahne vorgetragen. Auf schwarzrotgoldenem Grunde, dem Farbenbilde deutscher Einheit, trugen die Banner die Inschrift der verschiedenen Gruppen; in dieser Weise ein Symbol gebend für die Gestaltung des Menschheitverbandes in der Zukunft, für die freie Berechtigung der Individualität in der einigen Gesamtheit. Dem konstitutionellen Klub, dem Reformklub schloß sich der demokratische Klub an, dessen Führer und Bannerträger sich etwas theatralisch, und wohl mit unnötigem Pathos, mit blutroten Federn und blutroten Leibbinden geschmückt hatten. Es wäre schlimm, wenn die Saat des Friedens nicht keimen könnte unter uns, ohne mit dem Tau des Bürgerblutes getränkt zu werden; es wäre schlimm, wenn wir in unserer Zeit noch kein anderes Argument für die Wahrheit besäßen als die Donner der Kanonen und das Beil der Guillotine. Diese Beweismittel trennen die Menschheit durch Haß, und wir bedürfen der Vereinigung durch Liebe.

Zwischen den wohlhabenden Bürgern, den ansässigen Handwerkern, deren alte Gewerksfahnen und Banner, in dem mittelaltrigen Innungszwange geschaffen, nun sonnenbeleuchtet im Lichte der jungen Freiheit flatterten, zogen Scharen von Arbeitern einher, fröhliche grüne Eichenzweige an den Hüten. Und welche Worte standen auf ihrem Banner, das ebenfalls von Eichenzweigen umflochten war?

»Die brotlosen Arbeiter!«

Sie haben kein Brot, nicht Haus, nicht Hof, aber sie haben die Natur, die ihnen fröhlichen Schmuck leiht; sie haben nicht Brot, nicht Haus, nicht Hof, aber sie haben den festen Glauben, daß die Besitzenden sie als Brüder erkennen gelernt haben, daß die Verständigen einen Weg ermitteln werden, dem Brotlosen nicht nur Arbeit und Brot, sondern so viel Arbeit und so viel Brot zuzuweisen, daß er den Anspruch jedes Erschaffenen, jedes Existierenden auf Genuß nach seiner Weise zu befriedigen vermöge. Die Brotlosen haben nicht geraubt, sie haben dem Besitzenden nichts genommen, aber angefangen, dringend zu fordern, und das ist ihre Pflicht, weil es ihr Recht ist. Sie werden berechtigt sein, sich einen Platz in der Gesellschaft und Genuß des Lebens zu erkämpfen, wenn man nicht friedliche Mittel findet, ihnen genugzutun.

Wer ein Herz hatte, dem mußte es erzittern in der Brust, wenn er sie sah, die brotlosen Arbeiter, in ruhiger Haltung einherschreitend, geschmückt mit der blühenden Farbe der Hoffnung, mit dem grünen Laub des Frühlings. Betrügt diese Hoffnung nicht! verwandelt das Vertrauen nicht in Haß! gewährt aus Klugheit um eurer Ruhe willen, wenn ihr nicht gut genug seid, aus Liebe zu gewähren.

Gar stattlich nahm sich der Verein der Landwehrmänner aus. Sie, die einst gekämpft in untertäniger Abhängigkeit für Gott, für König und für Vaterland, zogen einher in dem tönenden Einklang des Paradeschrittes, als frei und selbständig handelnde Männer, ordengeschmückt, die Helden zu ehren, welche den

Tod für die Freiheit gefunden im Kampfe gegen das absolute Königtum – denn der Orden *dieser* Toten ist einzig die dankbare Erinnerung der Überlebenden.

Die Schützengilden, die Scharfschützen der Bürgerwehr, mit lustig flatternden Federn auf den Kremphüten; an hundert Mitglieder der konstituierenden Versammlung, von lautem, anerkennendem Zuruf des Volkes begrüßt; Stadtverordnete und Bürgerwehrmänner, Kaufleute und Gelehrte, Künstler und Fabrikarbeiter gingen in Gruppen vereint und gesondert, von gleichen Gedanken bewegt, denselben Wallfahrtsgang. Die Studenten mit ihren weißen und roten Corpskappen schlossen den Zug, zu dem sie, mit die Jüngsten von allen, die Anregung gegeben hatten. Die Begeisterung unserer Jugend verkündet und verbürgt die Freiheit der Zukunft, die einstige brüderliche Eintracht der Menschheit. Und als Zeichen dieser Eintracht ist auch diese Wallfahrt anzusehen. Sie wird Dir heilig und erhebend sein wie mir.

Berlin, 8. März 1849. Karfreitag*

Gestern, am Karfreitage, als der Gottesdienst in den Kirchen beendet und abermals die Erinnerungsfeier gehalten worden war, an den Tod des Mannes, der die Welt vor achtzehnhundert Jahren erlöst hat aus den Fesseln der Knechtschaft zur Freiheit der Liebe, traten wir, unter den letzten Tönen der Kirchenglocken, unsern weiten Weg nach der Königsstadt an, um den Friedrichshain zu besuchen, in dem die Opfer des Berliner Freiheitskampfes beerdigt worden sind. Es mag zwei oder drei Jahre her sein, daß man diesen Hain anlegte, um den Bewohnern der jenseits der Spree gelegenen Königsstadt dereinst einen Spazierort zu verschaffen, wie die Friedrichsstadt Berlins ihn an dem Tiergarten besitzt. Das Unternehmen war ein sehr verdienstliches, denn Berlin ist von einer strauch- und baumlosen Sandwüste umgeben, so weit das Auge reicht.

---

* Obschon in späterer Zeit geschrieben, ist dieser Brief, als hieher gehörend, mit aufgenommen worden.

Jenseits des Alexanderplatzes, auf dem das Königsstädter Theater liegt und wohin die italienische Oper die reiche, vornehme Gesellschaft lockt, hört für diese das eigentliche Berlin auf. Es beginnt die Terra incognita, von deren Dasein, von deren Bewohnern die schöne Welt der Linden und der Behrenstraße so viel erfährt und weiß als von den Feuerländern, obgleich in der Königsstadt und in all diesen jenseits der Spree gelegenen Stadtteilen die gewerbtreibende, produzierende Berliner Bevölkerung wohnt, welche die Stadt reich und bedeutend macht.

Wir gingen die Landsberger Straße entlang, sie sah sonntäglich still aus. Mädchen und Frauen saßen an den Fenstern, der Strickstrumpf, das Lesebuch selbst, diese Erholung nach der sechstägigen Arbeit der Woche, waren den Händen entglitten, die Ruhe wurde vollständig genossen. Den Kopf auf den Arm gestützt, guckte hier ein blondes Mädchen träumend auf die Straße hinaus, dort tändelten auf dem Fensterbrett ein paar Kinder, denen Vater und Mutter zusahen. Die Dienstboten standen plaudernd vor den Türen, Knaben spielten mit Murmelsteinen, und Männer und Weiber der handarbeitenden Klassen gingen mit ihren Kindern spazieren. So gelangten wir vor das Landsberger Tor. Der Boden erhebt sich hier um einige Fuß, und dies gewährt in der vollkommenen Ebene schon einen Überblick der Gegend. Einige Droschken und Mietwagen hielten am Fuße des Hügels, viele Menschen gingen mit uns zugleich hinauf, und mit einem Male befanden wir uns auf der Ruhestätte der im März des vorigen Jahres Gefallenen.

Sie liegen in einem Zirkel begraben. Man glaubte damals offenbar, daß sie die ersten und letzten Opfer sein würden, welche die Freiheit von Preußen forderte, und hat den Zirkel geschlossen, ohne Raum zu lassen für eine spätere Zeit. Um einen runden Rasenplatz ziehen sich die Gräber in doppelter Reihe hin, es mögen ihrer über zweihundert sein. Die Mitte des Rasens ziert ein junger Baum, der sobald als möglich durch ein Denkmal ersetzt werden soll. Eine Windmühle liegt dicht neben der Grabstätte und dreht langsam ihre Flügel nach dem jedesmaligen Hauch der Luft.

Schweigend und doch so beredt, ein in sich abgeschlossenes Faktum, blickten diese Gräber uns an. Zu unsern Füßen lag das große, prächtige Berlin – Berlin, überragt von den Türmen seiner Kirchen, von der neuerbauten stolzen Kuppel des Königsschlosses, welche, als der ursprünglich von den Gründern desselben beabsichtigte Schlußstein des Gebäudes, von Friedrich Wilhelm IV. in dem Augenblicke beendet ward, als die Revolution ihre ersten Hammerschläge gegen die Grundfesten dieses Königshauses richtete. Die Natur und die Weltgeschichte haben dieselben Grundbedingungen, dieselben unabweislichen Gesetze. Der Zeit der vollen Blüte folgt das Zerstäuben derselben, damit die Frucht sich entwickle und reife. – Rings um den Totenhügel streckten viele tausend junge, noch blätterlose Bäume aus dem weißgelben Sandboden ihre kahlen Äste empor, von der Luft Nahrung und Wärme erflehend, welche dieser dürre Boden ihnen nur spärlich zu bieten vermag; aber der Himmel war kalt und grau bewölkt, kein Sonnenstrahl für die jungen Bäume zu entdecken. Man müßte verzagen an ihrem einstigen Gedeihen, könnte man nicht auf die innere fortzeugende Triebkraft rechnen.

Aus dieser Pflanzschule des künftigen Friedrichshains erhebt sich seit einigen Monaten auf grauer Marmorsäule die Erzbüste des alten Fritz, nach dem die Anlage genannt wurde. Ein Berliner Bürger hat sie hierher geschenkt, den Friedrichshain und die Toten zu ehren, als habe der historische Instinkt ihn getrieben, das Denkmal eines der genialsten absoluten Herrscher neben das Denkmal der Männer zu setzen, welche im Kampfe gegen den Absolutismus gefallen sind. Die Revolution und der Absolutismus, Gewaltherrschaft und Empörung berühren sich hier als die Extreme, welche sich immer zusammenfinden.

Von der Betrachtung des Terrains wendete sich unser Auge bald den Gräbern zu. Welch ein Unterschied zwischen der Wahrheit dieser Totenfeier und der zur Sitte gewordenen Form der Grabverzierungen und Inschriften auf andern Kirchhöfen! Große Erschütterungen geben dem Menschen sich selbst wieder, helfen ihm zum Bewußtsein seines wahren Wertes, im Gegensatz zu der herkömmlichen, von den Bevorzugten bestimmten Taxe desselben. Weil das Volk sich der Gewalt gegenüber als eine Macht hatte empfinden lernen, ist ihm der Mut gekommen, seine eigene Sprache zu sprechen. Jede Persönlichkeit überläßt sich hier im Gefühle der Berechtigung voll und ganz ihrem Schmerze, und einer jeden wird Teilnahme und Achtung, eben weil sie sich für berechtigt erklärt.

Neben dem Marmordenkmal des Studenten Gustav von Lenski, das seine Mitstudierenden ihm errichtet, ruht ein Dienstmädchen. Das Comité für die Gefallenen hat ihr das Kreuz gesetzt. »Sie ward im Zimmer erschossen«, heißt es nach der Angabe ihres Namens und Alters. – Wir gingen von Grab zu Grab, und ich will Dir die Inschriften mitteilen, die ich abgeschrieben habe. »Hier ruht in Gott mein unvergeßlicher zweiter Sohn Karl August Theodor Deichmann (Zimmerpolier), geboren den 24. September 1823, gestorben den 18. März 1848 in dem Freiheitskampfe durch zwei Schüsse in den Leib. Er folgte seiner vor sechs Wochen vorangegangenen Mutter im Grabe nach. Mein dritter Sohn wurde durch fünf Kopfwunden an demselben Ort, Friedrichs- und Dorotheenstraßen-Ecke, verwundet, ist aber wieder hergestellt. Gewidmet von ihrem betrübten Vater.« – »Das sind die beiden Deichmanns«, sagte ein neben uns stehender Handwerker zu einem Gefährten, »die sie aus dem Vaterhause wehrlos herausgeholt haben. Der Jüngste sagte zu dem Lieutenant, der dabei war: ‚Herr Lieutenant, Sie sehen, daß ich keine Waffen habe, beschützen Sie mich'; der aber war der erste, der ihm mit dem Degenknopf vor den Kopf stieß, und dann fielen die andern über ihn her. Und da soll man Frieden halten mit den Soldaten, die auf unbewaffnete Landsleute schießen und hauen, als ob es Feinde und nicht Brüder wären!«

Sie gingen weitersprechend von dannen. Wir traten an eines der nächsten Gräber. »Hier ruht der Schlosser Julius Frankenberg, 29 Jahre alt. Im Kampfe für des Volkes Freiheit sterben –

So heißt das Testament, nach dem wir erben.« Eine andere Inschrift lautet: »Hier ruht in Gott mein heißgeliebter Gatte, der Konditor Gustav Ripprecht. Im friedlichen Beisammensein an meiner Seite erschossen den 18. März. Gewidmet von seiner Gattin.« – »Hier ruhet in Gott Wilhelm Brüggemann, Tapezier, gestorben im Kampfe für die Freiheit den 18. März. Dies Denkmal setzt ihm seine hinterlassene verlobte Braut.« Die Redeweise, selbst die Sprachfehler des Volkes sind in diese Inschriften übergegangen und erscheinen rührend und heilig.

Wo die Mittel zur Aufstellung auch des kleinsten Holzkreuzes fehlten, hat die Liebe neue Grabzeichen erfunden, kleine hölzerne Kasten mit gläsernem Deckel, der ein beschriebenes Blatt Papier bedeckt und zeigt. In einem dieser Kasten lag folgendes Gedicht, das den Stempel der Volksdichtung deutlich an sich trägt:

Ein heil'ger Schauer andachtsvoller Rührung
Ergreift mich stets, wenn ich der Stätte nah.
Hier ruht die Hülle edler, guter Menschen,
Die hier vollendet haben ihre Bahn.

Begeistrung flammt jedoch in meine Seele,
Daß viele sich vorm Tode nicht gescheut;
Von einem Lichtblitz himmlisch hoher Tugend
Entzündet, selbst ihr Leben hier geweiht.

Die Stelle, wo so viele schlummern,
Sie wird geheiligt sein für alle Zeit.
Prangt auch kein Denkmal, auf das Grab gestellt,
Wahr ist die Tat, die wahren Wert verleiht!

»Diese Zeilen schrieb dem Schlosserlehrling Karl Lamprecht sein lieber Freund.« – Am 18. März 1849 war auf dieses Grab ein zweiter Zettel hingelegt worden, mit den deutschen Farben um den Rand geziert und mit der Inschrift: »Für diese Farben hast du gefochten im Leben, du sollst sie auch tragen im Tode!«

Andere Kästchen tragen, aus farbigem Papier sauber geschnitten, wie spielende Kinder es zu machen pflegen, die

Namenschiffer der Gestorbenen. Niemand hat sich gescheut, das Liebesopfer darzubringen, das seinem Herzen ein Bedürfnis, seinen Mitteln möglich war. Die Armen haben sich auf den Barrikaden diesen Kirchhof erobert, das Recht erobert, frei von aller Konvenienz ihre Toten zu ehren auf ihre Weise, nach ihrem eignen Empfinden. Wer bisher nicht das herkömmliche Kreuz zu errichten vermochte, begnügte sich fast immer, wortlos Kränze und Blumen auf die Gräber zu legen, da diese von den Reichen ebenfalls verwendet wurden. In schlechter Schrift auf grobem Papier zu sagen: »So habe ich geliebt, das habe ich verloren«, das wagte die Armut selten, aus falscher, ihr aufgedrungener Scham. Auch hätte die Polizei es kaum geduldet; denn selbst die Leichensteine und Grabinschriften unterlagen vor dem 18. März ihrer Aufsicht. Wer hätte von Freiheit schreiben dürfen, wäre es auch auf einem Leichensteine gewesen!

Und wieviel rührender klingen diese geschriebenen Worte auf den Gräbern der ersten Freiheitsopfer des Vaterlandes, wieviel empfundener als das kalte: »Hier ruht Herr N.N., tief betrauert von den Seinen«, oder irgendeine andere der stereotypen, mit Bibelversen aufgestutzten Floskeln, welche die Mehrzahl unserer prächtigen Monumente bezeichnen. Es ist ein Unterschied wie zwischen der bezahlten Leichenrede des Pastors und dem Schmerzensschrei aus wundem Herzen vor der geliebten Leiche.

Viele der Gräber waren am Jahrestage mit schwarzem Flor, mit neuen Kränzen geschmückt worden, andere hatten, wie schon gesagt, eine zweite Widmung erhalten. Ein Grab zeigt nur eine kleine herzförmige Papierplatte an grob geschnitztem Tannenholz. Auch sie war mit den deutschen Farben bemalt, und ein Grobschmiedelehrling hatte sie dem gefallenen fünfzehnjährigen Kameraden hergerichtet. Regen und Wind hatten das Papier bereits zusammengerollt, aber die Hand der treuen Liebe wird es sicher immer neu ersetzen, bis die Dankbarkeit der Mitbürger für jeden der Gefallenen das Grabzeichen gestiftet haben wird.

Zwischen diesen Gräbern gingen und kamen die Leute, als ob man Allerseelen feierte in einem katholischen Lande, und ein Allerseelentag war auch der furchtbare 18. März. Soldaten in Uniform standen neben uns, in ernster Trauer, der Erzählung einer Bürgerfrau lauschend, welche uns berichtete, wie man den Mann, an dessen Grabe wir uns befanden, in seiner Wohnung vor den Augen seiner kleinen Kinder ermordet habe, obgleich er keinen Anteil genommen am Kampfe. Die erzählende Frau hatte in demselben Hause gewohnt; sie war Zeuge gewesen, wie der Mann sich vor den eindringenden Soldaten hinter eine Feuerkufe auf dem Hofe geflüchtet, von den Soldaten hervorgeholt und erschlagen worden war. – »Hier ruhet in Gott der Bürger und Schneidermeister Löffler, geboren den 15. März 1795. Am 19. März 1848 aus dem Schoße seiner Familie vom Militär gefangengenommen, wehrlos, mit fünfzehn Wunden bedeckt, woran er am 23. März seine irdische Laufbahn vollendete«, so sagte das Grabkreuz.

Daneben las man: »Hier ruhet der Bürger und Meister F.W. Schwarz. Wehrlos von der Leipziger bis zur Französischen Straße geschleppt und mit neunzehn Wunden bedeckt, wodurch er am 22. März seine irdische Laufbahn vollendete.« – Zwei Frauen, die im Zimmer erschossen wurden, ruhen zunächst. Wohin das Auge blickt, Jammer der Überlebenden, Klage gegen die brutale Roheit der Truppen, welche der Wehrlosen nicht schonten. Und daneben standen Soldaten derselben Regimenter und weinten über die Toten, jetzt, wo sie als Menschen menschlich empfanden, wo das bannende Wort der Disziplin nicht mehr die selbstbewußten Menschen zu Exekutionsmaschinen entwürdigte.

Erhebend war es zu sehen, wie freudig, wie mutig die Epitaphien auf den Gräbern klangen, welche die Jugend der Jugend geweiht hatte. Junge Maschinenbauer schrieben auf das Denkmal ihres Kameraden: »Sein letzter Will' war auch sein letztes Handeln – Er ruft uns zu, den gleichen Weg zu wandeln.« – Von einem Studiosus Weiß heißt es: »Gefallen für die Freiheit seiner Brüder am 18. März. Stark war dein Geist, rein dein

Leben; frei bist du immer gewesen, stets in Liebe!« – Das klingt so freiheitssicher, so zuversichtlich in die Ferne wie Trompetengeschmetter im Siegesjubel des Tedeums. Bei den leise geflüsterten Erzählungen der Umhergehenden, bei der ehrerbietigen Scheu vor der Ruhe der Toten hätte man laut seine Freude ausdrücken mögen über diese Heiterkeit, über diese frohe Erhebung an der Gruft der Geschiedenen.

Überall wurden die Gewalttaten besprochen, welche von den Soldaten vor dem Ausbruch der Revolution acht Tage lang gegen die Bürger verübt worden waren, um durch Einschüchterung jenen Mut in ihnen zu brechen, der in Paris und Wien den Dynastien so gefährlich geworden war. Lebhafter noch wurden die Tage des Kampfes geschildert, besonders jene Nacht, welche die Flammenstrahlen der Kartätschen erleuchtet hatten.

Das Leben der arbeitenden Klassen, der gewerbtreibenden Bürger ist nur arm an zerstreuenden Ereignissen gegenüber dem der Reichen; darum ist aber auch das Gedächtnis des Volks treuer und zuverlässiger. Die Bewohner der Paläste und Prachtgebäude, welche bald in diesem, bald in jenem lebensvollen Badeorte die Sommermonate verleben, welche im Winter an Hoffeste, Bälle und Karneval zu denken haben, werden leicht des 18. März und der Toten im Friedrichshain vergessen. Das Volk aber, das keine andere Sommerfreude hat als den Spaziergang vor die Tore seiner Vaterstadt am Tage der Ruhe und kein Wintervergnügen außer der Plauderstunde am Abend, das Volk wird immer nach dem Friedrichshaine zurückkehren und weder die Gefallenen noch die Revolution des Jahres achtzehnhundertachtundvierzig vergessen oder die Ereignisse, durch welche diese Revolution hervorgerufen worden ist.

Alfred Meißner

Revolutionäre Studien aus Paris 1849

Ankunft

6. Januar 1849

Es war kaum 6 Uhr, als wir im Bahnhofe abgesetzt wurden. Der Morgen dämmerte kaum, und ein feuchter, erstickender, übelriechender Nebel hüllte die Stadt in undurchdringliche Schleier. Einzelne Piketts Soldaten lagen im Bahnhofe. Die Wachtfeuer qualmten und beleuchteten die finstern bärtigen Gesichter der lagernden Gestalten mit roten Hosen und grauen wollenen Kapuzen. Kein Gespräch, kein Laut nah oder fern, kein Ton, kein Licht kam aus dem ruhenden Häusermeer herauf, das unten in der Tiefe unabsehbar ausgebreitet ruhte.

Eine kalte, böse Nacht lag hinter mir. Wir waren langsam in die weiten Schneefelder hineingefahren, zeitweise schlafend, zeitweise aufgeschreckt durch das Festsitzen der Lokomotive im Schnee oder durch das Versagen der Räder auf dem Glatteis der Schiene. Nun war ich in Paris. Die Zahl der Reisenden, die schlaftrunken und verdrießlich aus den Waggons herauskamen, war klein, einige deutsche Flüchtlinge, einige belgische Kaufleute. Sie stiegen in die wartenden Omnibus; ich trug mein Gepäck in ein Cabriolet und sagte dem Kutscher, ins Quartier St-Germain hinüberzufahren.

»Herr«, erwiderte der Mann, »ich sage es Ihnen voraus, damit wir uns nicht zu streiten haben, die Fahrt kostet zwei Franken und fünfzig Centimen. Der Weg ist weit; es ist eine Nachtfahrt, und das Pflaster ist so verdammt glatt, daß ich mein Pferd werde führen müssen, wenn wir die Rue Poissonnière hinabfahren. Die Zeiten sind schlecht, und es muß alle Welt leben.«

»Schon gut, fahrt zu.«

Ich befand mich auf einem Terrain, das ewig unvergeßlich bleiben wird. Dort auf der Anhöhe zwischen der Barrière Poissonnière und der Barrière Rochechouart liegt eines der blutigsten Schlachtfelder des Juni. Wer hörte nicht vom Clos St-Lazare? Es liegt in der Nähe. Wir fuhren weiter. Auf einem weiten runden Platze, Place Lafayette, zu dem wir jetzt kommen, steht schön und malerisch die Kirche Vincent de

Paul. Ein neues Schlachtfeld, diese Kirche. Sie war an jenem furchtbaren Tage des 23. Juni eine Zitadelle der Insurrektion geworden. Stundenlang arbeiteten die Kanonen gegen die haushohen Barrikaden, die sie von allen Seiten umschlossen; ein Teil der Bürgergarde dieses Stadtteils, in welcher Barbès Hauptmann gewesen, war dort zum Proletariat übergegangen und focht mit erbittertster Wut. Lefèvre fiel in dieser Gegend.

Alles dies drang auf mich ein, als ich so langsam über den Platz fuhr und die Kirche traurig durch den Nebel daher schimmern sah. Bald begann die Straße gäh hinabzugehen, der Kutscher stieg ab und führte sein Pferd, das bei jedem Schritt ausglitt.

Kein Mensch, kein Ton, kein Licht. Nichts, was sich rührte oder bewegte, alles leer und öde, wie in der Totenstadt der Fabel.

Endlich, nach langer, mühseliger Fahrt, kamen wir in besser aussehende Gassen und kreuzten den Boulevard. Eine kurze Strecke. Dann fuhren wir wieder dem Innern der Stadt zu, durch jenes schwarze, traurige Labyrinth, das mit der Rue Montorgueuil anfängt und mit der Kirche St-Eustache endet. Aber noch düsterer ward es, als wir auf die Place des Innocents kamen. Dort hatte die Stadt ein wahrhaft grauenhaftes Ansehn. Von dem Knäul alter, baufälliger Häuser, die dort, seltsam zusammengedrängt, eine scharfe Ecke in den Markt hinein bilden, hatte man die Hälfte abgetragen. Zackig und düster starrten die Ruinen in den neblichten Himmel hinein. Wie aufgerissene Leichen standen die Häusertrümmer da, ein Chaos von Schutt und Baugerüst, die schwarzen Streifen an den Wänden, durch alle Stockwerke laufend, die den einstigen Schlot bezeichneten, glichen schwarzen, schlaff herabhängenden Fahnen. Nicht häßlicher kann Feuer und Krieg entstellen als hier die Arbeit des Maurers. Dieser Häuserklumpen erschien mir das Bild von Paris nach der Junischlacht, und ich sagte vor mir hin das Wort eines römischen Schriftstellers über die zerstörte Stadt: Urbis deforme cadaver!

Wir kamen zur Seine. Ruhig unter den Gaslampen der Brücken und Quais glitzernd, floß der Strom dahin und umschloß mit seinen beiden gewaltigen Armen die alte Cité, die mit ihren hohen grauen Häusern, mit ihren seltsamen Giebeln und Zinnen wie ein phantastisches Felseneiland, wie ein ungeheures Geisterschiff dalag. Alte Cité, Wiege von Paris, Stadt der Wunder, wo Caesar und Julian, der Apostat, gehaust und der heilige Marcellus den großen Lindwurm erlegte, Insel, wo die Notre-Dame ihre steinernen Arme verstümmelt in die Lüfte streckt, auch du weißt von jenem furchtbaren Kampf zu erzählen! Du kannst ihn vergleichen mit dem Kampfe der Bourguignons und Armagnacs, der auch deine Mauern rötete – aber was war er dagegen!...

Im Quartier St-Germain, das wir jetzt erreichten, nach stundenlanger Fahrt, regten sich bereits die ersten Lebenszeichen der erwachenden Stadt. Dort war eine ganze Armee seltsamer und trauriger Gestalten auf den Beinen. Die Gassenkehrer, die zuerst wach werdenden Kinder der großen Städte, standen dort, in der ganzen Seltsamkeit ihrer Lumpen, in Reih und Glied, den Besen auf der Schulter, und bereiteten sich zu ihrer Arbeit vor. Lumpensammler und ihre Weiber, den Korb auf der Schulter, den Haken in der einen, die Laterne in der andern Hand, irrten von Gasse zu Gasse und suchten schweigend und tiefsinnig nach Schätzen von dem Wert eines Stückchen Papiers oder eines Glasscherbens. Einige Schnapsbuden hatten sich aufgetan; bei dem Stümpfchen Licht, das die Spelunken erleuchtete, tat das frühwache Volk seinen Morgentrunk. Es war ein trauriges, unheimliches Bild; wer Paris in solcher Stunde und mit solcher Staffage nach langer Abwesenheit wiedersah, der begann zu zweifeln, daß diese Stadt je wieder zu Lärm, Glanz und Schönheit erwachen könne. So traurig war alles ringsherum, daß es dem Fremden schien, sie sei die Metropole des Elends geworden, diese Stadt, die noch unlängst der Ballsaal der Welt, das große Freudenhaus Europas gewesen.

Und doch fand ich Paris, als ich einige Stunden später auf

die Gasse hinauskam, wenig oder gar nicht verändert. Dasselbe Gedränge die Trottoirs hinab und hinauf, dasselbe Durcheinander von Röcken und Blusen, dasselbe Gerassel von Karren und Wagen. Die Omnibus von allen Farben wieder da, die als Barrikaden gedient, und, turmhoch auf ihnen thronend, die Kutscher mit ihren farbig lacierten Hüten! Dieselben Verkäufer, jeder von den tausend Arten, mit einem eigenen Rufe, und dadurch kenntlich wie die Vögel im Walde. Dieselben Laden mit demselben Flitter, und in ihnen dieselben Dames des Comptoirs, mit demselben Lächeln den Käufer empfangend wie ehemals. Dieselben Zettel an den Mauerecken, alle hoch, hundertfarbig und mit wunderbar großen Lettern – nicht etwa wie sonst die roten Zettel der Klubs, von Barbès und Blanqui unterschrieben, die der Schrecken aller Wohlgesinnten waren –, nein, die alten Zettel aus der Louis Philippistischen Zeit, die täglichen Verkünder theatralischen, musikalischen und choreographischen Puffs, mit den wohlbekannten Unterschriften: Jardin d'hiver – Nuit vénitienne – Fête romaine – 10000 Gasflammen –, und daneben die Zettel der vierunddreißig Theater von Paris. Dieselben großen Herrn in feiner Toilette, das rote Band der Ehrenlegion doppelt in Rock und Überrock; dieselben kleinen Grisetten im schwarzen Kleid, in der einfachen Haube, die große Putzwarenschachtel in der einen Hand, mit der andern das Kleid poetisch schürzend, um den kleinen Fuß zu zeigen.

So hat denn die Sündflut dieses Jahres alles unversehrt gelassen? fragt man fast unwillig. Jawohl, ist die Antwort. Nur einiges neue Ungeziefer ist von der großen Überschwemmung her auf dem Pflaster liegengeblieben, die Gardiens de Paris und die Mobilen.

Die Gardiens de Paris sind eine neue Art Polizeidiener, die von Caussidière organisiert wurden. Sie tragen noch den spitzen Hut, mit welchem zuvor Caussidière zum Erstaunen von Paris herumzugehen pflegte, und haben deshalb den Namen der Pariser Tiroler erhalten.

Sie sollen noch tief »demagogisiert« sein, und ihr revolutionärer Ursprung ärgert die jetzige Restaurationspartei. Sie sollen bald reorganisiert und anders gekleidet werden.

Neugierig blickt man auf die Mobilen, dies berühmte Gesindel, dem die honette und gemäßigte Republik ihr Fortbestehen zu danken hat. Es ist bewaffnete Canaille im wahrsten Sinne des Worts, wahrhaftes Lumpenproletariat im Gegensatz zum arbeitenden Proletariate. Bartlose Jungen, mit liederlich bleichen Gesichtern, stehen sie, die Serezaner von Paris, in ihren roten Tschakos und graublauen Mänteln haufenweise vor den Türen ihrer Kasernen und kauen Tabak.

»Henker Cavaignacs!« ruft ihnen hie und da ein vorübergehender Blusenmann zu.

Sie lachen.

Sie lachten auch im Kampfe und tanzten den Cancan im Kugelregen, wie sie es vor den Barrieren zu tun gewohnt waren.

Das sind die Helden, die von den aristokratischen Damen von Paris mit Blumen beworfen und sogar nach Haus genommen wurden.

Das Wetter ist sonnig und mild. Wir gehen durch das Palais Royal, es ist der glänzende Basar wie früher. Die Laden sind nicht geschlossen, wie es hie und da ein Zeitungsschreiber erzählte, sie prangen noch von Schmuck und Juwelen und buntem Trödel wie ehemals. Ein Flügel des Palais Royal ist eine Kaserne geworden. Elsässisches Militär liegt dort, Trommeln wirbeln unter den Arkaden, von Zeit zu Zeit tönt ein Tusch, und aus den Fenstern, in denen die Soldaten plaudernd liegen, schallen deutsche Lieder herunter.

Ein unvermeidlicher Begleiter auf Schritt und Tritt ist Herr Louis Napoleon. Überall glotzt dasselbe blöde Gesicht hinter den Fenstern der Buch- und Bilderläden hervor, ein Gesicht, an dem alle Schmeichelei der Malerkunst scheitert. Daneben der Totenkopf Cavaignac und – welche Überraschung – die österreichische Trias: Jelacic, Radetzky und Windisch-Grätz. Aber wir sind ja im aristokratischen Viertel von Paris. Steht nicht die Börse gerade gegenüber?

Das Gewühl auf den Boulevards ist nicht gelichtet. Dort wogen an beiden Seiten zwei Menschenströme von früh bis abends spät und versiegen nicht. Neue Passagen haben sich geöffnet, die prächtigen Laden prunken und flimmern wie ehemals. Wie großartige Seeungeheuer, Leviathans auf Rädern, rollen die Omnibus hinab zur Madeleine, und dazwischen rasseln die Cabriolets und Kaleschen. Jede Straßenecke ist noch wie sonst ein Blumenmarkt, da sitzen die Blumenverkäuferinnen und binden schon Sträuße aus frischen Veilchen. Paris verbrauchte sonst täglich für 3000 Franken Veilchen und Rosen; auch diese Leidenschaft hat sich erhalten.

Endlich etwas Neues, endlich etwas, was an das kurze heroische Zeitalter von Paris erinnert! Dort steht ein Freiheitsbaum. Freilich sind die Tage fern, wo er grünte und in seinem wehenden Wipfel die phrygische Mütze und die Fahnen aller Völker trug! Der arme Pappelbaum ist verdorrt, verdorrt wie die Hoffnungen des März; aus seinen Fahnen sind mißfarbige, zerrissene Fetzen geworden, und kahl und laublos streckt er die Äste in den winterlich bleichen Himmel.

Boulevard des Capucines! Dort steht ein altes Haus mit hohen Schornsteinen, hinter einer Vorhofmauer mit hohem Portal verschanzt und von alten ästigen Lindenbäumen beschattet. – Es ist das Haus Guizots, das Ministerium des Auswärtigen. Hier fiel die mörderische Salve, hier erscholl es: »Verrat!« – und bald waren die Leichen auf die Karren geschichtet, die Fackeln angesteckt – und »Rache« – »Rache« – »Rache« tobte es durch die Stadt, bis die Glocken zu stürmen anfingen und die roten Tücher, in Blut getaucht, alles Volk zum Kampf aufriefen.

Jetzt ist ein klösterlicher Ernst auf diesem Hofraum und sein schwarzes Gebäude gelagert. Zwei Wachen, die sich vor dem Tore kreuzen, scheinen das einzige Lebende hier zu sein, und auf der Mauer, die Guizot bewohnte, steht in schwarzen Lettern: Liberté, Égalité, Fraternité.

Wir sind auf dem Platz de la Concorde. Der schöne Platz ist belebt wie ehemals, mit Spaziergängern, Equipagen und

Reitern. Wie groß und prächtig ist hier alles! Von jenseits der Seine blickt die Deputiertenkammer wie ein griechischer Tempel herüber, dort, wo sich die Rue Nationale weit öffnet, blickt die Madeleine, auf der ruhigen Pracht ihrer Säulen ruhend, wie ein anderes Götterhaus herüber. Paläste von allen Seiten, von fern herblickend die Tuilerien, davor der herrliche Park, mit weißen Götterbildern von Marmor bevölkert. Auf der andern Seite der belebte Wald der Elysäischen Felder, von der Avenue de Neuilly durchschnitten, über die sich der Arc de l'Étoile groß und mächtig erhebt. Und auf dem Platze selbst Fontänen, wo die Flußgötter sich das Wasser ins Gesicht speien, goldene Kandelaber – und inmitten all der Pracht, dort, wo am 21. Januar das große Exempel statuiert wurde, der Obelisk des Ägypterkönigs Osymandias, der alte Stein, der nacheinander Moses und Pharao, Caesar und Pompejus, Alexander, Herodot und Napoleon an sich vorübergehen sah...

Die Sonne wird warm, der Himmel schenkt der Welt einen Maitag im tiefsten Winter. Tut er es, damit die Armen in ihrer Hütte nicht zu sehr frieren? Doch immer reicher und üppiger wird das Menschengewühl, stattliche Wagen kommen herangefahren und rollen die Elysäischen Felder hinab, denn es ist die Stunde, um welche der Präsident seinen Ritt zum Arc de l'Étoile zu machen pflegt. Wie sie herankommen, ihn zu sehen, wie sie ihm den Hof machen, die noch vor einem Monat über ihn lachten! O Revolution! Du hast zu kurz gedauert. Nichts, nichts hast du vernichtet.

Als der Abend kam, da wogte wieder, die Boulevards hinauf und hinab, von der Madeleine bis zur Porte St-Martin, der große lärmende Jahrmarkt von Paris, die ewige lachende Kirmes. Wie blühende gelbrote Tulpen in einem unabsehbaren Beete flackerten die Gasflammen auf ihren Kandelabern durch die Nacht daher, und wie Leuchtkäfer über die Tulpenbeete hinsegelnd, flohen die tausend Lampen der Wagen. Die Läden prangten bis ins erste Stockwerk hinauf, wie phantastische Schlösser; Gold, Flitter, Juwelen, Blumen, Tücher, Teppiche,

Bronze und Vasen prunkten, leuchteten zum Verkauf. Und auf dem Trottoire vor den Theatern und Cafés lustwandelte die Menge in der lauen Winternacht.

Ich verließ das alles und ging durch das Labyrinth der Stadt über die Brücke der Seine in andere Quartiere hinüber, denn ich hatte einen Gang ans äußerste Ende des Faubourg Monceaux abzutun. Durch die Rue St-Jacques immer hinansteigend, kam ich am Panthéon vorbei, das riesig mit seiner säulenunterstützten Kuppel in den Himmel hinaufragt, und war bald in einem der wildesten Viertel. Immer enger und finsterer wurden die Gassen, die Häuser, oft zehn Stockwerk hoch, wuchsen schwarz und drohend wie Felsenwände empor und ließen nur einen schmalen dunkelblauen Streif des Himmels sehen. Ich kam in die Rue Mouffetard. Seltsame Welt – wer das nicht gesehen, kennt Paris nicht! Eine andere Luft weht dort, andere Menschen hausen dort und sprechen eine andere Sprache. Alles wimmelt von Volk; die zehn Stock hohen, menschenüberfüllten Häuser sind wie wühlende Ameisenhaufen. Hier wird kein Rock gesehen, hier herrscht die Bluse, und die Kappe sitzt schief auf dem schwarzen struppichten Haare. Weiber mit undenklichen Hauben keifen und schreien, Kinder in schmutzigen Lumpen spielen im Kot. Seltsame Schenken hallen von Lärm und Gesang, werfen durch ihre Vorhänge düstere Lichter auf das Pflaster und erfüllen die Luft vom Geruch der seltsamsten Frituren. Laternen hängen über den Türen, Zettel mit Ziffern schwanken darunter, hier wird der blaue Wein zu zwei und vier Sous getrunken. Warenlager von seltsamster Art sind Haus bei Haus: altes Eisenwerk, altes Kleiderzeug, undenkliches Geräte aller Art hängt in diesen Spelunken. Lumpen und Kleider trocknen an allen Fenstern. Obst und Fleisch vom erbärmlichsten Aussehen liegt bei hundert Krämern zum Kauf. Die Gesichter der Männer sind schön von Wildheit, alles hat schwarze Augen, schwarze Bärte. Hier arbeitet alles rastlos, die Fenster bleiben bis unters Dach tief in die Nacht hinein helle, und doch kommt kein Glück ins Haus. Hier ist alles arm; doch ehe er seine Hand nach einem Almosen ausstreckt, verhungert der Proletarier lieber, der hier wohnt. Wundert euch dieser Stolz? Wir sind im zwölften Arrondissement, im wahren Barrikadenviertel von Paris. Hier wird jedes Haus eine Festung, wenn draußen die Trommel wirbelt, und mit der alten Flinte, mit Fensterblei und Nägeln geladen, steigt der Arbeiter hinab, wenn die Stunde gekommen. O Paris, dachte ich, indem ich so zwischen der Rue Mouffetard und der Rue Copeau stand, ich verdenke dir's nicht, daß du zitterst, wenn der Ruf erschallt: »Die Vorstädte steigen nieder!« Sie werden bald wieder niedersteigen, den Juni zu rächen. Wirst du dir dann helfen können mit Soldaten und Mobilen, glänzendes, glückliches Paris?

Noch monologisierte ich so, da stieß ich auf eine Gruppe Menschen, in deren Mitte ein junger Mann mit einer Bluse stand. Es war ein schöner junger Kerl mit bleichem Gesicht, ohne Bart, mit schwarzem Haar und einem abgeschossenen Arm, ein Sänger. Mehrere Lieder mochte er schon gesungen haben, bevor ich hinzukam, jetzt sollte er ein neues anstimmen. Ich mischte mich unter die Zuhörer und bereue nicht, es getan zu haben. Der junge Mensch begann bald mit voller tönender Stimme:

Les soldats du désespoir

»Wer zieht heran mit einer hallenden Trommel, arm, zerlumpt, ohne Strumpf und Schuhe? Es waren meine Freunde, meine Brüder, die Unglückseligen. Lumpen und Flicken sind die Uniform der Soldaten der Verzweiflung.

Sie lieben die Tribüne aus Pflastersteinen. Wenn sie der Aufruhr wachruft, dann zittere, harter Arbeitsherr! Der Hunger ist ein guter Werber, er rekrutiert zu Tausenden die Soldaten der Verzweiflung.

O Hohn! Kreuze im Bürgerkrieg! und Ordenssterne! Mancher Mobile wird geschmückt für seine traurige Waffentat. Kein Kreuz ziert je die Brust des Soldaten der Verzweiflung.

Exil! Bittres Wort für jene, die gesagt: Besser fallen durchs Blei als verhungern oder die Hand nach dem Almosen recken! Du dauerst mich, schönes Paris, du wirst das Grab des Soldaten der Verzweiflung.

Mörder habt ihr sie genannt, diese Arbeiter! Wann haben sie, wenn sie Sieger waren, ihre Dränger füsiliert, wie ihr es tut? Sie verziehen euch, denn sie dachten: Ihr habt ja auch Mütter, wie wir, die Soldaten der Verzweiflung.

Ihr schickt uns übers Meer. Ihr könnt es. Aber verachten dürft ihr uns nicht. Wenn der Kampf vorbei, wie drücken dann die Ehrgeizigen die schwielichte Hand dem Soldaten der Verzweiflung!

Führt uns vor Kriegsgerichte, aber vergeßt nicht, daß jedem Vater in seinem Sohn ein Rächer erwachse. Die Waisen, wenn sie sprechen gelernt, werden auch verfluchen lernen, die Buben, wenn sie groß, werden selbst Soldaten der Verzweiflung.

Um uns an die Kette zu schmieden, entwaffnet ihr uns, könnt ihr auch unsern Zorn entwaffnen? O Gott, höre unsere Klage, wiege sie, wenn sie gerecht ist. Sie führen eine heilige Sache, die Soldaten der Verzweiflung.«

Der junge Mann hatte geendigt. Die Umstehenden näherten sich ihm, und mancher kaufte sein Lied. Auch ich war unter diesen. Von den Fenstern kamen Sousstücke, in weißes Papier gewickelt, herab, und nun sah man erst, daß Weiber hinter den Fenstern zugehört hatten.

Ich ging meinen Weg weiter, bänger, aber aufgeregter als je. Wie Paris auf einem Vulkan stehe, ward mir ganz klar. Und immer mußt ich wieder den Schlußvers des Liedes vor mir hersagen:

Sie führen eine heilige Sache, die Soldaten der Verzweiflung.

Nachwort

> »Freilich bin ich nur ein unbedeutender Mitarbeiter an dem Riesenwerk der Gegenwart, allein das gewaltige Meer besteht aus Tropfen, und oft verstehen wir Kleinen es besser, die Herzen unserer Mitmenschen für alles wahrhaft Schöne und Heilige zu entzünden ...«
>
> Adolf Glaßbrenner

Als am 7. Oktober 1807 eine Wattsche Dampfmaschine von zwanzig Pferdestärken zum ersten Mal das Fährschiff »Claremont« von New York nach Albany hinüberschob, hatten Konstrukteur Robert Fulton, vor allem aber »König Dampf« eine entscheidende Schlacht gewonnen. Knapp fünfzehn Jahre später »segelten« (wie die »Allgemeine deutsche Real-Encyklopädie für die gebildeten Stände« von 1827 angab) bereits 376 Dampfschiffe auf den amerikanischen Flüssen; für 500 Tonnen war das größte ausgelegt, »nicht selten soll es an 800 Personen an Bord und für die Hälfte Betten haben«. Seit 1811 besorgte die »Comet« als erste »Wasserdiligence« der Alten Welt den Verkehr zwischen Glasgow und Greenock. 1817 tauchten Dampfschiffe auf der Weser sowie zwischen Berlin und Potsdam auf, und 1819 überquerte die »Savannah« als erstes Dampfsegelschiff in der sensationellen Zeit von nur 26 Tagen den Atlantik.

Während man sich an die neue Transporttechnik auf dem Wasser nachgerade zu gewöhnen begann, beunruhigte der Maschinendoktor George Stephenson mit seinem Dampfwagen erneut die Gemüter. Seine Lokomotive hatte nach 1814 die Pferde aus den Steinkohlengruben von Leeds verdrängt. Ja, man sagte der Maschine doppelte Postkutschengeschwindigkeit nach und diskutierte die Einführung des neuen Verkehrsmittels im Personenverkehr. Das Bayerische Obermedizinalkollegium hielt in einem einschlägigen Gutachten das Delirium furiosum bei den Reisenden für die unabwendbare Folge einer so schnellen Bewegung und prognostizierte überdies eine Gehirnerkrankung bei allen, die das Gefährt vorüberrasen sehen würden; es empfahl dringend, die Bahnstrecken durch hohe Bretterzäune zu sichern. Aber Stephenson, der übrigens auch im eigenen Lande auf Skepsis gestoßen war, schickte dennoch im September 1825 die erste Dampfeisenbahn der Welt auf die 41 Kilometer lange Reise von Stockton nach Darlington. Mit gehöriger Verspätung prustete zehn Jahre danach ein deutscher Dampfzug von Nürnberg nach Fürth. Diese sechs Kilometer Schienenweg wuchsen bis 1840 in den verschiedenen deutschen Staaten auf 548 und bis 1850 auf rund 6000 Kilometer an. Die rasante Entwicklung war Ausdruck und Folge neuer Wirtschaftsstrukturen, die sich trotz feudaler Machtverhältnisse und territorialer Zersplitterung durchzusetzen und mit der Gründung des Deutschen Zollvereins 1834 sogar einen nationalen Markt zu bilden begannen. Die wachsende industrielle Produktion erforderte veränderte Transportmöglichkeiten, und die »Personenbeförderung« partizipierte daran. Für Geschäfts- und Vergnügungsreisende verkürzten sich die Fahrzeiten erheblich. Von Leipzig nach Dresden brauchte man nicht mehr 21, sondern nur noch drei Stunden, und die Dresdener Gastwirte zogen ihren Gewinn daraus: die Zahl der Übernachtungen stieg in einem einzigen Jahr von 7000 auf 40000.

Der romantisch kostümierte Schwager auf dem Bock mußte freilich dem prosaischen Schaffner weichen, und das melodische Posthorn wurde vom schrillen Pfiff der Lokomotive abgelöst. Die Poesie der Postkutsche schwand dahin – aber der Reiz des Reisens nahm zu; denn man reiste jetzt billiger, sicherer, bequemer. Nicht zufällig bürgerte sich das Wort Tourismus, das um 1800 bei den reisefreudigen Engländern aufkam, gegen 1830 auch in Deutschland ein. Geschäftstüchtige Unternehmer organisierten die ersten Gesellschaftsreisen, und aufmerksame Verleger kamen dem steigenden Informationsbedürfnis der Reisenden mit neuartigen Publikationen entgegen: die Frühzeit der Dampfschiffe und Eisenbahnen wurde zur Hochzeit der Reisehandbücher. Zwar hatten auch vorher schon versierte

Weltenbummler ihre Erfahrungen aufgeschrieben und zu bedenken gegeben, »wie die Reysen wohl und nützlich anzustellen seynd« (so der Ulmer Martin Zeiler in seinem 1632 veröffentlichten »Teutschen Reysbuch durch Hoch- und Nieder-Teutschland«), und ohne Karl Gottlob Küttners »Reise durch Deutschland, Dänemark, Schweden, Norwegen und einen Teil von Italien« (1801) im Gepäck zu haben, war in den ersten Jahrzehnten des 19. Jahrhunderts kaum jemand in die genannten Länder aufgebrochen. Aber erst um 1830 etablierte sich der »Reiseführer« neuen Typs, der bestimmte Touren empfahl, Sehenswürdigkeiten systematisch verzeichnete und sie nach dem Prinzip der verschiedenen Sternchen klassifizierte. John Murray, der Londoner Verleger Scotts und Byrons, gab 1830 mit dem legendären »Red Book« über Holland, Belgien und den Rhein den Auftakt, und der Koblenzer Verlagsbuchhändler Karl Baedeker startete zur gleichen Zeit ein Unternehmen, das zu den großen Dauererfolgen des 19. und 20. Jahrhunderts wurde und bei dem der Name des Autor-Verlegers längst mit seinem weltbekannten Werk synonym geworden ist. Keine der zahlreichen verlegerischen Imitationen brachte es zu annähernd gleicher Popularität, auch nicht die recht anspruchsvolle Folge über »Das malerische und romantische Deutschland«, für die der Leipziger Verleger Georg Wigand renommierte Schriftsteller wie Schwab und Bechstein, Simrock und Freiligrath gewann und beträchtliche Kosten in vorzügliche Stahlstiche investierte.

Die allgemeine »Reiselust« förderte auch die Freude an Reisebeschreibungen, und nicht zufällig zählen sie zum bevorzugten Lesefutter biedermeierlicher Leihbibliotheken. Diese Bücher kamen der Sehnsucht nach der Ferne, nach Abwechslung und Abenteuer entgegen – ein Bedürfnis, das durch die Fadheit deutscher Zustände stark gefördert wurde. Das Exotische zog magisch an (und aus gutem Grund fand Freiligrath in den dreißiger Jahren mit seiner »Wüsten- und Löwenpoesie« so ungeheuren Beifall; sie war, wie der Autor rückschauend konstatierte, »die allerentschiedenste Opposition gegen die zahme Dichtung wie gegen die zahme Sozietät«). Andererseits lieferte die Mehrzahl der Reiseberichte, die immer stärker den Buch- und Zeitschriftenmarkt überschwemmten, dem deutschen Spießer die Vorstellung einer romantisch-idyllischen Welt ins Haus, erfreuten ihn mit harmlosen Reiseabenteuern, beförderten seine Flucht in selbstzufriedene, gefühlsselige Behaglichkeit. Ludwig Börne, der passionierte Antipode solcher Borniertheit, charakterisierte diese Literatur einmal mit der Bemerkung: »Auch steht darin, wo und wie lange ihr gearbeitet habt, das heißt: gegessen, getrunken, geschlafen. Aber von den Ländern, die ihr durchreistet, ist wenig zu lesen. Man vergleiche damit die Reisen der Engländer und Franzosen.« Börne erläutert dann höchst ergötzlich, wie der deutsche Normalphilister sich ohnehin erst zum Reisen entschlösse, nachdem er sein Haus bestellt habe, seine Töchter schon erblüht und die Gattin bereits verblüht seien. Und wenn er dann zurückkehrte, die reisetrunkene Gemahlin die schmutzige Wäsche sortierte, das zusätzliche Waschgeld aufrechnete und eine Zulage zur Wirtschaftssumme forderte – »was bleibt uns dann übrig« (sagt Börne ironisch), »als unsere Reise zu beschreiben zu 11 Fl. den Bogen, und was bleibt uns übrig zu beschreiben als unsere Verwunderung, das heißt uns selbst?«

Diese satirisch gesehene Genese biedermeierlicher Touristenliteratur vollzog sich in einem ideologiegeschichtlichen Kontext, der nicht ohne Einfluß auf die Masse jener Reiseberichte war. Die deutschen Romantiker, die zwar leidenschaftlich gern reisten, aber nicht direkt, allenfalls briefverborgen darüber schrieben, hatten »das Wandern« ja zu einem zentralen Motiv ihrer Dichtung gewählt. Aus Protest gegen philiströse Enge und bürgerliches Nützlichkeitsdenken schweiften die Franz Sternbald und Heinrich von Ofterdingen vielmehr ziel- und zeitlos durch abstrakte »blaue Fernen«. »Wem Gott will rechte Gunst erweisen, den schickt er in die weite Welt«, dichtete Eichendorff. Romantisches Reisen – nun durch die Entwicklung der Produktivkräfte neu beflügelt – war also als geistiger Antrieb längst im Bewußtsein der Zeitgenossen und mag durch

Eichendorffs »O Täler weit, o Höhen« nicht minder stimuliert worden sein wie durch Franz Kuglers »An der Saale hellem Strande«, die populären Reiselieder Ludwig Uhlands oder die Wandergedichte Wilhelm Müllers in den Vertonungen von Schubert und Silcher.

In bewußter Opposition gegen all diese lyrischen und epischen Formen der Wander- und Reiseseligkeit, die obendrein meist mit der Wehmut des Abschieds von der geliebten Heimat kokettierte, etablierte sich seit der Mitte der zwanziger Jahre eine gänzlich anders intendierte Reiseliteratur von beträchtlicher Opulenz und Vielfalt. In den anschwellenden Strom der Reiselustigen mischten sich auch die Schriftsteller der jungen Generation, die zwischen 1830 und 1848/49 die wesentlichen Positionen literaturgeschichtlicher Relevanz besetzen sollten. Im gleichen Jahr 1826, da Eichendorff in seiner Novelle »Aus dem Leben eines Taugenichts« das Modell einer romantisch-weltflüchtigen Haltung vorführte und sie durch behutsame Kritik zugleich zu überwinden suchte, erschien Heines »Harzreise«, und schon das einleitende Gedicht ließ die veränderte Position erkennen. Auch Heine zog es, wie Eichendorffs lyrische Helden, hinauf auf die Höhen – aber nicht um aus der Welt zu fliehen oder in den bürgerlich-tätigen Alltag zurückzukehren, sondern um Welt und Gesellschaft besser übersehen und beurteilen zu können:

Lebet wohl, ihr glatten Säle,
Glatte Herren! Glatte Frauen!
Auf die Berge will ich steigen,
Lachend auf euch niederschauen.

So wie Heine besuchten jene damals zwanzig- bis dreißigjährigen Autoren nicht bloß das romantische Deutschland, und wenn sie schon durch malerische Gegenden streiften, beeindruckte sie sogleich auch der Widerspruch zwischen Ideal und Wirklichkeit. Sie reisten oft, um der vaterländischen Enge zu entfliehen, sie sahen und erlebten die faszinierenden technisch-ökonomischen Veränderungen auf dem Hintergrund sozialer Spannungen, feudaler Unterdrückung und demokratischer Opposition, klerikalen Einflusses und revolutionärer Atmosphäre. Sie verabscheuten die Systematik Baedekers und hielten meist ganz anderes für sehens- und bedenkenswert. Ihr Weg führte nicht in die Unverbindlichkeit der »blauen Ferne«, sondern in die soziale und politische Wirklichkeit ihrer Tage. Dies verband sie mit Seume und Forster, Riesbeck und Rebmann, Campe und Merkel (deren »Wanderschaften und Schicksale« bereits 1975 in einem Hinstorff-Sammelband präsentiert wurden). Von politisch-gesellschaftlichen Strukturen genötigt, entdeckten die Autoren des Jungen Deutschland und des Vormärz die zeit- und kulturkritisch reflektierende Reiseprosa neu und entwickelten sie einfallsreich und ihrer Individualität entsprechend weiter.

Es war, nach den Worten Heinrich Heines, eine niedergedrückte, arrettierte Zeit in Deutschland. Die Befreiungskriege gegen Napoleon waren keine Freiheitskriege für die Völker geworden. Der Wiener Kongreß hatte altes und neues Unrecht festgeschrieben, und die »Heilige Allianz« der europäischen Großmächte wachte über die unheiligen Vereinbarungen von 1815. Die zaghaften Keime einer bürgerlichen Opposition, die sich in der patriotischen Turnbewegung und den studentischen Burschenschaften äußerten, waren radikal erstickt worden, nachdem im September 1819 die Karlsbader Beschlüsse die feudalreaktionäre Macht entscheidend gefestigt hatten. Die Bundesregierungen wetteiferten im Terror gegen die »Demagogen«, und keineswegs ohne tieferen Zusammenhang geriet in das 1820/21 entstandene »Almansor«-Schauspiel Heines jenes prophetische Wort hinein: »Das war ein Vorspiel nur, dort, wo man Bücher / Verbrennt, verbrennt man auch am Ende Menschen.« Die allgegenwärtigen Arme des Polypen Zensur, den man in Karlsbad zum Wächter der geistigen Unfreiheit bestellt hatte, erstickten jegliches progressive geistige Leben. Goethes »Egmont« wurde im Oktober 1819 vom Berliner Spielplan abgesetzt, und das Werk blieb, wie Schillers »Räuber« und »Wilhelm Tell«, in Preußen bis 1841 verboten. »... die deutschen Wolken waren noch grauer geworden«, bemerkte Heine in einer Charakteristik der Restaurationsperiode, »die Nachtigallen verstummten, dagegen bellten die Hunde weit lauter – die Eichen rauschten sehr kleinmütig, die Rosen sahen aus, als hätten sie den Schnupfen, alles Leben schien auf immer versumpft – überall Stagnation, Lethargie und Gähnen.« In der zeitgenössischen Literatur hatten daher die unverbindlich-seichten Konformisten ihre guten Tage: der frivole Clauren mit seinen »Taschenbordellchen«, die sentimentale Birch-Pfeiffer, der »erzprosaische« Müllner, der larmoyante Houwald, die »Zeisige der Gedankenlosigkeit«, die sich in der schwäbischen Lyrikerschule zusammengefunden hatten und viel zu harmlos waren, um auch nur in die Nähe von Zensorennetzen zu geraten.

Zensur von der schlimmsten Art war indes, wiederum nach Heines Beobachtung, die Angst vor dem eigenen Wort. Sie wurde am ehesten an den Universitäten überwunden, wo die burschenschaftliche Opposition gegen das Überkommene und die Begeisterung für die Freiheit noch ein Refugium offengehalten hatten. »Aus der Studentenwelt«, erklärte Heine rückblickend, »sollte auch das Buch hervorgehn, welches den deutschen Geist aus seiner Schlafsucht weckte, Leben und Literatur wohltätig erfrischte und der alten Apathie ein Ende machte...«: wie ein Gewitter hätten die »Reisebilder« in die »Zeit der Fäulnis und Trauer« eingeschlagen.

Nachdem Heine bereits Anfang der zwanziger Jahre mit einem Memoire über Polen und den »Briefen aus Berlin« seine reisejournalistischen Fertigkeiten erprobt hatte, entdeckte er mit der »Harzreise« die Möglichkeiten, die das Reisemotiv in der künstlerischen Verschmelzung von authentischem Bericht und weitreichender Assoziation, von tatsächlichem Erlebnis und scheinbar willkürlicher Reflexion über Gott und die Welt bot. Heine war sich der politischen Brisanz seiner Aufzeichnungen sogleich bewußt, und er war neugierig, wieviel Tannenbäume ihm die Zensur auf dem Oberharze streichen werde. Tatsächlich wütete der Berliner Zensor wie ein Holzfäller in den zahlreichen »gefährlichen« Stellen der Schrift, und sie kam erheblich entstellt in die Spalten des »Gesellschafters«. Um ähnlichen Mißgeschicken vorzubeugen und die größere publizistische Wirksamkeit einer Buchausgabe zu nutzen, vereinigte Heine das Manuskript mit anderen inzwischen entstandenen Arbeiten in einem selbständigen Band. So ließ sich die Zensur umgehen, denn nach den geltenden Bestimmungen waren Bücher von mehr als zwanzig Bogen Umfang zensurfrei. Damit hatte der Gedanke mehrteiliger »Reisebilder« feste Umrisse gewonnen, und der Erfolg des ersten Bandes bestätigte Heines Überlegungen. »Die ‚Reisebilder' sind vorderhand der Platz«, schrieb er an Immermann, »wo ich dem Publikum alles vorbringe, was ich will.«

Und ein Dichter, dem »das Herz auf der linken Seite..., auf der liberalen«, schlug, hatte seinen Lesern vielerlei vorzubringen. Dabei nahm sich die »Harzreise« mit ihrer Gelehrten- und Philistersatire noch vergleichsweise zahm aus.

Aber im witzigen Wortschwall des allgemein kulturkritischen Waffenganges kündigte sich bereits das eigentliche Thema der weiteren »Reisebilder«-Bände an: »Wir leben in einer bedeutungsschweren Zeit; tausendjährige Dome werden abgebrochen und Kaiserstühle in die Rumpelkammer geworfen.« Das Thema von der sozialen Agonie der feudalen Überreste in Deutschland wurde – bei aller zauberhaften Verspieltheit des Stils und bei aller anscheinend nur erotisch-melancholischen Problematik – in den »Ideen«, dem »Buch Le Grand«, in den Mittelpunkt gerückt. Zwar schlachtete er auch hier die deutschen Narren gleich »hekatombenweise« ein, die dumm, aber reich waren und es sich leisten konnten, eine kostbare etruskische Vase mit einem Postillonsstiefel zu verwechseln. Vor allem aber zielten seine Ideen auf die Überwindung jener »bleiern deutschesten Schlafsucht«, für die reaktionäre Professoren und muffige Spießer nur einige Symptome darstellten. Diese Veränderung schien ihm möglich im Zeichen des von der europäischen Reaktion befehdeten und verleumdeten Napoleon, den er als den Vollstrecker der Französischen Revolution feierte. Heine hat zwar im dritten Band der »Reisebilder« – gelegentlich seines Besuchs auf dem Schlachtfeld von Marengo – dieses einseitig-enthusiastische Napoleon-Bild korrigiert – »Unbedingt liebe ich ihn nur bis zum achtzehnten Brumaire – da verriet er die Freiheit« –, aber es blieb die Überzeugung, daß der Weg zur sozialen und politischen Freiheit in Deutschland nur über die Revolution führen könne. Symbolisch trat der Dichter das Erbe des Trommlers Le Grand an, das Erbe der Französischen Revolution.

»Reisebilder« waren zwischen 1826 und 1830 das publizistische Medium dieses Kampfes, den Heine auf allen Reisestationen aufnahm – im zurückgebliebenen Deutschland, im unterjochten Italien, im bürgerlich-fortschrittlichen England, auf dem Brocken, in Düsseldorf und auf Norderney. In den deutschen Bundesstaaten wurden sie verboten und beschlagnahmt, in den Herzen der Leser zündeten sie neue Hoffnungen an. Und Heine konnte, als der zweite Band 1827 erschienen war, bekennen: »Ich habe durch dieses Buch einen ungeheueren Anhang und Popularität in Deutschland gewonnen; ... ich habe jetzt eine weitschallende Stimme. Du sollst sie noch oft hören, donnernd gegen Gedankenschergen und Unterdrücker heiligster Rechte. Ich werde eine ganz extraordinäre Professur erlangen in der Universitas hoher Geister.«

Die »Reisebilder« sicherten Heine anhaltende Popularität, und er hat das mit den »Reisebildern« geschaffene Amt des demokratischen Publizisten und revolutionären Dichters ein Leben lang würdig vertreten – nicht zuletzt in seinem »Wintermärchen«, in dem die Reise wiederum die Erzählstruktur bestimmte und das der Autor ausdrücklich als »versifiziertes Reisebild« deklarierte. Mit den »Reisebildern« gewann die deutsche Literatur wieder Gehalt und Substanz. Sie legimitierten ihre unmittelbare politische Potenz u.a. auch dadurch, daß sie unfreiwillige neue Reisen für den Berichterstatter veranlaßten. Das »Klugheitsgesetz, das jedem ratet, nichts zu riskieren, wo gar nichts zu gewinnen ist«, gebot ihm 1827, als der zweite Teil der »Reisebilder« erschienen war, vorsichtshalber nach

England zu gehen. Und Ende 1830, kurz bevor im vierten Teil der »Reisebilder« der England-Report erscheinen sollte, vermutete er: »... ich kann's nicht ganz genau wissen, ob ich alsdann den Reisebündel schnüren muß.« Im Mai 1831 schnürte er ihn wirklich und reiste nach Frankreich, um im Exil den Kampf weiter zu führen.

Die »Reisebilder« waren eine literarische Sensation, und da all das, was sie attackierten, auch – und oft verstärkt – nach der Julirevolution noch dominierte, wirkte ihre poetische Idee besonders fruchtbar fort. Unter den Autoren, die man zur Gruppierung des Jungen Deutschland und zum Vormärz rechnet, ist kaum einer, der nicht in ähnlicher Weise Reiseeindrücke literarisch-publizistisch zu nutzen suchte. Bei einigen knüpft sich die fortwirkende Bedeutung sogar an solche Werke, wenn man etwa an Ludwig Börnes »Briefe aus Paris« oder Georg Weerths »Skizzen aus dem sozialen und politischen Leben der Briten« denkt. Bei den meisten freilich handelt es sich um Gelegenheitsarbeiten, die ihr Hauptwerk begleiten und ergänzen und oft kaum den Spezialisten bekannt sind. Daher waren hier die lohnendsten Entdeckungen zu machen, bei Wienbarg und Rellstab, bei Mundt und Kühne, bei Glaßbrenner und Meißner. Gewiß, ihre Stimmen schallten nicht sonderlich weit (zumal sie, wie Laube, später gelegentlich ihre progressiven Positionen verließen). Doch auf ihre Art zogen auch sie »gegen Gedankenschergen und Unterdrücker heiligster Rechte« ins Feld und dokumentierten ihre antifeudale Haltung bevorzugt in reiseliterarischen Werken. Bei ihren Fahrten durch jene 36 Staaten und 4 Freien Reichsstädte, die da Deutschland geheißen wurden, trugen sie die Details für eine entlarvende Charakteristik der Deutschen zusammen, und bei Reisen ins fortgeschrittnere Ausland spürten sie den Kontrast besonders schmerzlich.

Börne, in der Vorfreude, das revolutionäre Paris wiederzusehen, erlebt, wie auf zwei Zuschauer im Darmstädter Theater ein Soldat kommt, und er hört die Bürger murren, weil die Liberalen ihrem Großherzog die Schulden nicht bezahlen wollen. Voller Ironie klagt er über die langweiligen französischen Kleinstädte, die bei vergleichbarer Größe in Deutschland – Residenzen wären! Ob Wienbarg, auf dem Wege nach Holland, bei der Bentheimer Schildwache seinen skeptischen Gedanken über die Kleinstaaterei nachhängt oder der sonst so reservierte Immermann den »halb mumienhaften Zustand« der sächsischen Königsfamilie konstatiert, ob Laube die Begegnung mit dem gutgläubigen Gelehrten in der Altenburger Postkutsche referiert (der, nachdem Laube eine lateinische Quelle zitiert, sofort glaubt, daß der Prinzenräuber Kunz von Kaufungen nur wegen seiner hinderlichen Hämorrhoiden erwischt worden sei) oder ob Weerth über die Saft- und Kraftlosigkeit seiner deutschen Landsleute reflektiert – stets fügen sich die Beobachtungen zum grotesken Bild jenes »verschimmelten Philisterlandes« zusammen, als das Heine das biedermeierliche Deutschland apostrophierte. Dort war man, wie es Glaßbrenner aus der Wiener Perspektive bewußt wird, stets nur Justizrat oder Strumpfwirker oder Graf, nie aber ein Mensch, »immer nur zwei Füße, die einen Titel umhertragen«.

Sosehr die reisenden Autoren indes deutsche Rückständigkeit satirisch oder ironisch oder mit bitterer Sachlichkeit diagnostizieren, sowenig schließen sie die Augen vor den Mißständen in den besuchten Ländern. Welch massive Anklage etwa bei Kühne, der mit seinen Venedig-Impressionen ganze Bibliotheken enthusiastischer Italien-Bücher zurücknimmt, wenn er über die »Bleikammern« und die »Brunnen« berichtet: »Gott stellte den Menschen aufrecht ins Paradies. Allein die Weisheit der Obern, die Gottes Anordnung vielfach bestritt, hat aus dem Paradies eine Strafanstalt gemacht und es für Hochmut erklärt, wenn der Mensch aus der Hefe des Volks sich aufrecht benimmt.« Man fühlt sich an das erinnert, was Kurt Tucholsky 1930 an dem Reportagenband »Paradies Amerika« hervorhob: Kisch sehe sich in fremden Ländern allemal die Gefängnisse an; und das sei überaus nützlich, weil man danach die tatsächliche Kulturstufe richtiger beurteilen könne als in den »Spitzenleistungen«.

Erschüttert über das Schicksal Polens zeigt sich Theodor Mundt bei seinem Besuch in Krakau. Er bedenkt angesichts der Erniedrigung der alten Königsstadt und der gesamten polnischen Nation, was seit dem »großmütigen Jahr« der Weltgeschichte, seit 1815, geschehen ist, das »alle Taschen voll von Völkerglück und Staatenfreiheit« hatte. Mundt polemisiert gegen die heuchlerische Politik der Großmächte und speziell gegen die annektionistischen Bestrebungen Österreichs und demonstriert am Beispiel des »Freistaats« Krakau ein trübes Kapitel europäischer Reaktion.

Als scharfsichtiger Beobachter weist sich auch Adolf Glaßbrenner aus. Er entdeckt als Berliner in Wien den Charme der Österreicher, ihre Liebenswürdigkeit, ihr ungezwungenes Wesen, ihre Gastfreundschaft. Ihn fasziniert der Verkehr der Fiaker, das Leben einer wirklichen Metropole. Aber er bummelt nicht sorglos durch die Residenz Metternichs, sieht hinter die Fassaden, erinnert sich des Bonmots von Kaiser Joseph, der, als man den leichten Mädchen ein festes Haus anweisen wollte, gesagt haben soll, man könne nicht ganz Wien überdachen. Vor allem gilt Glaßbrenners Aufmerksamkeit der Kirche. Die »christliche Religion mit ihren Entbehrungen und ihrem Vertrösten auf eine jenseitige Belohnung« stehe bei den sensualistischen Wienern zwar nicht auf festen Füßen, und doch haben die Geistlichen allzu beträchtlichen Einfluß; das »schwarze Ungeziefer des Himmels«, diese »Priester der Dummheit und der Finsternis« empören ihn heftig. Was er über ein vielbesuchtes Marienbild äußert, das rüttelt energisch an der klerikalen Stütze der Gesellschaft: »Es macht Blinde sehend, Schwache stehend, Lahme gehend und Frauen schwanger; es sorgt, daß die Felder blühen und reichen Segen tragen, damit die Bauern ihre Abgaben entrichten können und von den Exekutoren nicht geprügelt werden, wie es denen geschieht, die es nicht liebt.« Und was er schließlich über die Heilung der Jungfrauen ausplaudert, die schon im ersten Nachtlager der Prozession von diesem Übel befreit werden, mag das Maß der Zensoren zum Überlaufen gebracht haben: die »Bilder und Träume aus Wien« wurden sofort verboten.

Bei einem Autor wie Glaßbrenner ist es nicht verwunderlich, daß er sich ausgiebig mit einem Phänomen beschäftigt, das zu den kulturgeschichtlichen Stigmen der Zeit gehört: mit dem Walzer. Ganz Europa tanzte damals nach den Noten der Strauß und Lanner, und beide hielten als »musikalische Rothschilds« viele Staaten im Schwindel. Wann immer sich im Wiener Caféhaus die Meinungen zu kreuzen drohen, klopft Meister Strauß mit dem Bogen auf und gebietet Ruhe. Strauß komme niemals aus dem Takt, beteuert Glaßbrenner, niemals, und deshalb protegiere ihn der Fürst Metternich. Hier wird der Walzer sozusagen als staats- und reaktionserhaltendes Element denunziert, Unterhaltungsmusik als Mittel der Massenmanipulation erfaßt. Man braucht nur zu bedenken, was Mundt in gleicher Angelegenheit aus Krakau berichtet – auch dort spielen die Österreicher zum Walzer auf und verbieten die revolutionären polnischen Nationalmelodien –, um die politischen Implikationen von Glaßbrenners Bemerkungen schätzen zu können.

Die grobe Mißachtung nationaler Individualität im Machtbereich der »Heiligen Allianz«, die »Entwürdigung der menschlichen Natur« erregten eigentlich alle Reisenden. Sie opponierten gegen die Deformation des Menschen unter feudalklerikalen, ja – wie bei Weerth – auch schon unter kapitalistischen Verhältnisssen und monierten nachdrücklich soziale Ungerechtigkeiten. Wienbarg, beeindruckt von Holland mit seinen vorbildlichen Verkehrsverhältnissen, gewann in Schevelingen erschütternde Einblicke in die Ausbeutung der armen Fischer durch die reichen Reeder und berichtete von einem Aufruhr, der vom Klerus gerade noch unterdrückt wurde. Auch ein Autor wie Rellstab, der in seinen »Empfindsamen Reisen« vor allem witzig-ironisch Reiselust und Reiseleid zum besten gibt, sieht sich in seinem Kissingen-Kapitel zu sozialkritischen Exkursen veranlaßt. Er attackiert die Unverschämtheit der Gastwirte, die die Beliebtheit eines Modebades ausnutzen, und mokiert sich über die feudalen Nichtstuer, die im mondänen

Kissingen verprassen, »was fleißige Hände erwarben«. Ob Kissingen, Krakau oder Venedig, Schevelingen, London oder Wien – immer wieder bestätigt sich das Resümee Gustav Kühnes: »Man kann zugeben, daß die Barbarei der Menschen im Laufe der Zeiten human wurde, obschon die Humanität der Menschen noch immer barbarisch genug ist.« Mundt und Wienbarg steuern mit ihren Betrachtungen über die Ursachen des oft unmäßigen Alkoholgenusses der polnischen Bauern und der niederländischen Fischer aufschlußreiche Beweise bei. Der Bauer, sagt Mundt, brauche das Gift als Gegengift und man könne es ihm nicht wegnehmen, »bevor man nicht eine durchgreifende Verbesserung und Vermenschlichung seiner Lage mit ihm vorgenommen« habe!

Die reisenden Schriftsteller registrieren mithin nicht nur Symptome: sie forschen auch nach Ursachen und fragen nach möglichen Veränderungen. Dabei erweist sich sogleich, daß die sogenannten jungdeutschen und vormärzlichen Autoren recht heterogene Positionen einnahmen und bei allem subjektiven Engagement keineswegs die revolutionären Konsequenzen Heinrich Heines bejahten. Sozial und politisch ungenau determiniert, mehr im Sinne allgemeiner Kulturkritik, wohl aber mit gehörigem Nachdruck, sprach Mundt seine Hoffnungen aus. Er setzt auf »eine günstige Schwankung in der Waagschale der Weltgeschichte auch für diese bisher so unbenutzten und unterdrückten Elemente der Menschheit«. Angesichts polnischer Bauern kleidet er immerhin in eine Frage, was Heine und Weerth als Programm verkündeten: »... wird das, was die Natur zu allem Anteil an den höchsten menschlichen Rechten berufen, die Kraft der Geschichte gewinnen, um sich ein historisches Leben in der Wirklichkeit zu schaffen?« Dabei hat Mundt, wie der Abschnitt über Czenstochau zeigt, das »Grundübel unserer Gesellschaft, daß es Arme und Übervorteilte gibt, welche durch die Privilegien der Glücklichen zu Sündern verurteilt sind«, durchaus erkannt. Aber seine ironisch getönte Bitte an die Schwarze Maria bleibt ähnlich rhetorisch-abstrakt wie Gutzkows Anrede an die Waffenschmiede in Lüttich.

Deutlicher artikuliert sich die Opposition bei Wienbarg, der – wenn auch in einer »himmlischen« Phantasie – den geschundenen Bauern gegen den gnädigen Junker aufbegehren läßt, und gar bei Rellstab, der dem deutschen Landmann geradezu nahelegt, wie sein französischer Berufsgenosse Spaten und Karst gegen den Feudalherrn zu erheben. Damit wird das Modell revolutionärer Veränderung nach französischem Zuschnitt apostrophiert. Frankreichs Avantgarde seien seine Ideen, vermerkt Gutzkow, und die Revolutionen vom Juli 1830 und vom Februar 1848 markieren auch den vorliegenden Band.

Ludwig Börne, Wortführer des kleinbürgerlichen Liberalismus, der sich schon 1823 in seinen »Schilderungen aus Paris« als vorzüglicher Kenner der französischen Szene ausgewiesen hatte, reiste wenige Wochen nach der Julirevolution voller Illusionen nach Paris. Er fand die Postverbindungen stark frequentiert, weil zahlreiche deutsche Handwerker und Intellektuelle dort ebenfalls »den jungen Freiheitsbaum zu schütteln« wünschten. Er betrat Paris wie ein Heiligtum der Freiheit. Der Gang zu den alten und neuen revolutionären Stätten legt ihm die Empfehlung nahe, man solle dieses heilige Pariser Pflaster nur barfuß betreten. Was die Franzosen für ihre Freiheit getan haben, so scheint ihm, haben sie für die Freiheit aller Völker getan. Börnes etwas abstrakter Freiheitsenthusiasmus wird freilich – man kann es in seinen »Briefen aus Paris« nachlesen – bald gedämpft, als er das »Volkskönigtum« Louis Philippes als bloße Diktatur der französischen Großbourgeoisie durchschauen lernt. Er wandelt sich vom Verfechter der konstitutionellen Monarchie zum leidenschaftlichen Republikaner und bekennt schließlich: »Als ich vor zwei Jahren nach Paris kam, war die Freiheit schon im Untergehen, und ich mußte sogar auf einen hohen Berg der Begeisterung steigen, um noch ihre letzten Strahlen zu erwischen; denn im Tale war es schon dunkel.«

Mit ähnlichen Empfindungen wie Börne trifft Jahre später Georg Weerth in Paris ein, und auch für ihn gestaltet sich der Besuch der Straßen und Plätze von revolutionärer Tradition zur schönsten Wanderung seines Lebens. Und doch welcher Unterschied! Weerth hat nicht mehr das Bedürfnis, vor lauter Ehrfurcht barfuß zu laufen, er fühlt sich als Enkel der Revolutionäre von 1789 und 1830. Er sieht Paris und London als Repräsentant des sich selbstbewußt formierenden Proletariats, und seine Kritik richtet sich bereits gegen die kapitalistische Ordnung, wie er sie in England in voller Blüte findet. Er konstatiert nicht nur den »grellen Kontrast unserer gesellschaftlichen Zustände«, er durchschaut diesen »Kontrast« als Klassenkampf, und so gerät ihm der Besuch im Londoner Zoologischen Garten zu einer großartigen Vision möglicher revolutionärer Veränderung der Welt.

Was er im poetischen Bild voraussagte, schien 1848 Wirklichkeit werden zu können. Fanny Lewalds Reportage aus Berlin und Alfred Meißners Impressionen aus Paris illustrieren indes, wie diese Hoffnungen zerschlagen wurden. Fanny Lewald, die in Paris Zeuge der Februarrevolution war und im Frühjahr 1848 nach Berlin kam, fand das Wort Revolution bereits wieder »mißliebig«; man sprach statt dessen von der »Begebenheit«. Sie beklagt die unselige Halbheit, mit der die Chance vertan wird, die politische Revolution in den »Anfang einer sozialen Umgestaltung« zu verwandeln. Fanny Lewald trägt ihre Vorstellungen über eine harmonische, bürgerlich-liberale Gesellschaft vor und gibt sich der Hoffnung hin, sie mit Liebe statt mit Kanonen und Guillotinen schaffen zu können. Trotz dieser Illusionen sind ihr Vertrauen in das Volk, ihr Engagement für die Arbeiter bemerkenswert. Sie sieht den Unterschied zwischen der Behrenstraße und der Gegend nördlich des Alexanderplatzes und vermerkt: die »schöne Welt« wisse nichts von jenen Stadtteilen, »wo die gewerbtreibende, produzierende Berliner Bevölkerung wohnt, welche die Stadt reich und bedeutend macht«. Und ihr Besuch auf dem Friedhof der Märzgefallenen im Friedrichshain wird zu einer bewegenden Rückschau auf die revolutionären und konterrevolutionären Vorgänge von 1848/49.

Alfred Meißner reiste in umgekehrter Richtung. Nachdem

er die Neujahrsnacht noch mit Marx und Freiligrath in Köln verbracht hat, steigt er an einem unfreundlichen Januarmorgen des Jahres 1849 in Paris aus dem Zug. Leblos erscheint ihm die Stadt, nur die Wachtfeuer der Soldaten brennen, und es fällt das düster einstimmende Stichwort »deutsche Flüchtlinge«. In einem stimmungsvollen Bericht von der Fahrt durch das schlafende Paris wird deutlich, daß der Freiheitsbaum verdorrt ist, »verdorrt wie die Hoffnungen des März«. Die »Sündflut« des Revolutionsjahres scheint alles unversehrt gelassen, ja nur neues Ungeziefer aufs Pflaster geschwemmt zu haben, die »Mobilen« zum Beispiel, wahrhaft konterrevolutionäres Lumpenproletariat. Zu diesem »Ungeziefer« rechnet Meißner auch Louis Napoleon, an dessen »blödem Gesicht« alle »Schmeichelei der Malerkunst scheitert«. Erst als der Autor in die Arbeiterviertel gelangt, werden die Eindrücke hoffnungsvoller, und am Schluß seines Ankunftskapitels gibt er sich überzeugt, daß die Arbeiter aus den Vorstädten eines Tages wieder niedersteigen – sie, die »Soldaten der Verzweiflung«, die für eine heilige Sache, die Emanzipation der Entrechteten, kämpfen werden.

Bei allen Unterschieden der Temperamente und der politischen Positionen haben die bisher besprochenen Autoren eines gemeinsam: sie waren mehr oder weniger in der gleichen Lage wie Adolf Glaßbrenner auf der Reise nach Wien: »Tausend Gedanken gingen mir durch den Kopf, von denen einer hinreichend gewesen, einen Polizeisergeanten zum Commissarius zu erheben.« Nicht in gleicher Weise »staatsgefährdend«, wohl aber bemerkenswerte Zeit- und Kulturbilder vermittelnd, reihen sich in die künstlerisch anspruchsvolle Reiseliteratur der hier zu dokumentierenden Jahrzehnte einige weitere Schriftsteller ein. Sie schmuggelten im Geiste des Glaßbrenner-Zitats keine oppositionelle oder gar revolutionäre Konterbande an den Zöllnern der feudalen Zensur vorbei und ließen sich keiner Schule oder Gruppierung zuordnen. Ihre Werke hatte der Deutsche Bundestag in seinem berüchtigten Beschluß über das Verbot des Jungen Deutschland vom Dezember 1835 nicht auf den Index gesetzt. Meist betrachteten sie das Reisen (wie Thomas Mann es einmal formuliert hat) eher »als eine hygienische Maßregel« denn als Frage des politischen Engagements. Sie gehörten teils zu den Klassikern ihrer Zeit (wie Grillparzer und Immermann), zu den damaligen Erfolgsautoren (wie Pückler-Muskau), sie sind als Unterhaltungsschriftsteller noch heute bekannt und gelesen (wie Alexis und Sealsfield) oder längst vergessen (wie Kopisch). Doch sie leisteten Erhaltenswertes für das Genre Reiseprosa und dürfen als Ergänzung des vielgestaltigen Panoramas nicht fehlen.

Willibald Alexis, ein konservativer Preuße, überzeugter Monarchist mit liberalen Neigungen, bekundet auf seiner »Herbstreise durch Skandinavien« seine Bewunderung, ja seine (widerstrebenden) Sympathien für die schwedische »Demokratie«, in der sich eine Art Gleichberechtigung zwischen Adel und Bauer hergestellt habe. Schon in Kopenhagen registriert er mit Wohlgefallen, daß es in Dänemark keine Legion adliger Junker gebe, die auf Vorrechte in der Gesellschaft Anspruch erheben, sondern nur einen Adel von politischer Bedeutung.

Was Alexis' Beitrag indes besonders auszeichnet, ist der brillante Bericht über die Fahrt mit einem der frühen Dampfboote. Das dampfgetriebene Schiff, das den Sturm im Kattegatt unangefochten übersteht, bedeutet ihm den »Sieg des menschlichen Geistes über die empörte Natur«. Nicht ohne humorvolle Polemik betont Alexis auch den Gegensatz zwischen den mittelalterlichen Verkehrsverbindungen Mecklenburgs und der »Leichtigkeit der Kommunikation« in Schweden.

Über ein Ereignis ganz anderer Art, das gleichwohl zu den Charakteristika der Zeit gehört, unterrichtet Karl Immermann: über die Cholera-Epidemie, die zwischen 1829 und 1837 weite Teile Europas heimsuchte und die der Dichter 1831 in Magdeburg erlebte. Und auch seine Dresden-Passage hält Symptomatisches fest: die Stadt als Wallfahrtsort für die Kunstenthusiasten und die Literaturfreunde, die Ludwig Tieck aufsuchen, der für Dresden das bedeutete, was Goethe in Weimar war. Grillparzer wiederum erinnert in seinem Konstantinopler

Tagebuch daran, daß das 19. Jahrhundert das Zeitalter blühenden Sklavenhandels war.

Außerordentlich aktuell empfindet der heutige Leser die Irland-Berichte von Pückler-Muskau, die aus den »Briefen eines Verstorbenen« ausgewählt wurden – neben Heines »Reisebildern« wohl dem erfolgreichsten Reisebuch jener Jahre. Pückler, einer der produktivsten Berichterstatter, war als snobistischer Aristokrat mit liberalen Allüren (die sogar eine modische Koketterie mit dem Saint-Simonismus vertrugen) ebenso viel gelesen wie heiß umstritten. Georg Herwegh sagte mit Bezug auf Börnes Polemik gegen Pückler: »Diese aristokratische Schönrednerei mußte seinem Herzen wie seinem Verstande tief zuwider sein. Börne legt in jeder Zeile seine ganze feurige, liebeatmende Seele nieder; der Verstorbene aber knöpft seinen Oberrock nur auf, nicht um uns sein Herz, sondern um uns irgendeinen Ordensstern oder ein Kreuz sehen zu lassen.« Immerhin sucht Pückler den berühmten Führer der irischen Unabhängigkeitsbewegung auf – wohl einkalkulierend, daß O'Connells Name bei allen progressiven Kräften Europas als Symbol für Freiheit und Gerechtigkeit galt. Zwar verkehrte Pückler, der Schwiegersohn Hardenbergs, bei Louis Philippe, in der englischen Hocharistokratie, beim Bey von Tunis und bei Mehemed Ali von Ägypten, aber er war auch mit Heinrich Heine befreundet. Und seine Sympathien für das irische Volk, sein Engagement für die Katholiken sind zweifellos echt, und für ihn steht sogar fest – welch beklemmende Wahrheit! –, daß das Irland-Problem durch eine bloße Emanzipation der Katholiken nicht zu lösen sei. Auch muß sein Lob auf jene irischen Grundbesitzer ernst genommen werden, die ihr Geld in reizvolle Parkanlagen investieren, statt es im Ausland zu verschwenden. So hatte es Pückler selbst gehalten: die Einkünfte aus seinen Besitzungen steckte er, der leidenschaftliche Parkomane, in die Anlagen von Branitz und Muskau – Beispiele hoher Landschaftsgartenkunst des 19. Jahrhunderts.

In das Mosaik der Kulturgeschichte, wie sie sich in Reisebildern spiegelt, bringt auch August Kopisch ein aufschlußreiches Element hinein. Er fand, was kaum noch jemand weiß, die Blaue Grotte auf Capri und hat die Geschichte dieser Entdeckung in einem vorzüglichen Stück Reiseprosa aufgezeichnet. Scheinbar beiläufig liefert er dabei schon 1826 Material für die Kritik der deutschen Ideologie, das Heinrich Heine Jahre später in der Antithetik von Sensualismus und Spiritualismus aufarbeiten sollte. Heine hat in der Auseinandersetzung mit den lebensfeindlichen Elementen des Christentums die Verketzerung antiker Vorstellungen nachgewiesen und gezeigt, wie die Kirche systematisch die heiteren, lebensfrohen Götter der Griechen und Römer zu Teufeln umfälschte. In ebendiesem Sinne setzt sich Kopisch praktisch über alle Vorbehalte des Canonico hinweg, widerlegt den bewußt geschürten Aberglauben und entdeckt in der angeblichen Teufelshöhle – die Reste der Neptunsvilla von Tiberius, den zauberhaften Tummelplatz heidnischer Sirenen und Tritonen.

Und noch ein anderes Phänomen bestimmte das Bild von der ersten Hälfte des 19. Jahrhunderts mit: Europa-Müdigkeit und Amerika-Enthusiasmus. Schon Johann Gottfried Seume hatte in einer schnell sprichwörtlich gewordenen Wendung den »Wilden« Nordamerikas den Vorzug gegeben vor »Europens übertünchter Höflichkeit«, und Ernst Willkomm griff 1838 in seinem Roman »Die Europamüden« ein Schlagwort jener Jahre auf, das die pessimistische, zivilisationsüberdrüssige Haltung weiter Kreise der enttäuschten bürgerlichen Intelligenz umriß. Das republikanische Amerika wurde mit schwärmerisch-abstraktem Pathos zur Alternative stilisiert; Amerika erschien als das Land Utopia mit einer harmonischen Gemeinschaft freier Individuen. Mit diesen Illusionen wandte sich beispielsweise auch Nikolaus Lenau 1832 von der Alten Welt ab. Im »Lied eines Auswandernden« nahm er verbittert Abschied von seinem »Vaterland, das, feige, dumm, / Die Ferse dem Despoten küßt / Und seinem Wink gehorchet stumm«. Seine Hoffnung hieß Amerika. Doch Freiheit, Demokratie und Menschenwürde erwiesen sich als Schimäre, und enttäuscht schrieb Lenau an

Schurz: »Bruder, diese Amerikaner sind himmelanstinkende Krämerseelen. Tot für alles geistige Leben, maustot... Eine Niagarastimme gehört dazu, um diesen Schuften zu predigen, daß es noch höhere Götter gebe, als die im Münzhause geschlagen werden.«

Daß die Herrschaft des Geldes, daß die kapitalistische Gesellschaftsordnung in den Vereinigten Staaten gegenüber den Feudalverhältnissen in Deutschland und Österreich gleichwohl den historischen Fortschritt bedeuteten, konnte der rasch »amerikamüde« werdende Lenau nicht verstehen (so wie er nicht sah, daß das Leben in der Neuen Welt für zahlreiche deutsche Familien tatsächlich eine Alternative war. Meist von materieller Not gezwungen, wanderten zwischen 1820 und 1830 etwa 15000, im folgenden Jahrzehnt schon 150000 Menschen aus, überwiegend in die Vereinigten Staaten; allein 1840 waren es 34000, 1847 bereits 110000.) Sein österreichischer Landsmann Karl Postl alias Charles Sealsfield, der rund zehn Jahre früher die Neue Welt bereist hatte, suchte in seinem Buch über »Die Vereinigten Staaten von Nordamerika, nach ihrem politischen, religiösen und gesellschaftlichen Verhältnisse betrachtet« mit aller Entschiedenheit dem feudalen Europa das freie bürgerliche Amerika als erstrebenswertes Modell künftiger Entwicklung entgegenzustellen (ohne übrigens vor Erscheinungen der Gewalttätigkeit und dem »ekelhaften Schauspiel« der Sklaverei die Augen zu verschließen). Als Verfasser gab er selbstbewußt an: »C. Sidons, Bürger der Vereinigten Staaten von Nordamerika«. Er gewährte vielfältige Einblicke in die politische Situation des Landes, besuchte Owens kommunistische Musterkolonie, und sichtlich imponierte ihm die funktionierende Republik. Programmatisch an Europa gewandt, erklärte er im Vorwort: »Die Vereinigten Staaten haben alle Berechnungen, alle Voraussagungen europäischer Politik, die in ihnen nur den Keim zu Anarchie und Bürgerkriegen sahen, zuschanden gemacht und bewiesen, daß der Mensch frei und doch gesellig und gesetzlich leben könne.« Die Vorrede ist absichtsvoll vom 30. Oktober 1826 datiert, dem

Tag der Unabhängigkeitserklärung – der »Feier des Sieges der Menschheit über Tyrannei, Aberglaube und Vorurteil«.

Das Sealsfield-Zitat umschreibt ein Merkmal, das eigentlich allen Autoren dieses Bandes gemeinsam ist – Börne wie Pückler, Weerth wie Sealsfield: wo immer in der Welt sie unterwegs sind, denken sie an ihre Heimat, vergleichen fremde mit eigenen Verhältnissen, suchen jene für diese fruchtbar zu machen. Mit einem ähnlichen Anspruch waren schon die Reiseschriftsteller von Goethe bis Chamisso aufgetreten, die in der Sammlung »Wanderschaften und Schicksale« vorgestellt worden sind. Aber was sich bei ihnen im Geiste ihres Zeitalters meist sehr direkt als »aufklärende«, didaktische Funktion in der Reiseliteratur niederschlug, gewann nun eine neue Qualität. Bei Forster und Seume mündeten Ansichten stets schon in Einsichten; ihre reisenden Kollegen im 19. Jahrhundert aber gingen weiter, sie suchten verstärkt Kenntnisse zu vermitteln, um Erkenntnisse zu befördern, ja, Veränderungen zu bewirken. Sie trugen auf ihre Art zur demokratischen Meinungsbildung des Volkes bei, und Heine sagte in der Vorrede zu den »Französischen Zuständen« über die Aufgabe journalistisch-literarischer Berichterstattung von revolutionär-demokratischem Zuschnitt: »Wenn wir es dahin bringen, daß die große Menge die Gegenwart versteht, so lassen die Völker sich nicht mehr von den Lohnschreibern der Aristokratie zu Haß und Krieg verhetzen, das große Völkerbündnis, die Heilige Allianz der Nationen, kommt zustande... Dieser Wirksamkeit bleibt mein Leben gewidmet; es ist mein Amt. Der Haß meiner Feinde darf als Bürgschaft gelten, daß ich dieses Amt bisher recht treu und ehrlich verwaltet.«

Wahrscheinlich hätten nahezu alle Beiträger unseres Sammelbandes dieses Bekenntnis unterschrieben, und doch entsteht im Nebeneinander ihrer Texte nicht die geringste Einförmigkeit, ja der Reiz solcher Sammlung beruht sogar auf der ungewöhnlichen Vielfalt, in der sich das Verbindende und Gemeinsame darbietet. Reisebilder (wie sie konzeptionell für unseren Querschnitt verstanden werden) sind literarische Texte, und sie spiegeln die Welt stets in einem künstlerischen Subjekt, das dem Bericht seine spezifische, unverwechselbare Individualität aufprägt, seine Art der »Spaziergänge und Weltfahrten« (wie wir den Band nach einem Reisewerk von Theodor Mundt genannt haben). Kühne bekannte, er könne nur fassen, was ein Erlebnis seiner selbst sei, und bei Börne steht zu lesen: »Wie sollte es der schwache Mensch ändern! Er reise nach Kanada, nach Otaheite oder nach Paris, er wird überall nur sich selbst finden...«

Entsprechend gegensätzlich zeigen sich die Autoren sogleich in ihren Reisegewohnheiten und Reiseerfahrungen. Börne lobt die Vorzüge der »Schneckenfahrt«, die ihm die Physiognomie des Landes gründlicher zu studieren gestattet, und er plaudert behaglich darüber, wie er den Blutegeln – »zur Erhaltung seiner Liebenswürdigkeit« – ihr kleines monatliches Fest gibt. Alexis dagegen bevorzugt das zuverlässige und außerordentlich schnelle Postwesen Skandinaviens. Heine bedauert seine Unkenntnis der italienischen Sprache: »Ich sehe Italien, aber ich höre es nicht.« Pückler, ein notorischer Waghals, der von einer sonntäglich belebten Dresdener Brücke mit seinem Pferd in die Elbe gesprungen und unverletzt ans Ufer geschwommen sein soll, genießt in vollen Zügen das romantische Abenteuer eines Rittes auf ungebahnten Wegen und in scheußlichem Wetter. Grillparzer, dem das Reisen eingestandenermaßen immer zuwider war und dem vor jeder neuen Fahrt schien, als müsse er ins Wasser gehen, trabt mürrisch durch das verregnete Konstantinopel und hat ohnehin viel zuviel mit seiner schlechten Verdauung zu schaffen. Sealsfield dagegen akzeptiert mit ersichtlichem Vergnügen die amerikanische Art: »Niemand ist mehr auf seinen Reisen zu Hause als der Amerikaner, vorzüglich in seinem Lande. Er betrachtet das Dampfschiff sowie den Gasthof, wo er sich aufhält, als sein jeweiliges Eigentum und benimmt sich ganz darnach.« »Wenn ich wandere«, beteuert Immermann, »so ist der Geldbeutel mein Empfehlungsbrief, der Lohnbediente mein Freund, die Straße mein Sozietätssaal. Was ich so sehe, das habe ich wenigstens *gesehen*. Dem Zufall überlasse ich es, mir Notabilitäten und mich ihnen vorzustellen; ich suche sie nicht auf. Von vornherein bescheide ich mich, daß man, den Wegstaub an den Schuhen, nicht in das Innere des Hauses gelassen wird.« Welcher Kontrast zwischen dieser stoischen, an Seume gemahnenden Haltung und der Pose des jungen Laube, der mit dem Habitus des studentischen Taugenichts, Weltschmerz und Kraftmeiertum vereinigend, nach Italien reist! In seiner Begleitung Karl Gutzkow – kurzsichtig, schmalbrüstig, ein Bücherwurm, aber grimmig entschlossen, diese Bildungsreise gründlich zu nutzen, die Schätze seines Wissens zu mehren.

So unterschiedlich die Gepflogenheiten beim Reisen – so individuell auch die Handschriften in der Berichterstattung. Traditionell dominiert der Brief, teils als Fiktion wie bei Heine, teils als spätere Redaktion tatsächlicher Korrespondenzen wie bei Pückler und Börne; selbst Kopischs »Entdeckung der Blauen Grotte« liegt ein Brief an seine Mutter zugrunde. Der Brief (und – wie bei Grillparzer – das Tagebuch) bietet sich als Medium subjektiver Impressionen, erster Eindrücke, spontaner Bekenntnisse besonders an. Kühnes »Blätter aus Venedig« tendieren dagegen in ihrer hochkultivierten Prosa zum Reiseessay, während Rellstabs Kissingen-Aufzeichnungen schon das konstituieren, was Fontane später Reisefeuilleton nannte. Den traditionellen, streng chronologischen Bericht bevorzugt Alexis; er will nur tatsächlich Erlebtes und Gesehenes zu Papier bringen, und die Eindrücke der Wirklichkeit scheinen ihm jede Erfindung überflüssig zu machen. Auch Sealsfield hält sich strikt, fast allzu strikt, an die realen Vorgänge (wobei man freilich konzedieren muß, daß sein Werk über die Vereinigten Staaten statistisch-beschreibend angelegt und die Reisedarstellung nur als illustrierender Teil eingearbeitet ist). Übergänge zur Reportage zeichnen sich ab bei Mundt und Meißner und Fanny Lewald. Die Nähe zum politischen Situationsbericht, zur kommentierenden Zeitungskorrespondenz, wie sie Heine mit den »Französischen Zuständen« und der »Lutetia« wählte, deutet sich in Börnes und Gutzkows »Briefen aus Paris« an, die Reiseberichte jeweils nur in den einleitenden Kapiteln bieten. (Wobei bemerkt sei, daß reine »Land- und Leuteschilderungen«, die nicht von reisenden, sondern ansässigen Schriftstellern überliefert sind, ohnehin ausgeklammert wurden; daher fehlen hier etwa Adalbert Stifters Berichte »Aus dem alten Wien« ebenso wie Annette von Droste-Hülshoffs »Bilder aus Westfalen«.) Auffällig ist die Zunahme erzählerischer Elemente, die Auflösung des Berichts in Handlung, die Vermittlung von Wissenswertem in Gespräch oder Begegnung. Dies gilt für die Naturschilderungen Kopischs, besonders aber auch für die holländischen Genreszenen Wienbargs und die Leipzig-Episode Immermanns. Bei Georg Weerth schließlich sind alle produktiven Ansätze auf qualitativ neuer Stufe aufgehoben. Dem »ersten Dichter des deutschen Proletariats« gelingt ein hoher Grad von Anschaulichkeit und Verallgemeinerung; persönliches Erlebnis und sachliche Information sind kunstvoll miteinander verwoben.

Im übrigen halten die Autoren ihre Reisebücher formal weit offener, als es unsere Auszüge vermuten lassen. Heine bezog bekanntlich in die Originalausgaben der »Reisebilder« auch Gedichtzyklen ein. Ja, er forderte Immermann zur Mitarbeit an den »Reisebildern« auf, und Laube, der ohnehin alle möglichen »Novellen« und Exkurse installierte, gliederte tatsächlich einen Beitrag von Varnhagen in den vierten Band der »Reisenovellen« ein. Rellstab macht aus dem uneinheitlichen Charakter seiner »Empfindsamen Reisen« kein Hehl und kündigt im Untertitel »Reise-Berichte, -Skizzen, -Episteln, -Satiren, -Elegien, -Jeremiaden usw.« an. Auch Wienbargs Holland-Buch vereint sehr unterschiedliche Prosastücke, die keineswegs alle den witzig-ironischen Ton, wie ihn unsere Auswahl demonstriert, durchhalten und oft recht seicht werden. Glaßbrenners »Bilder und Träume aus Wien« sind gleichfalls ein Gemisch heterogener Partien. Gedichte, Tagebuchnotizen, Theaterberichte, Schauspielerporträts wechseln mit Wien-Impressionen und Kapiteln, in denen sich der Verfasser als Held in mehr oder weniger pikanten erotischen Situationen geriert; eingeschoben sind überdies fünf »Träume«, in denen antiabsolutistische und antiklerikale Auffassungen ausgesprochen werden.

Diesen subjektiven Spielraum in der Reiseprosa, diese scheinbare Willkür, die in Wirklichkeit poetische Absicht, erzählerische Struktur bedeutet, hat als erster Heine in den »Reisebildern« entwickelt. Was die sachlichen Bezüge der Reise nicht hergaben – und in einigen »Reisebildern« wird ja überhaupt nicht gereist! –, wurde durch Reflexionen und Exkurse aller Art angereichert. Heine erklärte: »Was ich aus den Dingen nicht hinaussehe, das sehe ich hinein.« Auch Immermann bekannte sich zu dieser Methode. Als er sein »Reisejournal« für den Druck vorbereitete, »drangen Anschauungen, Lektüre, Reflexion, Reminiszenz, Spitzbüberei der Erfindung so gewaltig zu, daß statt des beabsichtigten mäßigen Heftchens ein ganzer Band daraus« wurde.

Die graziöse Prosa der »Reisebilder« wurde oft nachgeahmt und nie erreicht. Auch Heinrich Laube versuchte sich dieser spielerischen Leichtigkeit in seinen »Reisenovellen« zu bedienen – freilich wurde sie, die (nach einem Wort Gutzkows) »nur gefallen kann in der still rieselnden, fast tröpfelnden Weise des Meisters [Heine]«, »vom Schüler in Strömen vergossen. Mit einer Sündflut von Renommisterei wurde man fortgeschwemmt. Liebesabenteuer rechts und links, im Postwagen, in der Passagierstube, im Bade, in der Kirche, auf der Straße, in Winkeln, überall Liebe... aber nur – für einen! Für H. Laube!« Dieses Urteil ist zwar mit diktiert von persönlichen Reibereien, vor allem durch das ironisch getönte Konterfei, das Laube in den »Reisenovellen« von seinem Reisegefährten Gutzkow entworfen hatte, aber Gutzkow hat trotzdem recht: hier versackt die Reiseschilderung in renommistischer Erotik und bleibt politisch weitgehend unverbindlich.

Immermanns treffende Formel von der »Spitzbüberei der Erfindung« deutet auf die zeitgeschichtlichen Hintergründe dieser reflexionsreichen Prosa, dieser (wie Heine sagte) »Verkettung der Gedanken, der Übergänge, der plötzlichen Einfälle, der sonderbaren Ausdrucksweise«. Es war auch eine

Form der literarischen Maskierung, der Versuch, kritische Ideen und revolutionäre Gedanken zwischen der Scylla des Zensors und der Charybdis polizeilicher Verfolgung an den Leser zu bringen. Daher mußte, wie Heine schon im ersten seiner »Briefe aus Berlin« postulierte, »Assoziation der Ideen immer vorwalten«, und unter dem einleuchtenden Vorwand, daß »Systematie« der »Würgengel aller Korrespondenz« sei, stellt er sich scheinbar auf den Geschmack der Unterhaltungsblatt-Leser ein, persifliert aber zugleich als geschwätziger Cicerone das gehalt- und wahllose Informationsangebot der zeitgenössischen Journale. Angeblich gegen seinen Willen gerät dadurch der staatserhaltende Savigny in die pikante Nähe der Possenreißer. Die raffinierte Konfrontation des Erhabenen mit dem Banalen gehört zur Assoziationstechnik mit zeitkritischer Dimension. Die Statue des Großen Kurfürsten, die Heine als das größte Kunstwerk Berlins anpreist, wird mit der des Kurfürsten Johann Wilhelm in Düsseldorf verglichen; er stellt fest, daß in Berlin der Schwanz des Pferdes »nicht so bedeutend dick« sei. Auch mit der vertrackten Dialektik von Zustimmung und teilweiser Einschränkung, von Sachlichkeit und Ironie in den Bemerkungen über die preußische Armee muß der Zensor seine liebe Not gehabt haben – ebenso mit jenem anderen Wortspiel: Der Kerl gehöre nicht zu den Leuten, die das Pulver erfunden haben, sondern zu denen, die es gebrauchen, er sei Militär!

Streckenweise beherrschten auch Börne und Glaßbrenner und selbst Wienbarg diese hintergründige Technik, in scheinbar verwirrenden Assoziationsketten ihr zeit- und sozialkritisches Anliegen zu tarnen. Wienbargs nächtliche Überlegungen vor dem Schloß von Bentheim runden sich zu einem Kabinettstück solcher Prosa. Mit großer Kunstfertigkeit assoziiert er zum Wachsoldaten des Fürsten von Bentheim das Gespenst der Reichsarmee, kommt dann zur Reichsarmee der Seligen auf der Himmelswiese, wo er Cherubime, »welche im Himmel als Polizeibeamte angestellt sind«, dreinhauen sieht. Auch im Himmel, so schlußfolgert er weiter, sei also Polizei nötig, ja noch nötiger als auf Erden, da der Bauer weder »an den himmlischen Müßiggang seines Pfaffen noch an den weltlichen seines gnädigen Herrn« gewöhnt sei und dort, wo er seinen ewigen Sonntag feiere, »wo er nicht mehr pflügt und drischt, nicht mehr schwitzt und keucht, nicht mehr geplackt und geschunden wird«, sich vor Seligkeit kaum zu lassen wisse und womöglich seinen gnädigen Junker totschlage! So läuft die scheinbare Verteidigung feudaler Strukturen auf deren ironische Entlarvung hinaus, zielt auf deren Überwindung.

»Jeder muß wissen«, sagte Goethe 1823 zu Eckermann, »worauf er bei einer Reise zu sehen hat und was seine Sache ist.« Die reisenden deutschen Schriftsteller, die der vorliegende Band präsentiert, Heine und Weerth vor allem, wußten, was »ihre Sache« war. Sie fühlten sich, wie es Glaßbrenner nannte, als Mitarbeiter an dem Riesenwerk ihrer Gegenwart. Sie verstanden es in ihren Reiseberichten, die Herzen ihrer Mitmenschen »für alles wahrhaft Schöne und Heilige« zu entzünden, und sie dürfen nicht zuletzt deshalb auch bei den Lesern der Nachwelt auf Interesse rechnen.

Gotthard Erler

Erläuterungen

Heinrich Heine

Briefe aus Berlin. 1822

Heinrich Heine (1797–1856) hatte nach dem Besuch des Lyzeums und einer Handelsschule in Düsseldorf bei seinem Hamburger Onkel Salomon Heine im Bankfach volontiert, bevor er 1818 ein eigenes Manufakturwarengeschäft eröffnete. Das Unternehmen mußte freilich nach wenigen Monaten schon liquidiert werden, und Heine konnte im Herbst 1819 in Bonn ein Jurastudium aufnehmen, das er im Jahr darauf in Göttingen fortsetzte. Dort wurde er Anfang 1821 wegen einer Duellaffäre ausgewiesen. Im April des gleichen Jahres ließ er sich in Berlin immatrikulieren, wo er vielfältige neue Bekanntschaften (zum Beispiel im Hause Varnhagen von Enses) schloß, im Verein für Kultur und Wissenschaft der Juden mitarbeitete und im Dezember seinen ersten Gedichtband erscheinen ließ. Zugleich suchte er seine Einkünfte durch Korrespondenzen aufzubessern und schrieb für den »Rheinisch-Westfälischen Anzeiger« »Briefe aus Berlin«, die vom 8. Februar bis zum 19. Juli 1822 veröffentlicht wurden.

Heine nahm eine überarbeitete, vor allem stark gekürzte Fassung dieser »Briefe aus Berlin« 1827 in den zweiten Band der »Reisebilder« auf, schied sie aber bei der zweiten Auflage dieses Bandes 1831 wieder aus. Für den vorliegenden Band wurde der erste Brief ausgewählt; wir geben ihn in der vollständigen Version des »Rheinisch-Westfälischen Anzeigers« vom 8. und 15. Februar 1822 wieder, berücksichtigen aber die Korrekturen und Ergänzungen der Kurzfassung. Unser Text folgt den von Hans Kaufmann herausgegebenen Werken und Briefen in zehn Bänden, Band 3, Berlin 1961, S. 495–511.

7 *Seltsam! – Wenn ich …* – Kleist, »Prinz Friedrich von Homburg« (V, 2).
Overweg – Wahrscheinlich ein Gastwirt in Unna.
Fritz v.B. – Fritz von Beughem (geb. 1796), Jurist, Studienfreund Heines in Bonn.
Sie, W. – Bei dem Angeredeten handelt es sich um den Verlagsbuchhändler Heinrich Schultz (1780–1844), der gemeinsam mit dem Verleger Gottlieb Augustin Wundermann (»W.«) in Hamm den »Rheinisch-Westfälischen Anzeiger« herausgab.
die alten Sachsen – Karl der Große ließ sie in den Jahren von 772 bis 804 unterwerfen und christianisieren.
Armin den Varus geschlagen – In der Schlacht im Teutoburger Wald (9. u. Z.)

bereiteten die Germanen unter Arminius (Hermann) den römischen Besatzungstruppen unter Quinctilius Varus eine vernichtende Niederlage.

7 *in östreichischen Landwehrtagemärschen* – Soviel wie: sehr gemächlich (nach der sprichwörtlichen Langsamkeit der österreichischen Landwehr).

8 »*Abendzeitung*« – Vielgelesene, vorwiegend literarische Zeitung (1817–1857), erschien in Dresden.

»*Morgenblatt*« – »Morgenblatt für gebildete Stände«: literarische Tageszeitung (1807–1865), erschien in Stuttgart.

»*Wiener Konversationsblatt*« – »Konversationsblatt. Zeitschrift für wissenschaftliche Unterhaltung« (1819–1821), erschien in Wien.

Jagor – Besitzer eines berühmten Restaurants.

Spontini – Gasparo Spontini (1774–1851), italienischer Komponist; von 1820 bis 1841 Generalmusikdirektor in Berlin.

Redouten – Maskenbälle.

Savigny – Friedrich Karl von Savigny (1779–1861), preußischer Staatsmann und Jurist, Professor in Berlin; repräsentierte die reaktionäre Historische Rechtsschule, die Heine vielfach attackierte (daher hier die satirische Verknüpfung mit den Possenreißern).

Giustinianische Galerie – Die Gemäldesammlung von Vincenzo Giustiniani (1564–1637), die sich zunächst in Rom befand, wurde 1815 für das Berliner Neue Museum angekauft.

Commencez par le commencement – (franz.) Fangen Sie mit dem Anfang an.

Lange Brücke – Sie führt heute von der Rathausstraße zum Marx-Engels-Platz; zuerst erbaut zwischen 1692 und 1695. Das Standbild des Kurfürsten Friedrich Wilhelm wurde von Andreas Schlüter (1664–1714) entworfen und von Jacobi gegossen; 1703 enthüllt.

9 *Johann Wilhelm* – Johann Wilhelm (1658–1716), seit 1690 Kurfürst von der Pfalz. Das Düsseldorfer Standbild war von Grupello gegossen worden.

Königstraße – Die heutige Rathausstraße.

Schloßplatz – Der heutige Marx-Engels-Platz.

Josty – Inhaber einer berühmten, 1793 gegründeten Konditorei.

solchem Schaum entstiegen – Nach der griechischen Sage wurde Aphrodite, die Göttin der Schönheit und Liebe, aus den Wellen oder dem Schaum des Meeres geboren.

Brennen – Abgeleitet von Brennaburg (Brandenburg).

Fort, fort von hier! – Parodistisch nach Schillers »Lied von der Glocke« (Vers 76f.).

Lustgarten – Das Gelände zwischen Marx-Engels-Platz und Altem Museum.

der Alte Dessauer – Leopold I. (1676–1747), seit 1693 Fürst von Anhalt-Dessau; preußischer Feldmarschall. Die Statue stammte von Schadow (1800).

10 *Helden auf dem Wilhelmsplatze* – Die teilweise viel bespöttelten Statuen der preußischen Generale, die unter Friedrich II. gedient hatten, stammten von Schadow und Antoine Tassaert (1727–1788). Der Wilhelmsplatz ist der heutige Ernst-Thälmann-Platz.

Domkirche ... neu verziert – Der Dom, der seine heutige Gestalt erst Ende des 19. Jahrhunderts erhielt, war 1820/21 um die kleineren Kuppeln erweitert worden (Schinkel).

Philolog W. – Friedrich August Wolf (1759–1824), Altphilologe und Begründer der wissenschaftlichen Homer-Forschung.

Orientalist H. – Joseph Freiherr von Hammer-Purgstall (1774–1856), österreichischer Orientalist und Schriftsteller.

Bild von Begasse – »Ausgießung des Heiligen Geistes« (1821) von dem Berliner Maler Karl Begas (1794–1854), der religiöse Themen bevorzugte.

10 *Theremin* – Franz Theremin (1780–1846), evangelischer Theologe, seit 1814 Hof- und Domprediger in Berlin.
Paulusianer – Anhänger des rationalistischen Heidelberger Theologen Heinrich Eberhard Gottlob Paulus (1761–1851).
11 *Auskultatoren* – Juristen im Vorbereitungsdienst.
12 *Brücke* – Die Schloßbrücke, die heutige Marx-Engels-Brücke, wurde von 1822 bis 1824 an Stelle der alten Hundebrücke gebaut.
Zeughaus – Das heutige Museum für deutsche Geschichte.
das neue Wachthaus – Die Neue Wache, 1816 bis 1818 nach Schinkels Plänen gebaut, dient heute als Mahnmal für die Opfer des Faschismus und Militarismus.
Akademie – An der Stelle des damaligen Akademiegebäudes steht jetzt die Staatsbibliothek.
das königliche Palais – Das heutige Palais Unter den Linden.
Bibliothek – Die sogenannte Kommode am Bebelplatz, die heute von der Humboldt-Universität genutzt wird.
König – Friedrich Wilhelm III. (1770–1840), seit 1797 König von Preußen.
war der beste Ehemann – Die preußische Königin Luise war 1810 gestorben.
»Ma foi!« – (franz.) »Meiner Treu!«
13 *Eunike* – Johanna Eunike (1798–1856), Sängerin in Berlin.
Milder – Pauline Anna Milder-Hauptmann (1785–1838), Sängerin, die lange in Berlin wirkte und vor allem in Glucks »Iphigenie auf Tauris« von sich reden machte.
»Apollini et Musis« – (lat.) »Dem Apoll und den Musen (geweiht).«
Bolivar – Simón Bolivar (1783–1830), Führer der südamerikanischen Unabhängigkeitsbewegung gegen die spanische Kolonialherrschaft.
à l'Anglaise – (franz.) nach Art der Engländer.
Bursche – Hier: Angehöriger einer studentischen Burschenschaft.
Sarmaten – Polen.
Thusnelda – Frau des Arminius; vgl. Anm. zu S. 7.
Semiotik – Lehre von den Krankheitsanzeichen.
14 *der große Fritz* – Friedrich II. von Preußen.
15 *Singakademie* – Die Mitglieder der 1791 gegründeten Berliner Singakademie trafen sich lange Zeit in einem Saal des Akademiegebäudes (vgl. Anm. zu S. 12). Das spätere Gebäude der Singakademie, das heutige Maxim-Gorki-Theater, wurde erst ab 1823 auf Initiative von Karl Friedrich Zelter (1758 bis 1832) errichtet.
16 *Sala Tarone ... Jagor* – Berühmte Feinschmeckerlokale.
Darius – Dareios I. Hystaspis (um 550–485 v. u. Z.), seit 521 persischer König.
Säckel des Fortunatus – Märchenmotiv aus dem Fortunatus-Volksbuch (1509).
Stich – Auguste Crelinger-Stich (1795–1865), Berliner Schauspielerin.
Neander – August Neander (1789–1850), evangelischer Theologe und Kirchenhistoriker in Berlin.
Boucher – Alexandre-Jean Boucher (1770–1861), französischer Violinist und Komponist.
als Julie – In Shakespeares »Romeo und Julia«.
Grace is ... – (engl.) Gnade ist in allen ihren Schritten, der Himmel in ihren Augen, in jeder Geste Würde und Liebe. Zitat aus Miltons Versepos »Paradise Lost« (VIII, Vers 488 f.).
Gnostiker – Anhänger einer religiösen Bewegung der Spätantike, die durch einen starken Erlösungsglauben gekennzeichnet ist. Neander hatte 1818 eine Schrift über die »Genetische Entwicklung der vornehmsten gnostischen Systeme« veröffentlicht.
la capitale de la musique – (franz.) die Hauptstadt der Musik.

17 *»Cortez«* oder *»Olympia«* – Erfolgsopern von Spontini (1809 und 1819 uraufgeführt).
Langhans – Carl Gotthard Langhans (1732–1808), klassizistischer deutscher Baumeister.
ihre Schicksale gehabt – Die Quadriga war unter Napoleon nach Paris gebracht worden und kam erst 1814 nach Berlin zurück.
Kurant – Etwa: in hiesiger Währung.
18 *Attraktion* – Anziehung.
Frau von Staël – Anne-Louise-Germaine de Staël-Holstein (1766–1817), liberale schweizerisch-französische Schriftstellerin; ihr Buch »Über Deutschland« beeinflußte jahrzehntelang das Deutschland-Bild der französischen Intelligenz.
»Berlin, cette ville toute moderne …« – (franz.) »Berlin, diese höchst moderne Stadt, so schön sie auch sein mag, macht keinen ganz ernsthaften Eindruck: man bemerkt dort weder eine Spur von der Geschichte des Landes noch vom Charakter der Einwohner, und die großartigen, neu errichteten Bauten scheinen zu nichts anderem bestimmt als zu bequemen Sammelplätzen des Vergnügens und der Industrie.« Zitat aus dem Buch »Über Deutschland«, 1. Teil, Kap. 17.
Pradt – Dominique-Georges-Frédéric de Riom de Prolhiac de Fourt de Pradt (1759–1837), französischer Geistlicher und Publizist.
Kosmeli – Michael Kosmeli (1773–1844), deutscher Jurist, Arzt und Reiseschriftsteller.
Peter Schlemihl – Er besitzt in Adelbert von Chamissos gleichnamiger Erzählung (1814) Siebenmeilenstiefel.
Wolf, der den Homer zerrissen hat – Friedrich August Wolf (vgl. Anm. zu S. 10) vertrat die Ansicht, daß Homers Epen von verschiedenen Dichtern zu verschiedenen Zeiten verfaßt worden seien.
19 *»Kater Murr«* – Die »Lebensansichten des Katers Murr« erschienen 1820 bis 1822. Die Rezension des Moritz von Lüttwitz (1773–1831), der als Spieler bekannt war, erschien am 12. Januar 1822 in der »Vossischen Zeitung«.
Schilling – Der Publizist Wilhelm Freiherr von Schilling hatte sich in einem Beitrag für das »Mindener Sonntagsblatt« gegen das pöbelhafte Benehmen nationalistischer Kreise ausgesprochen. Er fühlte sich durch Heines Anspielung in den »Briefen aus Berlin« verletzt, so daß sich Heine zu einer öffentlichen Stellungnahme genötigt sah.
touchieren – berühren.
Maltitz – Apollonius Freiherr von Maltitz (1795–1870), russischer Diplomat und Schriftsteller.
Hartmann vom Rheine – Pseudonym von Heines Jugendfreund Ernst Christian August Keller (1797–1879), der als Staatsbeamter in preußischen Diensten stand.
Garçon, la charte! – (franz.) Kellner, die Karte!
as music on the waters – (engl.) wie Musik über den Wassern. Zitat aus Byrons »Manfred«-Dichtung, deren Anfang Heine übersetzt hat.
Gans – Eduard Gans (1798–1839), liberaler Jurist und Rechtsphilosoph in Berlin; mit Heine befreundet.
Hellwig – Ludwig Karl Friedrich Hellwig (1773–1838), Komponist und Domorganist in Berlin.
Koreff – David (nach der Taufe: Johann) Ferdinand Koreff (1783–1851), deutscher Arzt, Schriftsteller und Diplomat.
Schneider – Georg Abraham Schneider (1770–1839), Komponist und Dirigent in Berlin.

20 *Klein* – Bernhard Klein (1793–1832), Komponist und seit 1820 Universitätsmusikdirektor in Berlin.
Bohrer – Maximilian Bohrer (1785–1867), deutscher Cellist.
»Freischütz« – Die Uraufführung von Webers »Freischütz« hatte am 18. Juni 1821 in Berlin stattgefunden. Die Oper hatte, wie Heine in den späteren »Briefen aus Berlin« berichtet, außerordentlichen Erfolg.
Fischer – Ludwig Fischer (1745–1825), deutscher Sänger.
Brühl – Karl Friedrich Moritz Paul Graf von Brühl (1772–1837), von 1815 bis 1828 Generalintendant des Königlichen Schauspiels in Berlin; bemühte sich um prunkvolle Ausstattungen und um historische Echtheit der Kostüme.
Müller – Adam Heinrich Müller (1779–1829), romantisch-reaktionärer Publizist und Staatsrechtslehrer.
Houwald – Christoph Ernst Freiherr von Houwald (1778–1845), deutscher Schriftsteller; schrieb »Schicksalstragödien«.
Woltmann – Karoline von Woltmann (1782–1847), deutsche Schriftstellerin.
Rauch – Christian Daniel Rauch (1777–1857), deutscher klassizistischer Bildhauer. Die Statuen der genannten preußischen Heerführer stehen heute am Opern-Café.
Kuhn – Friedrich August Kuhn (1784–1829), Schriftsteller in Berlin.
Wach – Wilhelm Wach (1787–1845), deutscher klassizistischer Maler.
Fouqué – Karoline Baronin de la Motte Fouqué (1773–1831), deutsche Unterhaltungsschriftstellerin.
Staatskanzler – Hardenberg.
Rust – Johann Nepomuk Rust (1775–1840), Chirurg in Berlin.
Bopp – Franz Bopp (1791–1867), Sprachwissenschaftler in Berlin.
»Konversationsblatt« – Angesehene Literaturzeitschrift, die später den Titel »Blätter für literarische Unterhaltung« erhielt.
Görres – Johann Joseph von Görres (1776–1848), deutscher Publizist, der zunächst die Ideen der Französischen Revolution begrüßt hatte, sich aber später zu nationalistischen Anschauungen bekannte.
mystische Umtriebe in Hinterpommern – Gemeint ist die sektiererisch-separatistische Bewegung in Pommern nach den Befreiungskriegen.
Gubitz – Friedrich Wilhelm Gubitz (1786–1870), Publizist, Theaterkritiker und Redakteur in Berlin; war auch als Holzschneider tätig.
21 *Blum* – Karl Ludwig Blum (1796–1869), Philologe und Schriftsteller; das genannte Werk erschien 1822 unter dem Titel »Klagen Griechenlands« und befaßte sich mit dem Befreiungskampf der Griechen gegen die Türken.
Walter – Ignaz Walter (1759 bis um 1830), böhmisch-deutscher Sänger und Theaterleiter.
»Staberles Reiseabenteuer« – Komödie des Wiener Schriftstellers und Publizisten Adolf Bäuerle (1786–1859).
Neumann – Amalie Neumann (1800–1884), deutsche Sängerin und Schauspielerin.
Voß – Julius von Voß (1768–1832), preußischer Offizier und zeitkritischer Schriftsteller.
Markeur – Kellner.
Midas – Nach einer antiken Sage hatte Apollon dem König Midas Eselsohren wachsen lassen. Als der Barbier dies bemerkte, verriet er das Geheimnis in einer Grube, aus der bald Schilfrohr emporwuchs, das, vom Wind bewegt, nur noch von den Eselsohren flüsterte.

August Kopisch

Entdeckung der Blauen Grotte auf der Insel Capri

August Kopisch (1799–1853), als Sohn eines Kaufmanns in Breslau geboren, bildete sich ab 1815 in Prag und Wien als Maler aus und setzte nach 1819 seine Studien in Dresden fort. 1823 ging er nach Italien, wo er sich literarischen und volkskundlichen Arbeiten widmete. Gemeinsam mit dem Landschaftsmaler Ernst Fries entdeckte er 1826 die Blaue Grotte auf Capri. 1828 kam Kopisch nach Deutschland zurück; 1833 übersiedelte er nach Berlin, wo er als Berater für den Ankauf von Kunstgegenständen wirkte. Er veröffentlichte Übersetzungen volkstümlicher Dichtungen aus verschiedenen italienischen Dialekten (»Agrumi«, 1838) und übertrug Dantes »Göttliche Komödie« (1842); populär wurde er vor allem durch seine humorvoll-märchenhaften Verse (»Gedichte«, 1836). 1847 ließ er sich in Potsdam nieder und arbeitete an einem Werk über »Die königlichen Schlösser und Gärten zu Potsdam« (1854).

Der Bericht über die »Entdeckung der Blauen Grotte auf der Insel Capri«, der auf einem Brief Kopischs an seine Mutter beruht und den wir vollständig wiedergeben, erschien in den Gesammelten Werken, die Carl Bötticher in fünf Bänden 1856 in der Weidmannschen Buchhandlung in Berlin herausgab (Band 5, S. 55–109); unser Text folgt dieser Veröffentlichung.

25 *Fries* – Ernst Fries (1801–1833), Landschaftsmaler.
Marine – marina: (ital.) Küste; Hafen.

26 *Locanda* – (ital.) Gasthaus.

27 *Tiber* – Tiberius Claudius Nero (42 v.u.Z. bis 37 u.Z.), Heerführer und seit 14 u.Z. römischer Kaiser; zog sich im Jahre 27 nach Capri zurück.

28 *Sirene ... Odysseus* – In der griechischen Mythologie Vögel mit Mädchengesichtern und -stimmen. Sie lockten durch ihren bezaubernden Gesang die Schiffer an, die dann an ihrer Insel scheiterten. Odysseus umging die Gefahr, indem er seinen Gefährten die Ohren verstopfen und sich selbst am Mast festbinden ließ.
Teleboer – Griechische Ureinwohner von Capri.
Augustus – Gajus Julius Caesar Octavianus (63 v.u.Z. bis 14 u.Z.), erster römischer Kaiser.
Julia – Tochter des Augustus (39 v.u.Z. bis 14 u.Z.).
Sejanus – Lucius Aelius Sejanus (zwischen 20 und 14 v.u.Z. bis 31 u.Z.), Günstling des Tiberius.

29 *Mater magna* – (lat.) große Mutter; Bezeichnung für die ursprünglich kleinasiatische Naturgöttin Kybele, der orgiastische Feiern gewidmet wurden.

29 *Caligula* – Spitzname (»Stiefelchen«) des römischen Kaisers Gajus Julius Caesar Germanicus (12–41).

30 *Vitellius* – Aulus Vitellius (15–69), römischer Kaiser.

Commodus – Lucius Aelius Aurelius (161–192), römischer Kaiser.

Barbarossa – Beiname des Cheireddin (gest. 1546), des zweiten türkischen Herrschers von Algier.

die Franzosen Neapel ... eingenommen – Französische Truppen eroberten Capri 1808. Die Engländer hatten die Insel 1806 besetzt. Richard Church (1785–1873), britischer Offizier, der später in griechische Dienste trat.

34 *Nereus* – Der älteste Meergott.

35 *Kufe* – Hier: flaches, floßähnliches Fahrzeug.

37 *Tritonen* – Meergötter.

43 *wie Äneas' Gefährten* – Anspielung auf die zahlreichen Irrfahrten des Äneas, der nach Einnahme Trojas entkam und zum legendären Ahnherrn des römischen Volkes wurde.

50 »*Evviva!*« – (ital.) »Hoch!« oder »Hurra!«

Charles Sealsfield

Die Vereinigten Staaten von Nordamerika, nach ihrem politischen, religiösen und gesellschaftlichen Verhältnisse betrachtet

Charles Sealsfield (1793–1864) wurde als Sohn der österreichischen Weinbauernfamilie Postl geboren und nach Abschluß des Gymnasiums zum Theologen bestimmt. Er trat 1814 in den Prager Kreuzherrnorden ein, entfloh aber 1822 dem Ordenszwang und reiste über Frankreich nach Nordamerika, das er von 1823 bis 1826 durchstreifte und wo er unter dem Namen Charles Sealsfield das Bürgerrecht der USA erwarb. 1826 kehrte er nach Deutschland zurück und veröffentlichte im Jahr darauf seinen ersten Bericht über die Vereinigten Staaten. 1828 ließ er anonym seine freimütige Schrift »Österreich, wie es ist, oder Skizzen von europäischen Höfen, beschrieben von einem Augenzeugen« in London erscheinen; er selbst hielt sich zu diesem Zeitpunkt bereits wieder in Amerika auf, wo er seinen ersten Roman, »Tokeah oder die weiße Rose« (1828), abschloß und als Redakteur an einer führenden New Yorker Zeitung arbeitete. 1830 verlor er bei einem Bankkrach sein gesamtes Vermögen, kam wieder nach Europa und ließ sich nach journalistischer Tätigkeit in Paris und London als Schriftsteller in der Schweiz nieder. Im folgenden Jahrzehnt entstand dort eine Reihe von Amerika-Büchern, als deren bedeutendstes das »Kajütenbuch« (1841) gilt. 1837 und 1854 bis 1858 hielt sich Sealsfield noch einmal in den USA auf. Krank, vereinsamt und enttäuscht über die antidemokratische Entwicklung in Amerika, starb er in der Schweiz, und erst nach der Testamentseröffnung stellte sich der Zusammenhang zwischen dem renommierten Autor Charles Sealsfield und dem entflohenen Kreuzherrnmönch Karl Postl heraus.

Das Werk über die »Vereinigten Staaten von Nordamerika, nach ihrem politischen, religiösen und gesellschaftlichen Verhältnisse betrachtet. Mit einer Reise durch den westlichen Teil von Pennsylvanien, Ohio, Kentucky, Indiana, Illinois, Missouri, Tennessee, das Gebiet Arkansas, Mississippi und Louisiana« erschien in zwei Bänden 1827 in Stuttgart und Tübingen in der J. G. Cottaschen Buchhandlung; als Verfasser war angegeben C. Sidons, Bürger der Vereinigten Staaten von Nordamerika. Für den vorliegenden Band wurden die Kapitel 5 und 8 des 2. Bandes ausgewählt; der Text folgt der Ausgabe von 1827 (Band 2, S. 65–74 und S. 96–110).

67 *County-Stadt* – Kreisstadt.
Court-Haus – Gerichtsgebäude.
Welschkorn – Mais.

75 *Welschhuhn* – Truthahn.

79 *Tecumseh* – Tecumseh oder Tecumtha (um 1768–1813), nordamerikanischer Indianerführer, der die westlichen Indianerstämme gegen den Landraub der Weißen zu einigen suchte und auf britischer Seite kämpfte.
Harrison – William Henry Harrison (1773–1841), nordamerikanischer Staatsmann und Militär; befehligte 1811 die amerikanische Armee gegen die Indianer und gewann am 5. November 1811 die Schlacht am Tippecanoe; 1841 Präsident der USA.

80 *Rapp* – Der schwäbische Bauer Georg Rapp (1757–1847) war 1804 nach Amerika ausgewandert und hatte dort die religiöse Gemeinschaft der Harmoniten gestiftet, die sich in urchristlichem Geiste zu Gleichheit, Gütergemeinschaft und Ehelosigkeit bekannte. Die von den Harmoniten 1814 erbaute Stadt New Harmony wurde 1824 verkauft, und die Sekte gründete im gleichen Jahr am Ohio die Kolonie Economy.
Owen – Der schottische Industrielle und utopische Sozialist Robert Owen (1771–1858) erwarb 1824 die Rappisten-Siedlung New Harmony und wandelte sie in eine kommunistische Musterkolonie um, die jedoch bald wieder zerfiel. In New Lanark in Schottland hatte Owen als Direktor einer Baumwollspinnerei versucht, durch praktische Maßnahmen (Verkürzung der Arbeitszeit, Einrichtung von Schulen usw.) die soziale Lage der Arbeiter zu verbessern.

81 *President Judge* – (engl.) Gerichtspräsident.
Swedenborger – Der schwedische Theologe und Naturforscher Emanuel Swedenborg (1688–1772) hatte einen weitverbreiteten okkulten Mystizismus begründet, der in Amerika vor allem im 19. Jahrhundert neue Anhänger fand.

83 *Cabin* – (engl.) Kajüte.

Willibald Alexis

Herbstreise durch Skandinavien

Willibald Alexis (1798–1871), unter dem bürgerlichen Namen Georg Wilhelm Heinrich Häring als Sohn eines Breslauer Beamten geboren, kam früh nach Berlin, absolvierte das Werdersche Gymnasium und nahm 1815 an den letzten Kämpfen gegen Napoleon teil. Alexis studierte Jura und wurde Kammergerichtsreferendar in Berlin. 1824 veröffentlichte er seinen Roman »Walladmor«, den er als deutsche Übersetzung eines Werkes von Walter Scott ausgab. Der außerordentliche Erfolg des Buches ermöglichte es Alexis, die juristische Laufbahn aufzugeben und als freier Schriftsteller zu leben. Er unternahm ausgedehnte Reisen, redigierte den »Freimütigen«, war Mitarbeiter an verschiedenen Zeitschriften der liberalen Opposition und schrieb Romane über die märkisch-brandenburgische Geschichte (»Der Roland von Berlin«, 1840; »Die Hosen des Herrn von Bredow«, 1846; »Ruhe ist die erste Bürgerpflicht«, 1852). Gemeinsam mit J. E. Hitzig gab er von 1842 bis 1862 den »Neuen Pitaval« heraus, eine Sammlung von Kriminalgeschichten aus aller Welt. Als er von Friedrich Wilhelm IV. wegen seines freimütigen Eintretens für die Pressefreiheit gerügt worden war, zog er sich aus dem öffentlichen Leben weitgehend zurück. 1852 ließ er sich in Arnstadt nieder, erlitt aber 1856 einen Gehirnschlag, der seiner schöpferischen Arbeit ein Ende setzte.

Die »Herbstreise durch Skandinavien« erschien in zwei Bänden 1828 in Berlin in der Schlesingerschen Buch- und Musikhandlung. Für den vorliegenden Band wurden die Kapitel 1, 2 und 3 aus Band 1 ausgewählt; unser Text folgt der Ausgabe von 1828 (Band 1, S. 1–51).

87 *Chateaubriand* – François-René Vicomte de Chateaubriand (1768–1848), französischer Politiker und einflußreicher Schriftsteller der Romantik.

88 *Ternauxshawl* – Nach einem französischen Fabrikanten benanntes Umhängetuch aus Kaschmirwolle.

der ganze Hof – Von Mecklenburg-Schwerin, wozu Heiligendamm, das älteste, 1793 gegründete Seebad an der Ostseeküste, gehörte.

89 *Eisenhammer des Fridolin* – Nach Schillers Ballade »Der Gang nach dem Eisenhammer« (1797).

Räder des Dampfbootes – Die ersten Dampfschiffe waren Raddampfer; die Schiffsschraube wurde erst 1827 von Joseph Ressel erfunden und 1829 erprobt.

90 *Kruse* – Alexis bezieht sich möglicherweise auf eine Veröffentlichung des Historikers Friedrich Karl Hermann Kruse (1790–1866).

91 *russische Flotte den Sund passiert* – Die russische Flotte vereinigte sich mit britischen und französischen Verbänden und errang gemeinsam mit diesen

im Oktober 1827 bei Navarino einen für den griechischen Freiheitskampf entscheidenden Sieg über die türkisch-ägyptische Flotte.

Unglück, welches Kopenhagen 1807 betroffen – Anfang September 1807 hatten die Engländer, mitten im Frieden, Kopenhagen beschossen, wobei über 300 Häuser zerstört wurden und Tausende Einwohner umkamen. Dieses Bombardement war der Auftakt für die Kaperung der dänischen Flotte. England wollte damit verhindern, daß die dänischen Schiffe in die Hände Napoleons fielen.

Dem Dänen fehlt Norwegen – Im Frieden zu Kiel (1814) hatte Dänemark Norwegen an Schweden abtreten müssen.

Revolution von 1666 – Gemeint ist das Reichsgrundgesetz von 1665, das sogenannte »Königsgesetz«, das das Erbkönigtum stärkte und die Rechte der Stände und des Reichsrats beschnitt.

92 *Struensee* – Johann Friedrich Graf von Struensee (geb. 1737, hingerichtet 1772), dänischer Staatsmann deutscher Herkunft, der zwischen 1770 und 1772 als leitender Minister bürgerliche Reformen im Sinne des »aufgeklärten« Absolutismus durchzusetzen versuchte, aber durch eine Verschwörung des reaktionären Adels gestürzt wurde.

König – Friedrich VI. (1768–1839), seit 1808 König von Dänemark.

93 *Oehlenschläger* – Adam Gottlob Oehlenschläger (1779–1850), bedeutendster Lyriker und Dramatiker der dänischen Romantik.

94 *Steffens* – Henrik Steffens (1773–1845), aus Norwegen stammender, in Deutschland wirkender romantischer Naturphilosoph und Naturforscher.

Rahbek – Knud Lyne Rahbek (1760–1830), dänischer Schriftsteller.

Rask – Rasmus Christian Rask (1787–1852), dänischer Sprachforscher.

Müller – Peter Erasmus Müller (1776–1834), dänischer Theologe und Erforscher des nordischen Altertums.

Ingemann – Bernhard Severin Ingemann (1789–1862), dänischer Schriftsteller.

95 *Holberg* – Ludvig Holberg (1684–1754), norwegisch-dänischer Schriftsteller und Historiker, wichtigster Repräsentant der Aufklärung in Skandinavien.

Holtei – Karl von Holtei (1798–1880), deutscher Schauspieler und Verfasser von Lust- und Singspielen.

Heiberg – Johan Ludvig Heiberg (1791–1860), dänischer Schriftsteller und Kritiker; von Hegel beeinflußt, war tonangebend in den literarischen Kreisen Kopenhagens.

Contessa – Karl Wilhelm Salice Contessa (1777–1825), Erzähler und Lustspielautor der deutschen Romantik.

96 *Berlin ... Marienturm* – Turm der Marienkirche.

upright men – (engl.) aufrechte, biedere Männer.

98 *vier Reisegefährten aus mindestens drei Völkern* – Im Vorwort zum ersten Teil der »Herbstreise durch Skandinavien« (S. V) schreibt Alexis: »Ein französischer und ein deutscher Literat, freundlich verbunden zu einer Reise in den hohen Norden. Von Herrn J. J. Ampère [1800–1864], Sohn des berühmten Akademikers, dem geistreichen Beurteiler Goethes im ‚Globe', und der so kräftig mitwirkt unter den jungen Männern in Paris zur Verständigung der romantischen Poesie, haben wir französische Mitteilungen unserer Nordexpedition, wie wir sie scherzhaft nannten, zu erwarten. Selten mag eine gebildete Gesellschaft für eine weite Reise so froh vereint gewesen sein, und ich benutze noch diese Gelegenheit, die Namen Stach von Golzheim, F. Stapfer [1802–1892] und von Cramyel zu nennen, um die Erinnerung des befreundeten Beisammenseins uns allen wach zu erhalten.«

98 *Brahe* – Tycho Brahe (1546–1601), dänischer Astronom; arbeitete bis 1597 auf der Insel Hven, mußte nach einem Zerwürfnis mit Christian IV. das Land verlassen und ging als kaiserlicher Astronom nach Prag.

99 *Breton* – Bewohner der Bretagne.

Ludwig XIV. Dragoner ... verjagt – König Ludwig XIV. von Frankreich hob 1685 das Edikt von Nantes auf, das 1598 den Hugenotten die staatsbürgerliche Gleichberechtigung gebracht hatte. Es begann eine grausame Verfolgung der Reformierten, von denen Zehntausende in die Schweiz, nach England und nach Deutschland emigrierten.

Ossian – Sagenhafter gälischer Sänger. Das Interesse am ossianischen Sagenkreis wurde durch drei Liedersammlungen geweckt, die der schottische Dichter James Macpherson (1736–1796) von 1760 bis 1763 veröffentlichte und als Übersetzungen aus dem Werk Ossians ausgab; es handelte sich in Wirklichkeit um die schwärmerisch-empfindsamen Originaldichtungen Macphersons.

103 *»L'État c'est moi!«* – (franz.) »Der Staat bin ich!«

105 *Zur Zeit der Kontinentalsperre* – Von 1806 bis 1812, als Napoleon versuchte, Großbritannien vom europäischen Markt abzusperren. Während dieses Wirtschaftskrieges der französischen gegen die überlegene britische Bourgeoisie durften britische Schiffe keine kontinentalen Häfen anlaufen; der Handel mit Großbritannien war untersagt.

106 *Shakespeares Pyramus* – »Ein Sommernachtstraum« (V,1).

110 *Felleisen* – Reisesack.

Diligence – Personenpostwagen.

111 *Friedrich* – Caspar David Friedrich (1774–1840), romantischer Landschaftsmaler; wirkte seit 1798 in Dresden.

112 *Tiroler Wastel* – Vielgespielte Posse des Wiener Theaterleiters und Bühnenautors Emanuel Schikaneder (1751–1812).

Hermann von Pückler-Muskau

Briefe eines Verstorbenen

Ein fragmentarisches Tagebuch aus England, Wales, Irland und Frankreich, geschrieben in den Jahren 1828 und 1829

Hermann von Pückler-Muskau (1785–1871), Sohn einer lausitzischen Adelsfamilie, brach das Jurastudium in Leipzig ab und trat 1802 als Leutnant bei den Gardes du Corps in Dresden ein. Nach zwei Jahren nahm er seinen Abschied, bereiste Frankreich und Italien und begab sich 1813 in russische Dienste, um an den Befreiungskriegen teilzunehmen. 1815 zog er sich nach Muskau zurück, wo er mit der Anlage des bald berühmt werdenden Parks begann. 1817 heiratete er die Tochter des Staatskanzlers Hardenberg. Eine ausgedehnte Reise führte ihn von 1826 bis 1829 nach England. Die Berichte, die er unterwegs geschrieben hatte, redigierte er nach seiner Rückkehr und ließ sie anonym als »Briefe eines Verstorbenen« erscheinen. Das Werk hatte außerordentlichen Erfolg, und Pückler sah sich ermutigt, auch seine folgenden Reisen nach Nordafrika, Kleinasien und Griechenland zu beschreiben (»Tutti-Frutti«, 1834; »Semilassos vorletzter Weltgang«, 1835; »Semilasso in Afrika«, 1836; »Südöstlicher Bildersaal«, 1840/41). Nachdem er 1845 Muskau hatte verkaufen müssen, legte er in Branitz einen neuen Park an, der ebenfalls zu seinen bedeutenden Leistungen als Landschaftsgärtner zählt. Seine gartenarchitektonischen Auffassungen legte er in den »Andeutungen über Landschaftsgärtnerei« (1834) nieder.

Die »Briefe eines Verstorbenen« erschienen in vier Bänden 1830 (München, Teil 1 und 2) und 1832 (Stuttgart, Teil 3 und 4). Für den vorliegenden Band wurde der Besuch bei O'Connell aus dem Irland-Komplex ausgewählt; unser Text folgt der 3. Auflage der »Briefe eines Verstorbenen«, Stuttgart 1836 (Band 1, S. 307–324, und Band 2, S. 15 bis 34).

115 *Effort* – Anstrengung.
Maître d' hotel – (franz.) Haushofmeister.
qu'il est resté ... – (franz.) daß er ein Held geblieben ist, sogar für seinen Kammerherrn.

116 *akquirieren* – erwerben.
Cottage – (engl.) Landhaus.

117 *Shileila* – shillelagh: (irisch) eichener Knüppel; Schlagwaffe der Iren.
O'Connell – Daniel O'Connell (1775–1847), irischer Politiker, der mit Hilfe der Katholischen Assoziation (vgl. Anm. zu S. 137) 1829 die politische Emanzipation der Katholiken durchsetzte; kämpfte im Sinne der irischen Bourgeoisie für die Unabhängigkeit der Insel.
perpendikulär – senkrecht.

119 *Holly* – Stechpalme.

122 *tenants* – (engl.) Pächter.
»brought out« – (engl.) »eingeführt« (in die Gesellschaft).
sans comparaison – (franz.) ohne einen (anzüglichen) Vergleich ziehen zu wollen.

124 *sehnsüchtig nach dem verlornen Paradies* – Scherzhafte Anspielung auf John Miltons Versepos »Paradise Lost« (»Das verlorene Paradies«).
Fairies – (engl.) Feen, Elfen.

126 *Scharlachmütze* – rote Wollmütze.
est-ce le diable ... – (franz.) wird der Teufel oder werde ich den Rest schreiben?
Point du tout – (franz.) Überhaupt nicht.
Ma foi ... – (franz.) Auf Ehre, ich weiß es nicht.
recommandable – empfehlenswert.
et je crois ... – (franz.) und ich glaube, daß der Teufel hier nichts verloren hat.

127 *»Ich denke einen langen Schlaf zu tun!«* – Zitat aus Schillers Drama »Wallensteins Tod« (V, 5).
brouilliert – in Unordnung geraten.

128 *New Bondstreet* – Vornehme Londoner Straße.
cotoyieren – nebenhergehen.

129 *omnia mea* – omnia mea mecum porto: (lat.) alles, was ich besitze, trage ich bei mir. Der Ausspruch geht auf den griechischen Philosophen Bias (um 625–540 v. u. Z.) zurück, der seine Heimat mittellos verlassen mußte. Bias galt als einer der Sieben Weisen Griechenlands.
»God bless your Honour« – (engl.) »Gott segne Euer Gnaden.«
130 *berühmter Ritter* – Gemeint ist Don Quixote.
Croker – Thomas Crofton Croker (1798–1854), irischer Volksdichter, Sammler und Bearbeiter von Märchen und Sagen; seine Sammlung irischer Feenmärchen übersetzten die Brüder Grimm.
131 *Bivouac* – Im 19. Jahrhundert noch verbreitete (französische) Form von Biwak.
Vous direz ... – (franz.) Sie werden sagen, das geht zu weit – aber das ist nicht meine Schuld. Die Wahrheit ist oft unwahrscheinlich.
Revenant – Einer, der als Geist zurückkehrt.
134 *Radcliff* – Anne Radcliff (1764–1823), englische Schriftstellerin; schrieb vielgelesene Gruselgeschichten.
Giant's Causeway – (engl.) Pflasterweg des Riesen. Aus regelmäßigen Basaltsäulen gebildeter Felsen an der Nordspitze Irlands.
135 *Claret* – Rotwein.
Georg IV. – Georg IV. (1762–1830), seit 1820 König von Großbritannien und Hannover.
136 *Cordon rouge* – Rotes Ordensband des Ludwigs-Ordens; Ritter dieses Ordens.
Bretteur – (franz.) Raufbold.
Orangemen – Angehörige der reaktionären politischen Gruppierung, die für die englisch-protestantische Herrschaft über Irland eintrat; 1795 gegründet; leitete ihren Namen von Wilhelm von Oranien ab.
137 *vulgarity* – (engl.) Gemeinheit, Pöbelhaftigkeit.
Friar – (engl.) Mönch.
Katholik-Assoziation – Die Katholische Assoziation wurde 1802 in Dublin gegründet, als die von Pitt zugesicherten politischen und religiösen Rechte für die irischen Katholiken ausblieben. Von O'Connell um 1811 erneuert, wurde sie 1823 zur Massenorganisation. Die englische Regierung löste die Assoziation 1825 auf; O'Connell organisierte sie neu und erzwang mit ihr 1829 die Emanzipation.
138 *Chieftain* – (engl.) Häuptling.
infaillible – (franz.) unfehlbar.

Ludwig Börne

Briefe aus Paris

Ludwig Börne (1786–1837) wurde als Löw Baruch im Frankfurter Ghetto geboren. Nach dem Besuch eines Erziehungsinstituts in Gießen studierte er ab 1803 zunächst Medizin, dann Kameralistik in Berlin, Halle, Heidelberg und Gießen und promovierte 1808 zum Doktor der Philosophie. Er übernahm eine Stelle als Polizeiaktuar und später als Vorsteher der Registratur in Frankfurt am Main. 1814, als die feudale Reaktion einsetzte, wurde er entlassen. Um als unabhängiger Publizist wirken zu können, ließ er 1818 seinen Namen in Börne ändern und trat zum Protestantismus über. Von 1818 bis 1821 gab er »Die Waage. Eine Zeitschrift für Bürgerleben, Wissenschaft und Kunst« heraus, die vor allem ausgezeichnete Theaterberichte brachte. Im ständigen Konflikt mit den Zensurbehörden redigierte er ab 1819 auch die »Zeitung der Freien Stadt Frankfurt« sowie die Wochenschrift »Die Zeitschwingen«. Unter dem Druck der feudalen Reaktion emigrierte Börne 1822 nach Frankreich, wo er seine »Schilderungen aus Paris« für das Stuttgarter »Morgenblatt« schrieb. Zwischen 1824 und 1830 lebte er als Journalist wieder in verschiedenen deutschen Städten, bereits bedrängt von einem chronischen Lungenleiden. Nach der Julirevolution übersiedelte Börne endgültig nach Frankreich. Dort entstanden die »Briefe aus Paris«, und dort wurde Börne zum Sprecher der kleinbürgerlich-revolutionären Demokraten.

Der erste Teil der »Briefe aus Paris« erschien 1832 in Hamburg bei Hoffmann und Campe als neunter Teil der Gesammelten Schriften. Für den vorliegenden Band wurden die Briefe 1–6 ausgewählt; unser Text folgt der Ausgabe von 1832 (S. 1–61).

141 *Vogel Rock* – Ein riesiger Vogel in arabischen Märchen.
dreifarbige Bänder – Blau-weiß-rote Bänder; nach den Farben der Trikolore, der französischen Nationalflagge, die 1792 eingeführt wurde und nach der Julirevolution von 1830 endgültig das Lilienbanner der Bourbonen-Dynastie ersetzte.
Rossini – Gioacchino Rossini (1792–1868), italienischer Opernkomponist, lebte von 1823 bis 1836 in Frankreich.

143 *den unschuldigen achten Teil* – Börnes »Gesammelte Schriften«, die in sieben Bänden 1829 bei Hoffmann und Campe in Hamburg erschienen, waren auf acht Bände berechnet; Börne hatte den vertraglich vereinbarten achten Band noch zu liefern, er kam 1834 heraus.
Coupé – Geschlossener Wagen.
Cabriolet – Leichter, zweirädriger Einspänner, meist mit Halbverdeck.
Soliciteurs – Anwälte, Verfechter (des bürgerlich-revolutionären Fortschritts).

144 *Potter* – Louis de Potter (1786–1859), belgischer liberaler Publizist und Politiker; wurde wegen seiner schroffen Angriffe auf den Klerus und die reaktionäre Regierung der Niederlande zunächst ins Gefängnis geworfen und 1830 ausgewiesen; kehrte bei Beginn der belgischen Revolution (vgl. Anm. zu S. 171) aus Paris zurück.
Nationalgarde – Revolutionäre Bürgerwehr, die 1790 in Frankreich begründet, 1827 aber wieder aufgelöst worden war. Nach dem Sieg der Julirevolution wurde die Nationalgarde erneut aufgestellt.

145 *schläfst in England* – Karl X. (1757–1836), seit 1824 König von Frankreich, war von der Julirevolution gestürzt worden und nach England geflohen.

146 *In den Niederlanden* ... – Vgl. Anm. zu S. 171.
»A bas la noblesse!« – (franz.) »Nieder mit dem Adel!«
»Pereat!« – (lat.) »Es verderbe!« Hier soviel wie: Nieder! Zum Henker!

147 *Rothschild* – Aus Frankfurt am Main stammende jüdische Bankiersfamilie, die im internationalen Bankgeschäft eine beherrschende Rolle spielte und seit Beginn der Restaurationszeit erheblichen Einfluß in den stark verschuldeten europäischen Staaten hatte.

148 *schöner Geist* – Hier: Literat.

Dormans ... Wiegen-Eiapopeia – Anspielung auf das französische »dormant«: schlafend.

149 *»Dresdner Abendblatt«* – Vgl. Anm. zu S. 8.

Bundesversammlung – Ständige Gesandtenkonferenz aller im Deutschen Bund vereinigten Staaten; tagte von 1815 bis 1848 unter österreichischem Vorsitz in Frankfurt am Main.

151 *»Ils travaillent ...«* – (franz.) »Sie arbeiten gehörig!« Bezieht sich auf die Blutegel.

Reichards Reisebuch – Heinrich August Ottokar Reichard (1751–1828), Schriftsteller und Hofbeamter in Gotha; Verfasser vielbenutzter Reisehandbücher; der »Führer durch Frankreich« erschien zuerst 1813.

Attila ... besiegt worden – Gemeint ist die Schlacht auf den Katalaunischen Feldern, wo im Jahre 451 die mit den Westgoten verbündeten Römer den Hunnenkönig Attila schlugen.

152 *»Morgenblatt«* – Vgl. Anm. zu S. 8. Im »Morgenblatt« waren Börnes »Schilderungen aus Paris« zuerst veröffentlicht worden (1822–1824).

Konrad – Konrad Ullrich, Börnes Diener.

Preßfreiheit ... Ordonnanzen – Die königlichen Ordonnanzen (Erlasse) vom 26. Juli 1830 hatten u. a. die Pressefreiheit aufgehoben und gaben den unmittelbaren Anstoß zur Julirevolution.

Taxisscher Palast – Ehemalige Residenz der Fürstenfamilie Thurn und Taxis, die im 16./17. Jahrhundert durch das Amt des Generalpostmeisters großen Reichtum erworben hatte.

Münch-Bellinghausen – Joachim Graf von Münch-Bellinghausen (1786 bis 1866), österreichischer Diplomat, der seit 1823 sein Land im Sinne Metternichs im Bundestag vertrat.

153 *Malle-Poste* – Briefpostwagen.

154 *Apotheke ..., welche Shakespeare ... beschrieben* – »Romeo und Julia« (V, 1).

Charte Constitutionnelle – Die Verfassungsurkunde der Julimonarchie.

Greffier – Gerichtsschreiber.

Maire – Bürgermeister.

Maire-Adjunkt – Gehilfe, Mitarbeiter des Bürgermeisters.

155 *Suprême de vollaille* – (franz.) Gericht aus besonders wohlschmeckenden Geflügelstücken.

»Que me parlez-vous ...« – (franz.) »Was reden Sie von feinstem Geflügel? Sie sind feinstes Gesindel!«

156 *»Schuld«* – Schicksalstragödie (1813) von Adolf Müllner (1774–1829).

Bondy – Ortschaft bei Paris.

einen Esel bohren – verspotten, einen Vogel zeigen.

Palais Royal – Vgl. Anm. zu S. 373.

Cabinets inodores – (franz.) Aborte.

157 *die Reiterstatue vor acht Jahren ... aufrichten sehen* – Börne hatte unter dem Titel »Das Ludwigs-Fest« in seinen »Schilderungen aus Paris« darüber berichtet.

Vive le roi ... – (franz.) Es lebe der König ..., so singt die Welt ringsumher.

que chasse le monde ... – (franz.) den die Leute ringsumher jagen. Anspielung auf die Vertreibung Karls X.

158 *»Gesellschafter«* – »Der Gesellschafter oder Blätter für Geist und Herz« (1817 bis 1848), Berliner belletristische Zeitschrift, von Gubitz herausgegeben.

»Allgemeine Zeitung« – Vgl. Anm. zu S. 277.

159 *in Braunschweig das Schloß angezündet* – Am 6./7. September 1830 hatte eine bürgerlich-revolutionäre Volksbewegung den Herzog vertrieben. Am 9. September führten ähnliche Unruhen in Dresden zum Rücktritt der konservativen Regierung. Vgl. Anm. zu S. 209.

160 *Tortoni* – Berühmtes, von Künstlern und Politikern viel besuchtes Café in Paris.

*bei **** – Bei Valentins, einer deutschen Familie in Paris, in deren Salon sich prominente Intellektuelle zu treffen pflegten.

Verdun im Jahr 843 – Im Vertrag von Verdun wurde das Karolingerreich unter die drei Söhne Ludwigs des Frommen aufgeteilt; damit entstanden die Voraussetzungen für die selbständige nationale Entwicklung Deutschlands, Frankreichs und Italiens.

161 *Tuilerien* – Vgl. Anm. zu S. 375.

162 *König* – Hier: Königtum.

164 *Erzherzog Karl* – Karl Ludwig Johann (1771–1847), Erzherzog von Österreich; Militär.

Ludolf Wienbarg

Holland in den Jahren 1831 und 1832

Ludolf Wienbarg (1802–1872) wurde als Sohn eines Hufschmieds in Altona geboren. Er besuchte die Stadt-, dann die Handelsschule und kam 1815 auf das Gymnasium. 1822 ließ er sich an der Universität Kiel für das Theologiestudium immatrikulieren. Von einem Skandal bedroht, floh er nach dreieinhalb Jahren aus der Stadt, trat als Hofmeister in den Dienst einer dänischen Adelsfamilie und begann 1828 in Bonn Philosophie zu studieren. Nach wenigen Monaten wurde er von der Universität verwiesen; er wandte sich nach Marburg, wo er 1829 promovierte. Nach einem Aufenthalt in Hamburg lebte er 1831/32 als Hauslehrer beim dänischen Gesandten im Haag, wobei er Zeuge der revolutionären Loslösung Belgiens von den Niederlanden wurde. Nach der Rückkehr aus Holland erhielt er eine Privatdozentur an der Kieler Universität. Da an eine Professur indes nicht zu denken war, suchte sich Wienbarg zunächst in Eutin, dann in Altona mit publizistischer Tätigkeit durchzuschlagen. 1834 erschienen seine Kieler Vorlesungen unter dem Titel »Ästhetische Feldzüge«, die programmatisch »dem jungen Deutschland gewidmet« waren und ihn über Nacht bekannt machten. Gemeinsam mit Gutzkow gründete er 1835 in Frankfurt am Main eine »Deutsche Revue«, die als literarisches Zentralorgan die liberal-oppositionellen Bemühungen der jungdeutschen Autoren organisieren und koordinieren sollte. Noch bevor das erste Heft ausgeliefert werden konnte, wurden jedoch durch den Bundestagsbeschluß vom 10. Dezember 1835 alle Werke – sogar die noch ungeschriebenen – der jungdeutschen Schriftsteller verboten (Heine, Gutzkow, Wienbarg, Laube und Mundt). Wienbarg wurde aus Frankfurt ausgewiesen, und von materieller Not bedrängt, fristete er zuerst in den Rheinlanden, dann zumeist in Hamburg eine unsichere Existenz. Seine politischen Energien und seine literarischen Potenzen schwanden nun rasch dahin. In den vierziger Jahren war er Redakteur und Mitarbeiter verschiedener Hamburger Zeitungen und Zeitschriften. 1848/49 kämpfte er als Stabsadjutant, danach als einfacher Jäger auf der Seite Schleswig-Holsteins gegen Dänemark. In mehreren Schriften setzte er sich für die schleswig-holsteinische Befreiungsbewegung ein. Später lebte er wieder als Journalist in Hamburg, verfiel aber erneut dem Trunk und litt zunehmend unter Verfolgungswahn. Seine letzten Jahre verbrachte er in der Schleswiger Irrenanstalt.

Der Bericht über »Holland in den Jahren 1831 und 1832« erschien 1833 in zwei Bänden in Hamburg bei Hoffmann und Campe. Für den vorliegenden Band wurden die Abschnitte »Bentheim«, »Oldenzaal«, »Ankunft im Haag« und »Schevelingen« ausgewählt; unser Text folgt der Ausgabe von 1833 (Band 1, S. 1–22 und S. 87–92).

169 *Felleisen* – Reisesack.
170 *Heinrich* – Christian Gottlieb Heinrich (1748–1810), Historiker, seit 1782 Professor in Jena; seine neunbändige »Deutsche Reichsgeschichte« erschien 1787–1805.
Caroli Magni Bart – Der Bart Kaiser Karls des Großen.
Lavater – Johann Kaspar Lavaters (1741–1801) »Aussichten in die Ewigkeit« erschienen 1768–1778 in vier Bänden.
171 *ossiansche Geister* – Vgl. Anm. zu S. 99.
»Oranje boven!« – (niederl.) »Hoch Oranien!« Wienbarg spielt auf die Vorgänge um die Loslösung Belgiens von den Niederlanden an. Belgien war von 1815 bis 1830 zwangsweise mit Holland im Königreich der Niederlande unter Wilhelm I. von Oranien vereinigt. Im Gefolge der französischen Julirevolution kam es in Belgien zu einer revolutionären bürgerlich-nationalen Unabhängigkeitsbewegung, die im November 1830 die Trennung von Holland verkündete und die Dynastie Oranien absetzte. Wilhelm I. (1772–1843), der von 1815 bis 1840 König der Niederlande war, stammte aus dem Hause Nassau-Oranien.
172 *Meutling* – Aufständischer.
173 *»As u belieft ...«* – (niederl.) »Wenn es Ihnen beliebt, mein Herr, in meinem Haus abzusteigen.«
en pijpje te smooken – (niederl.) ein Pfeifchen zu rauchen.
mooi meisje – (niederl.) hübsches Mädchen.
174 *en appelje ...* – (niederl.) ein Äpfelchen von mir anzunehmen.
Pallasch – Säbel.
175 *suiker* – (niederl.) Zucker.
»Bliksem!« – (niederl.) »Donnerwetter!«

176 *So wandelt denn ...* – Ironisch abgewandeltes Zitat nach Goethes »Wahlverwandtschaften« (II, 7).
Wilhelm von Oranien – Prinz Wilhelm von Oranien (1792–1849) hatte 1815 die niederländischen Truppen gegen Napoleon befehligt und sich in der Schlacht bei Quatre-Bras (16. Juni) ausgezeichnet; 1830 begab er sich beim Ausbruch der belgischen Revolution nach Brüssel und anerkannte gegen den Willen seines Vaters die Unabhängigkeit Belgiens; wurde 1840 König der Niederlande.

177 *Berline* – Leichter, bedeckter Reisewagen.
per pedes Apostolorum – (lat.) zu Fuß wie die Apostel.
Treckschuite – Boot, das vom Ufer aus gezogen wurde.

178 *Diligence* – Personenpostwagen.
Gepraatje – (niederl.) Gespräch, Geplauder.
maar – (niederl.) aber.

180 *Nikolaus* – Nikolaus I. (1796–1855), seit 1825 Zar von Rußland; wurde wegen seiner reaktionären Innen- und Außenpolitik der »Gendarm Europas« genannt; ließ 1830/31 den polnischen Aufstand gegen die zaristische Unterdrückung niederschlagen. Vgl. auch Anm. zu S. 249.

181 *Cats* – Jacob Cats (1577–1660), stieg als Jurist zu höchsten Staatsämtern auf, war der beliebteste Schriftsteller seiner Zeit.
Pinke – Lastschiff, Kahn.
Barkarole aus der »Stummen« – Vgl. Anm. zu S. 234. Eine Aufführung der Oper am 25. August 1830 in Brüssel hatte den Auftakt für die revolutionäre belgische Unabhängigkeitsbewegung gegeben.

183 *Hunde-Diomedes* – Wohl Anspielung auf einen mythischen Thrakerkönig, der seine wilden Rosse mit Menschenfleisch fütterte.
Backhuysen – Ludolf Backhuysen (1631–1708) galt bis ins 18. Jahrhundert als bedeutendster niederländischer Marinemaler neben Willem van de Velde (um 1611–1693) und dessen gleichnamigem Sohn (1633–1707).

Karl Immermann

Reisejournal

Karl Immermann (1796–1840), als Sohn eines preußischen Beamten in Magdeburg geboren, studierte von 1813 bis 1817 Jura in Halle; an den Befreiungskriegen nahm er als Freiwilliger teil. Ab 1818 stand er im preußischen Staatsdienst, wurde 1824 Kriminalrichter in Magdeburg und 1827 Landgerichtsrat in Düsseldorf, wo er Anschluß an den Künstlerkreis um Schadow fand. Immermann schrieb in den zwanziger Jahren eine Reihe von Schauspielen, die an verschiedenen deutschen Bühnen mit Erfolg aufgeführt wurden. 1832 gründete er in Düsseldorf einen Theaterverein, und 1834 ließ er sich vom juristischen Dienst beurlauben, um die Intendanz des Düsseldorfer Stadttheaters zu übernehmen. Er gestaltete gemeinsam mit Grabbe einen anspruchsvollen Spielplan und schuf Musterinszenierungen. Der Versuch einer Theaterreform endete indes mit einem finanziellen Defizit. Immermann trat 1836 wieder ins Landgericht ein und leitete die Bühne nur noch nebenberuflich. 1836 erschien sein Roman »Die Epigonen«, 1838/39 folgte »Münchhausen«.

Das »Reisejournal« erschien 1833 in Düsseldorf im Verlag von J.E. Schaub. Für den vorliegenden Band wurden die Abschnitte über Magdeburg, Leipzig und Dresden ausgewählt; unser Text folgt der Ausgabe von 1833 (S. 117–122, S. 124–129, S. 132–142 und S. 146–170).

187 *in der Heimat* – Magdeburg, wo Immermann 1796 geboren wurde.
zertieren – wetteifern.
Dom – Nachdem die ursprüngliche Anlage, die aus dem Jahre 955 stammte, mehrfach abgebrannt war, wurde 1209 ein neuer Grundstein gelegt. Vom 13. bis 15. Jahrhundert entstand dann die überlieferte Gestalt des Magdeburger Doms.
König – Friedrich Wilhelm III. von Preußen (1770–1840).

188 *das Gebirge endelich* – Nach einer Wendung in Luthers Bibelübersetzung; »endelich« hier in der Bedeutung von »beharrlich«.
zu Michaelis – am 29. September.
französische Periode – Die Zeit der Napoleonischen Besetzung (1806–1812/13).

189 *Kloster Bergen* – Das Kloster, das seit dem 18. Jahrhundert als Erziehungsanstalt diente, war 1809 aufgelöst und 1813 von Napoleonischen Truppen geschleift worden.
desultorisch – unbeständig.

190 *Kontumaz-Anstalt* – Isolierstation, Quarantänehaus.
Rastell – Besonders abgetrennter Raum.

191 *industriös* – fleißig, betriebsam.

192 *obsolet* – veraltet.
F. – Immermanns Bruder Ferdinand (1804–1847), der als Gymnasiallehrer in Magdeburg lebte.
calderonisch – In der Art des spanischen Dramatikers Pedro Calderón de la Barca (1600–1681), dessen Stücke auf turbulente Verwicklungen aufgebaut sind.
zweifelhafteste Zeit meines Lebens – Immermann hatte in Halle studiert.
Makamen des Hariri – Die Makamen des arabischen Schriftstellers Hariri (1054–1122) erzählen von einem herumziehenden Literaten, der mit vielen Gesellschaftsschichten in Kontakt kommt.

193 *Kollation* – Imbiß, Mahlzeit.

194 *Salmi* – Ragout von gebratenem Wildgeflügel.
das Wissen bläst auf – Zitat aus Goethes »Divan«-Gedicht »Märkte reizen dich zum Kauf; / Doch das Wissen blähet auf«.
es gibt mehr Dinge ... – Zitat aus Shakespeares »Hamlet« (I, 5).
wie Hadschi Baba sagen würde – In »Tausendundeine Nacht«.

197 *»große Woche«* – Gemeint sind die Ereignisse der Julirevolution in Frankreich, die sich auf die Tage vom 27. bis 29. Juli 1830 konzentriert hatten.

198 *Devrient* – Karl Devrient (1797–1872), Schauspieler; wirkte von 1821 bis 1835 in Dresden.
vor zehn Jahren – Immermann war 1820 auf einer Ferienreise zum ersten Mal in Dresden gewesen.

199 *Tieck* – Ludwig Tieck (1773–1853) lebte seit 1819 in Dresden, wo er seinerzeit berühmte Vorleseabende veranstaltete.
ein Rat geworden – Immermann war seit 1827 Landgerichtsrat in Düsseldorf.

202 *Friedrich* – Vgl. Anm. zu S. 111.
Dahl – Johann Christian Dahl (1788–1857), aus Norwegen stammender Maler; wirkte seit 1818 in Dresden.
Rietschel – Ernst Rietschel (1804–1861), Bildhauer in Dresden.
203 *Tour* – Hier: Haaraufsatz.
Rossini – Gioacchino Rossinis (1792–1868) letzte Oper, »Wilhelm Tell«, wurde 1829 uraufgeführt; danach beschränkte sich Rossini auf wenige kleinere Gelegenheitskompositionen.
204 *katholische Kirche* – Die Hofkirche, 1739 bis 1755 erbaut.
Brühl – Heinrich Reichsgraf von Brühl (1700–1763), kursächsischer Staatsmann, seit 1746 Premierminister in Dresden.
207 *Sache der Reichen, die das Evangelium so schlecht behandelt* – Anspielung auf das Neue Testament, Markus 10, 23 und 25: »Wie schwer werden die Reichen in das Reich Gottes kommen«; »Es ist leichter, daß ein Kamel durch ein Nadelöhr gehe, denn daß ein Reicher in das Reich Gottes komme.«
208 *Vogel* – Karl Vogel von Vogelstein (1788–1868), seit 1824 Hofmaler in Dresden.
König – Anton Klemens Theodor (1755–1836), seit 1827 König von Sachsen.
209 *Volksbewegungen* – Im Gefolge der Julirevolution war es vom 5. bis 10. September 1830 auch in Dresden zu Unruhen gekommen; der König mußte den gemäßigten Liberalen Bernhard August von Lindenau zum Regierungschef ernennen. Am 4. September 1831 unterzeichnete der König eine mit den Ständen vereinbarte Verfassung.
Rabener – Gottlieb Wilhelm Rabener (1714–1771), Satiriker der frühen Aufklärung.
Gellert – Christian Fürchtegott Gellert (1715–1769), Fabel- und Liederdichter; eine der populärsten Persönlichkeiten der deutschen Aufklärung.
Weiße – Christian Felix Weiße (1726–1804), Bühnen- und Jugendschriftsteller der deutschen Aufklärung.

Ludwig Rellstab

Empfindsame Reisen

Ludwig Rellstab (1799–1860) wurde als Sohn eines Musikalienhändlers in Berlin geboren. Nach dem Besuch der Artillerieschule war er Lehrer für Mathematik und Geschichte an einer Brigadeschule in Berlin, nahm aber 1821 seinen Abschied und trat 1826 in die Redaktion der »Vossischen Zeitung« ein, der er, als Schriftleiter und vor allem als Musikkritiker, bis zu seinem Tode angehörte. Von 1830 bis 1840 gab er die Musikzeitschrift »Iris im Gebiet der Tonkunst« heraus. Neben einer Vielzahl musikwissenschaftlicher Schriften veröffentlichte Rellstab eine Reihe historischer Romane, die sich vorwiegend mit Napoleon beschäftigten. Heute noch bekannt sind seine von Schubert vertonten Verse »Leise flehen meine Lieder«.

Die »Empfindsamen Reisen. Nebst einem Anhang von Reise-

Berichten, -Skizzen, -Episteln, -Satiren, -Elegien, -Jeremiaden usw. aus den Jahren 1832 und 1835« erschienen in zwei Bänden 1836 in Leipzig bei F. A. Brockhaus. Für den vorliegenden Band wurde das Kissingen-Kapitel ausgewählt; unser Text folgt der Ausgabe von 1836 (Band 2, S. 88–96).

213 *Sumpfgefängnisse Venedigs ... Bleikammern* – Vgl. dazu die Schilderungen von Gustav Ferdinand Kühne, S. 282 ff. dieses Bandes.

216 *Badegast par plaisir* – Einer, der nicht zu Heilzwecken, sondern zum bloßen Vergnügen einen Badeort aufsucht.

217 *Faubourg St-Germain* – Pariser Stadtteil, der vom Adel als Wohngegend bevorzugt wurde.
Diable! – (franz.) Zum Teufel!
Brückenau – Bad in Unterfranken.

218 *Te Deum laudamus* – (lat.) Dich, Gott, loben wir; frühchristlicher Hymnus in lateinischer Sprache.

Heinrich Laube

Reisenovellen

Heinrich Laube (1806–1884) wurde als Sohn eines Maurermeisters in Sprottau (Niederschlesien) geboren, studierte von 1826 bis 1830 Theologie und Literatur in Halle und Breslau und kam nach zweijähriger Hauslehrertätigkeit 1832 nach Leipzig. Beeinflußt vom Saint-Simonismus, übernahm er 1833 die Redaktion der »Zeitung für die elegante Welt«. Gemeinsam mit Gutzkow reiste er im gleichen Jahr nach Italien. 1834 wurde er aus Sachsen ausgewiesen und anschließend wegen Zugehörigkeit zur Burschenschaft und wegen der Publikation oppositioneller Schriften neun Monate in der Berliner Hausvogtei eingesperrt. Der Bundestagsbeschluß vom 10. Dezember 1835 über das Verbot des Jungen Deutschland richtete sich ausdrücklich auch gegen Laube. Die anderthalbjährige Festungshaft, zu der er 1837 verurteilt wurde, verbrachte er auf der Besitzung von Hermann von Pückler-Muskau. 1839 bereiste Laube Frankreich und Algerien, von 1842 bis 1844 leitete er noch einmal die »Zeitung für die elegante Welt«, hatte aber zu dieser Zeit schon eine konformistische Haltung eingenommen. 1845 übersiedelte Laube nach Wien, wo er neben vielfältiger literarisch-publizistischer Tätigkeit von 1849 bis 1867 das Burgtheater leitete. Nach einem Zwischenspiel als Direktor des Neuen Leipziger Stadttheaters (1869/70) gründete er 1871 das Wiener Stadttheater, dessen Intendant er bis 1879 war.

Der erste Band der vielteiligen »Reisenovellen« erschien 1834 in Leipzig bei Otto Wigand. Für den vorliegenden Band wurde das Kapitel »Altenburg« ausgewählt; unser Text folgt der Ausgabe von 1834 (S. 291–303).

221 *Zepter ... teutsche Literatur regieren* – Laube redigierte seit Anfang 1833 die einflußreiche »Zeitung für die elegante Welt«.
Marschner – Heinrich Marschner (1795–1861), Opernkomponist; »Hans Heiling« wurde 1833 uraufgeführt; die Opern »Der Vampyr« und »Templer und Jüdin«, auf die im folgenden angespielt wird, waren bereits 1828 und 1829 auf die Bühne gekommen.
»Nur die Lumpe sind bescheiden« – Zitat aus Goethes Gedicht »Rechenschaft«.
Rossini – Vgl. Anm. zu S. 141 und S. 203.
222 *»Euryanthe – Freischütz – Oberon«* – Opern von Carl Maria von Weber (1786 bis 1826).
Reisig – Karl Reisig (1792–1829), Altphilologe in Halle.
Land Gosen – Fruchtbares Land in Unterägypten, wo sich nach dem Alten Testament der Vater und die Brüder von Joseph ansiedelten.
223 *Borne* – Borna.
Leipziger Schlachtfeld – Bei Leipzig fand vom 16. bis 19. Oktober 1813 die Entscheidungsschlacht im Befreiungskrieg gegen Napoleon statt.
225 *Prinzenraub* – 1455 hatte der Ritter Kunz von Kaufungen die Söhne von Kurfürst Friedrich dem Sanftmütigen entführt, um seinen Forderungen Nachdruck zu verleihen. Kunz wurde gefangengenommen und wenig später in Freiberg enthauptet.
226 *Sprottau* – Laubes Geburtsort.
227 *weit fortgebracht ... auf eine größere Schule* – Laube besuchte seit 1820 das Gymnasium zu Glogau.

Adolf Glaßbrenner

Bilder und Träume aus Wien

Adolf Glaßbrenner (1810–1876), der Sohn eines Berliner Putzfeder-Fabrikanten, trat nach kaufmännischer Lehre und autodidaktischer Ausbildung seit 1827 als satirischer Schriftsteller und vielseitiger Journalist hervor. Er redigierte zahlreiche, oft nur kurzlebige Zeitschriften (»Berliner Don Quixote«, 1832; »Das Brennglas«, 1834; »Freie Blätter«, 1848; »Berliner Mittagszeitung«, 1861–1876) und veröffentlichte ab 1832 die erfolgreiche Reihe »Berlin, wie es ist und – trinkt«, die er später unter dem Titel »Berliner Volksleben« zusammenfaßte und die ihm den Ehrennamen »Vater des Berliner Witzes« einbrachte. 1841 ließ er sich in Neustrelitz nieder, wo er Führer der demokratischen Partei wurde. Beim Ausbruch der Revolution 1848 kam er nach Berlin zurück. 1850 wurde er ausgewiesen; auch aus Neustrelitz vertrieben, ging er nach Hamburg. Erst 1858 wurde ihm die Rückkehr nach Berlin gestattet.

Die »Bilder und Träume aus Wien« erschienen anonym in zwei Bänden 1836 in Leipzig bei Friedrich Volckmar. Für den vorliegenden Band wurden die Kapitel »Das lärmende Wien«, »Die Wiener« sowie »Strauß und Lanner« ausgewählt; unser Text folgt der Ausgabe von 1836 (Band 1, S. 17–30, S. 34–43 und S. 68–73).

233 *determiniert* – entschlossen.
234 *»Stumme von Portici«* – 1828 uraufgeführte Oper des französischen Komponisten Daniel-François-Esprit Auber (1782–1871).
Joseph – Joseph II. (1741–1790), seit 1765 römisch-deutscher Kaiser.
236 *Strauß* – Johann Strauß (1804–1849), Wiener Tanzmusikkomponist und Orchesterleiter.
Lanner – Joseph Lanner (1801–1843), Wiener Tanzmusikkomponist und Orchesterleiter; »Vater des Wiener Walzers«.
Affichen – Anschlagzettel.
Bauernfeld – Eduard von Bauernfeld (1802–1890), österreichischer Lustspieldichter.
239 *Menzel* – Wolfgang Menzel (1798–1873), Publizist und Historiker; gehörte zunächst zur burschenschaftlichen Opposition, bekämpfte aber in den dreißiger Jahren die liberale jungdeutsche Literatur.
Zschokke – Heinrich Daniel Zschokke (1771–1848), deutsch-österreichischer Erzähler, Dramatiker und Historiker.
Auersperg – Anton Alexander Graf von Auersperg (1806–1876), Lyriker des österreichischen Vormärz (unter dem Namen Anastasius Grün); die zeitkritischen Gedichte seiner »Spaziergänge eines Wiener Poeten« erschienen 1831.
241 *Stellwagen* – Pferdeomnibus.
243 *O'Connell* – Vgl. Anm. zu S. 117.
245 *Terpsichore* – Muse der Tanzkunst.
246 *Metternich* – Klemens Wenzel Lothar Fürst von Metternich (1773–1859), österreichischer Staatsmann und Diplomat, führender Politiker der Restaurationszeit.
con vivezza ... – (ital.) lebhaft... anmutig... zärtlich ... feurig.

Theodor Mundt

Völkerschau auf Reisen

Theodor Mundt (1808–1861), als Sohn eines Potsdamer Beamten geboren, studierte in Berlin Philosophie und Philologie und wurde 1832 Redakteur an den »Blättern für literarische Unterhaltung« in Leipzig. Dort entwickelte er sich zu einem der führenden Theoretiker des Jungen Deutschland (»Kritische Wälder«, 1833) und wurde 1835 vom Verbot des Bundestages mitbetroffen. Er schlug sich als Redakteur verschiedener Zeitschriften durch und unternahm ausgedehnte Reisen, bevor er 1839 nach Berlin übersiedelte; er war dort mit der Unterhaltungsschriftstellerin Klara Müller (Mühlbach) verheiratet. 1842 habilitierte er sich an der Berliner Universität, 1848 ging er als außerordentlicher Professor für Geschichte und Literatur nach Breslau, kam aber 1850 als Bibliothekar der Universitätsbibliothek nach Berlin zurück. Neben seiner akademischen Tätigkeit schrieb er Reisebücher und historische Romane (»Thomas Münzer«, 1841; »Graf Mirabeau«, 1858; »Robespierre«, 1859).

Der Bericht »Völkerschau auf Reisen« erschien 1840. Für den vorliegenden Band wurden daraus aus dem »Tagebuch meines Aufenthalts in Krakau, im Sommer 1839« die Kapitel »Auf dem Schloßberg in Krakau«, »Lebenszustände von Krakau« und »Die schwarze Madonna in Krakau und Polen« ausgewählt; unser Text folgt der Ausgabe von 1840 (S. 125–133, S. 155–173 und S. 227–235).

249 *Freistaat Krakau* – Krakau war von 1306 bis 1596 Hauptstadt Polens und bis 1764 Krönungs- und Begräbnisstadt der polnischen Könige. Bei der dritten Teilung Polens 1795 Österreich angegliedert und 1809 dem Herzogtum Warschau zugeschlagen, erhielt Krakau 1815 als der letzte Rest des selbständigen Polen den Status eines Freistaates, der von Österreich, Rußland und Preußen »garantiert« wurde. Nachdem an dem polnischen Aufstand von 1830/31 auch die Krakauer Bevölkerung teilgenommen hatte, wurde der Stadt 1833 eine neue Verfassung oktroyiert, die ihre Souveränität weitgehend einschränkte. Immerhin konnte Krakau den polnischen Flüchtlingen zunächst Zuflucht gewähren. Als der Krakauer Senat sich der Aufforderung der Schutzmächte widersetzte, die Verfolgten auszuweisen, besetzten im Februar 1836 österreichische, russische und preußische Truppen die Stadt und reduzierten deren Rechte noch stärker. Diese Situation fand Mundt bei seinem Besuch vor.

252 *Palmerston* – Henry John Temple Viscount Palmerston (1784–1865), liberaler britischer Staatsmann; war in der genannten Zeit Außenminister.

255 *Chlopicki* – Józef Chłopicki (1772–1854), polnischer General; war im Aufstand von 1830/31 zeitweise Oberbefehlshaber und Diktator; suchte als Konservativer zu einer Verständigung mit dem zaristischen Rußland zu kommen; wurde deshalb vom »Patriotischen Verein« zur Rechenschaft gezogen.
Naczelnik – (poln.) Führer.
Skrzynecki – Jan Boncza Skrzynecki (1786–1860), polnischer General; wurde durch Verzögerungen und Untätigkeit im Aufstand von 1830/31 mitschuldig an dessen Niederlage; lebte später in Prag und wurde 1839 für kurze Zeit Oberbefehlshaber des Heeres in Belgien.

257 *Schlacht bei Raclawice* – Sie brachte am 4. April 1794 einen Sieg von Tadeusz Kościuszko (1746–1817), der sich an die Spitze des letzten Aufstandes gegen die Teilungen Polens gestellt hatte. Kościuszko siegte mit Hilfe der primitiv bewaffneten Bauern über die zaristischen Truppen.
Schlacht ... bei Grochow – Dabei unterlagen die Polen am 25. Februar 1831 den zaristischen Verbänden.

258 *fashionable* – modisch.

258 *Walzer von Strauß* – Vgl. die Schilderungen Glaßbrenners aus Wien, S. 244 ff. dieses Bandes.

269 *Boisseréesche Sammlung* – Johann Sulpiz Boisserée (1783–1854), Kunstsammler und Kunstschriftsteller; seine berühmte Sammlung bestand aus mehr als 200 Gemälden deutscher Meister aus dem 14., 15. und 16. Jahrhundert.
Wladislaw – Władisław II. Jagiełło (1348–1434), König von Polen seit 1386.

Gustav Ferdinand Kühne

Sospiri
Blätter aus Venedig

Gustav Ferdinand Kühne (1806–1888), als Sohn eines Ratszimmermeisters in Magdeburg geboren, kam als Zwölfjähriger nach Berlin, wo er das Joachimsthaler Gymnasium besuchte und 1826 bis 1830 Literaturgeschichte und Philosophie studierte. Nach der Promotion war er eine Zeitlang Mitarbeiter an der »Preußischen Staatszeitung« und wurde 1832 Redaktionssekretär der »Jahrbücher für wissenschaftliche Kritik«. 1835 übernahm er in Leipzig die Redaktion der »Zeitung für die elegante Welt«, der Laube 1833/34 ein neues Profil gegeben hatte und die nun zum wichtigen Blatt für die jungdeutschen Autoren wurde (auch Heine publizierte darin). Kühne stand der Bewegung der Jungdeutschen nahe und erklärte sich mit den polizeilich Verfolgten solidarisch. Zur gleichen Zeit wurde er als Erzähler bekannt (»Klosternovellen«, 1838; »Die Rebellen von Irland«, 1840) und als Publizist (»Weibliche und männliche Charaktere«, 1838; »Porträts und Silhouetten«, 1843). Ende 1842 trat er von der Leitung der »Zeitung für die elegante Welt« zurück. Von 1846 bis 1859 redigierte Kühne noch einmal eine angesehene Zeitschrift: »Europa. Chronik der gebildeten Welt«. 1856 übersiedelte er nach Dresden, wo er sich die folgenden Jahrzehnte vielfältigen literarischen Arbeiten widmete und u. a. Schillers »Demetrius«-Fragmente fortsetzte.

Das Buch »Sospiri. Blätter aus Venedig« erschien 1841 in Braunschweig im Verlag von George Westermann. Für den vorliegenden Band wurde der Anfang ausgewählt; unser Text folgt der Ausgabe von 1841 (S. 1–22).

273 *Styx* – In der griechischen Mythologie ein Fluß, der die Unterwelt umströmte und über den man in das Totenreich gelangte.

275 *die vier erzenen Pferde* – Kühne schreibt das Viergespann dem griechischen Plastiker Lysippos (4. Jahrhundert v. u. Z.) zu, dem Hofbildhauer Alexanders des Großen. Fest steht jedoch nur, daß diese antiken Bronzen von der

Insel Chios stammen, später vermutlich zu einem Denkmal der Flavier in Rom gehörten, von da nach Konstantinopel entführt und 1204 von Dandolo als Siegesbeute in Venedig aufgestellt wurden. Napoleon ließ sie 1798 nach Paris bringen; 1815, als Venedig erneut an Österreich fiel, kamen die Pferde in die Stadt zurück.

276 *Palladio* – Andrea Palladio (1508–1580), italienischer Baumeister; wirkte seit 1560 vorwiegend in Venedig.

Sansovino – Jacopo Sansovino (1486–1570), italienischer Baumeister; wirkte seit 1527 in Venedig.

Prokurazien – Die Amtswohnung der Prokuratoren, zwischen 1480 und 1517 errichtet.

marmorne Löwen – Sie wurden 1687 von Südgriechenland nach Venedig gebracht.

Schätze des geplünderten Tyrus – Tyrus hatte sich 1124 den mit den Venezianern verbündeten Kreuzfahrern ergeben müssen.

277 *Réverbère* – (franz.) Reflektor.

Palais Royal – Vgl. Anm. zu S. 373.

»Augsburger Allgemeine Zeitung« – Politische Tageszeitung (1798–1914), in den dreißiger und frühen vierziger Jahren des 19. Jahrhunderts führendes Blatt des liberalen Bürgertums; erschien in Augsburg.

Hutsche – Fußbank.

280 *Giorgione* – Giorgione (1478–1510), italienischer Maler; Begründer der venezianischen Hochrenaissancemalerei.

Scuola di San Marco – Gebäude aus dem Ende des 15. Jahrhunderts; diente als Versammlungsort der Brüderschaft von San Marco.

Cicisbeat – Vom Ehemann anerkannter Hausfreund.

die Pumphosen beschränkten – Die aus den Niederlanden kommende Pluderhosenmode führte im 16. Jahrhundert in Brandenburg tatsächlich zu staatlichen und kirchlichen Reglementierungen.

281 *»Ich möchte in eine Nußschale kriechen!«* – Abgewandeltes Zitat aus »Hamlet« (II, 2).

282 *Casanova* – Giovanni Giacomo Casanova, Chevalier de Seingalt (1725 bis 1798), italienischer Abenteurer und Hochstapler; geriet in die Hände der Inquisition, konnte aber im November 1756 aus den Bleikammern (Piombi) fliehen; seine Memoiren bilden ein zeit- und kulturgeschichtlich aufschlußreiches Quellenwerk.

Pellico – Silvio Pellico (1789–1854), italienischer Dichter und Publizist; gehörte der revolutionären Bewegung für die Einigung Italiens an und wurde wegen seiner politischen Überzeugungen jahrelang in Kerkerhaft gehalten.

283 *Republik Frankreich, welche die Republik Venedig vernichtete* – Napoleon Bonaparte ließ Venedig im Mai 1797 besetzen; damit war die Herrschaft des Adels gebrochen. Venedig fiel an Österreich.

284 *Nasenquetscher* – Volkstümliche Bezeichnung für einen billigen, besonders flachen Sarg.

285 *Schulenburg* – Johann Matthias Reichsgraf von der Schulenburg (1661–1747), Heerführer in verschiedenen Diensten; seit 1715 Feldmarschall der Republik Venedig.

Signoria – Der politisch einflußreiche Rat der Bürgerschaft, der die Interessen der reichen Kaufleute vertrat.

286 *Esponton* – Kurze, hellebardenähnliche Pike.

Rattenkönig – Angeblich hat man bis zu dreißig Ratten beobachtet, die mit den Schwänzen derart miteinander verwachsen und verwickelt waren, daß sich die Tiere nicht mehr trennen konnten. Daher bezeichnet man etwas Unentwirrbares als Rattenkönig.

286 *Kloster Ossek* – Casanova verbrachte die letzten Jahre seines Lebens auf dem böhmischen Schloß Dux (unfern von Ossek), wo er als Bibliothekar des Grafen Waldstein lebte. Kühne hat den Umstand selbst im Druckfehlerverzeichnis berichtigt.

287 *Pax tibi* ... – (lat.) Friede sei mit dir, Markus, mein Evangelist.

288 *»Selig sind die Nichtwissenden* ...« – Nach Matthäus 5,3.

Karl Gutzkow

Briefe aus Paris

Karl Gutzkow (1811–1878), als Sohn eines niederen Hofbeamten in Berlin geboren, studierte ab 1829 Theologie, Philosophie und Philologie in Berlin und trat schon in der Studienzeit mit journalistischen Arbeiten hervor. 1833 reiste er mit Laube nach Italien, und 1835 wurde er wegen seines Romans »Wally, die Zweiflerin« zu zehn Wochen Gefängnis verurteilt. Gemeinsam mit Wienbarg gründete er 1835 in Frankfurt am Main eine »Deutsche Revue« (vgl. S. 422). Von 1837 an redigierte Gutzkow den bei Hoffmann und Campe in Hamburg erscheinenden »Telegraphen für Deutschland«. In den vierziger Jahren trat er mit einigen erfolgreichen Schauspielen hervor (»Das Urbild des Tartüffe«, 1844; »Uriel Acosta«, 1846) und war bis 1849 Dramaturg in Dresden. Dort schrieb er auch seinen Roman »Die Ritter vom Geiste« (1850–1852). Von 1852 bis 1862 redigierte er die in Leipzig erscheinende Zeitschrift »Unterhaltungen am häuslichen Herd«. 1862 ließ er sich in Weimar nieder, wechselte aber infolge eines zunehmenden Nervenleidens in den nächsten Jahren häufig seinen Wohnsitz.

Die »Briefe aus Paris« erschienen in zwei Bänden 1842 in Leipzig bei F. A. Brockhaus. Für den vorliegenden Band wurden die Briefe 3 und 4 aus dem ersten Teil ausgewählt; unser Text folgt der Ausgabe von 1842 (Band 1, S. 25–54).

291 *ballotieren* – (mit Stimmkugeln) entscheiden.
König – Friedrich Wilhelm IV. (1795–1861), seit 1840 König von Preußen.

292 *Kamptz* – Karl Christoph Albert Heinrich von Kamptz (1769–1849), reaktionärer preußischer Jurist und Staatsmann; maßgeblich an den Demagogenverfolgungen beteiligt.
Savigny – Vgl. Anm. zu S. 8. Gutzkow spielt auf Savignys berüchtigte Schrift »Vom Beruf unserer Zeit für Gesetzgebung und Rechtswissenschaft« (1815) an. Savigny wandte sich energisch gegen die Forderung, das bürgerliche deutsche Recht zu kodifizieren.
Code – Der »Code Napoléon« war das 1804 veröffentlichte französische Zivilgesetzbuch, das die gesellschaftlichen Errungenschaften der Französi-

schen Revolution fixierte und auch in Teilen der Rheinlande Gültigkeit hatte.

292 *»Kölnische Zeitung«* – Einflußreiche Zeitung (1651 gegründet), die vor allem unter Joseph Du Monts Leitung (1831–1861) weit verbreitet war.

293 *»Rheinische Zeitung«* – Erschien 1842/43 in Köln und war aus der 1839 gegründeten »Rheinischen Allgemeinen Zeitung« hervorgegangen; seit Frühjahr 1842 schrieb Karl Marx für das Blatt; seit Oktober leitete er es und gab ihm revolutionär-demokratischen Charakter.

Ruge – Arnold Ruge (1802–1880), kleinbürgerlich-demokratischer Publizist, gab die »Hallischen Jahrbücher für deutsche Wissenschaft und Kunst« heraus, das Organ der Junghegelianer.

Bauer – Bruno Bauer (1809–1882), junghegelianischer Religionshistoriker und Publizist; bemühte sich um eine antikirchliche, rein historische Ableitung des Christentums.

294 *Bœuf à la mode* – (franz.) geschmortes Rindfleisch.

295 *wenn die Philosophen beweisen ...* – Anspielung auf den Junghegelianer David Friedrich Strauß (1808–1874), der in seinem Hauptwerk »Das Leben Jesu« (1835/36) die Evangelien des Neuen Testaments als Mythenbildungen der urchristlichen Gemeinden erklärte.

Otto III. – Otto III. (980–1002), seit 983 deutscher Kaiser und König.

Mosens Trauerspiel – Julius Mosen (1803–1867), Erzähler und Dramatiker; sein Trauerspiel »Kaiser Otto III.« erschien 1842 in der Sammlung »Theater«.

296 *Suisse par profession* – (franz.) Schweizer von Beruf. Schweizer Elite-Soldaten standen als Gardisten vielfach in fremden Diensten.

par naissance – (franz.) von Geburt.

gros d'armée – (franz.) Hauptheer.

vindizieren – zueignen.

297 *Rheinträume* – Zu Beginn der vierziger Jahre des 19. Jahrhunderts strebte die französische Außenpolitik danach, den Rhein zur Grenze zwischen Deutschland und Frankreich zu machen.

Josephine – Josephine (1763–1814), von 1796 bis 1809 in zweiter Ehe mit Napoleon verheiratet.

298 *1817 voller Diplomaten* – 1818 fand der Aachener Kongreß statt, auf dem Frankreich den Abzug aller Besatzungstruppen von seinem Territorium durchsetzte.

299 *Wihl* – Ludwig Wihl (1807–1882), deutscher Schriftsteller und Publizist.

»Blätter für literarische Unterhaltung« – Erschienen von 1818 bis 1898; angesehene und verbreitete Literaturzeitschrift.

301 *Meidinger* – Johann Valentin Meidinger (1756–1822), Französisch-Lehrer in Frankfurt am Main; Verfasser einer in zahlreichen Auflagen verbreiteten französischen Grammatik.

le ciel t'aidera – (franz.) der Himmel wird dir helfen.

Imperiale – Kutschenhimmel.

302 *Propriétaire rentier* – (franz.) Empfänger einer Staatsrente.

304 *Konvoi* – Hier: Eisenbahnzug.

junges Königreich – Vgl. Anm. zu S. 171.

»Je mettrai ...« – (franz.) »Ich stecke Paris in meinen Handschuh.«

Calembour – (franz.) Kalauer, Wortspiel (zwischen Gent und gant).

Estaminet – (franz.) Kneipe.

305 *Premiers Paris'* – (franz.) etwa: das Neueste aus Paris.

Entremets – (franz.) Zwischengerichte.

Faits – (franz.) Ereignisse.

Accidents sinistres – (franz.) gefährliche Unfälle.

306 *Kuranda* – Ignaz Kuranda (1812–1884), liberaler österreichischer Journalist und Politiker; gründete 1841 die Zeitschrift »Die Grenzboten«.
Procès monstre – (franz.) Monstreprozeß.

307 *Belgiens Unabhängigkeit* – Vgl. Anm. zu S. 171.
Wappers – Gustaaf Wappers (1803–1874), belgischer Maler; erlangte rasch Berühmtheit durch zwei Bilder: »Aufopferung des Bürgermeisters von Leyden« (1830) und »Episode aus dem belgischen Aufstand von 1830« (1835).
de Keyser – Nicaise de Keyser (1813–1887), belgischer Schlachten- und Porträtmaler, der ebenfalls durch Darstellungen aus der belgischen Unabhängigkeitsbewegung schnell bekannt wurde; die »Schlacht bei Woeringen« entstand 1839.

308 *trois Suisses* – (franz.) drei Schweizer.
mille colonnes – (franz.) tausend Säulen.

Franz Grillparzer

Tagebuch auf der Reise nach Konstantinopel und Griechenland

Franz Grillparzer (1791–1872), der Sohn eines Wiener Advokaten, war nach dem Studium der Staats- und Rechtswissenschaften seit 1813 als untergeordneter Beamter im österreichischen Staatsdienst tätig, von 1832 bis zu seiner Pensionierung 1856 als Archivdirektor der Hofkammer. Nach ersten Bühnenerfolgen (»Die Ahnfrau«, 1817) stieß er zunehmend auf Unverständnis und Kritik und wandte sich verbittert vom Theater ab. Einige seiner wichtigsten Dramen wurden erst aus dem Nachlaß bekannt. Mehrere Reisen brachten Abwechslung in das eintönige Beamtendasein. 1826 und 1847 hielt er sich in Deutschland auf, 1836 war er in Paris und London, 1843 in Konstantinopel und Griechenland.

Das »Tagebuch auf der Reise nach Konstantinopel und Griechenland« aus dem Jahre 1843 wurde erst postum veröffentlicht; auf der Grundlage der historisch-kritischen Gesamtausgabe, die von 1909 bis 1948 erschien, hat Rudolf Walbiner die »Reisetagebücher« 1971 in einer Ausgabe des Verlages Rütten & Loening, Berlin, neuerdings zusammengefaßt. Unser Text folgt dieser Edition (S. 326–342).

313 *Leanders Turm* – Nach einer griechischen Sage schwamm Leander aus Abydos allnächtlich durch den Hellespont zu seiner Geliebten Hero, die Priesterin in Sestos war. Als eines Nachts die als Wegweiser aufgestellte Lampe erlosch, ertrank Leander, und Hero stürzte sich vom Turm ins Meer. Grillparzer hatte den Stoff in dem Trauerspiel »Des Meeres und der Liebe Wellen« (1831) gestaltet.
Kaiken – Kleine Boote.

314 *Collatione* – Imbiß.
315 *Diem perdidi* – (lat.) Ich habe einen Tag verloren.
So ward aus Morgen und Abend ... – Nach der Formulierung der Schöpfungsgeschichte im Alten Testament, 1. Buch Mose, 1, 5.
316 *Fürst der Walachei* – Georg Bibescu (1804–1873), seit 1842 Hospodar der Walachei.
Solfeggen – Gesangsübungen ohne Text.
i setti fratelli – (ital.) die sieben Brüder.
317 *Sultan* – Abd ul Medschid (1823–1861), türkischer Sultan seit 1839; suchte dem Niedergang seines Staates durch bürgerliche Reformen zu begegnen.
Avantcoureurs – Vorboten.
318 *Hahn-Hahn* – Ida Gräfin Hahn-Hahn (1805–1880), deutsche Schriftstellerin; vertrat in ihren Romanen und Reiseberichten zunächst liberale Ideen, trat jedoch 1850 zum Katholizismus über.
Ferman – Erlaubnisschein.
Soliman – Soliman II. (1495–1566), türkischer Sultan, der bis Wien vordrang und Bagdad eroberte.
319 *Suleiman* – Soliman.
Achmed – Achmed I. (1588–1617), türkischer Sultan seit 1603.
Atmeidan – Roßmarkt.
Konstantin – Flavius Valerius Constantinus (um 280–337), römischer Kaiser seit 306; begründete Konstantinopel neu, das er 330 als zweite Hauptstadt des spätrömischen Imperiums einweihte.
320 *Kawatsch* – Polizist.
321 *Dragoman* – Dolmetscher.
Prokesch – Anton Graf von Prokesch-Osten (1795–1876), österreichischer Diplomat und Schriftsteller; veröffentlichte »Erinnerungen aus Ägypten und Kleinasien« (1829–1831).
Werk aus den Zeiten der Konstantine – Die Zisterne wurde unter dem byzantinischen Kaiser Konstantin V. (719–775) angelegt.
Theodosius – Theodosius I. (347–395), römischer Kaiser seit 379.
Spina – Niedrige Quermauer in der antiken Rennbahn; an ihren Enden waren die Wendemarken aufgestellt.
322 *Bagno* – Gefängnis.
323 *Minister* – Gemeint ist offenbar der österreichische Gesandte.
Schloß der sieben Türme – Hinrichtungsstätte der zum Tode Verurteilten.
Seraskier – Titel des türkischen Kriegsministers.
324 *Bürgermeister Staar* – Anspielung auf das Erfolgslustspiel »Die deutschen Kleinstädter« (1803) von August von Kotzebue (1761–1819).
325 *Jochmus* – August Giacomo Freiherr Jochmus von Cotignola (1808–1881), Heerführer in verschiedenen Diensten, war seit 1840 für die Türkei tätig.
326 *karakolieren* – im Kreise tummeln.

Georg Weerth

Skizzen aus dem sozialen und politischen Leben der Briten

Georg Weerth (1822–1856) kam in Detmold als Sohn des Generalsuperintendenten zur Welt. Nach Abschluß der kaufmännischen Lehrzeit nahm er 1840 eine Stellung als Buchhalter in Köln an; dort entstanden seine ersten Gedichte. 1842 trat Weerth als Korrespondent und Privatsekretär in die Firma seines Onkels in Bonn ein, wo er zugleich Vorlesungen an der Universität besuchte. Ende 1843 übersiedelte Weerth in die englische Industriestadt Bradford. Seine freien Stunden verbrachte er meist mit Friedrich Engels, der im benachbarten Manchester lebte. In verschiedenen Feuilletonserien berichtete Weerth für die »Kölnische Zeitung« über seine Eindrücke. 1845/46 schrieb er die ersten der »Humoristischen Skizzen aus dem deutschen Handelsleben«. Im April 1846 ließ er sich als Vertreter eines Bradforder Unternehmens in Brüssel nieder, wo er mit Marx und Engels in engem Kontakt stand. Er wurde 1847 Mitarbeiter an der »Deutschen Brüsseler Zeitung«, dem Organ des »Deutschen Arbeitervereins«, der eine Zweigorganisation des Londoner »Bundes der Kommunisten« war und dem Weerth als Mitglied angehörte. 1847/48 redigierte Weerth seine zahlreichen Arbeiten über England und stellte daraus ein Manuskript mit dem Titel »Skizzen aus dem sozialen und politischen Leben der Briten« zusammen. Die Ereignisse des Jahres 1848 verhinderten indes den Druck des Werkes. Weerth, der beim Ausbruch der Februarrevolution sofort nach Paris geeilt war, kam im Frühjahr nach Deutschland. Im Mai 1848 wurde er Feuilletonredakteur der von Marx geleiteten »Neuen Rheinischen Zeitung«, für die er neben satirischen Gedichten und Glossen weitere Folgen der »Humoristischen Skizzen« und vor allem die Satire über »Leben und Taten des berühmten Ritters Schnapphahnski« schrieb. Die »Schnapphahnski«-Feuilletons brachten Weerth einen langwierigen Prozeß ein, und nach dem Verbot der »Neuen Rheinischen Zeitung« im Mai 1849 wurde er zu drei Monaten Gefängnis verurteilt, die er 1850 in Köln absaß. Danach führten ihn ausgedehnte Reisen in verschiedene europäische Länder, wobei er gelegentlich Kurierdienste für seine alten politischen Freunde leistete. Von Ende 1852 bis 1855 hielt er sich geschäftlich in Süd- und Mittelamerika auf, kam 1855 noch einmal nach Europa und starb, vierunddreißigjahrig, im Juli 1856 in Havanna auf Kuba.

Die von Weerth selbst zusammengestellten »Skizzen aus dem sozialen und politischen Leben der Briten« wurden von Bruno Kaiser 1957 aus dem Nachlaß veröffentlicht. Für den vorliegenden Band wurde daraus das zweite Kapitel, »London«, ausgewählt, das Weerth 1847 unter Verwendung seines Feuilletons redigierte, das im Oktober 1843 in der »Kölnischen Zeitung« gestanden hatte. Unser Text folgt den Sämtlichen Werken, herausgegeben von Bruno Kaiser, Band 3, Berlin 1957, S. 45–73.

331 *Omnibustreiber* – Kutscher des Pferdeomnibus.
Sacktuch – Taschentuch.

332 *London Bridge* – Von 1825 bis 1831 an Stelle der ältesten Londoner Brücke gebaut.
St. Paul – St.-Pauls-Kathedrale, erbaut 1675–1710.
Temple Bar – Das ehemalige Stadttor, das später durch ein Denkmal ersetzt wurde.
Westminsterabtei – Anfang des 7. Jahrhunderts als Kloster gegründet, nach der Zerstörung durch die Dänen 958 erneuert; Begräbnisstätte von Königen, Staatsmännern und Schriftstellern.
Bildsäule Cannings – George Canning (1770–1827), englischer Staatsmann, Tory-Führer; von den europäischen Liberalen als Sprecher der »beleidigten Menschheit« verehrt.

333 *wie ein alter Jude an den Wassern zu Babylon* – Anspielung auf Psalm 137,1: »An den Wassern zu Babel saßen wir und weinten, wenn wir an Zion gedachten.«
Strand – Eine der Londoner Hauptverkehrsstraßen mit Theatern und Geschäften.

335 *fing die Vernunft auch wieder an zu sprechen* – Zitat nach Goethes »Faust« (Vers 1198).

336 *»Erebus« ... »Terror« ... nordwestliche Durchfahrt* – Mit den genannten Expeditionsschiffen brach Sir John Franklin (1786–1847) im Mai 1845 in das Polargebiet auf, wo er zur Beringstraße vordringen und die langgesuchte nordwestliche Durchfahrt erkunden sollte.
Lablache – Luigi Lablache (1794–1858), italienisch-französischer Bassist.
Persiani – Fanny Persiani, geb. Tacchinardi (1812–1867), italienisch-französische Sängerin.
Inseln des stillen Meeres – Südsee-Inseln.

337 *Statue des Achilles* – Sie ist Wellington gewidmet. Vgl. Anm. zu S. 344.

338 *erste Londoner Tour* – Weerth übersiedelte im Dezember 1843 nach England, wo er sich in Bradford niederließ. Er hatte seine neue Tätigkeit bereits durch eine Reise Ende September 1843 nach London vorbereitet.
Einzug in Paris – Im Sommer 1846. Weerth faßt hier zusammen, was er in einem Brief an seinen Bruder Wilhelm vom 2. Juli 1846 ausführlich berichtete.

339 *Cheapside* – Besonders belebte Londoner Straße.
Place de la Concorde – In dem erwähnten Brief vom 2. Juli 1846 schreibt Weerth: »... der Place de la Concorde ist wirklich das Famoseste, was man sehen kann – London mit allem seinem Gewühl ist nichts dagegen ...«
Samojeden – Sibirisches Volk.
das war aus dem Shakespeare ... – Gemeint sind die Historien »König Johann«, »König Richard II.« und vor allem »König Heinrich IV.« und »König Heinrich V.«, auf die sich die folgenden Bemerkungen beziehen.
Albertus – Prinz Albert von Sachsen-Coburg-Gotha (1819–1861), seit 1840 mit der britischen Königin Victoria verheiratet.

340 *Lumpenzucker* – Minderwertiger, grober Zucker.
Dortchen Lakenreißer – Gestalt aus dem zweiten Teil von »König Heinrich IV.«
Tower – Sammelbezeichnung für die historischen Befestigungswerke in der Londoner Altstadt, die bis 1509 als Hauptresidenz, später (bis 1820) als Staatsgefängnis und Hinrichtungsstätte dienten.

342 *Herrn von R.* – Gemeint ist der Berliner Historiker und Staatswissenschaftler Friedrich von Raumer (1781–1873), der ein Buch über »England im Jahre 1835« veröffentlicht hatte. Weerth spielt vermutlich auf eine Stelle in Heines

Denkschrift über »Ludwig Börne« an (3. Buch), wo es unter Hinweis auf Raumers England-Reise heißt: »Jüngst lief es [das »Raumerchen«, wie Heine ironisch schreibt] nach London; vorher sah man es während drei Monaten überall hin und her laufen, um die dazu nötigen Empfehlungsschreiben zu betteln...«.

343 *Stock Exchange* – (engl.) Börse.

Royal Exchange – (engl.) Königliche Börse. Das Gebäude wurde von 1842 bis 1844 errichtet.

344 *Freetraders* – (engl.) Freihändler. Gemeint ist eine Versammlung von Anhängern der Freihandelstheorie, mit der vor allem die hochentwickelte englische Industriebourgeoisie einen durch Zölle sowie Ein- und Ausfuhrbeschränkungen nicht behinderten »freien Handel« begründete.

Covent Garden – Platz im Zentrum von London, bekannt als Gemüse- und Blumenmarkt sowie durch das gleichnamige Opernhaus.

Wellington – Arthur Wellesley, Herzog von Wellington (1769–1852), konservativer englischer Staatsmann und Feldherr (besiegte Napoleon 1815 bei Waterloo). Offenbar über dasselbe Standbild bemerkte Fontane in seinem Buch »Ein Sommer in London« (1854): »Anständiges Mittelgut, zu gut für den Spott und zu schlecht für die Bewunderung.«

345 *»fremder Vögel Frühlied schallen«* – Zitat aus Ferdinand Freiligraths Gedicht »Die Schiffe«.

weiland der edle Sancho – Anspielung auf Cervantes »Don Quixote«.

347 *Münchhausen* – Die aufschneiderischen Geschichten des sprichwörtlich gewordenen Lügenbarons Karl Friedrich Hieronymus Freiherrn von Münchhausen (1720–1797) wurden in der Gestaltung von Gottfried August Bürger zum Volksbuch.

Zerrenners »Kinderfreund« – Der Magdeburger Theologe und Pädagoge Karl Christoph Gottlieb Zerrenner (1780–1852) publizierte zahlreiche, in vielen Auflagen verbreitete Schul- und Kinderbücher und führte die von seinem Vater begründete Zeitschrift »Deutscher Schulfreund« fort.

Bosco – Bartolommeo Bosco (1793–1863), Taschenspieler, der nach 1814 in vielen Ländern Europas und im Orient ungeheueres Aufsehen erregte. Sein Sohn Carlo veröffentlichte ein Buch über »Das Ganze der Taschenspielerkunst« (1838).

Rinters filtrierte Bibel – Vermutlich meint Weerth die vieldiskutierte, in zahlreichen Auflagen verbreitete »Schullehrerbibel« (1826–1830) des Königsberger Pädagogen und Theologen Christian Friedrich Dinter (1760–1831).

Pfund Sperlinge – Wortspiel mit Pfund Sterling.

Tunnel unter der Themse – Von 1825 bis 1842 nach den Plänen und unter der Leitung des englischen Ingenieurs und Architekten Marc Isambard Brunel (1769–1849) gebaut.

348 *Seit Freiligrath kennt man alle wilden Tiere ...* – Von der Misere der Restaurationszeit angewidert, wandte sich Ferdinand Freiligrath in seinen frühen Gedichten einer »unpolitischen« exotischen Phantasiewelt zu. Seine »Wüsten- und Löwenpoesie« hatte außerordentlichen Erfolg und trug ihm eine Pension des preußischen Königs ein. Erst 1844 wurde er mit der Sammlung »Ein Glaubensbekenntnis« zum entschiedenen revolutionären Lyriker, der dann, gemeinsam mit Weerth, an der »Neuen Rheinischen Zeitung« mitarbeitete. 1844 ging Freiligrath ins Exil; nach London kam er 1846.

349 *Cachot* – (franz.) Kerker.

König Enzio – Enzio (1224–1272), Sohn des Hohenstaufenkaisers Friedrich II. und König von Sardinien, geriet 1249 in die Gefangenschaft der Stadt Bologna. Sein Schicksal war Gegenstand zahlreicher literarischer Darstellungen. Auch Weerth schrieb ein Gedicht über Enzio, aus dem das Zitat »O Leid, daß ich ein König war!« stammt.

350 *fashionable* – modisch, stutzerhaft.

351 *Hermandad* – Hier soviel wie: die herrschende Bourgeoisie.
»Ein freies Leben führen wir!« – Zitat aus Schillers »Räubern« (IV, 5).

Fanny Lewald

Erinnerungen aus dem Jahre 1848

Fanny Lewald (1811–1889), als Tochter eines jüdischen Kaufmanns in Königsberg geboren, auf einer Privatschule ausgebildet, verfolgte mit großer Anteilnahme die revolutionären Ereignisse 1830 in Frankreich und den polnischen Aufstand von 1830/31. Ihr wenig erfülltes Leben im Elternhaus fand Abwechslung durch eine Reise in die Rheinlande und nach Breslau (1832/33). Sie war fast dreißig, als sie ihre schriftstellerische Begabung entdeckte, und sie schrieb nun in rascher Folge einige Romane, die sich ausschließlich mit der Emanzipation der Frau und der Juden befaßten (»Clementine«, 1841; »Jenny«, 1842; »Eine Lebensfrage«, 1845). Fanny Lewald war inzwischen nach Berlin übergesiedelt, bereiste Italien (»Italienisches Bilderbuch«, 1847), Frankreich, England und Schottland. 1855 heiratete sie den liberalen Publizisten Adolf Stahr.

Die »Erinnerungen aus dem Jahre 1848« erschienen in zwei Bänden 1850 in Braunschweig bei Friedrich Vieweg. Für den vorliegenden Band wurden einige Abschnitte über Berlin ausgewählt; unser Text folgt der Ausgabe von 1850 (Band 2, S. 39–66).

355 *Camphausen* – Ludolf Camphausen (1803–1890), Bankier und Politiker; von März bis Juni 1848 preußischer Ministerpräsident.

356 *Conseilpräsident* – Ministerpräsident.
Gensdarmenmarkt – Heute: Platz der Akademie.

360 *Landsberger Straße* – Heute: Leninallee.

361 *Alter Fritz* – Friedrich II. (1712–1786), seit 1740 König von Preußen.

Alfred Meißner

Revolutionäre Studien aus Paris 1849

Alfred Meißner (1822–1885), Sohn eines Teplitzer Arztes, studierte von 1840 bis 1846 in Prag Medizin, kam dann nach Leipzig und widmete sich ausschließlich der Literatur (er gehörte zu den Dichtern des »wahren Sozialismus«). 1846 publizierte er den Romanzenzyklus »Žižka«, der von der österreichischen Zensur verboten wurde. Um der drohenden Auslieferung an Österreich zu entgehen, floh Meißner 1847 nach Paris, wo er in Kontakt zu Heine trat. 1848 kehrte Meißner nach Prag zurück, wurde in den böhmischen Nationalausschuß gewählt und übersiedelte nach Frankfurt am Main. 1849 ging er erneut nach Paris, unternahm ausgedehnte Reisen und ließ sich 1869 in Bregenz nieder.

Die »Revolutionären Studien aus Paris 1849« erschienen in zwei Bänden 1849 in Frankfurt am Main in der Literarischen Anstalt (J. Rütten). Für den vorliegenden Band wurde das Kapitel »Ankunft« ausgewählt; unser Text folgt der Ausgabe von 1849 (Band 1, S. 71–89).

369 *Pikett* – Kleine Mannschaft (von Wachsoldaten).
Omnibus – Alte, im 19. Jahrhundert verbreitete Pluralform.
Schlachtfelder des Juni – Die Pariser Arbeiter hatten am 23. Juni 1848 einen Aufstand gegen die Bourgeoisie unternommen; er wurde nach zwei Tagen niedergeschlagen.

370 *Barbès* – Armand Barbès (1809–1870), französischer kleinbürgerlicher Revolutionär; gemeinsam mit Blanqui (vgl. Anm. zu S. 372) Organisator der geheimen »Gesellschaft der Jahreszeiten«; 1848 Offizier der Nationalgarde.
Urbis deforme cadaver – (lat.) Die häßlichen Trümmer der Stadt.

371 *Caesar* – Gajus Julius Caesar (100–44 v. u. Z.), der Gallien zwischen 58 und 50 v. u. Z. unterwarf.
Julian – Flavius Claudius Julianus (332–363), römischer Kaiser, der sich gegen das Christentum wandte (daher Apostata, der Abtrünnige, genannt); wurde 360 in Paris von seinen Truppen zum Augustus ausgerufen.
Bourguignons und Armagnacs – Feudale Adelscliquen, die sich zu Beginn des 15. Jahrhunderts in Frankreich bekämpften.

372 *laciert* – mit Band durchflochten.
Dames des Comptoires – (franz.) Verkäuferinnen.
Blanqui – Louis-Auguste Blanqui (1805–1881), französischer Revolutionär; war 1848 einer der Führer des Proletariats.
Louis Philippistische Zeit – Die Jahre von 1830 bis 1848, als der »Bürgerkönig« Louis Philippe (1773–1850) in Frankreich regierte.
Jardin d'hiver – (franz.) Wintergarten.
Nuit vénitienne – (franz.) Venezianische Nacht.
Fête romaine – (franz.) Römisches Fest.

373 *Serezaner* – Gendarmerie-Elitetruppe in der alten österreichischen Armee.
Cavaignac – Louis-Eugène Cavaignac (1802–1857), französischer General und Politiker; unterdrückte den Juniaufstand der Pariser Arbeiter.
Blusenmann – Bezeichnung für einen revolutionären französischen Arbeiter oder Handwerker.
vor den Barrieren – Soviel wie: in den Vorstädten.
Palais Royal – Von 1629 bis 1636 für Richelieu errichteter Palast, der später in den Besitz der Familie Orléans kam und den Louis-Philippe (1747–1793) in den Jahren vor der Französischen Revolution umbauen und mit Kolonnaden versehen ließ, die an Kaufleute und Gastwirte vermietet wurden.
Louis Napoleon – Louis-Napoleon (1808–1873) war im Dezember 1848 zum Präsidenten der französischen Republik gewählt worden; machte sich 1852 durch einen Staatsstreich zum Kaiser von Frankreich.

373 *Jelacic* – Josip Jellachich, Graf von Bužim (1801–1859), österreichischer General; war maßgeblich an der Niederschlagung der Revolution in Österreich und Ungarn beteiligt.

Radetzky – Joseph Graf Radetzky (1766–1858), österreichischer Feldmarschall; unterdrückte die nationale revolutionäre Bewegung in Oberitalien.

Windisch-Grätz – Alfred Fürst zu Windisch-Grätz (1787–1862), österreichischer Feldmarschall; ebenfalls maßgeblich an der Unterdrückung der Revolution in Österreich und Ungarn beteiligt.

374 *phrygische Mütze* – Jakobinermütze der Französischen Revolution.

Guizot – François-Pierre-Guillaume Guizot (1787–1874), französischer Politiker und Historiker.

Liberté ... – (franz.) Freiheit, Gleichheit, Brüderlichkeit. Losungsworte der Französischen Revolution.

375 *Tuilerien* – Palast in Paris, zunächst von französischen Königen bewohnt, in der Französischen Revolution Sitz des Konvents.

am 21. Januar das große Exempel statuiert – Die Hinrichtung König Ludwigs XVI. von Frankreich am 21. Januar 1793.

376 *Panthéon* – Von 1764 bis 1790 als Kirche erbaut, 1791 als Gedächtnisstätte für bedeutende Persönlichkeiten Frankreichs bestimmt.

Inhalt

Bitte beachten Sie
die folgenden Seiten:

Volksmärchen aus England 1

Angelsächsische Märchen, herausgegeben von Alfred Ehrentreich

Ullstein Buch 20090

ein Ullstein Buch

Über die Verbundenheit des englischen Volksmärchens mit der Umwelt schreibt der Herausgeber: »Weniger als manches andere Märchen schwebt es im luftleeren Raum und in der Zeitlosigkeit, der Wirklichkeitssinn seiner Gestalten prägt sich deutlich genug aus. Die zerrissene kornische Steilküste, die Heide im Südwesten wie im Norden Englands, die dunklen Moore der schottischen Öde, die Bergseen von Wales, die dichten alten Wälder im Inneren des Landes, das Meer und seine große Gesetzlichkeit, alles schwingt in ihm sichtlich nach.«

In diesem Band sind angelsächsische Märchen vereint: Mythen, Riesengeschichten, Feenmärchen, Zauberer-, Kobold- und Hexenmär, Gespenstererzählungen, Legenden, Schwänke und zur Abrundung Märchen aus Nordamerika.

Die Illustrationen entstammen aus Thomas Crokers Sammlung irischer Elfenmärchen (London 1826) und sind eine lange verschollene Rarität.

Volksmärchen aus England 2

Keltische Märchen, herausgegeben von Alfred Ehrentreich

Ullstein Buch 20091

ein Ullstein Buch

Gerade das keltische Märchen offenbart sehr alte Gepflogenheiten des Erzählens und Sammelns. In fernen Tagen, da noch »der Schrecken, das Urmotiv der Kindheit des Menschen, oft genug den milden Schein des Christentums geisterhaft verdunkelte«, zogen wandernde Geschichtenerzähler von Ort zu Ort. Viele Stunden lang, oft über mehrere Abende hin, schlugen sie die Zuhörer in ihren Bann. So überlieferten sie durch die Jahrhunderte Märchen, Sagen und Legenden aus Cornwall, Wales, Irland und Schottland; die hier versammelte Auswahl bringt Typisches und ist dank der zeitgenössischen Illustrationen von W. H. Brooke u. a. eine kleine Kostbarkeit.